Über dieses Buch ›Die Viertel der Reichen‹ ist der zweite, in sich abgeschlossene Roman aus dem Zyklus ›Die wirkliche Welt‹, in dem Aragon Glanz und Elend des französischen Bürgertums vor dem Ersten Weltkrieg mit den langsam erstarkenden Kräften des Sozialismus zusammensieht.
Paris – das ist der Traum der ehrgeizigen Provinzpolitiker, der jungen Bürgersöhne, der Mädchen aus »gutem Hause« und selbst der Damen aus dem »Blumenkorb«. Paris – da winken kleine Nebengeschäfte, vielleicht ein Ministerposten für den Bürgermeister der südfranzösischen Kleinstadt Sérianne-le-Vieux; für seine Söhne bedeutet es Befreiung von der Familie, vom Kleinstadtmief, den Weg zu Ruhm und Vermögen. Während sich der alte Barbentane durch Diensteifer, Beziehungen, Wahlmanöver seinen Weg zum Senatorensessel bahnt, läßt sein Ältester das Medizinstudium im Stich und schlägt sich durch den Dschungel der Pariser Halbwelt, um schließlich bei der Großindustrie zu landen. Der Jüngste aber bricht aus den Vierteln der Reichen aus; die Spannungen im Elternhaus, religiöse Konflikte, eine frühe und traurig endende Liebe haben ihn hellhörig für das gesellschaftliche Unrecht gemacht. Auch er flüchtet noch in das Paris seiner bürgerlichen Träume, doch Arbeitslosigkeit, Hunger, die Begegnung mit Armut und Elend erziehen ihn und führen ihn schließlich in die Reihen der Arbeiterklasse.

Der Autor Louis Aragon wurde 1897 in Paris geboren. Er war bis 1932 einer der Hauptvertreter des französischen Surrealismus (u. a. ›Anicet oder das Panorama‹, ›Die Abenteuer des Telemach‹, ›Pariser Landleben‹), veröffentlichte von 1934 bis 1944 den Romanzyklus ›Die wirkliche Welt‹: ›Die Glocken von Basel‹, ›Die Viertel der Reichen‹, ›Die Reisenden der Oberklasse‹, ›Aurelien‹; er war während des Zweiten Weltkriegs als Lyriker eine der wichtigsten Gestalten des literarischen Widerstands und trug auch nach dem Krieg durch zahlreiche Romane, ein reiches lyrisches Werk sowie durch seine Tätigkeit als Herausgeber der Kulturzeitschrift ›Les Lettres françaises‹ entscheidend zur Prägung der französischen Gegenwartsliteratur bei. Aragon starb 1982 in Neuilly bei Paris.
Im Fischer Taschenbuch Verlag liegen außerdem folgende Bände von Louis Aragon vor: ›Die Abenteuer des Telemach‹ (Bd. 5879), ›Das Wahr-Lügen‹ (Bd. 5831), ›Die Glocken von Basel‹ (Bd. 5903). In Vorbereitung: ›Die Reisenden der Oberklasse‹ und ›Aurelien‹.

LOUIS ARAGON

DIE VIERTEL DER REICHEN

Roman

Aus dem Französischen von
Stephan Hermlin

FISCHER TASCHENBUCH VERLAG

Veröffentlicht im Fischer Taschenbuch Verlag GmbH,
Frankfurt am Main, März 1986

Lizenzausgabe mit freundlicher Genehmigung der
Editions Denoel, Paris, und des Verlags Volk und Welt,
Berlin (DDR), für die deutsche Übersetzung
Die französische Originalausgabe erschien
unter dem Titel ›LE MONDE RÉEL. Le beaux quartiers‹

Umschlaggestaltung: Jan Buchholz/Reni Hinsch
unter Verwendung eines Gemäldes von
Amédéo Modigliani ›Léopold Zborowski‹, 1917.

Gesamtherstellung: Clausen & Bosse, Leck
Printed in Germany
1680-ISBN-3-596-2596-25904-5

ERSTER TEIL
SÉRIANNE

I

Eine französische Kleinstadt. Ein Flüßchen oberhalb des Boulevards versiegt in der Hitze, wo in der Abenddämmerung Männer Boule spielen und die Zielkugel unter den geschickten Würfen eines Rekruten dahintanzt. Er trägt an der Mütze das zum Dreieck gefaltete bebilderte Diplom, das an der Tür der Mairie dunkelhaarige, barsche Händler verkaufen.

Eine französische Kleinstadt. Hier regiert ein beleibter Souverän, der geschwärzte Türschilder aus allen Jahrhunderten sammelt, mit seiner Frau und seinen drei Töchtern, die, wie man sagt, wahre Engel an Schönheit sind, die Maskottes der väterlichen Schokoladenfabrik. Die Arbeiter versäumen nie, wenn eine neue Sorte Schokolade oder Konfekt herauskommt, die jungen Damen mit den kräftig-zähen Blumen des Gebirges zu beschenken, gewissermaßen, um sie an der Hoffnung teilnehmen zu lassen, die sie auf ein Produkt ihrer Hände setzen, für das sich bereits die Mauern der Hauptstadt mit Reklamebildern von kleinen Schulmädchen bedecken, deren wollene Strümpfe straff unter den sehr kurzen Rock gezogen sind ... Eine französische Kleinstadt. In einem Hinterhof wallt der bläuliche Seifenschaum der großen Wäsche. Dort weint eine junge Frau, und ein Mann im besten Alter, mit alkoholgetränktem Schnurrbart, aus dem das radikale Geschwätz der Oberstadt hervortönt, lacht laut vor sich hin.

Ein kleiner Bach schlängelt sich zwischen den Pflastersteinen entlang, die rund sind wie große Kiesel und die enge Straße bedecken, über der im Sommerwind das alte Schild eines Schmiedes quietscht. Er ist nach Mexiko ausgewandert, weil er sich nicht wohl fühlte da auf dem Hügel, mit seinen leeren Häusern, Erinnerungen an einstige Größe, als die Könige von Frankreich einmal während ihrer Regierungszeit mit ihren Herren und den Offizieren der Garde für einen ganzen Tag in der Altstadt haltmachten, wo es die Sonne schwer hat, zwischen den Dächern hindurch bis zum holprigen Straßenpflaster zu gelangen.

Aber nach dem Bahnhof zu, im Flachland, liegen, eine nach der anderen, die Garagen, an denen die Wagen der Handelsreisenden halten, und die Restaurants sind voll von staubbedeckten Leuten, die, wenn sie hastig eine fette Suppe und ein Ragout, das einem Heimweh macht, heruntergeschlungen haben, der Ankunft eines Zuges zusehen, wie er in die schlecht proportionierte Straße ein halbes Dutzend geplagter Reisender entleert, unter ihnen den Inhaber der Kranzbinderei, der aus der Kreisstadt zurückkommt, wo er seine Immortellen bestellt hat.

Welch eine Menge von Stickereien hinter den Fenstern, in denen sich die untergehende Sonne spiegelt! In zehn Häusern vielleicht, wo die jungen Mädchen wahre Künstlerinnen sind, kopiert man die große Decke von Cluny, mit ihren achtundvierzig Filetquadraten, alle ganz verschieden voneinander, und es hat sogar die »Mode Illustrée« mehr als ein Jahr gekostet, das Muster zu reproduzieren, wobei noch eine Juni-Nummer ausgeblieben war, und man hatte sie durch die Post nachbestellen müssen, und die ganze Stadt wartete darauf, das heißt natürlich das Viertel der anständigen Leute.

Denn es gibt auch Kneipen, aus denen man Betrunkene mit Fußtritten hinauswirft, und hinter der kleinen Kirche, in der oberen Stadt, gibt es ein Haus, das man den »Blumenkorb« nennt. Und dort sowenig wie am Bahnhof, wo die Eisenbahnarbeiter frühstücken, oder in der Vorstadt, in der alles nach Schokolade riecht, mit ihren Straßen aus Häusern, die alle einander gleichen, eng, einstöckig wie sie sind, wo zerlumpte Kinder umherkugeln und armselige verfärbte Wäschestücke trocknen – nichts hat dort irgend etwas mit dem edlen Unternehmen der jungen Mädchen der guten Gesellschaft zu tun, die für ihre Hochzeit einen Bettüberzug herstellen, der die königlichen Bezüge der Karolinger imitiert.

An diesem selben Tage, zur Stunde, da der Spieler, der jetzt gerade die benagelte Kugel seines Gegners anstößt und am Fuß einer Platane neben der Zielkugel aus hellem Holz Platz nimmt, seine Anatomie einem stotternden, von einem abschätzenden, pferdekundigen Brigadegeneral flankierten

Stabsarzt präsentierte, war in der Fabrik die millionste Schachtel Kroketten »La Savoyarde«, wie die vorhergehenden mit einer geprägten Glocke und einer lächelnden Bäuerin geschmückt, hergestellt worden, mit dem kleinen handnumerierten Zettel im Innern, der ihren Ursprung bestätigt und dem Käufer, sofern sich in der Herstellung irgendein Fehler finden sollte, festzustellen gestattet, durch welche Hände die Verpackung sowohl als auch jede einzelne der köstlichen Kroketten gegangen ist; dergestalt daß, da er zu schreiben und sich zu beklagen ersucht ist, von Zeit zu Zeit in Carcassonne oder in Issoudun, selbst in den Kolonien, ja, man stelle sich vor, sogar im Bagno, ein Mißgelaunter den bewußten Zettel mit bitteren Bemerkungen einschickt, was dem nachlässigen Arbeiter eine schon verjährte Unaufmerksamkeit auflädt, für die dann von einem ziemlich ungenügenden Lohn eine durchaus gerechte Streichung vorgenommen wird.

Eine Million Schachteln Kroketten »La Savoyarde«! Was ihren Erfolg sichert, ist der erstaunlich niedrige Preis: zwanzig Kroketten für einen Franc, was besagt, daß mit diesem einen Artikel die Fabrik einen Bruttoumsatz von einer Million in weniger als einem Jahr erzielt hat. Die jungen Damen haben als Patinnen entschieden eine glückliche Hand, zumindest was die Schokolade betrifft: denn eine von ihnen hat über die Schmelzkessel ein Kind gehalten, das allerdings selber von den Kroketten nichts gehabt hat, der Kleine ist mit drei Monaten an der Diphtherie gestorben; es ist ja so schmutzig bei diesen Leuten da! Italiener, die zum halben Preis arbeiten und die in Hütten zusammengedrängt wohnen, wie es gerade kommt, weil Geld alles ist, was sie interessiert, Geld, das sie in die Heimat zurücknehmen können, nach Piemont, wo es für sie zum Leben einfach nicht reicht.

Die Söhne der großen Kaufleute, die im »Blumenkorb« ihre Herren Väter treffen, betrachten vom Fenster aus frech die noch mageren Schultern der Fräulein, die über ihren Stikkereien sitzen. Sie lieben die Italiener nicht, die den französischen Arbeitern das Brot wegnehmen, und wenn ihnen einer begegnet, so spucken sie aus und reden von Makkaroni.

Der Anis erwärmt sich in den Gläsern auf dem großen Platz, wo die Politik der Radikalen unter den schnurrbärtigen

Männern weitererörtert wird, deren Frauen nicht alle beim Wäschewaschen weinen. Denn nicht alle haben einen jungen Liebhaber, der Boule spielt und der gerade bei der Musterung für tauglich befunden wurde, und das Gegenteil wäre sogar ziemlich erstaunlich gewesen! Immer der Erste bei allen Turnwettbewerben …

In dieser Stadt, in der Könige nicht mehr haltzumachen pflegen, gibt es nur ganz Gewöhnliches, durchaus Übliches. Ein Sommerabend. Ein schöner Sommerabend, das ist alles. Es könnte sogar eigentlich noch heißer sein. Der laue Wind, der das Schild des nach Mexiko gegangenen Schmiedes zum Schwanken bringt, ist beinahe erfrischend nach dem erstikkenden Nachmittag in der Vorstadt mit ihrem ekelerregenden Schokoladengeruch. Ein Geruch, süßlich und penetrant, wie der von Wundbrand auf Schlachtfeldern.

Sérianne-le-Vieux, Kreisstadt.

II

Der Inhaber der Kranzbinderei hat auf dem Marktplatz neben der Filiale der »Banques de Province« einen Laden, der zur Hälfte mit dem Schmuck von Gräbern zu tun hat und zur Hälfte mit dem von lebendigen Köpfen: er verkauft auch Hüte. Weder der eine noch der andere der beiden Berufe könnte allein die ganze Familie ernähren, fünf Mäuler, wenn man das Dienstmädchen mitrechnet, mit dem alten klapprigen Vater, Madame und Gaston, der zwölf Jahre alt ist, und die Leute passen hier sehr auf ihre Kopfbedeckung auf, eine Mütze ist zehn Jahre in Gebrauch, Filzhüte werden wenig getragen, und ein steifer Hut reicht für das ganze Leben. Allenfalls an den Markttagen beleben die Bauern der Umgegend das Geschäft. Das ist dienstags und samstags. Was die Kränze betrifft, so gibt es keinen bestimmten Tag, sondern man ist abhängig vom Zufall der Sterbefälle: dieser zweite Erwerbszweig bringt einem die Butter aufs Brot. Natürlich hat man nicht jeden Monat so ein Begräbnis wie das der alten Cotin aus der Rue Longue, für die, man denke, ein Bischof sich bemüht hatte. Aber schließlich, einmal besser, einmal schlechter, mit dem kräfitgen Anziehen Anfang November, wegen Allerseelen, machte das einen hübschen regelmäßigen Gewinn, alles in allem, trotz aller Zufälligkeiten und der Seltenheit von Epidemien in der Oberstadt. Dort war es nicht wie in den unteren Vierteln, wo sie wie die Fliegen starben, aber diese Leute holten ihre Kränze nicht am Marktplatz; für sie gab es einen Blumenhändler hinter dem Bahnhof. Was die schon übrigens kauften. Kroppzeug. Ein Kranz, und das ist schon viel, außer allenfalls, wenn es ein Fabrikarbeiter war, denn dann schickte der Unternehmer einen Strauß mit Schleife, auf der in silbernen Buchstaben stand: Für Y ... Die Schokoladenfabrik. Die Kundschaft aus der Oberstadt, die vornehmer war, verlangte Kränze aus Eisendraht, Perlen und sogar Porzellan; bei Porzellan verdient man gut, aber nur einmal. Es ist teuer, aber gut, und es hält was aus. Genau wie bei den steifen Hüten. Ach, ich hätte beinahe vergessen: noch eine Erwerbsquelle des Ladens – diese allerdings nur einmal im Jahr – eröffnete sich im Frühling und bestand aus den Armbinden zur Ersten Kommunion. Aber bei diesem Artikel hatte man es mit der Konkurrenz zu tun, mit einigen Kurzwarenhandlungen und den »Nouvelles Galeries« auf der anderen Seite des Platzes. Einmal im Jahr, das ist vielleicht nicht richtig: man darf die Firmung nicht vergessen. Im allgemeinen dient die Armbinde der Kommunion auch für die Firmung. Was im Sommer vor allem gut ging, waren die Anglerhüte aus unbordiertem Stroh: das brachte nicht viel ein, obwohl es keinen vorgeschriebenen Preis gab.

An Markttagen öffnete man um sechs. Sonst um sieben, das war ausreichend. Das heißt, daß um sieben oder um sechs Angelika, das Mädchen, einen Eimer Wasser über das Trottoir goß, die Läden aushing – es gab zwölf schmale und hohe Läden, von einem Blau, das einmal grün gewesen sein mußte – und sie in dem hinteren Raum des Ladens abstellte, wo der Vater von Madame schlief, der Klappergreis. Dann kam Herr Eugen herunter. Man verließ die Wohnung im ersten Stock über eine kleine, eiserne Wendeltreppe neben dem Bett des Alten, mitten zwischen den Warenkartons, in denen die Mützen sowohl als auch die Schleifen untergebracht waren: »Unserer teuren Mutter, meiner Lebensgefährtin, ewiges Gedenken« in Goldlettern auf schönem Violett, leuchtendem Blau oder Rot. Drei Zimmer und die Küche: nach vorn das Zimmer der Gnädigen und des Herrn und das Speisezimmer und nach hinten das Zimmer Gastons und die Küche, mit einer kleinen Diele in der Mitte, die auf der einen Seite auf die Ladentreppe hinausging, auf der anderen auf den Hausflur, in den man vom Hof her eintrat. Einem dunklen, ganz verwinkelten Hof, der von großen Bretterhaufen versperrt war, weil es unten einen Tischler gab, Tür an Tür.

Herr Eugen kam also herunter. Er sah nach, ob Angelika aus dem Laden den Strohsack hatte verschwinden lassen, auf dem sie schlief. Na schön, dieses Mal lag nichts herum. Das schlimmste war der Kamm, der immer auf dem Ladentisch zu finden war, und manchmal ein schmutziger Unterrock, den Angelika nicht die Zeit gefunden hatte, in ihre Lade zu stekken, eine kleine Lade unter der Treppe, in die man auch die Sachen des Alten warf. Und der große Spiegel, sah der wenigstens sauber aus? Da alles in Ordnung war, gab Herr Eugen seiner Zufriedenheit durch einen kleinen Klaps auf Angelikas Nacken Ausdruck, die sich hingehockt hatte, um den Boden zu wischen. Herr Eugen stand im siebenundvierzigsten Jahr. Ein mittelgroßer Mann, aber kräftig, leicht in Zorn geratend, mit einem schwarzen, gewichsten Schnurrbart, dessen Enden sorgfältig in kleine Locken gerollt waren. Er war in graues Alpaka gekleidet. Sohn des Kranzbinders, der den Laden vor ihm besessen hatte, war ihm noch zu Lebzeiten seiner Eltern die Idee gekommen, seinem Geschäft eine weitere Abteilung anzugliedern. Aber diese waren gegen das Risiko gewesen. Am Totenbett des Vaters brachte Herr Eugen seine Mutter dazu, ihm in der Sache freie Hand zu lassen. Zum Ausgleich verpflichtete er sich, zu heiraten und den »Blumenkorb« sein zu lassen, in dem während der letzten Lebensjahre des Vaters Eugens ganzes Geld verschwunden war, sowie auch die kleinen heimlichen Ersparnisse der Mutter, die er ihr mit allen Mitteln abgezwungen hatte, einschließlich dem des Aufbrechens ihrer Schublade. Mit seiner Hutidee hatte er die Tochter eines Hutmachers aus der Unterstadt geheiratet, dessen Kapital zu übernehmen war, angesichts der Tatsache, daß der Hutmacher krank, halb gelähmt und verblödet war, nachdem seine zweite Frau mit einem Jahrmarktsringer unter Mitnahme der Kasse das Weite gesucht hatte und die Tochter aus erster Ehe weder mit ihrem Herzen noch mit ihren liegengebliebenen Hüten etwas anzufangen wußte: Sie war ein braunhäutiges Mädchen, diese Pauline, mit einer Anlage zum Dickwerden. Ziemlich damenhaft. Man hatte den Alten in einem Raum hinter dem Laden untergebracht, das junge Paar bewohnte das hintere Zimmer im ersten Stock. Vier Jahre lang hatte sich Herr Eugen in acht genommen, um kein Kind zu zeugen, und zwar wegen des Zimmers: Er wünschte keinen Säugling, der ihn am Schlafen hindern könnte. Als seine Mutter an einer Bronchitis starb, hielt er sich nicht mehr zurück, und Gaston kam im gesetzlichen Abstand zur Welt, auf den Tag neun Monate nach der Beerdigung.

Angelikas Nacken war runder als der Victorines. Victorine war das Dienstmädchen gewesen, das die Gnädige hinausgeworfen hatte, als sie bemerkte, daß der gnädige Herr mit ihm schlief. Es gab Tränen in der kleinen Wohnung im Zwischenstock und Geschichten in der Nachbarschaft; Victorine hatte sich das nicht einfach gefallen lassen, und der Alte unten rief jeden Morgen nach Victorine mit der Stimme eines alleingelassenen Kindes, weil sie ihn immer gesäubert hatte von dem, was er nachts ins Bett gemacht hatte, und sie hatte es heraus. Gaston, der damals fünfeinhalb Jahre zählte, klaute die Perlen von den Kränzen, um damit unter den Brettern im Hof mit anderen Jungen zu spielen.

Über drei Jahre lang hatte Madame selbst den Haushalt geführt, eine Ersparnis, die sie hart ankam, aber auf diese Weise gab es kein Risiko. Sie hatte sich kaputtgemacht mit dem Frühaufstehen, hatte sich nasse Füße geholt beim Aufwischen der Ladenräume, sich die Hände bei der Wäsche und beim Geschirrwaschen verdorben, hatte sich Rheumatismus geholt. Ein zweites Kind kam nicht in Frage: Gaston würde nach ihnen sowohl die Kränze als auch die Mützen benötigen. Herr Eugen hielt sich zurück. Madame begann mit fünfunddreißig Jahren trotz aller Bewegung dick zu werden und hatte am Morgen Mühe, auf ihren armen geschwollenen Füßen zu stehen. Gaston ging zur Schule und spitzte seine Bleistifte über dem Brei des Großvaters an. Wenn Madame nicht im Laden war, strickte sie oben im Speisezimmer.

Nach annähernd vier Jahren dieses Lebens wurde eines schönen Tages einer der Stadträte, ein geachteter Mann und fromm dazu, im »Blumenkorb« tot aufgefunden, unter Umständen, die die Leute dazu brachten, beim Aperitif in den Cafés die Köpfe zusammenzustecken, und alle jene, die zur Zeit der Affäre in dem öffentlichen Haus gewesen waren, wurden als Zeugen zu den Behörden bestellt. Es war nicht der Schlagfluß, an dem der Stadtrat verstorben war, sondern ein Messerstich, und eines der Mädchen wurde des Mordes überführt. Die Gnädige erfuhr gleichzeitig, daß ihr Gatte wie in seinen jungen Jahren ein ständiger Gast des Hauses geworden war.

Wozu sich also verrückt machen? So war also Angelika angestellt worden. Eine Ausgabe, gewiß, aber nicht zu vergleichen mit dem »Blumenkorb«! Von da an stand die Gnädige wie eine Prinzessin um neun Uhr auf, und sie verlangte sogar von dem Mädchen, daß man ihr das Frühstück ans Bett brachte. Was Herrn Eugen anbelangte, nun, es war immer noch besser, daß er das zu Hause erledigte! Er kam also morgens herunter, sobald der Laden geöffnet wurde, und überwachte Angelika, denn, nicht wahr, Spaß ist eine Sache, aber die Arbeit ist etwas anderes. Sehr weiß, mit schwarzem weichem Haar, war Angelika sehr verschieden von Madame.

Im Hinterzimmer stöhnte der Alte leise; er wollte gesäubert werden. Er beruhigte sich auch nicht, als Herr Eugen Angelika in die Ecke hinter die Kränze zog, um die Zeit auszunützen, bevor der Junge herunterkam. Angelika, wie Victorine, hatte es heraus.

III

Nicht alle Arbeiter der Schokoladenfabrik wohnen in dem Viertel, das den Betrieb umgibt: viele leben zusammengedrängt in kleinen Häusern außerhalb der Stadt, entlang einer Straße, die sich durch die Ebene zieht, manche sogar sehr weit entfernt, jenseits der Mandelbaumfelder, und um hereinzukommen, nehmen sie die holpernde Straßenbahn, deren Leitungsstange den staubgrauen Himmel durchpflügt und manchmal mit lautem Knall vom Draht wegspringt. Dann hält alles an; der Wagenführer steigt ab und versucht lange Zeit, während er an der Schnur zieht und Funken sprühen läßt, das Rädchen auf den schwingenden Draht zurückzubringen.

Dann kommt man an Landsitzen vorbei mit niedrigen Zäunen und Gärten, wo Damen ihre Siesta halten in Morgenröcken aus bedruckter Leinwand und Zeitungen über dem Gesicht wegen der Fliegen. Weiter hinten, nach den Hügeln zu, steigen Wein- und Maisfelder an. In der Sonne, zwischen den verkümmerten Bäumen, dreht ein mageres Pferd endlos das Rad eines Brunnens. Und dann kommen andere Landsitze. Ein neuer Brunnen, Weinberge und schließlich das Haus der Loménie de Méjouls, »Les Mirettes«.

Herr Loménie de Méjouls ist Atheist. Er wird bald sechzig. Sein Bart ist noch ganz schwarz, das Haar nicht überall weiß, dicke Nase, braune Flecken in den Falten des Gesichts, die Augen meist gerötet, ein Meter neunzig groß. Er trägt einen alterslosen Panama, der sein Band verloren hat, aber immer noch, trotz fünfzehn Sommern vielleicht, dessen Spur deutlich zeigt, außerdem einen grauleinenen Anzug, und der oberste Knopf des kragenlosen Hemdes fehlt. Herr Loménie de Méjouls ist Atheist.

Vor vierzig Jahren, zu Anfang der Republik, hat er mit den Jungen vom Nachbardorf mit Steinwürfen die Prozession auseinandergejagt, die mit dem Bild der Muttergottes, wegen der Reblaus, durch die Weinberge ging. Sein ganzes Leben lang hat er mit ihnen gesoffen, er hat mit ihren Frauen geschlafen, sie haben mit ihren Jagdflinten nach ihm geschossen, und man hat sich dann wieder versöhnt, denn was ist das schon: die Frauen, und man hat sich im Café Blanc besoffen, und im Dorf laufen drei oder vier Jungen umher, die dem Alten mit seiner Kartoffelnase ähnlich sehen, weil nämlich, wie allgemein bekannt ist, die Loménie de Méjouls immer nur männliche Kinder hervorbringen. Was ihn übrigens nicht abhielt, von Madame de Loménie eine Tochter zu haben.

Vor dreißig Jahren hatte er sie geheiratet, Philbertine de Canope, und aller Voraussicht zuwider hat er mit ihr vier Kinder gehabt, drei Söhne und Suzanne. Die Ärzte sagten vor der Heirat, daß Philbertine nicht Mutter werden könnte, und man glaubte es auch im allgemeinen, weil die Braut ganz verwachsen war, bucklig und nicht höher als ein Meter vierzig über dem Boden. Sie und dieser Riese mit seinen mächtigen Händen, der nach Gesundheit und Tabak roch, gaben ein ungeheuerliches, unwahrscheinliches Paar ab, aber Loménie hatte nicht einen einzigen Sou, während Philbertine mit ihrer Mitgift ihm erlaubte, das Grundstück zu kaufen, das er haben wollte, und dort seinen Wein anzubauen und das Künstlerleben zu führen, auf das er hielt. Denn er war ein Künstler: er malte Enten auf Leinwand von kleinem Format.

Die Familie de Canope hatte die Gewohnheit, ihren ältesten Töchtern den Namen Philbertine zu geben, zu Ehren der heiligen Philbertine, einer Canope des sechzehnten Jahrhunderts, die von den Mauren vergewaltigt und infolgedessen gradenwegs in den Himmel gekommen war. Angénor de Canope hatte sich mit Leidenschaft der Heirat Philbertines mit einem Manne widersetzt, der keinen Glauben hatte, obwohl man ihm entgegenhielt, daß er eine unerwartete Partie sei, ein Mann, wie man ihn nicht zu erträumen gewagt hätte, der den Mut hatte, sich mit dieser jungen Scheußlichkeit einzulassen. Loménie hatte die Frechheit so weit getrieben, daß er das häßliche Mädchen entführt und geschwängert hatte. Man konnte dann nur noch nachgeben, und der Nachfahr der Heiligen war die Lebensgefährtin dieses herkulischen Freidenkers geworden. Als man sich darüber wunderte, wie er es fertiggebracht habe, sie zu schwängern, sagte er, es sei ganz einfach, wenn man sich nur ein bißchen Mühe gäbe, man müsse nur richtig zielen. Er hatte nicht seinesgleichen in der Kunst, Wachteln mit Steinwürfen herunterzuholen.

So war also das Kind zum richtigen Datum gekommen, und drei andere folgten ihm. Aus diesem krummen Stamm gingen wahre Loménies hervor, Burschen, die ihrem Vater glichen, mit Abweichungen rein mentaler Art, die an ihre Abkunft von der Heiligen gemahnten. Nur Suzanne, die Jüngste, die sich ihren Papieren nach auch Philbertine nannte, aber den Namen gewechselt hatte, weil immerhin, nicht wahr?, hatte von den Canope eine gewisse grazile Art, ohne jedoch die mütterliche Entstelltheit zu teilen: sie war eine ganz normale kleine Brünette, nur furchtbar klatschsüchtig, und nur manchmal, wenn sie müde war, stand bei ihr die eine Schulter höher als die andere. Sie hatte dann im Aussehen eine gewisse Verwandtschaft mit einem Alraun, was wieder an ihre Mutter erinnerte. Aber sie war schließlich zu verheiraten: sie hatte von ihrer Mutter weder den Schnurrbart noch jenen kleinen Speichelfluß rechts, der Madame de Loménies Anblick äußerst unangenehm machte.

Die Familie wurde ergänzt durch eine alte Kusine Frau de Loménies, Tante Eva, die die Kinder aufgezogen hatte, einer dürren und ausgetrockneten Dame mit ewig bebenden Nasenflügeln und tizianrot gefärbtem Haar – denn das ist die einzig natürliche Farbe, die man dem Haar wiedergeben kann –, das über dem Kopf zu einem großen Dutt mit Löckchen zusammengefaßt war. Seit Menschengedenken hatte man Fräulein Eva nicht ohne Stoffhandschuhe gesehen, außer vielleicht der alte Loménie, der um achtzehnhundertneunzig mit ihr geschlafen hatte. Sobald die Söhne mannbar geworden waren, hatten sie alles getan, um abzuhauen. Sie erschienen manchmal kurz in »Les Mirettes«, im allgemeinen zur Zeit der Weinernte.

Suzanne spielte Klavier und war sehr geschickt in jeder Art von Handarbeit. Sie war es, die in der Stadt die Mode des Filierens und das Modell von Cluny lancierte, von dem sie selbst schon drei Viertel fertiggestellt hatte. Sie verstand sich nicht mit ihrem Vater, der ohne Glauben war, aber sie bewunderte seine Malerei. Meistens saß sie in der Stadt bei Freundinnen oder bei den Müttern ihrer Freundinnen herum, weil sie Damengesellschaft liebte. Sie galt als sehr gefällig, ohne daß man hätte sagen können, warum. Mit zweiundzwanzig Jahren war ihr ganzes Interesse am Leben auf die Entdeckung von Ehebruchgeschichten gerichtet. Wenn ein neuer Beamter in die Stadt kam, ein unverheirateter Postsekretär zum Beispiel, welches Glück! Sie hatte keine Ruhe, bis sie wußte, mit wem er schlief. Sie kalkulierte im stillen schon vorher. Frau Migeon? Frau Respellière? Frau Migeon war die Geliebte des

Wegebaumeisters, und Frau Respellière die des Doktor Lamberdesc, also ... Nicht immer lagen die Dinge gleich klar. Suzanne zitterte vor Neugier, und dann konzentrierte sie sich plötzlich auf eine Familie, ging einer der Damen in der Stadt nicht mehr von der Seite, fand sie so charmant, hatte nichts als Lobsprüche für sie, war bereit, bei ihren Soireen am Klavier zu sitzen. Die Unglückliche, ohne Verdacht zu haben, freute sich dieser neuen und plötzlichen Freundschaft, sie hatte alle Chancen im gleichen Augenblick: einen neuen Liebhaber, eine neue Freundin. Schließlich erlangte Suzanne die gesuchte Gewißheit – ihre neue Freundin war in der Tat die Mätresse des jungen Mannes, mit dem sie sie eines Abends auf dem Boulevard gesehen hatte. Sie war verletzt, sie zog sich zurück, und man sah sie nicht mehr bei der Ehebrüchigen. Sie sagte den Damen Barrel von der Schokoladenfabrik, daß ein junges Mädchen bei einer so leichtsinnigen Person nicht mehr verkehren könne.

Sie hatte mit diesem kleinen Rezept bereits zwei Scheidungen verursacht, und infolge der Geschichten, die die Notarsfrau ihretwegen mit ihrem Mann gehabt hatte, war die schuldige Frau von einem nervösen Tick befallen worden, der sie beim Reden mitten im Satz durchschüttelte.

Sonntags bediente Suzanne de Loménie de Méjouls die Orgel in der Kirche des Dorfes, in dessen Nachbarschaft »Les Mirettes« lag, und man kam aus der Stadt, um sie zu hören. Aber der große Haß im Leben Suzannes waren die Schokoladenarbeiterinnen.

Sie haßte die Schokoladenarbeiterinnen, weil ihre drei Brüder unter ihnen Geliebte gehabt hatten, und natürlich hatte sie alles sofort gewußt, weil sie den Brüdern gefolgt war, ihre Briefe geöffnet und sie in Widersprüche verwickelt hatte. Sie hatte alles getan, um diese entehrenden Verbindungen aufzulösen, und wenn sie auch nicht selbst dieses Ziel erreicht hatte, so hatte doch das Leben das Seinige dazu getan; denn die zwei ältesten hatten ihre Freundinnen sitzengelassen, als sie dem Ort den Rücken kehrten. Was den dritten anging, so war die Sache ernster gewesen.

François de Loménie hatte sich in eine Italienerin verliebt, die Tochter eines der Piemontesen aus der Fabrik. Ein schönes Mädel, muß man zugeben, aber geschmacklos angezogen, und dann so gar nicht gepflegt. Wie konnte François nur? Gewiß genausogut wie Papa mit Mama, hatte er seiner Schwester frech geantwortet, die darauf eine Nervenkrise bekam.

Dieser François war ein sehr schöner Junge, mit einem Zug von Schwäche im Gesicht. Aber was den Rest anbetraf, ein Stier. Und der einzige aus der Familie, der nicht die väterliche Kartoffelnase geerbt hatte. Er hatte eine hübsche schmale Nase, fragt sich nur, woher. Er war es, der »Les Mirettes« übernehmen sollte, und er studierte daher Landwirtschaft. Man hatte ihn für zwei Jahre auf eine Spezialschule nach Algier geschickt, von wo er zurückgekommen war. Er experimentierte an den Weinstöcken, weil der Vater nicht an die Muttergottes glaubte, um sie vor dem Mehltau oder der Reblaus zu schützen. Kurz, er hatte sich mit der Maria Pallatini eingelassen, die mit ihrer Familie in einer Holzbaracke wohnte. Man sah die Baracke von der Straßenbahn aus, mit einer Menge Wäsche drum herum und einem Haufen nackter Kinder, daß es eine Schande war. Jungen waren es, und man konnte alles sehen, was der liebe Gott ihnen gegeben hatte.

Ein ganzes Vierteljahr war François für »Les Mirettes« verloren. Der Vater fand das ganz in Ordnung. Gutes Blut kann sich nicht verleugnen. Fräulein Eva war einfach eifersüchtig, und Philbertine betete Rosenkränze herunter, auf die lange glänzende Speichelfäden fielen. Suzanne, außer sich, ging nicht mehr in die Stadt, sondern schlich in den Weinbergen herum. Wenn sie von fern ihren Bruder mit der Ausländerin sah, was genau das war, was sie suchte, weinte sie drei Tage lang. Das mußte aufhören. Ein Arbeitermädchen!

François erfuhr eines Tages durch einen Brief, daß Maria in der Stadt einen jungen Mann traf, mit dem sie sich »über ihn lustig machte«. Der Brief war nicht unterzeichnet. Er traf François wie ein Dolchstoß ins Herz. Er beobachtete Maria, sie bemerkte es und wurde wütend. Es kam zu Schlägen, aber sie versöhnten sich irgendwo auf den Hügeln, im Frühling, wo die kleinen roten Tulpen standen und die Vögel sangen.

Darauf vermehrten sich die anonymen Briefe, sie wurden präziser, und die Eifersucht vergiftete François, der von Natur aus jähzornig war, ganz und gar, und er schlug Maria, und sie ertrug es zehnmal, zwanzigmal, weil sie ihn liebte, weil er schön war, weil er gut roch und weil sein Haar gelockt war, an das sie sich mit beiden Händen klammerte, während er sie liebte.

Aber als er zu ihrem Vater kam, während er nicht da war, und in ihren Sachen herumsuchte, konnte sie es nicht mehr ertragen und schlief mit einem Arbeiter aus der Fabrik, der ihr keinen Vorwurf daraus machte, nicht der erste zu sein, und für den nicht die Frage stand, ob sie ihn nur um seiner selbst willen liebte oder einer anderen Sache wegen, zum Beispiel wegen »Les Mirettes«, wie das der letzte Brief dem verrückten François in den Kopf gesetzt hatte.

François weinte drei Monate lang, dann verschwand er und ging zur Fremdenlegion. Ein Jahr lang war man ohne Nachricht von ihm, dann kam eine Postkarte, die er dem Vater aus Marokko geschrieben hatte.

Suzanne dankte sonntags an der Orgel dem Herrn für die Vereitlung dieser Mesalliance.

IV

Trotz der Demut, die sie ihrem Gatten bezeigte, war Augustine Barrel, geborene Schoelzer-Bachmann, Frau des großen Schokoladenfabrikanten Barrel, einer der tragenden Pfeiler seines Reichtums. Die Schoelzer-Bachmann sind eine Dynastie von Industriellen aus dem Elsaß, die der Kriege und Annexionen spottet, dank dem Garn SB, das sie herstellt und herstellen wird, solange die Welt Welt sein, das heißt, solange es Aktionäre, Dividenden und Arbeiter geben wird. Von ziemlich schwacher Gesundheit seit ihrer Jugend, hatte Augustine, von der Bluterkrankheit betroffen, niemals nähen lernen wollen, weil ein einziger Stich sie hätte verbluten lassen können. Jede ihrer drei Töchter hatte ihr fast das Leben gekostet. Blond, mit schmaler Nase, das Haar seit dreißig Jahren in der Mitte gescheitelt, mit tiefem Knoten, ein Samtband um den Hals, mit mageren Händen nähert sich Frau Barrel voller Unruhe den Fünfzigern.

Sie ist äußerst religiös und hat Emil niemals betrogen. Bei jeder Gelegenheit hält sie einsame besinnliche Stunden ab, legt sich selbst Strafen auf, liest ihren Töchtern jeden Abend ein Kapitel aus dem Erbaulichen Leben des Pastors von Ars vor und trägt eine Masse kleiner Medaillen unter dem hausgemachten flanellenen Mieder, von dem sie sich weder im Winter noch im Sommer trennt. Dennoch bleibt ihr etwas von ihrem ursprünglichen Glauben, denn wie alle Schoelzer-Bachmann wurde Augustine im Glauben der reformierten Kirche erzogen, und sie ist zum Katholizismus erst wegen ihrer Heirat mit Barrel übergetreten. Gerade das war das Romantische an dieser Heirat, denn Augustines Familie stand römischen Verbindungen feindselig gegenüber, und die Konversion der jungen Frau war ein Drama gewesen, in dessen Verlauf in Mülhausen und in Belfort viele Tränen geflossen waren. Von ihrer protestantischen Erziehung her hatte Madame Barrel nur einen geheimen Widerwillen gegenüber dem Marienkult bewahrt. Was den Rest anbelangt, so konnte man keine größere Idolatrie treiben: Christus, der heilige Sebastian, der heilige Antonius von Padua ... Mit einem Wort: selbst im Paradies bevorzugte die Frau des Industriellen im allgemeinen die Männer.

Ihre Töchter sind ihr Stolz: alle drei sind reizend, ein wenig mager, das wird sich mit der Heirat geben, die ihren Kreislauf in Ordnung bringen wird, blond wie die Mutter, mit verträumtem Ausdruck: sie scheinen aus Kirchenfenstern herabgestiegen zu sein. Demgemäß sind sie auch angezogen. Die älteste ist vierundzwanzig, die jüngste achtzehn. Es fehlt ihnen nicht an Partien; aber der Vater hat keine Eile.

Madame Barrel bietet der Welt das erbauliche Schauspiel der Einfachheit im Reichtum. Sie könnte in Paris wohnen, sie zieht vor, ein Leben in der Provinz weiterzuführen, neben der Fabrik, der Quelle ihres Wohlstands. Nicht zu sehr in der Nähe übrigens, vielmehr auf der anderen Seite der Stadt, wo die ländliche Umgebung direkt die Häuser erreicht, die den Hügel herunterkommen, dort, wo die Steinbrüche liegen.

Die Barrel haben ein großes Haus mit einem von Mauern umschlossenen Park, aber das alles ist nichts Besonderes, wenn man ihren Reichtum in Betracht zieht. Um das Haus zu unterhalten, haben sie zwei Diener und den Gärtner. Dazu kommt noch der Schofför für den Wagen. Das ist ihr einziger wahrhafter Luxus, aber Emil hielt darauf. Eine Limousine, mächtig, komfortabel, gemütlich.

Emil Barrel ist ein kleiner rothaariger Mann, mit rotem Gesicht und wohlgenährt. Er trägt das Haar kurzgeschnitten und einen Schnurrbart, der wie ein Accent circonflexe aussieht und ihm aus den allzu großen Nasenlöchern unter der stumpfen Nase herauswächst. Er hatte eine Vorliebe für gestreifte Hosen und gepunktete Krawatten. Das Essen ist, um die Wahrheit zu sagen, das Wesentliche in seinem Leben. Es regt ihn an. Er bringt seinen Geschäften einen gewissen theoretischen Lyrismus entgegen. Es ist nicht nur um des Geldes willen, daß er sich freut, eine Million Savoyarden im Jahr verkauft zu haben, sondern er läßt vielmehr auf graphischen Darstellungen die Produktionskurve der Fabrik einzeichnen und versucht sich vorzustellen, wie diese Kurve sich noch entwickeln könnte. Wenn er sich getäuscht hat, wenn sie plötzlich Haken macht oder eine Linie nach unten, häßlich wie ein langer Zahn, so wird er richtig traurig, und zwar aus ästhetischen Gründen. Obwohl sie ihm drei Töchter gegeben hat, vernachlässigt er Frau Barrel ein wenig. Er reist manchmal nach Lyon. Besitzt er dort nicht gefällige Vettern, die man sich günstig erhalten muß?

Seit einigen Jahren leidet Frau Barrel unter ziemlich merkwürdigen Störungen. Sie erwacht voller Schrecken mitten in der Nacht und erblickt neben ihrem Bett alle möglichen menschlichen Figuren, deren Atem sie spürt und die dastehen, ohne sich zu rühren, diesmal noch, aber beim nächsten Mal könnte das schon anders sein. Die Erscheinungen der Frau Barrel sind nicht von der Art, die an geweihten Stätten auftauchen, die Villa der Barrel wird keineswegs zu einem Lourdes. Es handelt sich immer um Männer, die ziemlich dick und nicht sehr jung sind. Augustine hat nicht den Eindruck, daß sie wirklich nackt sind, sondern sie sind eher wie Bäcker bis zum Gürtel entblößt. Manchmal, nicht immer, sind sie sehr behaart. Sie sieht ihre Brüste mit großer Deutlichkeit. Es ist gerade dieser Umstand, der ihr klarmacht, daß es sich nicht um junge Männer handelt. Sie haben eine ziemlich fette Brust, Falten auf dem Bauch und eine sehr fahle Hautfarbe. Sie sehen sie mit seltsamen Blicken an.

Einmal weiß sie gewiß, daß der eine von ihnen Garibaldi war. Es muß erwähnt werden, daß sich das in einem Augenblick ereignete, wo das Geschäft schlecht ging und ihr Mann Arbeiter hatte entlassen müssen. Natürlich hatte er mit den Italienern angefangen. Das war es wahrscheinlich, was Garibaldi geärgert hatte, obwohl sich in seiner Haltung nichts von Zorn verriet und er sie nur ansah, indem er sich langsam den Bauch rieb, während er seine Unterlippe schmachtend hängenließ. Wie immer, hatte Augustine zehn Vaterunser und zehn Ave-Maria gesagt, und die Erscheinung war verschwunden, was ihr höllisches Wesen zur Genüge verriet.

Sie hat versucht, mit Emil über die Erscheinungen zu reden. Er hat sie zunächst aufmerksam angehört, weil er glaubte, es wäre der Schofför ... dann hat er sich über sie lustig gemacht. Jetzt bleibt ihr nur noch ein Mensch, mit dem sie darüber reden kann, und das ist ihr Beichtvater. Sie versäumt es nicht zu tun. Der Herr Abbé Petitjeannin, Priester an der Kirche Unser Lieben Frauen von den Oliven, hört ihr mit nicht nachlassender Aufmerksamkeit zu. Er ähnelt ein wenig Garibaldi, soweit ein kahlköpfiger Priester dem Garibaldi ähnlich sehen kann.

Das seltsame ist, daß Frau Barrel begonnen hat, Interesse für den historischen Garibaldi zu entwickeln. Sie ist in der Stadtbibliothek gewesen, um nach Büchern über Garibaldi zu forschen, Büchern, in denen sie sein Bildnis finden kann. Sie hat eine sehr deutliche Erinnerung an Garibaldis Atem. Er ist rhythmisch, ziemlich kurz, heiß. Ein richtiger Tieratem. Sie erschauert. So kommt es, daß die fromme Frau Barrel sich allmählich an die Gegenwart höllischer Wesen gewöhnt und daß sie diese Gegenwart schließlich sogar wünscht, ja sogar herbeiführt.

Wenn Emil Barrel nicht an den Teufel glaubt, so glaubt er doch an Gott, und das ist schon allerhand. Nicht, daß er gerade sehr fromm ist, aber schließlich geht er sonntags in die Kirche, und wenn er einmal die Messe versäumt, so niemals des Geschäftes wegen. Denn er ist das, was man einen guten

Chef nennt, trotz Garibaldis schlechter Laune. Die freundschaftlichen Beziehungen zwischen seinen Arbeitern und ihm beschränken sich nicht auf den Austausch von Blumen: von seiten der Arbeiter an die Fräulein bei den großen Gelegenheiten und von seiner Seite an die Arbeiter bei ihren Begräbnissen. Er hat dem Herrn Abbé Petitjeannin einen schönen luftigen Raum übergeben für einen Werksverein, und dort hat nun die Arbeiterjugend ihren Klub, genau wie englische Gentlemen, wie der Unterpräfekt Rateau sagte, ein gutgesinnter Mann, der es nur seiner Karriere wegen nicht so zeigen kann. Um auf Garibaldi zurückzukommen, so ist der Raum gerade durch den Umstand frei geworden, daß man die Italiener entlassen mußte, als Barrel sich nämlich dazu entschloß, die Anzahl der hergestellten Sorten zu verringern und alle Kräfte auf die erfolgreichen zu konzentrieren. Natürlich brauchte man dann keine so starke Belegschaft mehr. Herr Barrel war selbstverständlich ganz traurig, sich von einem Teil seiner Arbeiter trennen zu müssen, und hatte lange das Für und Wider erwogen. Aber, nicht wahr, man darf niemals gegen die Vernunft handeln, und das Interesse der Fabrik war auch das der Arbeiter: wenn man Pleite gemacht hätte, was wäre aus ihnen geworden? Dann hätte nicht nur ein Teil von ihnen auf der Straße gelegen. Herr Barrel hatte, bevor er seine Entscheidung traf, die Liste der zu Entlassenden wieder und wieder gelesen. Zunächst natürlich kein Franzose. Es gab übrigens Italiener, die bessere Arbeiter waren als die Franzosen, die auch schon länger im Betrieb waren und so weiter, aber in diesem Punkt kam eine Diskussion gar nicht in Frage: über den Interessen stehen die Ideen, das Vaterland.

Zehnmal hatte sich Herr Barrel mit den Listen auch die Akten seiner Arbeiter bringen lassen, in denen alle ihre Versäumnisse vermerkt worden waren: Abwesenheit, Verspätungen, Krankheiten, ihre familiäre Situation, Überstunden, die Leistung jedes einzelnen, seine politischen Ideen und alles Weitere. Herr Barrel hatte eine enorme Angst davor, irgendeinem von ihnen Unrecht zu tun, und sei es auch der letzte und armseligste. Bei der Auswahl derer, von denen er sich zu trennen gedachte, ergriff er alle nur denkbaren moralischen Vorsichtsmaßregeln. Nicht etwa, daß er das Stirnrunzeln Garibaldis fürchtete, aber er litt auch auf seine Art unter den Vorwürfen seines eigenen Gewissens, vor allem nach seinen Reisen nach Lyon und den Fleischklößchen der Mutter Filloux.

Nun, diese zehnmalige Prüfung hatte noch nicht genügt; er hatte seine Liste dem Abbé Petitjeannin unterbreitet für den Fall, daß auch nur ein einziger unter den Entlassenen seiner persönlichen Führung oder seiner Frömmigkeit wegen zu halten gewesen wäre. Aber Tatsache ist, daß der Herr Abbé niemanden in der Liste finden konnte, den er gekannt hätte, was bewies, daß sie gut zusammengestellt war. Die Trotzköpfe, die Sozialisten, waren an erster Stelle von Emil eingezeichnet worden, und das war schon eine ganze Reihe. Immerhin, wenn man sich schon unbedingt von Personal trennen muß, so versteht es sich von selbst, daß man die behält, die mit ihrer Stellung zufrieden sind, und nicht jene, die immer aufmucken. Diese letzeren werden vielleicht anderswo glücklicher sein, und die Erleuchtung wird ihnen erst dort kommen.

Man sieht, daß aus einem Übel etwas Gutes hervorgeht; denn den Entlassungen war es zu verdanken, daß der Werksverein eine Unterkunft gefunden hatte. Und auch dort erwies sich der Nutzen der Beharrlichkeit. Herr Barrel trennte sich von einer ganz hübschen Summe, um die Musikkapelle des Vereins nach der Art der Turner von Joinville auszurüsten: mit weißer Hose, weißem ärmellosem und kragenlosem Sweater, einer kleinen Marinejacke mit goldenen Knöpfen, Mütze mit Lackschild und einem Gürtel, auf dessen Schloß das Herz Jesu zu sehen war. Er bezahlte sogar die blauweiße Fahne mit einer heiligen Johanna und ließ auf seine Kosten einen militärischen Instrukteur kommen, einmal wöchentlich aus der Departementshauptstadt, wo eine Garnison lag. Auf diese Weise konnten die jungen Arbeiter, wenn sie zum Militärdienst einrückten, sehr schnell Gefreite, später Korporäle, Unteroffiziere, warum nicht gar Offiziere werden. Man kann wirklich sagen, daß ihnen die Welt offenstand; man denke nur an Hoche und Kléber.

Aber bis dahin muß man sicher noch manchmal unangenehme Maßnahmen ergreifen. Die Firma Barrel ist nicht die einzige in Frankreich, ohne von der Schweizer Konkurrenz zu reden, trotz der Zölle. Unschlagbar, was die Verpackung angeht, diese Schweizer. Ich rede nicht von der Schokolade. Kurz, die Schokolade Barrel verkaufte sich vor allem auf dem Lande, in den kleinen Dorfläden, auf den Jahrmärkten. Ihr wichtigstes Absatzgebiet war die Bretagne. Eine alte und solide Verkaufsorganisation hatte bisher der Firma erlaubt, ihre Konkurrenz nicht ernst zu nehmen. Natürlich behauptete man nicht, etwa Marquis oder Pihan den Rang abzulaufen, das heißt den Marken, die Leute guten Geschmacks in Paris zum neuen Jahr verschenken. Nein. Aber die Schokolade Barrel war solide, gesund, nahrhaft, etwas weißlich im Innern. Besonders für das Vesperbrot geeignet. Nun hatten verschiedene Firmen begonnen, das Land mit Produkten zu überschwemmen, die den Erzeugnissen Barrel ähnlich waren. Vielleicht von geringerer Qualität; aber die Leute haben ja keine Ahnung. Die Schachteln sahen besser aus, und was vor allem in der Bretagne der Schokolade Barrel schadete, war eine neue Schokolade, die »La Croix« hieß, wie das Waschmittel, hatte zuerst der Herr Abbé Petitjeannin, ein ziemlich sarkastischer Mann, gesagt, und das Schlaue lag darin, daß auf der Tafel ein Kreuz im Relief zu sehen war! Man kann sich über so etwas lustig machen, aber wenn man am Jahresende den Umsatz nachrechnet ... Das war es, was der Herstellung der »Savoyarde« vorausging. Die Idee hatte der Herr Abbé Petitjeannin gehabt. Man muß wissen, daß die berühmte Glocke von Sacré-Coeur, die diesen Namen trägt, auf dem Lande sehr volkstümlich ist. Man spricht oft von ihr im »Pélerin« und dann, nicht wahr, war es nett und poetisch, eine Bäuerin aus Savoyen neben die Glocke auf den bedruckten Umschlag der Schachtel zu setzen. Der delikate Punkt lag in der Entscheidung, ob die Krokette eine Zeichnung oder ein Relief tragen sollte oder nicht, die an ihren Namen erinnerten. Die Sache erforderte Überlegung.

Die Krokette ist eine Schokoladenform, die für den Hersteller außerordentlich günstig ist. Man kann Gewicht und Oberfläche einer Krokette nicht leicht nach dem Augenmaß abschätzen, und so gewinnt man mit einer winzigen Differenz im Durchmesser oder in der Dicke ganz unglaublich in der Quantität. Dagegen war mit den Tafeln nichts zu machen: da gibt es Standardmodelle, und versuchen Sie mal, gegen die Waage anzukommen! Aber wenn man andererseits mit Phantasieprodukten anfing, brauchte man neue Maschinen, eine ganze Ausrüstung, und der Preis der Krokette würde bald darunter leiden. Emil Barrel hatte einen Einfall: er ließ in die Schachteln den kleinen handnumerierten Zettel stecken, der bewies, daß jede Krokette einer Kontrolle, einer besonderen Überwachung unterworfen war. Auf diesem Zettel, der den Verbraucher aufforderte, im Falle der Unzufriedenheit an die Firma zu schreiben, etablierte ein perfider Satz über die zweifellos künstlerisch gegossenen oder dekorierten Schokoladen den Unterschied, der zwischen äußerlich aufgemachten Sorten und der einfachen, kräftigen »Savoyarde« besteht, bei der alles nur auf Steigerung des Nährwertes abzielte. Natürlich war das alles sehr hübsch und ziemlich gut kalkuliert, aber in jedem Konkurrenzkampf gibt es einen wesentlichen Punkt, und das ist der Preis der Ware. Die »Savoyarde« hatte alle Möglichkeiten eines Erfolges, sofern sie die preiswerteste Krokette sein würde. Zu diesem Zweck mußte der Herstellungspreis verringert werden. Über die Verpackung ließ sich nicht feilschen: man brauchte nur die Schweizer anzusehen. Ein einziges Mittel blieb: man mußte die Löhne der Arbeiter senken. Das lag ja in ihrem eigenen Interesse, natürlich nicht unmittelbar, aber lag es denn im unmittelbaren Interesse von Emil Barrel, wenn er die hübsche Ausstattung der Musikkapelle bezahlte? Man kann nicht immer vom Standpunkt der Unmittelbarkeit ausgehen. Man muß an die Zukunft denken. Die Arbeiter mußten also begreifen, daß ihr wirkliches Interesse das Gedeihen ihres Betriebes war. Es würde ihnen nicht viel nützen, wenn die Schokolade Barrel auf dem Markt hinter der Konkurrenz zurückbleibt, wenn man zum Beispiel die Bretagne verlieren würde. Eine Senkung um fünfzehn Prozent wäre jedenfalls mit einem solchen Ereignis nicht zu vergleichen. Emil Barrel, der sehr bescheiden lebte, im Vergleich zu den Mitteln, die er besaß, würde dabei das Beispiel geben. Man würde auch die Gelder der Firma um fünfzehn Prozent einschränken.

Darauf war in der Schokoladenfabrik ein Streik ausgebrochen. Es war einer der peinlichsten Momente im Leben des Herrn Barrel. Das war im Jahre 1911. Es fehlte damals nicht an Beispielen. Streiks, das ist etwas Ansteckendes. Wie immer mußte man in der Sache die Folge von Wühlereien betriebsfremder Agitatoren erblicken. Dennoch hatte Emil Barrel von seinen Arbeitern nichts Derartiges erwartet. Er liebte sie wie Kinder. Er empfing sie sogar, wenn irgend etwas schiefging, in seinem Büro. Zuerst hatte er es mit Überredung, dann mit Einschüchterung versucht. Er hatte angekündigt, daß er die Führer der Gewerkschaft nicht wieder im Betrieb aufnehmen würde. Der Streik ging weiter. Es handelte sich allerdings um einen Teilstreik. Unter der Belegschaft gab es gute Elemente, die die Arbeit nicht niedergelegt hatten. Hatte man sie nicht, um ihnen zu erlauben, ehrlich ihren Unterhalt zu verdienen und den Unterhalt ihrer Frauen und ihrer Kinder, und auch die neueingestellten Italiener, die man in aller Eile hatte kommen lassen, vor den Streikenden schützen müssen, die sie schlugen und sie mit Steinen bewarfen? Hatte man nicht sogar Militär aufbieten müssen? Soweit war es also gekommen! Natürlich waren die Soldaten vor allem zum Einschüchtern da, aber wußte man denn, wie so was ausging? Herr Rateau, der Unterpräfekt, war persönlich in Uniform erschienen, ein Mann von hoher geistiger Bildung und großer Weitsicht, der bei dieser Gelegenheit zutiefst bewegende Dinge über den Wahnsinn von Menschen sagte, die gegen ihr eigenstes Interesse handeln. Am Frühstückstisch bei den Barrel erklärte er ausführlich die psychologische Situation der Streikenden. Ein unerhört verständnisvoller Mensch, dieser Unterpräfekt Rateau. Wenn man ihm zuhörte und die allgemeine Linie seiner Rede außer acht ließ, hätte man die Arbeiter beinahe entschuldigen können. Ach, so also stellen sich die Dinge in ihren Köpfen dar, so ist es also ... Aber man mußte es verstehen, festzubleiben. Man mußte sie verstehen und zugleich straff durchgreifen. Der Unterpräfekt klopfte leicht mit der Fischgabel auf das Tellerdeckchen. Und dennoch schreitet die Menschheit mit all ihren Widersprüchen, ihren Launen, ihrem Unglück vorwärts. Wir dürfen uns nicht in Details verlieren, die Dinge sozusagen nur im Departementsmaßstab sehen, sondern die Gesamtheit des Prozesses, seine Entwicklung, seine Totalität, ich wiederhole: seine Totalität berücksichtigen. Wir sind Steuermänner (der Unterpräfekt wandte sich seinem Gastgeber zu), wir müssen das Ruder fest in der Hand halten.

Der Schluß seiner Rede war großartig, das Schiff, der Horizont, die Wolken und das Licht.

Frau Barrel hüstelte ein wenig vor Ergriffenheit. Glaubte denn der Unterpräfekt wirklich, daß die Menschen mit dem Fortschritt glücklicher sein würden? Während sie sprach, sah sie den Abbé Petitjeannin an. Der Abbé stimmte zu. Er war ein großer, magerer, salbungsvoller Mann, um den die Soutane schlotterte. Glück, das war einfach das Gefühl der getanen Pflicht, aber im großen und ganzen war der Standpunkt der Kirche dem des Herrn Unterpräfekten nicht entgegengesetzt. Man mußte sich nur darüber verständigen, was man den Fortschritt nannte. Wenn es sich nur um Autos oder Flugzeuge gehandelt hätte, aber selbstverständlich war Herr Rateau ein zu gebildeter Mann, um nicht zu verstehen, daß im Begriff des Fortschritts der Begriff des moralischen Fortschritts eingeschlossen war. Seine Heiligkeit Pius X. wäre also durchaus einverstanden mit ihm. Alles, was uns Jesus Christus nähert ...

Im allgemeinen schätzte Herr Rateau den Schokoladenfabrikanten Barrel sehr hoch. Nicht nur der Skrupel wegen, die er gegenüber seinen Arbeitern hatte und die ihm Ehre machten, sondern auch aller jener Dinge wegen, die diese Persönlichkeit eines Industriellen auszeichneten; Gatte einer Schoelzer-Bachmann, Vetter der Barrel aus Lyon, stellte Emil Barrel eine Art Schokoladenbrücke zwischen der Seidenindustrie und der elsässischen Garnproduktion dar. Er war einer jener Männer, die man in Paris kaum kennt und deren Gewicht dennoch zählt. Eine Macht. Der Unterpräfekt, der durchaus verstand, den Mächten des Augenblicks, so flüchtig sie auch sein mögen, die ihnen zukommende Ehre zu erweisen, täuschte sich nicht: die Minister gehen, aber die Barrel bleiben. Das Wirtschaftsleben des Landes – da haben wir die Realität.

Ohne den Umstand zu zählen, daß Barrel gleichzeitig zwischen Lyon und Mülhausen das Bindeglied zwischen protestantischer Großindustrie und Großbanken einerseits und der Aristokratie der katholischen Industrie, den führenden Leuten der katholischen Textilinternationale, andererseits war. Bei ihm begegneten sich manchmal friedlich Genfer Calvinisten und der Dominikaner Barrel, der Bruder des großen Seidenfabrikanten.

Man hatte völlig recht gehabt, den Streik niederzuschlagen. Jetzt konnte es jeder sehen, sogar die Arbeiter. Eine Million »Savoyarden« in einem Jahr! Wenn man die Hände in die Taschen gesteckt und diskutiert hätte, so wäre ein solches Ergebnis bestimmt nicht erzielt worden.

Seit einiger Zeit besuchte Garibaldi Augustine jeden Abend. Er wurde sogar ein Vertrauter.

V

Man berichtet von einer Frau, deren Mann oder Liebhaber zwanzig Jahre lang in Zentralafrika oder irgendeiner ähnlich entlegenen Gegend verschwunden gewesen war, daß sie, als er zurückkam, ihn nicht erkannte und das gemeinsame Leben dennoch wieder zwischen ihnen begann, als ob sie sich vor vierzehn Tagen erst getrennt hätten. Abends, als sie sich hinlegten, erkannte sie ihn wieder, an der Art, wie er auf dem Stuhl seine Kleider zusammenlegte. Zwanzig Jahre, die Wüste, die Menschenfresser, die Tiger, nichts hatte daran etwas geändert.

Es gibt beim Menschen etwas, was ihm tiefer zu eigen ist als sein Gesicht: seine kleinen Gewohnheiten, seine Manien. Aus dem Widerwillen gegen diese Manien besteht gewöhnlich die Ehe, auf gerührter Nachsicht ihnen gegenüber gründen sich die dauerhaften Verbindungen.

Herr de Loménie hatte niemals bemerkt, daß Philbertine um nichts in der Welt schlafen gegangen wäre, ohne daß sie einen kleinen geweihten Buchsbaumzweig unter das Kopfkissen gelegt hätte. Diese Unachtsamkeit hatte ihm viele unnütze Auftritte erspart, denn es gab nichts Dickköpfigeres als das kleine Ungeheuer. Herr de Loménie hatte von seiner Frau nie mehr gesehen, als was er brauchte, um ihr Kinder zu machen. Was seine eigene Manie anging, so war sie nicht sehr erfreulich, aber schon so berühmt in der ganzen Gegend, daß niemand mehr weiter darauf achtete. Herr de Loménie de Méjouls liebte es, in der Öffentlichkeit die Hosen hinunterzulassen. Einfach so. Es war ein Knabenstreich, den er beibehalten hatte. Wenn man ihn in der Unterhaltung langweilte und wenn er nicht mehr wußte, wie er das Gespräch beenden sollte. Oder einfach, wenn er sehr guter Laune war. Er erhob sich, drehte sich um, und mit einer schnellen Bewegung der rechten Hand ließ er seine Hosenträger fallen, während die linke den Hemdzipfel hochhob. Der Hintern des Herrn de Loménie bot einen immer weniger erfreulichen Anblick, aber das war nicht die entscheidende Frage. Seine Schenkel waren behaart, und der alte Faun achtete darauf, sie zu spreizen, um zugleich zu zeigen, daß er nicht kastriert war. Philbertine bekreuzigte sich. Fräulein Eva sagte: »Aber Gustav!« und zeigte auf Suzanne, die ihre Fußspitzen betrachtete.

Suzanne versteckte in ihrem Zimmer unter den Überzügen der Stühle, in den Polstersesseln, unter dem Teppich und in den Übergardinen sorgfältig gefaltete Papierzettel, als enthielten sie gefährliche Geheimnisse: sie waren meist leer oder einfach Wäscherechnungen. Aber wenn sie nach Hause kam, stürzte sie auf ihre Verstecke und sah nach, ob man in ihrer Abwesenheit nicht ihre Zettel entdeckt hätte. Ihr Herz schlug in diesen Augenblicken sehr stark.

Die Manie des Herrn Abbé Petitjeannin war ziemlich ähnlicher Art, aber weniger harmlos. Er vertrieb sich die Zeit, indem er nachprüfte, ob man ihn bestahl. Zu diesem Zweck ließ er an den verschiedenen Stellen, offen oder nachlässig unter Papierblättern oder unter einem Handschuh oder einer Zeitung halb verborgen, einen Franc, zehn Sous, irgendwelche Münzen liegen. Sein Traum war, eines Tages Gertrud, seine Wirtschafterin, in flagranti zu ertappen. Den ganzen nächsten Tag hindurch murmelte er dann vor sich hin: »Und die fünfzig Centimes? Wo, zum Teufel, habe ich die fünfzig Centimes hingelegt?«

Emil Barrel seinerseits sammelte Türschilder. Man kann das für eine Liebhaberei ansehen. In Wirklichkeit handelte es sich keineswegs um Liebhaberei, sondern um eine Art Verrücktheit. Er hatte einen engen Schuppen bauen lassen, der gerade breit genug war, um ein großes Schild an die bereits vorhandenen Schilder zu legen. Er besaß bereits eine lange Reihe aus schwarzem Gußeisen, die sich auf mehr als fünfzig Meter ausdehnte. Und wie Karten in einem Paket konnten die Schilder eine unendliche Zeit hindurch liegen, bis man sie betrachtete. Des Gewichts wegen konnte man allenfalls die drei, vier letzten durchsehen, der Rest war für alle Zeiten aufgeschichtet, wie er dalag. Herr Barrel kam jeden Tag, um seine Sammlung zu besichtigen, das heißt, er öffnete die Schuppentür, blickte befriedigt auf sein Eigentum und fuhr über die oberste Reihe der Schilder, die er erreichen konnte, mit seinem Stock weg wie mit einem Geigenbogen, worauf er, vor sich hin summend, den Schuppen verließ. Er versicherte allen Leuten, daß es unter den Schildern unschätzbare Stücke gäbe, sowohl vom Standpunkt der künstlerischen Vollendung als auch von dem der Seltenheit aus. Man mußte ihm wohl oder übel glauben.

In der Tat gingen diese kleinen verschiedenartigen Marotten auf einen gemeinsamen Ursprung zurück. Der Schokoladenfabrikant fand in seiner nutzlosen Sammlung eine intellektuelle Befriedigung seines Herrschertriebs: alles das gehörte ihm, niemand konnte es sehen, er allein kannte den Preis. Alles, was habgierig in ihm war, hatte sich auf diese Sammlung konzentriert. Die gleiche Sucht nach Überlegenheit beherrschte den Abbé Petitjeannin: dieser Beichtiger wollte sich selber überzeugen, daß alle Leute außer ihm Diebe und Strolche wären und daß er allein auf der Welt die Ehrlichkeit darstellte. Und der gleiche Trieb beherrschte auch die Geheimnisse der Suzanne de Loménie, und woher ihrem Vater seine Vorliebe für den Exhibitionismus kam, war leicht zu sehen: er stellte etwas wie einen Rest alter Rechte dar, die seine Vorfahren ausgeübt hatten. In »Les Mirettes« trug der Großgrundbesitzer den Sieg über den Weltmann davon. Schließlich verschaffte sich Frau de Loménie mit einem Buchsbaumzweig die Befriedigung, in ihren eigenen Augen eine Art Zauberin zu sein. Das machte ihr äußeres Aussehen wett.

Wir haben es da mit ganz unbedeutenden Zügen der markanten Persönlichkeiten von Sérianne-le-Vieux zu tun. Es wäre nicht der Mühe wert, davon zu sprechen, wären sie nicht die Widerspiegelung der Grundzüge einer ganzen Gesellschaft, der Züge, die das Leben dieser Gesellschaft bestimmen, gerade da, wo man sie nicht erwartet.

Wie behandelt man zum Beispiel in der Stadt im allgemeinen die Italiener? Wenn sie Früchte kauften, so tat ihnen der Obsthändler immer eine faule Feige oder verdorbene Trauben unter ihre Ware. Das ging bis zum Doktor Lamberdesc, der anfing zu trödeln, wenn man ihn eilig zu diesen Leuten rief. Lassen wir ihnen nur ein bißchen Zeit zum Sterben.

VI

Doktor Lamberdesc war der Liebhaber der Frau Respellière. Die Respellière wohnten am großen Platz, auf der Seite des Café des Arts, aber mehr im Hintergrund des Platzes. Das heißt, es hängt davon ab, was man »Seite« nennt: weil nämlich der Platz keine regelmäßige Form hatte, und es war in der Vertiefung zwischen dem Haus des Fleischers und demjenigen, in dem sich das Café befand, wo das Haus des Steuereinnehmers lag.

Ein südfranzösischer Platz mit Platanen ringsherum, die man nicht beschnitt und deren dichtes Laubwerk bis an die Häuserwände reichte. In der Mitte lag der Brunnen, der, wie es scheint, aus der Römerzeit stammt.

Der Steuereinnehmer Respellière, ein ehemaliger Unteroffizier der Kolonialtruppen, trug einen Katerschnurrbart. Er war ein dunkler, großer und starker Mann, den ein hartnäckiges Sumpffieber, das er sich in Indochina geholt hatte, nicht hatte umwerfen können. Aber Frau Respellière hatte von den Kolonien genug gehabt, und mit Hilfe des Sumpffiebers war sie so geschickt vorgegangen, daß sie einen vierzigjährigen Respellière zurückgebracht hatte, der aus der Armee entlassen worden war und dem man eine Steuereinnehmerstelle gab, wegen, wie versichert wurde, der Beziehung seines Bruders, eines Kaffeehausbesitzers in der Dordogne. Er war etwas kahl geworden, ziemlich gelb, aber er war gut beieinander, hatte Mitesser in der Haut und war ein Trinker, wie man so leicht keinen zweiten fand. Er war mehr im Café des Arts zu finden als zu Hause. Sofern er nicht Karten spielte, war er mit dem Billard oder am Damebrett beschäftigt. Das Café des Arts verdankte seinen Namen einigen Gemälden, die Venedig, Versailles, Algier und die Rückkehr von Neufundland darstellten. Das Café bildete das Erdgeschoß des Hotels Brot.

Therese Respellière war zwölf Jahre jünger als ihr Mann. Das heißt, sie war mit achtundzwanzig nach Frankreich zurückgekommen, was jetzt fünf Jahre her war, nach acht Jahren Aufenthalt in Cochinchina. Sie war eine kleine, wohlgeformte Brünette von erstaunlicher Lebendigkeit, mit einem, trotz Saigon, hellen Teint. Sie besaß den kleinen, hohen Fuß und die runden Waden der Provenzalinnen. Ihr Haar war so lockig, daß es fast keinen Unterschied machte, wenn sie es offen trug. Wo hatte Respellière sie nur gefunden, und was war sie damals gewesen? Über diesen Punkt war sie sehr verschwiegen. Aber sie liebte den Tanz, und in ihren Erzählungen vom Leben in Cochinchina erwähnte sie beiläufig mehrere Offiziere, deren Namen damals berühmt waren, teils ihrer selbst, teils ihrer Herkunft wegen. Man hatte den Eindruck, daß sie mit ihnen gut bekannt gewesen war. Immerhin hatte sie in den Kolonien Geschmack am Lesen gefunden, und in Sérianne-le-Vieux konnte sie für ziemlich kultiviert gelten, obwohl sie keine Ahnung hatte, wer Voltaire gewesen war, und obwohl Loti, Farrère und Oliver Diraison-Sailor ihre Lieblingsschriftsteller waren. Sie hatte ein nettes Stimmchen und sang, wenn man sie begleitete; denn sie konnte auf dem Klavier, das ihren Salon schmückte, nur mit einem Finger spielen: »Auf stiller See«, »O Lola, kaum erschlossene weiße Blüte« und Respellières Lieblingslied »Ach, Paris, du Ort der Trunkenheit und Freuden!«

In Sérianne herrschte in den gesellschaftlichen Beziehungen ein gewisser demokratischer Geist, wie die alte Frau Cotin zu sagen pflegte, die im letzten Jahr gestorben war. Das heißt, daß alle Beamten als anständige Leute betrachtet wurden und man sogar einige Kaufleute empfing. Infolgedessen machte Therese Respellière Besuche bei den Barrel, den Migeon, den Loménie und manchen anderen. Dennoch gab es in diesen Beziehungen Unterschiede. Sie war nicht gleichgestellt und erschien allenfalls am Empfangstag dieser Damen. Sie wäre niemals überraschend ins Haus gekommen, andernfalls hätte man das sehr merkwürdig gefunden. Respellière war in der Erscheinung nicht sehr gepflegt und Therese – ja, man wußte eigentlich nicht, woher sie kam.

Sie liebte nicht das Café, wo ihr Mann sich mit dem Standesbeamten, dem Fleischer, dem Hutmacher Eugen Mestrance (man unternahm eine Art Korrektur, indem man ihn niemals den Kranzbinder nannte) und einigen anderen Leuten traf. Sie zog es vor, zu Hause zu bleiben, nicht etwa, weil sie eine gute Hausfrau gewesen wäre, sondern weil sie zu Hause im Morgenrock herumfaulenzte, mal einen Roman vor sich, mal auf dem Klavier herumklimpernd. Der Haushalt war schnell gemacht, schon am frühen Morgen; sie hatte ein Mädchen, das für die groben Arbeiten kam, und das Haus war nicht groß – es hatte drei Zimmer unten und zwei im ersten Stock. Im zweiten Stock wohnten die Eigentümer, ein altes Rentnerehepaar namens Coquelombe. Im übrigen war Therese nicht so sehr hinter dem Staub her.

Da sie dazu den Ruf hatte, eine der hübschesten Frauen der Stadt zu sein, kam es nicht selten vor, daß sie Besuch bekam. Alle jungen Leute, und selbst bejahrte Herren, die von Zeit zu Zeit mit einer Frau zu schwatzen liebten, kamen bei ihr vorbei, um sich heuchlerisch zu erkundigen, ob Respellière zu Hause sei, als ob Respellière anderswo hätte sein können als im Café des Arts, dreißig Meter weiter. Aber Therese lud den Besucher ein, ihr Gesellschaft zu leisten, und man unterhielt sich. Therese war sehr erfahren in ihren Beziehungen zu Männern; sie verstand, auf Distanz zu halten und ihnen gleichzeitig, vor allen den Alten, Hoffnung zu lassen. Es gab in der Stadt zehn Männer, die in sie verliebt waren, und dennoch wurde nicht schlecht über sie geredet. Im Café des Arts hörte man ihre Stimme, wie sie aus Madame Butterfly sang, und Respellière, der am Billard einen Zurückzieher kalkulierte, sagte: »Sieh an, Frau Respellière hat Besuch.« Therese war zweifellos ein Ausbund von Tugend. Damals erschien Doktor Lamberdesc.

Wie Doktor Lamberdesc der Liebhaber der Frau Respellière wurde, konnte Suzanne de Loménie, obwohl sie ihre sozialen Vorurteile und ihren Widerwillen gegen Puccini beiseite ließ und obwohl sie einen Monat lang Therese nicht nur bei Madame Butterfly, sondern sogar bei Tosca begleitete, nicht herausfinden. Tatsache war dennoch, daß Doktor Lamberdesc der Liebhaber der Frau Respellière war.

Jacques Lamberdesc war der Sohn eines kleinen Ladenbesitzers aus Bordeaux, der sein ganzes Leben lang beim Abwiegen von Bonbons geschwindelt hatte, um seinen einzigen Sprößling aufs Gymnasium, später nach Paris zum Studium der Medizin schicken zu können. Die alte Frau Lamberdesc, die einmal sehr schön gewesen, dann aber von einer schwierigen Schwangerschaft entstellt worden war, war zum Gegenstand des Abscheus für ihren Mann geworden, der seine ganzen Herzenswünsche auf seinen Sohn, den Erben der mütterlichen Schönheit, übertragen hatte. In der Tat, in dem dunklen, glattrasierten Genre mit samtnem Blick, breiten Schultern und überhaupt keinen Hüften konnte man sich keinen hübscheren Mann vorstellen als Jacques Lamberdesc. Das einzige, was ihm fehlte, waren die Schmachtlocken. Er hatte im Quartier Latin Aufsehen erregt, aber als seine Mutter beim Aufwischen einer Herzkrise erlegen und sein Vater an einer soliden Lungenentzündung gestorben war, sah sich der junge Mann ohne die Rente, die für ihn die Arbeit der Eltern darstellte. Er verfügte lediglich über eine ziemlich magere Erbschaft, auf Grund deren er darauf verzichten mußte, in der Hauptstadt eine Rolle zu spielen.

Nachdem er gegen seine Eltern getobt hatte, die ihn zu Höherem erzogen hatten und ihm nun ein Erbteil hinterließen, das ihm nur das Leben auf dem Land gestattete, war Jacques mit dreißig Jahren, inzwischen ein fertiger Arzt und frei von militärischen Pflichten, in Sérianne-le-Vieux gelandet, wo er die Praxis des Doktors Brioude übernahm, der, als er sein Ende nahen fühlte, sich beeilt hatte, für seine Tochter Claude aus einer kaum existierenden Kundschaft einige Sous herauszuschlagen. Daraufhin hatte sich Jacques installiert, der Doktor Brioude hatte eine Embolie gehabt, und Claude hatte an der Börse die Ersparnisse des Vaters verloren, ehe sie wußte, was eigentlich geschehen war. Sie war ein sehr hübsches Mädchen von zweiundzwanzig Jahren. Auf ganz natürliche Weise war sie zum Nachfolger ihres Vaters gekommen, um ihm ihr Unglück zu berichten, und er hatte ihr genauso einfach ein Kind gemacht. Als sie begriff, daß er sie nicht heiraten würde, und es im übrigen schon zu sehen war, vergiftete sie sich mit Veronal. Der Zufall wollte, daß es Therese Respellière war, die für sie nach dem Arzt lief. Doktor Lamberdesc war Frau Respellière schon begegnet, aber als er sie bei sich erblickte, konnte er sich nicht enthalten, ihr den Hof zu machen. Es war im Frühling, und Therese war äußerst erschüttert von den Geständnissen, die sie erst am Vorabend von Claude Brioude empfangen hatte. »Sie sind ein Ungeheuer!« sagte sie zu Jacques, als er sie in seine Arme nahm. Niemals vielleicht in ihrem Leben hatte Therese eine solche Lust empfunden wie an diesem Tag, während die kleine Claude im Sterben lag. Jacques hatte bereits eine ziemlich große Erfahrung, was die Frauen anbelangte, und er verstand so gut, diese Lust dauern zu lassen, sie zu variieren und zu wiederholen, daß sie zu der Kranken kamen, als es schon zu spät war, um sie noch zu retten. Dennoch dauerte es noch zwei Tage, während deren Frau Respellière das Lager der Sterbenden nicht verließ. Diese Aufopferung für eine Fremde war das Gespräch der ganzen Stadt, und Therese wurde für alle alten Weiber und die zärtlichen Herren, die sie sich vom Leibe gehalten hatte, die gutherzige, kleine Frau Respellière. Am dritten Tage starb Claude ohne geistlichen Beistand, und man verweigerte ihr das Begräbnis in geweihter Erde. Und was hatte der Doktor Lamberdesc für Augen, meine Liebe! Es gibt ja trotz alledem noch anständige Leute.

Vor allem, da, alles in allem, Doktor Lamberdesc von dem alten Brioude eigentlich beschwindelt worden war. Das hatte ihn nicht davon abgehalten, in wirklich vorbildlicher Weise diese Claude Brioude zu pflegen, die sich wie eine Heidin das Leben genommen hatte. Warum hatte sie das eigentlich getan? Man sagt, daß sie den Tod ihres Vaters nicht hätte überleben können; aber wer soll das schon glauben. Man erfuhr vom Notar, daß sie ihre Mitgift mit Windeseile durchgebracht hatte. Stellen Sie sich vor, ein Mädchen in diesem Alter!

Die Patienten des Doktor Brioude waren in der Tat keine

große Sache ... Es gab zwei Ärzte in Sérianne, den der Linken und den der Rechten. Doktor Brioude war der gutgesinnte Arzt. Als solcher hatte er als Patienten ältere Leute, deren Zahl jedes Jahr zurückging. Davon abgesehen, lief alles zum anderen Arzt, einem Freidenker, aber einem Künstler, der dazu noch der Bürgermeister war, einem Radikalen. Er behandelte außer den Beamten die ganze Kaufmannschaft der Stadt; dazu kam, daß zwar Doktor Barbentane Atheist, Frau Barbentane jedoch die Frömmigkeit in Person war und eines der besten Schäflein der Gemeinde, derart, daß sie, trotz ihrem Mann, einen ihrer Söhne für das Seminar bestimmte, so daß ein großer Teil der gläubigen Bevölkerung es nur für eine halbe Sünde ansah, ihren Rheumatismus, ihre Harnröhrenverengung und hartnäckigen Verstopfungen dem Doktor Barbentane anzuvertrauen. Er war Freimaurer, und man erzählte von ihm tausend fürchterliche Dinge wie von allen anderen Mitgliedern der städtischen Loge, wo angeblich der Bürgermeister, der Friseur aus der Rue Longue, der Möbelhändler Reboul, Herr Migeon und einige andere am Karfreitag ein gebratenes Spanferkel mit gerösteten Hostien aßen, statt mit Kartoffeln.

Die Barrel zum Beispiel waren Patienten von Barbentane. Dagegen hatte Emil Barrel mit einer Art von Gerechtigkeitssinn die Patienten seines Betriebes dem Doktor Brioude übergeben und sie nun für den jungen Lamberdesc vorgesehen. Nicht nur, um zu kompensieren, sondern vielmehr, weil ja die Sarkasmen des Bürgermeisters in der Familie Barrel kein Echo fanden, während, was die Arbeiter anbetraf, die dem Bösen schon genügend ausgesetzt waren, es nicht nötig war, die Kranken zu dem alten Skeptiker zu bringen, der die ganze Arbeit des Abbé Petitjeannin zunichte gemacht hätte. Niemand hätte übrigens daran gedacht, sich zu fragen, ob Doktor Lamberdesc ein gläubiger Mensch sei oder nicht: er hatte die Patienten Brioudes übernommen, das genügte.

Die Hauptarbeit von Jacques Lamberdesc bestand in der Behandlung der Arbeiter, und man kann wohl glauben, daß er darüber wütend war. In Wirklichkeit waren ihm das Kruzifix und die Mutter Gottes und der heilige Sowieso völlig schnuppe; aber da sein Broterwerb davon abhing, zeigte er es nicht nach außen, und sonntags erschien er zwischen zwei Krankenbesuchen schnell mal in der Kirche; und natürlich vergaß er nie, den Abbé zu seinen Arbeiterpatienten zu rufen, wenn er gebraucht wurde. Das Volk brauchte Religion. Und was sie zahlten, diese Proletenschweine! Im Grund genommen war er nicht böse darüber, daß er nicht der einzige war. Alles das gestattete ihm aber nicht, im Geld zu schwimmen. Er hatte sogar Schwierigkeiten gehabt, seinen kleinen Peugeot, wirklich eine Nichtigkeit, zu bezahlen.

Das Verhältnis zwischen dem Arzt und der Steuereinnehmersgattin war durch Zufall zustande gekommen; aber es gab gute Gründe für seine Dauerhaftigkeit. Von Thereses Seite war es die Langeweile, die Sehnsucht nach den Kolonien, wo sie zumindest im gleichen Maße oder noch öfter mit oder ohne Wissen Respellières mit den Offizieren ihres Mannes geschlafen hatte; und Jacques war schließlich ein Stück jenes Paris, von dem Therese träumte, des Paris, wo die Männer immerhin in der Liebe raffinierter sind als anderswo, Unterhosen anhaben, die keineswegs denen des ehemaligen Unteroffiziers gleichen, und komische Geschichten wissen, die einem zwischen den Küssen die Zeit vertreiben. Therese war natürlich in den Doktor verliebt, und warum hätte sie es nicht sein sollen?

Für ihn seinerseits handelte es sich nicht etwa um blinde Leidenschaft; aber Therese war immerhin ein unverhoffter Glücksfall in einem Nest wie Sérianne. Sie war weder eine Gans wie Claude, mit der man innerhalb von acht Tagen über Standesbeamten und Altar sprechen muß, noch war sie eine jener Provinzhuren, zu denen er sich nicht entschließen konnte und deren Creme sich hier im »Blumenkorb« befand. In der Tat hatte ihm Doktor Barbentane mit kollegialer Höflichkeit die Kundschaft vom »Blumenkorb« überlassen. Zu liebenswürdig. Um die Wahrheit zu sagen, zahlten die Mädel besser als die Arbeiter; aber um auf Therese zurückzukommen, so war sie ja doch eine Frau, die herumgekommen und die im Bett auch gar nicht übel war. Jacques machte sich natürlich keinerlei Illusionen in bezug auf das intellektuelle Niveau seiner Freundin. Der Intellekt hat übrigens bei Dingen dieser Art wenig zu sagen, und dann muß man mit den Frauen in irgendeinem Punkt immer nachsichtig sein, lieber auf diesem Gebiet als ... Man versteht mich schon. Er erzog sie ein bißchen, brachte ihr bei, daß »Mademoiselle Dax« nicht das Höchste in der Literatur sei, ließ sie Bücher lesen wie etwa »Lebende Vergangenheit« von Henri de Régnier oder »König Pausolus« von Louis Bertrand (dieser Autor machte auf Jacques Lamberdesc einen ungeheuren Eindruck). In der Musik hatte er weniger Erfolg. Er hatte gewünscht, sie möge russische Musik singen; aber selbst die Arie aus »Sadko«: »Unzählig sind die Perlen ...« war zu kompliziert für sie, und wenn man ihr Duparc oder Chausson vorlegte, war sie erst recht verloren. Infolgedessen hörte man also weiter im Café des Arts »Madame Butterfly« und ihre rührenden Erwartungen.

»Gottverdammt! Den hast du mir geklaut!« brüllte der Fleischer, als ein unerwarteter Rückstoß die Karambolage herbeiführte. Dieser Respellière hat wirklich ein unerhörtes Schwein!

VII

»Tauglich für den Heeresdienst!«

Als Adrien Arnaud kehrtgemacht hatte, um sich vom Tisch zu entfernen, hinter dem die Offiziere standen, tätschelte ihm der Stabsarzt anerkennend den Nacken: »Ein schö-schöner So-soldat!«

Er besaß alles, was man brauchte, um diese Anerkennung zu verdienen: er war weder zu groß noch zu klein, entwickelt wie ein Athlet, aber ohne einzelne übertriebene Muskelpartien, weil er immer darauf geachtet hatte, seinen linken Arm nicht weniger als seinen rechten zu trainieren, die Bauchmuskulatur zu entwickeln, seine Beine zu pflegen und so weiter. Er war ein junger Mann mit rosigen Wangen, krausem Haar und kleinen schwarzen Augen, die sehr nahe an seiner schmalen, ein wenig hängenden Nase standen. Er hatte ein strahlendweißes Gebiß, einen Hauch von Schnurrbart, wie mit einem feinen Pinsel gezogen, und wiegte sich beim Gehen leicht in den Hüften.

Einziger Sohn des Besitzers der Nouvelles Galeries, des großen Unternehmens am Marktplatz, trug er sehr gute Konfektion, helle Anzüge, durchaus letzte Mode nach den Katalogen. Er würde eines Tages reich sein, und inzwischen kümmerte sich sein Vater, eine der Spitzen der Stadt, sehr wenig um ihn, sofern er nur sonntags bei der großen Messe anwesend war und sofern er von ihm kein Geld verlangte. Herr Arnaud der Ältere verbrachte sein Leben damit, daß er die Konten seiner Verkäufer nachprüfte. Sein Sohn ähnelte der verstorbenen Frau Arnaud, und Sport und Gymnastik hatten ihn völlig verschieden gemacht von dem blassen und gebeugten Mann, der über Rechnungen saß und sein Vater war. Herr Arnaud war Stadtrat und gehörte der konservativen Minderheit an. Er und der Bürgermeister standen einander in wilder Feindschaft gegenüber.

Als Schüler des städtischen Gymnasiums hatte Adrien von dort eine große Übung im Barrenturnen mitgebracht und eine ungeheuerliche Unwissenheit, die er durch seine Erfolge im Wettlauf und im Stabhochsprung wettmachte. Er war keineswegs gläubig, hatte sich aber dem Abbé Petitjeannin als Lehrer beim Werksverein angeboten. Er liebte von Natur aus, zu befehlen und zu brillieren, und außerdem gab es bei den Arbeitern keine Gefahr, daß man ihn in Geographie oder in Geschichte bei Irrtümern ertappen könnte. Es gab da Jungen in seinem Alter oder jüngere, die weniger geschickt waren als er, selbst wenn sie größere Kräfte besaßen, weil sie kein vernünftiges Training genossen hatten. Er hatte Jahre hindurch gefochten und besaß Florett und Degen. Jetzt dachte er sich aus, für die jungen Arbeiter der Schokoladenfabrik einen Fechtkurs zu eröffnen. Der Gedanke hatte etwas Absurdes; aber jeden Sonntag nach der Messe traf er sich mit seinen Schülern, die er mit seinen Quarten und Terzen entzückte und denen er mit dem flachen Degen über die Finger schlug, wenn er sie zu schwerfällig fand.

Er konnte die Arbeiter nicht ausstehen; aber er brachte seinen Schülern die Gefühle eines Führers entgegen. Während des Streiks hielt er ihnen eine Ansprache, um ihnen die zahllosen Wohltaten ihres Chefs, des werten Herrn Barrel, klarzumachen. Adrien betrachtete Herrn Barrel als die lebende

Verkörperung der guten Gesellschaft. Es war ihm nicht entgangen, daß er, Adrien Arnaud, wie groß auch immer eines Tages das väterliche Erbe sein würde, niemals zur wirklich guten Gesellschaft gehören konnte: er erinnerte sich zweier oder dreier Schulkameraden, die Söhne von Schloßbesitzern waren und im Winter nach Nizza gingen. Er verstand den Unterschied sehr wohl. Und außerdem hatte Herr Barrel Töchter.

Adrien Arnaud war von seiner äußeren Erscheinung nicht wenig eingenommen. Alle Frauen bestärkten ihn übrigens in der guten Meinung, die er von seiner Schönheit hatte. Er war entschlossen, eines Tages eine gute Partie zu machen, und es stand bei ihm fest, daß er eine der Erbinnen der Schokoladenfabrik heiraten würde. Aber er wußte, daß er dafür noch zu jung war, und außerdem war er nicht in Eile. Er hatte darum auch immer vermieden, die Bekanntschaft der Fräulein Barrel zu machen, weil er sich fest vorgenommen hatte, nach einer sehr schnellen, fulguranten Liebesaffäre zu heiraten, und zwar in dem Augenblick, den er selber wählen würde. Er hatte noch nicht entschieden, welcher von den jungen Damen Barrel er den Kopf verdrehen sollte.

Inzwischen war alles, was er tat, gewissermaßen von der Rolle eines Schwiegersohnes des Schokoladenfabrikanten, die ihm die Zukunft zugedacht hatte, bestimmt. Der Streik hatte auf ihn einen tiefen Eindruck gemacht. Er hatte seinen Reichtum bedroht gefühlt. Derartige Ereignisse konnten sich in jedem Moment wiederholen, und die Aufsässigkeit der Arbeiterschaft konnte ständig die Geschäfte des Schokoladenfabrikanten in Gefahr bringen. Man hatte es mit einem Fehler in der gesellschaftlichen Struktur, in der Gesetzgebung zu tun, der verbessert werden mußte.

Adrien Arnaud war damals knapp unter zwanzig. Er hatte mit einem früheren Professor aus Avignon, der sich mit seiner Frau und seinen drei Söhnen in Sérianne niedergelassen hatte, einem Herrn Delobelle, die örtliche Sektion des Bergsteigervereins gegründet. Herr Delobelle gehörte dem Bergsteigerverein seit seiner Gründung an. Als Professor hatte er in den Ausflügen, die jeden Sonntag und Donnerstag stattfanden, eine gesunde Zerstreuung gefunden, erst als junger Mann, der vor Frauen Angst hatte, später als Ehemann, den sein Haushalt mit drei quengelnden, schmutzigen Kindern in einer elenden Wohnung ankotzte. Als seine Söhne herangewachsen waren, erblickte Herr Delobelle nun in den Ausflügen des Vereins ein Mittel zur Überwachung ihrer freien Zeit. Und er führte sie mit anderen jungen Leuten aus Sérianne in die nahe gelegenen Berge zur Eremitage du Loup, nach allen Ausflugsorten überhaupt, wo er, seinen kleinen grauen Ziegenbart à la Poincaré schwenkend, seine professorale Beredsamkeit, die sogar Adrien Arnaud begeisterte, unter reichlicher Verwendung von griechischen und lateinischen Brocken, erproben konnte.

Adrien hatte Herrn Delobelle, der für ihn die Wissenschaft verkörperte, nach tausend Einzelheiten über Unternehmer- und Arbeiterrecht gefragt. Eigentlich war Herr Delobelle auf diesem Gebiet nicht sehr bewandert, und er hatte in bezug auf den Zweck der Gewerkschaften sehr unklare Vorstellungen. Dennoch konnte Adrien aus seinen Reden den Abgrund ermessen, dem die Gesellschaft der Republik entgegentrieb. Es war kaum zu glauben: seit hundert Jahren hatten sich die Industriellen ihre Rechte Stück für Stück entreißen lassen. Herr Delobelle hob einen spitzen Zeigefinger: Jam proximus ardet Ucalegon. Sprach man nicht schon bereits von einer Gewinnsteuer, und wie würde man diese Steuer bestimmen? Durch Mißachtung des Privatlebens! Man würde einfach zu jedem kommen und nachsehen, was er in seinen Schubladen oder auf der Bank hätte! Maßnahmen, die zumindest beleidigend genannt werden durften; und gleichzeitig forderten die Arbeiter, die von dieser Steuer ausgenommen waren, immer höhere Löhne und zögerten nicht, diejenigen, die für ihr Leben sorgten, an die Wand zu drücken ...

Herr Delobelle, aufrecht auf seinen kurzen, in Wickelgamaschen steckenden Beinen, erzählte ganz außerordentliche Geschichten von Streiks. Denn die Sache in Sérianne war ja nicht weiter ernst gewesen. Aber in Paris! In den großen Städten! Ohne von der Sabotage zu reden. Das unglaublichste war, daß man Solidaritätsstreiks erlaubte. Eine Gefahr, mit der man rechnen mußte. Schön, Arbeiter treten irgendwo in den Streik; aber dafür kann man andere kommen lassen.

Wenn aber alle Betriebe der Gegend auch in den Streik treten! Und nicht nur die Betriebe. Es gab sogar Fälle, in denen Leute eines ganz anderen Gewerbes sich mit den Streikenden verbündet hatten. Man hat sich daran gewöhnt, den Generalstreik als eine Art legendäres Ungetüm zu betrachten; aber der Tag wird kommen, an dem die Gewerkschaften stark genug sein würden, um ihn in die Wirklichkeit umzusetzen. Das wird vielleicht etwas geben! Wasser, Gas, Elektrizität, Brot, alles wird fehlen. Die Züge und Straßenbahnen werden nicht mehr fahren. Sie sehen jetzt schon, was dabei herauskommen wird.

»Das heißt«, sagte Adrien, »wenn irgendwo ein Kind krank ist und man einen Arzt braucht ... Und in den Krankenhäusern wird es also kein Licht geben für dringende Operationen? Und kein Wasser, mit dem sich die Chirurgen die Hände waschen können?«

»Sie sagen es«, triumphierte Herr Delobelle. »Du lieber Gott, welch eine Menge unschuldiger Leute wird in diesen Tagen umkommen!«

Mehr noch als diese Überlegungen machte Adrien das Fehlen jedes vaterländischen Gefühls bei den Arbeitern betroffen. Sogar bei den Italienern, die doch Frankreich, das sie ernährte, was ihr eigenes Land nicht fertiggebracht hatte, hätten dankbar sein müssen. Es war klar, daß zum Beispiel beim Streik der Schokoladenarbeiter Deutschland seine Hand im Spiele gehabt hatte. Wem hatte denn der Streik genützt? Nicht den Arbeitern! Den Konkurrenten der Schokolade Barrel und in erster Linie den Schweizern. Man begreift, die Kohler, Blocker, Lindt sind Schweizer, wenn man will; aber man braucht nicht lange zu kratzen, um darunter den Boche zu finden. Es ist deutsches Kapital, das hinter der ganzen Sache steckt. Die Streikenden sind schlechte Franzosen.

Adrien hatte darauf einen Einfall gehabt und sich Herrn Delobelle und dem Abbé Petitjeannin eröffnet, und der Abbé hatte ihn aufgefordert, mit Herrn Barrel zu sprechen. Der Schokoladenfabrikant empfing ihn zu Hause, weil Adrien beim Betreten des Büros des Direktors nicht in der Fabrik gesehen werden wollte. Der Plan des jungen Arnaud kam dem Industriellen direkt verführerisch vor. Da im Fall eines

Streiks die Schwierigkeit darin bestand, Arbeiter zu finden, die sich mit den Maschinen auskannten, schlug Adrian vor, eine größere Schar junger Leute aus den besten Familien der Umgebung, also seine Kameraden, zusammenzufassen und ihnen das Abc des Berufs beizubringen, sie den Betrieb besichtigen zu lassen und so weiter. Ähnlich müßte man mit der Straßenbahngesellschaft verfahren und mit den Elektrizitäts- und Gaswerken, so daß man im Notfall ausgebildetes Personal zur Verfügung hätte, das mit einem drohenden neuen Streik fertig werden könnte. Man könnte diese Arbeit mit der vormilitärischen Schulung im Werksverein verbinden, wenn Herr Barrel nichts dagegen hätte ... Nein, keineswegs. Denn man müßte den jungen Freiwilligen beibringen, wie sie sich verteidigen könnten. Man würde sie im Ringkampf unterrichten und ihnen sogar einige Jiu-Jitsu-Griffe und das Boxen beibringen. Ein bißchen Schießen würde ihnen auch nichts schaden.

Herr Barrel sprach beim Frühstück lange von dem jungen Mann, der ihn besucht hatte. Ein intelligenter, energischer Junge, der die künftigen Bedingungen der Produktion ausgezeichnet verstand ... »Wir können uns ja nicht darauf beschränken, die bewaffnete Macht gegen unsere Arbeiter aufzurufen. Es liegt darin etwas Extremes, das mir widersteht, und außerdem weiß man ja, was dabei neunzehnhundertzehn beim Eisenbahnerstreik herausgekommen ist!« Er rühmte Adrien Arnauds vorzügliches Aussehen derart, daß Frau Barrel, die ihn dort anzutreffen hoffte, nachmittags in Nouvelles Galeries ging, um Einkäufe zu machen.

Aber Adrien tauchte nur selten im väterlichen Geschäft auf. Dagegen wählte er fünf Angestellte des Warenhauses aus und nahm sie in seine neue Gruppe »Pro Patria« auf – den Namen hatte Herr Delobelle ausgedacht. Die drei Söhne Delobelles waren ebenfalls Mitglieder. Die Ausflüge des Bergsteigervereins füllten sie noch nicht genügend aus, und was den älteren, Etienne, anlangte, der bereits siebzehn war, so hatte sein Vater einige kleine Zeichnungen gefunden, die er heimlich machte und die genug von Unterhaltungen verrieten, die Etienne gehabt haben mochte. Allmählich brachte Adrien, der unter den Jungen seines Alters besonders seiner

Stabhochsprungrekorde wegen sehr populär war, gegen fünfzig Leute zusammen. Sie ließen sich ein blauweißrotes Abzeichen machen, das sie im Knopfloch trugen und das Herr Barrel für sie aus Lyon mitgebracht hatte. Während der Ferien in diesem Jahr trat Frau Barrels Neffe Jacques Schoelzer, der im Polytechnikum aufgenommen worden war, der Gruppe bei, was ihr die doppelte Glorie sowohl der berühmten Schule als auch des elsässischen Garns verlieh. Und Adrien war stolz auf seine freundschaftlichen Beziehungen zu dem Erben des ganzen weißen Garns, das man in den Kurzwarenläden verkaufte, und betrachtete ihn bereits ein wenig als seinen Vetter. Er brachte ihm das Boulespiel bei, in dem er, Schoelzer, sogar zu einem ernsthaften Gegner für Edmond Barbentane wurde.

Eigentlich machte sich Herr Delobelle Illusionen über die Wirksamkeit der »Pro Patria« in bezug auf die Keuschheit seiner Söhne. Die neue Gruppe vereinte eine Menge junger Leute zwischen dreizehn und zwanzig, die ziemlich erfahren waren und denen, einschließlich Adrien selbst, weder Mädchen noch verheiratete Frauen gleichgültig waren. Adrien schlief mit der Frau eines der wildesten Freimaurer der Stadt, des Möbelhändlers Reboul, eines schwarzen, schnurrbärtigen Kolosses, der auf der linken Backe eine haarige Warze hatte. Reboul war ein mächtiger Mann, weil er der Wahlmann der radikalen Partei war. Er rühmte sich, die Bürgermeister ein- und abzusetzen, wie er gerade wollte. In der »Pro Patria« befanden sich auch alle Liebhaber der Damen vom »Blumenkorb«, denn die Damen waren sehr wählerisch in bezug auf ihre Liebhaber und suchten sie nur in der Jeunesse dorée der Stadt. Natürlich ohne die Liebhaber zu rechnen, die sie in Paris, Marseille oder Toulouse haben mochten, jene Liebhaber anderer Art, die sie im »Blumenkorb« untergebracht hatten.

Jeden Abend versammelte sich die Jeunesse dorée auf dem Boulevard der Stadt oberhalb des Flusses. Man spielte Boule. Die drei besten Spieler der Stadt waren Herr Migeon, Adrien und der älteste Sohn des Bürgermeisters, Edmond Barbentane. Da Herr Migeon, ein kleiner, dürrer, dunkelblonder Mann, der immer an seiner kurzen Pfeife zog, schon an die fünfundvierzig Jahre hatte, maß er sich nicht alle Tage mit den

Hosenmätzen, wie er sagte. Er verbrachte seine Zeit mit dem Boulespiel und im Café des Arts, zur größten Befriedigung seiner Frau und des Wegebaumeisters, der ein Mann von einnehmendem Äußeren war. Aber die Boulepartien zwischen Adrien und Edmond hatten etwas von einem Turnier an sich, da die Rivalität ihrer Väter ihnen einen politischen Beigeschmack gab, und im Café des Arts sagten Mestrance oder der Fleischer gegen sechs Uhr: »Na, wollen wir uns mal die Partie von dem Adrien ansehen?« Respellière zuckte die Achseln: »Faule Kerls! Seht lieber mal an, wie ich so was hinlege!« Und er servierte eine jener Serien, die in der Geschichte des Billards, wie Mestrance sagte, nicht Epoche machen, »weil du sie uns jeden Abend vorführst«.

VIII

Seit drei Jahren fand Adrien Arnaud nur im Sommer im älteren der Söhne Barbentane einen gleichwertigen Partner. Edmond studierte in Paris Medizin, um eines Tages die Praxis seines Vaters zu übernehmen. Er war ein Jahr älter als Adrien und war vom Militärdienst studienhalber vorläufig freigestellt.

Doktor Barbentane, der Bürgermeister von Sérianne-le-Vieux, hatte Ambitionen, die durch seine Stellung gerechtfertigt wurden. Es ging ihm um einen Abgeordnetenposten, um das Palais Bourbon. Auf alle Fälle konnte er vor ein oder zwei Wahlen nicht damit rechnen, da der Abgeordnete des Kreises allzu sicher saß, sofern nicht das Wahlgesetz geändert werden würde und die fünfzehntausend für die radikale Partei stimmen würden. Er rechnete damit, daß Edmond bis dahin seine Studien beenden könnte; er seinerseits wollte ihn nicht auf die Krankenhauslaufbahn drängen, weil er das Internat als ausreichend betrachtete, und sein Ältester konnte dann also die väterliche Praxis übernehmen, während er nach Paris gehen würde. Ohne Frau Barbentane, die nur zu glücklich wäre, mit ihrer Frömmigkeit und ihrem Muckertum allein zu bleiben.

Das Ehepaar lebte in Sérianne in solcher Uneinigkeit, wie

sie überhaupt nur möglich war, ohne gleich zu einem Skandal zu werden: das Haus in der Rue Longue, wo der Doktor seine Praxis hatte, wurde nur sehr selten von der Familie bewohnt, obwohl der Doktor im allgemeinen dort übernachtete, weil es für ihn bequemer war wegen der Amtsgeschäfte im Rathaus, für dringende nächtliche Fälle und so weiter. Nicht etwa, daß das »Landhaus« der Barbentane weit entfernt von der Stadt gewesen wäre; man brauchte nicht einmal zehn Minuten auf der Landstraße, um es zu erreichen, und es gab eine Abkürzung, die den Weg noch um die Hälfte verringerte. Aber so war es eben. In dem Landhaus lebte Frau Barbentane sozusagen das ganze Jahr mit ihrem zweiten Sohn Armand – der wirklich *ihr* Sohn war, der schwächere von beiden, während sie den älteren ein für allemal dem Vater, dem Unglauben, dem Radikalismus, der Medizin und der Hölle überantwortet hatte.

Als Doktor Barbentane noch einfach Philipp Barbentane, Student der Medizin in Montpellier, gewesen war, hatte er die Bekanntschaft von Fräulein Esther Rinaldi gemacht, ohne sie nach ihren religiösen Anschauungen zu fragen. Und sicher war das Problem für Esther damals nicht so wichtig gewesen, da sie nicht die Studentenwitze hatte ignorieren können, die Philipp jedesmal machte, wenn man auf kirchliche Dinge zu sprechen kam. Es hatte sich schließlich um eine Liebesheirat gehandelt, in der die Bedeutung der Familie Rinaldi eine gewisse Rolle gespielt hatte, einer Familie von Korsen, die nach Sérianne-le-Vieux gekommen waren, Grund und Boden besaßen und zahlreiche Freunde ihr eigen nannten, welche einen noch um 1890 lebendigen bonapartistischen Clan darstellten. Der Onkel Esthers, ein Arzt, wollte sich von seinem Beruf zurückziehen und hatte keinen Erben; aber Esther war auch eine träumerische Brünette mit leuchtenden, ein wenig tiefliegenden großen Augen. Alles geriet schließlich aufs beste. Edmond kam Ende 91 zur Welt, Armand Anfang 96. Von seiner Familie her stand Doktor Barbentane mit einem Fuß im Lager der radikalen Partei. Während der Affäre war er Dreyfusanhänger. Er war, was alles erklärt, irgendwie fern mit den Clemenceaus verwandt. Von daher kam auch seine Bedeutung in Sérianne-le-Vieux. Die ganze Kaufmannschaft stand hinter ihm; aber auch der frühere bonapartistische Clan, der jetzt kaum mehr war als eine gemäßigt klerikale Gruppe, ließ ihn nicht im Stich, aus Treue zu den Rinaldi. Ein Rinaldi hatte den Kaiser auf die Insel Elba begleitet.

Esther war eine jähzornige, magere und von ihrer eigenen Veranlagung zerstörte Frau; mit vierzig Jahren sah sie bedeutend älter aus, als sie den Jahren nach wirklich war. Ihre Augen, noch tiefer in den Höhlen liegend als vorher, schienen ständig umrändert zu sein und boten inmitten dieser Umränderung mit ihrem hellen Blaugrau einen erstaunlichen Anblick. Sie kleidete sich in schwarzen Taft. In Wahrheit hatte sie in der Ehe nicht die leidenschaftlichen Vergnügungen gefunden, die sie sich von ihr versprochen hatte. Politik und Ambition hatten ihr den Mann sehr früh entfremdet. Philipp hatte sie enttäuscht. Ihr ältester Sohn ähnelte in moralischer Hinsicht Philipp, obwohl er äußerlich ganz und gar ein Rinaldi war. Er stand unter dem Einfluß seines Vaters. Der war nicht davor zurückgeschreckt, mit dem Kind zusammen um 1900 an einem jener roten Begräbnisse teilzunehmen, die die radikale und gottlose Bevölkerung von Sérianne, wo der Doktor immer am richtigen Platz war, so liebte. Diese unkirchlichen Begräbnisse! Es war eine Schande, eine Schande und eine Schweinerei. Wenn man zum Beispiel daran denkt, daß der alte Lehrer, der 1902 starb, auf diese Weise begraben wurde und dazu mit einer Ansprache von Barbentane, in einem mit rotem Stoff umwickelten Sarg, während hinter dem Leichenwagen diese Person ging, die zwanzig Jahre lang der Skandal der Stadt war, weil man genau wußte, daß sie mit dem Lehrer nicht verheiratet gewesen war, eine Frau über fünfzig, und die zum Begräbnis ein rotes Kleid getragen hatte. Sansculotten, wahrhaftig Sansculotten!

Esther fürchtete vor allem, daß die Extravaganzen und das Voltairianertum ihres Mannes einen Bruch zwischen ihnen und ihrer eigenen Familie herbeiführen könnten. Sie hatte noch ihren Vater und ihre Mutter, die eine alte Bonne pflegte, in einem Haus in der Stadt wohnen. Sie waren sehr reich und besaßen in der ganzen Gegend Weinberge. Es gab da noch Vettern, mit deren Erbschaft man halb und halb rechnete, es gab die unzähligen Beziehungen der Rinaldi. Der Wunsch, alle diese Leute auf ihrer Seite zu halten, ihnen zu gefallen, brachte Esther ganz natürlich dazu, ihre Zwistigkeiten mit ihrem Mann zu übertreiben. Zunächst nach außen hin durch eine zur Schau getragene Frömmigkeit. Bald in der Familie selbst, durch eine Art hartnäckigen Beleidigtseins. Da die ehelichen Beziehungen Philipps und Esthers sich beträchtlich abgekühlt hatten, nahmen die Ansprüche Esthers einfach einen religiösen Charakter an, und gleichzeitig bot die Frömmigkeit dieser unverstandenen Verliebten Entschädigungen, die sie in diesem Wege bekräftigten. Esther kasteite sich, kniete stundenlang auf den steinernen Fliesen der Kirche, legte sich alle möglichen Bußen auf. Sie verfiel in ekstatische Zustände. Sie aß nicht mehr. Als sie eines Tages bei einer Rinaldi draußen auf dem Lande zu Besuch war, fiel sie in Ohnmacht. Philipp regte sich darüber auf.

Sie hielt noch leidenschaftlicher an ihren Übungen fest. Er behauptete, Freidenker zu sein, dieser Barbentane! Schön, er sollte es nur beweisen! Er zuckte die Schultern, weigerte sich, seinen Edmond am Religionsunterricht teilnehmen zu lassen, und begann allein für sich zu leben. Es ging ihm deshalb nicht schlecht. Wenn es ihm einmal schwer wurde, so ging er nach Marseille, wo für einen ausgezeichnet gesorgt ist. Denn in Sérianne, dessen Bürgermeister er geworden war, war es nicht so einfach, den »Blumenkorb« zu besuchen, wo es schon einmal einen Skandal mit einem konservativen Stadtrat, einem politischen Gegner, gegeben hatte. Man hatte sogar, als Doktor Brioude, sein Konkurrent, seine Praxis dem jungen Lamberdesc verkauft hatte, im Stadthaus davon gesprochen, dem »Blumenkorb« die medizinische Kontrolle durch den Bürgermeister aufzuerlegen, der ja ein älterer Mann war, was korrekter ist, und außerdem ein bewährter Arzt, durchaus im Interesse der öffentlichen Sauberkeit ... Was wußte man schon von diesem Grünschnabel, der gerade die Universität absolviert hatte, und wenn schließlich alle jungen Leute in der Hauptstadt des Kreises krank werden würden? Aber Barbentane hatte mit viel Takt durchblicken lassen, daß die Frage falsch gestellt sei. Es würde ihm in seiner besonderen familiären Situation wirklich sehr unangenehm sein, wenn er beruflich den »Blumenkorb« besuchen müßte; das würde nur unnötigen Klatsch verursachen. Und dann dürfe man dem neuen Arzt auf keinen Fall eine solche Beleidigung zufügen. Vor allem einmal hatte er seine Praxis bezahlt. Als »Kollege« – Barbentane betonte die beiden »l« – wäre er kategorisch gegen einen solchen Plan. Dazu hätte er noch die städtische Klinik, die man pompöserweise Krankenhaus nannte, zu verwalten. Sie hatte nicht einmal dreißig Betten, die oft leer waren; aber es fanden Sprechstunden statt.

Wenn sie auch Edmond an den Doktor hatte abtreten müssen, so hatte sich Frau Barbentane doch geschworen, ihren zweiten Sohn Armand auf dem Wege des Glaubens zu erziehen, und sie hielt Wort. Sie war so eifersüchtig, daß sie ihn von seinen Großeltern trennte. Armand – das war wirklich ihr Sohn. Als er mit zwei Jahren an einer Lungenentzündung erkrankt war, hatte sie allein ihn vom Tode gerettet. Sie hatte ihn also gewissermaßen zweimal geboren, und das zweite Mal ohne Mithilfe ihres Mannes. Sie hatte keinen der Ratschläge ihres Mannes befolgt, sondern dem Kind, das man verlorengab, geweihte Amulette um den Hals gehängt und es damit gerettet. Das und dazu ihre Gebete und das Gelöbnis, Armand dem Herrn zu weihen. Er sollte Priester werden; das war bereits zwischen dem Himmel und Frau Barbentane geregelt, und niemand hatte da hineinzureden.

Die Frömmigkeit Frau Barbentanes schadete dem Bürgermeister bei den fortschrittlichen Leuten nicht im mindesten. Er wurde allgemein bedauert. Mehr noch, als zur Zeit des Combismus die ganze schwarze Partei heulte, man wolle sie umbringen, war das Ehepaar Barbentane ein Beispiel, das man anführte, um zu zeigen, bis zu welchem Punkt man Freidenker und zugleich tolerant sein könne. In persönlichen Gesprächen mit seinen Freunden von der Loge ließ sich Barbentane zu einigen Geständnissen hinreißen, worauf er wahrhaftig als eine Art weltlicher Heiliger angesehen wurde. Das unangenehme war vor allem, daß der kleine Armand, der schon anfing, seinen eigenen Willen zu haben, sich ganz auf die Seite seiner Mutter stellte, und – was soll man machen – Barbentane, ein Arzt und dazu noch mit seinen Bürgermeisterpflichten, hatte nicht genug Zeit übrig für eine so schwierige Sache wie die Eroberung eines Kindes. Während Madame natürlich nichts anderes zu tun hatte.

Im anderen Lager war es Frau Barbentane, die man bedauerte und deren Tugenden in den Himmel gehoben wurden, so daß schließlich die Ehe des Bürgermeisters überall ein Gegenstand der Erbauung für die Öffentlichkeit war, und da bei den Wahlen ein ganzer Teil des konservativen Bürgertums für die Rinaldi stimmte, ohne jede weitere Überlegung, so war die politische Stellung des Doktors eine der festesten im Departement.

Wenn er über Land fuhr, grüßte man ihn sehr tief, sogar in fünfzig, sechzig Kilometer Entfernung von Sérianne. Sein grauer Wisner-Wagen war schon von weitem erkennbar, er war populär – ein altes Modell, aber solide.

IX

Solange sich Armand erinnern kann, herrscht im Hause eine lange Zeit Stille, dann schlagen plötzlich Türen, man hört schnelle Schritte, und dann schluchzt Mama mit dem Kopf in den Kissen, während durch die Gardinen sanftes Sonnenlicht kommt, das auf die elfenbeinernen Füße des Kruzifixes fällt. Gegen Abend hört man im Garten kaum mehr als den friedlichen Lärm der Grillen und das stampfende Vorbeifahren der Straßenbahnen. Das väterliche Getue des Doktors, sein plötzliches Auftauchen im Haus, die Feuchtigkeit seiner Küsse und die Berührung seines Bartes, alles das gehörte zu den unerfreulichen Dingen im Leben, genau wie die Notwendigkeit, die Tinte von den Fingern zu entfernen. Es war immer ausgemachte Sache gewesen, daß Edmond für seinen Bruder kein Spielgefährte sein könnte. Mehr als fünf Jahre Abstand steht zwischen beiden. Edmond nennt ihn »Kröte« und versäumt nicht eine Gelegenheit, um ihn zu demütigen, denn Armand ist nicht stark wie er. Edmond hat Freunde, aber Armand ist scheu. Er hat vor den Bauernkindern Angst, er will nicht mit ihnen in den Weinbergen umherlaufen. Er bleibt allein im Hause des Vaters oder in dem von Hecken und trockenem Gestein abgeschlossenen Garten neben dem

Schöpfrad, das nicht mehr in Betrieb ist, oder unter den Maulbeerbäumen, wo er die Seidenraupen füttert, die er aufzieht. Unaufhörlich erzählt er sich selber Geschichten.

Der Junge wuchs auf, ohne es zu bemerken, weil es für ihn keine Vergleiche gab. Als man ihn nach dem Willen des Vaters in die Gemeindeschule schickte, war es Herbst, und das Haus wurde von einem Sturm geschüttelt, daß man glauben konnte, es würde auseinandergehen und in Stücke fallen. Der Herr Abbé Petitjeannin war in seiner flatternden Soutane fast immer neben Mama, die auf einer Chaiselongue lag und sich die Schläfen mit Essig bestrich. Der Doktor – niemals nannte Armand in Gedanken seinen Vater anders – der Doktor trat dann mit brutaler Plötzlichkeit ein, brüllte fürchterlich und pfiff im Gehen vor sich hin. Diese Gewohnheit des Pfeifens, die er an sich hatte! Die Schritte seines Vaters widerten Armand genauso an wie Frau Barbentane. Zwischen seiner Mutter und ihm bestand ein Komplicentum, das nicht einen Moment lang aufhörte. Armand spähte durch die Gardinen, und wenn er das Auto des Doktors kommen sah, lief er zu seiner Mutter, um sie mitten in ihren frommen Übungen davon zu benachrichtigen. »Er kommt!« Sie drehte sich mit einem schwachen Märtyrerlächeln um: »Bist du sicher. Liebling, daß *er* es ist?«

Armand haßte seine Mitschüler. Die Arbeit fiel ihm leicht, aber unter dem Tisch sagte er, weil er das weltliche Wissen haßte, seinen Rosenkranz her. Einen kleinen Rosenkranz aus Amethysten, den seine Mutter ihm aus Fourvières mitgebracht hatte und der für ihn von unschätzbarem Wert war. Ganz hinten im Garten hatte er sich heimlich ein Heiligtum zurechtgemacht, aus Uferkieseln, die er in einem Sack aus Palavas-les-Flots mitgebracht hatte, wohin die Großeltern Rinaldi Edmond und ihn vor einem Jahr für eine Woche mitgenommen hatten.

Manchmal brach beim Mittagessen heftiger Streit aus. Man schickte die verblüfften Kinder weg. Das Mädchen Marthe, das Frau Barbentane aus ihrer Familie mitgebracht hatte, nahm sie beide in die Küche mit, wo sie Gemüse schnitt und Kompott machte, während der große Hund Riquet, der eine scheußliche Mischung aus Bernhardiner und Spaniel war, auf dem Boden herumrollte und mit den Pfoten nach den Fliegen schlug. Mama war schön, sanft und unglücklich, und der blondere von beiden, Edmond, diese Kanaille, ergriff immer die Partei des Doktors. Mehr als alles andere hatte dieser Umstand jedes Einvernehmen zwischen den beiden Brüdern unmöglich gemacht.

Jeder von ihnen hatte sein Zimmer, und das Armands, das ganz klein war und in dem Bilder einer Cousine Rinaldi hingen, auf denen man den Genfer See sah, war durch eine Tür mit dem Zimmer Frau Barbentanes verbunden. Manchmal hörte der Junge in den warmen Nächten, wie seine Mutter weinte, und er kam mit nackten Füßen, im Hemd, um sich in ihre Arme zu werfen. Er fand sie neben dem Fenster oder auf den Knien neben dem Bett, im Gebet, in ihrem rosa Schlafrock, denn Rosa war ihre Farbe, und sie bat ihn mit erstickter Stimme, ihr das englische Salz zu bringen. Er holte es aus dem Schrank hinter einem Stapel Wäsche hervor. Die knarrende Schranktür erschreckte ihn.

Mit seinen kleinen ungeschickten Händen versuchte er sanft, die großen, in Tränen schwimmenden Augen zu trocknen. Er strich die Haarsträhnen zurück, die Mama in die Augen fielen. Diese Augen leuchteten wie Wasser im Halbdunkel und ähnelten denen des Kindes. Sie preßte den Knaben an sich mit einem Ausdruck von Verzweiflung, der ihn immer wieder, trotz allem, verwunderte. Der Junge drückte sein ernstes Gesicht an das Ohr der Mutter: »Sag, Mama, was hat er dir wieder getan?«

Dann brachen die Klagen aus ihr hervor wie ein Wasserfall. Eine Demütigung mehr, die Reden des Doktors vor dem Herrn Abbé oder irgend jemand sonst. Kein Respekt vor der Seele seiner Frau, vor ihrem Schamgefühl. Die heiligsten Dinge, die Religion selbst ... Ach, dieses Wesen ohne Herz, ohne Glauben, ohne Ideal! Alles das wurde von Schluchzen unterbrochen. »Mama, Mama, meine kleine Mama!« – »Armes Kleines, was wirst du tun, wenn ich nicht mehr da bin ...« – »Warum wirst du nicht mehr da sein?« Ihre Tränen begannen wieder zu fließen: »Unglückliches Kind, ich liebe dich, und ich verfluche mich, daß ich dich zur Welt gebracht habe! Wenn man nur die Kraft hätte zu sterben!« Armand schwieg, als ob er von diesen verhüllten Drohungen nichts begriffen hätte, aber es wurde ihm ganz kalt. Die Angst beherrschte ihn, und dazwischen war nur die Hoffnung, seine Mutter würde es nicht bemerken, daß er die Bedeutung ihrer Worte erriet, weil sie, dachte er, diese Gedanken in die Tat umsetzen könnte, wüßte sie, daß er ein Zeuge ihrer geheimen Gedanken war. Er war müde, ein kühler Luftzug kam vom Fenster, er kehrte im Morgengrauen in sein Zimmer zurück. Frühmorgens jagte ihn ein schreckliches Erwachen in die Schule. Der Ausdruck seiner Augen fiel allen auf.

Mehr noch als die mütterliche Frömmigkeit war es die Sehnsucht nach einem Vertrauten solcher Szenen, die aus Armand einen hingebungsvollen Religionsschüler machten. Mit welchem Eifer lernte er alles, was man ihm von der Wissenschaft Gottes beibrachte. Wenn seine Mutter sich nachts in Konvulsionen auf dem mit großen Blumen bestickten Bettvorleger wand, erhob der Knabe seinen beredten Blick zu Gott, und an Gott richtete er seine stummen Fragen. Gott war es von nun an, dem er seine Geschichten erzählte. Sein teuerster Schatz waren die kleinen blauen und rosa mit Gold bedruckten Bilder, die man in der Religionsstunde als Belohnung erhielt. Er versteckte sie unter den Steinen seines Altars im Garten. Er bildete sich ein, er wäre Priester. Er ging in den Gemüsegarten, um die Ameisen zu bekehren. Er sprach mit ihnen in einer lyrischen Sprache, in der er sich verhaspelte, hielt plötzlich inne, wenn er eine besonders brave unter ihnen beobachtete, die ein Stückchen Holz auf ihrem Rücken trug, das viel größer war als sie selbst. Es war, als würde Armand seinen Spiegelschrank auf dem Rücken herumschleppen ... »Ameise, Ameise, mußt du nicht Gottes Ruhm anstaunen, dessen lebende Zeugin du selber bist? Ameise, du machst dir Hoffnungen, aber deine Erwartung ist eitel, sie ist vermessen, und die Lüge beschattet schon deinen Schritt, o Ameise! Unglück über dich, die du am schwachen Rohre Halt suchst, Unglück über den, der ... ich will sagen über die, Ameisen sind weiblich, über die, die in ihrer ketzerischen Kühnheit sich dem Luxus, der Glaubenslosigkeit, der Aufklärung des Jahrhunderts, dem profanen Dunkel anheimgibt! Gott schützt die Ameisen, die er liebt, er allein täuscht nicht das irrende Schäflein, das heißt die frommen Ameisen, und sein Wort enttäuscht nicht meine Erwartungen ... Herr, es ist zuviel, zuviel erwarte ich, ich bin berauscht, ich bin erfüllt! Ameisen, dankt eurem Retter und seiner Heiligen Mutter für alle Wohltaten, die sie auf eure sündigen Häupter regnen lassen ... Diese da, was macht sie da eigentlich mit dem Grashalm? Die Habsucht, Unglückliche, bringt dich dazu, mehr Güter aufzuhäufen, als du brauchst ... Du denkst nicht an die Waise, die du damit beraubst, an den Versucher ...«

Die Kirche wurde zu einem Anhang des Gartens. Es war eine romanische Kirche, die man so gut wie möglich hergerichtet hatte. Sie besaß schöne Gipsstatuen und sogar eine heilige Johanna, der man Blumen brachte. Die Grotte von Lourdes mit ihrer Muttergottes im blauen Mantel war lange Zeit in Armands Phantasie das Schönste, was man sich auf Erden vorstellen konnte. Er lief, um auf den strohgeflochtenen Betstühlen niederzuknien, und er beugte sich so tief zu Boden, daß es ihm den Atem verschlug. Während er sich beim Beten des Ave-Maria die Nägel ins Fleisch preßte, fügte er sich hinter den Ohren richtige Wunden zu, weil man es da nicht sah. Er biß sich auf die Lippen, bis das Blut kam. Er bot seine Leiden Jesus Christus dar und dachte sich ohne Unterlaß neue Bußen aus. Seine Morgen- und Abendgebete bereicherte er mit kilometerlangen Litaneien. Er verbot sich selbst den Nachtisch. Schließlich war er nach seiner eigenen Ansicht auf dem besten Wege, selig, wenn nicht gar ein Heiliger zu werden.

Als er zwölf Jahre alt war, ein Jahr nach seiner Kommunion, schickte ihn sein Vater in die Departementshauptstadt auf die gleiche Schule, die Adrien Arnaud besuchte. Es war eine weltliche Schule, an der jedoch Gebete gesprochen wurden, und zwar von Lehrern, die gläubig waren. Edmond ging ins Lyzeum in Lyon; Barbentane hatte seiner Frau eine Konzession gemacht und den Kleinen in dieser Schule untergebracht, die für einen Mann in seiner Lage nicht so skandalös war wie die der Maristen von La Seyne, wohin die fromme Mutter ihren Sprößling zu schicken beabsichtigt hatte. So erreichte Armand die Pubertät, ohne von seiner Mutter und von zu Hause gänzlich getrennt zu sein. Er kam jeden Sonnabend abend nach Sérianne und kehrte montags, indem er früh um sechs aufstand, in seine Pension zurück. Der Lokalzug setzte ihn in der Departementshauptstadt ab. Eine neue Woche begann, mit ihrem abscheulichen Mittwoch, dem Tag der Geometriestunde, in der er nichts, aber auch gar nichts begreifen konnte. Im Internat blieb er genauso einsam wie in dem kleinen Garten von Sérianne. Seine heimtückischen Kameraden fingen Schaben und ertränkten sie in den Tintenfässern. Sie sprachen einen unmöglichen obszönen Verbrecherjargon. Der Knabe ließ die Kugeln seines Amethystrosenkranzes in der Tasche eine nach der anderen fallen, wie in Abwehr gegen den Bösen.

X

Dennoch gab es in der Kindheit Armands Lichtungen, wie jählings in einem Wald. Es gab Ferien. Als er noch sehr klein war und seine Mutter sich ausgedacht hatte, wovon sie niemand abbringen konnte, daß sie unbedingt eine Kur in Gréoux nötig hätte. Der Doktor erklärte, daß sie verrückt sei; hätte sie vielleicht Gicht oder Ausschlag? Aber des Krieges müde, hatte er sie ziehen lassen, sie und die Kröte. Drei Wochen lang hatte Frau Barbentane nicht einen einzigen Nervenanfall: Gréoux war zwar etwas warm und langweilig, aber Armand hatte im Hotel die Freundschaft eines ganz außerordentlichen kleinen Jungen gemacht, der ihm Bücher von Gustave Aymard geborgt hatte, und sie waren Pawnies geworden oder Araukaner und kannten den Schwur der Inkahäuptlinge auswendig, und sie verschwanden im Gebirge, um nach einem schönen jungen Mädchen zu suchen, und sie stritten sich, wem von ihnen Curumilla gehören sollte und ob das junge Mädchen braun oder blond wäre, denn ihr Geschmack war verschieden, und schließlich einigten sie sich auf rothaarig, und so kam alles in Ordnung.

In einem anderen Jahr, aber da war er schon groß, hatte der Vater die beiden Brüder ins Hochgebirge mitgenommen, und zum erstenmal hatte er von nahem Gletscher gesehen. Einmal nur hatte man ihm vorher von einer der Höhen aus, die Sérianne umgaben, im Frühjahr ganz fern etwas Weißes und kaum Erkennbares gezeigt, das, wie man sagte, der Montblanc war. Mit dem Firn, den Moränen, dem Geröll, den Wasserfällen öffnete sich eine ganze Welt für Armand, der von dem tollen Wechselspiel von Sonne und Schatten betäubt war und sich niemals vorher so froh und munter gefühlt hatte. Er kletterte, stieg herum, suchte nach Edelweiß. Die Dauphiné war seine Domäne, und diese Entdeckung war wie ein Waffenstillstand zwischen seinem Vater, seinem Bruder und ihm.

Zwei Wochen lang waren sie gute Kameraden. Armand ärgerte sich nicht mehr, wenn man ihn Kröte rief. Das Wort war eine Zärtlichkeit geworden. Sie waren ganze Tage unterwegs. Eine Nacht lang kampierten sie in einer verlassenen Hütte, die Morgendämmerung wurde etwas unglaublich Festliches, und Armand bewunderte seinen Vater, der ein Feuer anzündete, um das Frühstück vorzubereiten. Es war sicher viel schöner als Arizona. Der Doktor hätte sogar ein Trapper sein können mit seinem roten Bart, obwohl er ein wenig kahl wurde und anfing, füllig zu werden. Es gab Stunden, in denen sie scherzten und lachten, da der Vater wieder zum Kind wurde, mit ihnen um die Wette rannte, wo er ihnen beibrachte, beim Abstieg die losen Steine zu vermeiden, sich des Seils und des Pickels zu bedienen. Im Hotel, in das man hinunterkam, machte er sich vor den Jungen über die Dorfbewohner lustig, die abends in einem Chalet ihre kleinen Tanzvergnügen veranstalteten. Edmond selbst hatte seinem Bruder einen schönen Stock geschnitzt und hatte ihn, indem er die Rinde schraubenförmig herunterschälte, mit den Initialen A. B. geschmückt. In den letzten Tagen, die sie auf diese Weise verbrachten, holte sich Armand auf einem Schneefeld einen heftigen Sonnenbrand. Er mußte sich ins Bett legen.

Vom Fieber erregt, ganz allein im Zimmer, warf er sich in seinem Bett hin und her, während der Vater und der Bruder weggegangen waren, um den Galibier zu besteigen. Plötzlich fiel Armand voller Schrecken ein, daß er mehrere Tage lang, während der er jeden Abend eine sanfte Mattigkeit verspürte, vergessen hatte, sein Gebet zu sagen. Mein Gott, wirst du mir vergeben? Ich werde verdammt werden. Was bedeutet dieses unsinnige Sichgehenlassen? Und wie konnte man nicht die Beziehungen sehen zwischen dieser schrecklichen Sünde und der profanen Fröhlichkeit der letzten Tage? Er hatte völlig vergessen, welch Ungeheuer der Doktor war. Er hatte – Elender, der er war – die Tränen seiner Mutter vergessen, er hatte mit dem Antichrist paktiert, denn der Doktor war wirklich der Antichrist, und jetzt sah man, wohin das führte: geradenwegs zur Abtrünnigkeit, in die Hölle.

Die Änderung in der Stimmung des Kleinen entging dem Vater keineswegs. Komisches, wunderliches Kind. Dieser Sonnenbrand hatte ihn ganz finster gestimmt. Aber der Doktor machte sich weiter keine Gedanken, und dazu waren sie schon dabei, nach Sérianne zurückzukehren. Der Schatten der Rückkehr lag bereits auch auf ihm selber.

Eines Tages hatte Armand in dem Hause der Rue Longue beim Herumwühlen ein ganzes Paket städtischer Zeitungen gefunden, die der Vater aufhob, weil in ihnen Artikel und Reden standen, die er verfaßt und mit blauem oder rotem Stift angemerkt hatte. Den Doktor beschäftigte immer das Projekt, diese Stilübungen eines Tages zu einem Buch zu vereinigen. Obwohl sie keineswegs Weltbedeutung besaßen, so hatten sie doch zumindest formale Qualitäten, die die Sorgfalt verrieten, mit der der Autor seine Arbeit durchgeführt hatte. Armand hatte darin gelesen. Herr, welcher Abgrund an Verworfenheit! Du hast erlaubt, daß er sich vor meinen unschuldigen Augen öffne! Wahrhaftig, der Doktor war der Antichrist oder doch zumindest der Zauberer Simon. Welche Ungläubigkeit, welch ungeheuerliche Überhebung, ohne Beispiel seit Luther und Calvin! Dabei glaubten die wenigstens noch an Gott. Nein, man mußte unter den Voltaires oder Marats die Vorfahren solcher Infamie suchen ... Von so etwas abzustammen! Würde nicht Gott, der die Erbsünde eingeführt hatte, dem Sohn die Verbrechen des Vaters anrechnen? In der Tat, nichts war dem Doktor heilig. Weder die sanfte Mission der Nonnen noch das Sakrament – nichts. Armand las gierig, Tränen in den Augen. Später machte er sich seiner Neugier wegen heftige Vorwürfe. Solche Dinge zu lesen hieß schon sündigen, was ihn nicht abhielt, ein Zeichen an der Stelle zu machen, an der er seine Lektüre unterbrechen mußte, um sie, sobald er es konnte, eilig fortzusetzen. Er fühlte sich von der väterlichen Sündhaftigkeit unüberwindlich angezogen. Abends im Bett sagte er zur Buße hundert Vaterunser und hundert Ave auf, oder er verurteilte sich dazu, seinen Kaffee ohne Zucker zu trinken. Er ging sogar so weit, daß er seiner Mutter das Rizinusöl entwendete und heimlich davon trank, um sich zu bestrafen. Da er wie gewöhnlich gegessen hatte, ging es ihm später furchtbar schlecht.

Die härteste Entdeckung für ihn war die Klärung der Rolle, die sein Vater bei der Ausweisung der Ordensgesellschaften gespielt hatte. Jedes Geschenk, das ihm der Doktor an seinem Geburtstag oder zu Neujahr machte, verursachte ihm schreckliche Reue. Er hatte auch unlösbare Skrupel wegen des vierten Gebotes: »Du sollst deinen Vater und deine Mutter ehren, auf daß dir's wohlergehe und du lange lebest auf Erden.« Ach, was die Langlebigkeit betraf, würde er sie mit Freuden zum Opfer bringen! Aber genügte das für seine Erlösung? Denn es war ganz sicher, daß er seinen Vater nicht ehrte, und wie hätte es auch anders sein können? (Über seine gelähmten und von einer alten Wirtschafterin versorgten Großeltern sagten die Gebote nichts.) Er beichtete also einmal wöchentlich. Der Herr Abbé Petitjeannin tadelte ihn heftig, weil er die Artikel des Doktors gelesen hatte. Er verglich sie ausführlich mit der Blöße des trunkenen Noah, über die der gute Sohn seinen Mantel geworfen hatte. Einige Tage später gab es eine heftige Szene zwischen Frau Barbentane und dem Doktor, weil dieser in der Rue Longue seine Zeitungen herumliegen ließ. Armand kam zufällig am Ende dieser Auseinandersetzung ins Zimmer, und seine Mutter schwieg plötzlich, als sie ihn sah. Der Doktor war puterrot im Gesicht und knurrte gegen die Pfaffen, während er seinen Bart strich.

Wäre es möglich, daß der Herr Abbé Petitjeannin das Beichtgeheimnis gebrochen hatte? Armand wollte es nicht glauben; aber er hatte Zweifel und versuchte ohne Erfolg, von der Mutter die Wahrheit zu erfahren. Welch schändlicher Gedanke! War es nicht besser, an ein Wunder der Vorsehung zu glauben, an eine Eingebung von oben, die seiner

Mutter gerade in diesem Moment gekommen war als Belohnung für die wahre Zerknirschung des Sünders?

Es traf zu, daß der Sünder nicht sehr sicher war, ob seine Zerknirschung genügend tief gewesen sei, um die Aufmerksamkeit des Allmächtigen auf sich zu ziehen. Dazu noch den Doktor als trunkenen Noah zu betrachten war auch nicht gerade eine Lösung in bezug auf das vierte Gebot.

Der Garten und die Kirche begannen für Armands Phantasie ziemlich eng zu werden. Er ging unter dem Vorwand weg, seinen Vater in der Rue Longue zu besuchen; es gab immer etwas, was er ihm bringen mußte, und er nutzte es aus, um in der Oberstadt umherzulaufen. Immer hatte er Angst, daß man ihn zu seinen beinahe kindischen, gelähmten Großeltern schicken könnte. Die Oberstadt war allerdings für ihn eine Art Traumgegend. Sosehr er die Unterstadt, das Industrieviertel mit der Fabrik, den Schokoladengeruch, die Häßlichkeit des modernen und einförmigen Lebens haßte, sosehr bezauberte ihn der obere Teil der Stadt mit seinen alten Häusern, von denen viele leer standen, mit ihren Erinnerungen an die Herzöge der Provence und königliche Besuche, mit ihren Wappen an den Toren und ihrem Verfall, durch den jählings Wind und Sonne fuhren. Alles das entfernte ihn von jener Welt, die er zu fliehen suchte, von den häuslichen Auftritten, der Unfrömmigkeit des Vaters und neuen Gedanken, die ihm kamen, die ihn verwirrten und derentwegen er sich Vorwürfe machte.

Ganz oben auf dem Hügel lag ein großes Haus, da wo die Straßen verfielen, die Dächer einstürzten und das Gras die Zimmer früherer Edelsitze zu überwuchern begann. Das große Tor aus wurmstichigem Holz hielt noch, ganz überzogen von Girlanden, die der Wind zerzaust hatte, in der Einfassung von rosigem Gestein. Aber daneben war ein Loch in der Mauer, und man konnte dort eindringen, ohne jemanden zu fragen. Es wäre wahrscheinlich sehr leicht gewesen, zu erfahren, wer früher in diesem majestätischen Bau gewohnt hatte, von dem nichts mehr geblieben war als die Umrisse und eine Art großer Saal nach der Straße hin, der nach der Rückseite zu auf den sonnenbestrahlten Hügel hinausging, am Ende einer Gasse, die voll von Abfällen und trocknender Wäsche war. Armand wollte nicht die Aufmerksamkeit anderer auf diesen heimlichen Palast lenken, den er entdeckt hatte, und er versuchte sich vorzustellen, wie lärm- und menschenerfüllt dieses Versteck einst gewesen war, wie es ihm seine Phantasie und die Bücher, die er las, eingaben. Der unterirdische Saal war für die Wachen bestimmt. Große, robuste Burschen, mit einem grünen und einem roten Hosenbein, wie man es auf Bildern sah, immer singend und lachend. Am Tor Windhunde, die man aus Afrika geholt hatte beim letzten Feldzug gegen die Ungläubigen im Berberland. Ein Lied kam von oben, dessen Worte man nur erraten konnte ... Die Stimme einer jungen Frau, die auf provenzalisch eine Geschichte von den Goldenen Inseln sang und einem Troubadour, der an eine Schöne dachte, nur dachte:

Et tou lou jour
Ploura d'amour
Margarita do Prouvenco ...

Armand träumte Stunden hindurch vor sich hin. Er dachte nicht etwa an die Sängerin, die sich auf der Harfe begleitete, als vielmehr an jene Marguerite von der Provence, von der sie sang, die sich vor Liebe zu einem Dichter, den sie nie gesehen hatte, verzehrte, einem Dichter, dessen Stimme nur eines Abends bis zu ihr gedrungen war, als im Hof die Pferde stampften und aus der Ferne, von den Dörfern her, Trompeten den König von Frankreich ankündigten. Warum war Raimbaud d'Orange niemals zu ihr gekommen, er, dessen Jugend auf den Inseln verging, die voll waren von Papageien, goldenen Früchten und schwarzen Sklaven?

Wenn Armand aus seiner Höhle hervorkam, in den Blicken noch den Traum vom Hof des Grafen, und die engen Straßen hinunterstieg, blieb er immer bei einem Schauspiel stehen, das für seine Stimmung altertümlich genug war. Das war dort, wo der Schmied Avril in einer jahrhundertealten Werkstatt immer noch das primitive Handwerk ausübte, das er von Generationen von Schmieden übernommen hatte. Avril war keine dreißig Jahre alt und ein riesiger blonder, muskulöser Bursche mit einem langen wallenden Schnurrbart und kurzer Nase. In seiner Familie war man immer zu arm gewesen, um das Gewerbe zu modernisieren. Er beschlug die Pferde wie im sechzehnten Jahrhundert; der Hammer klang auf dem Amboß. Funken sprühten aus dem Eisen. Der Blasebalg, mit der Hand betrieben von einem kleinen Jungen, Avrils Neffen, vervollständigte ein Bild, das durch gar nichts im Widerspruch stand zur Geschichte der Marguerite de Provence, die mit Ludwig IX. verheiratet gewesen und nur in Gedanken gesündigt hatte. Allmählich wurde Avril für Armand eine Figur aus einer phantastischen Welt. Er unterhielt sich mit ihm jeden Tag, und da Avril dabei weiterarbeitete und da er seine eigene Sprache sprach, voll von Anspielungen auf alles mögliche Unbekannte, wagte Armand, seine Fabel laut weiterzuspinnen, wobei er jedoch achtgab, daß Avril sich nicht allzusehr wunderte.

»Avril«, sagte er ihm, »kennst du die Goldenen Inseln?«

Avril hielt das Blasewerk seiner Schmiede in Bewegung. »Nein, eigentlich nicht. Ich bin nicht bis da unten gewesen. Ich war nur in Nizza und Cannes, als ich beim Militär war ...«

Sicher hatte Avril Raimbaud d'Orange bis zu dem Schiff begleitet, das ihn über das Meer getragen hatte.

»Avril, hat nie jemand mit dir über die Goldenen Inseln gesprochen?«

Das Pferd wartete mit stumpfen Blick. Avril gab Armand den großen Blasebalg: »Blasen Sie ihm auf den Sack, damit er sich ruhig hält ... Kleiner, halt das Bein ...«

Er hob den Hammer, das Hufeisen zischte. Armand, der stolz darauf war, mitzuhelfen, blies dem Pferd frische Luft zwischen die Schenkel; Avril hob den Kopf und sagte mit einer Stimme, die von weit her kam, von der Arbeit, der beendeten Anstrengung, dem Schweiß, mit seiner singenden provenzalischen Stimme: »Von wegen der Goldenen Inseln, gibt es da in Mexiko ... Eines Tages werde ich da runterfahren ... Ich habe Vettern dort ... Und in den Bergen gibt es welche, die ihr Bündel geschnürt haben und die als Millionäre zurückgekommen sind ... Da oben auf dem Verdon kaufen sie sich Villen.«

Mexiko, das hieß von Raimbaud d'Orange zu Gustave Aymard zurückzukehren. Aber das Mexiko Avrils war nicht das

Curumillas. Es war ein Mexiko von kleinen Händlern, von Basaren mit Alkohol und Frauen. Avril stellte es sich so vor, nach dem, was er von Nizza gesehen hatte, und nach den Erzählungen der Matrosen, die von dort bunte Kürbisflaschen zurückbrachten.

»Sie erzählen, Herr Armand, daß man da unten in der Nacht herumläuft, nicht wie bei uns. Und dann gibt es da Tänze, und die Leute nähen sich Goldstücke an den Rock, und es gibt ganze Bordellviertel, richtige Städte, und das ist noch gar nichts ...«

Die Träume Armands und Avrils gingen in ziemlich unterschiedliche Richtungen. Beiden gemeinsam war die Lockung von irgend etwas, was mehr war als die alltägliche Mittelmäßigkeit. Armand wußte, daß der Reichtum der Rinaldi zur Zeit des zweiten Kaiserreichs aus Mexiko gekommen war. Man sprach manchmal zu Hause von Charles Rinaldi aus Castellane, den man den Kaiser der Basare nannte. Er hatte Doktor Barbentane die große Uhr geschenkt, die in der Rue Longue in der Diele stand, mit dem Glockenspiel von Westminster. Die Mexikaner, wie man die Abenteurer nannte, die dort hingegangen waren, von irgendeinem Verwandten oder Freund herübergeholt, um in ein Geschäft einzutreten, das, wie der Doktor meinte, oft ziemlich viel mit Wucher oder sogar Mädchenhandel zu tun hatte, kamen, sobald sie Geld zusammengerafft hatten, alle an den gleichen Fleck in den Vorderalpen zurück, wo es mehr Blumen gab als sonstwo auf der Welt und wo ihre Landsitze in der Nähe von Barcelonnette allmählich eine Art irdischen Paradieses bildeten. Dort gab es auch die seltensten Schmetterlinge der Welt und den Lavendel, der die Grundlage für alle Parfüms in den Fabriken Deutschlands abgibt. So berührten Armands Phantasien vom Mittelalter alle möglichen modernen und märchenhaften Wirklichkeiten.

Avril schlug auf das Eisen los und sagte: »Da unten lebt man leicht und schön und hat keinen Ärger. Ich rede nicht von den Weibern, weil Sie das noch nicht interessiert, aber da unten gibt es Braune, Spanierinnen, wenn Ihnen das was sagt, und Negerinnen. Tja, die Negerinnen, das ist eine Sache. Als ich Soldat war, denn hier ... Wenn man mal die Negerinnen gekostet hat, Herr Armand, wissen Sie, dann ist es mit den Weißen nicht mehr wie früher, es wird fade, langweilig ... Ich sage das nicht Ihretwegen ... Ich spreche natürlich nur zu mir ... Ich phantasiere ... Blasen Sie ihm nur gut auf den Sack, bitte schön ... Die Negerinnen ... Wer hat mir nur so einen Gaul hierhergestellt? So was kann einen doch glatt in die Fresse schlagen ... Sie haben ganz dunkle Haut, die Negerinnen ... das muß man schon sagen!«

Vielleicht war es reiner und gesünder, von den Goldenen Inseln und den Seufzern des Raimbaud d'Orange zu träumen. Marguerite von Provence, Königin von Frankreich, hatte ihren Herrn und Meister nach Ägypten begleitet. In einem langen weißen Kleid, einen silbernen Helm mit Lilienwappen auf dem Haupt, war Ludwig IX. zu Pferd, von mehreren Kirchenfürsten begleitet, durch die Wüste gezogen, um die große Sphinx zu befragen. Und was machte während dieser Zeit Marguerite in Alexandria, wohin der schöne Troubadour nicht gekommen war?

Im Stadtparlament fanden Diskussionen statt, deren Widerhall Armand verstörte. Man hatte davon gesprochen, die alten Gebäude niederzureißen und in der Oberstadt eine mit Bäumen bepflanzte Promenade einzurichten. Dies war der Plan der Radikalen, der auf heftige Ablehnung der Rechten stieß. Diese hätte lieber das alte Sérianne restauriert, um aus ihm ein Zentrum des Fremdenverkehrs zu machen à la Viollet-le-Duc. Die Gewerkschaft der Schokoladenarbeiter hatte einen anderen Gegenvorschlag gemacht: man möge dort oben lieber einen Teil der in der Vorstadt zusammengedrängten Arbeiter unterbringen – aber wer würde da wohl die Kosten übernehmen? Barrel auf keinen Fall; also die Stadt? Alles war schließlich nur blinder Alarm gewesen. Der Doktor sagte eines Tages, die Geschichte sei geeignet, Feuer und Schwert über Sérianne zu bringen: das alte Viertel würde bleiben, wie es ist, ein romantischer Flecken mit Ruinen à la Chateaubriand. Armand atmete auf. Man würde also nicht an seinen Lieblingsplatz rühren ...

Eines schönen Tages fand er die Schmiede geschlossen, die enge Gasse menschenleer. Nachbarn, die er befragte, erzählten ihm, Avril habe endlich seinen Wunsch verwirklicht. Er war an einem Frühlingsmorgen weggegangen, nachdem er einem Kollegen seinen alten Vorrat an Nägeln und Eisen verkauft hatte. Er hatte bei Mestrance einen großen Stohhut erstanden, dann war er singend zum Bahnhof hinuntergestiegen. Das war alles, was man wußte.

Ein Stück von Armands Herzen hatte Sérianne verlassen.

XI

Er war sechzehn Jahre alt, als er sein Bakkalaureat in Latein und Griechisch bestand. Da man einen Mißerfolg befürchtete, hatte man ihn aus dem Internat genommen, um ihn in Sérianne selbst bei Herrn Delobelle, einem ernsten und strengen Mann, Nachhilfestunden nehmen zu lassen. In diesem Jahre hatte ein heftiger neuer Ausbruch seiner Religiosität ihn bei der Vorbereitung der Prüfung, die er gerade noch bestand, ziemlich gestört.

Das war merkwürdig, weil seit der Zeit seiner Kommunion trotz der alten Gewohnheiten der Kasteiungen, der Disziplin, der Gebete, die sich mit der Zeit ziemlich verändert hatten, Gott einen immer geringeren Platz in seinem Herzen einnahm, obwohl er in der Familie offiziell nach wie vor für äußerst religiös galt. Immer noch verbrachte er viel Zeit in der Kirche, aber niemand verlangte mehr Rechenschaft über das, was er dachte. Er haßte die Spiele seiner Kameraden. Er wäre bestimmt nicht ein Meister im Boulespielen geworden wie Edmond. Ein für allemal rechtfertigte er sein merkwürdiges Verhalten auf diesem Gebiete mit seiner kirchlichen Berufung, von der er schon als Dreikäsehoch gesprochen hatte. Wieviel Erklärungen hatte er sich damit erspart!

Selbst der Doktor, der immer wie ein Teufel getobt hatte, wenn Frau Barbentane Besuchern sagte: »Armand dagegen wird Priester werden ...«, hatte sich schließlich an diese Idee gewöhnt. Er liebte diesen kleinen, verschlossenen und nicht für einen Sechser sportlichen Burschen wenig. Seine ganze Liebe war dem starken, soliden, geschickten Edmond zugewandt. Der Kleine war mager, leidenschaftlich, er verstellte sich und hatte unregelmäßige Züge. Er sah einem nicht in die

Augen, und das war auch besser so, denn wenn man zufällig seinem hellen Blick begegnete, so war nicht er es, der dabei verlegen wurde.

Diese Parteilichkeit des Vaters brachte es zum Beispiel mit sich, daß Edmond schon frühzeitig fahren gelernt hatte und ihm der Doktor oft seinen Wagen für eine Spazierfahrt überließ, während er das Steuer seines Wisner niemals dem Kleinen, nicht einmal zum Üben, anvertrauen wollte. Der verstand übrigens auch nichts von der Maschine.

Armand selbst war manchmal überrascht von diesem Wiederaufleben des alten Feuers, er gewöhnte sich an den Gedanken, daß seine Frömmigkeit seiner Trägheit wohltat und ihn auf bequeme Weise von Studien ablenkte, die für ihn täglich reizloser wurden. Nichtsdestoweniger wies er immer diesen Gedanken zurück, der ganz offensichtlich teuflischen Ursprungs war. In diesem Stadium fand er in Gesangsstunden einen Ausweg für sich. Ein Priester mußte singen können. Seine Mutter setzte also durch, daß er Gesangsstunden nahm, wodurch aber nichts besser gemacht wurde.

Die Priesterschaft erschien ihm übrigens als etwas, was noch in weiter Ferne lag, ähnlich dem Militärdienst. Obwohl ganz Sérianne seine Wahl kannte und von ihr sprach, war es selbstverständlich, und die Stellung seines Vaters erforderte es, daß Armand seine Mündigkeit abwartete, um der Neigung seines Herzens folgen zu können, ohne den Doktor zu genieren, ohne daß man ihn dafür verantwortlich machen konnte, so schlechtgesinnt man auch in der Loge war. Das war ein stillschweigendes Abkommen. Aus diesem Grunde tat sogar der Herr Abbé Petitjeannin, als wollte er eine Neigung abschwächen, die so sehr dem kindlichen Gehorsam entgegenstand. Darum war auch der junge Mann niemals, trotz seines heißen Wunsches, im Messedienst unterwiesen worden.

Dieser neue mystische Auftrieb, den Armand vor allem zu Beginn des Jahres 1912 erlebte, fiel zusammen mit einem verstärkten Drang zur Herumtreiberei und zu Phantasien, aus denen er mit einem Gefühl der Schmach und der Schuld erwachte. An die Stelle von Marguerite von Provence waren weniger entlegene Bilder getreten, und wenn er durch die

Oberstadt schlenderte, vermied er nicht mehr die Straße, in der sich der »Blumenkorb« befand, nur ging er plötzlich schneller, wenn er jemanden bemerkte, den er kannte und der den Weg nach dem verfluchten Haus einschlug. Gegen Abend hörte man manchmal von dort Musik und Lieder. In der Dämmerung hatte er einmal zufällig einen nackten Arm durch einen sich öffnenden Vorhang gesehen. Später bildete er sich ein, sogar eine Brust gesehen zu haben ... Mit trockenen Lippen sagte er vor sich hin: »Eine Frauenbrust.«

Gleichzeitig wurde er seiner Mutter gegenüber zurückhaltender. Wenn er sie nachts weinen hörte, tat er, als schliefe er. Er hatte Angst, sie in einer Unordnung anzutreffen, die ihn ein- oder zweimal zu schleunigem Rückzug veranlaßt hatte. Sicher tat auch die Gewöhnung das Ihre, und er wurde nicht mehr im gleichen Maße wie einst von dem Martyrium seiner Mutter berührt. Muß man hinzufügen, daß Esther Barbentane älter geworden war und ihr Sohn dies, ohne es zu wissen, empfand? Sie hatte ihren Charme verloren, ohne auf jene Szenen zu verzichten, die ihn einmal gerührt hatten, jetzt aber leicht grotesk wurden. Sie trocknete frühzeitig aus, und da die Natur in ihr sich noch nicht beruhigt hatte, war ununterbrochen irgendein Auftritt zu gewärtigen. Armand spürte aus diesem Grunde eine vage Unruhe, und während er sich früher aus Angst, den Sinn ihrer Worte zu begreifen, von ihr abgewandt hatte, so zog er sich jetzt vor ihr zurück, ohne Absicht, ihr wieder näherzukommen. Selbst von ihrem Sohn ignoriert, gab sie sich mit noch größerer Leidenschaft dem Glauben hin.

Armands Neigung zu übernatürlichen Dingen war jetzt im Wesen sehr verschieden von der seiner Mutter oder von seiner eigenen Leidenschaft, die ihn dazu gebracht hatte, sich die Nägel ins Fleisch zu schlagen. Sie trug jetzt eher den Charakter einer intellektuellen oder mit Vernunftgründen arbeitenden Manie. Jeden Moment, den er dem Internat oder der Familie rauben konnte, verbrachte er mit Büchern unter dem Arm, die er nicht aufschlug, mit Spaziergängen im Freien, am Fluß entlang, in den er Steine schleuderte. Er begeisterte sich für den heiligen Augustin und den heiligen Paul, ohne dabei seine Studien sehr weit zu treiben. Sein Kopf ging schneller als seine Füße. Seine jugendlichen Meditationen beherrschte das Problem der Heiligkeit. Sicherlich lag etwas Teuflisches darin: ein Mangel an Demut, sagte er sich, aber ist es nicht dennoch erlaubt, die Wege zu erforschen, die zu Christus führen? Er entsetzte sich manchmal über seine Unbescheidenheit und urteilte hart über sich. Er konnte sich zum Beispiel nicht verhehlen, daß sein Hang zur Kirche zu fünfzig oder, sagen wir ehrlich, sechzig Prozent von der Sucht bestimmt war, zu predigen, Seelen zu lenken, kurz, den Priester zu spielen, statt von dem Wunsch, wirklich Priester zu sein. Er gestand sich auch ein, daß er keine Vorliebe für das Klosterleben hatte. In der Rolle des Priesters sah er unzweifelhaft eine Möglichkeit, sich zu produzieren. Die Wege des Herrn sind voller Geheimnisse, und es war ja doch Sein Ruhm, von dem er träumte, wenn er an den seinen dachte.

Ein Heiliger, er würde ein Heiliger sein, sagte er sich mit einer Heftigkeit, die ans Profane grenzte. Das, was Barbentane in ihm war und was bei seinem Vater oder Bruder sich in Strebertum übersetzte, nahm in ihm unverhofft die Form des Wunsches nach Heiligkeit an. Die heftigen Naturen, die vor nichts zurückschrecken, um sich des Gegenstandes ihrer Leidenschaft zu bemächtigen, behaupten, sie würden zum Verbrecher werden, wenn es not täte. Armand dachte eines Tages, er würde bis zum Verbrechen gehen, um ein Heiliger zu werden, und nichts kann besser das Wesen seiner Wunschträume erklären. Durch Felder und Hügel wandernd, übertrug er, halblaut zu sich selber redend, die Sprache der irdischen Liebe, sogar ihre Laster und Gebrechen, auf den Bereich der himmlischen Liebe. Die gefährlichsten Vorstellungen fanden so, indem er sie veredelte und von dem Übernatürlichen, das er in sie hineintrug, erleuchten ließ, in seinen Augen ihre Rechtfertigung.

So fürchtete er auch nicht, den verbrauchtesten Metaphern der Kirchensprache ein neues und eigenartiges Leben zu verleihen, indem er sie für Realitäten nahm. Eine Woche lang lief er in der Gegend umher und dachte über den Begriff nach, mit dem die Heiligen Väter hundertmal die Christenheit bezeichnet haben: der himmlische Weinstock und die Christenheit waren für ihn keineswegs so sehr zum Weinstock geworden, als vielmehr die Weinstöcke, die er um sich sah, zur Christenheit selbst. Er konnte sich nicht entschließen, zu entscheiden, was die Weinlese eigentlich bedeutete: die Erhebung der Seelen zu Gott oder vielleicht auch die Sünde selbst, die die Frucht vom Weinstock trennt, oder sogar die Ketzerei, die sie traubenweise von ihm schneidet, und er entschloß sich sogar schließlich, die Trunkenheit und die Verirrungen der Pflücker mystisch auszulegen.

In einem Epheserbrief fand er das Ziel, dem er nachzustreben hatte, die Definition der Heiligkeit selbst: man mußte in sich den vollkommenen Menschen wachsen lassen, bis er die Fülle Christi erreichte. Aber wie sollte man den Embryo dieses vollkommenen Menschen definieren? Der Satz des Paulus ließ keinen Zweifel an der Existenz dieses Embryos, er ist offensichtlich die Gnade. Kaum hatte Armand an diesen Embryo gedacht, als er für ihn auch schon ein wirklicher Embryo wurde, das heißt ein materieller Keim, ein Vorgebildetsein des Menschen, mit allem, was ihn charakterisiert und ihn vom Ungeheuer unterscheidet mit all seinen Organen und Fähigkeiten. Das hatte schwerwiegende Folgen: er exaltierte den Menschen, was den Heiligen mehr Napoleon als dem Evangelisten Johannes ähneln ließ.

Der Zufall wollte, daß ihm ein Satz des Thomas von Aquino unter die Augen kam: »Die Persönlichkeit trägt zur Würde eines Menschen in dem Maße bei, in dem es von seiner Würde und seiner Vollkommenheit abhängt, als er selbst zu existieren, denn dies ist es, was man unter Person versteht …« Und da er nicht weiter oben las, wo der heilige Thomas sich hastig widerspricht, und da er nicht einen Moment daran zweifelte, daß es von seiner Würde, von ihm, Armand Barbentane, und seiner Vollkommenheit abhing, zu existieren, trat das Merkwürdige ein, daß Thomas von Aquino ihn auf den Weg der Persönlichkeitskultes brachte. Heiliger zu sein, dachte er ganz einfach, bedeutet, man selber zu werden. Ein Schulkamerad borgte ihm daraufhin den »Garten der Berenice« in der illustrierten Ausgabe zu einem Franken fünfzig, und Armands Mystik geriet auf tolle Weise unter den Einfluß von Maurice Barrès. Barrès rechtfertigte das Aufkommen einer Sinnlichkeit, die er vorher kaum gekannt hatte, und da er vom Katholizismus ausgegangen war, steuerte er jetzt der Apostasie zu.

Er hatte darauf verzichten müssen, mit dem Abbé Petitjeannin über den Weg zu sprechen, den er in Richtung der Heiligkeit verfolgte, da der würdige Mann ihn ständig mit Fragen über seine Geilheit unterbrach. Wie hätte er mit ihm über den wichtigen Platz diskutieren können, den die Geilheit in der Entfaltung des vollkommenen Menschen einnimmt, wie etwa die Tatsache der Apotheose seiner der Geilheit dienenden Organe? In Armands Gedanken wurde in diesem Punkt viel vorweggenommen, denn er war bei dieser Apotheose bisher so wenig angekommen wie bei der Heiligkeit selbst. Der junge Mensch beichtete also immer weniger und nur, wenn er das Abendmahl zu nehmen wünschte, das er sich übrigens aus Gründen der Kasteiung versagte. Als er jedoch zu der Folgerung gekommen war, daß die doppelte Natur Jesu Christi nur erklärt werden konnte durch die Verbindung zweier Hypostasen, nämlich einer menschlichen, von der Jungfrau Maria erzeugten Natur, und einer göttlichen, die nichts mit Maria zu tun hat, was besagt, daß er sich unter die Anhänger der Sekte des Nestorius, eines Bischofs von Konstantinopel im fünften Jahrhundert, begab, der lehrte, daß Maria Theodocos und nicht Theotocos gewesen war, und damit die Grundlage jeden Marienkults zerstört hatte – als er bei dieser äußersten Ketzerei angelangt und ihrer gewahr geworden war und dem Abbé Petitjeannin sagte: »Mein Vater, ich klage mich der Sünde an«, entsetzte sich der Abbé vor dieser schismatischen Ungeheuerlichkeit. Aber er nahm ihn nicht sehr ernst und verhängte über den jungen Mann nur eine etwas längere Buße. Er befahl ihm, regelmäßig am Nachmittagsgottesdienst teilzunehmen.

Es nützte alles nichts, und Armand blieb in Seele und Gewissen Nestorianer.

Da hob sein Beichtvater ihm im Halbdunkel seine große magere Nase entgegen und verdammte die Isolierung, in der der junge Mann lebte. Während er von seiner Geschwätzigkeit Gebrauch machte, um ihm die geistige Mutterschaft der Jungfrau zu erklären, hatte er einen Einfall. »Teurer Sohn«, sagte er, »dein Stolz führt dich irre, weil er dich von der Wirklichkeit dieser Welt entfernt hält. Du müßtest geistige Bindungen mit Menschen deines Alters haben. Du mußt in diesem Jahrhundert jene Prüfungen suchen, die dein Hochmut grundlos ablehnt.« Und er legte ihm nahe, in die Gruppe »Pro Patria« einzutreten, die seit mehr als einem Jahr bestand und in der er sowohl seine überschüssige, gefährliche Energie loswerden als auch Erfahrungen mit seinesgleichen sammeln könne. Das würde ihn sicher von seinen kleinlichen Streitigkeiten mit der Kirche und mit Gott abbringen.

XII

Pierre war unter Delobelles Söhnen jener, der Armands Alter hatte, und das deutlichste Ergebnis von Abbé Petitjeannins Vorschlag wurde die Bindung zwischen Armand und Pierre, die sich alle beide in der »Pro Patria« am falschen Platz fühlten. Pierre war seiner Brüder wegen eingetreten, aber er hatte so wenig wie Armand Sympathien für Adrien Arnaud, dem man nur schwer vergeben konnte, Edmonds Spielpartner zu sein. Pierre war klein, ziemlich dick, äußerst melancholisch und am Leben vor allem von der Literatur her interessiert. Mit seinem hellblonden Haar sah er einem jungen, träumerischen Schweinchen ähnlich. Er war gut genährt, hatte einen breiten Mund, schwarze Augen und kurze Arme, die zu weit hinten saßen, wegen einer übertriebenen Entwicklung der Brustmuskulatur, die eine Folge allzu heftiger gymnastischer Übungen war. Um ihn herum hatte er niemanden, mit dem er vernünftig über Albert Samain hätte sprechen können, seine Marotte, seit ein Werk des großen Dichters ihm zufällig in die Hände gekommen war, und zwar im Zuge von Marseille, in dem eine Dame, die das Schicksal selbst gewesen sein mußte, das Buch vergessen hatte, als sie irgendwo in der Nähe von Veynes ausgestiegen war. Das Schicksal hieß Frau Cudeberge nach dem handgeschriebenen Vermerk auf dem Schmutztitel.

Die beiden jungen Leute fanden nicht viel Geschmack an den Liebhabereien ihrer Kameraden. Die zwei ältesten Delobelle, Etienne und Maurice, spielten mit Adrien und Edmond Boule bis zur Erschöpfung. Sie liefen mit ihnen hinter den

Mädeln her und hatten einmal Pierre in den »Blumenkorb« mitgeschleppt. Dieser sprach davon mit einer Mischung von Abscheu und Stolz. Er war ziemlich religiös geblieben, und bei ihm trug die Religiosität einen gotischen Charakter, der sehr günstig war für die ideale Verehrung von Damen eines ganz anderen Typs als etwa die dicke Irma oder Rosa, um derentwillen eines Abens neben dem Bahnhof eine Schlägerei entstanden war.

Die sportlichen Übungen am Sonntagmorgen, die Werkvereinsparaden, das alles stieß bei beiden auf die gleiche Ablehnung. Aber wie sollte man da wieder herauskommen, nachdem man nun einmal darin war? Herr Delobelle hätte es Pierre nicht erlaubt, und Armand legte im Gegenteil ein Auftritt, den er mit dem Doktor gehabt hatte, die Verpflichtung auf, in der Gruppe »Pro Patria« zu bleiben. Den Bürgermeister von Sérianne hätte beinah der Schlag getroffen, als er erfuhr, daß sein Jüngster in die Gruppe eingetreten war. Weil nämlich diese Sache nicht nur ein Fastnachtsscherz, sondern eine richtige politische Formation der Pfaffen, der Völkischen, dieser ganzen Clique, mit einem Wort: der Reaktion war. Sein Sohn war also jetzt ein offener Feind geworden. Kleiner Dummkopf. Armand hörte die Predigt mit zusammengebissenen Zähnen an. Er wiederholte, ohne viel Glauben, die Worte, die man ihm gesagt hatte: Frankreich, Vaterland, man muß lernen, sich zu verteidigen ... »Gegen wen?« brach sein Vater los. »Gegen die Freimaurer natürlich, das heißt gegen deinen Vater? Einen feinen Glauben hast du da. Bringt man euch in der Kirche nicht den Respekt vor der Familie bei?«

Du sollst Vater und Mutter ehren ..., das war gerade die Frage. Aber was seinem Vater gefiel, mißfiel seiner Mutter, so daß Armand schließlich in der »Pro Patria« nur die Gelegenheit sah, seinen einzigen Freund Pierre zu treffen, und mit Hilfe der Poesie bekam die Angelegenheit einen besonderen Anstrich. Um möglichen Streiks zu begegnen, versuchte man sich in allen Berufen. Armand lernte, eine Straßenbahn zu führen. Man stellte ihn auf einen der gelben Triebwagen, die durch die Gegend fahren, neben den Straßenbahnführer, der zuerst vor ihm den Wagen bediente. Darauf nahm Armand seinen Platz ein. Die Griffe waren nicht einmal sehr schwierig. Der Straßenbahnführer, ein unrasierter, rothaariger Mann, dessen Bart in allen Farben schillerte, brachte ihm das Notwendige bei, ohne sich mit ihm anzufreunden. Natürlich wußte er, warum man ihn veranlaßt hatte, dem jungen Stutzer, der, wie es schien, der Sohn des Bürgermeisters war, Unterricht zu geben. Er hätte ihn mit Vergnügen übers Knie gelegt. Armand erriet die Gedanken des anderen und war verlegen. Nicht, weil er den Brustumfang seines Nachbarn im Auge hatte, während die Straßenbahn wie ein Kalb über die unebenen Schienen sprang, bei allen Kurven den Kontakt verlor und ihre Passagiere ohne jeden Respekt vor der menschlichen Würde durcheinanderschüttelte, aber der junge Mann ahnte etwas von sozialer Ungerechtigkeit, wegen Christus, der Händler im Tempel und des Zimmermanns Joseph, und er war der Rolle, die er spielte, nicht ganz sicher. Wie konnte er das seinem bedrohlich aussehenden Lehrer begreiflich machen?

Einen Aperitif kann man nicht ablehnen. Der andere sah ihn an und dachte, man dürfe dem Feind so etwas ruhig abnehmen, und so saßen sie sich denn an einem Tisch im Café Blanc, im Dorf hinter dem Landsitz der Loménie, bei einem Glas Chambéry-Suze und einem Bitter gegenüber. Das Serviermädchen war dicklich, aber jung, mit durchsichtiger Bluse: darunter sah man alle möglichen Bänder, die die Brüste und Schultern einschnitten. Draußen schwirrten Fliegen im Schatten einer Platane.

Der Straßenbahnführer schlürfte langsam sein Getränk; vor der Abfahrt machte man eine Viertelstunde Pause. Man sprach von der Hitze, von dem Fest in Sérianne Ende Juli, und das alles war begleitet von Hintergedanken, wie auch der Blick des anderen, der von seinem Glas langsam zu Armand hinüberwechselte. Zwischen den beiden stand eine Welt. Dem sagte weder Albert Samain noch die nestorianische Ketzerei etwas, ihn beunruhigte auch nicht die göttliche Mutterschaft der Jungfrau, und die Autorität des Konzils von Ephesus und der Mißbrauch seiner Macht, dessen sich der Vertreter des Bischofs von Rom gegenüber dem Bischof von Konstantinopel schuldig gemacht hatte, waren ihm völlig Wurst.

Grober Kerl. Übrigens kann das nicht gerade den Verstand entwickeln, alle Tage diese holpernde Sardinenbüchse durch die Straßen zu fahren. Sicher auch ein Gottloser ...

Er mußte bald vierzig Jahre alt sein. Er hatte schon Übung in der Verstellung, die für Leute notwendig ist, welche ihre Stellung nicht verlieren wollen. Seinen Beruf übte er schon seit fünfzehn Jahren aus. Na, man war nicht gerade auf Rosen gebettet.

Einmal hatte er eine Gratifikation bekommen. Er verdiente ganz gut, ja, verglichen mit einem Straßenarbeiter. Dagegen verglichen mit einem Bankier ... Sechs Franken pro Tag sind nicht gerade das Himmelreich. Vor allem mit drei Kindern, ohne die Frau zu rechnen. Sechs durch fünf, das geht nicht gut auf, aber man muß auch mit vierundzwanzig Sous pro Tag und Kopf auskommen können. Die Kinder? Es sind Töchter; tja, was die Töchter betrifft, gibt es ja immer noch einen Ausweg: wenn ihnen die Arbeit nicht paßt, können sie auf den Strich gehen. Ich sage das nicht, um Sie zu schockieren; aber wissen Sie, in Toulon habe ich welche gesehen, die auf diese Weise im Handumdrehen eine Fünfzehn-Centime-Marke verdienten ... Na ja, Sie verstehen, wenn gerade die Flotte da ist.

Armand schien alles ganz ruhig hinzunehmen; aber er sah an dem schlauen Blick des anderen, daß der sich heimlich über ihn lustig machte. Als Jesus mit den Sündern sprach, hatte er sicher nicht Schwierigkeiten solcher Art gehabt. Zumindest stand davon nichts im Evangelium.

Als sie zur Straßenbahn zurückgingen, pißte der Straßenbahnführer gegen einen Zaun und fragte dann plötzlich, während er sich die Hosen zuknöpfte: »Na, junger Mann, gefällt Ihnen die Arbeit?« Armand fing an zu stottern. »Denn es muß einem ja zusagen, wenn man es unbedingt lernen will und dazu der Sohn des Herrn Bürgermeisters ist. Aber leben wollen Sie doch sicher nicht davon?«

Der Kerl machte sich über ihn lustig. Er wußte genau, was Armand auf seiner Straßenbahn machte. Das Abzeichen der »Pro Patria« in seinem Knopfloch redete eine klare Sprache: man kannte es in der Gegend. Im Elektrizitätswerk hatte man Etienne Delobelle einmal verprügelt. Pierre hatte es ihm mit allen Einzelheiten erzählt. »Wenn es mal Krieg gibt«, sagt er, »müßt ihr alle hinaus, und die Jungen müssen euch eben ersetzen.«

»Ach, darum ...«

Sein Blick war noch ironischer geworden. Der Staub brachte sie auf der Plattform der Straßenbahn zum Husten. Man fuhr zwischen den Hütten der allerärmsten Italiener entlang, und das Quietschen der Bahn weckte die kleinen nackten Kinder hinter den zusammengestoppelten Zäunen auf.

»So, also für den Fall eines Krieges? Das sagte ich mir auch. Sieh einer an, ich hatte gar nicht an so etwas gedacht, den Krieg. Unsereiner denkt nämlich lieber an etwas anderes.« – »Man muß sich auf alles einstellen.« – »Glauben Sie? Und gegen wen soll der Krieg sein? (Er zeigte mit dem Kopf auf die Hütten.) Gegen die Italiener?« – »Die Deutschen«, versicherte Armand mit Ernst. »Man sagt, daß sie ihn vorbereiten.« – »Wer sagt das, Ihr Herr Vater?« – »Die Leute, das heißt die Zeitung. Mein Vater und ich, das ist sehr verschieden, wir haben nicht die gleichen Ansichten.« – »Aha, ich verstehe ...«

Er machte sich wirklich über Armand lustig. Der Mann war nicht aus der Gegend. Er sprach nicht den heimischen Akzent, sondern einen etwas schweren Dialekt, wie die Leute aus der Touraine. Wie war er hier nur gelandet – von Arbeitsplatz zu Arbeitsplatz, von Elend zu Elend? Armand hätte ihm gern begreiflich gemacht, daß er nicht sein Feind war.

»Es wäre ein furchtbares Unglück«, sagte er. – »Was?« – »Der Krieg.« – »Ach so, ja ... nicht für jedermann.«

Klar, daß er sich über ihn lustig machte. Als er mit Pierre Delobelle über diese Unterhaltung sprach, sagte ihm der, das würde ihn lehren, den Demokraten zu spielen. Bei diesen Leuten wäre nichts zu holen, sie seien für alles taub, was Kunst und Poesie ist. Kürzlich hatte er Léon Dierx entdeckt. Sprich mal mit einem Straßenbahnführer über Léon Dierx. Sie hatten beide eine Diskussion über das Hohelied. Armand zog es allen Samain der Welt vor, und er zitierte ein Wort von Lacordaire: »Mit dem Hohenlied verhält es sich wie mit dem Gekreuzigten: beide sind ungestraft nackt, weil sie göttlich sind.«

»Sag mal so was deinem Straßenbahnführer, er wird dich auslachen oder glauben, daß du Schweinereien redest!« – »Vielleicht hast du recht ...«

Aber Armand konnte den Blick des Mannes nicht vergessen, irgend etwas, was ihm trotz allem sympathisch war. Natürlich sind alle Leute, wenn man sie richtig ansieht, sympathisch, nicht wahr? Verwirrt erinnerte er sich auch der vierundzwanzig Sous pro Tag und pro Kind, und er konnte sich nicht untersagen, daran zu denken, daß ihn der Abbé Petitjeannin gegen diese vierundzwanzig Sous in die »Pro Patria« zur Arbeit geschickt hatte.

Er glaubte, sich seinem Beichtvater eröffnen zu müssen, wegen des wachsenden Zweifels in ihm, ob man wirklich patriotisch handelte, wenn man sich zum Kampf gegen Franzosen vorbereitete, die sechs Franken am Tage verdienen, für jeden Tag, an dem sie von ihren Herren sechs Franken fünfzig verlangen würden.

»Mein Sohn«, sagte der Abbé Petitjeannin, »ich habe es doch lieber, wenn du auf Nestorius' Spuren irrst. Die Folgen sind weniger unmittelbar, und wenn man dazu an den Allmächtigen glaubt, so findet man sein Heil bei allen Konfessionen, oder man riskiert allerhöchstens eine etwas längere Zeit im Fegefeuer. Dagegen verfällst du jetzt der sozialistischen Anarchie, das heißt der ewigen Verdammung. Du zeigst zuwenig Eifer in den Fechtstunden und schießt sehr schlecht mit der Pistole. Du mußt das Tier in dir zähmen, indem du es richtig müde machst ...« – »Mein Vater, die Ermüdung würde nichts ändern. Und ich weiß nicht, ob ich mich irre; aber ich wundere mich eigentlich, daß Sie mich zu Waffenübungen ermutigen ...« – »Mein Sohn, mußt du nicht lernen, dein Vaterland zu verteidigen? Seine Feinde sind unbestreitbar die Feinde Gottes. Ich weiß, daß es Christen gibt, die der falsche Geist des Weltfriedens in die Irre geführt hat, der nichts zu tun hat mit der wahren Lehre unseres göttlichen Meisters. Sie geben vor, daß es zu unserer Religion gehört, die Pflicht des Waffentragens abzulehnen. Es handelt sich da um eine gefährliche Verfälschung des Evangeliums, die mit der Lehre der Kirchenväter nichts zu tun hat. Der heilige Augustin sagte in einem Brief an Bonifatius wörtlich: ›Was wirft man dem Kriege vor? Ist es die Tatsache, daß im Kriege Menschen getötet werden, die übrigens alle eines Tages sterben müssen, auf daß die Sieger im Frieden leben können? Dem Krieg diesen Vorwurf machen können nur kleinliche Menschen, aber nicht Gläubige. Was man gerechterweise dem Kriege vorwirft, ist der Wunsch zu schaden, die Grausamkeit der Rache, sein unersättlicher und unerbittlicher Charakter, die Wut der Vergeltung, die Leidenschaft des Herrschens, libido dominandi, und andere ähnliche Gefühle.‹ Ein herrlicher Text, der, mein Sohn, alle deine katholischen Zweifel beruhigen muß. Der Krieg ist in manchen Fällen ein nicht nur erlaubtes, sondern dem Christen empfohlenes Mittel. Du mußt auf ihn vorbereitet sein für jene Stunde, da der Herr seine Rechte von den Völkern zurückziehen wird ...« – »Mein Vater«, murmelte Armand, »und die sechs Franken pro Tag?« – »Welche sechs Franken, der Mensch ist auf dieser Erde wie Hiob, heute inmitten von Reichtümern und morgen auf dem Misthaufen. Wenn dein Straßenbahnführer ein Christ ist, wird er in seinen Gebeten sprechen: ›O Herr, du hast mir sechs Franken am Tag gegeben, du hast sie mir genommen: sei gesegnet, Herr, daß du sie mir genommen hast!‹ Und du, mein Sohn, zweifle nicht an der göttlichen Barmherzigkeit. Sprich mit mir das Reuebekenntnis ...«

Armand begann die Poesie der Religion vorzuziehen: in ihr gab es nicht diese unfreiwillige Dummheit. Sie ist Schönheitskult, sie erklärt, was der Abbé Petitjeannin ins Auge zu fassen sich weigert; sie rechtfertigt jenen Aufschwung, den man in sich spürt, den großen Ideen, den Frauen gegenüber; sie verschmilzt mit dem schrecklichen und wunderbaren Gefühl der Liebe, deren Namen sich sogar die heiligen Bücher bedienen müssen, um die Seelen mitzureißen. Das war vielleicht blasphemisch, aber wenn schon. Kaum mehr als die nestorianische Ketzerei, die ihm der Herr Abbé Petitjeannin unkluger weise empfohlen hatte. Das Nachdenken über die beiden Hypothesen von Christus–Mensch und Christus–Gott ging übrigens nicht ohne Streifzüge auf verbotenes Gebiet ab, und die Erfahrungen Pierre Delobelles im »Blumenkorb« warfen auf die Beziehungen der Jungfrau und des Engels Gabriel, auf die Taube des Heiligen Geistes und auf die Jungfrau selbst ein besonderes Licht. An dem Tage, da Armand Pierre Delobelle gefragt hatte, ob er glaube, daß der Menschensohn die Niederkunft seiner Mutter ohne vorhergegangene Lust und ohne Schmerzen hätte zulassen können, gab es zwischen den beiden Freunden einen Auftritt. Pierre war rot, schämte sich über das, was er gehört hatte, und mußte zugleich nervös kichern. Armand war entrüstet: es ging nicht um Obszönitäten, sondern hatte nun die Jungfrau Lust empfunden, ja oder nein? Wenn ja, müßte man doch die Geschlechtslust ganz anders beurteilen. Wenn nicht, was hätte man von der Güte des Sohnes zu halten? Ein richtiger Skandal! Bei dieser Gelegenheit gab Pierre zu, daß er der Liebhaber Angelikas, des Dienstmädchens der Mestrance, geworden war. Zwei Wochen lang hatte er es verheimlicht.

Armand war tief betroffen. Diese Verstellung ließ ihn wirklich allein in der Welt zurück. Ohne Gott und ohne Freund.

XIII

Als Armand bemerkte, daß er den Glauben eingebüßt hatte, dachte er an seinen Vater, seine Mutter, seine geistliche Laufbahn und die öffentliche Meinung in Sérianne, und alles erschien ihm so kompliziert, daß er sich entschloß, seine Gefühle der Öffentlichkeit später mitzuteilen, um sich erst einmal zurechtfinden zu können.

Er hatte den Glauben gründlich verloren. Jetzt ging es allerdings um das Menschliche Christi! An Gott zweifelte er nicht einmal mehr: beim Gedanken an Gott zuckte er die Achseln ... Er grinste, wenn er an die Erbsünde dachte. Das Lachen schüttelte ihn, wenn er den Blick auf das Allerheiligste richtete. Die Transsubstantiation, die Autorität des Papstes, die Gnade, die Heilige Dreieinigkeit, alle Mysterien waren für ihn, ohne daß er genau hätte sagen können wann, Gegenstand von Persiflagen, von heimlichen Späßen geworden, denen er sich ausführlich hingab.

Hätte er unter diesen Bedingungen nicht seinem Vater näherkommen müssen? Nun, die Auftritte mit dem Doktor waren niemals häufiger und heftiger gewesen. Der gab ihm kein Geld mehr, erlaubte sich Bemerkungen über seine Arbeit, denn seine Zensuren waren nicht gerade glänzend, und hatte sich geweigert, für ihn »Vers und Prosa« zu abonnieren, eine Zeitschrift, von der einige Exemplare Pierre und Armand zu Gesicht gekommen waren und die sie begeistert hatte. Armand wollte auch seine Mutter, das arme Opfer, nicht verraten. Darum fuhr er fort, äußerlich Frömmigkeit zu heucheln mit plötzlichen Anfällen von Ekel und Melancholie, die ihn sowohl die Seinen als auch Pierre und die »Pro Patria« meiden ließen. Er gab dann vor, sein Bakkalaureat vorzubereiten.

Was ihn jedenfalls am meisten beunruhigte, war seine Zukunft. Er hatte sich seit langer Zeit an den Gedanken gewöhnt, Priester zu werden. Er hatte sich selber, wenn er erwachsen sein würde, in der Soutane gesehen, in einer Gegend, die nicht Sérianne wäre, und ein Leben führend wie alle Priester, das heißt, er wollte nichts tun. Wenn er nicht die geistliche Laufbahn einschlug, mußte er einen Beruf wählen und arbeiten. Und dann gab es das äußere Auftreten, die Autorität, die man schon sehr jung genießt, die erhobene Hand, mit der man respektable Männer und Frauen segnet, und diese Idioten, die den Kopf vor einem senken. Niemals also würde er auf der Kanzel predigen: »Liebe Brüder, liebe Schwestern, heute will ich euch vom Bösen sprechen. Man täuscht euch, meine teuren Brüder, wenn man ihn euch unter einem häßlichen und widerwärtigen Aspekt darstellt, mit Pferdefuß und Hörnern an der Stirn. Der Böse ist das Verführerischste, was es in dieser irdischen Welt gibt, er ist das Lächeln, der Zauber, die Hingabe. Ihr findet ihn im Anblick der Unschuld eines blonden und rosigen Kindes, in den weichen Armen eurer Gefährtinnen, in der Anmut einer Vorübergehenden, in den Ideen des Fortschritts und bis in die Predigt hinein, die ich euch jetzt halte …« Sicher wäre es möglich gewesen, die zynische, romaneske Laufbahn eines Lügners einzuschlagen, der äußerlich einem Priester gleicht und die Seele eines Wüstlings besitzt. Man könnte die höchsten Würden der Kirche erlangen und sie mißbrauchen, um das feine Gift des Unglaubens und des Zweifels in die Welt zu streuen. Wenn man Papst werden konnte! Diese Enzykliken also …

Aber das war es ja: man konnte als Franzose nicht Papst werden. Also war es schon besser, auf das Kopfbeugen und Gehorchen ganz zu verzichten ... Und dann hätte man die ganze Zeit lügen müssen. Zwei, drei Jahre, das wäre noch angegangen.

In alten Nummern von »Les Beaux Quartiers«, die er bei den Rinaldi vor der Stadt fand, machte Armand eine Entdekkung, als er die »Erinnerungen der Sarah Bernhardt« las. Das war es, was er werden sollte: Schauspieler! Je mehr er daran dachte, desto leuchtender stieg dieses Bild vor ihm auf. Immer hatte er Schauspieler werden wollen. Im Priestertum war es das Theater gewesen, was ihn verführt hatte, das Kostüm, die Zeremonien, die Bewunderung des Publikums. In seiner Vorstellung, die noch auf Blasphemie aus war, trat allmählich das Rampenlicht an die Stelle des Ewigen Lämpchens. Schauspieler wie Priester sind glattrasiert: sein Vater hatte ihm einen Abscheu vor dem Bart eingeflößt. Alles das ging zusammen mit seiner wachsenden Begeisterung für Kunst und Dichter. Er würde Erster Liebhaber sein und Tourneen durch die ganze Welt machen. In New York würden die Erbinnen der großen Trusts bei seinem Erscheinen ihre Perlen auf die Bühne werfen. In Wien würden Prinzessinnen ihren Rang, ihre Hoffnungen auf einen Thron riskieren um einer Minute willen in seinem Ankleidezimmer, während man ihn für »Man scherzt nicht mit der Liebe«, seinen großen Erfolg, zurechtmachte. Was für einen Perdican er abgeben würde! Staatsmänner würden zu ihm kommen, um ihn um Rat zu fragen, wie man die Menge verführen könnte, schluchzende Ehemänner würden ihn bitten, etwas zu tun, um ihre Frauen von ihrer Tollheit zu befreien. Ja, er würde der Böse sein, diesmal der Echte, der Verführer, die Verdammnis im Kreisen des Walzers, in der Trunkenheit der Orchester, der Große Liebhaber, Don Juan!

Für den Moment lernte er seinen neuen Beruf kennen, zwar in einer Nebenrolle, aber doch mitten im Leben: ein junger, frommer Mann in einer kleinen Provinzstadt, inmitten der Intrigen des politischen Lebens, die sich während der Wahlen zum Stadtparlament vervielfachten. Er ging also weiter zur Kirche, nahm weiter an den Übungen der »Pro Patria«

teil, beichtete dem Abbé Petitjeannin und ging sonntags zur Kommunion. Sein Eifer, der einen Augenblick lang nachgelassen hatte, fand anscheinend seine ganze Stärke wieder, denn es kam darauf an, die Rolle richtig zu spielen. Selbst die Exaltation hatte nichts von Sakrileg an sich, dessen Spur Armand einmal hier, einmal dort fand.

Das Wichtigste bestand von nun an in der gelungenen Täuschung, das heißt in der Kunst des Komödianten, die der junge Mann an der Sympathie seines Beichtvaters, an dem freudigen Händedruck seiner Mutter, die auf ihren frommen Sohn stolz war, an den Vorwürfen seines besten Freundes Pierre Delobelle, der nichts von diesen Wandlungen begriff und an ihrem Geheimnis nicht teilhatte, erproben konnte.

Sein Vater wünschte, er solle sich einen Schnurrbart wachsen lassen. Armand weigerte sich, seiner kirchlichen Laufbahn wegen, indem er sich dabei auf seine Mutter stützte. Er allein wußte, daß er nur die Bühne im Sinn hatte, und er empfand die zufälligen Ähnlichkeiten zwischen kirchlichem Zeremoniell und den Gepflogenheiten des Schminkens wie einen leichten Rausch. Jeden Tag war er ein anderer Held, aber seine Lieblingsfigur blieb der Doktor Faust. Man müßte Goethe selber inszenieren, was übrigens durchführbar wäre. Er las ihn von neuem und war betroffen von der Ähnlichkeit zwischen Fausts und seiner eigenen Situation und von gewissen Analogien in der Empfindsamkeit. Es fehlte nur noch ein Gretchen.

Pierre Delobelle machte ihm Geständnisse über sein Verhältnis mit Angelika. Er hörte mit dem tadelnden Blick eines Gläubigen zu, der sich dem Unvermeidlichen nicht widersetzen kann, aber in seinem Gebet weder den Sünder noch die Sünderin vergessen wird. Von Zeit zu Zeit brachte das Pierre in furchtbare Wut. Nichtsdestoweniger kam er am nächsten Tag zu Armand, um ihm wieder tausend alberne und wundervolle Einzelheiten zu berichten. Man konnte seit den Montecchi und Capuletti sich nichts Bewegenderes vorstellen als Pierres und Angelikas Liebe. Unter der Asche des ruhigen und spießigen Sérianne glimmte ein Feuer, wie es nicht einmal Verona gekannt hatte. Man darf dabei nicht vergessen, daß die Delobelle die nationale Partei darstellten gegenüber den roten Mestrance. Zwar war Angelika nicht die Tochter des freimaurerischen Kranzbinders, aber etwas viel Schlimmeres: sie war seine Mätresse und seine Sklavin zugleich. Nicht einen Augenblick hatte sie für sich, mußte von sieben Uhr morgens an aufwaschen, durfte den Laden nicht verlassen, außer um zu kochen, Madames Zimmer zu machen und den Alten sauberzuhalten und auf ihn aufzupassen. Abends war sie tot vor Müdigkeit, und dazu kam noch Herr Eugen. Und dann der Junge, Gaston, dieser Bengel, der sie immer belauerte! Ihren freien Tag hatte sie nur alle zwei Wochen.

Dazu kam, daß auf Pierres Seite der alte Delobelle vielleicht losgelegt hätte, wenn er etwas erfahren hätte! Wenn er dazu noch hätte vermuten können, welche Bedeutung die ganze Geschichte hatte. Denn es handelte sich nicht um eine kleine Liebesaffäre, wie es so viele gibt, sondern diesmal war es das Echte. Eine Liebe, wie sie in den Büchern und Gedichten vorkommt. Pierre hatte einen neuen Schwarm: Paul Fort, den Dichterfürsten. Armand überzeugten die Balladen, die ihm sein Freund vorlas, nicht voll und ganz. Warum schloß er die Verse am Ende nicht gleichmäßig ab? Natürlich gab es hübsche kleine Sachen darin, wie zum Beispiel diese Stelle über Philomele ... Sag mal, beißt Angelika dich, wenn sie dich küßt? Nein ... Warum? Dann liebt sie dich nicht so mit der richtigen Liebe. Ich weiß, was ich sage: Wenn man jemanden liebt, kann man nicht anders, man muß ihn beißen.

Das hatte Pierre ganz nachdenklich gemacht.

Dabei war, wenn auch die Übertragung von Romeo und Julia in den Rahmen von Pierres und Angelikas Liebe nicht ohne Komik war, weil Degen, Strickleiter und Gift fehlten, die Sache von Angelika aus nicht weniger ernst. Sie war vierundzwanzig Jahre alt und führte den Mestrance seit drei Jahren den Haushalt. Sie war eine gesunde, ein wenig starke Brünette mit sehr weißer Haut, nicht sehr großen Augen, kleiner Nase, gewohnt, auf den Knien zu arbeiten, und ihre Schultern, die hatten Arbeit und Unterordnung schon gebeugt. Ihre Eltern und Brüder, die Weinbauern irgendwo im Hérault waren, hatten sie geprügelt, und sie hatte in Stellung gehen müssen, als die Reblaus ihre Familie ruinierte. Ihr erster Chef, ein Kurzwarenhändler, hatte ihr ein Kind gemacht, als sie nicht einmal sechzehn Jahre alt gewesen war. Vier Jahre lang hatte sie gearbeitet, um das Kind zu ernähren. Es starb an Scharlach bei den Bauern, bei denen es in Pflege war. Sie war von Stellung zu Stellung gegangen, unterwürfig, arbeitsam, eine Stadt mit der anderen vertauschend, wenn sie keine Arbeit mehr fand. Sie war von einer Arbeitsstube nach Sérianne geschickt worden, wo Frau Mestrance selber sie ausgesucht hatte: sie kannte ja den Geschmack ihres Mannes.

Mestrance war ein Dreckskerl. Er verstand sich darauf, seine Leute anzutreiben, dieser schnurrbärtige Bursche. Und nie ein freundliches Wort, eine Aufmerksamkeit. Er holte sich bei den Dienstmädchen sein Vergnügen, und das war alles. Er kniff sie grausam in den Ecken, wenn er in den Schachteln Bänder für seine Kunden suchte. Und man durfte auf keinen Fall schreien. Ein lasterhafter Kerl, wenn ich dir erzählen würde ...

Da war mitten in diesem Leben, das sich nicht mehr ändern konnte, die Liebe aufgetaucht: dieser kleine sentimentale Junge Pierrot mit seinem gar nicht mal hübschen Mund, seinen sechzehn Jahren und dazu vornehm, der Sohn eines Professors und den Kopf voll mit Gedichten, die man nicht immer verstand, aber in denen es wimmelte von Küssen, Sternen, Blumen und Schwüren fürs Leben.

Ein sauberer Bursche mit einem so jungen und starken Körper, und dazu noch gefühlvoll, der sie »meine Frau« nannte, als ob sie vor dem Standesbeamten und dem Pfarrer gestanden hätten. Und er sagte, daß er sie liebe, und das Wort war weder für ihn noch für sie verbraucht: für ihn nicht, weil er zum erstenmal log, und vielleicht log er nicht einmal, und für sie nicht ... Niemals war ihr derartiges widerfahren. Los, leg dich hin, Angelika ... Der Kleine schloß die Augen, wenn er sagte: Ich liebe dich. Angelika dachte immer daran, wenn sie die zwei Läden säuberte, den Dreck des Alten wegbrachte oder in den Armen des Herrn Eugen lag. Ach, was machte das jetzt schon alles weiter aus? Sie war so glücklich trotz aller Schwierigkeiten, trotz der Kürze der wenigen Minuten, in denen man sich sehen konnte, trotz der Gefährlichkeit der Zettel, die man sich heimlich zuschob, und der langen Tage, in denen man sich manchmal nicht küssen konnte; und dann war sie so dumm im Schreiben, sie konnte es kaum und machte Fehler, über die er so nett lachte. Sie hätte so gern Worte gefunden wie in den Gedichten, die er ihr vorlas, aber sie konnte nur mit mühsam herausgestreckter Zunge die Worte kritzeln: »Ers mohrgen, er get in die Stat. Tausend Kisse führ mein Pierot – Angelika.«

Armand neckte Pierre wegen der Rechtschreibung, aber nicht allzusehr. Für diesen Mephisto gab es doch Dinge, die er respektierte. »Sie ist acht Jahre älter als du, und was tut ihr, wenn ihr Kinder bekommt?« – »Ich weiß nicht«, erwiderte Pierre sorglos, »aber stell dir vor, sie liebt mich wirklich: gestern hat sie mich gebissen.«

Er war so glücklich, daß er Armand ein Geschenk machen wollte. Der hatte keine Streichhölzer bei sich und hielt seine Marylandzigarette im Mund. »Sieh mal, möchtest du das gern haben?« Pierre hielt ihm großzügig das schöne Feuerzeug hin, das ihm seine Patin zum neuen Jahr geschenkt hatte.

XIV

Die Wahlen für den Stadtrat rückten heran und brachten die stillen Gewässer von Sérianne in Bewegung. Sie sollten Ende Juli stattfinden. Würde Doktor Barbentane wiedergewählt werden? Im Kantonsmaßstab war die Wahl für ihn ein Vorgefecht für die Parlamentswahlen, an denen er sich, wie man wußte, beteiligen wollte. Aber es handelte sich nicht nur um die persönliche Frage des Bürgermeisters, sondern zum großen Teil auch um die Religion und vor allem um das Vaterland. Waren es die demagogischen Radikalen, die die so notwendige dreijährige Militärdienstpflicht verwirklichen konnten? Ohne von der drohenden Einkommensteuer zu reden oder sogar, nach dem, was in den sozialistischen Zeitungen stand, von den geplanten Kapitalsabzügen. Der Caillaux von Agadir würde mit den Radikalen das Haupt erheben, dann hätte man also die Diktatur des Clubs, der Logen und alles das gegenüber einem disziplinierten, bis an die Zähne bewaffneten Deutschland, das einen Kaiser hatte, dafür aber kein parlamentarisches Geschwätz kannte.

Man sprach von einer gemäßigten republikanischen Kandidatur. Jemand aus Paris. Man müßte herausbekommen, wie Barrels Haltung in diesem Punkt sein würde. Das letztemal hatte er im zweiten Wahlgang für Barbentane stimmen lassen, trotz seiner religiösen Ansichten, weil es nämlich damals einen sozialistischen Vorstoß gegeben hatte, und vor dieser Gefahr mußte man sich in acht nehmen. Außerdem war ja schließlich Barbentane sein Arzt ... Viele Arbeiter würden ihrem Chef folgen, wenn er für die Linke stimmen ließe. Und wenn er rechts wählte, würde man auf ihn hören? Die Hauptfrage war natürlich das flache Land. Die Landwirte und Weinbauern. Sie liebten die Arbeiter nicht sehr, außerdem ärgerte sie diese Geschichte mit der Einkommensteuer. Die »Pro Patria« mit der Werkvereinskapelle an der Spitze trat in den Dörfern in Erscheinung. Man defilierte. Vor der Feuerwache fanden Turnvorführungen statt. Man sang. Die Dorfburschen verbrüderten sich mit den jungen Herren aus Sérianne, und man setzte in der Kneipe den Musikautomaten in Bewegung. Manchmal wurde sogar getanzt. Auf dem Land gab es viele Radikale, aber nicht unter den Bauernsöhnen. Die Jungen liebten den Sport. Man brauchte sie nur zu sehen, wenn die Tour de France vorbeirollte.

Armand hatte den Kopf voller Phantasien, und obwohl er mitten in dieser ganzen Aufregung stand, nahm er doch kaum teil an ihr. Was ihn jetzt von allem ablenkte, war der Wunsch nach einem großen Liebesabenteuer, nach etwas, was in nichts der jammervollen Idylle Pierres und Angelikas glich. Was die gesellschaftliche Stellung der Heldinnen anbetraf, so hatte er sich noch nicht festgelegt. Schließlich war Gretchen auch nur ein Arbeitermädel gewesen. Dennoch fühlte er sich mehr von Leuten von gewissem Niveau angezogen. Man lebte ja nicht mehr in den Zeiten des Doktor Faust, und da er außerdem nicht die teuflische Kraft besaß, Gretchen Schmuck zu offerieren, war es schon besser, wenn sie bereits von Hause aus das Notwendige hatte, auch die Kenntnis von tausend Feinheiten, die der junge Mann selbst vielleicht noch nicht kannte, aber gern kennen wollte.

Er wurde mondäner, pflegte sich und vernachlässigte die Ausflüge der »Pro Patria«, um der großen Messe beizuwohnen. Seine Anwesenheit verursachte dort immer einen leichten Skandal wegen seines Vaters. Während der Elevation gab er an, um die Blicke der jungen Mädchen auf sich zu lenken. Er setzte ein finsteres Gesicht auf und lief zum Ausgang, um der Tochter des Apothekers Weihwasser anzubieten. Dabei machte er sich über seine Erscheinung keine Illusionen; er fand sich häßlich, seit er festgestellt hatte, daß eines seiner Augen kleiner war als das andere und sein Gesicht auf beiden Seiten verschieden war. Sein schwarzes Haar lockte sich leicht und gab ihm, wegen der gekrümmten Nase, ein jüdisches Aussehen. Aber er hatte Vertrauen in seine hellen und intelligenten Augen. Dazu war er groß und lebhaft genug, um nicht für allzu mager gelten zu können. Er ähnelte seinem Vater ganz und gar nicht.

Sehr bald konzentrierten sich seine Träumereien auf die jüngere Barrel, Jacqueline, die zwei Jahre älter war als er. Sie war blond, hatte leichtes, fliegendes Haar und ähnelte ihrer Mutter. Dazu war sie sehr schmal, von jener Magerkeit, die die Jugend oft hat, und sehr besorgt wegen ihrer Brust, die sie mit einem hohen Gürtel unterstrich, obwohl das gar nicht der Mode entsprach. Die drei Fräulein Barrel trugen selbst im Hochsommer geschlossene Kleider mit langen Ärmeln. Nur die Älteste, Martha-Marie, hatte manchmal ein paar Spitzen an, durch die man an einigen Stellen ihre Haut sehen konnte. Jacqueline war eines Tages schrecklich rot geworden, als ihr Armand neben dem Beichtstuhl des Abbé Petitjeannin begegnet war. Daher war die ganze Phantasie gekommen. Sie war groß, hatte Augen wie Emaille und einen schmalen und leichtgekrümmten Mund. Das gab ihr einen ganz besonderen Reiz, den ihre Schwestern nicht besaßen, deren Gesichter regelmäßiger waren und die Madonnen glichen.

Natürlich dachte Armand nicht an Heirat, nein. So eine Geschichte konnte für ihn nur der Ausgangspunkt des Lebens sein: ein Roman, aber nur ein Vorspiel. Die dorfpolitischen Rivalitäten zwischen den Barrel und den Barbentane spielten dabei nicht die entscheidende Rolle. Wenn er Jacqueline verführt haben und sie schwanger sein würde, wäre der Skandal wahrscheinlich so groß, vor allem wegen der geistlichen Laufbahn des Don Juan, daß sein Vater gezwungenermaßen Armand einige Zeit aus Sérianne würde entfernen müssen. Er mußte nach Marseille, wer weiß, oder nach Paris gehen.

In Paris lebte Edmond. Er haßte Edmond weniger, seit er nicht mehr an Gott glaubte. Ob sein Bruder ihm wohl helfen würde, zur Bühne zu gehen? Er wollte nicht die Schauspielschule besuchen, sofern es nicht seine Familie verlangte. Das beste wäre, der Liebhaber einer großen Schauspielerin zu werden. Von Robinne zum Beispiel, weil er die Blonden liebte. Er hatte sie im Film gesehen. Sie würde ihn zuerst in einer kleinen Rolle durchsetzen, aus Eifersucht, und weil sie ihn auf diese Weise vielleicht überwachen zu können glaubte. Er aber, der bei der Vorstellung sehr aufgefallen wäre, würde ihrer bald müde werden. Vielleicht würde sie sich vergiften. Die Zeitungen würden darüber schreiben. Wenn er zu ihr eilte, würde sie noch einmal seinen Namen sagen: Armand ... Sie würde es mit Veronal tun. Jetzt hätte sich die Kunst seiner ganz bemächtigt, und mit jeder neuen Rolle würde ein Stück seiner Vergangenheit verschwinden, und die gleiche Frau würde ihm nicht mehr genügen können. Mit jeder Rolle käme ein neues Verhältnis. In der Natur des Künstlers ist etwas Unersättliches: er sucht und sucht, was aber eigentlich? Zweifellos sich selbst, ein Phantom, eine Vorstellung.

Inzwischen strich er, sooft er konnte, soweit ihm seine Studien Zeit ließen, um das Haus der Barrel. Die Beziehungen der beiden Familien waren nicht derart, daß man sich nicht grüßte, da der Doktor die Magenverstimmungen des Schokoladenfabrikanten behandelte. Manchmal blieb Frau Barrel sogar stehen, wenn sie Armand sah, und fragte ihn nach dem Befinden seiner Mutter. Die Damen begegneten einander bei den Rinaldi und den Loménie des Méjouls. Zweifellos hatte Jacqueline Armands Verhalten bemerkt. Sie trafen sich einmal auf dem Boulevard zur Stunde des Boulespiels. Adrien spielte mit Herrn Migeon eine aufregende Partie: wer würde gewinnen, der kleine heftige Vierziger oder der junge Mann mit dem wiegenden Gang? Etwa zehn Menschen standen umher und sahen ihnen zu. Armand grüßte und streckte dann kühn die Hand aus, da sie allein war. Sie zögerte, ihre Lippen verzogen sich noch mehr, zauberhaft in ihrer Ängstlichkeit, sie legte ihre weißbehandschuhten Finger in Armands Hand. Sie trug ein rosa Kleid mit einer Menge von Einsätzen und darüber eine marineblaue Jacke. Wie winzig doch ihre Hand war. Sie zog sie mit einem schnellen Gruß zurück und ging, ohne daß sie miteinander gesprochen hätten, sehr schnell davon. Die Kugeln stießen mit einem sieghaften Geräusch zusammen. Armand war wie betrunken, und schon bemitleidete er schrecklich die kleine Hand seines zukünftigen Opfers. Aber wo gehobelt wird, fallen Späne.

Sollte er ihr schreiben? Er dachte lange darüber nach und entschloß sich, seine Mutter am nächsten Sonntag zu den Loménie zu begleiten. Vielleicht würde Jacqueline hinkommen ... In dieser Woche wurde bekannt, wer bei der Wahl gegen den Doktor auftreten würde: ein gewisser Delangle, ein Freund des Abgeordneten, ausgezeichnet mit den akademischen Palmen und dem Nicham Iftikar. Die letzte Einzelheit kam vom Doktor selbst, der sich erkundigt hatte. Die Sozialisten würden einen Kandidaten aus Marseille haben, einen Rechtsanwalt ohne Klienten, nichts Wichtiges.

Die Loménie empfingen in ihrem Garten, in dem unter einem großen Feigenbaum Strohsessel um einen grünen Tisch standen. Kinder spielten in geringer Entfernung mit einer Schaukel. Es waren da drei alte Damen mit Bändern um den Hals und Fräulein Eva mit einem plissierten Jabot, die den Tee und das Gebäck zurechtstellte, während Philbertine de Loménie für einen ihrer Söhne weiße Socken strickte, wobei sich die Bucklige so weit vorbeugte, daß man fürchten mußte, daß ihr alle Nadeln ins Gesicht gehen und der Wollfaden ihr durch die tropfende Nase fahren würde. Frau Barbentane unterhielt sich vor allem mit Suzanne, wie immer äußerst liebenswürdig, Suzanne trug ein Tussorkleid, war sehr angeregt, voll von Klatsch, der Frau Respellière betraf. Der weißbraune Cocker des Herrn de Loménie rieb an Armands Fuß sein dickes lockiges Ohr, in das sich wohl eine Zecke verkrochen hatte. Blaue Fliegen schwirrten, und man hatte zweiunddreißig Grad im Schatten. Irgendwo in einer Vorstadt von Paris hatte eine Frau, die ihr Mann prügelte, mit ihrem Sohn, ihrem Liebhaber und dem Kompagnon ihres Mannes die Ermordung des Haustyrannen beschlossen. Die Leute hatten übrigens ein Fuhrgeschäft. Sie hatten alles vorbereitet, um der Sache den Charakter eines Unfalls zu geben: ein altes Jagdgewehr, das ganz allein losgegangen wäre, als man es saubermachte, dabei der Sohn, der an der Tür aufpaßte; der Liebhaber zeigte sich an diesem Tag bei Kunden, die achtzig Kilometer entfernt wohnten; nur der Kompagnon hatte an der Sache ein rein materielles Interesse und die Hauptarbeit übernommen ... Die Frau hatte ihrem Mann einen Kuß gegeben: »Gustav, man ruft dich unten, geh doch einmal nachsehen!«

»Die Perversität der Frauen!« sagte Fräulein Eva. »Bei allen Verbrechen ... Sie küßte ihn. Das geht wirklich zu weit!« – »Wenn ihr Mann sie schlug«, sagte Frau de Loménie, die sich in ihren Maschen geirrt hatte und jetzt zehn Reihen, die sich auf dem Schoß ihres grauen Kleides kräuselten, neu machen mußte. – »Man müßte sie alle guillotinieren«, erklärte eine der alten Damen, die sich mit englischer Stickerei beschäftigte, »ein Mann im besten Alter! Und der Sohn, das ist das Allerscheußlichste.«

Armand hörte mit braver Miene zu. Die Damen Barrel würden sicher nicht kommen. Suzanne interessierte ihn kaum. Sie war kein richtiges junges Mädchen. Alle paar Worte sagte sie »Madame«, wenn sie mit seiner Mutter sprach: »Was wollen Sie, Madame, das ist kein Umgang für mich, Madame, wenn man die Leute hört, Madame ...« Alles noch schlimmer gemacht durch eine übertriebene Betonung, die sie sich im Kloster von Hyéres angewöhnt hatte, wo sie erzogen worden war.

»Wenn diese Frau einen Liebhaber hatte, so hatte ihr Mann immerhin das Recht, sie zu prügeln ...« – »Er hatte kein Recht dazu, aber es ist eine Entschuldigung für ihn. Armer Mann, die Entschuldigungen machen ihm heute nicht mehr viel aus!« – »Mit einer Hammerlessflinte!« sagte träumerisch Herr de Loménie de Méjouls, der die ganze Sache vom Standpunkt des Jägers aus betrachtete, und sah seinen Hund an.

Wenn diese Leute gewußt hätten, daß Armand wirklich ein Schauspieler war. Ein Komödiant, der sich vor der Öffentlichkeit produzierte, und dazu ein Wüstling mit Mätressen, soviel man will – was hätten sie wohl gesagt? Mumien. Mit oder ohne Hammerless, solche Leute würde man mit Vergnügen um die Ecke bringen. Unter der Bedingung, daß man nicht dabei erwischt wird.

»Armand«, sagte Frau Barbentane, »hilf doch einmal Fräulein Suzanne!«

Sie gingen beide ins Haus, um die Orangeade zu holen. »Kommt Frau Barrel heute nicht?« – »Ich glaube nicht. Und Sie sagen gar nichts. Sie sitzen einfach da und schweigen. Hier, nehmen Sie doch einmal den Zucker, Herr Armand.«

Sie standen in der niedrigen großen Küche mit den kleinen roten Fliesen. Durchs Fenster sah man die Weinberge. Ehe man etwas dagegen hätte tun können, war der gläserne Zukkerbehälter zu Boden gefallen. Er war in Stücke gegangen. Alle beide, von allen möglichen Gegenständen, die sie schon an sich genommen hatten, behindert, legten alles eilig hin, wie es sich gerade traf, und ihre Hände berührten sich unter dem Zucker und den Glassplittern. Suzanne, wie sie da so kauerte, sah plötzlich aus wie ein listiges kleines Mädchen. Sie sah ihn mit lachenden Augen an. Sie hatte etwas Kurzes an sich, etwas Unentwickeltes. Sie roch nach Eisenkraut.

»Küssen Sie mich«, sagte sie.

Sie fielen zusammen auf die Fliesen, es gab eine hübsche Unordnung, Armand wußte nicht mehr, was er tat, er fuhr ihr mit der Hand unter den Rock, und sie stieß ihn zurück und zappelte mit den Beinen. Er schnitt sich an der linken Hand. Als sie das Blut sahen, standen sie auf, mit dem Purderzucker auf ihren Sachen. Aus dem Wasserhahn lief es lauwarm auf die verwundete Hand. Es war doch wenigstens kein Glassplitter darin? Man hörte Fräulein Evas Stimme: »Wo bleibt die Orangeade?«

Sie kamen mit vollen Händen zurück. Man sprach über Politik. Herr de Loménie de Méjouls erklärte seine persönliche Haltung, indem er das »s« am Ende der Worte tönen ließ, weil er sich als Südfranzose fühlte. Er werde bei den Wahlen für den Sozialisten stimmen. Jawohl. Um die Sache ins Rollen zu bringen. Und zwar feste. Damit sie endlich zusammenknackt und auf den Misthaufen kommt, diese Republik. Eine Schande. Je schlechter die Dinge ständen, desto besser sei es. Ich werde mich doch nicht zu Tode arbeiten, um vielleicht eine Bande von Abgeordneten fett zu machen. Steuern und nochmals Steuern. Und wozu? Wer, ich bitte Sie, steckt das Geld ein von der Einkommensteuer? Die Caillaux, die Etienne, die Poincaré. Alle zusammen in einen Sack, sage ich Ihnen. Und einen Pflasterstein obendrauf. Verfaulte Bande. Und Ihr Clemenceau, ein ehemaliger Kommunarde. Bücklinge vor den Arbeitern für einen Stimmzettel. Glauben Sie vielleicht, daß die neuen Vorschriften für den Wein kein Diebstahl sind? Sie kriegen Kisten voll Champagner, und dabei regiert Bordeaux. Ich stimme für den Sozialisten. Um so besser, wenn es mit der Carmagnole endet. Es muß sein, und dann kommt der Thermidor, Bonaparte, und schließlich Ludwig XVIII. Natürlich kann man nur von der Monarchie etwas erhoffen. Ich stimme für den Allerrötesten, sage ich Ihnen.

Suzanne spielte mit Frau Barbentanes Handtasche. »Aber ja, Madame ... Ja, Madame ...«

Jacqueline Barrel würde bestimmt nicht kommen. Die Kinder schrien trotz der Junihitze auf der Schaukel. Armand dachte schon an den Krach, den es in Sérianne geben würde, wenn er Suzanne entehrte. Es wäre leicht, weil er sie nicht liebte. Er sah den Verband an, den sie ihm mit ihrem Taschentuch gemacht hatte, und überraschte ihren Blick auf der verletzten Hand. Na schön, wenn die Ferien zu Ende sind, würde man ihn nach Paris schicken, um Philosophie zu studieren.

»Alle diese Politiker ...!« brüllte Herr de Loménie. »Ich kann Ihnen wegen der Damen gar nicht sagen, was sie mich können. Aber warten Sie nur, ich werde ihnen schon noch meinen Hintern zeigen.« – »Später, mein Freund!« seufzte Philbertine.

XV

Armand ließ Sérianne sein und die ersten Wahlversammlungen samt den Gruppen, die auf den Plätzen oder vor den Cafés, den Lokalen der drei Kandidaten mit ihren großen Kalikos und bunten Plakaten zusammenstanden. Er nahm die Straßenbahn, die zu führen er gelernt hatte, und kam am erstickend heißen Nachmittag in Villeneuve an, wo er Suzanne hinter der Kirche traf. Sie stiegen in die Weinfelder oberhalb der Häuser auf die halbe Höhe der Hügel und versteckten sich irgendwo, wo man sie in dieser Jahreszeit und bei dieser Sonne nicht aufstöbern würde. Hinter den großen Rebstökken auf dem wasserlosen Boden kauerten sie sich im Schatten nieder. Sie taten zuerst, als wollten sie lernen: Suzanne diente dem Abiturienten als Repetitorin. Bald blieben die Bücher liegen, und Schüler und Repetitorin gingen zu anderen Studien über.

Suzanne war geschickt und launisch. Sie ließ ihn nur so weit kommen, wie es ihr paßte. Armand wurde wütend, nachdem er jedesmal sicher gewesen war, daß es diesmal klappen würde. Dabei war er derart unerfahren und unwissend in bezug auf das, was klappen sollte, daß es nicht gerade glänzende Siege waren, die Suzannes Tugend davontrug. Der Sulfatstaub fiel von den Weinblättern auf sie herab.

Nein und tausendmal nein. Armand war nicht verliebt. Das Bild Jacquelines verschwand niemals völlig aus seinem Herzen, und dann diese Heuchlerin Suzanne ... Wenn sie nachher mit den Damen sprach, hätte man sie prügeln mögen. Dazu war sie nicht wenig eingebildet auf den väterlichen Besitz: vierzig Hektar Weinberge, bitte sehr, die durchschnittlich achttausend Hektoliter eines schweren, groben Weines geben, der sicher nicht viel wert war, mit dem man aber bessere Sorten fälschen konnte. Das brachte um die vierzigtausend Franken netto ein.

Als der alte Loménie »Les Mirettes« gekauft hatte, gehörten ihm alle diese Weinfelder noch nicht. Allmählich hatte er seinen Besitz erweitert, vor allem nach der Reblaus; denn die Weinbauern waren ruiniert worden, und man mußte amerikanische Pflanzen versetzen. Die Mehrzahl der Weinbauern hatte damals klein beigegeben. Sie hatten kein Geld für die Rebstöcke und das Sulfat und die Ungezieferbekämpfung – eine Sache ohne Ende. Sie hatten gerade noch ein kleines Stück Weinberg neben ihren Häusern behalten und waren sehr zufrieden gewesen, für den Rest einen Käufer zu finden. Loménie hatte auf diese Weise geduldig zusammengekauft, neu gepflanzt, den Wein und den Boden wieder in Ordnung gebracht, kurz, er hatte den Weinbau der Gegend gerettet.

Jetzt verdingten sich die ehemaligen Eigentümer bei ihm als Saisonarbeiter: ohne ihn hätten sie keine Arbeit gehabt. Wenn sie in den Weinbergen des Chefs ihre acht Stunden hinter sich gebracht hatten, blieb ihnen morgens und abends ein bißchen Zeit, um ihre Trauben zu ziehen, denn was den Wein angeht, so machten sie kaum mehr welchen, weil bei so kleinen Bodenstücken die ganze Einrichtung zu teuer kommen würde. Sie bauten also Trauben an und verkauften sie sogar an Loménie. Natürlich nicht sehr teuer, er brauchte sie ja eigentlich nicht. Immerhin konnte eine Familie an ihrer Ernte auf diese Weise etwa vierhundert Franken verdienen, und da in der toten Saison ein guter Tagelöhner nicht mehr als zwei-, dreiundvierzig Sous pro Tag bekam, so war das eine nicht zu unterschätzende Beihilfe für die Familie. Man konnte für zwölf, dreizehn Sous essen. Natürlich kein Fleisch, aber jedenfalls Gemüse. Mit Milch durfte man nicht rechnen, weil alles nach Sérianne in die Schokoladenfabrik ging.

Dieser Hubert da war ein großer Mann geworden seit der Zeit, da man sich mit ihm wegen der Mädel geprügelt hatte. Herr de Loménie war für seine Kameraden von früher Hubert geblieben. Ihre Frauen duzten ihn beinahe alle. Und wenn man jetzt seine Söhne oder seine Tochter in den Weinfeldern traf, wie sie mit irgend jemand herumschmusten, so kam das einem ganz komisch vor, und man fühlte, wie man alt wurde. Die Söhne waren einer nach dem anderen weggegangen. Alle zusammen waren große Banditen gewesen, sogar der kleinste, François, der die Geschichte mit einer Italienerin gehabt hatte. Die Italiener waren nicht sehr beliebt, weil sich manche von ihnen zur Zeit der Weinernte zum halben Lohn verdingten. Wenn die Fabrik stillag, war man nicht mehr seines Brotes sicher, wie letztes Jahr zum Beispiel, nach ihrem Streik. Räuber, diese Italiener, und dazu Raufbolde, immer bereit, das Messer zu ziehen.

Herr de Loménie machte in Villeneuve Wahlpropaganda gegen den Bürgermeister von Sérianne, während seine Tochter sich mit dem Sohn Barbentanes abgab, dem kleinen Pfaffen, wie man ihn nannte. Man redete darüber, es war nach allem Vorausgegangenen wie eine kleine Revanche. Hubert hatte den Mädeln in der Gegend zur Genüge mitgespielt. Als der Doktor im Café Blanc eine Versammlung veranstaltete, ging man hin, um seinen Spaß zu haben. Der Kandidat der Gemäßigten, der Herr aus Paris, war für das Korreferat gekommen, und der alte Loménie saß im Saal. Wetten, daß er sich die Hosen herunterzieht? – Kommt nicht in Frage, ich würde verlieren. Und in der Tat hätte der verloren, der die Wette angenommen hätte, weil, als Barbentane von der Republik und vom Heil der Republik sprach, Hubert, aufrecht auf einer Bank stehend, die Hosen herunterließ und brüllte: »Hoch die Geusen!« Dieser Hubert! Das Gelächter und der Applaus hatten nicht dem Doktor gegolten, der immerhin hatte weitersprechen können. Was den Herrn aus Paris betraf, so hatte er so was nicht erwartet. Und er drehte sich den Schnurrbart und lächelte dazu, um nicht überrascht zu scheinen. Er sprach über Frankreich, die Interessen der Weinbauern, den Weinpreis. Der Weinpreis war ihnen völlig Wurst, denn es gab nur Loménie und zwei andere, die Wein anbauten, und über den Preis wußten sie mehr als so ein Pariser. Außerdem war der Pariser für die Pfaffen. Die Weinbauern waren gegen die Priester, teils weil sie für Barbentane, teils weil sie für Loménie waren. Wie würden sie abstimmen? Nicht wenige von ihnen würden überhaupt nicht zur Wahl gehen. Es gab sozialistische Tagelöhner, aber der rote Kandidat war noch nicht aus Marseille gekommen. Die Mehrzahl von ihnen war übrigens noch nicht lange genug in der Gegend, um das Recht zur Abstimmung zu haben. Sie machten die ganze Zeit Krach, und Loménie brüllte mit ihnen zusammen: Die Soziale – die Soziale! Man kannte den Kehrreim: Je schlechter es geht ... Der verdammte Hubert! Diese Sozis wollten uns ja eigentlich unseren Grund und Boden, unser Eigentum wegnehmen. Caillaux auch, na also ... Ach ja, alle diese Leute vertragen sich gut auf Kosten der Armen. Die Trauben wurden verschenkt, und allmählich nahmen die kleinen Eigentümer Hypotheken auf, um ihr Stückchen Land weiterbebauen zu können. Sie nickten mit dem Kopf, als Loménie sagte, daß alles immer schlechter würde. Das war allerdings die Wahrheit. Ob man nun für den einen oder für den anderen stimmte … Man kannte Barbentane wenigstens ein bißchen, aber den Kerl aus Paris, man sagt, daß er eine afrikanische Auszeichnung hat. Du machst wohl Witze. Das sind doch Palmen. Palmen hat er auch. Ein Gelehrter. Dem Hubert ist zuzutrauen, daß er mit seinem ganzen Geschwätz, für den Sozialisten zu stimmen, gerade für den Pariser stimmt. Er hatte ihn zum Mittagessen bei sich. Sie haben bestimmt etwas ausgeknobelt. Der Hubert ist ein ganz Schlauer. Eigentlich verteidigt er unsere Interessen. Er ist ein Weinbauer wie wir alle und außerdem sozusagen ein Verwandter. Vielleicht ist dieser Herr Delangle gar nicht so übel. Man sagt, daß seine Beziehungen weit reichen. Er kennt alle möglichen Abgeordneten und Minister. Diesen ganzen Leuten sind natürlich die Weinbauern mit ihren dreiundvierzig Sous pro Tag ziemlich Wurst, aber wenn der alte Loménie von der Partie ist …

Abends ging man am Eingang von Villeneuve unter den Platanen spazieren. Es gab welche, die bei Blanc tranken, und welche, die nicht tranken, die einfach zusahen. Es gab Liebespaare und junge Leute, die in Gruppen umherspazierten. Von Zeit zu Zeit fiel ein Betrunkener neben dem Basar oder neben dem Brunnen um. Der alte Vidal vielleicht oder einer der Italiener, der fluchte, daß eine Kupplerin hätte rot werden können. Es gab Streitigkeiten, aber eher persönlicher als politischer Art. Der Bäcker schlug von Zeit zu Zeit dem Zigarrenhändler, der mit seiner Frau flirtete, in die Schnauze. Villeneuve war das Paradies auf Erden. Obwohl man für zwölf Sous nicht gerade großartig essen konnte. Die Leute sind mager in der Gegend, aber das liegt am Boden. Sie sehen den Weinstöcken ähnlich, und sehr bald, um die Vierzig herum, beginnen sie krumm zu werden.

Armand fühlte sich wie Machiavelli und ließ sich von Suzannes Vater zum Aperitif einladen. Durch ihn begann er sich für die Wahlen zu interessieren. Wenn der Doktor dennoch geschlagen werden würde … Auf keinen Fall konnte das seine Reise nach Paris verhindern.

XVI

In der verfallenen Herrlichkeit der Oberstadt von Sérianne war es nicht mehr die Liebe von Marguerite und Raimbaud, die die Schatten der Dienerschaft in Bewegung setzte. Es war schließlich ein wirkliches Paar, es waren Pierre Delobelle und seine Geliebte, die hinter den dicken Mauerresten das schönste Sommerhotel für sich gefunden hatten. Es ist zu bezweifeln, daß gerade Pierre und Angelika diese Art, von den Ruinen Gebrauch zu machen, entdeckt hatten. Weder die Tageszeit noch die Umstände seiner Kindheit hätten Armand erlaubt, dabeizusein, wenn nach Einbruch der Nacht die Liebe das obere Sérianne belebte, und wie bis hinauf zum alten römischen Signalturm, der die Oberstadt krönte, junge Menschen die alten Mythen auf den Berghängen neu erstehen ließen. Gegen zehn Uhr abends schien dort oben, wenn die Nacht endlich den Sieg davongetragen hatte und das Haupt der Stadt sich in die Sterne erhob, ein einziger Liebesseufzer die Luft zu füllen. Verworrenes Flüstern lief durch die Gassen, und der einsame Spaziergänger bemerkte, wie in seiner Nähe dieses Flüstern plötzlich verstummte, um nach einiger Zeit hinter ihm von neuem wieder zu beginnen.

Weiter unten fing die Zivilisation an mit dem Krächzen eines Phonographen im »Blumenkorb«, von wo man die letzten Schlager der Hauptstadt aus dem Trinkzimmer vernehmen konnte: den »Grafen von Luxemburg« oder den »Walzertraum«.

»Ein Soldat – Racine hat's uns gesagt,
Niemals vor der Wahrheit zagt ...«

Und in den Straßen und Gassen, an der Kirche, auf dem Marktplatz, auf dem großen Platz standen in der heftigen Hitze des Mittags die Leute in den Türen, vor denen Perlenvorhänge gegen die Fliegen hingen. In Hemdsärmeln standen sie in Gruppen beisammen, um über Politik zu diskutieren, gingen mit ihren Frauen spazieren, machten in den Cafés halt, wo andere Leute, die man kannte, beim Rauchen, Trinken und Reden waren. Der Wahlkampf hatte begonnen. Die Versammlungen der Kandidaten in den Nachbardörfern machten

Sérianne jeden Abend leer, denn es gab Passionierte, die sich nicht ein Stückchen Zorn und Begeisterung entgehen lassen wollten.

Mehr als je zuvor spürten die Männer und Frauen aus der Rue Longue, die bei herabgelassenen Vorhängen und geschlossenen Fensterläden in Morgentoilette eifrig ihre Ausgaben und Einnahmen zählten, jene, die die besorgniserregende Bilanz einer Zukunft aufstellten, die einem Kampf glich, in dem man bereits mit anderen rechnen muß als mit seinesgleichen (und mit anderen, die hitzig sind und gern diskutieren); mehr als je zuvor spürten die Ladenbesitzer, die kleinen Unternehmer oder auch einfach die Leute mit Ersparnissen, die Vorsichtigen oder auch die Rentner, alle jene schließlich, die ein Morgen zu verteidigen hatten, das schlechter sein konnte als der heutige Tag – mehr als je zuvor spürten diese Leute, daß eine Drohung über ihnen hing. Gewöhnlich schien alles ruhig und sicher zu sein, und doch ... Wenn man in die friedliche Nacht der Gesellschaft hinauslauschte, hörte man nicht etwas in der Ferne, und manchmal nicht einmal so fern, wie dumpfes Pochen, Aufschreie, Klagen?

Auch wenn man versuchte, nicht dran zu denken, so war doch gestern in Frankreich an zwanzig Stellen in plötzlichen Ausbrüchen der Wut Blut vergossen worden. Was diese Ausbrüche hervorbrachte, war unbegreiflich, und das war das schlimmste. Verschiedene Erklärungen, wie Sozialismus, Deutschland oder, wie manche sagten, Provokation – was konnte man davon gelten lassen, um zu erklären, wie eines Tages Leute, die nicht besser und nicht schlechter waren als andere, das tägliche Einerlei durchbrechen und plötzlich die Augen von Mördern, die Gesten von Totschlägern haben konnten; und wie konnte man erklären, daß man tötete? Die Arbeiter sind oft wie große Kinder. Die Soldaten, das können Sie oder ich sein. Die Polizei auch, das heißt, bei uns hat man eigentlich keine besondere Vorliebe für die Polizei, die Gendarmen; aber lassen wir einmal diese Frage beiseite: diese Leute fühlen sich durchaus nicht wohl, wenn es Geschichten gibt, nicht wahr? Man braucht, sagte Herr Arnaud, der Ältere, nur die Zeitung von diesem Schwein Hervé, »La Guerre Sociale«, zu lesen, dann wird einem klar, daß es nicht nur anständige Leute auf Erden gibt. Das rote Gespenst ängstigte zwar Sérianne nicht täglich, obwohl man sich seiner Nähe während des Streiks bei Barrel oder während der Unruhen im Weinbau bewußt geworden war; die hin und her schwankende Masse der Weinpflücker bildete eine Nachbarschaft, die nicht weniger beunruhigend war als die der Fabrikarbeiter. Wenn man sich aber jeden Tag darüber Gedanken machen sollte, konnte man ganz einfach nicht mehr leben. Man hätte nicht mehr die Kraft gehabt, jeden Tag seine Arbeit zu machen, zum Beispiel seine Bestände an Druckknöpfen zu ergänzen. Es würde einem blödsinnig vorkommen. Darum ließ man sich gehen, vom Leben und vom Alltag tragen. Wir sagten, drei Schürzen ohne Latz und vier mit ... komisch, ich habe dieses Jahr schon ein paarmal bemerkt, daß der Verkauf von Schürzen ohne Latz zurückgeht. Das ist vielleicht eine Modesache ... Und dann, während man Pläne für den Monatsausgleich machte, während es so schien, als könnte man mit bestimmten Einnahmen rechnen, bumm! wurde plötzlich in den Zeitungen wieder Alarm gerufen, diesmal wegen der außenpolitischen Ereignisse ... Wenn sich die Leute auf der Straße begegneten, machten sie merkwürdige Gesichter. Niemand kaufte mehr etwas. Einmal ist es Marokko, ein anderes Mal der Balkan, dann wieder Tripolis, die russischen Aktien fallen wegen der Unruhen, die sie in Sibirien gehabt haben, ja, die Welt ist nicht gerade ruhig, das kann man wohl sagen. Man weiß wirklich nicht, ob man nicht auf einem Vulkan tanzt, und wie sich das alles zusammensetzt, versteht man einfach nicht.

Natürlich schiebt jeder die Verantwortung für das, was nicht richtig geht, auf den anderen. Man sieht einander feindlich an, wie ein Porzellanhündchen sein Gegenstück, aber wenn der Fehler, wie Herr Migeon vorgibt, bei den Pfaffen liegt oder, wenn man Herrn Armand glauben soll, bei den Logen, fragt man sich dennoch, was ist es eigentlich, das nicht richtig läuft? Niemand will eigentlich Böses. Man ist vielleicht ein bißchen hinter seinen Sous her; aber man muß ja leben. Und von der Verschwendungssucht kommt ja auch soviel Elend; wenn man nur klar sehen könnte, würde man sich dann nicht gegenseitig helfen? Wenn die Geschäfte gehen, gibt es in der Gegend eine Entspannung. Natürlich gibt es die großen Warenhäuser, die Aktiengesellschaften. Sie geben ja auch vielen Leuten Brot, nicht wahr? Mit anständigen Abgeordneten, die sich für die örtlichen Produkte wirklich einsetzen würden, mit Abgeordneten, wie man sie vielleicht mit den Verhältniswahlen bekommen würde, könnte sich schon vieles zum Besseren wenden. Man sprach schon seit einigen Jahren von den Verhältniswahlen; aber ihre Verwirklichung ließ immer noch auf sich warten. Allmählich begannen selbst die, die alle möglichen Gründe dagegen gehabt hatten, nachdem so viel darüber gesprochen worden war, auf dieses soziale Heilmittel, das Verhältniswahlrecht, vage, aber kräftige Hoffnungen zu setzen, denn mit ihm glaubte man den Betrug, die menschliche Unehrlichkeit, die Stagnation, die unlautere Konkurrenz, alle jene Auswüchse, an die man sich nun doch nicht gewöhnen konnte, beenden zu können.

Und dann hatte man im Kampf für das Verhältniswahlrecht etwas Seltsames erlebt, das seinerzeit etwas Beruhigendes gehabt hatte: Männer, die man für geschworene Feinde hielt, Sozialisten und Konservative, stimmten plötzlich in einem Punkt überein. Das Wahlgesetz zeugte so ganz deutlich bei Leuten, die alles zu trennen schien, den gleichen Widerwillen gegen gewisse Schändlichkeiten und die gleiche Hoffnung auf ein Ideal der Gerechtigkeit. Menschen guten Willens. Es war wie die Möglichkeit eines Bündnisses aller Franzosen, eine Fata Morgana, die immer Erfolg hatte, und der Gedanke, daß es sich dabei nicht um ein Traumbild handele, sondern daß vor einer gemeinsamen Gefahr man eine solche Einigkeit vielleicht verwirklichen könnte, ließ einen beinahe wünschen, daß eine Gefahr dieser Art hereinbrechen möge. Stimmten im Grunde genommen die Rinaldi und eine Menge anderer nicht für den radikalen Barbentane? Waren etwa alle Arbeiter Sozialisten? Nein. Also. Das bewies nur, daß es überall anständige Leute gab und daß die Anständigen jenseits aller Parteibindung sich gegenseitig schätzen, was einfach nicht zu verhindern ist.

Dennoch stieg, sobald es Wahlen gab, die allgemeine Temperatur. Es war wie ein Fieber. Wann es begann, wäre schwierig zu sagen gewesen. Die Leute redeten nicht mehr miteinander oder waren, wenn sie einander begegneten, allzu höflich. Einige Zeit hindurch taten manche noch, als gäbe es zwischen ihnen nichts Trennendes. Dann fing es langsam an. Schreiereien. Leute warfen sich beim Spiel plötzlich die Karten ins Gesicht. Manchmal nahm das unerwartete Wendungen; man hätte meinen können, daß es gar nicht um Politik ging. Und wenn man ein wenig nachforschte, fand man, daß das Interesse des einen nicht dem Interesse des anderen entsprach; man redete zum Beispiel überhaupt nicht von der Einkommensteuer, sondern geriet sich wegen irgendwelcher Stiefel in die Haare, und dennoch war das der strittige Punkt.

Dann begannen Plakate die Mauern zu bedecken. Die Caféhäuser ergriffen Partei. Versammlungen fanden statt, und die einen befanden sich plötzlich auf der einen, die anderen auf der anderen Seite. Die Diskussionen, die vor den Haustüren begonnen hatten, wurden in den kleinen Blättern fortgesetzt, die immer in solchen Augenblicken entstehen, oder auch auf den Plakaten. Es hagelte Beleidigungen. Schließlich war der Wahlkampf eröffnet, und Hoffnung und Haß waren nicht mehr Abstraktionen, und Befürchtungen wurden zu Fleisch und Blut: die Kandidaten traten auf. Im allgemeinen war eine Familie ein Ganzes: die gleichen Gründe stellten sie in eines der Lager. Aber es gab welche, die weniger Glück hatten und in solchen Augenblicken auseinanderfielen. Die einen standen gegen die anderen auf, vor allem die Jungen gegen die Alten; selbst zwischen Brüdern kam es zu Zwistigkeiten. Die Affäre Dreyfus war noch nicht so lange her, daß man sich nicht hätte erinnern können, wieweit man damals in diesem Sinne gewesen war. Dennoch war die Judenfrage in Sérianne nicht gerade brennend. Was gab es schon an Juden in der Stadt? Die Crémieux allenfalls, die Kolonialwarenhandlung in der Rue Gambetta. Früher gab es mal einen Postbeamten, wie hieß er doch gleich? Ein kleiner Dunkler, na, er war jedenfalls später nach Algerien versetzt worden. Da unten soll es ja wohl welche geben, scheint es, und sie stehen nicht gerade sehr gut mit den Arabern!

Eine gespaltene Familie war zum Beispiel die des Bürgermeisters. Man war an ihn gewöhnt. Gewiß warfen ihm manche vor, ein Republikaner von etwas zu aggressiver Art zu sein. Aber sein Konkurrent, Delangle, der ein Gemäßigter war, nahm auch den Mund mächtig voll, sobald die Rede auf die Republik kam. Er war Unterpräfekt gewesen, hatte dann aber die Verwaltung verlassen, um Kabinettschef eines Ministers, eines seiner Freunde, zu werden. Jetzt wollte man ihn da in den Generalrat haben, weil anderenfalls eine Kraft verlorengegangen wäre, und er hatte politisch zu klar Stellung genommen, bei der Regierung, die man hatte, um in die Verwaltung zurückgehen zu können. Für ihn war die Sache ohne Zweifel nur eine Stufe in seiner Karriere. Jedenfalls waren er oder Barbentane fähige Leute. Nicht wie dieser Schreihals, der Sozialist. Na, der da ...

Komisch immerhin, daß die Leute nicht gleich sehen, mit wem sie es zu tun haben! Dieser Rechtsanwalt ohne Klienten, der aus Marseille gekommen war, wollte sich natürlich nur eine Situation schaffen. Er mußte fürchterliche Schulden haben. Er war ein bißchen rauh im Umgang, dabei aber doch für einen Sozialisten zu sehr Herr. Nichts von einem Arbeiter. Einfach ein Rechtsanwalt, im Gehrock, mit Krawatte und Kragen mit Ecken, obwohl das bei der Hitze ein bißchen lächerlich war und eine gewisse Nachlässigkeit im Äußeren den Doktor besonders sympathisch machte. Dieser Barbentane war eben einer von uns. Der Sozialist war in den Dreißigern, mehr als mittelgroß, zumindest körperlich, mit einem blonden, leicht gelockten und nicht sehr gepflegten Spitzbart. Er hieß Vinet, Maurice Vinet. Er führte seinen Wahlkampf gegen die Armee und die dreijährige Dienstpflicht. Das war nun nicht gerade von brennender Aktualität, weil sich die Regierung über das Gesetz noch nicht endgültig ausgesprochen hatte. Gewiß schrieben die Spezialisten für militärische Fragen, daß man das Gesetz unbedingt annehmen müsse und daß es Selbstmord wäre, wenn man sich nicht dazu entschließen könnte. Aber was sind schon die Militärspezialisten! Und dann: Was sein muß, muß sein.

Dieser Vinet hatte seine Anhänger, sogar in der Stadt. Der Fahrradhändler, dieser Kerl aus Nizza, der angeblich mit der kleinen Gepuderten, mit der er zusammen lebte, gar nicht verheiratet war. Leute, die nicht viel darstellten, obwohl er, was man zugeben mußte, ein netter Kerl war. Und natürlich die ganze Vorstadt, die Leute aus der Fabrik und die Eisenbahner, die Straßenbahner, die Tagelöhner vom Lande. Ohne eine oder zwei Gemeinden zu zählen, wo man sehr rot war. Er würde nie die Mehrheit kriegen; aber am Tag seiner Ankunft erwarteten gut und gerne hundert Menschen den Kandidaten am Zug mit roten Fahnen und sangen die Internationale. Ich habe sie ja nicht gesehen, Frau Mestrance hat es mir erzählt. Sie hat Sorgen, Frau Mestrance. Wahrscheinlich irgendwelche Dinge zu Hause, sie sieht in den letzten Monaten ganz aufgeschwemmt aus.

XVII

Pierre spielte mit Angelikas Händen. »Deine Pfoten!« sagte er. Sie lächelte verlegen, während sie auf ihre Hände sah. Pierre hatte recht: es waren Pfoten. Man konnte sie nicht anders nennen, diese von der Arbeit verdorbenen Hände. Sie waren rot, hatten geschwollene, schmerzende Finger, in die sich überall tiefe Furchen gegraben hatten. Nicht wie Pierrots Hände, richtige Fräuleinshände, trotz der Tintenflecke und obwohl sie nicht gepflegt waren. Aber sie waren so klein für einen Jungen, und die Finger waren schmal. Sie hatten niemals den Boden aufgewischt und das Geschirr abgewaschen an jedem Tag, den der liebe Gott machte. »Ach, deine dicken Pfoten«, sagte Pierre noch einmal. Sie stimmte zu. Es waren dicke Pfoten. Jetzt war er ganz verwöhntes Kind: »Deine häßlichen dicken Pfoten!« Und nun war sie in Tränen ausgebrochen. »Gelika, Gelika, meine Liebste, du.« Er wurde unruhig und wollte die großen, tränenüberströmten Hände von ihren Augen, die sie zu verbergen suchte, wegziehen. Angelika wandte sich ab und wehrte sich: »Es ist nichts, gar nichts, ich bin dumm, es ist nichts, ich bin einfach dumm ...« Pierre streichelte ganz sanft ihre Arme: »Gelika, ich hab dir nicht wehtun wollen. Sie sind nicht häßlich, deine kleinen Pfoten, sie sind nicht dick, ich habe es nur so gesagt ...«

Unkraut wucherte in dem wüsten Hof, in welchem ein Ziegelhaufen, wahrscheinlich die Überreste eines ehemaligen Treppenaufgangs, unter dem miteinander ringenden Paar einstürzte. Schon erstickten die Schluchzer in einem Lachen. »Laß doch«, seufzte das Mädchen, »wie werde ich denn aussehen, wenn ich zurückkomme!« Er knüpfte ihr das Mieder auf.

Madame Eugen erwartete ihr Mädchen an der Ladenschwelle. Angelika nahm jetzt jeden Moment wahr, um wegzugehen. Und jedes Mal für fünf Minuten, und dann dauerte es immer eine halbe Stunde. Rot, außer Atem kam sie zurück, als sei sie gelaufen. Sie hatte ihren Kopf nicht mehr bei der Arbeit, sie schwebte immer in den Wolken und antwortete nicht, wenn man zu ihr sprach. Gestern hatte sie sogar gesungen. Das war die Höhe!

Madame Eugen war schrecklich dick geworden, und wenn sie sich bückte, um irgend etwas aufzuheben, wurde es ihr schwarz vor den Augen, und es sauste ihr in den Ohren. Sie konnte es sich wirklich nicht leisten, alles selber zu machen. Das Mädel mußte übrigens verliebt sein. Sie hätte von allein vielleicht gar nicht daran gedacht, denn es war nicht ihre Art, sich mit den Angelegenheiten der Leute und erst recht mit denen ihres Mädchens zu befassen, mit dem, was sie dachte oder fühlte. Madame Eugen verlangte einfach von ihrem Mann, sein Geld nicht zum Fenster hinauszuwerfen. Im übrigen ... Aber diese Briefe, die, einer nach dem anderen, seit zehn, zwölf Tagen angekommen waren, hatten in ihr einen Verdacht erweckt. Sobald man daüber nachdachte, war es klar. Sie lief hinter jemandem her, Angelika. Ihr Freund mußte irgend so ein Taugenichts sein, der nicht arbeitete, weil sie zu jeder Stunde das Weite suchte.

Aber man bezahlte immerhin Angelika nicht dafür. Ob sie Herr Eugen betrog oder nicht, das hätte Frau Mestrance nicht um den Schlaf gebracht. Aber sie konnte, wenn sie mit dem ersten besten schlief, Eugen mit wer weiß was anstecken. Das war ja noch weniger sicher als der »Blumenkorb«. Und ob es billiger war, das würde man noch sehen, denn wenn man die Apotheke in Anspruch nehmen müßte ...

»Gaston, sieh doch mal nach, wo sich Angelika herumtreibt ...« Gaston hätte seine Mutter gern zum Teufel geschickt, weil er gerade mit dem Sohn des Tischlers Murmeln spielte. Er tat so, als ob er auf sie hörte. Herrgott, was man mit dieser Angelika für einen Ärger hatte; alle Tage war es jetzt die gleiche Geschichte. Wenn sie nach Hause kam, näherte er sich ihr unbeobachtet und kniff sie. »Herr Gaston!« Dieser Drecksjunge, schon ganz wie der Vater! »Angelika, ich sage es Mama, daß du auch heute früh weg warst.« – »Du kleiner Schuft, ich gebe dir kein Geld mehr!« Davor hatte er keine Angst. Gaston wußte gut, daß seine Drohungen wirkten. Um Frieden zu haben, kaufte ihm das Mädchen Murmeln oder einen Kreisel. Alles, was sie verdiente, gab sie dafür aus oder für kleine Geschenke für Pierrot. Dieser Pierrot! Sie hatte ihm ein purpurnes Medaillon mit der heiligen Johanna geschenkt, für das sie einen Monat gearbeitet hatte. Dann hatte sie dafür auch noch eine Kette gebraucht, nicht wahr? Johanna von Orleans würde so unter seinen Kleidern auf seiner Haut liegen, über ihn wachen. Angelika war eigentlich ein bißchen eifersüchtig auf die heilige Johanna.

Herr Eugen kannte kein Maß. Entweder war er stundenlang hinter einem her, oder er fühlte sich nicht wohl und paßte nicht auf, wie man seine Arbeit tat. Er wurde alt. Er mußte jetzt, wenn er zu seinem Vergnügen kommen wollte, lange vorher daran denken. Er ging um Angelika herum. Er betatschte sie. Sagte ihr grobe Schweinereien, widerliche Worte, wollte sie den ganzen Tag zur Hand haben für den Moment, wenn er in Stimmung sein würde, und er glaubte die ganze Zeit, es würde kommen, und dann kam es gar nicht, oft genug jedenfalls nicht. Er wurde wütend auf Angelika, wenn er nicht Gier nach ihr hatte, und schmiß dann eine Schachtel zu Boden, damit sie den Inhalt aufsammeln mußte, oder er beschmutzte extra den Boden und brüllte, daß es im Laden schweinisch, aber geradezu schweinisch aussähe! Er trat ihr, während sie den Boden aufwusch, auf die Finger. Er hielt sich die Nase zu: Natürlich hatte der Alte wieder ins Bett gemacht! Sie mußte ihm manchmal für nichts die Hosen herunterziehen. Herr Eugen beobachtete mit ironischem Blick die Szene. Er machte Bemerkungen über die Anatomie seines Schwiegervaters.

Als seine Frau ihm wegen Angelika ein Wort sagte, ohne natürlich von den Briefen zu sprechen, weil er davon einen Anfall hätte bekommen können, grinste er, ohne weiter wütend zu werden: »Schön, schön, Frau Rührmichnichtan, Nachtigall, ich hör dir trapsen! Sag doch schon, daß Angelika einen heimlichen Liebhaber hat!« – »Ich sage das nicht, ich wundere mich nur ...« – »Und warum sagst du's nicht, wenn es die Wahrheit ist? Sag doch, daß sie dazu fähig ist, dieses läufige Stück, diese Nutte, diese Ich-mach-alles-mit-dir ...«

Er war puterrot. Plötzlich wandte sich seine ganze Wut gegen Frau Mestrance: »Du Dreckhure, du Kuppelmutter, das macht dir Spaß,was, da freust du dich! Verdammtes Aas, dir gefällt wohl, daß ich Hörner habe, jetzt bist du nicht mehr die einzige, was? Na schön, stell dir vor, mir ist es Wurst, und zwar völlig Wurst. Von mir aus kann sie sich's von vorn und hinten machen lassen, kreuz und quer, und ich sage nicht mal so viel! Da bist du platt, was?«

Darauf rannte er nach unten, weil ein Kunde gekommen war. Er hatte alle steifen Hüte, die im Laden waren, probiert. Es war für eine Hochzeit. Frau Eugen ließ sich nicht täuschen. Sie sah sehr wohl, daß ihr Mann das Mädchen jetzt beobachtete.

Angelika wollte es Pierre nicht sagen. Aber sie wurde unruhig, weil er sie zurückhalten wollte. »Nein, nein, Herr Eugen wird es merken.« – »Herr Eugen! Du liebst mich nicht mehr. Gelika, ich habe dir gesagt, du solltest nicht mehr von diesem scheußlichen Kerl reden ...«

Er hatte ihr eine Szene gemacht. Sie würde bestimmt nicht mehr von Herrn Eugen sprechen. Pierrot hatte ein großes Gedicht für sie geschrieben. Es war wie ein Lied, das man nicht singen kann. Wenn er es aufsagte, war es ganz merkwürdig, es war nicht ganz verständlich, aber sehr süß, man hatte Lust, zu lachen und zu weinen.

Herr Eugen wollte wissen, was los war. Eines Tages war er ihr gefolgt. Glücklicherweise hatte sie ihn gesehen. Sie war weggegangen, um ein bißchen mit Frau Reboul zu schwätzen, die nicht hochmütig war und ihre Wäsche in einem Gewölbe in der oberen Stadt wusch. Die Idee war ihr gekommen, als sie das bläuliche Bächlein des Waschwassers auf der Straße erblickt hatte. Und dann fühlte sich Marie Reboul, die Frau des Möbelhändlers, seit einiger Zeit sehr allein. Ihr Freund, der junge Arnaud, entfremdete sich ihr; er ging unter die Soldaten und war schon beinahe jeden Tag betrunken. So empfing Marie Angelika immer freundlich. Da war doch ein menschliches Wesen.

»Ich möchte gern wissen«, fragte Mestrance an diesem Abend Reboul, während sie mit Respellière, der seinen Katerschnurrbart zwirbelte, im Café Billard spielte, »warum mein Hausmädchen andauernd bei deiner Frau steckt? Kannst du mir das vielleicht erklären?«

Sie waren alte Freunde, beide Freimaurer. Reboul kannte das Verhältnis des anderen mit seinem Dienstmädchen. Diese Beziehungen kamen ihm deplaciert vor, und als der Koloß an diesem Abend nach Hause kam, prügelte er seine Frau ein wenig stärker als sonst: »Aha! Ich werde dir beibringen, mit solchen Habenichtsen herumzuquatschen ... Ich werde dir beibringen ... Und da hast du noch eins in deine schöne Schnauze ... Mit solchen Matratzen ... Soll sie doch mit der ganzen Familie ... ja auch mit dem Jungen, sage ich dir ... Ich werde dir schon beibringen, wie du dich zu benehmen hast, und wenn ich diese Angelika erwische ...«

Adrien Arnaud feierte seine Abreise im »Blumenkorb«.

XVIII

Doktor Lamberdesc seufzte. Seine Jugend schwand rasend schnell in diesem Loch Sérianne dahin. Wozu war ihm hier das Äußere eines Herzensbrechers nutze? Er begann der Madame Butterfly etwas müde zu werden, wie er zu seinem eigenen Spaß Therese Respellière nannte. Sie hatte ihm schon ein halbes Dutzend Mal all ihre Geschichten aus Indochina erzählt, und der Steuereinnehmer mißbrauchte leicht seine erzwungene Liebenswürdigkeit, indem er den Doktor sogar nachts wegen seiner Malariaanfälle stören ließ. Sogar nachts, umsonst natürlich. Dazu war der ehemalige Kolonialsoldat in solchen Momenten ungemütlich. Er hatte seiner Frau einen Blumentopf an den Kopf geworfen, und als Lamberdesc Miene machte, dazwischenzutreten, hatte Respellière mehr nach Ehegatten ausgesehen als gewöhnlich, um ein Ich-rate-Ihnen ... zu knurren, das bezeichnend genug war für das angebliche Nichtwissen des Mannes. Was hatte er schon für Zerstreuung? Er konnte in seinem Peugeot-Wagen spazierenfahren, das war alles.

Die Ankunft von Delangle hatte sein Leben ein wenig heller gemacht. Sie hatten sich früher als Studenten gekannt, obwohl Delangle älter war als er. Es war ein zufälliges Zusammentreffen gewesen; er hatte zuerst nicht geglaubt, daß es sich um diesen Delangle da handele, von dem er zudem nur den Spitznamen kannte. Man nannte ihn ... wie nannte man ihn doch gleich? Nun, wie auch immer, ein Glück, daß Delangle der Kandidat der Gemäßigten war. Es war also ganz natürlich, sich mit ihm in der Öffentlichkeit zu zeigen. Es kam ihm ganz gelegen.

»Stell dir nur mal vor – wenn du Sozialist gewesen wärst, hätten wir uns in diesem verdammten Loch nicht einmal grüßen können. Auf keinen Fall. Ich hätte meine Patienten verloren. Meine Patienten! Wenn du das sehen könntest, diesen Mist, diese Kirchenmäuse und Stuhlvermieterinnen! Und alle haben Auswurf oder sind heiser oder haben feuchte Stellen an den Ohren oder irgendwas am Fuß. Ich habe einen mit einer Urämie, der vor einem Anfall solche Angst hat, daß er jeden Morgen kommt und mir in die Nase bläst, damit ich seinen Atem riechen kann. Ich punktiere Wasserbäuche, schmiere auf legitimem Wege beschädigte Gebärmütter mit Jod ein und setze einem pensionierten General selber die Schröpfköpfe an. Was willst du, man lebt so oder so.« – »Ich bringe dich da heraus, sobald ich gewählt bin.«

Delangle sagte dem alten wiedergefundenen Freund diesen Satz mechanisch wie jedermann. Von morgens bis abends machte er Versprechungen. Er hatte eine grau in grau gestreifte Pikeeweste an, ein bezauberndes Modell von Charvet, und Therese Respellière lächelte ihm unverhüllt zu, obwohl ihr Mann ein Wähler Barbentanes war. Aber Delangle war ein galanter Mann und hatte durch Andeutungen begriffen, welche Rolle Lamberdesc gegenüber Therese spielte. Er seinerseits deutete an, daß Lamberdesc, wenn er schon den Steuereinnehmer behandelte, versuchen könnte, seine Stimme für ihn, Delangle, zu bekommen. Große Hoffnung bestand aber da nicht, um so weniger, als in den letzten Monaten Respellières Anfälle häufiger wurden. Seine Glatze nahm zu, und er wurde ganz unleidlich und dazu geschwätzig.

Als Lamberdesc beim Aperitif eine große Geschichte über einen Freund begann, den er aus den Augen verloren hatte, und Delangle inzwischen Notizen über den Zustand der Vizinalwege und die Forderungen der Weinbauern von Villeneuve durchsah (der Gedanke einer kleinen Straße konnte ihm gegenüber Barbentane von Vorteil sein), holte man den jungen Arzt wegen eines Unfalls, der sich auf dem Bahnhof ereignet hatte; ein Mißgeschick beim Rangieren. Ein Eisenbahner überfahren. Welch ein Leben des Sichaufopferns! Und was das dazu einbringt! Der Eisenbahner wohnte am Ende der Welt; er hatte ein zerschmettertes Becken, und ein Schenkelknochen stieß durch die Haut. Warum hatte man ihn denn nicht ins Krankenhaus gebracht? Unbegreiflich. Jetzt mußte er sich mit so was abquälen. In den schmutzigen Laken des Bettes, neben dem die Witwe (was man eigentlich schon sagen konnte) heulte und ein mageres und verängstigtes Kind sich an die Röcke der Mutter klammerte, brüllte der Sterbende bei jeder Bewegung mit einem vom Schmerz verzerrten gelbgrünen Gesicht. Seine Augen lagen tief in den schweißnassen Höhlen. Er mußte dazu noch irgend etwas am Thorax haben. Zwischen den Schreien röchelte er. Mit dem Schmerz und dem Tod, den er nahen fühlte, mengte sich ein Gedanke: »Der Kleine ... der Kleine ...« Ach ja, ich kann Ihnen sagen, man muß sich manchmal zusammennehmen. Und es stank in dem Zimmer, das Abwaschwasser, wissen Sie, der Eimer nicht geleert! Ein elendes Loch im Fabrikviertel.

Vor der Tür standen Nachbarn, als ob man noch Luft abzugeben gehabt hätte.

Als der Doktor von dort herauskam und an der Garage vorbeiging, hatte er sich ganz schwach gefühlt. Gerade an der Straßenecke gegenüber liegt ein Café. Man hörte Musik, und Arbeiter, Eisenbahnangestellte redeten mit lauter Stimme und lachten. Schön, das wird mich auf andere Gedanken bringen. Er setzte sich auf die Terrasse und nahm einen Pernod. In diesem Süden da gewöhnt man sich an den Pernod.

Drinnen saß ein Dutzend Leute, Rekruten, es war gerade

vor dem Weggang des neuen Jahrgangs. Hinter der Theke spülte der Wirt die Gläser. Im Hintergrund spielte ein Geiger etwas, wozu eine braune, zigeunerhafte Frau in einem Seidenkleid und rotem Halstuch sang. Große schwarze Locken hingen ihr um ein Gesicht, das eher seltsam als schön war. Vom Melodischen aus gesehen, war es nicht sehr gescheit, was sie da machten: der Mann spielte, und sie sang dazu in gleicher Stimmlage eine ziemlich simple Melodie, die aber alle Anwesenden kennen mußten, wenn man nach ihrer Miene urteilte:

»Der Stahl der Pflugschar ist mehr wert
Als ein Lebel-Kanonenrohr,
Es mordet – jener bringt hervor,
Es ist verbrecherisch – er nährt.«

Und das ganze Café fiel im Chor ein, während der Geiger, ein starker, ziemlich schlecht rasierter dunkler Mann, wahrscheinlich ein Marseiller, den Refrain auf seinem Instrument skandierte und die Sänger mit dem Kopf und dem Bogen dirigierte:

»Leistet dem Morden Widerstand!
Der Krieg ist eine Schlächterei.
Hier wie dort drüben: einerlei –
Die Völker haben nur ein Vaterland!«

Der Vers vereinigte alle diese jungen und einige alten Männer und die Mädchen, die mit leuchtenden Augen dabeisaßen. Die Musterungsausweise mit dem »tauglich« flatterten ironisch an den Mützen. Nun, die sozialistische Propaganda war gar nicht schlecht gemacht! Das mußte man Delangle erzählen. Eine Zigeunerin, die durchs Land reiste, um die Rekruten zu verführen ... Ein hübsches Thema, in der Tat, für jemanden, der schreiben kann. Die Frau sang weiter:

»Friedhöfe? Nein, ein Garbenfeld,
Der ganzen Menschheit sei's geweiht.
Ruft's über Grenzen in die Welt:
Der Friede heißt Brüderlichkeit!«

Und nun geschah es, daß Lamberdesc unter diesen Stimmen, die, ein wenig falsch, aber kräftig, ohne die Lungen zu schonen, aufklangen:

»Leistet dem Morden Widerstand!
Der Krieg ist eine Schlächterei ...«

eine ihm schon bekannte entdeckte. Er war doch nicht verrückt, natürlich, da unten, mitten unter den Rekruten, mit dem Abzeichen der »Pro Patria« im Knopfloch, sang Armand Barbentane, der Sohn des Bürgermeisters, seines Rivalen, den antimilitärischen Refrain mit.

Das war Armands letzter Streich und das einfache Ergebnis seines Abenteuers mit Suzanne, so seltsam einem das auch vorkommen mag: da er mit dem alten Reaktionär Loménie soviel diskutiert hatte, hatte er den Glauben an das Vaterland verloren, so wie er vorher den Glauben an Gott verloren hatte. Das Pech mit Armand war, daß er, wenn er jemandem entgegnen mußte, selber zu einem anderen wurde und sich mit solcher Kraft in den Widerspruch hineinwarf, daß er sich selber überzeugte. Er hatte begonnen, die Rolle des Antimilitaristen zu spielen, und jetzt war es soweit: es war ernst geworden, obwohl er über die Sache mit Pierre Delobelle und Etienne gestritten hatte. Gerade das hatte ihn noch in seiner Ansicht bestärkt. Die Szene hatte sich im Werksverein abgespielt, wo Rekruten und Arbeiter umhersaßen, die einander angesehen und sich mit dem Ellbogen angestoßen hatten. Als Etienne, der wie Adrien Arnaud in die Kaserne mußte, vor Wut ganz rot geworden war und gerufen hatte, Armand sei ein Schwätzer, und man müsse solche Kerle im Kriegsfall an den Galgen bringen, hätte es beinahe eine Schlägerei gegeben. Glücklicherweise war der Abbé Petitjeannin nicht da. Schließlich hatten an der Tür – es war gerade Sonntag – vier der Rekruten, ein kleiner dicker, der die ganze Zeit lachte, ein langer mit dünnen Lippen und zwei andere, kräftige Jungen, einer mit dicken Augenbrauen, der andere mit eingedrückter Nase, Armand wie einen neuen Freund mitgeschleppt, ganz erstaunt über sich selber und über ihn, und begeistert. Sie überlegten, wie sie zusammenbleiben könnten, und lachten und sagten, daß sie Freunde wären, Kerls, die sich füreinander in die Fresse schlagen ließen, aber nicht für ihr Vaterland, bestimmt nicht! Nein, für das Vaterland käme das gar nicht in Frage. Der Sohn von Barbentane. Donnerwetter! Sie luden ihn zum Trinken ein, und hoch der Sozialismus! Sie waren alle Sozialisten und Internationalisten, knallrote, wie der kleine Dicke sagte. Man würde sie bestimmt mächtig drillen, schön, aber das machte nichts. Wenn man in zwei Jahren wiederkommen würde, würde nichts, aber auch gar nichts von der Armee bleiben, man würde alles vergessen, was sie einem beibringen würden. Ihre Gewehre! Sieh mal, was ich mit ihren Gewehren mache! Der große Lange schmiß die Gläser vom Tisch. Der Wirt trat dazwischen. Wer zahlt das? Ich, sagte Armand. Man ließ ihn hochleben, und daraufhin waren die Musikanten gekommen. Armand sah die Frau zärtlich an, sie war jung, und ihre Brust bewegte sich, wenn sie sang. Das Bier brachte sie alle ziemlich durcheinander, und es war sehr heiß. Man lernte den Refrain des Liedes:

»Leistet dem Morden Widerstand!«

Als Doktor Lamberdesc von der Terrasse aus dieses Bild betrachtete, fühlte er sich nicht berührt, wie es andere sicher gewesen wären beim Anblick der Rekruten, ihrer Jugend, der gesunden Volkstümlichkeit der Szene, dieser Revoltestimmung, die ihre Größe hatte. Keineswegs. Nach der Geschichte mit dem erledigten Eisenbahner spürte er eine beruhigende Lachlust. Böse kniff er seine gefährlichen Samtaugen zusammen. Sieh einer das kleine Pfäfflein! Der die ganze Stadt wegen seiner Frömmigkeit reden machte; er saß jetzt da und blökte mit seinen Kumpanen und war dazu besoffen wie ein Stint, auf mein Wort! Als er zu Therese kam, erzählte er die Geschichte. Sie wollte sich gerade wieder ans Klavier setzen, um zu singen, indem sie sich mit einem Finger begleitete. Sie brach ab. Der Kleine? Der junge Armand? Sie lachte nicht, sie sah die Sache mit den Augen einer Frau. Gerade der, welcher Priester werden wollte? Ja, natürlich.

»Wenn seine Mutter das wüßte!« sagte sie mit einem Ausdruck tiefer Überzeugung, der Lamberdesc erheiterte. Gleichzeitig war sie ein bißchen nachdenklich. Sie begann zu summen: »Auf der stillen See ...« – »Ach, halt's Maul!« warf der Doktor ohne lange Umstände dazwischen. »Komm her und unterhalt dich mit mir ein bißchen.«

Was bedeutete, daß sie nicht weitersprachen.

XIX

»Wie können Sie nur so sprechen und handeln, Armand, Sie, der Sie Ihr Leben der Kirche weihen wollten?«

Da Armand, ausgestreckt zwischen den Weinstöcken liegend, sich gerade schrecklich für eine große Spinne interessierte, deren Gang ihn an einen seiner Professoren erinnerte, folgte er nicht mehr Suzannes Worten und wußte nicht, ob das junge Mädchen über seine Reden aufgebracht war, die er gerade gegen die Armee, die dreijährige Dienstzeit, die Fahne, die Generäle und das Vaterland gehalten hatte, oder ob das, was sie sagte, sich auf sein Benehmen bezog, denn sie weigerte sich, mit ihm jene von Pierre Delobelle genau geschilderten Szenen darzustellen, deren sinnliche Helden Pierre und Angelika gewesen waren.

Natürlich war es Armands Antimilitarismus, über den sie aufgebracht war. Welche Frechheit! Aber daß er sich in den Ecken mit einem so großen Dreckstück wie sie herumdrückte, das fand sie wohl ganz natürlich bei jemandem, der sich der Kirche weihen wollte?

Schließlich wurden sie aufeinander wütend. Da Armand später wegfuhr, um sein Bakkalaureat zu machen, wurde der Zank zu einem richtigen Zwist. Während er in Aix die schriftliche und mündliche Prüfung machte, entwarf der junge Mann große Pläne. Nicht in bezug auf Suzanne. Mit der da war er fertig. Aber da er endlich auf sich gestellt war, ein wenig Geld in der Tasche hatte, fast wie ein richtiger Mann, fühlte er sich Herr seiner Zukunft. Er dachte an die Bühne, an die Hindernisse, die ihm die Familie in den Weg legen würde. Das Abzeichen der »Pro Patria« hatte er aus dem Zugfenster geworfen.

Um sich selber seine Unabhängigkeit zu beweisen und mit der gleichen Vorliebe für das Schisma, die ihn zum Nestorianertum getrieben hatte, legte er sich, sobald er angekommen war, die Zeitungen zu, die er vor seinen Angehörigen nicht zu lesen gewagt hätte: »La Bataille Syndicaliste«, »L'Humanité«. Die Lektüre dieser Blätter hätte auf ihn beinahe das Gegenteil der Wirkung gehabt, die er selber suchte. Dieser verdammte Widerspruchsgeist: nicht daß er ihn etwa zur Kirche und zu den Streikbrechern zurückführte; aber da ihn das Übertriebene in den Artikeln, die er überflog, verletzte und er in allen möglichen Geschichten, deren Ausgangspunkt er nicht kannte, das ihm Unverständliche wegen der Ausdrucksweise übersprang, wurde Armand von dem abgestoßen, was er allzu summarisch fand. Beinahe wäre er, wie sein Vater, ein Radikaler geworden.

Pierre, der das Lateinische nicht mitmachte, sollte erst acht Tage später kommen; in Aix gab es nur zwei oder drei Jungen aus Sérianne, mit denen sich Armand ein wenig angefreundet hatte. Einer von ihnen, Paul Cotin, der Neffe jener Frau Cotin, die 1911 ein so schönes Begräbnis gehabt hatte, war ihm von der »Pro Patria« her bekannt, und sie gingen zusammen ins Café und rauchten Zigarren, die Paul anbot. Er war ein schlaksiger, blonder Junge, dessen Anzug zu kurze Ärmel hatte. Als er bemerkte, welche Zeitungen sein Freund las, war er äußerst schockiert.

»Ach, ich habe sie gerade einmal zufällig gekauft, man muß sich ja informieren!« sagte Armand verlegen. Aber sofort empfand er bitter seine Feigheit, zahlte die beiden Getränke und ging weg.

Er hatte wahrhaftig bei der Prüfung seine Gedanken nicht beisammen! Eine neue Sache beschäftigte seine Phantasie. Und wenn er Sozialist werden würde, und wenn er so oder so denken würde – was wäre dann das Böse? Es war wie eine neue Rolle, die man lernen mußte. Er zwang sich, die Zeitungen von Anfang bis Ende durchzulesen und auch das, was ihm am meisten widerstand, hinzunehmen. Genauso, wie er sich auf der Straße zwang, den Frauen gerade in die Augen zu sehen.

Er bestand die schriftliche und mündliche Prüfung recht und schlecht. Die Aufgaben, die ihm im Lateinischen und Griechischen gestellt wurden, hatten nicht das geringste mit der Persönlichkeit zu tun, die er darzustellen begonnen hatte.

Würde er mit den Sozialisten in der Sprache sprechen können, die nötig war? Es war ein bißchen wie damals mit den Ameisen ... Aber Armand war nicht sicher, daß er die neuen und ungeschickten Worte, die er den Zeitungen entnommen hatte, würde aussprechen können. Es war doch nicht ganz dasselbe wie mit den Ameisen. Cotin sagte, daß man in die Reihen dieser Leute eindringen und ihre Widersprüche ad absurdum führen müsse, das würde dann alle Manöver der Hetzer vereiteln, weil nämlich die gläubige Masse einem dann notwendigerweise selber folgen würde. Armand hörte ihm nicht gerade zustimmend zu, weil zwar der Einfall seinem eigenen glich, er aber die Arbeit des Sozialisten nicht zum Scheitern bringen, sondern im Gegenteil zum Erfolg führen wollte. Würde er auch ernst genommen werden? Was war das eigentlich für ein Mensch, dieser Jaurès, dem sein Vater eine gewisse Begabung zugestanden hatte? Herr de Loménie sagte gewöhnlich, daß man ihn vor aller Welt auspeitschen müsse. Armand war dieser alte Schuft von Gutsbesitzer und seine verdorbene Tochter jetzt völlig Wurst. Wenn er nicht solche Angst vor bösen Krankheiten in Aix gehabt hätte, würde er gut und gerne ohne sie ausgekommen sein.

Zwischen der schriftlichen und mündlichen Prüfung traf er Mestrance feiertäglich angezogen auf der Straße. Der Kranzbinder war gekommen, um seine Vorräte zu ergänzen: Sérianne hatte seinen Vorrat für Begräbnisfeierlichkeiten völlig erschöpft. Armand dachte vergnügt, daß in dieser Zeit Angelika ganz Pierre Delobelle angehören konnte. Vielleicht rechnete er zu wenig mit dem Verdacht von Frau Mestrance.

Beim Mathematikexamen – Mathematik war sein schwächster Punkt – kam ihm plötzlich die Idee Cotins wieder ins Bewußtsein, und die Kreide brach an der Tafel mit einem unangenehmen Geräusch ab. Im Grunde genommen war der Gedanke widerwärtig, war diese Idee eine Schweinerei. Damals war ihm das gar nicht zum Bewußtsein gekommen. »Nun, das Volumen der Pyramide?« Was mischte sich der Kerl da hinein? Wozu muß man eigentlich den Rauminhalt der Pyramide messen? Wie war er nur durchgekommen ... Der junge Cotin mußte sich im Oktober noch einmal prüfen lassen.

Daraufhin begann er wieder an seinen Vater, seine Mutter und an die Rinaldis zu denken: Was hatte er eigentlich mit all diesen Leuten zu tun? Unangenehm eigentlich, man würde ihm ihretwegen bei den Sozialisten sicher Vorwürfe machen. Er fand in den Zeitungen Sätze, die ihm beschämend gewisse Gespräche zu Hause wieder ins Gedächtnis zurückriefen, Gespräche, denen er damals keine Bedeutung beigemessen hatte. Wie sie den Besitz der Rinaldi berechneten, die Erbschaft, die Weinberge und jene Aktien, derentwegen Vater und Mutter sich stritten! Wie fürchterlich, wie unsagbar abscheulich war das alles!

Er schwor sich, nichts von seiner Familie anzunehmen. Oder ist man etwa gezwungen, eine Erbschaft anzunehmen? Er erinnerte sich undeutlich, daß seine Mutter von jemandem erzählt hatte, der das Erbe seiner Eltern abgelehnt hatte. Ein Ungeheuer. Aber das war, weil er die Schulden seiner Familie nicht hatte anerkennen wollen. Es war also nicht das gleiche ...

Doktor Barbentane erschien seinem Sohn in einem neuen Licht. Als Kind hatte er ihn zwar für den Antichrist gehalten. Sicher keine sehr schwerwiegende Sache. Jetzt aber fragte er sich zum erstenmal wegen allem und jedem, wegen seiner Lebensweise, wegen ihrer aller Lebensweise, ob er ihn nicht für einen Schuft halten sollte. Seinen eigenen Vater. Gewiß litt er nicht an übertriebener Kindesliebe; aber von da bis zum Gedanken, daß sein Vater ein Schuft sei, ist ein weiter Schritt. Armand war manchmal in Angstschweiß gebadet. Vielleicht hatte die Jahreszeit damit zu tun.

Als er nach Sérianne zurückkam, fand er die Stadt in einem völligen Durcheinander. Der Wahlkampf hatte seinen Höhepunkt erreicht. Auf den Versammlungen in den Vorstädten war es zwischen Sozialisten und Mitgliedern der »Pro Patria« zu Schlägereien gekommen. Etienne Delobelle hatte gerade am Abend vor seiner Abfahrt zu seinem Truppenteil ein blaues Auge abgekriegt; aber einem Arbeiter war mit einem Knüppelschlag der Schädel gespalten worden. Er delirierte seit drei Tagen im Krankenhaus. Drei Kinder. Der Zwischenfall hatte in der Fabrik böses Blut gemacht, weil man wohl wußte, daß Barrel der wirkliche Chef der »Pro Patria« war.

Aus Protest hatte es einen Sitzstreik gegeben. Barrel war ganz verrückt wegen dieser Geschichte. Er war kein schlechter Mensch. Er zog an seinem Schnurrbart, was aussah, als ob er sich die Nasenhärchen abreißen wolle, und wußte nicht, was er machen sollte. Er schickte der Familie völlig unsinnige Dinge, wie zum Beispiel gefütterte Handschuhe mitten im Juli!

Barbentane, sehr aufgeregt, erzählte die Sache in leicht ironischem Ton seinen Söhnen, denn Edmond hielt schon seit zwei Wochen zu Hause Maulaffen feil. Man konnte mit Herrn Migeon nicht wie mit Adrien spielen, der jetzt beim Militär war. Er schlug sein Quartier im »Blumenkorb« auf, wo der Wirt, Herr Robert, ihm, dem Sohn des Bürgermeisters, Vorzugsbedingungen einräumte. Er war sicher, in der einen oder anderen Form dafür belohnt zu werden. Es gab da eine Blondine, Germaine, der es Spaß machte, sich um den jungen Studenten zu kümmern, und er seinerseits fühlte sich geschmeichelt. Man war allerseits zufrieden.

Alles das gab ein großes Durcheinander in Armands Kopf. Er fühlte sich wie ein Soldat, der Mitternachtsurlaub gehabt hat und in die Mannschaftsstube zurückkommt, wo die anderen schon seit drei Stunden eingeschlossen sind mit ihren Klamotten, dem Schweiß, den Schweißfüßen, bei geschlossenen Fenstern, und ein toller Gestank herrscht.

Sérianne stank gewaltig in der Julisonne.

Mestrance, der irgend etwas ahnte, prügelte Angelika. Sie zeigte Pierre weinend die blauen Stellen, und er wurde abwechselnd blaß und rot und biß die Zähne zusammen. Aber was konnte er machen? Sie vergaß bei ihm schnell die Mißhandlungen. »Du wirst mich immer lieben, nicht wahr, immer?« – »Immer.«

Auf einer Versammlung in Villeneuve, zu der Armand weniger aus Langeweile als aus einer gewissen Unruhe gegangen war, mußte Doktor Barbentane, den der sozialistische Kandidat angegriffen hatte, seine Meinung über die Möglichkeit der dreijährigen Dienstpflicht sagen, die die Presse des Generalstabs forderte. Er hatte sich heftig gegen jede Verlängerung der Dienstzeit ausgesprochen: »Es genügt bereits, daß man uns für zwei Ernten der Arme unserer Söhne beraubt. Vielleicht träumt man anderenorts von blutigen Ernten. Wir friedlichen Werktätigen verlangen, daß die Jugend ...« In einer Ecke des Saales applaudierte der alte sardonische Loménie mit seiner dicken Nase und blutunterlaufenen Augen aus Leibeskräften. Er schrie: »Einjährige Dienstpflicht! Sechs Monate! Immer feste!« Von weitem nickte er Armand zu.

Am nächsten Tag hatte in Sérianne auf einer kontradiktorischen Versammlung, bei der Barbentane und Delangle auf der Tribüne saßen, der gemäßige Kandidat in seiner schönen grauen Weste auf ergreifende Weise von Frankreich gesprochen und das deutsche Gespenst beschworen, das Gesetz, das kürzlich im Reichstag durchgebracht worden war. Einige Leute hatten gepfiffen, als der Bürgermeister sich erhob, um zu antworten. Er war sichtlich bewegt. »Wir sind«, sagte er, »entschieden gegen alles, was zum Krieg führen kann, gegen die Steigerung dessen, was den schrecklichen Namen der Blutsteuer trägt. Aber wenn man uns zeigt, daß das Reichstagsgesetz das Vaterland der republikanischen Freiheiten in Gefahr bringt, wenn das Deutsche Reich unsere Demokratie bedroht, glauben Sie, Bürger, daß wir der Republik, dem republikanischen Frankreich die Waffen verweigern werden, die es braucht? Ich schwöre hier, daß wir unsere Ahnen von Valmy, unsere Väter von siebzehnhundertdreiundneunzig nicht vergessen werden!« Das Gequassel des Doktors ging in einem Beifallssturm unter.

Von nun an war für Armand jeder Sou, den er zu Hause bekam, jede häusliche Mahlzeit eine Tortur. Gewiß, es würde nicht lange dauern, er würde sein Leben als Schauspieler fristen, aber inzwischen ... Er mußte heimlich zum Bahnhof gehen, um seine Zeitungen lesen zu können. Unterwegs knüllte er sie dann zusammen und warf sie weg. War sein Vater wirklich ein Schuft? Gerade sprach er im Zimmer nebenan mit der Mutter sehr laut über Geldangelegenheiten. Es handelte sich um die Summe, die Frau Barbentane dem Pfarrer gegeben hatte.

Mit wem nur konnte man über das alles sprechen? Mit Pierre? Genausogut hätte man mit der Wand reden können. Außer, daß er angefangen hatte, Verse zu schreiben, und was für Verse, Herrgott im Himmel! In dieser kleinen faulenden Stadt war für Armand keine lebende Seele da. Er dachte daran, mit Vinet, dem sozialistischen Kandidaten, zu reden.

XX

»Na so was, ein richtiger Geist!« – »Nanu, da hat wohl einer dran gedreht?«

Man betrachtete ihn, ließ ihn sich von allen Seiten zeigen in seinem grauen Alpakaanzug, stieß ihn einander in die Arme, lachte durcheinander. Herr Robert, eine Art Boxer, mit plattgedrückten Ohren, in einem hellbraunen Anzug, klatschte in die Hände, und Madame hatte alles im Salon zusammengerufen. In allen Stockwerken hatten sich die Türen geöffnet, sogar bei Zoe, die mit einem Landwirt aus der Umgegend arbeitete. Man begriff sofort, daß es sich um etwas Ungewöhnliches handelte, um einen guten Witz, und man kam nach unten. Die dreizehn Pensionäre des »Blumenkorbs« rafften ihre Strümpfe, ihre farbigen Schleier und ihre Phantasiehemden zusammen und brachen in die Weinstube ein, in die selbst das Dienstmädchen Melanie aus Anlaß der Rückkehr des verlorenen Sohnes zugelassen worden war.

Die Gäste, die zu jung waren, um wirklich die Situation zu würdigen, vor allem der Sohn des Bürgermeisters, ein hübscher Junge und Liebhaber von Germaine, taten so, als ob sie wüßten, um was es sich handelte. Der Kunde, der diese ganze Bewegung verursachte, war besoffen, aber so richtig besoffen. Herr Robert ließ ihn sich sofort hinsetzen zwischen Pierrette, Claire und Bertha, den Ältesten im Betrieb. Madame zog das Grammophon auf. Und er selber pflanzte sich vor dem Tisch auf und winkte Melanie zu: »Champagner! Und vom besten, ich gebe ihn aus!«, mit einem Augenzwinkern, dessen Wirkung nie ausblieb: alles krümmte sich vor Lachen. Ach, dieser Robert! Das war vielleicht ein Witzbold!

Oben auf der Treppe rief der Landwirt im Hemd wütend nach Zoe: »Hör mal, Madame, ich warte auf deinen Hintern!« Zoe entschuldigte sich bei dem Ankömmling, legte sich neues Rot auf und stieg nach oben.

Der »Blumenkorb« war ein charmantes kleines Lokal. Es war wie eine Laube mit Rosen dekoriert, und über der Bar hing ein großes Bild, das möglicherweise von einem berühmten Meister stammte und ein nacktes junges Mädchen von beunruhigender Verschämtheit darstellte, das sogar seine Brüste verdeckte und seine vor lauter Unschuld noch unentwickelten Hüften dezent zu machen verstand. An den Marmortischen formierten sich die Paare. Man unterhielt sich. Denn für das übrige gab es die Zimmer, unter Umständen.

»Na«, sagte Herr Robert, »ist das nun ein Anfall von Reue, oder ist es diesmal endgültig?« – »Er hat genug von seiner Bourgeoisie«, sagte Bertha, eine kleine Fette mit beigefarbenem Haar. – »Seine Bourgeoisie?«

Pierrette hob die mageren Schultern. »Madame tut so, als ob sie auf dem laufenden ist, aber sie täte besser, zu schweigen.« – »Was denn, was denn? Der Kunde hat doch eine Olle, oder etwa nicht?« – Claire mengte sich ein: »Laßt ihn reden, seid nicht so gemein!«

Es stimmte – sie waren wirklich gemein. Der Champagnerpfropfen machte paff!, und die Flasche ergoß sich über Claires Schenkel. »O je, meine Strümpfe!« Sie rieb sich trocken, denn dieses gezuckerte Zeug war wirklich widerlich.

Robert schlug Herrn Eugen auf den Bauch: »Tja, das macht Spaß, alte Freunde wiederzusehen. Ich sagte es erst gestern, wem eigentlich? Na, ist ja gleich, eines Tages, sagte ich, hat er genug, und dann wird er wiederkommen ...« – »Und ich bin wiedergekommen ...«

Er war scheußlich fertig. Er trank ein Glas Champagner leer, sah Robert an und ächzte: »Also du zahlst?« – »Ich zahle«, erwiderte Robert. – »Also, wenn du zahlst ... wenn du zahlst ... dann zahlst du ...«

Er goß sich ein zweites Glas ein, das den Weg des ersten ging. Alles drehte sich um ihn. Der Champagner ist bösartig, wenn man ihn auf Pernod trinkt. Sogar dieser Lindenblütentee da. Was heißt Lindenblütentee? Ach, ich sage Lindenblütentee, und dann ist es gar nicht Lindenblütentee. Vor allem nicht auf Pernod. Und wenn ich sage Pernod, so müßte ich eigentlich die Pernod sagen, oje, oje!, die, man sagt die für zwei, für drei, vier, fünf, sechs Pernod ...

»Sicher die Wahlen«, sagte Edmond zu Germaine, die vor Staunen die Augen aufriß, »das ist einer von Papas Wählern.« – »Besäuft er sich so, dein Vater?« fragte sie verwundert. – »Du machst wohl Witze! Nur seine Wähler.« – »Du bist heute so schweigsam«, fing Herr Robert wieder an, indem er seinen Kunden freundschaftlich bei der Schulter nahm. – »Schweigsam ... schweigsam ... schweigsam.« Er lachte idiotisch. »Ich bin besoffen, mein Lieber.«

Er nahm jetzt eine geheimnisvolle Miene an, hob den Zeigefinger und forderte von allen mit eindringlicher Gebärde Verschwiegenheit. Dann goß er noch ein Glas hinunter und begann zu phantasieren: »Vier Jahre ... vier Jahre ... nicht eines weniger; wenn ich das letztemal ein kleines Baby gehabt hätte, mit dir, Bertha, ein kleines Baby, ein ganz kleines Baby, siehst du ... siehst du, jetzt wäre es vier Jahre alt ... das heißt, wenn wir niedergekommen wären, du und ich, das letztemal ... es könnte schon beinahe zur Schule gehen ... ein kleines Baby!«

Kinder, was war er doch komisch, dieser Herr Eugen! Die Damen lachten in den höchsten Tönen. Das Grammophon spielte »Zigeunerherz«. Herr Eugen war gerührt: »Ein kleines Baby ... Man hätte sich jeden Tag seit vier Jahren sehen können ... Wieviel verlorene Zeit! Und ich bin gealtert, nicht wahr, bin ich nicht gealtert?«

Er hatte seinen weichen Hut abgenommen und sah verstört und fragend um sich. Man drängte sich um ihn, aber nein, mein Alter, mein Liebling, mein Jungchen, gar nichts ist passiert, frisch wie eine Rose. Er beruhigte sich: »Ein kleines Baby ... und warum, warum, sag, warum bin ich niemals, niemals zurückgekommen? Sag, du, Robert, der du immer lachst? Wegen eines Miststücks, jawohl, meine Damen, wegen eines Miststücks, ich nehme das Wort nicht zurück!«

Die Damen sahen sich untereinander an und nickten. Und Germaine sagte interessiert zu Edmond: »Da hast du's! Er hat Liebeskummer.« Herr Robert machte eine zweite Flasche auf und goß allen ein: »Diesmal gibt er aus.« – »Ja, ja«, warf Mestrance ein, »ich hab's ihr gegeben. Und wenn ich zuhaue, kann ich euch sagen, dann haue ich aber zu.«

Seine Faust fuhr auf ein Glas nieder, das zerbrach. Eugen bemerkte nicht, daß er blutete. Claire und Pierrette griffen mit kleinen Aufschreien nach seiner Hand. Es war nichts Besonderes. Mit einer Serviette brachte man es schnell in Ordnung.

»Vier Jahre ... dieses Stück, und ich Dummkopf war gut zu ihr, machte ihr kleine Geschenke ... Du bist müde, schön, du stehst um halb acht auf ... Ein Nichts, als ich sie aufgelesen habe ... die ganze Zeit hat sie mein Brot gefressen ... ein Dreckfetzen ... sie wischte dem Alten den Hintern ab ... und ich ekelte mich nicht einmal ... ich Dummkopf! Wo die Welt voll hübscher Frauen ist, und jetzt bin ich alt geworden. In letzter Zeit hatte ich Mühe, meine Phantasie richtig in Schwung zu bringen ... Nicht verwunderlich! Sie ließ sich's von einem Grünschnabel machen, so einem Nichtsnutz ... Das kommt euch wohl komisch vor, daß ich Hörner habe? Vor allem habe ich keine Hörner mehr ... ich habe sie an die Luft gesetzt, das verlauste Stück ... Nach der Dresche ... ich hab sie an die Luft gesetzt, die Schindmähre ... und daß du mir nicht wieder vor die Augen kommst, ich schlag dich kaputt, du Aas! Mit einem Strolch ... erst einem das Geld stehlen und sich dann ... ach, das alles ist ja so schmutzig, viel zu schmutzig, die Welt ist nicht nett mit einem, ach, Mama, Mama!«

Der Kranzbinder begann zu weinen.

»Ich öffne die dritte Flasche«, sagte feierlich Herr Robert, indem er allen einschenkte, »weil du dich ein bißchen zerstreuen mußt.«

Das Gesicht von Eugen Mestrance erschien von neuem hinter den Sektgläsern, in Tränen gebadet und mit geäderten Wangen. Die Nase lief ihm in den Schnurrbart. Er schluckte seinen Kummer hinunter. Das unwahrscheinliche war, daß er diese Angelika geliebt hatte. Er hatte es nicht gewußt, er entdeckte es erst in der Verzweiflung des betrogenen Mannes. Er hatte sich schrecklich an sie gewöhnt, und jetzt hatte er sie davongejagt, davonjagen müssen. In ihr hatte er seine eigene verlorene Jugend geliebt, und diese vier Jahre hatten zwischen ihm und seiner Jugend einen Abgrund gezogen. Trinken ... komisch ist dieser Champagner, wenn man nicht an ihn gewöhnt ist; erst ist er leicht, und dann wird er schwer. Angelika, ach ja, Angelika!

Herr Robert fühlte, daß die Anständigkeit erforderte, daß man sich für die Herzensangelegenheit des Kunden interessierte.

»Und wie hast du die ... traurige Nachricht erhalten?«

Die Damen kicherten. Robert rief sie mit seinem berühmten Augenzwinkern zur Ordnung. Jetzt war es erst recht nicht zum Aushalten, man lachte, aber man konnte nicht laut lachen; ich sage Ihnen, es war zum In-die-Hose-Machen.

»Wie ich ... ich weiß nicht mehr ... ach doch! Briefe, ein Schwein war das, wer diese Briefe schrieb. Aber jemand, der Bescheiß wußte; übrigens zeichnete er so. Jemand, der Bescheid weiß. Pauline wollte mir die Briefe nicht zeigen. Pauline ist Frau Mestrance. Nein, sagte sie, du wirst dich aufregen. Schließlich bin ich wütend geworden. Pauline, du bist gemein.

Sie ist wirklich gemein. Man kann sich keine Vorstellung davon machen, wie sie ist, wenn es ums Geld geht. Sie ist gemein und habgierig, so richtig habgierig. Gib mir die Briefe, oder ich stecke die Bude an. Sie hat Angst gekriegt, denn ich hatte getrunken. Sie hat mir die Briefe gegeben. Jemand, der Bescheid weiß. Er beschrieb alles, was sie da oben machten, die beiden, in der Altstadt, auf der Erde, wie die Hunde. Ich hatte getrunken. Ich hab die Briefe genommen und habe Pauline geohrfeigt. Das ist Frau Mestrance. Ich renne die Treppe hinunter, gegen Gaston, der die Treppe hochsteigt, renne ihn über den Haufen, er brüllt.

Die Tür geht auf, Angelika kommt herein. Was ist geschehen, ein Unglück? Allerdings, ein Unglück. Sie fragt, ob ein Unglück geschehen ist! Warte, du Hure. Stimmt das und das und das? Sie konnte nichts sagen, sie zitterte, sie versteckte sich hinter dem Alten. Du glaubst wohl, daß der Alte mich stört? Ich spucke auf den Alten, sieh nur! Pfffchitt! Saftig, was? Direkt in die Augen, lange genug kotzt er mich an, daß er in dem Hinterzimmer nicht abkratzen will, dieser Bursche! Ich hätte ihr ja folgen können, um sie auszukundschaften, um sie dabei zu erwischen, dies Schwein. Nein, dazu habe ich einen zu guten Charakter. Außerdem hatte ich getrunken ... Ich habe sie gefragt. Stimmt es also? Sie hatte Angst, sie sagte ja, es stimmte, und alles, in der Altstadt, auf der Erde, wie die Hunde. Zuerst habe ich angefangen zu weinen; sie ist an mich herangekommen, hatte Mitleid. Da habe ich losgeschlagen, verfluchte Nutte, ich habe draufgeschlagen, was ich konnte. Saustück, Saustück, laß dich woanders durchziehen! Raus hier! Raus!«

Er war aufgestanden, als hätte er sie vor sich. Herr Robert hielt den Augenblick für gekommen. »Nehmt ihn nach oben«, sagte er den Damen, »ja, alle drei, ich kenne seinen Geschmack ... das Spiegelzimmer ... Wenn er kotzt, ruft ihr mich.«

XXI

»Ich lasse etwas zum Trinken heraufbringen, ja?«

Armand befand sich im Zimmer von Maurice Vinet im Hotel Brot, oberhalb des Cafés des Arts. Der Kandidat der sozialistischen Partei wollte der Unterredung ein privates Gesicht geben; weiß man denn jemals? Er wurde von jedermann beobachtet in dieser kleinen Stadt, selbst von den Genossen. Man hätte den Besuch des Sohnes des Bürgermeisters gegen ihn benützen können, besonders, da es sich um jenen handelte, den man das Pfäfflein nannte. Sein erster Gedanke war übrigens gewesen, den Jungen nicht zu empfangen. Er machte einen ziemlich aufgeregten Eindruck, und man war am Vorabend der Abstimmung. Ein großer, schlanker Junge, nicht sehr entwickelt, mit merkwürdigen Augen. Nun, hier im Hotelzimmer machte es nichts weiter aus. In der Ferne sang eine Stimme etwas aus »Tosca«. Durch die heruntergelassenen Jalousien kam genug Licht, um die morgendliche Unordnung im Zimmer deutlich zu machen; ein Stuhl verbarg schlecht die hinter ihm liegende schmutzige Wäsche, auf dem Kamin lag ein Kragen, und daneben stand das Tablett mit den Resten des Frühstücks. Auf dem Rand des unordentlichen Bettes saß der Mann aus Marseille und blickte interessiert auf den Jungen, mit dem er seit ungefähr einer halben Stunde plauderte. Sein Gehrock, der über einem Stuhl hing, sah wie ein Mensch aus, den man sich selber überlassen hat. In Hemdsärmeln sah der Kandidat sich selber kaum noch ähnlich. Er wirkte jünger und arbeitermäßiger.

»Sehen Sie, mein Lieber, Sie müssen mich entschuldigen, wenn ich nicht gleich begriffen habe, was Sie von mir wollten. Ich bin Sohn eines Arbeiters, das heißt eines Meisters. Habe ein Stipendium gehabt. Eine harte Kindheit. Und um mich war der Haß der anderen Gymnasiasten, weil ich schlecht gekleidet war. Hatte kein Geld, verstehen Sie? Mein Vater hatte schon Mühe, die Bücher zu bezahlen. Um Jus zu studieren, mußte ich nebenbei arbeiten. War Angestellter in einer Buchhandlung, dann, weil das zu viel Zeit wegnahm, schrieb ich zu Hause Adressen. Hab sogar in einer Fabrik gearbeitet. Einen Sommer hindurch in den Werkstätten von La Ciotat. Sie verstehen also, daß ich ganz natürlicherweise der bin, der ich bin. Vater hat sich aufs Land zurückgezogen, zu Vettern, die einen Hof haben. Ein guter Alter, wenn er nur nicht so viel trinken würde ...«

Das erklärte ein wenig die äußere Erscheinung des Kandidaten: dieses linkische Auftreten und die Schultern ein bißchen breit für einen Anwalt. Sogar den frischgewachsenen Bart, der keineswegs sehr gepflegt war und plötzlich etwas mit dem hängenden Gehrock gemein hatte: ein Versuch, gesellschaftliche Würde vorzutäuschen. Wie er jetzt so war, ohne Kragen, flößte er einem mehr Vertrauen ein als dann, wenn er repräsentierte. Auf dem Tisch vor dem Fenster lag ein Haufen von entfalteten Zeitungen, ein Plakat mit einer großen Überschrift: »SCHUFTE!«, ein Topf mit Kleister, eine Schere, ein Artikel, den er mit einer großen, gequetschten, mit Rundfeder geschriebenen Schrift begonnen hatte, und über dem allen lag ein Paar violett- und schwarzgestreifter Socken.

Armands Erzählung hatte ihn überrascht. Dabei entsprach es im Grunde genommen ganz dem Üblichen. Das war sie ganz und gar, die bürgerliche Familie! Nur, was wollte der Kleine eigentlich? Reden, zweifellos, reden. Vinet wußte wohl, daß das für seinen Besucher das Wesentliche war; aber gleichzeitig hätte er ihm gern Ratschläge gegeben, ihm einen Weg gezeigt. Er fühlte ein wenig zu sehr das Lächerliche der Vorschläge, die er machen konnte. Das hieß ja die ganze soziale Frage stellen! Dann war da auch noch ein Rest Mißtrauen.

Armand hatte begonnen, Geständnisse zu machen, wie seinerzeit im Beichtstuhl, mit der gleichen Leidenschaft, die er in allen seinen Handlungen bekundete. Als ihm plötzlich der Gedanke gekommen war, daß er hier ja nur einen Nachfolger für den Abbé Petitjeannin suchte, war er einen Moment lang unsicher geworden. Ach was, und wennschon! Das merkwürdige war, daß er vor allem von seinem Vater sprechen wollte und daß er dann, ohne zu wissen warum, das Leben der Familie, seiner Mutter hatte erklären müssen. Hatte er das Recht gehabt, seine Mutter so weit zu verraten? Niemals bisher hatte er jemandem von jenen nächtlichen Szenen erzählt, von der Hysterie der Mutter. Er wußte nicht, wie er Vinet gegenüber dazu gekommen war. Er biß sich auf die Zunge, aber er sprach dennoch. Es war ein wenig außerhalb des Gesprächsthemas, der Sozialist würde ihn ungünstig beurteilen, er würde denken, daß er ganz und gar der Sohn einer solchen Mutter sei. Er erzählte sogar ein wenig zu viel, ein wenig mehr als die Wahrheit, wie ihm schien. Um sich verständlich zu machen, war er gezwungen, die Dinge aufzubauschen. Weil man hier in diesem Hotelzimmer nicht die Atmosphäre jener Nächte wiederfinden konnte, wo einen ein Schluchzen aufgeweckt hatte.

Vielleicht hatte auch Armand zunächst Esther Barbentane als ein Opfer des Arztes darstellen wollen. Aber zu seinem eigenen Erstaunen hatte die Erzählung eine ganz andere Wendung genommen. Das Schlechte, was der Sohn von seiner Mutter dachte, sprach er zum erstenmal aus. In dieser Erzählung erschien das Bild eines ziemlich gutmütigen, von seiner Frau gefoppten Barbentane, der im Grunde genommen kein schlechter Mann war, sondern gern mit seinen Kindern gespielt hätte, aber sie nicht verstand, der keine Zeit hatte und alles in allem der Sklave der kleinlichen Interessen seiner Wähler war, der sein Leben verzettelte und überzeugt war, für das allgemeine Wohl zu handeln ... Als Armand im Bewußtsein dessen, was er sagte, von widerstreitenden Gefühlen hin und her gezogen, in drei oder vier ein wenig groben Sätzen plötzlich ganz unerwartet und in einer für den Advokaten etwas erzwungen scheinenden Weise seinen Vater verurteilte, empfand dieser von neuem seinem Besucher gegenüber Mißtrauen, und Armand merkte es. Unwillkürlich fiel sein Blick wieder auf das Plakat, das auf dem Tisch lag. Das Wort »SCHUFTE!« stand da in ganzer Größe und störte ihn. Vinet räusperte sich, um sich die Kehle frei zu machen.

Es war trotzdem merkwürdig, daß er nicht die richtigen Worte fand. Er machte sich Vorwürfe. Versammlungsphrasen würden hier ihren Zweck verfehlen. Wir verstehen es eben nicht, den einzelnen zu gewinnen. Ja, wenn man die Leute einzeln fassen müßte ... Manchmal würde das nützlich sein. Im Augenblick, gerade vor der Wahl, verschwendete er seine Zeit; aber er zog die Unterhaltung in die Länge, weil es ihn doch rührte, daß dieser Junge da ihn aufgesucht hatte. Was bedeutete das an Mut, an innerer Unruhe! Am vorigen Abend hatte sein Gegner, Armands Vater, in einer Versammlung ihm gegenüber das rednerische Übergewicht gehabt. An dem Abend war der Anwalt müde gewesen. Es handelte sich um lokale Dinge, die er schlecht kannte. Man hätte ihn informieren müssen; aber die Genossen von Sérianne maßen diesen Geschichten von kleinen öffentlichen Arbeiten, die den Bauern so am Herzen liegen, nicht genug Bedeutung bei. Wenn man daran dachte, was dieser traurige Barbentane mit seiner Familie für ein armseliger Bursche war, er, der vor den Rinaldi zitterte und im Grunde genommen gänzlich von der Gnade reaktionärer Wähler abhing, und dabei war es nicht einmal sicher, daß das, was er sagte ... Wenn die Wähler seinen Sohn hätten hören können! Armand erhob seinen offenen Blick zu Vinet, jenen Blick, der den Doktor Barbentane so sehr störte, wenn er ihm begegnete: »Sagen Sie, Herr ... Bürger ... muß ich wirklich glauben, daß mein Vater ein Schuft ist?«

Eine schöne Situation! Was sollte man ihm eigentlich erwidern, dem kleinen Barbentane? Verbirgt sich dahinter nicht die Liebe eines Kindes, das fürchtet, sich zu täuschen, und nur Sicherheit haben will? Und dazu war er zum Gegner seines Vaters gekommen! Aber er brauchte ihn ja nur als das zu behandeln, was er war, dieser Junge! Ein junger Bourgeois, der noch vor zwei Wochen einer Organisation von Streikbrechern angehört hatte! Was wollte er bloß mit seinem Herumtüfteln? Aber während er antwortete, ein wenig ausweichend, um nicht zu brutal zu sein, dabei entschlossen, ihm zu sagen, daß sein Vater wirklich ein Schuft wäre, ließ sich Maurice Vinet von allen möglichen menschlichen Gefühlen hinreißen. Dieser Junge ... »Verstehen Sie, mein Lieber, verstehen Sie, niemand ist völlig ein Schuft noch völlig das Gegenteil. Das wäre zu einfach. Ich sage das nicht im Hinblick auf Ihren Vater. Vielleicht ist er dabei wirklich ein richtiger Schuft. Was mich übrigens wundern würde. Er macht sich wahrscheinlich alle möglichen Gedanken, macht sich was vor ...«

Es war sehr heiß, und im Zimmer schwirrte ein dicker Brummer umher, der gegen die Decke stieß und plötzlich auf die Socken fiel. Vinet hatte das jähe Gefühl, daß er für sich selber sprach, und zwar nicht vor diesem Kind da, sondern vor den anderen, die arbeiteten, der Partei, vor der er in seinen Träumen immer ein wenig Angst gehabt hatte.

»Immerhin«, sagte Armand, »wenn er mit den anderen dem Gesetz über die drei Jahre zustimmte ...«

Vinet machte eine weit ausholende Bewegung: »Ja, dann, gewiß ... gewiß ... Ich weiß nicht, ob sie so weit gehen werden ... ich sage sie, verstehen Sie? Weil das nämlich nicht von einem einzelnen abhängt. Er ist von anderen abhängig, das ist sicher. Euch Junge aber werden sie ins Massaker schicken. Was kann man übrigens schon unter dem Regime des Kapitalismus machen, um den Krieg zu verhindern? In dieser Frage bin ich einmal mit Guesde einverstanden ... An manchen Tagen sage ich mir, daß wir mit unserem Reden nur Zeit verschwenden ... Wenn sie euch in den Tod schicken, werden Sie schon sehen, daß Ihre einzige Hoffnung, Ihr einziger Rettungsanker die Arbeiterklasse und die Partei der Arbeiterklasse ist ...«

Schön, glaubte er sich eigentlich auf einer Versammlung? Verdammte Angewohnheit. Wie sollte man dem Jungen menschlich von den Arbeitern sprechen, ihn begreifen lassen ... Er sagte etwas über den kommenden Krieg und dann über die Massaker von 1871, die Kommune, Gallifet ... Das war nicht das Richtige. »Sagen Sie es doch einmal ohne Umschweife, ist er ein Schuft?«

Armand hatte diese Worte ziemlich ungeduldig hervorgestoßen. Merkwürdig, wie er sich nur für seinen Vater interessierte!

»Nun, ich glaube nicht, nein. Vielleicht sage ich es, verstehen Sie, oder werde es noch sagen. Aber dann, um zu vereinfachen. Für die Masse, die Wähler, muß man einfach sein, keine Psychologie, auch wenn man dabei leider ungerecht sein mag. Im großen, ja. Im großen ist er ein Schuft, vom gesellschaftlichen Standpunkt aus, aber in diesem Sinne sind es alle Bourgeois ... Und natürlich gibt es welche, die nette Leute sind: wenn man sie isoliert betrachtet, würden sie keiner Fliege etwas zuleide tun, und doch leben sie vom Fleisch und Blut des Arbeiters ...«

Vinet unterbrach sich, weil ihm die letzten Worte schlecht im Ohr geklungen hatten. Dabei traf es zu, was er gerade gesagt hatte, er glaubte auch daran, aber die Worte waren für die Umstände zu direkt. Na, glücklicherweise erforderten die Wahlkampagnen nicht so viele Nuancen! Natürlich, Doktor Barbentane war immerhin ein Radikaler, kein Reaktionär. Vom Klassenstandpunkt aus war der Unterschied nicht groß, aber im menschlichen Sinne, menschlich gesprochen ... Vinet hörte sich selber mit einer gewissen Verblüffung zu. Sprach er von dem gleichen Mann, den er noch gestern in Villeneuve mit Leidenschaft angegriffen hatte? Von jenem Barbentane, der durch den Unternehmer Barrel und durch die Bonapartisten gewählt worden war, diesem Demagogen, der den Unternehmern bei der Unterwerfung der Arbeiter half, ihnen half, die Weinbauern auszupressen wie ihre Trauben? Er erschrak ein wenig, in sich eine ganz unbekannte Kasuistik zu entdecken, die vielleicht schon alle Argumente enthielt, welche er eines Tages sich selbst gegenüber anführen würde, um die zu verraten, auf deren Seite er jetzt von ganzem Herzen, mit der ganzen Kraft seiner Herkunft und seiner Auflehnung war. Er ertappte sich ein wenig zu oft bei dem Versuch, den Feind begreifen zu wollen. Das bezog sich zuerst auf Kleidung und Manieren, die er nachahmen wollte, um den Seinen besser helfen zu können. Dann hatte diese Neigung seine Gefühle geändert. Er spürte, wie etwas Neues in ihn eintrat, so daß er manchmal, wenn er mit Arbeitern sprach, sie nicht mehr wie früher verstehen konnte. Wäre es möglich, daß auch er eines Tages wie die anderen ... Es gibt Gedanken, die man nicht zu Ende denkt. Man kann nicht an Millerand, an Viviani, an Briand, an Etienne denken, ohne daß sich einem der Magen umdreht. Niemals, niemals. Verdammt, es gab in der Partei genug andere Beispiele, um ihn zu beruhigen. Jaurès. Und die Millionen Menschen, die an ihresgleichen glaubten.

»Warum soll ich ihn eigentlich gegen Sie verteidigen, Ihren Vater? Was ich von ihm halte, ist klar. Es ist wirklich nicht kompliziert. Das halte ich von ihm ...«

Seine Hand zeigte auf das Plakat auf dem Tisch: »SCHUFTE!« Er war jetzt in voller Fahrt: »Was kann das übrigens schon ändern, daß er in irgendeiner Ecke seines Herzens ein blaues Blümchen hat? Man ist entweder auf der einen oder auf der anderen Seite, und das ist alles. Arbeiter bleiben Arbeiter, und Unternehmer sind Unternehmer. Für sie gibt es nur eine Alternative, jene, die George Sand mit den Worten ausgedrückt hat: Kampf oder Tod, blutiger Kampf oder das Nichts!«

Man klopfte an die Tür. Es waren zwei Straßenbauarbeiter, die mit dem Kandidaten sprechen wollten. Zur großen Erleichterung Vinets kannten sie Armand nicht. Der junge Mann fühlte, daß er überflüssig war. »Wir sehen uns wieder«, sagte der Anwalt freundlich, als sein Besucher eine Entschuldigung murmelte.

XXII

Der Skandal hatte Sérianne erfaßt. Seit dem frühen Morgen sprach die ganze obere Stadt davon. Mestrance war aus »jenem Hause« in einem tollen Zustand zurückgebracht worden. Aus der Wohnung über dem Laden hatte man Schreie gehört. Frau Mestrance, die in der Nacht kein Auge zugetan hatte und fest glaubte, daß Eugen etwas zugestoßen war, hatte bei Tagesanbruch alle Weiber der Nachbarschaft alarmiert. Stellen Sie sich nur vor, in all den Jahren ihrer Ehe hatte Eugen niemals außerhalb des Hauses genächtigt. Und das nach dieser Geschichte mit Angelika. Jawohl, er hatte sie gestern abend vor die Tür gesetzt. Na, ich wußte schon, worauf das hinausläuft. Was dulden wir Frauen nicht alles, um ein bißchen Ruhe zu haben?

Pauline Mestrances dicke Schultern zuckten vor Trauer und Angst. Das Fett bildete Ringe an ihren Handgelenken. Sie war stämmig und ganz braun wie eine Spanierin. Frühmorgens hatte sie ein fahles Aussehen, und ihr Gesicht war so aufgeschwemmt, daß die Augen fast nicht mehr zu sehen waren. Die Nachbarin, die Frau des Zimmermanns, eine rötliche Magere in ihrem kleinen Mieder mit schwarzen Punkten auf weißem Grund, unterhielt sich aufgeregt mit einem der Angestellten der »Nouvelles Galeries«, einem von denen, die der junge Armand für die »Pro Patria« geworben hatte. In diesem Moment erblickte man den senffarbenen Rock des Herrn Robert, der Mestrance an den Füßen trug, während ein Soldat, ein Artillerist, der sich im »Blumenkorb« aufgehalten hatte, Mestrance bei den Schultern gefaßt hatte.

Die ganze Stadt nahm die Geschichte begierig auf. Man machte einen Umweg bis zum Laden, in dem Pauline bedienen mußte. Sie verkaufte unter heißen Tränen an die zehn Mützen an diesem Morgen und erzählte endlos von ihrem Unglück. »Und jetzt geht er in dieses verfluchte Haus zurück! Darf man solche Einrichtungen in einer zivilisierten Gesellschaft dulden? Ach, wenn eine anständige Frau eines Tages dort Feuer anlegen würde, wäre ich die erste, die Beifall klatschte!« Und so weiter. Trotzdem blieb Angelika der Mittelpunkt ihrer Klagen.

»Wenn ich daran denke, daß ich ihr niemals auch nur den kleinsten Vorwurf gemacht habe, obwohl ich genau wußte, was los war, und sie wie eine Schwester behandelte. Wenn sie mir mein Frühstück brachte, dachte ich oft, du bist verrückt, Pauline, dieses Mädel macht sich mit Eugen über dich lustig. Ich hatte Lust, ihr das ganze Tablett ins Gesicht zu schmeißen. Niemals habe ich dem nachgegeben. Man muß sie aus Sérianne davonjagen. Sie ist ein Freudenmädchen. Sie schlief mit jedermann. Und was hat sie aus meinem Mann gemacht, barmherziger Himmel!«

Dazu war es Sonnabend, das heißt Markttag. Auf dem Platz in der Sonne standen die Verkaufstische mit ihrem improvisierten Sonnenschutz. An den Ecken warteten die abgeschirrten Esel und Pferde. Überall roch es nach Mist, Früchten, Käse und Stroh. Eine unruhige Menge wog ab, kaufte und stritt sich mit heftigen Ausrufen, in denen sich Politik mit Eierspeisen und Skandal vermengte. Das Provenzalische plätscherte singend dahin. Verbrannte dürre Bauern und die Frauen mit ihren Haarsträhnen unter dunklen Strohhüten, streng in staubiges Schwarz gekleidet, kreischten und boten Wassermelonen und Granatäpfel feil. Kleine, weiße, duftende Feigen wurden in der Sonne heiß, gerade gegenüber dem Laden der Mestrance, und Pauline hätte gern welche gekauft, nur in dieser Situation ...

Sie hatte Gaston zu Doktor Barbentane geschickt. Natürlich war er nicht so leicht zu finden – ein Tag vor den Wahlen war das zu begreifen. Eugen keuchte stumpfsinnig und faselte mit schiefgezogenem Maul vor sich hin, auch stand er nicht sehr sicher auf seinen Füßen. An einem anderen Tag hätte Pauline sich die Ausgabe für den Arzt zweimal überlegt, aber vor der Wahl würde er sich sicher nicht bezahlen lassen.

Von Tür zu Tür war der Skandal bis zu den Reboul gekommen, und der Möbelhändler, der am Vortag mit Mestrance getrunken hatte, war tief betroffen. Was ist der Mensch schon! Er betrachtete sich ängstlich im Spiegel mit unruhig zuckendem Schnurrbart, und ihm war, als ob die behaarte Warze, die er auf der linken Backe hatte, eine merkwürdige Farbe angenommen hätte. Der Koloß verzichtete sogar auf eine Versteigerung in einem Dorf, wo er bei einem gepfändeten Weinbauern hatte bieten wollen. Er sagte zu Marie: »Ich komme gleich zurück« und stürzte zum Marktplatz.

Er traf dort Respellière, der mit gelblichem Gesicht zwischen den Kopfbedeckungen und Kränzen herumschnüffelte und vor dem großen Spiegel anhielt, um seine Glatze zu besichtigen, während Pauline geschäftig bediente. Als wäre es Absicht, hatte man noch nie so viele Kunden gesehen. Eugen lag ganz allein oben. Im Hintergrund jammerte der Alte und rief nach Angelika; man kann sich die Wirkung vorstellen ... Dazu war natürlich unter diesen Umständen der Laden nicht gerade sehr sauber. Sogar eine junge Dame aus der Rue Longue war da, deren Schwiegermutter einen kleinen langwierigen Krebs hatte: sie war zufälligerweise vorbeigekommen, um die Kränze zu betrachten, weil sie sich einen Überblick verschaffen wollte. Sie fragte nach den Preisen.

Während er auf Barbentane wartete, stieg Reboul hinauf, um auf Eugen aufzupassen. Das Zimmer war mit allem möglichen vollgestellt, was sich im Laufe der Jahre ansammelte, mit Jahrmarktsandenken, Photographien, Blumentöpfen auf Regalen mit einem Rosenrelief aus Porzellan, kleinen Matrosen in vergoldeten Muscheln, einer Kindergruppe aus gebrannter Erde, und an der Wand über dem Bett hing eine Reproduktion der Salome von Henri Regnault. Dazu stand noch das Louis-Quinze-Bett und der Spiegelschrank im Zimmer, Paulines Stolz, überall lagen Eugens Kleider unordentlich herum, und im Bett, fahler als die Bettlaken, mit einem violetten Rot allzu hoch auf den Backenknochen, sah man das arme verzerrte Gesicht des Hausherrn, in dem der schwarze Schnurrbart von keuchenden Atemzügen gebläht wurde, ein ganz unordentlicher Schnurrbart, dessen Enden nicht wie gewöhnlich sauber gedreht waren. »Na, mein Lieber, es geht wohl nicht besonders?« sagte Reboul unbeholfen. Der riesige Möbelhändler schien das ganze Zimmer auszufüllen und dem Kranken alle Luft und das Licht wegzunehmen, das durch die gelbroten Vorhänge hereinfilterte. Der Kopf des Kranken bewegte sich langsam auf dem Kopfkissen: »... ein ... ein ... geht besser ...« Eugen wollte sich erheben. Reboul half ihm ungeschickt.

Die Stadt bedauerte allgemein Pauline. Was haben die Frauen schon von ihren Männern, frage ich Sie? Sie kehren zu einem zurück, wenn sie nicht mehr wissen, wohin sie gehen sollen. Denken Sie bloß, die arme Frau, mit einem noch nicht erwachsenen Sohn. Vielleicht hat sie jetzt zwei Arbeitsunfähige auf dem Hals? Gewiß sah man von der kirchlichen Seite aus in dieser Geschichte eine Strafe des Himmels: war Mestrance nicht Freimaurer gewesen? Und von der Loge aus rief man sich ins Gedächtnis zurück, daß trotz aller seiner Fehler Mestrance ein guter Republikaner gewesen war.

Im großen und ganzen richtete sich die Ablehnung gegen die Schuldige an all dem, das Mädchen aus der Gosse, das eine Gefahr für das Familienleben darstellte. Wer weiß, wie viele junge Leute sie verdorben hatte? Schließlich ist die Prostitution geregelt, und in Sérianne gibt es keine Mädchen mit Karte. Also ...

Doktor Lamberdesc befand sich im »Blumenkorb«, wohin Madame ihn hatte rufen lassen. Seit einiger Zeit erbrach sie morgens eine Art widerwärtigen, ranzigen gelblichen Schleims. Davon hatte sie auch den schlechten Mundgeruch, und dann dieser Durst! Herr Robert, unruhig, denn es war Madame, die die Lizenz hatte, wohnte der Untersuchung bei. Natürlich sprach man von Mestrance, diesem Schwein, was hatte er doch getrunken! Dann hatten es die Mädchen mit der Angst bekommen, als er umgefallen war. Man glaubte, er sei betrunken, aber er stand nicht mehr auf. Er konnte nichts sagen und machte übermenschliche Anstrengungen, um zwei Worte herauszubringen, ohne daß es ihm gelang. »Er war sogar ziemlich komisch!« bemerkte Herr Robert. Während der Arzt seine bessere Hälfte bearbeitete, um herauszubekommen, was sie im Magen hatte, fügte er träumerisch hinzu: »Na, macht nichts. Aber wo einen die Frauen auch hinbringen! Ich hoffe nur, daß man dieses Mädel aus der Kreisstadt ausweist; sie macht uns unsaubere Konkurrenz!« Herr Robert nannte Sérianne immer die Kreisstadt. Das klang ansehnlicher.

Jemand, der auf Angelika sehr wütend war, war die kleine Frau Migeon. Der Straßenbaumeister, ein plumper, baumlanger Bursche, hatte ihr, ganz rot im Gesicht, die Sache erzählt, und zwischen ihm und dem mageren Herrn Migeon, der seine kurze Pfeife rauchte, nahm ihre Entrüstung kein Ende: »Man müßte ihr die Augen auskratzen, ihr die Zähne einschlagen, damit sie entstellt ist und sich nicht noch an jemand anders vergreift, diese Hure! Eine Familie, die Gesundheit eines Mannes, das Leben einer Frau zu zerstören, die Jugend zu beschmutzen! Ich hoffe, man wird sie ins Gefängnis stekken!« – »Zu wessen Gunsten?« fragte Migeon ruhig. – »Was heißt zu wessen Gunsten? Sag mal, bist du noch bei Verstand? Haben Sie das gehört, lieber Freund!« Sie wandte sich ihrem Liebhaber, dem Straßenbaumeister, zu. »Haben Sie das gehört? Ein Mann ohne Prinzipien, ein Zyniker! Ja, im Rauchen, da ist er stark, sofern er nicht beim Boulespielen ist! Diese Pfeife bei einer solchen Hitze!« – »Nun, nun«, sagte der Straßenbaumeister, »beruhigen Sie sich, Pulcheria.« – »Meine Pfeife!« Migeon wurde wütend. »Hoffentlich habe ich noch das Recht, zu dieser Tageszeit meine Pfeife zu rauchen! Ich kenne welche, die nicht mehr wert sind als diese Angelika ...« – »So ist es, beleidige mich nur! Immerzu! Halt dich nicht zurück! Widernatürliches Wesen!« – »Na«, sagte der Straßenbaumeister, »Sie werden sich doch nicht wegen dieses schmutzigen Mädchens streiten?«

Wo war das schmutzige Mädchen während all dieser Unruhe hingeraten? Verprügelt, in Tränen, aus der Nase blutend, war Angelika davongelaufen, ohne etwas von ihren Sachen mitzunehmen, die immer noch den Schrank des Alten füllten. Sie war in der Dunkelheit verschwunden, und niemand fragte danach, wo sie geschlafen hatte. Solche Matratzen haben keine Mühe, ihr Bett bei fremden Leuten zu finden.

Ihre Nase schmerzte und auch ihr Kopf: Mestrance hatte sie mit einem Schemel gegen die Ohren geschlagen, er hatte ihr Fußtritte in die Brüste versetzt, als sie zu Boden gefallen war. Ihr Mieder war zerrissen, sie hatte einen Riß in ihrem Rock, und sie trug nichts auf dem Kopf, hatte nichts, um sich zu säubern, kein Taschentuch. Das Blut auf ihren Lippen war geronnen, in der Dunkelheit konnte sie nicht sehen, ob das rosa Mieder, das sie anhatte, fleckig geworden war oder nicht. Sie fühlte, daß sie zitterte, und war wie gelähmt, so daß ihr das Laufen schwerfiel. Sie vermied die Leute, indem sie durch die kleinen Gäßchen ging, und aus Gewohnheit schlich sie nach der Oberstadt hinauf. In diesem Zustand wollte sie sich Pierre Delobelle nicht zeigen. Was hätte er auch gedacht? Aber wie aus Instinkt fand sie die Verstecke, wo sie mit ihm glücklich gewesen war, flüchtete sie sich in die Keller der zerstörten Häuser da oben unter dem offenen Himmel. Die Nacht war von ungewöhnlicher Schönheit, warm und so dunkel, ohne Mond, mit all ihren Sternen und der jähen Blässe der Milchstraße. Eine sanfte Brise kühlte die zerstörte Stirn der Stadt. Angelika war allein und beruhigte sich einen Augenblick lang, dennoch wurde sie, als sie sich auf dem harten Boden niedergekauert hatte und ihrem Herzen zuredete, von neuem von einer dumpfen, langsam wachsenden Furcht erfaßt und konnte nicht mehr tun, als in sich auf dieses wachsende Gefühl zu lauschen. Sie ließ die Zeit weitergehen, ohne sich eine Frage zu stellen, aus Furcht vor ihrer eigenen Antwort. In ihrem einfachen Kopf nahmen die Dinge nur langsam und schwer Gestalt an. Sie hörte auf das schmerzhafte Hämmern in ihren Schläfen.

Die Stille war voll von wirren Erinnerungen und Drohungen. Angelika war sterbensmüde, und mit weitgeöffneten Augen ließ sie sich in die Nacht sinken wie in einen Traum. Sie konnte sich weder die Handlungen noch die Gedanken vorstellen, die folgen würden. Sie konnte nicht zu Mestrance zurückgehen, er hatte sie davongejagt. Wo sollte sie also leben? Oder arbeiten? Niemand in der Stadt würde sie aufnehmen. Noch einmal woanders hingehen ... Aber das würde heißen, Pierre verlieren. Nicht einen Moment lang dachte sie daran, daß er ihr folgen könne, wenn sie wegging. Sie wußte in ihrer Demut, wie die Dinge lagen. Arme Angelika. Pierrot, Pierrot ... Er war ihr einziger Gedanke, die Bedrängnis in all dieser Dunkelheit, das, was ihr das Herz zerriß, Pierrot, mein kleiner Pierrot, mein Liebster. Ach, dieses schreckliche und armselige Wort, Liebster, dieses Wort, das ihre Lippen so spät formten, ihre Lippen, die ungeschickt und dumm waren, aber auf denen sein Mund doch so süß war und hart auch, wenn er mitten in den Küssen seine Launen hatte ... Pierrot. So schlief sie ein, ohne es zu wissen ...

Suzanne de Loménie war in die Stadt gekommen, um auf den Markt zu gehen, aber auch um bei den Fräulein Barrel ein Spitzenmodell für Kissen wieder abzuholen. Sie traf Therese Respellière, und obwohl ihre Beziehungen sich sehr abgekühlt hatten, ohne daß Therese wußte warum, war es Suzanne, die, gut gelaunt, die Unterhaltung begann: »Endlich, meine Liebe, wird man diese ganze Wahlunruhe hinter sich haben, und Sérianne wird wieder ruhig werden ...« Aber als die Steuereinnehmersfrau ihr in drei Worten Mestrances Geschichte erzählt hatte, geriet sie in höchste Aufregung, mit schiefsitzendem Hut, ihrer großen tangofarbenen gestickten Handtasche, die ihr gegen die kurzen Beine schlug, aufrechten Brüsten, kleinen Aufschreien. Jesus Maria! Was für Geschichten! Wie schrecklich! Und weiß man, wer der Liebhaber der kleinen Angelika war? Nein. Meiner Meinung nach muß das der kleine Armand sein, glauben Sie nicht? Was, er will Priester werden? Das ist ein ganz Falscher, er läuft hinter den Mädeln her, ja, ja. Ganz leise sagt er einem Dinge von einer Unanständigkeit ... Aber ... Sie zögerte: »Und die Briefe? Weiß man, wer die Briefe abgeschickt hat?« Frau Respellière hatte von keinen Briefen gesprochen. Welche Briefe? Man hatte ihr nichts von Briefen erzählt. Suzanne wurde rot und begann sehr schnell über die Wahlen zu sprechen. Dieser Herr Delangle war ja doch ein sehr distinguierter Mann. Ach, Verzeihung, ich vergaß, daß Herr Respellière für den Doktor stimmt ...

Ohne von der ganzen Aufregung zu wissen, war Angelika in ihrem Keller wieder bekümmert zum Bewußtsein gekommen, als draußen schon heller Tag war. Mein Gott! Wie sah sie aus? Sie konnte sich nichts von ihren Sachen holen und in diesem Zustand die ganze Stadt durchqueren. Als sie aus ihrem Loch herausstieg, kamen gerade Leute vorbei. Sie versteckte sich. Mehrere Stunden lang schlich sie in den Ruinen herum und erschreckte Kinder, die davonliefen, bevor sie sich entschließen konnte. Ihr Herz schlug, die frühe Hitze lag schwer über der ausgetrockneten Erde. Die Luft war dunstig. Von Zeit zu Zeit zerriß ihr der Gedanke an Pierre das Herz. Sie würde jemanden anflehen, sie zu behalten, umsonst arbeiten, nur um ihn zu sehen. Und wenn Mestrance wüßte, wer er ist ... wenn Mestrance ihn schlagen würde, ihren Großen, ihren ganz Kleinen, ihren Liebsten. In Angelikas Liebe war die ganze Verzweiflung einer Mutter, deren Kind in der Ferne bei Fremden gestorben war. Die beiden Bilder verschmolzen ineinander. Wie er mit seinen kleinen rosa Füßchen nach ihr stieß, der Strampler! Scharlach. Das merkwürdige Wort war wie ein Dolchstoß in ihr Bewußtsein gefahren mit dem Brief, der ihr den Tod des Kindes mitgeteilt hatte.

Furchtbar. Wenn Pierre sterben würde ... Nein, das nicht, sie würde es nicht ertragen. Alles drehte sich um sie, und sie hämmerte mit den Fäusten gegen eine alte Mauer, an der Gras, das zwischen den Steinen gewachsen war, verdorrte. Plötzlich erinnerte sie sich eines menschlichen Wesens, einer mitleidigen Stimme in der weiten Welt. Das sanfte Gesicht von Marie Reboul. Wie hübsch und sanft sie war ... Die würde sie aufnehmen, würde ihr Ratschläge geben, dort würde sie sich das Gesicht waschen können. Schnell zu ihr. Indem sie vermied, sich den Leuten zu zeigen, schlüpfte sie in die Stadt hinunter.

Doktor Barbentane war schließlich mit Gaston gekommen. Er hätte Mestrance gern zum Teufel geschickt. Aber es handelte sich um einen Wähler. Die Sturzflut von Worten, die der Junge unterwegs vorbrachte, war ein wenig wirr. Barbentane begriff nichts von der ganzen Sache. Er mußte sie sich noch einmal von Frau Mestrance erzählen lassen. Sobald sie den Arzt in ihren Fingern hatte, begann sie ihre große Szene zu spielen. Ich bring sie um, ich bring sie um, diese Angelika, diesen Fetzen! Glücklicherweise hatten ihm Respellière und Reboul die verwickelte Geschichte erklärt. Schön, man würde Mestrance mal ansehen. Dumm, so eine Geschichte, gerade vor der Wahl. Wenn der Kranzbinder nicht würde aufstehen können. Eine Stimme weniger …

In Wahrheit ging es Eugen schon besser. Er saß auf seinem Bett und trug ein merkwürdiges schiefes Lächeln zur Schau. Allmählich fand er wieder Worte, eines nach dem anderen, aber gleichzeitig erfaßte ihn die Angst vor dem, was geschehen war. Eine retrospektive Panik würgte ihn. Während er fühlte, daß der Flügel des Todes, der ihn gestreift hatte, sich entfernte, begriff er die Gefahr, in der er gewesen war. Als der Arzt ihm sagte, er solle einmal pfeifen, schien das in ihm gewisse medizinische Erinnerungen zu wecken, nämlich Barbentanes Besuche beim Schwiegervater, und er brach in Tränen aus. Dann machte er furchtbare Anstrengungen, faßte mit den Fingern die Lippen, um pfeifen zu können. Zweifellos war er darin behindert. Aber schließlich brachte er doch etwas heraus.

Der Doktor, der, nachdem er die Reflexe untersucht hatte, die Bettdecke über ihn breitete, beruhigte den Patienten mit einem Lächeln. »Also morgen werden wir aufstehen können und einen kleinen Spaziergang bis zum Rathaus machen!«

Etwas wie Wahnsinn glitzerte in den Augen des Kranken.

Während er mit Reboul und Pauline hinunterstieg, und Respellière seinerseits obengeblieben war, beruhigte Barbentane die beiden. »Ja, natürlich, ein kleiner Anfall. Haben Sie keine Angst vor dem Wort, Madame, in einem gewissen Alter sind

Anfälle üblich. Und dann gibt es Anfall und Anfall.« Er begann das Gehirn zu erklären, die Windungen und so weiter. Diesmal brauchte man nichts zu befürchten. Selbstverständlich, ein zweites Mal ... Aber die Reflexe waren nicht schlecht, die Zunge wurde wieder frei. Eigentlich war er gut davongekommen, Mestrance, und vielleicht war dieser Anfall sogar ein glücklicher Zufall gewesen, von heilsamer Wirkung. Er könnte Schlimmeres vermeiden. »Auf jeden Fall kann er morgen sehr wohl wählen gehen! Aber gewiß. Vielleicht muß man ihn ein bißchen stützen, mein lieber Reboul, wenn Sie die Freundlichkeit hätten, unserem Freund diesen Dienst zu erweisen ... Aber bitte, das ist doch ganz natürlich, daß ich sofort gekommen bin, sobald es mir der Kleine gesagt hat ... So ist es, wenn Sie es für richtig halten ... Oh, ich glaube nicht! Gewiß, ich bin in diesen Tagen sehr beschäftigt, also dann morgen, vergessen Sie nicht, Reboul ... Liebe Frau Mestrance, werde mich freuen, Sie wiederzusehen, und Ihre Füße? So, immer noch geschwollen. Gewiß ... Was sagen Sie? Angelika! Ach ja, natürlich, sie muß verschwinden! Nein, Sie sind keineswegs verpflichtet, sie noch acht Tage zu behalten ... Eine Belohnung für Immoralität, das wäre ja noch schöner ... Wenn sie Ihnen Schwierigkeiten macht, lassen Sie es doch meinem Vertreter sagen ... Aber, ich bitte Sie.«

»Ein hervorragender Mann«, sagte Reboul, als der Bürgermeister gegangen war. Er seinerseits entschuldigte sich, denn Frau Reboul erwartete ihn zum Essen.

XXIII

Dabei ging er nicht direkt nach Hause. Er machte einen Umweg über das Café des Arts, um Respellière zu entschuldigen. Dort traf er Migeon, der beim Billard nichts taugte, wenn er auch stark im Boulespiel war, den Schlächter und den Standesbeamten. Vom Platz her kam das Geräusch schwerer Hammerschläge, kamen Wiehern und Rufe. »Ich halte mich nicht auf, will nur mal ein Glas trinken.« Als er sich setzte, sah er den jungen Armand Barbentane aus dem Hotel Brot kommen. Er winkte ihm freundschaftlich zu.

Armand hatte gerade den sozialistischen Kandidaten verlassen und war unzufrieden mit sich selber und ganz und gar unzufrieden mit dem, den er besucht hatte. Armand beschäftigte noch, was er über seine Mutter gesagt hatte. Na, und wennschon! Man redet und redet. Das verpflichtet zu nichts. Was hatte er eigentlich Großartiges von dieser Unterredung erwartet, daß er jetzt so enttäuscht war? Wenn Vinet schon keine Größe war, was sagte das gegen den Sozialismus?

Er überquerte den Platz, wo Männer im gestreiften Hemd unter den Platanen ein Zelt und Schaukeln aufstellten für den Jahrmarkt von Sérianne, der auf den Wahltag fiel.

Gedankenvoll ging er nach dem Stadtende zu hinunter. Es war längst Zeit zum Essen. Bauernwagen und Karren, die vom Markt zurückkamen, überholten ihn. An einer Straßenecke stieß er plötzlich auf zwei junge Mädchen unter einem schwarzweißkarierten Sonnenschirm: Suzanne de Loménie und Jacqueline gingen Arm in Arm. Es war zu spät, um ihnen auszuweichen. Er fühlte, daß er bis über die Ohren rot wurde, und grüßte linkisch.

»Ach, Armand«, rief Suzanne mit dem natürlichsten Ton von der Welt, als ob er sie niemals Luder genannt hätte, »helfen Sie mir doch, dieses Paket zu tragen!«

Sie hob mit Mühe die gestickte Tasche, in der sie ihre Morgeneinkäufe verstaut hatte. Armand, mit dem Blick auf Jacqueline, stammelte eine Entschuldigung. Man erwarte ihn. Jacqueline machte eine ironische Miene. Sie hatte ihr rosa Kleid an, aber ohne Jäckchen, und sie trug einen Gartenhut aus weißem Stroh mit schwarzem Velour. Ihr Haar war so leicht, daß man sich wunderte, daß es nicht wie Schaum den Hut emporhob. Suzanne wollte Armand überreden, sie zu begleiten, was machte es schon, wenn die Familie wartete. Wußte Jacqueline, was zwischen Suzanne und ihm gewesen war? Wenig wahrscheinlich, aber wie distanziert sie war.

»Haben Sie heute morgen Ihren Freund Pierre gesehen?« fragte Suzanne, die die Bosheit in ihrem Tussorkleid wie eine Brennschere krümmte. – »Nein, warum?«

Die beiden jungen Mädchen sahen sich an. Unangenehm, diese Manieren, die Mädel an sich haben! Jacqueline kam ihm plötzlich ein bißchen dumm vor.

»Nur so«, fuhr Suzanne fort, »aber haben Sie denn mit niemandem in der Stadt gesprochen?«

Nein, er hatte mit niemandem gesprochen. Das Gewicht der Tasche und die Bosheit unterstrichen die Ungleichheit der Schultern Suzannes. Sie nahm ihr alraunhaftes Aussehen an, ihre Stimme wurde ganz spitz: »Glauben Sie nur nicht, daß ausgerechnet junge Mädchen Ihnen so was erzählen werden, Sie schlechter Kerl!« So ließen sie ihn stehen, lachend eine gegen die andere gepreßt. Er sah sie unter ihrem Sonnenschirm entschwinden, während sie sich noch zwei- oder dreimal umdrehten. Es war vielleicht sehr lustig, aber nicht für ihn.

Als er weiterging, hupte ein Wagen hinter ihm. Er war so erfüllt vom Bild Jacquelines, daß er nicht auswich. Das kleine Auto konnte gerade noch einen Bogen um ihn machen. Es war der Peugeot von Lamberdesc. Und während er neben ihm vorbeifuhr, beugte sich der junge Arzt aus dem Wagen zu dem Überraschten hinaus und trällerte höhnisch: »Leistet dem Morden Widerstand!«

Jemand im Wagen lachte ziemlich laut, es war Delangle, der gemäßigte Kandidat, den der Doktor in letzter Stunde auf eine Rundreise mitgenommen hatte, die den ganzen Nachmittag hindurch dauern sollte: einem alten Kameraden kann man so etwas nicht verweigern.

Armand war mit den Rekruten gesehen worden, man mußte wohl darüber in der Stadt reden; aber was hatte Suzanne sagen wollen, als sie von Pierre gesprochen hatte? Die Delobelle wohnten nicht sehr weit von hier. Und wenn er auch zu spät kommen würde. Mal was anderes.

Der graue Ziegenbart des Professors und seine Wickelgamaschen erschienen in der Tür. »Nun, junger Triumphator, sind wir also Abiturient. Quo non ascendas! Suchst du Pierre? Er muß übrigens Montag abreisen. Ich glaube nicht, daß er Glück haben wird wie du. Er ist hinter dem Haus im Garten ...«

Der Garten der Delobelle, halb Gemüse-, halb Ziergarten, besaß einen Brunnen und einen sehr alten Feigenbaum mit weißer Rinde, in dessen tiefer Gabelung Pierre gewöhnlich seine Gedichte schrieb. Im Moment schien er, während er rittlings auf seinem gewohnten Platz saß, nachzudenken, indem er den Kopf in beiden Händen hielt. Das Geräusch von Armands Schritten auf dem Kies ließ ihn sein sorgenvolles Gesicht erheben.

»Du bist's? Ich habe dich zu Hause gesucht. Weißt du, was los ist?«

Armand wußte nichts. Angelika war verschwunden. Was? Pierre kannte die Einzelheiten wenig. Die Geschichte war ihm entstellt von der Köchin berichtet worden, die sie ihrerseits von Frau Coquelombe hatte, der Hausbesitzerin der Respellière, und die hatte sie von Therese. Zuerst hatte er eine Untersuchung anstellen wollen.

Armand bemerkte, daß er schlecht aussah. Während er sprach, hörte er in seiner Nervosität nicht auf, mit dem linken Daumennagel die oberen Schneidezähne entlangzufahren.

»Ich wußte auch nicht, ob man bei der ganzen Sache über mich spricht. Ich wollte mich nicht zu sehr zeigen. Ich war bis zum Markt. Alles redet davon. Ein tolles Gewäsch. Alle heulen sie über Gelika. Sie sagen, man müßte sie auspeitschen. Anscheinend bringt man mich nicht mit hinein. Aber niemand weiß, wo sie ist. Seit gestern abend. Ich habe gleich an die Altstadt gedacht. Ich bin hinaufgestiegen. Keine Spur von Gelika. Ich habe alle unsere Ecken besucht. Man kann genausogut eine Nadel in einem Heubündel suchen.« – »Aber was geht denn eigentlich vor?« – »Ich weiß nicht. Nach dem, was man mir gesagt hat, ist da eine Geschichte mit Briefen, die mich unruhig macht. Einzelheiten ...« Er sah seinen Freund mit einem seltsamen Blick an und zögerte.

»Sag mal, Armand. Wenn ich dich etwas frage ... Wirst du antworten?« – »Natürlich. Was fällt dir denn ein?« – »Gut. In diesen Briefen standen Einzelheiten, die ich niemandem erzählt habe, außer dir.«

Ein drückendes Schweigen entstand.

»Nun ... Antworte. Hast du jemandem meine Geständnisse weitererzählt? Vor allem, weißt du, diese Geschichte im Keller, die ich dir erzählt habe ... Eine komische Sache mit Angelika ... Erinnerst du dich?«

Armand erinnerte sich und auch daran, daß er Suzanne davon erzählt hatte, um sie zu einem ähnlichen Experiment zu veranlassen. Suzanne ... Wer weiß? Nein, unmöglich. Aber diese Albernheiten von ihrer Seite, die er gerade erlebt hatte. Aber er war nicht sicher. Er konnte sie da nicht hineinbringen, sie verraten. Es wäre nicht ritterlich.

»Nein«, sagte er, »niemandem ...«

Kein Lufthauch regte sich. »Also«, murmelte Pierre, »ich verstehe es einfach nicht.« Und er sah seinen Besucher mit verlegener Hartnäckigkeit an. Wollte er ihn verdächtigen?

»Hör mal, Pierre ... Das alles ist doch Romantik. Wichtig ist nur, daß man sie wiederfindet; sie muß ja in einem furchtbaren Zustand sein ... Was hast du denn?«

Pierre weinte. Er weinte wie ein Kind, dem man sein schönes Spielzeug zerbrochen hatte: »Du kannst das nicht verstehn«, sagte er, indem er sich schneuzte, »es handelt sich gar nicht darum, sie wiederzufinden. Was kann ich jetzt schon mit ihr anfangen? Schüttele nicht den Kopf, du hast die Leute nicht reden hören. Sie kann nicht mehr hier in Sérianne leben. Und ich kann nicht für ihren Unterhalt aufkommen. Mit meinem Vater kann ich nicht darüber reden, er würde mich einschließen. Oder er würde mich irgendwo als Internen in eine Pension stecken. Und dann das alles, wie scheußlich ... Ich dachte immer so wenig wie möglich daran, ich wußte wohl, daß dieser widerliche Mestrance ... Man hat mir Dinge erzählt. Ach, du weißt ja nicht! Ich glaube, ich würde vorziehen, sie nicht wiederzusehen. Nein, verstehst du, sie haben sie mir beschmutzt ...«

Er begann wieder zu weinen. Armand sah ihn mit ziemlicher Verachtung an.

»Du läßt sie also im Stich?«

Er wußte selbst nicht, welchen Rat er seinem Freund geben sollte. Was sollte er machen ohne Geld? Dazu verspürte man in den abgebrochenen Sätzen Pierres einen gewissen Überdruß, der vielleicht mit einem entstehenden Gefühl zu tun hatte, das er mit viel Geheimnistuerei umgab. Ein junges Mädchen, ein richtiges. Ohne all diese Dienstmädchenschweinereien.

Das Wort war ihm entfahren. Sein Daumennagel brach an den Zähnen ab. »Hast du nicht zufälligerweise eine Schere?« Er hatte ihn böse gebrochen, schief bis zum Nagelbett. Frau Delobelle rief durch das Fenster: »Pierre, zum Essen!« Sie war eine herrschsüchtige Frau, mit müdem, hellem Gesicht und langen, schlecht geformten Zügen. Ihr grüngeblümter Morgenrock flatterte über den beiden verlegenen Freunden. Schließlich sah Pierre ihn an: »Man erwartet mich. Weißt du, sie haben ihre Prinzipien ...«

Wie zur Bestätigung hörte man die übellaunige Stimme von Maurice im Haus brüllen: »Pierre, wir fangen an!«

Der Wisner stand schon vor der Tür, und sobald er ihn aus der Ferne sah, begann Armand zu rennen. Überrest kindlichen Gehorsams. Sein Vater war gekommen, alle saßen bei Tisch. Der Doktor sah beschäftigt aus, Frau Barbentane schimpfte auf die Köchin Martha, die die Milch hatte sauer werden lassen. Was Edmond anlangte, war er in frechster und überheblichster Stimmung. Beim Nachtisch sagte er nachlässig zu seinem Vater: »Es wäre ganz gut, wenn du mal ins Krankenhaus gehen würdest. Es gibt da so einen Kerl, der wahrscheinlich gegen Abend abkratzen wird.«

Frau Barbentane protestierte: »Du könntest auch andere Worte gebrauchen ...« Der Doktor sah ärgerlich aus: ausgerechnet an einem Tag, an dem er nicht wußte, was er zuerst machen sollte. Alles wußte offensichtlich von dem Skandal, aber niemand sprach darüber. Man nahm den Kaffee im Garten. »Willst du mir einen Gefallen tun«, sagte der Doktor zu Armand, »weil ich heute nämlich noch an zehn Stellen sein muß, und dazu kommen noch die Kranken ...«

Armand war einverstanden, und der Doktor ging ins Haus, um eine Mitteilung zu schreiben, die sein Sohn zu den Respellière hinübertragen sollte. Edmond wiegte sich, ohne Rock, im blauen Hemd, mit aufgekrempelten Ärmeln, in dem strohgeflochtenen Schaukelstuhl. Selbstgefällig zog er die Flanellhosen über die Socken hoch, auf die er sichtlich stolz war. Armand konnte nicht anders als denken, daß sein Bruder das Musterbeispiel für etwas darstellte, was bei ihm selbst danebengegangen war. Frau Barbentane, ganz in Schwarz, las die »Annalen«. Armand konnte nicht mehr an sich halten und fragte den Bruder: »Kennst du diese Geschichte bei Mestrance?« – »Ja, ich habe ihn gestern abend gesehen, irgendwo. Er war ziemlich fertig.« – »Hast du nicht gehört, was aus Angelika geworden ist?«

Edmond brach in Lachen aus: »Der Herr Abbé interessieren sich für die Sünderin?«

Die Rückkehr des Doktors beschwichtigte den Krach, der gerade ausbrechen wollte.

»Hier«, sagte er, »da ist der Brief. Ich habe gerade die Antwort des Ministers auf die Eingabe erhalten, die ich gemacht hatte. Ich hatte gebeten, die Pension, die Respellière wegen seines Sumpffiebers erhielt, zu erhöhen. Die Antwort ist günstig, das kommt gelegen, gerade heute. Ich habe nicht gerade großes Zutrauen zu der Wahltreue von Respellière, er ist ziemlich schwankend, aber so etwas müßte ihn eigentlich für morgen beeinflussen. Außerdem bitte ich ihn, bei Mestrance vorbeizugehen, um ihn zum Rathaus zu bringen, für den Fall, daß Reboul vergessen sollte ...« Er sagte das ebensogut zu sich selbst wie zu seinen Söhnen, vor denen er immer Verlegenheit verspürte, wenn er mit ihnen sprach. Edmond lachte heimlich und spielte mit dem Hund. Die Atmosphäre zu Hause war wirklich einfach unmöglich: Armand nahm mit Vergnügen die Gelegenheit wahr, um wegzugehen.

XXIV

Die Hitze war ungeheuer. Von kreideweißem Staub bedeckt, stieg die Rampe des Boulevards zur Stadt hinauf, oberhalb des ausgetrockneten Flußbettes, in dem die Steine einer Furt aussahen wie die zerstörten Säulen eines Miniaturpompeji. Sérianne schlief mitten am Tage hinter geschlossenen Gardinen wie in der künstlichen Nacht eines Kinosaals. In einem Haus übte ein junges Mädchen auf der Geige und wiederholte unablässig die gleiche Tonfolge. Wahlplakate bebilderten unerklärlicherweise diese menschleere Insel. Auf Armands Nacken lastete die Sonne wie ein Knie. An einem kleinen Brunnen wusch sich der junge Mann das Gesicht, öffnete sein Hemd und ließ sich den kalten Wasserstrahl über den Körper laufen.

Der große Platz war schon für das Fest am nächsten Tag hergerichtet. Zelt und Schaukeln warteten unter Überzügen aus grüner verschossener Leinwand. Wagen ohne Pferde, die

Tiere an eine Platane gebunden, und neben dem Brunnen die Jahrmarktsleute über das Wasser gebeugt, stark und dunkel, mit ihren Frauen, von denen eine einen kleinen Vielfraß säugte. Im Café übte jemand Karambolagen, man hörte den hellen Zusammenstoß der Elfenbeinkugeln. Die Platanen brieten in der Hitze wie geschundene Wesen, als ob sie die Sünden der Menschen büßen müßten. In der Nähe der Häuser bildeten sie trockenschattige Durchgänge, denen Armand bis zum Haus Coquelombe folgte, wo der Steuereinnehmer wohnte. Die müden Töne des Klaviers brachen ab, als er den Klopfer an die offene Tür fallen ließ. Im Hintergrund der Wohnung hörte man langsame Schritte, und eine Frauenstimme fragte singend wie die einer Ausländerin: »Wer ist da?«, dann hob sich der Vorhang aus Holzperlen unter einer weißen Hand mit einem leichten läutenden Geräusch. Ein chinesisches Kleid von leuchtendem Blau mit großen gelben Vögeln und langen Blumen verriet Therese. Ihre großen lachenden Augen wurden von der Sonne geblendet, als ginge eine Woge über sie weg, und sie griff mit der Hand nach dem Haar, das unordentlich, wie ein leuchtender Hof, ihr Haupt umgab: »Ach, Herr Armand, entschuldigen Sie mich, treten Sie doch ein.«

Im Schatten der Diele sah Armand überhaupt nichts mehr. Es war wie ein Dunst unter seinen Lidern, und er stieß gegen den Schirmständer.

»Ich habe einen Brief für Herrn Respellière ...« – »Mein Mann ist weggegangen. Er ist bei dem armen Mestrance. Aber treten Sie doch ein, treten Sie doch ein. Sie werden doch etwas zu sich nehmen ...« – »Nein, nein. Ich kam nur wegen des Briefes.« – »Gut, ich werde ihn übergeben. Aber Sie können doch nicht ablehnen. Einen Kaffee ...« – »Ich habe gerade einen getrunken.« – »Dann ein Glas Madera.«

Der kleine Salon, in dem das Klavier stand, ging auf einen mit Bäumen bewachsenen Hof hinaus, den der Schatten des dreistöckigen Hauses kühl machte wie einen Keller. Die Möbel waren vulgär und bestanden halb aus Gartenstühlen, halb aus lackierten Louis Seize. Winzige fernöstliche Bronzen standen auf Regalen aus schwarzem Holz und die »Unbekannte Frau« in Stuck auf einer Truhe mit Perlmuttereinlagen. Der Brief des Doktors Barbentane fiel neben einem Greifen auf ein Lacktablett.

»Nehmen Sie Platz ... Sehen Sie, nun sind Sie doch gezwungen, mir einen kleinen Besuch zu machen ...«

Armand war verlegen, wand sich, versuchte freundlich auszusehen. Er fand sich noch nicht zurecht mit seiner Umgebung und seiner Gastgeberin. Er saß nicht weit von ihr auf einem Sofa, das mit Kissen in allen möglichen Formen und Farben bedeckt war. Auf dem Steinboden lag eine Bambusmatte. An der Wand war Respellière in Uniform, eine nach Photographie gezeichnete Vergrößerung, noch ein ganz junger Mann, in einer Umrahmung, genau an der Grenze zwischen Regence und Modern style.

Therese brachte Wein und Gläser. Sie trug das Ende des sehr langen Kimonos mit der linken Hand, um nicht daraufzutreten, und hielt ihn geschlossen. Sie war nicht groß, trotz der Pantoffeln mit hohen Absätzen, die auf dem Boden unter den nackten Füßen klapperten. Bis dahin war sie für Armand jenseits des liebesfähigen Alters gewesen – dreiunddreißig Jahre, man denke nur. Jählings hatten ihre sehr weißen Zähne sie ihm nähergebracht, und auch ihre nachlässige Kleidung, dieser Sack aus blauer Seide, der sich jeden Moment öffnen und ein Wesen enthüllen konnte, das geschmeidig und lebendig sein mußte.

»Ich glaube wirklich, daß ich in meinem Leben noch nie Madera getrunken habe«, sagte er, während sein Glas schon leer war, denn der Wein war süß, und er war naschhaft. Sie lachte und goß ihm von neuem ein.

»Wissen Sie, ich sehe Sie oft von meinem Fenster aus. Immer denke ich, daß Sie zu uns kommen werden, und dann schlagen Sie wer weiß welchen Weg ein, und ich frage mich, wo Sie hinlaufen. Wie alt sind Sie denn schon, fünfzehn Jahre?« – »Sechzehn.« – »Verzeihung. Mit sechzehn Jahren ist es noch zu entschuldigen, wenn man nicht auf Frauen achtet, die einen hinter den Jalousien beobachten.«

Ach, fühlte er sich unbehaglich! Der einschmeichelnde schwere Madera und diese Verlegenheit erweckenden Worte ließen ihn wünschen, den Platz zu wechseln. Er suchte einen Vorwand, um zu gehen.

»Ich weiß nicht, ob ich Sie fragen darf ...« fuhr sie fort, »man erzählt, daß Sie Priester werden wollen ...«

Er machte eine ausweichende Bewegung und lachte kurz auf, was er selber ziemlich deplaciert fand. Sie sah ihn an und ergriff seine Hände. Er fand das sehr natürlich, weil ihre Hände kühl und sanft waren. »Was soll das heißen?« – »Ich will nicht Priester werden«, stieß er mit etwas heiserer Stimme hervor. »Ich will Schauspieler werden.«

Da sie Erstaunen zeigte, begann er jetzt seinerseits zu sprechen und hielt ihre Hände fest, die sie ihm entziehen wollte. »Ich erzähle Ihnen das, ich habe es noch niemals jemandem gesagt. Ich weiß nicht, ob Sie mein Geheimnis für sich behalten werden. Ich will Ihnen nichts vorlügen, obwohl ich Sie nicht kenne. Ich weiß nicht warum, aber ich mußte es Ihnen sagen. Nicht weil Sie eine Frau sind, es gibt viele andere Frauen. Vielleicht ist es nur der Madera ...«

Sie lachte noch einmal, ein wenig gezwungen, und machte sich los. Etwas wie eine Enttäuschung stieg zwischen ihnen auf. Sie führte die Hände an die Stirn. Eine kurze Stille trat ein, dann sagte sie mit ganz veränderter Stimme: »Ich weiß nicht, was ich habe ... die Hitze ... der Wein ...«

Er stand auf und sah sie dumm an. Plötzlich fiel sie in die Kissen zurück. Einer ihrer Füße fuhr in die Höhe, und der Pantoffel fiel zu Boden. Ihre runde Wade kam aus dem blauen Umhang hervor, der verrutscht war, Frau Respellière hatte das Bewußtsein verloren. Armand erschrak. Was tun? Er sah nach der Tür und sagte: »Madame!« Er nahm ihre Hand und wollte nach jemandem rufen, als er sah, daß der Kimono sich ganz geöffnet hatte und Therese nackt war. Noch niemals hatte er eine Frau in diesem Zustand gesehen.

»Dummkopf«, seufzte sie und zog ihn in ihre Arme.

Als Marie Reboul den Schritt ihres Mannes im Gang hörte, schlug ihr das Herz, und sie ließ Angelika durch die Hintertür hinausschlüpfen. Angelika hatte sich ein wenig erfrischen können und hatte eine Zwiebel und einen Pfannkuchen gegessen. Marie betrachtete sie mit einer Mischung von Abscheu und Mitleid. Ihretwegen hatte sie sich mit Frau Migeon gestritten, aber die Geschichte des Gelähmten und des Herrn

Eugen ließ sie erschauern. Wie war es möglich, daß eine Frau so tief fallen konnte ... Sie hätte ihr gern tausend Fragen gestellt, aber Reboul durfte sie hier nicht finden. Vor dem Skandal hatte er sie geschlagen, weil sie Angelika bei sich empfangen hatte. Und jetzt erst ...

Angelika stieg also wieder nach der Oberstadt hinauf. Sie hätte gern ihren Pierre sehen mögen, doch sie wagte nicht, den Leuten zu begegnen. Schon das, was Marie ihr erzählt hatte, ließ sie das Schlimmste von einer Bevölkerung erwarten, die weniger prüde als vielmehr Dirnen ihrer Art feindlich gesinnt war. Und so stieg sie auf die Höhe des Hügels zurück, wo der Turm stand.

Der Turm über den kleinen Spalierfeldern, auf denen magere Olivenbäume mit zimtfarbenen Blättern wuchsen, überragte die Stadt und grenzte im Osten an die höhergelegene Seite des Gartens der Barrel. Es war ein merkwürdiger Turm, dessen Äußeres seit den Römern die Architektur eines optischen Telegraphen bewahrt hatte. Die ersten Christen hatten ihn in eine Kapelle verwandelt und ihn mit unterirdischen Gängen versehen. Dann waren die Mauren gekommen, die aus ihm eine Moschee gemacht hatten. Darauf hatten wieder die Christen, deren künstlerisches Ideal neue Gewölbeformen waren, ihre Gottheit darin aufgerichtet. Abwechselnd hatten blutige Ketzereien, die Rückkehr der Ungläubigen und schließlich die Reformation dieses merkwürdige Gebäude ihren entgegengesetzten Anschauungen dienstbar gemacht, ein Gebäude, das die Menschen unaufhörlich ihren wechselnden Phantasien entsprechend umbildeten. Nachdem der Turm während der Französischen Revolution ein Tempel der Vernunft gewesen war und unter Ludwig XVIII. wieder kirchlichen Zwecken gedient hatte, war er seit 1870 nur noch ein merkwürdiger Überrest der Geschichte. Als am 16. Mai Südfrankreich sich bereit gemacht hatte, mit Waffengewalt dem Verrat des Marschalls MacMahon zu widerstehen, hatte man in dem Turm Munition aufgestapelt. Das war sein letzter heroischer Augenblick gewesen.

Nichts an dieser langen Geschichte zog Angelika an, sondern allein eine unklare Ahnung des uralten Asylrechts.

Dort oben stand eine Art Kirche, und niemand würde dort an einen Flüchtling rühren.

Sie kam oben an, außer Atem, weil sie geklettert war, und sie knöpfte sich das Kleid ein wenig auf wegen der Hitze. Man trat in den Turm ein wie in einen eisigen Strom. Der Boden gab unter ihren Schritten nach. Sie konnte kaum ihre Umgebung wahrnehmen; sie bemerkte nur einen unvollendeten Spitzbogen über einer Lichtöffnung ganz im Hintergrund, durch die von der Hügelseite her grüne Zweige in das Gewölbe eindrangen. Sie ging vorwärts. Dann hörte sie Stimmen und blieb unbeweglich stehen. Wer war nur zu dieser Nachmittagsstunde, in der ganz Sérianne ausruhte, in den alten Turm gedrungen?

Es war ein Paar. Zwei junge, reizende Leute, die dicht nebeneinander standen und sich an den Händen hielten, in unschuldiger Hingabe, ergreifend wie eine Erinnerung an die Kindheit. Nahe der Öffnung, die nach dem Tal hinausging, gegen den hellen Hintergrund vor der Helligkeit, der aus ihrem Haar – das ihre blond und das seine goldfarben, aber dunkel – einen Zusammenklang aus Schatten und Licht machte, lehnten sie ihre Stirnen gegeneinander. Das ist eine Geste, die man bei ganz jungen Tieren, bei jungen zärtlichen Pferden, findet. Die Stimmen murmelten wie eine Quelle, der man sich nähert, und der dunklere Klang der männlichen Stimme widerhallte in Angelikas Herz. Sie wollte es nicht glauben. Sie glaubte es nicht, ihr Gehör mußte verrückt geworden sein. Es war ein Gaukelspiel der Dunkelheit und des Sonnenlichts. Sie wollte es nicht glauben, sie näherte sich, um sich zu vergewissern, auf den Zehenspitzen, im Schatten, den beiden. Das Lied der Quelle wurde klarer, es kam näher und wurde leidenschaftlich. Sie wollte es nicht glauben. Noch ein Schritt, und der Irrtum würde offenbar werden. Kann man an den eigenen Tod glauben, an etwas so Schreckliches, an eine so einfache Ungeheuerlichkeit? Sie konnte es nicht glauben. Pierrot ... Er war es und sprach mit einem jungen Mädchen, das ganz rosig und dessen Haar wie Schaum war. Die Worte konnten daran nichts ändern, und Angelika wußte, was er sagte. Jeder Ton, jedes Innehalten erweckte in ihr eine Erinnerung, die ihr das Herz zerbrechen wollte. Er sprach zu ihr von Liebe. Wie hübsch sie war ... Das war keine Hausangestellte, diese da; nein, ein richtiges Fräulein und wie jung ... Er sprach zu ihr von Liebe ... mit seiner etwas hastigen, ziemlich tiefen Stimme. Angelika sah, wie Pierres Arm sich um seine neue Liebste legte.

Sie konnte in die Stadt zurückgehen. Jetzt würde sie nichts mehr fürchten. Was konnten die Leute ihr schon tun? Im Schatten verließ sie den Turm, ohne daß die anderen sie gehört hätten. Die drückende Hitze und der helle Tag waren wieder um sie. Sie hätte am liebsten geschrien, aber sie brachte keinen Ton heraus. Sie zitterte wie im tiefsten Winter. Pierrot, Pierrot ... Was hatte sie sich nur vorgemacht? Hatte sie das denn nicht immer gewußt, daß er nicht für sie bestimmt war? Er hatte gesagt ... Aber hatte sie es denn jemals in der tiefsten Demut ihres Herzens glauben können? Es hatte so kommen müssen. Daran war nichts Schreckliches. Nichts. Das Erwartete. Das Normale. Aber jetzt empfand sie auf einmal Schmerzen in den Armen, die müde waren vom Bodenaufwischen, in den Beinen, die erschöpft waren von den Lasten, die sie getragen hatte, in den Hüften, die so viele Gefälligkeiten müde gemacht hatten. Ein leises Schluchzen stieg wie ein Gewitterregen dort oben auf dem Hügel in der Brust des Mädchens auf, das blaß geworden war wie die Furcht selbst.

Mit einer vertrauten Bewegung kniff sich Emil Barrel in die Oberlippe, was die beiden rötlichbraunen Hälften seines Schnurrbarts zusammenzog.

»Nein«, sagte er zu dem Unterpräfekten Rateau, der an seinem Chartreuse nippte, einem echten, bitte sehr, »Herr Delangle hat, unter uns, keine große Chance. Ein zweiter Wahlgang ist wahrscheinlich, und den gewinnt Barbentane. Man muß den Dingen ins Gesicht sehen.« – »Ach, wissen Sie, deshalb werde ich mich nicht weiter aufregen! Sie müssen einen großartigen Keller haben, daß sie noch diesen Chartreuse besitzen, der mich jedesmal wieder entzückt. Jedenfalls werde ich Herrn Delangle gegenüber wohlwollende Neutralität bewahren.« – »Zehn Dutzend, es war gerade vor der Ausweisung der Mönche, sie liquidierten ihr Lager.« –

»Der Minister sagte mir einfach, daß er, ohne ein Freund des Herrn Delangle zu sein, bei diesem nicht den Eindruck machen wollte, als ob die Regierung ihm aus politischen Gründen seine Chancen beschneiden wolle.« – »Ach ja, stimmt, Delangle ist ja Verwalter in dieser marokkanischen Sache, an der Steeg, Millerand und Quesnel interessiert sind ... daher der Nicham. Ich frage mich, ob es in Marokko auch so heiß ist wie bei uns. Ob Lyautey der richtige Mann ist?« – »Ich sage nicht nein. Andererseits möchte Steeg nicht die Rinaldi auf dem Hals haben.« – »Glauben Sie, daß Charles Rinaldi auf seinen Vetter Barbentane so großen Wert legt?« – »Das heißt vielmehr, daß es eine Verbindung mit Perrot gibt, der in den Basses-Alpes kandidiert.«

Mit seinen gutgeschlossenen hohen Vorhängen war das Speisezimmer der Barrel jetzt, da die Damen die Herren unter sich ließen, so ruhig, daß man keine Lust hatte, es zu verlassen. Herr Rateau rauchte Schweizer Schmuggelware. Ein origineller Geist. Barrel zog dennoch seine Londrès vor. Während er aufstand, um seinen Zigarrenabschneider vom Abstelltisch zu nehmen, seufzte er. Während der Stunde der Verdauung spürte man immerhin sein Alter.

»Wissen Sie, mein lieber Präfekt«, fügte er hinzu, »ich möchte keineswegs die Politik der Regierung stören. Obwohl meine religiösen Ansichten mir den Ruf eines alten Reaktionärs eintragen, werden Sie sicher verstanden haben, wie sehr bei mir vor allem anderen der Franzose kommt. So unvollkommen unsere Regierung auch sein möge, so hat sie doch an ihrer Spitze einen Mann, den ich achte und der der Führer ist, den ich diesem Land wünsche. Infolgedessen ist es durchaus unnötig, mit mir Umstände machen zu wollen. Wenn man in Paris glaubt, daß irgendein Interesse besteht, für Barbentane stimmen zu lassen ...«

Der Unterpräfekt stieß sehr elegante Rauchringe aus. »Ach«, sagte er, »darauf im bejahenden Sinne zu antworten, wäre von meiner Seite aus ziemlich anmaßend. Wir Beamten sind nicht in die Geheimnisse der Götter eingeweiht. Man gibt uns die Dinge in so verhüllter Form zu verstehen, daß wir beinahe allein Entschlüsse fassen müssen, ich meine, es ist eine Sache des schnellen Begreifens. Um von etwas anderem zu sprechen ... ich komme wieder auf Marokko zurück.« – »Welche Hitze! Unsere armen kleinen Soldaten tun mir leid.« – »Gewiß, aber ich habe kürzlich eine kleine Erbschaft gemacht, von meinen Vettern Rateau, Sie kannten sie ...« – »Vielleicht.« – »Nun, das macht mir Sorgen. Ich hätte Sie also gern um einen Rat gebeten.« – »Immer zu, immer zu.« – »Also. Ich zögere zwischen diesen Grundstücken in Casablanca und russischen Werten. Sie wissen, daß man eine neue Anleihe vorbereitet. Ich bin unsicher.« – »Beides sind sichere Sachen. Vom patriotischen Standpunkt aus ist es schwer, eine Wahl zu treffen. Meine alte Freundschaft zu Joseph Quesnel läßt mich nach Casablanca zu neigen. Nordafrika ist immerhin Frankreichs Zukunft ... Andererseits kennen Sie meinen Eklektizismus in Freundschaften, der Senator Perchot, einer der Pfeiler des Radikalismus, versichert mir, daß die neuen Verträge mit Rußland ...« – »Bei diesem Tempo, mein werter Herr, werden Ihre zehn Dutzend ... Ich begegnete kürzlich in Lyon dem Reverend ...« – »Meinem Vetter Louis? Ein Mann von hohem Geistesflug und dazu von Bildung. Die Dominikaner sind die Elite der Kirche.« – »Ja, wir haben einen charmanten Abend verbracht, ganz intim natürlich. Der Reverend hat äußerst subtile Ansichten über unsere Außenpolitik. In der Tat hat er mich beauftragt, Ihnen zu sagen, daß man mit den Molkereien Maggi einen Skandal erwartet und daß das vielleicht Ihre Industrie berühren könnte ...« – »Maggi? Nein, nicht direkt, außer daß diese Molkereien bestimmt mit der Schweizer Konkurrenz verbunden sind ...« – »Sind Sie sehr liiert mit Joseph Quesnel? Sie könnten mir dann vielleicht sagen, ob das Projekt, um dessentwillen er in unsere Gegend gekommen war, immer noch besteht ... Die Ersetzung der Straßenbahnen durch Autobusse ...« – »Kennen Sie die Schwierigkeiten? Die Straßenbahngesellschaft setzt sich zur Wehr. Ansonsten würde es nicht zweifelhaft sein, daß es im lokalen Interesse liegt ...« – »Die Frage wird auf der nächsten Sitzung des Generalrats erörtert werden, bei der Steuerrevision.« – »Sicher. Wenn der Rat nur dem Gesetz des Fortschritts folgt ... Es wird Ihnen nicht entgangen sein, daß Quesnel ganz und gar mit Wisner liiert ist. Sie haben schon in verschiedenen Departements Linien eingerichtet.

Das geht ganz ausgezeichnet. Ich für mein Teil bin durch Frau Barrel sogar ein bißchen mit den Quesnel verwandt ...« – »Ich frage mich, ob Delangle gegen die Straßenbahngesellschaft stimmen würde ...« – »Warum das?«

Der Unterpräfekt schwieg einen Moment lang. Dann beugte er sich zu seinem Gastgeber hinüber: »Herr Armand, der Inhaber der ›Nouvelles Galeries‹ ist persönlich ziemlich eng mit Delangle verbunden ... doch, doch, ich weiß es: übrigens ist er vom Standpunkt der Wahl aus der Eckpfeiler der Chancen Delangles in Sérianne, wenn ich Sie nicht rechne ... Nun sitzt Herr Arnaud im Aufsichtsrat der Straßenbahngesellschaft ...« – »Barbentane wird natürlich immer Anhänger von neuen Maschinen, technischen Verbesserungen sein!« – »Also, diesmal ist es wirklich der letzte. Ach, Ihre Hand zittert ja schon! Jedenfalls wird man leichter auf Sie hören, wenn Sie Ihren Vorarbeitern sagen, daß es zwischen den Geschäften der Schokoladenfabrik Barrel und der Wahl des Doktors Barbentane keinen Widerspruch gibt, als wenn Sie ihnen empfehlen würden, für Delangle zu stimmen, den sie nicht kennen!«

»Wie geht es Ihrem Kranken?«

Doktor Barbentane hatte Schmieröl an den Händen. Immer an solchen Tagen hat der Wagen Panne. Er hatte sich mitten auf dem Weg unter den Wagen legen müssen. Na schön! Er war morgens nicht gekommen, sondern hatte Edmond mit dem Besuch beauftragt.

Fräulein Rose hielt ihm das Handtuch hin. Es gab drei, die, um die Kranken weiterpflegen zu können, sich bereit erklärt hatten, die Nonnenkleider abzulegen. Was dachten sie wohl eigentlich von diesem glaubenslosen Ungeheuer Barbentane? Fräulein Rose betete während der Operation ihren Rosenkranz. Sie seufzte.

»Schlecht, sehr schlecht ...«

Der verbindliche Gesichtsausdruck des Doktors verschwand. »Was? Die Temperatur hält an? Teufel, Teufel.«

Das alte Gebäude, das dem Orden gehört hatte, war von der Stadt übernommen worden. Man hatte Wände beseitigt, um einen großen Saal zu bekommen, aber nur das Notwendigste übermalt. Im ersten Stock lagen links die Männer, rechts die Frauen. Im Erdgeschoß befanden sich das Untersuchungszimmer, der Saal für dringende Fälle und die Küchen, die im Hof durch eine Baracke verlängert wurden. Ganz oben hatte Barbentane ein kleines Laboratorium, neben dem die Nonnen schliefen. Alles das stank nach Jodoform und schlechtem Fraß. Eine Aufwartung wirbelte unter dem Vorwand, aufzufegen, Staubwolken auf, die sich auf die Kranken legten. Die Bettbezüge der vergangenen zweiwöchigen Periode versperrten, auf einen Haufen zusammengeworfen, den Verbindungsgang zwischen den Sälen.

»Ist er allein?« fragte Barbentane, während er sich die Hände abtrocknete. Fräulein Rose nickte schockiert mit ihrem schwarzen Häubchen. Die Vorschriften sind strikt. Nach ein Uhr darf es keine Besucher mehr geben ...

Barbentane zog seinen Kittel an. Der Kittel brachte ihn auf andere Gedanken, er wurde damit ein anderer Mensch und vergaß die Sorgen des Wahlkampfes. Also, wollen mal sehen ...

Der Krankensaal. Große Fliegen schwirrten über einem alten Mann, etwas weiter lächelte ein Kind kläglich dem vorbeigehenden Doktor zu. Es hatte einen Fuß im Streckverband aufgehängt.

Ein Eisenbett, von dem die Farbe abgesprungen ist, mit der Nr. 7 am Kopfende und dem Namensschild. Schlechte Fieberkurve, kein morgendlicher Rückgang. Der Mann in den gelblichen steifen Laken war ohne Bewußtsein. Seine Augen waren halb geschlossen, die Haut dunkel von Schweiß. Der vier Tage alte Bart war dunkelblau und hart. Gaze umhüllte den Schädel, kreuzte sich hinter den Ohren und legte sich um den Hals. Nach dem Trockenwerden hatte sie das erbärmliche verbrauchte Aussehen angenommen, das alte Verbände schmutzig und tranig macht. Der Kranke atmete merkwürdig. Zunächst wurden seine schlaffen Lippen kaum bewegt, dann atmete er stärker, schneller, noch schneller, um dann wieder in das erste, kaum wahrnehmbare Stadium zurückzufallen. Es war wie eine Folge von verrückten Schnelläufen. Barbentane wandte sich zu Fräulein Rose um. »Cheyne-Stokes«, murmelte er. Sie tat so, als ob sie wüßte, was er meinte.

Wozu sollte man den armen Kerl untersuchen? Unwillkürlich hatte Barbentane die Bettdecke hochgehoben. Aus dem verrutschten Hospitalhemd sahen der starke Körper und die behaarten Beine hervor.

»Man hätte ihm die Füße waschen können«, sagte der Doktor, indem er die Decke zurückfallen ließ. Armer Kerl, er kämpfte schwer in seiner Finsternis, um sein Hundeleben weiterführen zu können! Die geballten riesigen Fäuste kamen dem Arzt lächerlich vor. Er zuckte die Achseln: »Wenn seine Familie ihn sehen will, soll man sie zu jeder Zeit eintreten lassen.« – »Aha«, sagte Fräulein Rose, »so steht es also ...«

Barbentane sah noch einmal auf das Schild; er faltete die Fieberkurve auseinander. Ohne Prophet spielen zu wollen ... Unten stand in sorgfältiger Schönschrift, zweifellos Fräulein Clementine, Name, Vorname, Alter, Beruf und Adresse des Zugangs. »Erdarbeiter« stellte der Doktor fest. Das erklärte die übertriebene Entwicklung der Muskeln des rechten Beines, das den Spaten einsticht. Niemals würde man herauskriegen, wer den Hieb mit dem Totschläger geführt hatte. Die Schlägerei war unübersichtlich gewesen. Was hätte das auch geändert. Bei den Frauen gab es nichts Neues. Die Alte, Nr. 15, lag im Sterben. Na schön, was wollen Sie, in ihrem Alter!

Während er in seinem rüttelnden Wisner auf der Straße nach Villeneuve davonfuhr, dachte der Bürgermeister wieder an den Sterbenden. Er kann jeden Moment tot sein. Der Vater beglückwünschte sich, daß die Schlußprüfung seinen Jüngsten von Sérianne weggehalten hatte. Wenn man sich vorstellte, daß er an diesem Mord teilgenommen haben könnte! Nationalistischer Wahnsinn! Und natürlich hatten die Pfaffen ihre Hand im Spiel.

Jedenfalls war der Erdarbeiter Joly ein toter Mann. Es war nur Barbentanes Pflicht, sich die Folgen dieses Todesfalls vorzustellen. Man mußte voraussehen können und versuchen, zu lebhafte Reaktionen zu vermeiden. Wenn der Tod am Abend eintrat, konnten die letzten Wahlversammlungen blutig werden. Vom Standpunkt der Wahl aus konnte das eine Linksschwenkung geben ... das heißt eine Rechtsschwenkung, sagte er sich aus seinem Bootsfahrerinstinkt heraus. Blöd, wie man sich daran gewöhnt, falsch zu sprechen. Delangle würde vor allem dabei verlieren. Vinet ... Natürlich würde Vinet versuchen, die Sache zu seinen Gunsten auszubeuten, und Armand konnte für seine Demagogie nützlich sein. Dieser kleine Dummkopf!

Der Doktor überlegte. Um der Ruhe von Sérianne willen wäre es besser, wenn die Nachricht nicht vor morgen abend bekannt würde. Das Krankenhaus war nicht weit. Er kehrte um. »Rufen Sie Fräulein Rose zu mir«, rief er von seinem Sitz aus dem Dienstmädchen zu, das die schmutzige Wäsche wegschleppte. Und als sie da war: »Fräulein Rose, Gegenbefehl! Niemand kommt zu dem Kranken, es würde ihn nur ermüden. Legen Sie ihn in die kleine Kammer, das ist besser für ihn als dort im Saal. Und was noch? Ach ja, falls ein Unglück eintritt, bitte ich Sie: Absolute Diskretion bis morgen abend! Geben Sie mir dann Nachricht, in geschlossenem Umschlag.«

Die Räder des Wagens drehten sich beim Anfahren einen Moment lang leer im dicken Staub.

Es war drei Uhr nachmittags vorbei, als Angelika zum Marktplatz kam, um ihre Sachen abzuholen. Sie kannte Mestrances Gesundheitszustand durch Marie Reboul. Als sie den Laden betrat, stieß Pauline einen lauten Schrei aus, als ob sie den Teufel gesehen hätte, und rannte, immer zwei Stufen auf einmal nehmend, in den ersten Stock hinauf, wo man einen großen Lärm hörte, bis Respellière herunterkam.

Angelika hatte die Achseln gezuckt. Sie sah sich jetzt in dem großen Spiegel, die Spuren der Schläge in ihrem Gesicht, ihr zerrissenes und mit einer Sicherheitsnadel zusammengehaltenes Mieder. Sie sah gewiß nicht gut aus. Sie ging in den hinteren Teil des Ladens geradewegs auf den Schrank zu. Im Halbdunkel ächzte eine Stimme.

Der Alte! Sie hatte ihn ganz vergessen. Er rief nach ihr mit der armseligen Stimme des Gelähmten, der in vier Jahren eigentlich nur gelernt hatte, ihren Namen auszusprechen. Seine Stimme kam ganz tief aus dem Bauch. Er hatte Angst gehabt, daß sie endgültig verschwunden sei, wie einst eine andere, derer er sich unklar erinnerte, wie seine Frau, die mit einem Jahrmarktsringer davongelaufen war.

Sie ließ ihre halb aus dem Schrank gezogenen Sachen liegen

und näherte sich ihm. Während sie den Alten zurechtmachte, tönten die Schritte Respellières auf der Treppe. Über die Schultern des früheren Kolonialsoldaten weg ertönte oben von der Wendeltreppe Gebrüll: »Miststück, rühre meinen Vater nicht an!« Frau Mestrance entdeckte plötzlich einen ganzen Reichtum an Kindesliebe in sich. Respellière brachte sie zum Schweigen: »Bleiben Sie nur oben, Frau Pauline, ich werde mich mit der Kreatur befassen ...«

Auf seinem Stuhl festgenagelt, betrachtete der Alte verständnislos die Szene zwischen dem Mädchen und dem Steuereinnehmer. Er knurrte leise wie ein Hund vor einem Fremden. Während sie ihr Paket machte und in einem großen Tuch ihre armselige Habe zusammenschnürte, betrachtete Respellière sie, betrachtete er diesen weißen gewölbten Nakken und den Schulteransatz. Unter dem schwarzen, straffgezogenen Haar sah man den Ansatz des Halses unter den Ohren. Sie waren fleischig und weich und sahen wie zwei parallele Linien aus, wie die lange Scheitelspur eines Kamms. Respellière nahm die Pfeife aus der Tasche und klopfte sie auf dem Treppengeländer aus. Nicht schlecht, diese Junge. Er, dessen Teint auf so häßliche Weise verdorben war, war sehr empfindsam für solche Frische.

Als sie aufstand, war es natürlicherweise er, an den sie sich wandte, um das ihr Zukommende zu fordern. Man schuldete ihr zwei Wochen und außerdem noch acht Tage zusätzlich. Respellière hatte daran nicht gedacht; das Mädel war im Recht. Er sagte ihr, sie solle warten, und stieg wieder hinauf. Während sie oben diskutierten und man die hysterische Stimme der Hausfrau hörte, kehrte sie zu dem Gelähmten zurück. »Armer Papa«, sagte sie, »wer wird dich jetzt pflegen? Dabei bist du ein guter Alter. Du kneifst nicht und schlägst nicht ...«

Pauline machte währenddessen im Speisezimmer eine Szene großen Stils. Als Respellière ihr die Forderungen Angelikas mitgeteilt hatte, fiel sie aus allen Wolken. Geld wollte sie, diese Männerdiebin, Geld! In ihrer Empörung war sie, während sie sich um sich selber drehte und vor Entrüstung mit den Armen um sich schlug, gegen die Hängelampe gestoßen, die mit all ihren kupfernen Komplikationen und samt der über der Glühbirne noch für den Fall von Elektrizitätsschäden angebrachten Petroleumlampe ins Schwanken kam. Das hatte die Explosion um eine Kleinigkeit verzögert, denn Pauline und Respellière hatten sich mit erhobenen Händen nach vorn gestürzt, um die gefährlichen Oszillationen zu beruhigen, indem sie gleichzeitig die Köpfe zurückbogen, aus Angst, das Ganze auf die Nase zu kriegen. Dennoch hatte Pauline sich nicht genügend vorgesehen, und ihr Haargebäude hatte sich in einer Verzierung verfangen. Respellière half ihr, wieder loszukommen. Komisch eigentlich, diese Mode mit den falschen Haaren heutzutage.

Nun hatte das Geschrei also angefangen. Das Gesicht von Tränen überflutet, die auf dem Fett des Doppelkinns entlangflossen, mit dunklem, verdächtig gerötetem Gesicht, schluckte Pauline vor Wut, und ihre Brüste bewegten sich im Takt zu ihrem Schlucken. Von der Hängelampe ganz in Unordnung gebracht, dazu noch eine aus dem Chignon gerissene Locke in der Linken haltend, wurde sie von krampfhaften Zuckungen geschüttelt, die sie Respellière in die Arme warfen. Dieser hielt sie peinlich berührt fest, während er noch mit den Augen die Hängelampe überwachte. Pauline zitterte und brüllte: »Geld, sie will Geld haben!«

Respellière schielte nach dem Büfett, wo eine Wasserkaraffe und Gläser standen. Er erklärte der Dame mit gemessenen Worten, indem er sie zugleich an den Hüften festhielt, daß die Forderungen der Hausangestellten keineswegs anormal oder, besser, daß sie begreiflich seien. Nun, nun, beruhigen Sie sich nur. Man schuldet das dem Mädel, es ist am besten, so mit ihr Schluß zu machen. Frau Mestrance trug ein sehr hohes Korsett, das ihr die Brüste nach oben drückte. Nicht sehr fest, dachte Respellière.

»Und die acht Tage! Sie will ihre acht Tage haben! Niemals, niemals!«

Sie war sowieso schon schwer, und sie wurde nicht leichter, wenn sie um sich stieß. Im Nebenzimmer wurde Mestrance, dem es besser ging, unruhig. »Pauline!« rief er. Und das brachte seine Frau auf den Höhepunkt der Aufregung. Der Gedanke daran, daß Eugen gelähmt war, entlockte ihr nervöse Seufzer, die in ihrer Nasenhöhle wie ein verrücktes

Lachen pfiffen. Sie schlug derart um sich, daß es selbst für einen soliden Burschen schwer wurde, sie zu halten. Der schwarze Schnurrbart Respellières sträubte sich vor Erstaunen und Anstrengung. So rangen sie, bis sie müde war. Schließlich sank sie zusammen und weinte, an seine Schulter gelehnt. Er blickte abwechselnd von der Kammerschwelle auf die Treppentür. Er sprach ihr zu wie einem kleinen Kind. Mit einer Sanftheit, die man bei diesem brutalen Kerl niemals erwartet hätte, überredete er sie freundlich, das bißchen Geld zu opfern, um Schluß zu machen mit der Sache. Ohne daran zu denken, streichelte er ihr Haar, etwa so, wie man eine Stute streichelt, und sie preßte sich immer enger an ihn.

In diesem Moment flog die Hintertür auf, und Gaston trat außer Atem ein, um ein Stück Schnur für den singenden Kreisel des Tischlersohnes zu suchen. Er überraschte die Szene und blieb verblüfft stehen. Das liebe Kind konnte nur an Böses denken, und so kam es, daß er aus Herzensgrund ausrief: »Ach, verflucht noch mal ...« Woraufhin er eine mütterliche Ohrfeige erhielt.

Das machte der ganzen Aufregung ein Ende. Aber Frau Mestrance blieb in einem Punkt unerschütterlich. Sie wollte von den acht Tagen nicht länger reden hören und führte die Autorität des Bürgermeisters an. Respellière stieg also hinunter, zählte Angelika das Geld vor und besprach die Angelegenheit mit ihr. Von oben her belauerte Pauline die Konversation. Sie bereute schon, daß sie überhaupt Geld gegeben hatte. Dieses Mädchen schämte sich aber auch gar nicht, sie forderte mehr und immer mehr und wagte von dem zu sprechen, was ihr zukäme! Respellières ärgerliche Stimme wurde lauter. Die Moral kam wieder zu ihrem Recht. Eine Stille trat ein, dann vernahm man langsame Schritte. Aus dem Nachbarhaus kam das Geräusch einer Säge. Die Türglocke im Laden schlug an. Pauline sah durch das Fenster, wie ihre Feindin sich mit ihrem Bündel entfernte.

Der Alte unten mußte verstanden haben, denn an seinen alten faltigen Lidern hingen dicke Tränen. Mit fünfundsiebzig Jahren erlebte er den ganzen Schrecken der Verlassenheit, einer unglücklichen Liebe. Und dazu hatte er Hunger; seine Tochter hatte bei all ihren Sorgen seit dem Vortag vergessen, ihm etwas zu essen zu geben.

Jetzt ging es wirklich um den Sozialismus! Man mußte wirklich wissen, was man von Doktor Barbentane halten sollte. Schuft oder nicht. Er gehörte nun einmal dieser chaotischen Welt an, in der Armand sich von nun an zurechtfinden mußte, einer Gesamtheit von neuen Problemen, die allem einen neuen Sinn verlieh, bis zum unwesentlichsten Reflex eines Lichtes, bis zum Ton einer Stimme, einer Geste, einem Lachen.

In der Unordnung des Salons des Hauses Coquelombe wunderte sich Therese über die Schweigsamkeit ihres jungen Liebhabers. Sie konnte es nur mit Worten tun, die eine katastrophale Wirkung haben mußten, denn Armand mußte den Abstand zwischen Worten und Liebesdingen noch richtig begreifen lernen. »Jetzt bist du traurig«, sagte sie und war beinahe sicher, daß sie ihn in Erstaunen setzen würde, weil sie seinen Zustand erraten hatte. Aber er war gerade durchaus nicht traurig, sondern einfach ein bißchen stumpf, und das ist ein Unterschied.

Sie hatte sehr hübsche kleine, auseinanderstehende Brüste, die von einer ausgeprägten Einsattelung getrennt waren. Aber sie war von einer, selbst für einen Anfänger, erschütternden Vulgarität. Bei Lamberdesc nahm sie sich mehr in acht, weil sie vor ihm Angst hatte. Aber dieser Kleine! Es war ja bei ihm immerhin nur das erste Mal ... Was Suzanne de Loménie ihr gesagt hatte, hatte sie ein wenig irregeführt. Er sah aus wie ein schwarzes hochgeschossenes Lämmchen mit einem kleinen, hübschen, unregelmäßigen Schnäuzchen und aufgeworfener Nase.

Armand hätte gern lange über das nachgedacht, was ihm widerfahren war. Im Gegensatz zu Therese, zu dem, was seine Kameraden ihm erzählt hatten, verspürte er ganz und gar nicht den Wunsch zu sagen: Und das ist alles ...? Er war entzückt, aber Therese stellte kaum mehr als ein Teil seines Entzückens dar. Dennoch fand er ihr wirres Haar sehr hübsch. Er vergaß darüber ihre Worte: »Mein Lockiges ...«, flüsterte er. Sie hatte den Kimono geschlossen.

»Also, ich gefall dir?« sagte sie, seiner Antwort sicher. »Nein, aber seht mir doch diese müden Augen! Wegen so einem bißchen! Du Spatz. Komm, du mußt noch ein Glas Madera trinken …«

Er trank, indem er sie über das Glas weg ansah. Er hatte dieser Frau gefallen. Er würde noch anderen gefallen. Er würde mit allen das gleiche machen. Immerzu. Solange er konnte. Er lachte heimlich.

»Na schön, du kannst dich wenigstens rühmen, nicht gerade redselig zu sein … Das ist alles, was du mir sagst? Du hast nicht einmal von meinen Beinen gesprochen.«

Sie stand mitten im Zimmer und hob all dieses Blau und die Vögel und Blumen bis über ihre Knie empor. Armand sah mit dummem Ausdruck auf ihre Beine. Na ja, es waren Beine … Sehr hübsche, da war nichts dagegen zu sagen, was hätte er schon sagen sollen? Armand war nicht gewohnt, mit Frauen über ihre Beine zu reden. Er kam sich naiver vor als noch vor einigen Minuten.

»Aber du bist ja anspruchsvoll, mein Kleiner, wenn diese Beine dir nicht gefallen. Beine, die ganz Saigon in Aufregung gebracht haben. Berühmte Beine, du weißt gar nicht, was du für ein Glück hast. Los, sag ihnen etwas, diesen Beinen, bevor man sie zudeckt …«

In Wirklichkeit gefielen ihm ihre Beine. Er streichelte sie lange und fragte dann, während er seinen jungen, ermüdeten Blick zu Therese aufhob: »Hast du nur ein Paar davon?« Sie zog ihn an den Haaren.

»Halten Sie sich ruhig, Herr Armand. Sie werden jetzt, bitte, wieder den Ton und die korrekte Haltung eines jungen Mannes einnehmen, der auf Besuch ist. Beinahe hätten Sie Ihren Wein auf den Boden gegossen. Morgen sehen wir uns beim Fest. Bis dahin versuchen Sie, sich auszuruhen. Sie sehen aus wie jemand aus dem Jenseits. Liebst du mich?«

Als ob Armand in der Hinsicht nicht hätte lügen können! Er erwiderte: »Aber ja …«, so zögernd, daß Therese in Lachen ausbrach. »Kind«, sagte sie, »du mußt lernen, die Frauen zum besten zu halten, oder aus dir wird nichts Richtiges werden!«

Er hatte solche Lust abzuhauen, daß er mit einem Schluck

den Rest des Madera hinuntertrank. Sein Blick blieb mit einem Gefühl von Triumph und Unruhe auf dem Bildnis Respellières haften. Therese täuschte sich über seinen Ausdruck.

In diesem Moment zeigte sie, ohne es zu wollen, etwas von dem Abgrund, der sich hinter ihrer natürlichen Vulgarität verbarg. Sie kniff gemein die Augen zusammen, und indem sie vor Armand mit einer Schulterbewegung zurückwich, während ihr Blick unter den Lidern gemein zu ihm hinglitt, stieß sie ihn plötzlich mit einem Schlag auf das Knie leicht zurück. »Kleiner dreckiger Antimilitarist ...«, murmelte sie.

Das brachte dem jungen Mann zur rechten Zeit die Existenz eines gewissen Lamberdesc zum Bewußtsein.

XXV

Welch ein Sonntag? Der Sommer hatte sich selbst übertroffen. Die Leute, von der Hitze überwältigt, schliefen fast den ganzen Tag hindurch trotz der Wahlpflicht, die sie zu erfüllen hatten. Der weiße pulvrige Staub dörrte einem die Kehle aus. Schwer und duftend näherte sich der Abend. Die Grillen zirpten so laut in den Feldern, daß man sie in der Stadt vernahm. Als die Sonne unterging, öffneten sich die Fenster. Man sah, wie sich in den Häusern die jungen Burschen zum Fest rasierten. Im Rathaus, wohin die Männer strömten, um die letzten Nachrichten zu erfahren, rannten die Angestellten schwitzend umher. Der Stellvertretende Bürgermeister erschien an der Tür und verlas das Wahlresultat aus einem der Dörfer. Drinnen klingelte das Telefon. Delangle schlug Barbentane ganz knapp in Villeneuve. Überall sonst lag Barbentane an der Spitze. In Sérianne bekam der Sozialist mehr Stimmen, als man angenommen hatte. Im Café des Arts freute man sich. Respellière hatte den Rock ausgezogen und legte eine Serie hin. Die Billardkugeln schienen voneinander angezogen zu werden. Frau Barbentane hatte den Nachmittag in der Kirche im Gebet verbracht. Um was bat sie wohl Gott? Um den Erfolg des Ungläubigen oder seine Niederlage?

In den kleinen Cafés in der Nähe der Fabrik wurde wacker

getrunken. Musikautomaten spielten. Am Brunnen unterhielten sich Frauen, Trauben von kleinen Kindern an ihren Röcken. Der Geruch von Armeleuteessen drang aus den Häusern, in denen die Kleinsten kläglich jammerten. Am Sonntag muß man genau wie an anderen Tagen das Essen vorbereiten. In den Gassen begannen sich junge Burschen zu zeigen. Sie riefen hinter den Mädchen her, die in Gruppen spazierengingen.

Neben dem Bahnhof fragten Eisenbahnarbeiter, die von der Arbeit kamen, nach den letzten Meldungen. Barbentane lag vorn ... Es würde einen zweiten Wahlgang geben.

Barbentane war gewählt! Gegen halb acht Uhr war diese Nachricht offiziell. Der Sieger erschien an einem Fenster des Rathauses und hielt eine Rede. Es waren nicht viel Leute da, um ihn anzuhören, aber immerhin. Die Leute auf dem Platz riefen »Hoch Barbentane« und sangen die Marseillaise. Im Café des Arts unterbrach man die Billardpartie, als der magere Migeon schwitzend, außer Atem, mit dem Finger hinter dem steifen Kragen, brüllend das Resultat verkündete, als ob es sein letzter Sieg beim Boulespiel sei. »Der da, oder ein anderer!« grinste in Villeneuve Hubert de Loménie, der, um seine Gleichgültigkeit zu zeigen, sich nicht weit von der Landstraße, gut sichtbar, in seinem Garten niedergelassen hatte und nach einer Postkarte, die mit einem Reißnagel oberhalb der Leinwand an die Staffelei gesteckt war, ein Wasserhuhn auf einem Teich malte. »Gehen Sie heute abend nach Sérianne?« rief ihm jemand von der Straße her zu. »Es gibt eine Schießbude!« Schon begannen die Jungen sich auf den Weg nach der Kreisstadt zu machen. Karren rollten vorbei. Überall wurde gesungen.

Lamberdesc fand Therese merkwürdig, aber leidenschaftlicher als gewöhnlich. Er sah gut aus und sollte mit Delangle bei den Barrel essen. Das Ergebnis kannte er noch nicht. Er rückte seine Krawatte im Hause Coquelombe zurecht. »Hast du ein bißchen Puder für meine Augen?« Therese sagte plötzlich zu ihm: »Die Männer haben es wirklich nötig, ausgelassen zu sein.« Er drehte sich um. Was wollte sie eigentlich damit sagen? Ach was, wenn man erst mit Fragen beginnt ...

Einer, der zufrieden war, war Vinet. Alles in allem hatte er viel mehr Stimmen erhalten, als zu erwarten gewesen; niemals hatte er ernsthaft geglaubt, gewählt zu werden. Diese Wahlen waren vor allem eine Niederlage für Delangle, und Barbentanes Mehrheit war schwach. Der sozialistische Kandidat war zufrieden, vor allem, weil diese lange Quälerei beendet war, und dabei hatte er gar nicht einmal schlecht abgeschnitten, das Komitee konnte nichts gegen ihn sagen. Diesmal würde man ihn in Marseille nicht ausschimpfen. Er hatte bereits den kleinen Artikel für unten ausgeknobelt, auch ein Telegramm an die »Humanité«. Das Plakat mit seinem Dank an die Wähler war schon früher vorbereitet worden; er hatte nur noch die Anzahl der Stimmen einzusetzen. Ein Abend lag vor ihm, an dem er lustig, ausgelassen sein konnte. Da heute Jahrmarkt war, würde er sich einen kleinen Spaß erlauben. Einige Genossen waren bei ihm in seinem Zimmer, während er sich zurechtmachte; junge Leute, große sympathische Burschen, Burschen seiner Art, dachte er; man würde zusammen ausgehen. Das erinnerte ihn an das Dorf, in das der Vater sich zurückgezogen hatte. Vinet hatte eine kleine Bekannte eingeladen, die für ihn im Parteihaus arbeitete, die Tochter des Maurermeisters Pignerol. Man wollte sie zuerst einmal abholen. Durch das Fenster kam die dudelnde Musik des Karussells, das niemals die genaue Zeit abwarten konnte, als ob es die Schweinchen, die Kühe und Schwäne kitzeln würde, in Bewegung zu kommen.

In der Oberstadt rief man von einem zum anderen Haus hinüber. Es roch nach Knoblauch. Lautes Gelächter war bei den Estève zu hören, die an diesem Abend ein Verlobungsessen gaben für ihre Tochter und einen jungen Mann vom Lande. Bei den Reboul gab es Streit. Lautes Schreien war inmitten der allgemeinen Lustigkeit zu hören. Arme Marie! Frau Migeon war ungeduldig, weil ihr Mann zu spät kam. Schon wieder dieses Café! Der Wegebaumeister machte sie heute nervös, sie, die gewöhnlich entzückt davon war, daß Migeon mit seiner Boulepartie ihnen regelmäßig genügend Zeit zum Ehebruch ließ. Der Abend brach sanft herein. Im blauen Himmel war sogar ein kleiner lächerlicher Wolkenfetzen erschienen, ganz rosig vom Sonnenuntergang und wie aus

Spitzen. »Wie ein Frauenhöschen«, sagte Armand halblaut, als seine Mutter nach der Rückkehr aus der Kirche auf das Wölkchen wies. Edmond glaubte falsch gehört zu haben. Man wartete auf den Vater, den seine Wähler in Anspruch nahmen.

Als die Frau am Ende dieses Sonnentages, an dem alle nach einer Erschlaffung wieder zu sich kamen, aus dem Krankenhaus trat, fuhren schon die ersten Wagen vorbei, die zum Fest wollten. Der Staub war weiß und so dick, daß der Fuß darin versank wie in Schlamm. Das Krankenhaus mit seiner abgestoßenen Fassade und seinen schmutzigen Scheiben hatte das gleichgültige Aussehen eines Greises. Die Frau wiederholte lautlos unaufhörlich: Er darf nicht sterben ... Sollte sie nach rechts oder links gehen? Sie hatte ihre Kinder ganz vergessen. Plötzlich kam ihr das, wie sie sagte, zum Bewußtsein: Er darf nicht sterben ... und das gab ihr einen furchtbaren Schlag, der ihr ganzes Wesen erschütterte. Sie fühlte etwas wie einen bitteren Wind, eine Flut in sich, die Tränen. Mein Justin, mein Justin ...

Jetzt flossen die Tränen von allein, sie verschleierten ihren Blick, und von einem vorbeifahrenden Karren rief jemand der Frau zu, beiseite zu treten. Sie gehorchte ohne Widerspruch. Die Leute auf dem Karren sangen.

Wie ist es nur möglich? Was war geschehen? Ein Tag wie alle anderen. Sie hatten zusammen gegessen, er war weggegangen und hatte sich dabei beeilt wegen dieser verfluchten Versammlung. Aber, nicht wahr, die Leute sind nicht so schlecht, und dann war er so stark ... Daß man sich prügelt, ist immer möglich, aber ... Das Wort tot stieg aus dem Grund ihres Herzens in ihrer Brust hoch. Tot, tot, getötet ... Das ist es; getötet. Warum? Leute ... Welche Leute? Wer konnte Justin töten wollen? Wollen, es war ohne Willen geschehen ... man hatte gewollt ... man müßte wissen wer, man hatte ihr manches erzählt, diese jungen Leute aus Sérianne, sie hatte sie manchmal vorbeimarschieren sehen ...

Die Wagen fuhren vorbei. Jemand neben ihr sprach. Der Krankenpfleger, den sie jeden Tag ausfragte. Sie verstand ihn nicht; er wiederholte, daß es schon vierundzwanzig Stunden her sei … Was? Der Mann zog sie ein wenig beiseite. Er war verlegen und wollte nicht, daß man ihn vom Krankenhaus her sah.

Nun, es war doch ganz klar. Am Vortag, als sie gekommen war, war er schon tot gewesen. Man hatte ihn in die kleine Kammer gelegt, um es zu verbergen … Man hatte gestern, heute früh noch, gelogen … Man hatte sie bewußt in Unwissenheit gelassen … Und während dieser Zeit lag Justin allein und wurde langsam kalt, vom Schwirren der Fliegen, der entsetzlichen Fliegen, umgeben … Der Krankenpfleger fügte noch einige Worte hinzu, die sie nicht sehr gut verstand, in bezug auf die Sozialisten … Sie lief hastig nach Hause zurück. Eine Nachbarin paßte auf die Kleinen auf. Als sie ins Zimmer trat, sagte sie: »Tot.« Die Nachbarin brach in Tränen aus und begann zu schreien. Jetzt begannen Leute zu kommen, und alle Frauen weinten und schluchzten so laut, daß es weh tat und alle zugleich erleichterte. Sie standen um die Witwe herum, denn jemand hatte gesagt: »Jetzt ist sie Witwe …« Sie weinten. Sie nahmen die Kinder in ihre Arme. Die Männer traten näher.

Dann erzählte die Witwe, auf dem Stuhl sitzend, auf den er jeden Abend seine Sachen gelegt hatte, den Tod Justins. Wann war die Versammlung gewesen, Dienstag oder Montag …? Sonnabend hatte er sie noch angesehen. Und dann am Abend hatte man ihn in eine kleine Kammer gelegt. Was hatte ihr der Krankenpfleger gesagt? Plötzlich begriff sie die ganze Geschichte, das Ungeheuerliche der ganzen Geschichte. Und warum hatte der Krankenpfleger von den Sozialisten gesprochen? Wo sind sie? Wo kann man die Sozialisten finden?

Männer standen jetzt um sie herum und stellten Fragen. Draußen spielten Kinder, lachten und schrien mit hellen Stimmen. Der Abend brach herein, Leute gingen spazieren. Man hörte Musik. Das Fest. Die Geschichte Justins trat aus der kleinen engen Kammer heraus, in der die beiden Betten den ganzen Platz wegnahmen. Die Geschichte war schon auf der Straße. Leute trugen sie mitten in die Fröhlichkeit der anderen, zu den Liebespaaren und Tänzern. Andere wieder besprachen die Sache im Hintergrund eines Cafés. Man ging die erfahreneren Kameraden suchen. Die Gewerkschaft hob den Kopf. Die Geschichte nahm Gestalt an und verbreitete sich über die Vorstadt.

Man entsann sich, daß der Sohn des Bürgermeisters der Gruppe »Pro Patria« angehörte, die den Erdarbeiter während der Wahlversammlung niedergeschlagen hatte. Des Bürgermeisters, der gerade in den Generalrat gewählt worden war. Er war es, der diesen Todesfall verheimlicht hatte. Man mußte von ihm Erklärungen fordern, zu ihm hingehen. Wo steckte nur der verdammte Vinet? Die Genossen der Ortsgruppe waren ihn suchen gegangen. Der Bürgermeister war bestimmt in Sérianne beim Fest, um seinen Triumph zu feiern. Vor dem Hause des Toten sammelte sich langsam eine Menge. Wut beherrschte die Straße.

Suzanne de Loménie wollte gehen. Sie hatte ihr blaues Kleid angelegt. Am Handgelenk trug sie eine Silberkette mit einer Medaille des heiligen Georg. Im Spiegel ihres Zimmers auf dem lackierten Trianon-Frisiertisch betrachtete sie vergnügt ihren großen schwarzen Strohhut, der nicht so übertrieben wie in den Modeblättern, aber immerhin phantastisch wie ein Lophophore war. Vielleicht waren die Farben des Lophophoren ein wenig zu stark für das Blau des Kleides, aber die Beleuchtung glich das aus. Suzanne wollte schön sein, und dieser Wunsch war gerechtfertigt. Und dann war sie ganz aufgeregt von einer Menge von Dingen: Da war die Sache Mestrance, Armand, die Wahlen und vor allem die halben Geständnisse von Jacqueline Barrel. Um wen handelte es sich? Lamberdesc aß an diesem Abend bei dem Schokoladenfabrikanten. Sollte das junge Mädchen die Steuereinnehmersfrau benachrichtigen? Es war ausgemacht, daß sie sich mit den Barrel zum Nachtisch bei ihnen treffen würde. Man wollte das Fest besuchen. Sie war entschlossen, sich an Lamberdesc zu halten. Er war amüsant, der junge Arzt, und sehr pariserisch. Und dieser Delangle, der ein Freund von Ministern war, war geschlagen worden; schade: er war so aufmerksam zu ihr gewesen, als sie am vorigen Abend in »Les Mirettes« gegessen hatten.

Im Vorbeigehen, im Garten, wo riesige dunkle Schmetterlinge über der Kapuzinerkresse hin und her flogen, gab sie ihrer Mutter und Tante Eva einen Kuß. Herr de Loménie war schon im Café Blanc. Im sinkenden Tageslicht streckten die Feigenbäume in der Allee ihre Riesenhände mit den auseinanderstehenden Fingern aus. Auf der Landstraße vernahm sie den scheppernden Lärm der Straßenbahn; sie begann zu laufen. Sie sah einen blauen Blitz und die fahlen Lichter, die nach rechts hin glitten: die Bahn fuhr nach der anderen Richtung. Sie beruhigte sich. Sie kam an das Gitter, als der Motorwagen schaukelnd weiterfuhr. Wer war denn da an der nichtständigen Haltestelle ausgestiegen, die eigentlich nur für »Les Mirettes« bestimmt war? Der Pächter? Sie beugte den Kopf vor, um besser zu sehen.

Auf der Landstraße stand ein Soldat. Ein großer Kerl, der die Mütze nach hinten geschoben hatte. In der Hand hielt er einen Sack. Sicher ein Urlauber. Er kam auf sie zu. Sie setzte ihre gezierte Miene auf. »Suzanne!« Der Schrecken nagelte sie fest, wo sie gerade stand. Es war François, ihr Bruder, der Legionär. Ein starker, gebräunter, wunderbarer François. Er hatte immer noch als einziger von der Familie seine hübsche schmale Nase. Einfacher Soldat, bemerkte sie. Er küßte sie. Er roch nach Schweiß und Leder. »Vorsicht, mein Kleid«, seufzte sie. »François, was machst du hier ...« – »Ich komm zurück, ich hab die Nase voll von der Legion und der ganzen Schweinerei, ich habe drei Jahre gedient, weißt du ...« – »Hat es dir nicht gefallen?« – »Gefallen, von wegen gefallen! Alles in Ordnung zu Hause?«

»Ja, ja ...« Suzanne antwortete ziemlich bewegt und interessiert an allem, was da mit ihm aus Marokko gekommen war, auf seine Fragen; aber was sollte sie jetzt machen, das Fest begann, und sie konnte doch François am ersten Abend nicht ... »Weißt du, heute ist ein Fest in Sérianne ...« – »Ach, du wolltest gerade gehen, Schwesterchen? Mach dir nur keine Ungelegenheiten, weil ich gerade komme ...« Er lachte. Die Schwächlichkeit, die er früher im Gesicht gehabt hatte, war jetzt, wo seine Züge etwas voller geworden waren, zu einer Art schwerer Fleischigkeit geworden. Am Kinn hatte er eine Narbe, die man nicht gleich sah. »Das? Das ist ein Säbelhieb, nicht weiter wichtig.« Sie stieß kleine Schreie aus. »Ein Säbelhieb? Hat es geblutet?« – »Na klar, es hatte schon einiges in sich!« Sie hatte eine Idee. »Du sagst ihnen später guten Tag, komm mit mir zum Fest!« Er zögerte, die Liebe zur Familie, ohne besonders stark zu sein ... Und dann hatte er vor allem noch das Gepäck. Sie sprach schnell und hatte bereits den Sack an sich genommen. Man könnte ihn dort hinter dem Pfeiler rechts auf dem Grundstück stehenlassen ... keine Gefahr, niemand würde ahnen können ... Wenn die Familie dich sehen würde, würden sie dich nicht mehr weglassen, und Papa ist im Café ... »Ach«, sagte François, »ich hätte gern einen mit ihm getrunken, ich hab Durst ...« Ach, diese Männer, immer die gleichen! »Wirst du bei der Weinernte dasein?« – »Klar, ich bin zur rechten Zeit zurückgekommen!«

Sie nahmen also die Straßenbahn nach Sérianne. Sie stiegen in den Anhänger, wo es noch zwei Stehplätze gab, denn die Bahn war überfüllt mit Leuten, die zum Fest fuhren. Vom andern Ende grüßte jemand Suzanne. Sie kicherte. »Hast du gesehen? Sie möchten wissen, mit wem ich bin. Man erkennt dich nicht.« – »Wer ist es?« – »Die Bèsanges.« – »Welche?« – »Die von Oliveraie.« – »Aha!« Man fuhr mitten zwischen den Hütten der Italiener durch. François' Gesicht sah hart und finster aus. Er dachte offensichtlich an dieses Mädel. In der Dunkelheit zupfte jemand an einer Mandoline, und helle Stimmen sangen etwas in der Sprache, die man da unten spricht. Seit drei Jahren hatte sich hier kaum etwas geändert, obwohl an der Landstraße sich die Reklameschilder vermehrt hatten und auch die großen Reklamen an den Seitenwänden der Häuser. »Bibendum« auf dunkelblauem Grund zeigte an, daß man die Vorstadt erreicht hatte.

Das Fest erstreckte sich über den Großen Platz und den Marktplatz. Allmählich versammelten sich die Menschen dort und in den anliegenden Straßen, Bürger der Stadt, Bauern, Arbeiter, kleine Händler. Die ganze Umgegend kam an auf Kremsern, Karren und Fahrrädern. Man kam zu Fuß aus der Vorstadt. Es gab ein lautes, noch etwas unfreies Stimmengewirr, und die Stimmen klangen zu hell, weil es noch nicht dunkel war. Junge kräftige Leute ließen bereits ihren Bizeps vor dem Café des Arts bestaunen, wo ein Türkenkopf stand, auf den man mit einem Hammer schlug, um einen Kraftmesser in die Höhe schnellen zu lassen. An den Fenstern der Wohnwagen standen die Jahrmarktsleute und erwarteten ihre Stunde. Manche hatten noch mit der Herrichtung ihrer Buden zu tun. Es gab eine Schießbude, zwei Lotterien, das Karussell, Schaukeln, ein Theater mit Spiegeln und Frauen in Flitter, die man wahrnahm, wenn der granatfarbene Samtvorhang im Hintergrund der Estrade sich einen Moment lang öffnete. Auf dem Marktplatz konnte man mit Pfeilen werfen und dabei Nougat gewinnen. Alles das erstrahlte allmählich im Lichterglanz. Die Platanen hatten ein ganz anderes Aussehen angenommen. Die Schaukeln begannen zu schwingen, ein dicker Mann mit einer Schnapsstimme rief nach Kunden, indem er in seine riesigen Hände klatschte: »Na, die Jugend? Wie steht's mit einer Schaukelpartie für die Liebespaare?« Madame Brot, die Inhaberin des Hotels, eine kleine schwarzbraune Alte, eröffnete das Karussell, auf einem Schweinchen reitend. Es war ein schönes Karussell, das überall Spiegel hatte, mit Facetten und Gold und Kühen mit hängender rosa Zunge, mit Schweinchen, die blaue Bänder und Frauennamen hatten, und Schwänen, die rotsamtne, mit Kupfernägeln besteckte Wagen zogen; und neben der Kasse, in der Mitte, stand der Musikapparat mit lauter Pfeifen in einem Rahmen von blauen und weißen Blumen, und kleine automatische Figuren drehten den Kopf und schlugen auf Zimbeln. Sie hatten Russenkostüme an, mit Tiaren, Stiefeln, Diademen; es war großartig. Alle Musikapparate begannen auf einmal zu spielen. Am Schießstand knallten Schüsse mit Bravos und Schreien und lautem Gelächter. Die Jugend warf sich, einander stoßend, auf das Karussell. Die Schaukeln flogen in den Himmel, die große Pauke rief alles nach dem Theater, das in der plötzlich hereingebrochenen Dunkelheit mit all seinen Lichtern aufstrahlte. In einer Reihe aufgestellt, mit gleichmäßigem Lächeln, in fleischfarbenen Trikots und vielfarbenen Kostümen, stand die Truppe bereit mit zwei Ringern, einer orientalischen Schönheit, einer Frau als Marquis, zwei Clowns und einem hübschen Kerl im Jagdkostüm – aber das alles war noch nichts, verglichen mit dem, was man im Zelt sehen würde, und der Stab des Ausrufers, einer Mischung aus Tierbändiger und Haudegen in schwarzem Rock, traf pfeifend das Plakat, auf dem man las: Lebende Bilder: Der ästhetische Akt, Mademoiselle Denise heiratet (Lustspiel), Napoleon in Ägypten (großartiges historisches Schauspiel) und so weiter ... Während der Pausen der Parade spielte eine Kapelle, die aus Klavier, Schlagzeug und Geige bestand, am Rand der Estrade Walzer.

»Wohin gehen wir?« fragte Vinet seine Freunde. Sie standen Arm in Arm in einer Gruppe zusammen, sechs Mann hoch, die kleine Pignerol in der Mitte, eine hübsche Brünette, ohne Hut, glücklich, mit schon etwas wirrem Haar. Diese Gruppe erregte Aufsehen, weil sie aus lauter jungen, kräftigen Arbeitern in offenem Hemd und aufgekrempelten Ärmeln bestand. Einer von ihnen wollte immerzu singen. Man hieß ihn schweigen. Man wollte sich amüsieren. Der Anfang ist dabei das schwierigste. Von Zeit zu Zeit ließ einer der Jungen die andern los, um nach einem Mädel zu greifen. Man stieß auf eine Gruppe Weinbauern aus Villeneuve, die ihnen den Weg verlegen wollten. Es hätte fast eine Schlägerei gegeben, dann erkannten die anderen Vinet und sangen die Internationale. Sie gehörten zu den allerärmsten Tagelöhnern. Man bildete nur noch eine einzige Gruppe, zusammen mit vier oder fünf kleinen Italienerinnen aus der Fabrik, die Blumen an ihrem Mieder trugen. Im Mittelpunkt der Menge, die zwischen den Buden hin und her wogte, einmal hier und einmal dort eintrat, waren sie eine lustige Gesellschaft, die anfing, Reigen zu tanzen um ein herausgeputztes Paar, um zwei alte Leute oder um einen Betrunkenen, oder sie begannen zu laufen, in langen Ketten, sich an den Händen haltend, quer durch die Lichter hindurch, manchmal, während die Dunkelheit nun ganz hereingebrochen war, vom Festplatz verschwindend, flüchtend, um dann wiederzukehren, von einem Platz zum andern gleitend wie ein jähes Auflachen; und die alten Wahlplakate an den Wänden, orangefarben, hellblau, grasgrün oder bonbonrosa, sahen aus wie ein netter alter Witz.

Als er hinter einer der Italienerinnen herrannte, vor dem »Universalschießstand«, wo Kamele, Tänzerinnen und kreideweiße Hasen auf schwarzem Grund zwischen Eiern, die auf Wasserstrahlen tanzten, vorbeidefilierten, wäre Vinet fast gefallen, und vor Schreck sperrte er den Mund auf. Sofort bekam er eine Handvoll Konfetti zu schlucken. Herrgott, sind diese Konfetti trocken! Wo kann man welches kaufen? Gute Idee! Es war am Nougatstand, und schon riß sich die ganze Menge darum. Die Luft war voll von Papier in allen Farben.

Armand hatte mit für ihn ganz neuartiger Sorgfalt Toilette gemacht. Alles war so, als müsse er an diesem Abend die Hauptrolle in einem Stück spielen, das er noch nicht kannte. Armand nannte vor sich selbst sein Zimmer seine Garderobe, und während er sich energisch die Zähne putzte und den Kopf wusch und jede kleine Einzelheit seiner Person überprüfte, sagte er sich: Ich schminke mich. Die Zeit erschien ihm lang bis zum Einbruch der Dunkelheit. Sein Vater empfing unten Leute, und der ganze Garten war voll, Gläser stießen zusammen: »Auf die Republik ...« Er mußte auch Edmond aus dem Weg gehen, der sich diesmal wahrscheinlich gern an seinen jüngeren Bruder gehängt hätte, um zum Jahrmarkt zu gehen. Und wenn er, Armand, seinen Auftritt verfehlen würde?

Sérianne versank ganz und gar in seiner alljährlichen Tollheit. Armand kam hinaus, als bereits alle Blicke leuchteten und die Leute ihre alltägliche Zurückhaltung aufgegeben hatten. Von ferne hörte man Musik und Lärm, und in den Bäumen hing ein Licht, das ihnen ein künstliches Aussehen gab und die Häuser in hartes Weiß tauchte. Riesige fliegende Schatten, die Schaukeln, bewillkommneten als erste den jungen Mann, Paare bildeten und lösten sich an seinem Weg. Er hatte das plötzliche Gefühl, den riesigen Raum zu entdecken, den die Liebe im Leben einnimmt. Er fühlte in sich Sehnsucht und Ungeduld, und er zählte in seiner Tasche das wenige Geld, das er besaß, seine Ersparnisse. Vor dem Theater war die Menge sehr dicht. In einiger Entfernung wurde getanzt, wie einen Peitschenhieb bekam er blaue Konfetti ins Gesicht. Als er weiterging, schlug ihm Maurice Delobelle freundschaftlich auf die Schulter. Er grüßte Frau Migeon. Er war auf der Suche nach Therese. Er fand sie an der Schießbude.

Respellière, mit noch trüberem, noch ungesunderem Gesicht als je zuvor, schoß inmitten allgemeiner Bewunderung nach der Scheibe. Neben dem Paar standen zwei alte Leute, ihre Hausbesitzer, die Coquelombe. Therese, die ein Pongékleid mit grünen Ornamenten und ein barockes Jadekollier trug, langweilte sich. Lamberdesc war beim Essen, und der Kleine kam nicht. Sie hatte keine Ahnung vom Schießen und konnte damit höchstens die Leute zum Lachen bringen. Als sie Armand sah, rief sie: »Sieh da, das Pfäfflein!« und lief ihm entgegen. Respellière lud seine Waffe von neuem. Er betrachtete die Szene von fern, zuckte die mächtigen Achseln und nahm sorgfältig ein Ei aufs Korn. »Herr Armand«, rief Therese sehr laut, »mein Mann arbeitet für die Galerie, machen Sie mir den Hof!«

Die Leute, die umherstanden, kannten den Kleinen. Man hörte gutmütiges Lachen. Dann fiel der Schuß. Das Ei war aus dem Wasserstrahl herausgesprungen.

Therese zog Armand am Arm weiter. Sie flüsterte ihm ins Ohr: »Was hast du denn die ganze Zeit gemacht, kleiner Dummkopf? Ich warte seit Stunden auf dich. So etwas!« Hatte er denn getrödelt? Man stieß sie an. Beim Pfeilwerfen brachten ein paar Kerls von der »Pro Patria« den Nougathändler zur Verzweiflung. Therese kaufte drei Beutel Konfetti und ließ sie Armand tragen. Sie liefen durch die Menge, und sie griff jedesmal in einen der Beutel, wenn sie Passanten bewerfen wollte, solche, die sie hübsch fand, große, unsichere Bauernjungs oder Herren aus ihrer Bekanntschaft, deren Aufmerksamkeit sie auf sich ziehen wollte. Von Zeit zu Zeit sprach sie jemand mit jenem Leuchten in den Augen an, das Armand an diesem Abend an so vielen bemerkte. Sie entfloh und rief nach ihm: »Mein Kavalier, wo ist mein Kavalier? Herr Armand!« Das kleine Pongékleid trug sie sehr offen, durchaus Tailleur. Unter der Jacke schienen ihre Brüste von nichts gehalten zu werden, und im Dekolleté sah man den Abstand zwischen ihnen, die weiße Haut, ihre Rundungen. Armand hatte ständig Lust, mit der Hand hineinzulangen. Vielleicht brauchte er es nur zu tun …

Die wirre Musik der Kapellen, die Kakophonien hervorbrachte, sich aber auflöste, wenn man auf eine der Buden zuging, die Bewegung, die Menge, das alles war in dieser Nacht, die verschlossen war wie der Kelch einer Blume, wie ein schrecklich starker Wein für Armand und für die andern. Männer faßten Passantinnen, die sie sonst nie anzurühren gewagt hätten, um die Taille. Man streifte einander beim Begegnen. Eine große, lachende Brünette warf Armand eine Dahlie zu; er wagte nicht, sie aufzuheben. Therese zog ihn mit sich. »Sieh mal, der Postinspektor: was für ein dummes Gesicht seine Frau macht! Ich sehe deinen Bruder gar nicht. So, du weißt nicht, ob er da ist ... Kleiner Schuft, sag mir schnell, daß du mich liebst ...« Aus dem Theater drang ein französischer Walzer, und Therese trällerte:

»La Chaloupée – c'est la vals' d'aujourd'hui.
Elle fut lancée – par qui? par Max Dearly,
Et Mistinguet-te – guet-te
En gigolette ...«

Plötzlich hatte Armand eine ganze Handvoll Konfetti genommen und sie Therese in das offne Mieder gesteckt. Sie schrie auf. Er zog seine Hand nicht zurück. »Herr Armand ... Herr Armand!« Leute, die in der Nähe standen, lachten. Man trennte sie. Es waren welche von Vinets Gruppe, die gerade eine lange Kette bildeten. Sie zogen Armand mit sich, und Therese hatte sich einem großen Burschen aus der Vorstadt an den Arm gehängt, der in Hemdsärmeln war und eine blaue Hose und eine offene Weste trug. Armand verspürte plötzlich etwas wie Eifersucht und nahm den Platz neben »seiner« Frau ein. Er faßte sie am Handgelenk und drehte es um. »Ach«, rief sie, »er tut mir weh!« Alles fing nun an zu lachen, man umgab sie beide; Armand wurde von Konfetti geblendet, das man vom Boden aufhob. Es war nicht gerade sauber, aber die Burschen hatten kein Geld, um sich neues zu kaufen, den Beutel zu fünf Sous. Plötzlich erkannte Armand Vinet. Der Kandidat nickte ihm zu. Er war in voller Fahrt, drückte die kleine Pignerol an sich und führte die ganze Bande an. Armand war ziemlich betroffen. Er hatte sich von einem Sozialisten eine ganz andere Vorstellung gemacht.

Therese zog ihn mit; er bezahlte die Schaukel, das Karussell und noch einmal die Schaukel. Aufrecht stehend, hielten sie sich an den Seilen fest, beide dicht aneinander, und der Wind hob Thereses Röcke, und er hatte Lust, ihre Beine zu streicheln. In der Ferne vernahm man von der Schießbude her das Knallen der Schüsse. »Bringt dein Mann immer noch Eier um?« Sie brach in Lachen aus. Höher! Stärker! Als sie von der Schaukel stiegen, drehte sich alles um sie; ihre Herzen schlugen rasch. Sie brauchten nicht miteinander zu reden, sie fanden es ganz natürlich, auf der Straße die Schattenseite aufzusuchen. Sie begannen Haschen zu spielen, und als sie den Festplatz verlassen hatten, küßten sie sich wie Verrückte. »Nein, Dummerchen, nicht hier!« Er begann sie zu bestürmen, er kannte eine Stelle in der Oberstadt ... Sie ließ sich überreden. Sie trällerte vor sich hin: »La Chaloupée c'est la vals' d'aujourd'hui ...«

XXVI

Das Fest beschränkte sich nicht nur auf die lichterstrahlende Mitte der kleinen Stadt. Über Lichter, Musik und die großen schwankenden Schatten strahlte die Fröhlichkeit in die weiten Straßen aus, erneuerte sich in den kleinen Cafés, um dann die Vorstadt zu erreichen, wo eine Menge Leute umherspazierten, die sangen, lachten und sich Vergnügen leisteten, die ihrem Geldbeutel eher angepaßt waren als jene, die man sich in den Buden auf dem Großen Platz leisten konnte. Alles war auf der Straße, selbst die Ärmsten. Man ging einmal zum Markt hinauf, um einen Blick auf das Fest zu werfen, und fand sich dann wieder unter seinesgleichen zusammen. Hier und da wurde vor den Kneipen getanzt, wo es einen Musikapparat oder ein Grammophon gab, das kratzend Romanzen näselte. Die Leute aus dem Volke im Süden tanzen gut und lieben den Tanz. Dennoch unterhielten sich hier mehr noch als in der Stadt Gruppen von Männern über die politischen Ereignisse. Sie trugen Anzüge aus grobem Leinen, graue Kittel und verwaschene Arbeitsanzüge mit marineblauen oder roten Gürteln, die stark von dem weißen Hemd abstachen, das sie zum Fest angelegt hatten. Die Frauen hier hatten sich kaum zurechtgemacht, sie hatten heute die gleichen Sorgen, die gleiche Arbeit und dazu noch die Kinder, wie alle Tage. So waren sie auch meistenteils von den Männern im Stich gelassen worden und trafen sich untereinander vor den Türen und auf den Bänken.

Nach dem Bahnhof zu, in der Nähe des Depots, herrschte eine gewisse Belebung, deren Ursache nicht das Fest, sondern das Leben selbst war. Dort hörte die Arbeit auch am Sonntag nicht völlig auf; man sah schwitzende Männer kommen und gehen, die Gesichter von Öl und Schmierfett entstellt. Neben einem Schuppen zerriß der Pfiff einer Lokomotive die Nacht.

Dann wurden die Gruppen seltener, und allmählich begann die klare Dunkelheit der Landschaft, wohin es die jungen Leute, die Verliebten, zog. Unter dem silbrigen Laubwerk der Olivenbäume vernahm man nervöses Lachen und Flüstern. Die Stadt löste sich in eine Peripherie von Zärtlichkeit und Sehnsucht auf, und der Mondschein leuchtete sanft auf den reifenden Trauben.

Aber über dem Fest, über den sich drehenden Lichtern und dem Durcheinander städtischer Ausgelassenheit und des Wahlsieges des Doktors Philipp Barbentane, der im Café des Arts in der Mitte der Mitglieder seines Komitees hochtrabende Reden hielt, erhob sich als eine dunkle, schweigende Masse das alte Sérianne, in den Himmel versunken, als sei er seine Erinnerung. Die Leute hier oben waren alle nach den Plätzen hinuntergegangen. Die Häuser lagen leer und dunkel, kaum färbte einmal eine Nachtlampe die Scheiben eines Zimmers, in dem Leute wohnten, die allzu alt waren, um zu feiern. Irgendwo hörte man, wenn man zum herzoglichen Palast hinaufstieg, aus einem offenen Fenster das Stöhnen einer gebärenden Frau, die man allein gelassen hatte und die mit Schrecken spürte, daß ein neues Leben sich in ihr rührte, während der egoistische Vater sich bei den Schaukeln vergnügte. Katzen flohen vor einem und ließen in entfernten Gassen ihre Liebesschreie hören. Unter den schmutzigen, an den Häuserecken angebrachten Reflektoren sah man die kleinen, gelblichen Birnen der städtischen Elektrizitätsleitungen die Straße hinaufklimmen, dann kam Finsternis und Verfall.

Armand trat in sein Reich ein.

Er war nicht mehr der träumerische Junge, für den die ganze Poesie der Welt in endlosen Phantasien von Vergangenem enthalten war, dessen Herz in der Brust des Raimbaud d'Orange für eine entflohene Königin schlug. Er war nicht mehr der hochmütige Ketzer, trunken von Logik, dessen Jugend im Schweigen der Ruinen flammende Worte in der Wüste sprach. Er war jetzt ein Mann, ein Mann, der in den phantastischen Garten zurückkehrt mit seiner glücklichen Beute, einer wirklichen Frau, mit schlagendem Herzen. Einer Frau, die er sich zwar nicht ausgesucht hatte; aber was machte das schon aus! Einer Frau mit all ihrem lebendigen Geheimnis. Einer Frau, deren Gedanken man nicht kennt, die immer wieder etwas Unerwartetes tun wird. Sie spricht – was sagt sie? Die Worte, leise geflüstert, als enthalte jedes von ihnen ein Verbrechen, finden nicht immer das Ohr Armands, der allzusehr mit sich beschäftigt und der auch bewegt ist, weil er gerade die verschlossene Schmiede Avrils, des Mexikaners, passiert hat. Was sagt sie? »Manchmal war die Nacht in Saigon ...« Und jetzt ist es dieser ganze phantastische Flitterorient, der sich mitten im dunklen Herzen des Landes der Marguerite de Provence und ihrer Troubadoure auftut, dieser Orient, der sich für die immer bereite Phantasie Armands mit einem blauen, von Vögeln und Zweigen geschmückten Kimono geöffnet hatte. In der Nacht sieht man die Reisfelder, Stücke einer Landschaft, in der gelbe, barfüßige Menschen umhergehen ... Dennoch ist Armand von der Wirklichkeit beherrscht, und da er in dieser Stunde zum erstenmal die nächtlichen Einzelheiten seines alten Sérianne bemerkt, ist er überrascht, daß es keineswegs eine von Rittern und vornehmen Fräulein erfüllte Stadt ist, die er seit Jahren mit sich herumträgt, sondern das wirkliche Sérianne in Ruinen, erbärmlich, schmutzig, verlassen, mit seinen auseinanderstehenden Pflastersteinen, dem Sand, der noch die Spuren der winterlichen Regenrinnsale zeigt, mit seinen zusammenbrechenden Mauern, zerbrochenen Dachschindeln, den Abfällen mitten in der Straße, den durchlöcherten Dächern, all seinem Elend. Zum erstenmal ergreift ihn die seltsame Macht der Dinge, so wie sie sind. Zum erstenmal steht er auf gleichem Fuß mit ihnen. Ich grüße euch, Gäßchen, trockene Steine, Staub. Die Erde wird hart sein, dort wo wir uns gleich ausstrecken werden. Ihr Kleid wird an Bruchsteinen hängenbleiben. Vertrautheit von Boden und Pflanzen. Man muß dort oben die Disteln vermeiden; sie haben sich in einem ganzen Teil meines Kellers ausgebreitet. Zu dieser Stunde wird man gar nicht sehen, wie weiß ihre Blüten sind. Hoffentlich haben nicht andere sich hier raufgewagt! Ach was, und wennschon! Wer wird denn im oberen Sérianne umherklettern, wenn nicht Liebespaare. Dennoch sah man keine, entweder weil sie gut versteckt waren oder weil sie heute die hellen Lichter und den »Ästhetischen Akt« und das Pfeilwerfen beim Nougathändler vorgezogen hatten.

Die Nacht war blau wie noch nie. Alles, was nicht tiefschwarz war, leuchtete in einer besonderen Helle. Die südliche Nacht duftete durchdringend. Im zunehmenden Mond erhob sich über dem Paar das Gewirr der Ruinen, gab es freie Lichtungen, die zum römischen Turm führten. Armand hätte in dieser verwandelten Zauberlandschaft fast den alten, hängenden Torflügel verpaßt, der am hellen Tage rosa leuchtete. Sein Schloß ... Zusammen traten sie durch die Bresche, und er spürte den ganzen Körper der Frau an dem seinen.

Noch nie waren die Leute häßlicher oder komischer gewesen. Der eine hatte einen langen jämmerlichen Pinselschnurrbart, einen kleinen Bauch, eine karierte Weste, lange Beine und einen schlaffen Gummiteint unter dem Panamahut. Ein anderer war klein, mit einem Bart wie aus Matratzenfüllung, einer fahlen Knollennase und Henkelarmen in seiner Wildlederweste. Die beiden Damen, die er führte, waren trocken wie alter Mist, in den man Federn gesteckt hat. Eine ganze Familie, wie die Orgelpfeifen, mit Froschaugen, die sich in allen Größen wiederholten, der abgetragene Rock des Vaters bis zu den von Sohn zu Sohn weitervererbten Matrosenanzügen mit blauen Kragen, die entweder zu kurz oder zu lang waren. Ein Notariatsangestellter, der sich ein geblümtes Taschentuch in den Kragen gesteckt hatte, mit Baßschlüsselohren und Rattennase. Eine Gemüsehändlerin in Weiß mit goldenen Ketten und Ringen, wie eine Teepuppe, die bei besonderen Gelegenheiten hervorgeholt wird. Der Friseurmeister aus der Rue Longue, der ein Gesicht wie Weißbier hatte. Alte Fräulein auf Schweinchen, müde, apoplektische Stiernacken unter den Schaukeln, und dazu stößt man sich, läuft, tanzt, schreit man. Überall Konfetti und die Würde in Auflösung.

Frau Migeon fühlte sich nach zwei Gläsern Likör zwischen dem Wegebaumeister und dem Steuereinnehmer Respellière etwas beschwipst. Ihr Mann hatte sich irgendwo in dem Reigen, den der rote Kandidat anführte, verloren, um über Boulespiel zu reden. Man hatte schon alles versucht, selbst das Theater, wo es einen ziemlich gutaussehenden Mann gab, einen dunklen. Frau Migeon war nicht wie jene Frauen aus dem Süden, die die Blonden vorziehen, weil sie eine Seltenheit sind, nein, sie zog Schwarze, schöne, richtige Schwarze vor, wie sie es gewohnt war. Respellière lachte los: Er war sicher ihr Typ, was? Und was den kleinen dunkelblonden Migeon anbetraf, so konnte der in Sérianne für blond gelten. Respellière öffnete sein Hemd. Sehen Sie das einmal an. Er war behaart wie ein Affe und schwarz, das konnte man wohl sagen, obwohl er ein paar Silberfäden darunter hatte. Na? Frau Migeon beugte sich kichernd zurück, und der Wegebaumeister wurde nervös. Die Kapellen griffen ineinander wie kreischende eiserne Hände. Pierre Delobelle wartete an einer Ecke in der Nähe des Karussells auf jemanden, der nicht kam. Zwar sollte bei ihren Eltern heute abend ein Diner sein, aber wennschon. Seine fieberhafte Unruhe hatte etwas Rührendes. Ein großer Junge, der Angst um sein Spielzeug hatte. Er gehörte zu den jungen Leuten, deren Kragen immer etwas zu eng für das Hemd ist, so daß man zwischen beiden ein Stück Hals sehen kann. Dazu war er unruhig, weil er Armand nicht entdecken konnte. Vielleicht hatte er ihm weh getan oder vielleicht ... Das wäre noch schlimmer. Wem konnte man trauen?

Hinter ihren Fenstern beobachtete Pauline Mestrance wütend das Schauspiel, weil sie zu Hause bleiben mußte. Was hätten die Leute gesagt? Man konnte jetzt schon sehen, daß Mestrance sich wieder erholte. Er warf sich im Bett hin und her und war unerträglich. Er rief nach ihr einmal wegen dieser, einmal wegen jener Sache, es war ihm zu heiß, und er wollte trinken. Er war wirklich nichts weiter als ein Trunkenbold. Er wußte nicht mehr, was er wollte. Aus Haß tat Pauline weiter so, als sei sie besorgt um ihn, weil sie bemerkte, daß es ihn beunruhigte. »Bin ich krank?« fragte er, als sie andauernd auf den Fußspitzen umherging, so daß er bei jedem Knacken des Fußbodens einen Grund zum Auffahren hatte. Sie erwiderte nichts und tat mütterlich. Er wurde von entsetzlicher Angst gepackt: »Ich bin verloren ... ich werde sterben ...« Er schwitzte und versuchte aufzustehen: sie kam mörderisch freundlich, um ihn in seine Decken zu wickeln, und widmete den Kopfkissen eine schreckliche Sorgfalt. Er fing an, wie ein Kind zu weinen. Durch die Gardinen drang Musik, einer der Erfolge von Mayol:

»Les mains des p'tit's femm' sont admirables
Et tout's semblables
À des oiseaux!«

In diesem Moment nahm man aus der Richtung der weiter unten gelegenen Stadtviertel her etwas wahr wie das verworrene Geräusch und den Atem einer Menschenmenge. Es war ein drohendes Murmeln; man wußte nicht, woher es kam, aus einer unbekannten Tiefe vielleicht, wie das unerwartete Knurren eines ungeheuren Leibes. Man hatte es nicht sofort bemerkt wegen der Musik, der allgemeinen Lustigkeit, der Scherze, der Lichter und Schaukeln. Alles ging übrigens weiter wie einige Minuten zuvor. Aber überall hatten die Leute begonnen, dieser wachsenden Flut zu lauschen wie einem Geheimnis, das sich gleich offenbaren würde. Alles das nahm zu, ohne sichtbar zu werden bis zum Augenblick, wo die Masse der Lachenden und Scherzenden erstarrte, als ihr plötzlich eine andere Masse gegenübertrat, die aus den Straßen und aus dem Pflaster und aus den Häusern hervorzudringen schien, eine ernste, dichtgedrängte Masse, die weder Konfetti noch Papierschlangen, weder Waffen noch Fahnen ihr eigen nannte, denn alles hätte man diesem Schweigen vorgezogen, diesen starken Schultern, diesen Ringerfäusten, diesen Gesichtern, auf denen sich Empörung und Abscheu zeigten. Was war das? Die Schaukeln fuhren mit ihren großen Schwüngen gen Himmel fort, das Karussell drehte sich, die Musik überdeckte mit ihrer Konzertcafèstimme Hunderte von Herzschlägen. Was sollte das alles bedeuten?

Es schien, als ob alles das, was man immer vergaß, wenn man an Sérianne dachte, alles das, was nicht Ladeninhaber noch Rentier, weder Priester noch Eigentümer war, alles das, was weder Fräulein Serbolet noch Herr Arnaud, weder die Damen Cotin noch die Barrel war, alles, was im Leben Sériannes das Gewöhnliche und Durchschnittliche und in diesem Leben nie Bemerkte war, in einem unbegreiflichen Gefühl, dessen Ursache einem entging, sichtbar geworden sei.

Dort standen sie, die auf den Straßen die Steine klopfen, die das Gemüse abladen, die die großen Fleischstücke in den Schlächtereien aufhängen, die frühmorgens und nachts die mit Zwiebeln und Früchten beladenen Karren führen, die wie Akrobaten auf die Dächer steigen, sie, die Telegraphendrähte legen, die die alltäglichen Dinge zurechtflicken, deren Hände voller Splitter und Abschürfungen sind, deren Augen ununterbrochen vom Feuerschein der Schmieden geblendet, deren Arme und Nacken von schweren Lasten entstellt werden, sie, die den Boden aufbrechen, um Wasser- und Elektrizitätsleitungen zu legen, die ungeheuerliche Haut der Landstraßen pflegen, die Müllkästen leeren, nachts die riesigen stinkenden Unratwagen oder die Pumpe führen, mit der die Gruben der Häuser ausgepumpt werden, jene, die gebückt Leder oder Wolle nähen, die Männer und Frauen, die wissen, was Hunger ist, mit ungepflegten Zähnen, mit einer Körperkraft, die im Gegensatz steht zu ihrem raschen Altern, die Jungen, die keine Zeit haben zu bemerken, daß sie jung sind, die Fabrikarbeiter, die Frauen aus den Büros, die Eisenbahnarbeiter, die Steinbrecher, die hinter der Stadt wohnen, die Kärrner, die Tagelöhner vom Lande, die Männer, die sich vermieten, sich verkaufen, sich töten, Männer aller Größen und aller Richtungen, ohne Ordnung, kleine und dicke, große und magere, Provenzalen und andere, die von weit her kommen, zusammengemengt aus allen Ecken Frankreichs, von allen Zufälligkeiten ihrer Arbeit wie von den Stößen eines holpernden Wagens, aufgeregte dunkle Italiener und Luxemburger, Gott weiß wie hierhergekommen, Schweizer, gefurchte Stirnen und junge aufsässige Blicke und mächtige Brustkästen und starke Arme, Arme, die fast alle gleichmäßig muskulös sind trotz des verschiedenen Alters, riesige Arme bei Jungen und

Alten, Fäuste von unproportionierter Größe, auf denen in fahlem Blau die Linien der Tätowierungen sich abzeichnen, Herzen, Schlangen und Umarmungen, jene, die bauen, und jene, die abreißen, deren Leib etwas bewahrt hat von den Mauern, die aus ihm hervorgegangen sind, von dem Eisen, das sie schmieden, oder von dem Fleisch, das sie auf dem Schlachthof bearbeiten!

Es kamen da alle die, ohne welche die anderen, jene, die sie kommen sahen, Hungers gestorben wären, inmitten eines wüsten nackten Universums und ihrer eigenen Exkremente. Und die sie da kommen sahen, waren niemals häßlicher, furchtsamer und komischer gewesen. Sie waren komisch wie die Flöhe eines Flohzirkus, die eine Menge von Hunden betrachten.

An ihrer Spitze ging eine Frau, eine stumme, farblose Frau mit drei Kindern, davon eines in Windeln auf dem Arm, ein Kind, dessen Augen von all den Lichtern entzückt strahlten, und zwei, die an ihren Röcken hingen, fünf und drei Jahre alt, Männer bereits, die nicht mehr weinten, sondern sich finster an ihre Mutter drängten. Und über ihnen zeichneten die Schaukeln inmitten des festlichen Leuchtens große angstvolle Schatten auf die Wände.

Vinet hatte, völlig verblüfft, das Zusammenströmen der Menge betrachtet. Was sollte das heißen? Seine Kameraden aus der fröhlichen Gruppe, plötzlich erstarrt trotz zwei oder drei Frauen, die nicht gleich begriffen hatten, berieten sich leise untereinander. Der Kandidat ging auf die Lichter zu, und beim Theater, aus dem die Leute hervorströmten trotz der überraschten Komödianten, die sie zurückhalten wollten, traten einige Männer unter den Neuankömmlingen auf ihn zu. Es waren Arbeiter und ein Straßenbahner. »Wir wollten dich holen, Anwalt, du mußt kommen ...« Sie erklärten ihm kurz die Angelegenheit. Vinet fühlte sich unbehaglich, weil er noch ganz außer Atem war und vom Laufen und Scherzen schwitzte. Er schämte sich, daß alles das geschehen war, ohne daß er daran teilgenommen hatte. Er versuchte sich zu entschuldigen, er hatte nichts gewußt. Natürlich. Sie unterbrachen ihn: »Jedenfalls mußt du jetzt die Partei vertreten.« Es war ein kleiner Energischer, der das gesagt hatte, mit dem Gesicht eines Eichhörnchens; Vinet kannte ihn ein wenig, er arbeitete bei den Ölmühlen.

In Vinet war etwas, was ihn vorwärtsstieß, ohne daß er lange überlegte, der Instinkt der Pflicht oder der Verantwortung. Er wollte sprechen, das sagen, was man von ihm erwartete. Wie alt war der Tote gewesen? Drei Kinder? Ach ja, die dort. Es kam ihm in den Sinn, daß er nicht richtig angezogen war, daß er keinen Rock trug. Er nahm jemandem, der sich nicht zu weigern wagte, den Rock weg und warf ihn sich um die Schultern, ohne in die Ärmel zu fahren. Im Kopf bereitete er seine ersten Sätze vor, um beim Sprechen zum Überlegen Zeit zu haben: Bürger ... verdammt, er hätte doch nicht ... es wäre doch besser gewesen, er wäre diesem Fest ferngeblieben ... Er hatte ein Gefühl der Schuld, das ihn beim Überlegen störte; er fühlte sich beschämt, von der Masse, von den Arbeitern hart zur Ordnung gerufen. Jetzt stand er bei ihnen, an ihrer Spitze. Noch niemals in seinem Leben hatte er so deutlich gefühlt, daß er, für sich selber genommen, ein Nichts war: »Bürger ...« Ein Murmeln lief durch die Menge, man zischte, um Schweigen zu verlangen. Die Menge verlangte Ruhe am Karussell, wo die Musik plötzlich erstarb. In der Ferne vernahm man Protestrufe. »Bürger ...« Endlich hielten auch die Schaukeln. Das falsche Licht, die Platanen im Hintergrund, alles verwandelte sich in Schweigen. Eine Versammlung wurde improvisiert. »Bürger, ein Mann ist gestorben ...«

Im Café des Arts hatte Doktor Barbentane, von den Notabeln umgeben, gerade eine kurze Rede gehalten, die mit großer Herzlichkeit aufgenommen worden war. Die fortschrittlichen Männer der Stadt, alle sich ihrer republikanischen Verantwortung bewußten Leute waren anwesend, vielleicht die besten Elemente jenes kleinlichen, von großen Illusionen nicht weniger als von kümmerlichen Interessen belebten Bürgertums. Die Entwicklung in der Welt hatte sie zum Nachdenken gebracht. Sie hatten mit Unruhe den fernen Donner der Geschütze auf dem Balkan vernommen, die Drohung des Krieges, die für sie ebenso von Paris wie von jenseits des Rheines ausgeht. Ihre lächerlichen Eigenschaften, die einem ins Auge springen, können einen das nicht völlig vergessen machen. Sie heben ihr Glas, sie trinken auf alle möglichen nichtigen Größen, aber immerhin auch auf den Frieden und das Leben. Und als die Tür sich öffnet und einer von ihnen erregt eintritt und mitteilt, was draußen geschieht, gilt ihr erster Gedanke jenem Mann, der gerade gestorben ist. Sie kannten ihn nicht, und zu seinen Lebzeiten hätten sie ihn vielleicht, ohne lange zu fragen, schlecht behandelt; aber er ist tot, und das macht ihnen nun doch die Kehle trocken. Armer Kerl!

Barbentane schwitzt. Ausgerechnet an diesem Abend! Außerdem fühlt er sich nicht ganz wohl; man müßte einmal nachsehen. Dieser Sozialist da, der in seiner Stadt eine Rede hält ... Das Fest ist verdorben.

Draußen erhebt sich Vinets Stimme: »Eine spontane Bewegung hat uns hier zusammengeführt, weil es in dieser Sache einige unerträgliche Unklarheiten gibt, über die ihr, über die wir alle Genaueres wissen wollen ...«

Die Menge ist nun nicht mehr in zwei Teile gespalten. Um den Redner haben sich die Reihen geschlossen. Von ihren Buden her hören die Jahrmarktsleute zu. Eine ganze Gruppe, bestehend aus den Barrel, Delangle, Lamberdesc und den beiden Loménie, steht neben den andern. Barrel ist ganz durcheinander. Der Tod ist etwas, woran er nicht denken kann, ohne zu beben. Wie schrecklich! Er möchte nicht daran denken, aber er muß, ob er will oder nicht. Er sagt sich, daß es Unsinn, daß er nicht einmal für die Existenz der »Pro Patria« verantwortlich ist, außerdem war es ein Unfall, also hat er mit diesem Todesfall gar nichts zu tun. »Lieber Delangle, vielleicht könnten Sie ein paar Worte zu den Leuten sprechen ... Dieses schreckliche Unglück ...« Der elegante Delangle lehnt ab: »Entschuldigen Sie, lieber Freund, aber nach diesem Durchfall habe ich hier nichts mehr zu tun oder zu sagen. Das ist die Sache Ihres Barbentane.« Sehr viel liegt in der protestierenden Handbewegung Barrels und in dem Lächeln, das darauf Antwort gibt. Barrel möchte sagen, daß er für den Gemäßigten gestimmt hat, und der Gemäßigte, daß er, Barrel, für Barbentane habe stimmen lassen. Von unten her hört man das Murren der Menge und die Stimme Vinets, die lauter wird: »Bürger ...«

Während dieser Ereignisse hat Pierre Delobelle Jacqueline

wiedergefunden, ist zu ihr getreten und spricht halblaut auf sie ein. Doktor Lamberdesc beobachtet ihn aus dem Augenwinkel. »Wird es etwas Schlimmes geben mit diesen schrecklichen Leuten?« fragte Suzanne de Loménie. Sie bekommt keine Antwort. Ihr Bruder zuckt die Achseln. »Viel Lärm um einen einzigen Toten«, sagt er. »In Marokko wird wegen eines Menschenlebens nicht so viel hergemacht.« Ein hübscher Soldat, dieser Bursche, denkt Frau Barrel, die ihre Blicke nicht von der Narbe des Säbelhiebs wegwenden kann. Barrel seinerseits regt sich auf. Der Circonflexe-Akzent seines Schnurrbarts zuckt zwischen Nase und Oberlippe hin und her. Er hat seine jüngere, seine Lieblingstochter beim Arm genommen. »Das Menschenleben«, sagt er, »ist keine bedeutungslose Größe ...« – »Ach, wissen Sie«, erwidert Lamberdesc, »das hängt vom Beruf ab. Natürlich, die Militärs ...« – »Aber der Tod, Doktor, der Tod!« – »Wir auch«, fährt der Doktor fort, »die wir soviel Leute sterben sehen, auch wir tragen unseren Panzer, was wollen Sie ...«

»Bürger«, sagte inzwischen Vinet, »Bürger, die Verantwortung tragen nicht einzelne Menschen, sondern das Regime! Das Regime! Möge darum euer empörter und gerechtfertigter, euer schmerzlicher und gerechtfertigter Protest jene Würde wahren, von der wir niemals ablassen wollen ... ablassen wollen. Wir Sozialisten werden selber die Interessen der Witwe und der unglücklichen Waisen zu wahren wissen. Die Arbeiterklasse von Sérianne wird wachsam bleiben und darauf bestehen, daß die Stadt ihnen gegenüber ihre ganze Pflicht erfüllt ...«

In der Menge gibt es sehr verschiedene Stimmungen. Dennoch schweigen jetzt die jungen Leute des Werksvereins und der »Pro Patria«, die zu Anfang noch versucht hatten, ihre Stimme zu erheben. Kann man denn einer gefühlsseligen Masse Vernunft predigen ... Maurice Delobelle und einige andere wüten leise, aber dies ist nicht der Augenblick, um offen aufzutreten. Diesen Sozialisten ist doch für ihre Zwecke wirklich alles gut genug. Wie dieser Bursche aus einer Leiche Profit zu schlagen versteht! Was ist da los? Schreie, Pfiffe, Applaus. Ein heller Bart, ein Bäuchlein, von einer Schärpe mit den Farben Frankreichs umgeben. Es ist der Bürgermeister, der mit der Gruppe seiner Freunde nach vorn kommt, mit seinem Stellvertreter, den Stadträten, zu denen sich auch Respellière und der dünne Migeon gesellt haben. Es herrscht eine gewisse Verwirrung. Seine ersten Worte versteht man nicht.

»... im Namen der republikanischen Verwaltung unserer Stadt. Wir verpflichten uns an dieser Stelle, das Notwendige, alles Notwendige zu tun ...«

Im grellen, falschen Licht des Festes hat die ganze Szene den Aspekt eines widerwärtigen Feilschens unter anständigen Leuten, die aber so beunruhigt aussehen, als wären sie gar nicht anständig. Die Anwesenheit der Frau mit ihren Kindern, die neben Vinet stehen, verleiht der Szene eine furchtbare Bitterkeit. Barrel, der sich durch Barbentanes Anwesenheit erleichtert fühlt, seufzt. Man sollte zumindest die Kinder wegbringen. Die Worte des Bürgermeisters streichen über die Menge hin wie ein beruhigender Luftzug. Allmählich hat Barbentane seine Sicherheit wiedergefunden, jene Sicherheit, die aus der Redegewandtheit hervorgeht. Er ist ein Redner, wie der Süden viele hat. Seine Sätze entwickeln sich, wiegen sich, werden zu harmonischen Perioden. Man hört ihm zu. »Er spricht gut, der Mann!« sagt Frau Migeon, die den Arm des Wegebaumeisters drückt. Edmond Barbentane hat in der Menge von weitem Frau Barrel gegrüßt, die seinen Gruß erwidert, indem sie ihren von einem Samtband umschlossenen Nacken neigt. Jemand hinter ihm fragt flüsternd: »Worum handelt es sich?« Er antwortet, ohne sich umzudrehen, weil er die Stimme des Herrn Robert vom »Blumenkorb« erkannt hat, mit dem er sich nicht gerade in der Öffentlichkeit zeigen möchte. Die große Woge der Phrasen überdeckt das Murmeln, das gerade aus den Reihen der Ärmsten unter all diesen Menschen kommt. Barbentanes Autorität ist groß, und der andere, der einzige, den man ihm gegenüberstellen könnte, der Führer, er schweigt. Er beruhigt sogar die Menge mit einer Handbewegung. Er wird erwidern, bestimmt wird er erwidern. Man ist auf einer Versammlung. In der Masse selbst beginnt allmählich das Interesse nachzulassen. Die Jahrmarktsleute, die die Zeit verstreichen fühlen und wissen, daß sie ihre Einnahmen verlieren, haben allmählich ganz leise wieder ihre Musikapparate in Gang gesetzt. Auf das Karussell, das sich leer dreht, sind sogar wieder ein paar junge Leute geklettert.

Vinet spricht. Er ist nicht zufrieden, nicht so sehr wegen der Entwicklung der Dinge, sondern einer sehr trockenen Bemerkung wegen, die der Kleine mit dem Eichhörnchengesicht ihm gegenüber gemacht hat. Der hat ihm nämlich vorgeworfen, gesagt zu haben, daß die Kundgebung eine spontane sei: »Spontan? Dabei haben wir genügend Mühe gehabt, die Leute zusammenzubekommen ...« Was soll denn das auf einmal, dieser Streit um theoretische Fragen im falschen Moment! Der Kerl wollte wohl, daß Vinet die Rolle der Partei bei der Mobilisierung der Arbeiter an diesem Abend hervorheben sollte ... Immer der gleiche Kehrreim! Die Rolle der Partei. Das heißt, diese armseligen Burschen wollten ihre Initiative breittreten. Wohin würde übrigens schon ihre Manifestation führen! Die Partei hier – das war er, Vinet. Er hatte »spontan« gesagt, wie er auch irgend etwas anderes gesagt hätte. Er ärgerte sich, während er wie in einer Gerichtsverhandlung über die seltsame Haltung des Bürgermeisters und die Geheimhaltung des Todesfalles während eines ganzen Tages sprach ... Er hätte gern über die Tatsache gesprochen, daß der Sohn des Bürgermeisters Mitglied der »Pro Patria« war, aber seine Unterredung mit Armand störte ihn. Es fehlte daher in seiner Rede ein Kettenglied. Er merkte, daß man ihm nicht mehr zuhörte ...

»Nicht gerade glänzend, der Sozialist«, bemerkte François de Loménie ironisch, »ich würde alle diese Burschen verprügeln lassen!«

Die Schaukeln hatten ihre vom Schatten verdoppelten Schwünge wiederaufgenommen, die Musik spielte in voller Tonstärke. Die Männer da unten, welche die Tragödie weiterspielten, bewegten ihre Arme wie Taubstumme. Man hörte sie nicht mehr. Man sah die Bewegung in den ersten Reihen, die die Sätze des Dialogs auslösten. Das Fest gewann das Übergewicht. Der Bürgermeister machte Versprechungen über Versprechungen. Man sah sich gegenseitig an, ohne daß man wußte, woran man war. Wozu stand man eigentlich hier? Vielleicht gab es zwischen den Rednern eine Art Abkommen. Sie grüßten sich zeremoniell.

Vinet entfernte sich und rief seine Freunde zu sich. Man begriff, daß er die Sache weiterführen wollte, den Stand der Dinge in einem Saal der Vorstadt oder im Gewerkschaftshaus erklären wollte. Man zögerte. Man hätte die allgemeine Verwirrung ausnützen müssen, um für die Witwe und die Kinder etwas zu erreichen ... Viele blieben bei den Buden stehen, weil sie schon einmal da waren. Die anderen verliefen sich nach und nach. Das Fest hatte einen völligen Sieg davongetragen.

Die Stadt wiegte sich zu den Klängen der Chaloupée, und auf dem Theater flogen im Takt der Parade dunkelrote Kleider und schwarze Rockschöße, als plötzlich allein, mit ziemlich verstörter Miene, keuchend, weil sie gelaufen war, Therese Respellière aus einer Gasse auf den Großen Platz stürzte. Suzanne, die mit Lamberdesc kokettierte, sah sie als erste und rief sie an, zum großen Ärger von Frau Barrel, die für die Steuereinnehmersfrau nichts übrig hatte.

XXVII

»Das ist mein Schloß«, hatte Armand gesagt, während er Therese beim Einsteigen in das Gewölbe behilflich war. Drin war es so finster wie in einem Ofen, nur daß weiter unten sich in der Mauer ein Spalt öffnete und durch die Öffnung jetzt das Mondlicht strömte und die Dornen und den herabhängenden Efeu beleuchtete. Armand hatte sein Feuerzeug hervorgeholt, jenes Feuerzeug, das ihm Pierre Delobelle geschenkt hatte, aber Therese wollte nicht, daß er es anzündete. Sie wollte dem Platz sein Geheimnis lassen, fürchtete seine Gewöhnlichkeit. Sie tasteten sich also zu der vom Mond beleuchteten Öffnung vorwärts.

Die Landschaft hatte ein phantastisches Aussehen angenommen. Das Gewölbe öffnete sich im oberen Teil einer Mauer, die eine dunkle Gasse beherrschte, so daß man sich diesseits nicht mehr in einem Kellergewölbe, sondern in einem Turm befand. Das alte Gemäuer und die Ruinen hatten ein einsames, wildes Aussehen angenommen, einen Aspekt längst vergangener feudaler Zeiten, weil die Beleuchtung alles veränderte. Man sah von oben wie in eine tote Stadt hinab, in der man von hier aus keinen Lichtschein wahrnehmen konnte; jenseits der Stadt drang der Blick in das wilde, wasserlose Tal, wo sich der Mond im Gestein spiegelte. Wie eine Notarskrawatte, die Sérianne umgab, erstreckte sich der Fluß im Zickzack durch Steingeröll auf beiden Seiten bis zum Horizont. Rechts erhoben sich, kahl und rund, die Ausläufer der Alpen wie die Zitzen einer Hündin, und an ihrem Fuß drängten sich die Hügel, die jetzt nachts von tiefdunklem Grün waren. Links lagen die Ebene, die Weinberge und bewohnte Flecken mit ihren Bäumen und Lichtern. Von Zeit zu Zeit bewegte sich in diesem Teil des Alls etwas Fahles, Funkensprühendes: die Straßenbahn. Sie war das einzige, was diesen Hintergrund mit dem zwanzigsten Jahrhundert verband, einen Hintergrund, der für die Taten der großen Straßenräuber gemacht schien, von Mandrin bis zu den Chauffeurs der Revolution. Geborgen wie man war, vernahm man nicht mehr die Musik noch die Geräusche von Sérianne. Der Wind kam nicht bis herauf. Am Tage hörte man hier den Lärm aus den Steinbrüchen jenseits der Bäume des Barrelschen Gartens. Jetzt aber war alles völlig still, selbst der Wind. Es war schön, daß Armand die Augen schloß, um Therese noch fester an sich drücken zu können. Sie begann zu sprechen. Sie wäre lieber gestorben, als daß sie jetzt nicht gesprochen hätte. Sie wehrte Armand ab, der geküßt werden wollte, aber sie blieb in seinen Armen und sprach weiter. Zum erstenmal fühlte sie sich frei.

»Du kannst dir nicht ihren Sommer vorstellen, dort unten ist das, während hier Winter herrscht. Im Delta gibt es Fieber, der Himmel lastet auf einem. Man ist von morgens bis abends in Schweiß gebadet, und die Nächte sind niemals so wie hier, niemals findet man seine Ruhe. Wir haben weder Geld noch Zeit gehabt, um wie die Beamten in die Berge zu fahren, in die Bucht von Along, von der man sagt, daß sie der schönste Flecken auf der ganzen Welt sei. Das ist in Tonking. Einmal wäre es beinahe soweit gewesen; die Marineinfanterie war nach Honghai geschickt worden, in die Kohlengruben, wo ein Aufstand der Eingeborenen ausgebrochen war. Von Honghai aus ist es einfach; die Bucht liegt gleich daneben.

Aber Respellières Regiment blieb in Cochinchina. So nahe gewesen zu sein und es doch nicht gesehen zu haben ...«

Armand flüsterte ein paar Worte über die Schönheit des gegenwärtigen Moments. Er suchte die Lippen der Schwätzerin. Sie sprach von ihren Liebhabern.

»Du kannst dir nicht vorstellen, wieviel Raum das im Leben einer Frau in so einem Lande einnimmt. Man ist allein. Respellière wird einmal hierhin, einmal dorthin gerufen. Man hat nichts zu tun, dazu das ermüdende Klima. Ich sage das nicht als Entschuldigung. Aber man braucht nur die Hand nach den Männern auszustrecken, um welche zu kriegen: sie haben alle genug von den Gelben. Offiziere, wie viele habe ich gekannt! Zum Beispiel den Major Dorsch, vor gar nicht langer Zeit las ich in den Zeitungen, daß er General geworden ist. Er hat mir dieses Collier hier geschenkt. Ich glaube, es stammt aus einem Tempel ...«

Armand hörte ihr nicht zu; er preßte sie nieder, er wollte sie haben, er war ungeschickt und wußte nicht, wie er sich anstellen sollte, und plötzlich wurde sie ganz schlaff, sie gab nach; sie sagte: »Mein Boy, mein Boy ...« Und sie fühlten nicht mehr, wie hart der Boden war.

Die junge Erfahrung Armands war noch bei ihren ersten Entdeckungen. In der Dunkelheit zerstörte Therese mit jeder Bewegung eine Unkenntnis und ließ eine neue Entzückung entstehen. Die Lektion verband sich mit dem uralten Ruf des Ortes, an dem man war. Der junge Mann konnte die Träume seiner Kindheit, in ihrem Halbdunkel, bei diesem nächtlichen Licht nicht gänzlich von sich weisen, dem Licht, das zu jener Jahreszeit bis zu dem großen Sternschnuppenfall Anfang August mit den Zauberinnen der Provence zu tun hat samt ihren Liebestränken, Fügungen und Beschwörungen. Zwar hörte man nicht den Schritt der bewaffneten Knechte über dem Gewölbe; waren sie alle fort auf dem Kreuzzug, oder hatten sie die Bewachung der Königin aufgegeben? Der Mond hatte sich seit tausend Jahren um nichts verändert. Armand begann mit absurder Hartnäckigkeit an das Märchen von der Eselshaut zu denken: jetzt hätte er, wäre er sein Vater, der König, gewesen, gewußt, was das ist: ein Kleid von der Farbe der Zeit ... Die Zeit machte sich in dem Gewölbe lang wie ein

Raubtier, wie eine große Katze, die Liebkosungen kaum von den Wunden unterscheidet, die ihre Krallen schlagen.

Der Schatten bewegte sich langsam weiter mit dem Mond. Die Zeit, die Zeit ... Therese sagte: »Es muß schon sehr spät sein.« – »Ach«, seufzte er, »du hast doch Zeit ...«

Sie hatte sich mit plötzlicher Unruhe aufgesetzt; sie bewegte sich wie jemand, der etwas sucht. Sie fragte ihn etwas. »Meine Kette«, sagte sie, »ich finde meine Kette nicht mehr ...« Ihre Hände trafen sich auf dem Boden. Die Kette konnte nicht weit von hier niedergefallen sein. »Ich hatte sie noch, als ich herkam, ich habe sie noch berührt, als ich dir von Major Dorsch erzählte ...« – »Ist sie nicht vielleicht in dein Mieder gefallen?« – »Ach was, sag keine Dummheiten. Suche. Mir liegt viel an der Kette.« Sie suchten also.

Plötzlich stieß sie in der Dunkelheit einen Schrei aus. »Was hast du?« fragte er. Es war nicht der Schrei, den man ausstößt, wenn man etwas wiederfindet. Sie schwieg. Er fühlte, daß sie Angst hatte. »Was hast du?« wiederholte er ärgerlich, sie griff nach seiner Hand und zitterte lautlos. »Was ist denn los?« Er konnte diese Albernheit nicht ausstehen. Aber sie sagte mit leiser Stimme, die ihr in der Kehle erstickte: »Dort ... jemand ...« Sie hatte eine furchtbare Angst, eine wahnsinnige Angst, die sie überwältigte.

Er nahm das Feuerzeug aus der Tasche, Pierre Delobelles Feuerzeug, und zündete es an. Er hob die kleine Flamme in die Höhe und blickte suchend in die Dunkelheit. Nichts, niemand. »Rechts ...«, flüsterte Therese. Armands Hand beschrieb einen Halbkreis, er machte zwei Schritte vorwärts und gewahrte eine Masse, die nicht mehr den Boden berührte, den schon blau angelaufenen Körper Angelikas. Sie hatte sich erhängt, dort, wo sie die Liebe kennengelernt hatte.

Als Therese davongelaufen war und Armand, nachdem er den Strick durchschnitten hatte, mit dem Schrecken eines Kindes, das den Tod, aber gleichzeitig auch die menschliche Feigheit entdeckt, feststellte, daß das Herz nicht mehr schlug, ja daß der Körper bei dieser schrecklichen Julihitze bereits unwiderruflich dem Reich der Natur wieder anheimgefallen war, dachte der junge Mann zuerst an Pierre; aber wie sollte er ihn finden? Er lief zur Stadt hinunter und suchte in der Einsamkeit jemanden, der ihm helfen konnte. Die ersten Leute, die er traf, zwei große Burschen, wollten von nichts wissen. Aber als sie begriffen, daß der Kerl, der sie in der Dunkelheit angesprochen hatte, der Sohn des Bürgermeisters war, änderten sie ihr Verhalten. Es war der Fleischer, der seinen Laden dicht neben der Schmiede des Mexikaners hatte, und einer seiner Gesellen. Sie trugen die Leiche hinunter; aber als man ins Licht des Mondes kam, hätten sie sie fast fallen gelassen vor Schreck, so furchtbar sah die Tote aus. Der Meister holte ein Taschentuch hervor, ein großes, kariertes Taschentuch, das nicht sehr sauber war und das er über das Gesicht warf, dessen Augen schon auszulaufen begannen. Man mußte bis zum Krankenhaus gehen; es war ein verdammtes Stück Weg. Sie lehnten Armands schüchtern angebotene Hilfe ab, und er atmete auf. Sie wollten dem Fest, das sowieso schon gestört worden war, möglichst aus dem Weg gehen. Wieso? Armand erfuhr von ihnen die Geschichte von dem Erdarbeiter, der im Krankenhaus krepiert war, und von der Szene, die sich zwischen dem Sozialisten und seinem Vater abgespielt hatte. Der Fleischer, ein Wähler Barbentanes, gab die Rede des Doktors mit einer Bewunderung wieder, die Armand nicht teilte. Er hatte sofort die Rolle, die sein Vater spielte, begriffen, und einige Worte, die am Vortag zwischen diesem und seinem Bruder ausgetauscht worden waren, kamen ihm wieder ins Gedächtnis. Er sah im Geist das Plakat auf Vinets Tisch: »SCHUFTE!« Das und die jammervolle Last, die sie trugen, ergaben in seinem Kopf ein großes Durcheinander. Die Stadt erschien ihm plötzlich wie ein Ungeheuer, das zwei Opfer zwischen seinen Kiefern zermalmt. Die Bemerkungen der beiden Fleischer hörten sich in der Dunkelheit unheimlich an.

Als sie in der Nähe des Großen Platzes auf einem Umweg nach der rechten Seite hin vorbeikamen, hörten sie vielfältige Musik und das ganze Tohuwabohu, und durch die Gassen drang der Lichterschein bis zu ihnen. Frauen sprachen sie an, und eine kleine Gruppe gab der armseligen Toten das Geleit. Einer der Träger sagte plötzlich: »Wenn die Leute sterben, werden sie wie die Feigen ...« Er machte Witze, um nicht allzusehr an den Geruch zu denken. Armand dachte daran, daß Pierre dort drüben bei den Lichtern und Liedern war, und er machte eine zögernde Bewegung, die der Fleischermeister verstand: »Gehen Sie nur, Herr Barbentane, wir genügen hier schon. Sie werden morgen noch Zeit haben, Ihre Erklärung bei der Polizei zu machen ...«

Als er seine Begleiter verlassen hatte, konnte sich Armand nicht gleich entschließen, in die Welt der Helligkeit zu treten. Er lehnte an einem Haus neben einem hölzernen Laden, hinter dem man Leute sich bewegen hörte, die gerade vom Fest kamen, und suchte in seinen Gedanken nach dem leitenden Faden in einem Knäuel schmerzhafter Empfindungen. Er sah Therese, wie sie ihre Kette aufhob und sich mit einem so niedrigen Ausdruck von Furcht, in eine Skandalaffäre verwickelt zu werden, davonmachte, ohne sich um die Tote zu kümmern; dann war da die Tote selbst und jene Geschichte von einem anderen Toten ...

Das Leben nahm ein neues, schreckliches Gesicht an, und es schien, als könne man nach diesen Ereignissen nicht wieder dort anfangen, wo man gestern aufgehört hatte. Was war das Verbindende, der Sinn all dieser furchtbaren Geschehnisse? Er hätte es nicht sagen können. Er begriff nicht das System dahinter. Er gewann nur den Eindruck einer ungeheuerlichen, triumphierenden Ungerechtigkeit, die gestaltlos, aber greifbar war und in deren Gewalt man sich um so mehr befand, je ärmer oder auch je empfindsamer man war. Armand hätte gern getrunken, er hätte sich gern betrunken, wenn er den Mut dazu gehabt hätte. Der Lärm des Festes konnte einem einfach den Magen umdrehen; er war wie das Stampfen eines Schiffes. Schließlich faßte er einen Entschluß. Er kam hinter den großen Schaukeln hervor und ging zum Fest, vorsichtig wie ein Badender, der in kaltes Wasser steigt, und sein Herz setzte aus, als ein paar lustige Leute ihm Konfetti ins Gesicht warfen. Das Fest ging weiter, als wolle man die verlorene Zeit nachholen. An der Schießbude wurde heftig geknallt. Die Musik lärmte. Sein Vater ... Pierre ... Er ging an Leuten vorbei, die er kannte und die er mit einem Gruß abschüttelte. Diese ganze seltsame falsche Menge lachte und spielte wie ein großes Kind. Der Holzhammer fiel auf den Türkenkopf, um die Kraft eines riesigen Bauernburschen zu zeigen. An den Tischen des Café des Arts auf dem Platz trank man, in dichten Schwärmen an den Tischen sitzend, während die zwei Serviermädchen, die nicht mehr wußten, wohin sie sich zuerst wenden sollten, hin und her liefen, die Arme voller Bier- und Limonadenflaschen. Als er zum Karussell kam, bemerkte Armand sofort Therese. Sie saß auf einer Kuh mit einem großen, sonnengebräunten Soldaten, der sie kitzelte und sie eng an sich preßte. Er mußte betrunken sein, und sie lachte hysterisch. Jählings überwogte ein Gefühl alles andere in Armand, ein fast unüberwindlicher Ekel, und er sah im Geist das Antlitz der erwürgten Angelika. Er glaubte, er müsse sich übergeben wegen der Lichter, die vor seinen Augen kreisten. In dem roten Wagen, den ein Schwan zog, saß Jacqueline Barrel neben Pierre, einem Pierre, der so offensichtlich verliebt war, daß Armand nicht anders konnte, als ihn verstehen. Merkwürdigerweise empfand er bei diesem Anblick Eifersucht. Es war etwas Unbegreifliches und Neues. Er lernte einen neuen Schmerz kennen, seine Augen füllten sich mit lauen, schweren Tränen. Das Fest begann sich wie in einem Dunst um ihn zu drehen. Niemals zuvor hatte Armand sich so allein gefühlt. Es gab niemanden auf der Welt, dem er sich heute abend oder irgendwann hätte eröffnen können, dem er diese Traurigkeit hätte sagen können, die aus allem drang, aus der Anhäufung alles Erlebten, angefangen von den Szenen, die ihm seine Mutter nachts in ihrem rosa Schlafrock gemacht hatte, bis zu diesem Leichnam und den Worten Edmonds am Vortage: »Er ist auf komische Weise gestorben: man hätte glauben können, daß er gar nicht wollte«, diesen Worten, die ihm plötzlich wieder ins Gedächtnis kamen und die er nicht mehr vergessen konnte. Er mußte auf jeden Fall mit Pierre sprechen, wenn auch dessen halbe Geständnisse offenbar Jacqueline betrafen. Schlimmer als eine Liebe: ein Traum.

Es mußte ausgerechnet Suzanne de Loménie sein, die ihn als erste anrief. »Armand!« Er sah sie an, und plötzlich kam ihm ein Verdacht. Die Briefe … Vor allem mußte man das Mädel ausfragen. Aber natürlich! Sie hatte gleich zu schwatzen begonnen, stolz darauf, daß ihr Bruder zurückgekommen war, und wie fabelhaft er aussieht, sehen Sie ihn doch an, und so weiter. Es war der Soldat, der Therese auf der Kuh festhielt. Armand sagte plötzlich: »Suzanne, wissen Sie, daß Angelika tot ist?« Sie stöhnte auf und griff sich mit beiden Händen an den offenen Mund. Ja, gewiß, erhängt. Nein, kein Verbrechen, Selbstmord. »Und«, sagte er, »in so kurzer Zeit nicht mehr zu erkennen. Als ob sie im Moment des Sterbens Angst gehabt hätte, das ganze Gesicht entstellt, blauschwarz, sie, die eine so helle Haut hatte, die offenen Augen schon ...« Er mußte sich zusammennehmen, um fortfahren zu können: »Schon verwest, ihre Augen ganz und gar unmenschlich, irgend etwas, was herauslief ...«

Suzanne unterbrach ihn, indem sie ihm mit beiden Fäusten gegen den Arm hämmerte: »Schweigen Sie, schweigen Sie, bitte.« Die Kühe liefen hinter den Schweinchen und Schwänen her. Laute Zimbelschläge ertönten, und Thereses Beine, die berühmten Beine von Saigon, sahen unter dem Rock hervor, der wie zufällig vom Sattelknopf erfaßt und hochgehoben wurde. Suzanne blickte erschrocken um sich. Wußte Armand? Warum erzählte er ihr das? Er sprach ziemlich leise, ganz dicht neben ihr; er redete von Angelika und dem Tod. Jedes Wort, voll von Verwesung und einer schrecklichen Empfindung, traf Suzanne wie eine genaue, furchteinflößende Beschuldigung. Nicht Reue hatte sie erfaßt, sondern Angst. Aber er konnte doch nichts wissen ... Warum erzählte er ausgerechnet ihr das alles? Sie hatte dieses Mädchen nicht einmal gekannt ... diese Matratze. Wirklich jemand, mit dem man sich lieber nicht befaßte! Das Karussell hielt an und lud seine ganze torkelnde Kundschaft ab, die den festen Boden unter lautem Gelächter wiederfand.

Er mußte mit Pierre reden. Armand ließ Suzanne stehen. Vorbeigehende Leute verbargen ihm den kleinen Delobelle. Eine Frau sang:

»Wo hab ich denn, wo hab ich denn
Mein Höschen? Ha'm Sie's nicht gesehn?«

Das gekitzelte Lachen Thereses klang dazwischen. Auch sie hatte bestimmt getrunken. Sie hatte mit François de Loménie jedes Maß verloren. Armand war es völlig egal. Die Jadekette am Hals dieser vulgären, plappernden Frau, die von dem Soldaten mit seinem verwegen aufgesetzten Käppi animiert wurde, erinnerte ihn an die tragische und ernüchternde Szene, die sie so schnell vergessen hatte. Pierre und Jacqueline waren Gott weiß wo hingeraten. Er hatte Kinder gehabt, dieser Erdarbeiter ... Alle Leute waren ziemlich in Stimmung, man hatte viel getrunken, um sich nach dem unerfreulichen Zwischenspiel wieder ins Gleichgewicht zu bringen. Armand kam als reichlich ungelegener Gast dazu.

»Sollt es bei meiner Mutter liegen?
Kann man's bei meinem Bruder kriegen?
Ich find mich nicht mehr raus!
Vielleicht ha'm Sie's zu Haus?«

Frau Barrel war empört und machte Doktor Lamberdesc, der ihr Gesellschaft leistete, auf das Benehmen von Frau Respellière aufmerksam. Der Doktor, ein wenig blaß, versuchte den Gegenstand der Unterhaltung zu wechseln. Suzanne zerriß ganz leise und langsam ein Taschentuch, das sie in den Händen hielt. Plötzlich geschah etwas Unerwartetes, das Armand hinderte, weiter nach Pierre zu suchen. Ein Mann war mitten in einer Gruppe aufgestanden, und seine Stimme übertönte die Musik. Seine große, schwankende, gelbliche Masse hob sich gegen die Jahrmarktslichter ab. Armand hatte kaum Zeit, an dem gesträubten Schnurrbart zu erkennen, daß es Respellière war, ein ziemlich betrunkener und außerdem fiebernder Respellière. Er hatte es nicht länger aushalten können, zuzusehen, wie ein gewöhnlicher Soldat mit seiner Frau schäkerte. Man vernahm: »Hure!« und dann das Geräusch einer Ohrfeige. Die beiden Männer gingen aufeinander los. Migeon, Barrel, Delangle und einige Unbekannte trennten sie. Der ungewöhnliche Abend schleppte sich böse weiter, eine Art Brand schwelte fort, ein feindseliger Brand, der nicht erstickt werden konnte. Respellière, mit abgerissenem Kragen, stürzte sich plötzlich auf den Soldaten. François versuchte ihm auszuweichen, aber ein Stoß mit dem Kopf in den Magen brachte ihn aus dem Gleichgewicht. Da blitzte etwas in seiner Hand auf, ein Licht, das so trocken war wie der Knall, der ihm folgte. Man begriff zuerst nichts, weil an den Schießbuden geschossen wurde.

Der Steuereinnehmer Respellière war Armand vor die Füße gerollt. Er hielt sich den Bauch und schrie.

Das Fest war für diesmal zu Ende.

ZWEITER TEIL

PARIS

I

Über der Stadt dreht sich ein Riesenrad mit seinen bizarren kleinen Wägelchen, die merkwürdigerweise im Gleichgewicht bleiben, über einem Stadtviertel, das aus leerem Gelände besteht und zwischen Gärten und Kasernen endet. Die neuen Häuser treten zu einem Bezirk von feindseligem Äußeren zusammen; auf den Straßenschildern liest man die Namen von Musikern. Die Fassaden sind genauso lückenlos geschlossen wie der Asphalt der Straße. Auf den Trottoirs gehen mit sehr schnellen Schritten Offiziersfrauen vorbei oder Hausangestellte mit ihren Einholnetzen. Der Winter ist perlgrau, trocken und klingt von den hohen Absätzen wider. Durch sehr lange Avenuen, die im Sommer hinter ihren Gittern sicher grün sein werden, stößt der Wind auf ein Monument, das seinen Glanz verloren hat und in der Ferne das Phantom des Ruhmes und seiner Unbeständigkeit aufruft, den Invalidendom, ein Name, der aus der Tiefe der Zeit taucht, wie Drohung und Reue.

So also gewahrt der Militärbezirk die Sonne seines Abstiegs. In diesen Häusern schlagen Herzen, die das Pulver lieben. Die Gardinen verbergen Gesichter, die von den Vorstellungen des Schlachtentods bewohnt sind. Soldatenfamilien, bereit, sich beim ersten Luftzug zu entflammen, schlummernde Glut eines Weltbrands. Alle diese Wohnungen gleichen einander mit ihrer armseligen Architektur, mit ihrem Salon und dem Speisezimmer, das mit dem ersteren durch Schiebetüren verbunden ist, auf deren Glasscheiben sich Tüll- und Satinvorhänge fälteln. Sie gleichen sich noch mehr durch die Sehnsüchte, die sie einschließen, die Säbel und Spieße, die Kimonos an den Wänden, die Erinnerungen an Algerien und China, die Räucherschalen, Elfenbeinnippes, gerahmten Auszeichnungen, Fotografien, die in einem unbestimmte Gefühle erwecken und auf denen von Passepartout zu Passepartout immer derselbe Garnisonheld an Tressen und

Leibesumfang zunimmt. Hier träumt man von Schlachten. Die schwarze Schwinge der Niederlage von 1871 schleift noch in den Alkoven und auf den Kaminen aus weißem Marmor. Vierzig Jahre des Auf-der-Stelle-Tretens, voller Groll und heruntergeschluckter Beleidigungen, die Erinnerung an Fachoda und die noch schmerzende Wunde, die einem der Schnabel der Kongoente geschlagen hat, all das verdichtet sich in diesen riesigen Steinwürfeln, die Dynamitkisten gleichen. Und der Gefahr gleichsam nicht achtend, und diese sprengstoffgefüllte Insel von einer gänzlich verschiedenen Welt armseliger, schmutziger, eng zusammengedrängter Häuser trennend, wo Volksbälle frech aufblitzen, läuft im hereinbrechenden Abend eine lange leuchtende Schlange auf schwarzstählernem Weg über dem Boulevard dahin, der erfüllt ist von Sehnsucht, Hunden, Köchinnen und Kürassieren. Mit dem Geräusch von klirrenden Ketten, das einen an verhexte Schlösser erinnert, hält die Metro in Sêvres-Lecourbes an der Grenze zwischen diesem kriegerischen Bezirk und dem Viertel der Kleinhändler von Grenelle. Leute aller Art steigen die Treppen hinab und tragen ihre gegensätzlichen Welten mit sich, und auf ebener Straße fliegt dieser ganze menschliche Staub mit seinen fixen Ideen, seinen kleinen Sorgen, seiner Arbeit, seiner Verzweiflung auseinander. Da sind zwei Männer zusammengestoßen und gehen nach entgegengesetzten Richtungen mit einem mechanischen Pardon auseinander: beide wissen nichts von dem, was sie so leicht dazu bringen könnte, sich gegenseitig umzubringen. Kaum, daß die Zeitungshändlerin zwischen ihnen einen Unterschied macht, je nach den Blättern, die sie kaufen. Aber in der Tiefe dieser Pupillen, in denen sich jetzt nur das Licht der ersten Bogenlampen widerspiegelt, schwelen Brände, liegt ein ferner Feuerschein, der alles überflammen wird, wenn man nur erst diese Menschen mit der Druckerschwärze der letzten Nachrichten von der Landesgrenze zum Äußersten gebracht hat. Auf dem Bürgersteig gegenüber leuchtet unschuldig ein Milchgeschäft, hell wie die Ärmel des Kittels der Verkäuferin: dennoch trägt es bereits auf seinem Schild das schicksalhafte Wort »Maggi«, das es dem patriotischen Furor der Menge ausliefern wird. Schon haben einige Oberleutnantsfrauen und zwei Obristen ihrer Köchin das Betreten des Ladens verboten. Haben Sie denn nicht gelesen, was Léon Daudet geschrieben hat?

Beim Einbruch der Nacht erhalten die Türme der Stadt Dauer, werden sie deutlich wie ein bitterer Rauch, und jenseits des Militärbezirks, nach der Seine zu, gibt es Stellen, die erfüllt sind von einem großen, verlassenen Schweigen; denn hier, wenn man eine Reihe kleiner Betriebe hinter sich gelassen hat, beginnen die langen Mauern, die die großen Fabriken einschließen. Die Trugbilder des Ruhms machen Maschinen Platz, die jetzt bewegungslos schlummern. Niemand wacht mehr in diesen verdunkelten Gebäuden, in denen der Stahl schläft. Auf dem anderen Ufer beginnen die Viertel der Reichen. Friedlicher Westen, mit Bäumen und hübsch gestrichenen, hellen Bauten, deren eiserne Läden durch ihre oberen Spalten einen Widerschein von Fröhlichkeit und Wärme, von Sicherheit, von Reichtum hindurchschimmern lassen! Ach ja, hier sind die Teppiche dick, und hier laufen kleine barfüßige Mädchen in langen Nachthemden umher, weil sie noch nicht schlafen gehen wollen: das Leben ist so angenehm, und heute abend wird Besuch kommen, nach der Tischwäsche, die man herausgelegt hat, und nach dem Kristallservice, das auf der Anrichte steht, zu urteilen. Die Viertel der Reichen ... Von wo aus wir es auch immer wie die Korsaren entern, erhebt das lange Schiff der Ausgeglichenheit und des Luxus seinen stolzen Bord mit den Gärten des Trocadero und dem, was noch von der geheimnisvollen Cité des Eaux übrig ist, wo Cagliostro in den Tagen der Monarchie regierte: ein Stück freies Land, plötzlich mitten in der Stadt, mit den einsamen Wegen des zerstückten Parks, dem Hang mit seinen dunklen Ecken, an denen Liebespaare Geständnisse stammeln. Dann kommt die wohlhabende Stadt, mit seelenlosen, leblosen, voneinander nicht zu unterscheidenden hellen, gleichmäßigen zahllosen Straßen. Das alles erstreckt sich nach Norden hin, fällt nach dem Süden ab, treibt den Bois de Boulogne entlang, spaltet sich an einigen Avenuen, trägt Plätze wie Blumenbukette, die jemand an einen teuren Pelz gesteckt hat. Der Bezirk stößt ins Herz der Stadt vor, durch das Viertel Marbeuf und die Champs-Elysées, er zieht sich von der Madeleine über den Park Monceau in Richtung Péreire und jener Ringbahn zurück, die in einem langen Graben die Stadt nur selten durchfährt, er umschließt den Etoile und setzt sich nach Neuilly zu fort, das voller Privathäuser ist und dessen langes Avenuenhaar sehnsüchtig bis hinüber zu den wiedergefundenen Quais der Seine nachschleift, und bis zu den Grenzen der Metallbetriebe von Levallois-Perret. Die Viertel der Reichen ... Sie sind wie ein Erwachen aus einem bösen Traum in der schwarzen Zange der Industrie. Von allen Seiten grenzen sie an die unerbittlichen Bezirke der Arbeit, deren Rauch ihre Perspektiven entehrt und sich manchmal, wenn der Wind es will, auf ihre Häuser mit den zarten Farben legt. Im Halbschlaf liegen hier große Ambitionen, hohe Gedanken, anmutige Melancholien. Diese Fenster tauchen in reinste Träumereien und utopische Meditationen, die die menschliche Güte beherrscht. Wieviel idyllische Vorstellungen in diesen privilegierten Köpfen, in diesen kleinen, mit rosa Seide bespannten Salons, in denen Bücher das Leben dekorieren, vor diesen mit Flacons, Bürsten und kleinen Metallgegenständen vollgestellten Frisiertischen, auf den Betschemeln der Zimmer, in den großen knarrenden Betten, in den frischen Kissen! In diesen Bezirken des Wohllebens wünschte man innig, daß in der besten der Welten alles zum Besten stünde. Man träumt von Vergessen, man träumt von Liebe, man träumt vom Leben, man träumt von Armenapotheken und Wohlfahrtseinrichtungen, über denen der Engel der Wohltätigkeit lächelt. Die Existenz gleicht einer Oper im alten Stil mit ihren Ouvertüren, ihren Ensembles, ihren großen Arien und der Trunkenheit der Violinen. Die Viertel der Reichen! Aber schon erhellt sich die Stadt drüben im Zentrum, wo die Vergnügungen regieren.

Denn die Nacht fordert wieder ihr Recht von den Menschen; sie überantwortet die korrekten Schaufensterpuppen des Westens der Tollheit, dem Lachen, der Trunkenheit, der Lust. Sie schleudert sie in das Licht und den Tumult einer künstlichen Welt, in der das Trugbild der Güte vergeht. Das beginnt unter den Bäumen der Champs-Elysées, das schwingt über die Boulevards hin bis zur République, in diesem Bereich der Theater und der Cafés, der Nachtlokale und Bordelle, die die Hänge des Montmartre hinansteigen mit Fetzen von Musik und Taxihupen. Ach, die Liebhaber der Leidenschaft und des Lebens können wohl ihre überschüssigen Kräfte loswerden: es bleibt für sie ein prächtiges Experimentierfeld, wo das Orchester der Gefahr zwischen den Tischen aufspielt. Hier träumt man Wachträume. Schönheit der Frauen und Abgründe des Geldes, Aufleuchten des Alkohols und Komplizität von Kinderspielen, brutale Freude und Prostitution der Herzen: der Revolver ist niemals sehr weit, wenn der Maître d'hôtel sich über den Champagnereimern verbeugt. Immer liegt ein Halbdunkel wie Nacht in diesem Lächeln, etwas Aggressives im Funkeln der Juwelen, etwas Unbegreifliches auf den Seidenrevers der dunklen Anzüge. Spiegel, Romanzen, wünschen Sie noch eine Flasche? Füllige schamlose Damen wiegen sich zu fahlen Tangos, drehen sich im Walzer, der zigarrenfarbene Südamerikaner mit ihnen davonträgt. Ein Karneval von Häßlichkeit, physischem Verfall; Tragödien der Zeit umgeben die feenhaften Wesen dieses modernen Eldorados. Über allem zieht ein Hauch von Verwesung. Aber wieviel schöne Mädchen, welch herrliche Brüste, welch höllisch schöne Arme über Geschirr und Gläsern, neben der Unterwürfigkeit der Kellner! In jedem Mann herrscht Ungewißheit, was die nächste Stunde bringen, welche neue Tollheit er begehen wird. Soll er gegen Morgen vernünftig nach Hause zurückkehren? Ein Likör kann ihn von einer in die andere Welt werfen, kann ihn zur Beute schmeichelhafter Vorschläge machen, ihn in der Nacht scheitern lassen, und er wird sich an einem anderen Ort wiederfinden, voll von Spiegeln und Frauenlachen. Er wird seine Lust mit dem gleichen blauen Schein bezahlen, der der Philanthropie dient. Draußen treiben verdächtige Schatten ein undeutliches Spiel in den Maschen des elektrischen Lichtes, Menschenwesen warten, man vernimmt Feilschen, Drohungen, Bitten. Alles das löst sich quer durch die ungeheure leere Stadt auf, wo nach den Bürostunden nichts mehr schlägt außer dem fernen Herzen der Hallen, und die leeren Straßen, durch die manchmal ein Auto jagt oder in denen ein verspäteter Säufer vor sich hin singt, scheinen mit ihren endlosen Reihen von Bogenlampen einen reisenden Monarchen zu erwarten, der im letzten

Moment seinen Plan geändert hat. Träume, steinerne Träume: Statuen mit weißen Augen träumen auf den Plätzen.

Paris … Aber im Norden, im Osten und im Süden beginnt Paris, und es schläft, schwer, zusammengesackt, traumlos, soweit der Blick reicht; Paris, ermattetes Fleisch, Häuser, Menschen, die kein Dach über dem Kopf haben, Baracken, Befestigungen, Vororte, Paris; Paris, das sich fortsetzt jenseits seiner selbst im Schmutz und im Zerfall, in der armseligen Unordnung der Vorstädte, der Betriebe, der Fabriken; jenes Paris, das sich in seine endlose Umgebung zerfasert, wo immer weiter auseinanderstehende Gebäude aus dem Schutt einer Welt von Zäunen und Abbrucharbeiten aufsteigen; Paris, das um sich her die hellen Windmühlenflügel seiner Landstraßen legt, das sich hinüber erstreckt durch schwitzende Arbeiterviertel nach dem flachen Lande zu, das kahl ist wie die Erinnerung an ein vergangenes Glück.

II

»Meine Herren«, sagte der Vorsitzende, »die Sitzung ist eröffnet.«

In dem großen Raum in der Rue Saint-Ferdinand saßen ein Dutzend Leute eng gedrängt um den Tisch. Rechts von Joseph Quesnel saß ein unbekannter Herr. Quesnel war gealtert; aber er hielt sich immer noch recht gut, groß und allmählich grau werdend, mit kahlem Scheitel, mit seinem schönen blonden fallenden Schnurrbart, der gut gepflegt war, mit einem zweifelhaften Rosa auf den Wangen und jener gewissen Trockenheit, die von dem englischen Stoff seines Anzugs, einem dicken und ziemlich steifen Stoff, unterstrichen wurde. Er war gegen fünfundfünfzig Jahre alt, und seine Brauen begannen buschig zu werden.

Von der engen Straße her kamen das Hupen der Autos und der Lärm der Gemeindeschule, die sich leerte. Es war vier Uhr an einem feuchten und milden Tag Ende November. »Der Vertreter Wisners«, flüsterte, diskret auf den Unbekannten weisend, der Direktor der Garagen von Levallois seinem Nachbarn zu, der kurz und dick war und herausquellende Augen hatte. Joseph Quesnel sprach.

»Meine Herren, es ist gerade auf den Tag ein Jahr her, daß der Streik begann, aus dem unsere Vereinigung hervorgegangen ist und der zur allgemeinen Zufriedenheit der Wagenbesitzer, der Kompanien und der vernünftigen Schofföre beendet wurde.* Man kann sagen, daß die Schofföre die Schöpfer unserer Einheit gewesen sind. Niemals, wenn wir nicht von den Bedingungen des Kampfes selbst dazu gezwungen worden wären, hätten wir uns geeint, hätten wir unsere Bemühungen und unsere Interessen zu koordinieren verstanden. Die Unternehmerschaft der Mietskraftwagen, man muß es offen zugeben, ist eine von romantischen Vorstellungen beherrschte oder, sagen wir es klar heraus, eine rückständige Unternehmerschaft. Sie bekundet noch allzuoft eine handwerkerhafte, veraltete Mentalität, die keineswegs den Schwierigkeiten der Gegenwart Rechnung trägt. Man erlebt, daß die Leiter großer Firmen, die bereits über Tausende von Wagen verfügen, sich in Geschäftsdingen einer Sentimentalität befleißigen, die einen an die Tage der Pferdedroschke erinnert und an die Denkweise des alten Kutschers, der sich nicht von seiner Schindmähre trennen kann. Es ist jedoch ein Gesetz der Geschichte, daß aus einem Zuviel an Schlechtem immer etwas wirklich Gutes hervorgeht, und als der Donquichottismus der Unternehmer uns an den Rand des Abgrunds geführt hatte, als unsere Angestellten sich gegen uns empörten, weil sie auf eine Handvoll Hetzer gehört hatten, fanden wir uns schließlich selber wieder und begriffen, daß man der Verschwörung der Gewerkschaften und der Anarchie etwas gegenüberstellen mußte, was eine wirkliche Stütze der Ordnung zu sein hätte. Damals war es also, daß wir das Kartell gründeten, das uns zum Siege führte.«

Ein zustimmendes Murmeln erhob sich aus der Runde von Bärten, schweren Krawatten, Greisenhänden, die auf dem linierten Papier kritzelten, Sède de Liéoux flüsterte dem An-

* Siehe »Die Glocken von Basel«.

walt des Konsortiums, der neben ihm mit einem Schlüsselbund spielte, einige Worte zu.

»Meine Herren, es ist sehr gut, daß wir begriffen haben, daß unsere Interessen, weit davon entfernt, einander entgegenzustehen, miteinander übereinstimmen; aber das ist noch zuwenig. Wir müssen den Gefahren, die uns in näherer oder fernerer Zukunft drohen, eine Linie des gemeinsamen Handelns, einen reiflich erwogenen Plan entgegenstellen. Man muß die Gefahren kennen und wissen, woher sie kommen. Der Gewerkschaftsmob kämpft gegen uns keineswegs nur durch Hetze auf der Straße, durch Sabotage, Bomben, die in die Garagen geworfen werden, Streiks und Brandstiftung. Er findet in der Gesellschaft unseres Zeitalters subtilere und völlig gesetzliche Mittel, um Sie zu treffen. Er läßt sogar Gesetze einführen, die unter dem Deckmantel der Menschlichkeit auf Ihren Ruin abzielen und in der Folge auch auf den Ruin der Arbeiter, die von Ihrem Vermögen leben und die diese Gesetze gegen Sie zu verteidigen vorgeben. Im übrigen zielen auf Sie gewisse gesetzliche Bestimmungen ab, die immer bedrohlicher werden und sich aus den allzu weitgehenden Rechten dieses modernen Staates herleiten, dieses Ugolino, der seine eigenen Kinder frißt. Eingeengt zwischen den Menschen, die von Ihnen leben, und diesem gefräßigen Staat sehen Sie Ihre geschäftliche Zukunft in außerordentlich trübem Licht, das Feld Ihrer Spekulationen aufs merkwürdigste beschränkt, und Sie sind imRecht, sich zu fragen, warum Sie nicht einfach Ihre Gewinne machen und weiter nichts, ohne sich um den nächsten Tag und um die Zukunft eines französischen Gewerbes zu kümmern, zu dessen Untergang sich die Franzosen verschworen zu haben scheinen.

Nun wohl, so geht es nicht. Wir haben, vielleicht gegen unsere unmittelbaren Interessen, eine Mission zu erfüllen und werden dabei nicht versagen. Unser Vaterland, wie groß auch immer seine Undankbarkeit sein mag, wird uns nicht eines schädlichen Verzichts beschuldigen können. Wir werden für eine bessere Zukunft unseres Gewerbes zu kämpfen wissen. Wir werden unsere Methoden dem harten Gesetz des modernen Lebens und, weitsichtig wie wir sind, auch den künftigen Lebensbedingungen anzupassen verstehen. Meine

Herren, vor einem Monat etwa starb in Rom ein Mann, über dessen Beispiel man nachdenken sollte. Ein Beispiel, das unseren Herzen teuer ist, weil in der bitteren Stunde der Niederlage, weil nach Sedan John Pierpont Morgan und sein Vater unserem Land die zweihundertfünfzig Millionen liehen, die den französischen Wiederaufstieg ermöglichten. Aber nicht nur in dieser Beziehung ist uns heute jenes Beispiel wertvoll. John Pierpont Morgan ist der Mann, der begriffen hat, und zwar bereits schon in den sechziger Jahren, daß die freie Konkurrenz, jene wirtschaftliche Triebkraft früherer Zeiten, ihrem Ende entgegengeht und daß man an die Stelle des anarchistischen Einanderüberbietens, das in der Industrie Katastrophe auf Katastrophe verursachte, endlich Bündnisse zwischen den Produktionsmächten setzen muß, um den Markt zu beherrschen, Fluktuationen zu regeln und dem menschlichen Geist die großen friedlichen Perspektiven der modernen Welt zu erschließen. Der Name von John Pierpont Morgan ist untrennbar mit der Bildung der Trusts verbunden, durch welche die amerikanische Industrie zu jener Vollkommenheit und Konzentration emporstieg, die die große bestimmende Tatsache der letzten fünfzig Jahre menschlichen Denkens ist. Und ich möchte gleich hinzufügen, daß die Kritik, die an diesem Kartellsystem geübt wird und die wir von einer kurzsichtigen Presse ständig wiederholt hören, meist von Geistern ausgeht, die man durchaus als reaktionär bezeichnen muß, selbst wenn sie sich zu den entschiedenen Sozialisten rechnen.

Was uns in dieser Stunde im Mietswagen-Gewerbe und überhaupt in der ganzen Industrie fehlt, ist Morgansche Kühnheit, ein Erfindungsgeist gleicher Bedeutung, der die wirtschaftlichen Beziehungen unserer Zeit über den Haufen wirft und für eine lange Zeit die Umtriebe der Saboteure in der Industrie zunichte macht. Heutzutage hat die Sache der Kartelle gesiegt: die anarchische Konkurrenz kann in der Komplexität kombinierter Interessen nicht mehr zu einer ernsten Gefahr werden. Je weiter wir vorwärtsschreiten und je mehr die Geschäfte sich in den Händen beschränkter Gruppen befinden werden, desto mehr werden die entscheidenden Dinge von immer weniger zahlreichen Männern ausgehen, so daß man sich schließlich vorstellen kann, daß die ganze Unordnung verschwindet, was ja auch wünschenswert ist, jene Unordnung, die uns noch daran hindert, die genialen Pläne eines Pierpont Morgan zu verwirklichen. Die Gefahr heutzutage ist anderer Art.

Wenn sie nicht mehr aus unsern Gegensätzen kommt, so resultiert sie doch aus unserer Unfähigkeit, jene Bedingungen zu überwinden, vor die wir alle von den negativen Faktoren der Welt, in der wir leben, gestellt werden: vom Arbeiter, der nicht weiter sieht als bis zur Auszahlung am Sonnabend, vom Staat, der nichts kennt außer dem augenblicklichen Gleichgewicht seines Budgets. Der eine und der andere, ich sagte es bereits, versuchen uns durch das Gesetz zu unterjochen. Das, was man heute begreifen muß, meine Herren, ist, daß wir, so wie nach 1860 die Großindustrie das Vorurteil von der freien Konkurrenz, ihr damaliges Losungswort, aufgeben mußte, im Jahre 1913 das Vorurteil von der Legalität aufgeben müssen, die als die absolute Vorbedingung des Geschäftsverkehrs betrachtet wird. O ja, ich weiß, was eine solche Idee Gewagtes an sich hat, und daß sie bei Ihnen auf Einwände und Skrupel stoßen wird! Die Stunde ist gekommen, da die Industrie, um leben zu können, über das Gesetz gestellt werden muß. Ich werde das durch einige Beispiele erläutern, die ich aus unserem Gewerbe anführe.

Wir haben mit allen legalen Mitteln, mit dem Apparat der Demokratie, dem Parlament, gegen die wahnsinnigen, verbrecherischen Gesetze angekämpft, die sich des Vorwands sozialer Gesetzgebung bedienen, um der Entwicklung menschlicher Aktivität alberne Grenzen zu setzen, Gesetze, die versuchen, der Bewegung der Geschichte selbst Fesseln anzulegen, und die gerade aus diesem Grunde geschichtlich verurteilt sind. Solcher Art sind die Gesetze von 1908, deren Anwendung wir nur zu verzögern vermochten, die aber früher oder später unseren Ruin herbeiführen können. Gesetze über die Arbeitszeit, die die Schofföre härter als uns selber treffen, Gesetze über die Sozialversicherung und so weiter. Dazu kommt die erdrückende Last der Steuern, die das Ergebnis unserer Arbeit in Frage stellen. Alles zielt heute darauf ab, die Entwicklung der Gesellschaften zu begrenzen: die Ausführungsbestimmungen des Gesetzes machen sie keineswegs zu Herren ihrer Gewinne, und der Staat, der ihre wachsende Macht fürchtet, versetzt sie, indem er sie zu ständigen Neuaufteilungen der Gewinne zwingt, in die Lage von Organismen, die man sich ständig weißbluten läßt und die sich dabei erschöpfen, ununterbrochen den Vorrat an Blutkörperchen ersetzen zu müssen, der für ihr Leben notwendig ist.

Meine Herren, ich wiederhole, die Industrie muß sich über das Gesetz stellen, weil sie die Realität unseres Landes ist, und so wie einst die lebendigen Kräfte unseres Bürgertums gegenüber dem Adel ihren Willen durchzusetzen und die alte Gesetzgebung zu zerstören verstanden, so müssen wir heute dem neuen Adel, dem gewerkschaftlichen und dem staatlichen Adel gegenüber es fertigbringen, eine Festung aufzubauen, von deren Höhe aus wir mit dieser ganzen reaktionären Gesetzgebung reinen Tisch machen werden, einer Gesetzgebung, die auf dem Recht auf Schwäche, Faulheit und Elend beruht, auf jenen Utopien à la Rousseau, die nur der philosophisch-gesetzgeberische Aspekt der Sabotage sind und das juristische Gegenstück zur Mamzelle Cisaille jener großen Leuchte Hervé ...«

Wisners Mann stimmte zu. Er hatte große faltige Säcke unter den Augen und einen steifen Kragen, über dem die Sehnenstränge des mageren Halses hervortraten. Der Sekretär des Konsortiums schrieb mit eifriger Miene mit. Der Dicke neben Sède de Liéoux beugte sich nach rechts zu einem kleinen Mann hinunter und sprach hinter der vorgehaltenen Hand auf ihn ein. Er war nicht bei der Sache. »Ich war dann schließlich«, flüsterte er, »in diesem Theater an den Champs-Elysées, von dem man soviel spricht. Wollen Sie meine Meinung wissen? Ganz angenehm, aber vom künstlerischen Standpunkt finde ich das Gebäude gar nicht besonders, nein. Neues muß sein, gewiß. Aber das ist eine richtige Scheune. Trocken und feierlich und dürftig, kurz, nicht französisch. Es riecht gegen den Wind nach Deutschland. Wie ich Ihnen sage. Aha, hören wir uns Quesnel an: er macht gerade Schluß ... Was machen Sie da, lieber Freund?«

Der Nachbar stieß ein Stück Papier zu ihm hinüber, auf dem er Kreuze und Kreise neben Namen hingezeichnet hatte, die in alphabetischen Gruppen geordnet waren. »Sie sehen, ich punktiere ... wer für Poincaré sein wird ... und wer gegen.«

III

Vaterliebe, Sorge um Edmonds Studien und zugleich politisches Interesse an der Wiederaufnahme gewisser Pariser Verbindungen in einer Zeit voller Wirrungen, nämlich vor den Präsidentschaftswahlen, brachten Dr. Barbentane zu einem Entschluß: Er schrieb seinem Ältesten, er möge die Hauptstadt während der Neujahrsferien – er vermied immer sorgfältig, von den Weihnachtsferien zu sprechen, weil das zu religiös klang – nicht verlassen, er würde ihn besuchen kommen. Bedauerlich für die Patienten, aber zehn Tage hindurch konnte ihn Dr. Lamberdesc vertreten. Im Grunde genommen war dieser Bursche ganz in Ordnung, und gute Umgangsformen unter Kollegen machen sich immer bezahlt. Sie einigten sich bei einer zufälligen Begegnung bei den Barrel, deren Dienstmädchen ein Nagelgeschwür hatte. Und für das Dienstmädchen nahm man den gutgesinnten Arzt.

Nach zehn Monaten Dauer des Kabinetts Poincaré war die Situation undurchsichtig. Die Rue de Valois unterstützte das Ministerium; Poincaré war ein Anhänger von Dreyfus ... dennoch bestand in der Partei selbst eine gewisse Unzufriedenheit. Leute, wie zum Beispiel Mestrance. Gewiß, das war nun nicht besonders wichtig. Aber der Doktor brachte seinen Wählern demokratische Achtung entgegen. Ohne davon zu reden, daß das Verhältniswahlrecht, so wie es jetzt aussah, ihm bei den Legislativwahlen nicht viel Aussichten gab ... Die ganze Militärpolitik Poincarés war für einen Mann der Linken ein bißchen schwer zu schlucken, nicht? Auch wenn man versicherte, daß der Ministerpräsident damit nichts zu tun hatte und daß die Clique von Alexander Millerand die schuldige war, ein Mann, dem er wegen seiner sozialistischen Herkunft immer mißtraut hatte ...

An der Gare de Lyon traf Barbentane Edmond, der auf ihn wartete. Als er ihn zwischen zwei Koffern im Hin und Her der Gepäckträger erblickte, empfand er etwas wie einen Stoß. Ein großer, dunkelbrauner Bursche, elegant, mit kleinen Kopf und breiten Schultern, hellen Augen und einer Spur von Schnurrbart. Seine Jungen kamen ganz ohne Zweifel von der Seite Rinaldi her. Edmond war stärker und besser proportioniert als Armand und hatte keine Locken wie sein Bruder, auch waren seine Gesichtszüge regelmäßiger. Der Doktor sah, wie sein Lieblingssohn näher kam: was trieb er eigentlich in Paris? In Sérianne hatte er ihn beobachten lassen: er wußte vom Wirt selbst, daß sein Junge im »Blumenkorb« verkehrte. Im Kopf des guten Vaters reifte ein Plan: Die zweite der Töchter Barrel würde für Edmond eine gute Partie sein. Politisch gesehen ein Meisterstück – die Opposition wäre gezähmt. Die kleine Barrel müßte allzu anspruchsvoll sein, wenn sie seinen Jungen nicht haben wollte. Der Vater umarmte bewegt seinen Sohn. »Ich denke, wir essen zusammen.«

Der Ton ließ kaum eine Entgegnung zu; aber in seiner Stimme lag Abweisung, als er mit ausweichendem Blick erwiderte: »Bedaure, ich bin besetzt.«

Barbentane war zu sehr mit Paris beschäftigt, um wirklich zu protestieren. Er wollte den großen Bruder spielen und rief: »Ach, du Strick, du!«, ohne auf das geringste Echo zu stoßen. Seit jeher stieg der Doktor im Hôtel du Louvre ab. Edmond setzte ihn dort ab und verabredete sich mit ihm für den morgigen Nachmittag. Morgens hatte er Dienst an der Charité bei Professor Beurdeley, dem Bauchspeicheldrüsenmann.

Um die Wahrheit zu sagen, wollte Edmond nur an diesem Abend sich selber beweisen, daß er unabhängig sei. Er sah seinen Vater ankommen, als sei die ganze Provinz oder, noch schlimmer, die Familie über Paris hereingebrochen. Scheußliche Erfindung, diese Eisenbahn.

Der junge Mann verspürte ein wenig mehr als Verachtung für einen Vater, den er in seiner Kindheit bewundert hatte. Edmond hatte nicht ungestraft seine Jahre in der ehrgeizigen Atmosphäre verbracht, die das Leben der Barbentane bestimmte. Er hatte gesehen, wie sein Vater von Wünschen zerfressen wurde, die nur so langsam zu verwirklichen waren, daß er mit ihm Mitleid bekam. Der Erste in Sérianne zu sein – man mußte schon eine ziemlich dreckige Natur haben, um solche Träume zu hegen. Edmond hatte gelernt, die Natur der väterlichen Wunschträume zu beurteilen. Er war zwanzig Jahre lang Zeuge gewesen, wie dieser Lokalruhm gemacht wurde. Da sein eigener Ehrgeiz einen ganz anderen Maßstab hatte, begriff er nicht die Ähnlichkeit seiner eigenen Pläne mit denen des Doktors. Er sagte sich: Ich bin ein Karrierist, und zwar mit Stolz. Sein Vater dagegen war nur ein Intrigant. Seine Ehe hatte Wahlmanöver zur Grundlage, und sein ganzes Leben bestand aus Plattheiten und kleinen, schlauen Vorsichtsmaßnahmen, um die Leute auf seiner Seite zu behalten und weiterzukommen. Edmond wäre sicher auf die Seite seiner Mutter getreten, hätte er sie nicht so dumm gefunden und wäre er nicht ausgesprochen ungläubig gewesen. Für die Vorstellungen, die diese Dame gab, für ihre Nervenkrisen hatte er eine sehr einfache Erklärung, ziemlich unverschämt dem Leib gegenüber, aus dem er hervorgegangen war.

Nachdem er bei Chartier gegessen hatte, schlenderte er bis gegen zehn auf dem Boulevard Saint-Michel umher. Fast alle seine Kameraden waren während dieses Abschnitts der Ferien verreist. Ein Grieche, mit dem er am Hôtel-Dieu gearbeitet hatte, lud ihn in die »Source« zum Trinken ein. Augenzwinkernde Gespräche über Frauen. Was für ein Dummkopf, dieser Kerl! Als er ihn sitzengelassen hatte, ging er vor Langeweile ins Prado, um den Billardspielern zuzusehen. Ein armenischer Kursusteilnehmer, mit dem er zusammen arbeitete, wollte ihm in einer Partie unbedingt seinen Platz abtreten. Nichts paßte ihm, außerdem war es hundekalt, und das Wetter war scheußlich. Er landete schließlich in seinem Hotel und begann in seinen Büchern zu blättern.

Etwas gab es auf der Welt, was er ehrlich bewunderte: die anatomische Methode. Diese Art, die Gegenstände oder Teile des Körpers zu beschreiben, ohne den geringsten Zufall, die kleinste Einzelheit außer acht zu lassen, diese Art, die Wirklichkeit in all ihren Formen zu erfassen, schärfer selbst als ein fotografischer Apparat, der ja nichts weiter als ein Auge ist – alles das berauschte Edmond, weil ihm war, als habe er selber einen Sieg über die Wirklichkeit davongetragen, als habe er das Leben in der Hand. Für ihn lag das Poetische gerade darin, wenn ich mich recht begreiflich mache. Die Bilder

Farabeufs, der von der doppelreihigen Perlenkette des Astragalknochens spricht, oder vom Tüchlein der Grisette und vom Schal der Kurtisane, wenn er die Rückenmuskeln behandelt, ersetzten ihm Baudelaire, waren etwas wie eine Weiterführung Baudelaires. Die neuen Errungenschaften der Physiologie, die er neben seiner Medizin an der Sorbonne bei Dastre studierte, waren für ihn auch Elemente des Lyrismus. Der grundsätzliche Materialismus, zu dem er sich bekannte, übersetzte sich auf dem Gebiet der Psychologie durch die Transposition, die er auf diesem Gebiet vornahm, indem er die Sprache der Experimentalwissenschaft verwendete. Er sprach von emotionellen »Eingängen« mit einer gewissen Betonung auf dem Wort Eingang, aus dem man schließen konnte, daß er es anwendete, als handle es sich um die erste Stufe der Reizbarkeit einer Hasenpfote. Begriffe wie Chronaxie, die damals eine auf einen engen Kreis beschränkte Erfindung war, wurden für sein persönliches Denken zu unschätzbaren Werten und ersten metaphorischen Elementen seines Lebens. Ein gewisses Gefühl von Überlegenheit begleitete diese hastige Verwendung wissenschaftlicher Unterweisung. Edmond genoß das vor allem in Gesellschaft von Frauen. Gegen halb zwölf klopfte jemand an seine Tür.

Doktor Barbentane, der in der Nähe gewesen war, hatte der Versuchung nicht widerstehen können, nachzusehen, ob sein Sohn zu Hause sei. Zu seinem großen Erstaunen hing der Schlüssel nicht am Wandbrett. Schön, Edmond mußte jemanden bei sich haben ... Na wennschon, er konnte es ja nicht wissen, nicht wahr? Er kam eben gerade mal vorbei ... und er war ja schließlich sein Sohn, oder etwa nicht?

»Ich bin zufällig vorbeigekommen«, sagte er, während Edmond eine abweisende Miene aufsetzte, »und sah, daß du zu Hause bist.«

Er warf seinen Mantel auf das Bett, zusammen mit dem Hut, nachdem er gesehen hatte, daß der Garderobenhaken an der Tür vollgehängt war. Er war entschlossen, kameradschaftlich zu sein. Das arbeitsmäßige Aussehen des Zimmers mit den aufgeschlagenen Büchern und Heften und einem Schädel auf dem Nachttisch verwirrte ihn ein wenig. Donnerwetter, er hatte sich seinen Ältesten nicht so fleißig vorgestellt!

»Ich dachte, du wärest besetzt ...« – »Jawohl, aber ich habe dir nicht gesagt womit.«

Ziemlich kalt, der Kleine, nicht gerade sehr mitteilsam. Man muß da ein bißchen Gemütlichkeit hineinbringen. Barbentane hatte sich auf den Stuhl gesetzt, den Edmond zurückgeschoben hatte, um öffnen zu gehen. Edmond blieb aufrecht stehen, unangenehm zeremoniell.

»Hast du den ganzen Abend gearbeitet?« – »Den ganzen Abend.«

Er log ganz ruhig. Der südliche Akzent des Vaters brachte ihn noch mehr außer sich als dieses vergebliche Verhör. Und seit er in Paris war, hatte Edmond gelernt, mit zusammengepreßten Lippen zu sprechen, wie alle Leute aus dem Süden, die gut erzogen sind. Der Doktor dagegen legte sich keinerlei Zwang auf. Er war von unglaublicher Vulgarität. Edmond beschloß, sich mit ihm sowenig wie möglich in der Öffentlichkeit zu zeigen, und nur, wenn es gar nicht anders ging.

»Und ich«, fuhr der Vater jovial fort, »glaubte, du wolltest bummeln gehen! Wahrhaftig! Also du wühlst in deinen Büchern? Sag mal, bist du gut in Histologie? Zu meiner Zeit studierte man sie kaum. Und später, als ich nachholen wollte, kam ich nur mit Mühe dazu ...«

Sein Bauch schlug an den Schenkeln leichte Falten. Mit seiner phantasiegestreiften Hose, einem großen goldenen Ring an der Linken, dem Bart über der Krawatte und einer Kette an der Weste sah der Doktor, ein ziemlich rundlicher Fünfziger mit beginnender Glatze, so sehr nach französischem Politiker aus, daß es für jeden anderen einfach lachhaft gewesen wäre, außer für seinen Sohn, der es als Tragödie empfand. Er roch ganz leicht nach Knoblauch. Sogar in Paris.

»Na, macht nichts, Kleiner. Ich hab heute abend meine Zeit nicht umsonst verbracht. Du warst gut beraten, zu arbeiten, anstatt mit deinem Vater zu feiern ...«

Edmond sah ihn mit gekreuzten Armen äußerst unverschämt an. Aber Barbentane, ganz überwältigt von seinem Pariser Aufenthalt, bemerkte es nicht.

»... ja, ich habe im Laufe des Abends wichtige Dinge erfahren. Ich habe mit Maurice Perrot gegessen. Du weißt nicht, wer das ist, Maruice Perrot? Hat man es dir nicht in der

Fakultät gesagt? Siehst du, Kleiner, es gibt nicht nur die Medizin im Leben ... Perrot ist eine der Stützen der Partei. Ein Bankier. Er hat Interessen in einigen Unternehmen für öffentliche Arbeiten. Ein richtiger Republikaner. Er ist kein Abgeordneter; aber er besitzt einen mächtigen Einfluß, und was für einen ... Er will in Castellane kandidieren, wo er viele Chancen hätte, weil es da unten vor allem eine Geldsache ist, und wenn er die Unterstützung des Vetters Charles Rinaldi hätte ... Du begreifst also, daß ich ihm nützlich sein kann. So hat er mich denn heute abend zu so einem kleinen Diner eingeladen; ich brauche dir nichts weiter zu sagen. Ich habe ihn vom Hotel aus angerufen, und er hat die gute Gelegenheit beim Schopfe ergriffen. Er wollte mich sofort sehen. Im Café de Paris, stell dir vor. Weiber gab es da ... Toll. An den Nebentischen, weißt du! Aber schreibe es nicht deiner Mutter. Obwohl deine Mutter ... Na, lassen wir sie in der Provinz, es gefällt ihr dort! Diese Mode in euerm Paris ist ganz schön extravagant. Auf der Straße diese hochgeschlossenen Kleider mit diesen Tuniken, das ist noch nichts Besonderes. Aber am Abend mit dem Tralala, wenn sie Haut tragen! Schockiere ich dich?«

In der Tat war Edmond rot geworden. Er murmelte etwas Verneinendes.

»... Ja, mein Kleiner, ich sehe jetzt etwas klarer in der politischen Situation. Perrot hat mir die Dinge erklärt. Die Partei will nicht Poincaré im Elysée. Die Geschichte ist noch nicht ganz klar für alle. Man sagt, daß Perchot zögert ... Aber warte nur. Man wird der Form halber Léon Bourgeois einen Vorschlag machen, und dann kommt der große Schlag: Man präsentiert einen Kerl aus dem Roussillon, der bei Raymond Minister ist, macht daraus eine Frage der Disziplin der Linken, und Poincaré tritt ab. Verstehst du?«

»Poincaré ist sehr populär ...«

»Populär? In eurem Paris. Paris ist nicht Frankreich. Er hat ins Ministerium alle möglichen Leute gesetzt. Glaubst du, daß der Süden diesen Gamaschenhelden wirklich riechen kann? Und ich spreche noch nicht einmal von unserem Süden. Aber in Narbonne zum Beispiel, die Weinbauern, oder in Toulon mit dem Arsenal ... Man liebt eben im sonnigen

Süden die Ausrichtung nach rechts nicht allzusehr. Und dann gegen Caillaux, gegen Clemenceau ...« – »Die Radikalen haben ihn im Ministerium unterstützt.« – »Na ja, gerade deshalb, und wenn sie sich zurückziehen ... Es ist die alte Geschichte: Wer hat dich zum Grafen gemacht? Er gibt der Reaktion Zusicherungen und glaubt, daß die Republikaner das Geschäft mitmachen werden. Mit diesem Millerand gibt es unglaubliche Sachen. Auch einer, der vorwärtsgekommen ist, der kleine Schuft. Der hat vielleicht Appetit ... Was der in der Artillerie und bei der Fliegerei Geschäfte macht!«

Maurice Perrot wollte im Grunde die Kredite, die bestimmte industrielle Gruppen erhielten, anders benützt wissen. Ein bißchen weniger Flugzeuge und ein wenig mehr Straßen. »Verstehst du, vom nationalen Standpunkt aus haben Straßen auch ihre Bedeutung. Eine Armee, die keine Straßen hat, das ist wie eine hübsche Frau ohne Hintern!«

Edmond haßte seinen Vater. Würde diese politische Unterhaltung ewig weitergehen? Der andere saß ihm gegenüber, vierschrötig, als ob er bei sich zu Hause wäre, als hätte es gar nicht anders sein können ... Er mußte die Feindseligkeit des Sohnes gespürt haben; denn plötzlich änderte er den Ton, er nahm wieder den kameradschaftlichen Ton an, der vielleicht am widerlichsten war: »Schluß jetzt! Mach die Bücher zu. Man trifft sich ja nicht alle Tage! Wir gehen aus, ich lade dich ein. Du kennst doch sicher ein nettes Lokal? Wir werden uns ein bißchen zerstreuen. Vergiß, daß ich dein Vater bin ...«

Das war nicht gerade leicht, aber ein solches Angebot weist man nicht zurück. Und Edmond sagte sich, daß er vielleicht damit sein monatliches Taschengeld erhöhen könnte. Sie gingen also in die Noctambules, wo sie sich für fünf Franken die Stunde amüsierten.

IV

Madame Grésandage seufzte. Es hatte geläutet. Ihr Mann war noch nicht zurück. Offensichtlich war es Herr Quesnel. Immer das gleiche. Sie strich sich mechanisch über das glatte Haar und legte ihr Buch auf das Tischchen.

Mit fünfunddreißig Jahren war sie ein wenig in die Breite gegangen; sie war groß und dunkel, ohne Eleganz, hatte grobe Züge, aber auffallend schöne Augen. Sie empfing den Gast mit der Sanftheit einer Frau, deren Leben sich vor allem in ihrem eigenen Innern abspielt. Sie legte sich keine Rechenschaft ab darüber, wie häßlich ihre Möbel waren, wie das Banale dieses geschmacklosen, gleichgültigen Zimmers im Stil Faubourg Saint-Antoine mit seinen eingelegten Arbeiten und der geblümten Seidendecke über dem Klavier ihren Besucher leiden ließ, dieses Zimmers, das erst menschlich wurde, wenn der Blick auf die Bücher in dem Schrank aus dunklem Holz fiel. Der dunkle Bücherschrank ähnelte Frau Grésandage: er war dunkel wie sie, ohne Anmut und gleichsam gedankenvoll.

Sie setzten sich, sie auf das Sofa, er auf die Bergère. Zwischen ihnen war die niedrige Lampe und das Buch auf dem Tischchen. Man erstickte vor Teppichen. Der Krimskrams einer Familie, deren Mitglieder man mit ungleichen Mienen auf kleinen gerahmten Fotografien erblickte, umgab sie mit seiner Sieben-Uhr-abends-Bequemlichkeit. Herr Joseph Quesnel mit seiner Glatze, seinem Schnurrbart, seiner hohen, ein wenig gebeugten Statur und dem Marengotuch seines Anzugs bildete unter dem grünen Lampenschirm einen Vordergrund, der einen an die Bilder der Nationale erinnerte. Seine Greisenhände mit ihren dicken blauen Adern, unter sehr weißen Manschetten, hielten ein wenig Licht in dem Altgold ihrer Härchen fest. »Was ist mit Richard?« – »Immer dasselbe.« – »Er bringt sich um mit der Arbeit. Und warum?« – »Das ist es, was ich ihm immer sage: Er liebt das Geld nicht, aber was wollen Sie?« – »Eigentlich ziemlich komisch mit seinem Beruf. Die Leute können sich so etwas nicht vorstellen. Direktor des Allgemeinen Kreditwesens, und immer in dieser Umgebung ...« – »Unsere Wohnung genügt uns.« – »Meine liebe Elise, das soll kein Vorwurf sein, daß Sie Mansarden lieben. Nur hat dieser Stoizismus etwas an sich, was mich erschreckt, obwohl ich meinerseits durchaus bereit bin, mich mit noch weniger zufriedenzugeben. Wenn es sein müßte. Nun ja ...«

Er seufzte. Frau Grésandage fand, daß er müde aussah. Sie

sagte es ihm nicht direkt. Seit einiger Zeit alterte er, der teure Freund. Gewiß, bei ihnen mußte er sich etwas fremd fühlen, wenn er aus seiner Wohnung am Park Monceau kam. Sie hätte beinahe Paulus zitiert und biß sich auf die Lippen. Joseph Quesnel hatte ja so eine merkwürdige Art, über die Heilige Schrift zu lächeln. – »Vor zwei Monaten sahen Sie besser aus.« – »Sicher. Aber jetzt bin ich glücklicher.« – »Ach!« Sie war enttäuscht. Das Feuer brannte knisternd im Kamin. Der Besucher sah lange seine Gastgeberin an.

»Sie haben etwas gegen mich«, sagte er. »Protestieren Sie nicht. Ich weiß es. Ist es wegen Blanche? Ich glaube es nicht, außerdem weiß ich, daß Sie nicht kleinlich sind. Deshalb glaube ich auch nicht, daß Sie an die Unregelmäßigkeiten meines Lebens denken ...« – »Man bekommt Sie gar nicht mehr zu Gesicht.« – »Es ist eine ziemlich schwierige Kunst, sein Leben zwischen seinen Freunden zu teilen und ... Elise, ich bin manchmal so glücklich, so tief glücklich, daß ich eine abergläubische Angst vor dem Unglück bekomme. Ich liebe sie, Elise.«

Auf dieses Wort folgte Schweigen, und Frau Grésandage erhob sich unnötigerweise und warf ein neues Holzscheit ins Feuer, das zu rauchen begann. »Sie lieben sie ...«, sagte sie, und nachdem sie ihren Platz wieder eingenommen hatte, sann sie vor sich hin.

»Du lieber Gott«, begann sie nach einem Augenblick, »dagegen läßt sich nichts sagen. Ihre Frau ist tot, und Ihre Tochter kann auch ohne Sie aufwachsen. Aber ich habe Ihretwegen Angst, wegen dieser jugendlichen Leidenschaft, die Sie in die Geschichte hineinlegen. Und außerdem lassen Sie uns im Stich. Schließlich betrachtete Richard Sie ein bißchen wie seinen wirklichen Vater ...«

Joseph Quesnel lächelte. Er hatte viel für Richard Grésandage übrig, er schätzte ihn sogar. Vor allem schätzte er ihn. Von da bis ... Er nahm wieder das erste Thema der Unterhaltung auf: »Diese Interesselosigkeit Richards ... Sehen Sie, Elise, dabei lebt neben ihm ein außergewöhnliches Wesen, das ein Recht darauf hätte ...« – »Lassen Sie doch. Was brauche ich schon?« – »Richtige Spartiaten! Und das ist heutzutage in Finanzkreisen nicht einmal ein Einzelfall. Wie man doch die wahre Natur des Menschen verkennt! Beschreiben Sie einen Richard in einem Roman, wer würde dann noch an seine Interesselosigkeit sich selbst gegenüber glauben? Niemand. Sehen Sie, je weiter wir gehen, desto mehr entledigen wir uns aller Dinge. Der Reiche ist heutzutage ein Mythos. Nichts weiter als ein Treuhänder der Güter dieser Welt. Leute wie Ihr Mann würden genauso gut unter jedem anderen Regime arbeiten. Das ist etwas, was diese Jaurès und Guesde nicht begreifen. Allmählich enteignen wir uns selbst. Ein Tag wird kommen, an dem man dann nur noch mit dem Finger zu schnipsen braucht.« – »Jetzt sind Sie wieder bei Ihren revolutionären Träumereien.«

Draußen hörte man ein Geräusch: Richard trat ein. Er hatte seine Ledertasche unter dem Arm. Er war ein kleiner, ziemlich dürrer Mann mit einem sauber geschnittenen, kurzen schwarzen Schnurrbart über der aufgeworfenen Oberlippe. »Wie geht es Carlotta?« fragte er sehr natürlich. »Sie schien mir gestern etwas blaß.« Er küßte seine Frau.

»Elise«, sagte Joseph Quesnel, »liebt Carlotta nicht,ohne sie zu kennen, und wenn ich deine Frau nicht kennen würde, würde ich glauben, daß sie eifersüchtig ist. Jawohl, eifersüchtig, ich sage: eifersüchtig.«

Grésandage legte seine Mappe hin, und seinen eigenen Gedanken folgend, fuhr er fort, indem er sich seinem alten Freund zuwandte: »Wenn du Tuapse-Aktien hast, würdest du sie am besten morgen bei der Eröffnung verkaufen, sogar mit Verlust ...« – »Glaubst du? Du siehst ziemlich erledigt aus, mein Kleiner. Du hast unrecht, dir die öffentlichen Finanzen derart zu Herzen zu nehmen. Wenn ich dich nicht selber gebildet hätte, dich nicht ganz genau kennen würde, könnte ich mir jetzt wer weiß was einbilden ...«

Joseph Quesnel liebte es früher, sich hier zu erholen, in dem einfachen Haushalt Richards, in dem ihm Elise wie ein junges Gegenstück zu seiner Mutter erschien, eine Frau nach alter Art, die noch Kirchenlieder zu singen wußte. Und Richard selbst war eine Art Rechtfertigung für ihn. Dennoch war er heute einer anderen Sache wegen in die kleine Wohnung in der Rue de Passy gekommen. Er war erfüllt von Worten neuer Art und zu allen Geständnissen bereit. Zu wem hätte er von Carlotta sprechen sollen, wenn nicht zu den Grésandage? Wer sonst hätte ihm zugehört? Wer außer ihnen hätte ihn nicht ausgelacht?

So redete er denn. Das ging später bei Tisch weiter. Bei den Grésandage steckte man die Kotelettknochen in kleine Papierhüllen, wie man es in manchen Restaurants macht. Es war eine Tradition in Elises Familie, und jedesmal scherzte Joseph Quesnel darüber. Heute erwartete sie mutig die gewohnte Bemerkung, die aber nicht kam. Schön, er war wohl beleidigt. Richard hätte gerne etwas über einen ganz anderen Gegenstand gesagt. Obwohl er die Politik für einen Beamten, wie er einer war, eigentlich für unwesentlich und das periodische Auswechseln des Regierungspersonals für wenig bedeutsam hielt, war er aus seinem Beruf heraus von Caillaux ziemlich stark beeindruckt und etwas im ungewissen darüber, was er von der Kandidatur Pams halten sollte; Quesnel, wie er wußte, war ein entschiedener Anhänger Poincarés. Richard hätte gern darüber gesprochen. Es war unmöglich. Im Speisezimmer brannte ein kleiner Heizofen, und da man mit dem Nachtisch nicht zu Ende kam, hatte das Mädchen den Kaffee zum Wärmen auf die durchbrochene Platte gestellt. Richard holte selber den Armagnac aus dem Büfett. Die Männer haben ihre Vorrechte. Die Gläser waren wirklich klein; aber an ihren Facetten leuchtete noch ein wenig abgegriffenes Gold.

V

In den folgenden Tagen vervielfachte Barbentane seine Besuche und Demarchen. Er verhandelte über eine Art Pakt mit Perrot, damit dieser in der Rue de Valois seine Kandidatur bei den Legislativwahlen unterstützte gegen die Unterstützung der Kandidatur Perrots durch die Rinaldi von Castellane. Das ergab sich aus der örtlichen Situation; denn die Rinaldi von Sérianne waren bereit, nicht mehr Barbentane zu folgen, wenn er sie aufforderte, für einen anderen zu stimmen, weil die Reaktion im Wahlkreis oder vielmehr mit der verfluchten Listenwahl im Departement dem abtretenden Deputierten einen Kandidaten gegenüberstellen konnte, der vielleicht kein Bonapartist, aber doch aus dem Adel des Kaiserreichs wäre ... Man versteht also, was sich ereignen könnte: Abstimmung im ersten Wahlgang, die radikale Mehrheit erschüttert und dann im zweiten Wahlgang der große Unbekannte wegen der Listenwahl. Dieses Verhältniswahlsystem war eine verwickelte Geschichte. Leute, die weniger Stimmen als andere hatten, konnten an ihrer Stelle gewählt werden. In dieser ganzen Wahlarithmetik kannten sich die anständigen Leute gar nicht mehr aus mit Wahlabkommen und tutti quanti. Die große Gefahr lag darin, daß, um der Reaktion den Weg zu verlegen, ein ganzer Teil der radikalen Stimmen, von den ersten Resultaten erschreckt, im zweiten Wahlgang mit den Stimmen der Vorstädte, der Fabrikarbeiter verschmelzen und aus dem Kampf ein Sozialist als Sieger hervorgehen könnte. Das konnte ja hübsch werden.

Man mußte also um jeden Preis die Stimmen der Rechten kriegen. Aber dafür brauchte man einesteils Barbentane als Kandidaten und andererseits einen republikanischen Präfekten, weil, daran zweifelte niemand, mit dem Verhältniswahlrecht es der Präfekt sein würde, der die Wahlen machte. Dies war das Problem ganz Frankreichs. Die Partei mußte zunächst einmal ihr Prestige wahren, indem sie einen ihrer Leute ins Elysée schickte. Barbentane ging ins Landwirtschaftsministerium mit Perrot, der ihn Pams vorstellte. Der Doktor hatte selbstverständlich für seine Gemeinde einige kleine Bitten vorzubringen, und die Gelegenheit war nicht übel, mit dem Mann bekannt zu werden, welcher der erste Beamte der Republik sein würde. Er war von dem Kandidaten entzückt: Welch einfacher, rundlicher, lustiger Mann! Einer von uns. Anscheinend ist er einige Millionen wert mit seinem Zigarettenpapier. Und dann diese epischen Schlachten, die er der Reaktion im Roussillon geliefert hat! Und da unten ist die Reaktion bösartig. Und ob!

Dazu hatte der Doktor Sorgen wegen seines Sohnes. Komischer Kerl, dieser Junge. Zunächst einmal redete er, als sei er in der Präsidentschaftsangelegenheit ein Anhänger Poincarés. Wenn man ihm zuhörte, glaubte man einen Leitartikel aus dem »Matin« vor sich zu haben. Ekelhaft, die Reklame für diesen Mann! Das Foto seiner Hunde erschien auf der ersten Seite der Zeitungen. Gewiß fiel Edmond nicht auf solche Dinge herein, aber gerade das konnte einem Sorgen machen. Der Sohn war nicht aus Überzeugung Poincaré-Anhänger, sondern weil er behauptete, Poincaré sei seiner Sache sicher. Erstens war das Rennen noch nicht gelaufen. Und dann konnte eine solche Beweisführung einem Vater, einem Republikaner, nicht gefallen. Edmonds Moral beunruhigte ihn sehr. Nicht nur, weil es mein Sohn ist, sondern weil gerade darin die typische Mentalität der Jugend besteht … So beginnt eine Restauration. Barbentane war schon seit zwei Wochen in Paris und telegrafierte von Zeit zu Zeit an Lamberdesc und seine Frau, um seinen Aufenthalt zu verlängern.

Edmond sah seinen Vater kaum, außer beim Essen. Das Studium hatte wieder begonnen. Der junge Mann stürzte sich auf seine Arbeit mit der ganzen Verbissenheit, deren er fähig war. Er brachte seine Nächte damit zu, und am Morgen saß er neben dem kalten Kaffee, den er sich am Abend zuvor hatte heraufbringen lassen, neben dem unbenützten Bett, zwischen Büchern und bekritzelten Blättern. Er ging in seinem Zimmer hin und her, indem er unbewußt die Stimme erhob, und erdachte, vom Internatslyrismus gepackt, pausenlos neue Darstellungen, sensationelle Entdeckungen, einen anderen theatralischen Ausdruck in der Pathologie: »Der Kranke ist im Dorsal-Decubitus, blaß und erschöpft. Der Puls ist klein, schwach, unregelmäßig …« Die Worte nahmen in seinem Munde einen schrecklichen Sinn an; sie hatten die Tradition der Kliniker des neunzehnten Jahrhunderts und der Dupuytren-Museen auf den Jahrmärkten. Edmond schluckte eine Tasse Kaffee herunter. Die ersten, erstickten Geräusche der Stadt trugen zum Pathos des Augenblicks bei. Der junge Mann lächelte bitter. Ach, wenn sie ihn jetzt nur hören könnten, die Professoren bei der Prüfung, mit seiner nüchternen Beredsamkeit und diesem Sinn für das Dramatische, der heutzutage verlorengeht. Es gab kaum mehr jemanden außer Widal an der Fakultät, der die Leute zum Zittern brachte, wenn er von der tuberkulösen Meningitis sprach. Man sagte, daß er mit Mounet-Sully Stunden gehabt hätte …

Die Nachbarn klopften manchmal an die Wand. Unverschämtheit! Hielten die sich vielleicht zurück, wenn sie es miteinander trieben? Edmond war merkwürdig keusch geworden. Er brauchte sich dabei gar nicht anzustrengen. Die Gegenwart seines Vaters in Paris und die Idee, die der sich wahrscheinlich vom Studentenleben machte, brachten ihn gerade dazu, aus Widerspruch so zu handeln. Wir sind nicht so, wie es sich diese Leute da vorstellen. Nichtsdestoweniger aß er mit dem Doktor zu Mittag: es war eine famose Ersparnis. Mittags, wenn er aus der Charité kam, begnügte er sich mit einem Milchkaffee und ein paar Hörnchen in der Bar an der Ecke der Rue Cujas und des Boulevard. Er verdiente oft, was er brauchte, am Spielapparat, an dem er, aus Haß gegen seinen Vater, auf Grün oder Gelb setzte. Jedenfalls immer gegen Rot. Wenn er am Abend den Alten traf, bestellte er Kurzgebratenes. Der provinzielle Geiz protestierte zwar immer ein bißchen: »Du nimmst immer Châteaubriand, wie wäre es mal mit einem Beefsteak?« Edmond wandte sich mit mitleidiger Miene an den Kellner. Seine Stimme bekam einen leicht metallenen Klang: »Für mich ein Château; ist es auch zart, Ihr Château? Und vor allem nicht zu sehr durchgebraten. Erbsen vielleicht ... ach was, bringen Sie nur Pommes frites!« Und während er sich zu dem Doktor umdrehte und sein junges Fleischfressergebiß zeigte: »Das ist doch die klassische Art.«

Er hatte auf seiner Station zwei oder drei hübsche Mädel, denen er ein wenig mehr Zeit widmete, als es die Wissenschaft und die Sorge um ihre Gesundheit unbedingt erforderte. Ihm gefiel die Familiarität des Krankenhauses, das plötzliche Erröten der Kranken, wenn er in der gleichgültigen Art, die er so ausgezeichnet meisterte, die Decken hochhob. Es gab Patientinnen, die ihm dabei in gewissem Grade ihren guten Willen zeigten. Eine von ihnen, eine kleine Tänzerin, die man nach einem infektiösen Abort vor einer Lungenentzündung gerettet hatte, ließ sich den Bauch nach allen Richtungen betasten. Mehr als alles andere liebte sie das Perkutieren; sie bestand darauf, daß er nachsah, ob sie nicht zufälligerweise irgendwo eine dumpfe Stelle hatte. Ja, dort ... dort ... da ist es! Die Schwestern sahen sehr würdig aus und dachten genauso. Weichheit der Brüste gegen das Ohr, zählen Sie, zählen Sie dreiunddreißig, dreiunddreißig ...

Er begann in Paris, Kegel zu spielen. Das war natürlich etwas ganz anderes als die große provenzalische Kunst des Boulespiels; aber man gewöhnte sich doch ziemlich schnell daran. Oftmals fuhr Edmond abends mit der Metro in ein Café in der Nähe der Porte Maillot, wo es im Souterrain eine Kegelbahn gab. Er war ziemlich geschickt und knüpfte auf diese Weise alle möglichen Beziehungen an: mit Sportsleuten, Rennfahrern, Automobilisten. Frauen sahen den Spielern zu. Edmond brauchte diese weibliche Bewunderung seiner Geschicklichkeit; er krempelte sich die Ärmel auf, ehe er die Kugel warf, und in veilchenfarbenen Blicken las er Staunen über seine Kraft. Im allgemeinen gewann er die an der Bar als Preise ausgesetzten Getränke und damit gleichzeitig die Gratisnähe von schönen Mädeln und Boxerfleisch.

Sein Ruin waren die Zigaretten. Die »Caporal« machte Edmonds Daumen und Zeigefinger gelb. Wütend zerquetschte er einen bis zum letzten gerauchten Stummel auf dem Sektionstisch in der Phenolbrühe des Kadavers, den er zerlegte. Es war demütigend, hundert Sous einmal hier, einmal da zusammenscharren zu müssen, indem er an Büchern oder Vorlesungen sparte. Hätte sein Vater sich nicht anständig aufführen können? Bitterkeit der Jugend: Edmond rächte sich moralisch an der armen mageren, zahnlosen Alten mit verdrehten Augen, deren Glieder sie zu viert langsam zerstückelten, während in dem offenen, leeren Bauch die chirurgischen Werkzeuge umherlagen. Über den Kopf hatten sie sich schon gestritten. Sie wollten eine Partie Manille darum spielen. Edmond interessierte sich für die Gesichtsmuskeln; natürlich ist das leichter bei einem Mann, aber das Angenehme an der guten Frau da bestand darin, daß sie schön trocken, fettlos und richtig präpariert war. Sie hatte in der letzten Zeit ihres Lebens wahrscheinlich nicht viel zu fressen gehabt.

An einem Donnerstag erschien Barbentane sehr aufgeregt beim Rendezvous. Er schwang die Abendblätter: »Hast du die Zeitungen gelesen? Nein? Nicht mal die von heute früh?« – »Was ist los?« – »Millerand hat Du Paty de Clam wiederaufgenommen!« – »Na und?« – »Sagt dir das nichts, Du Paty de Clam? Du Paty de Clam, das ist die Affäre Dreyfus! Dieser Mistkerl Millerand! Das ist dir wohl egal?« – »Was ist da schon besonders Wichtiges dabei?« – »Er fragt auch noch! Aber das wird einen tollen Krach geben. Poincaré ist erledigt, begreifst du das nicht?« – »Übrigens«, sagte Edmond, »morgen werde ich nicht mit dir essen.«

Der Chef hatte Edmond eine Karte für eine Premiere gegeben, und der junge Mann sollte die Frau des Chefs zu Hause abholen, weil sie nicht allein ins Theater gehen konnte. Edmond war ein bißchen blaß, weil er sich alle möglichen Ideen machte. Er ging im Smoking am Hôtel du Louvre vorbei, um einen Louis von seinem Vater zu erbitten, der ihm aber nur fünfzehn Franken gab: eine Münze zu hundert Sous und ein goldenes Zehnfrankenstück. Mit diesem Schatz ausgestattet, zog er vor, nicht zu essen. Er verließ seinen Vater, und da es noch früh war, sinnierte er unterwegs ein bißchen. Es war kalt, doch glücklicherweise trocken. Auf dem Boulevard Saint-Michel trat er in eine Parfümerie ein. Er kaufte ein Fläschchen Fougère Royale, ging ins Café de Cluny und besprengte sich in der Toilette. Dann steckte er die kleine Flasche, die ihn störte, zehnmal in eine andere Tasche.

Professor Beurdeley wohnte am Quai du Conti in einem Hause, das dem Externen mit seinem Luxus den Kopf verdrehte. Die Größe der Räume brachte ihn aus dem Gleichgewicht. Der Professor war schon zu einem Vortrag gegangen. Madame war eine ziemlich hübsche, aber nicht mehr jugendliche Blondine. Sie hatte ein sehr breites Silberband im weichen Haar und ein Kleid mit Spitzen an der Vorderseite, ein Drapé aus grauer Charmeuse, ein wohlgepudertes Dekolleté mit einer Kette aus Platin und Diamanten und einen großen Fächer aus Pfauenfedern. Edmond hatte einen jähen Anfall von Respekt vor der Dame und verfluchte sich ganz leise. Vom ersten Moment an war er sicher, keine Chancen zu haben. Niemals würde er die Frau seines Chefs verführen können, und alle seine schönen Entschlüsse und Hoffnungen lösten sich in nichts auf. Sie hüllte sich auf der Treppe in ihr Cape, und während er im Taxi von allem und nichts sprach und auf ihre Fragen antwortete, versuchte er, sich diese Frau in der Intimität vorzustellen. Ohne es zu wollen, zog er sie in Gedanken aus. Sie war eigentlich nicht übel. Warum mußte er den Schwierigen spielen? Die Frauen von Welt ...

Die Premiere, zu der sie gingen, war in ihrer Art ein politisches Ereignis. Ein Stück, dessen Titel ein ganzes Programm war: »Elsaß.« Réjane spielte die Hauptrolle, und das sagte alles. Schon im Vestibül umgab Edmond das Fieber von Paris, jenes heißen, glänzenden Paris, das dem armen Studenten verschlossen war. Er zögerte, zehn Gesichter zu erkennen, die er hundertmal in Zeitungen, auf Karikaturen gesehen hatte. In der Garderobe grüßte ein großer, eleganter Mann mit noch blondem Bart und glänzenden, allmählich weiß werdendem Haar, der seine fünfzig Jahre und seinen Anzug mit Glanz trug, sehr tief Madame Beurdeley. Es war der Modeschöpfer Charles Roussel, der angeblich mit der großen Schauspielerin sehr befreundet war. Madame Beurdeley war seine Kundin. »Man fühlt sich als Künstler, Madame«, sagte er, »wenn man sieht, was auf Ihnen ein Kleid von ... Man ist stolz, jemanden wie Sie anzuziehen.« – »Ist es wahr«, fragte Madame Beurdeley, »daß man für die Vorstellung Zwischenfälle befürchtet?« – »Ach«, erwiderte Roussel, »es gibt einen diskreten Ordnerdienst ...«

Sie waren in ihrer Loge merkwürdigerweise allein. Die Vorstellung begann sehr spät, was Edmond ungeduldig machte, weil er vom Erlöschen der Lichter Wunderbares erwartete. Der vieläugige Fächer bewegte sich im Halbdunkel. Edmond fürchtete, sich ungeschickt benommen zu haben und allzusehr nach Houbigant zu riechen, und kam sich vor wie eine Figur in einer Geschichte von Alfred de Musset. Die perlfarbenen, langen Handschuhe an den nackten Armen seiner Nachbarin faszinierten ihn. Er sah, wie sich das Licht in den diamantenen Tropfen des Kolliers verfing. Die Diamanten waren nach alter Weise auf winzige, hängende Fäden gezogen. Im Laufe des ersten Aktes fand er etwas von seinem Wagemut wieder, und er glaubte, daß er sich vor dieser Frau nicht lächerlich machen würde. Aber gleichzeitig war er seines Smokings nicht sehr sicher, den seine Mutter ihm letztes Jahr in Marseille hatte machen lassen.

Réjane. Es war ganz einfach. Sie war, kurz gesagt, hinreißend. Jedes Wort, das sie sagte, traf den Saal wie ein Schlag mitten ins Herz. Sie hatte aus dem Natürlichsten die unglaublichsten Kunststücke gemacht, die man sich denken kann.

Madame Beurdeley griff vor Erregung, während sie ihr perlmutternes Opernglas auf die Brüstung legte, zwei- oder dreimal nach Edmonds Hand und drückte sie. Das war offensichtlich ohne jede Bedeutung, nur der Wirkung von Réjanes Kunst zuzuschreiben; aber der junge Mann war wie betrunken.

Das Stück war weniger als mittelmäßig, aber geschickt gemacht. Edmond, der die innere Tragödie einer elsässischen Familie ganz auf sich bezog, war durchaus bereit, sich auf die Seite des Sohnes zu schlagen, der sich im Kampf mit den Traditionen der Seinigen befindet und eine Deutsche heiraten will, und durchaus bereit, den Heroismus jenes Elsaß mit dem französischen Herzen den kleinen provinziellen Aufregungen von Sérianne-le-Vieux an die Seite zu stellen. So entstand zwischen dem Saal und ihm eine merkwürdige Gegensätzlichkeit in den inneren Reaktionen. Seine Nachbarin applaudierte wie jedermann; aber das machte sie hübsch im Halbdunkel, und schließlich nahm Edmond an der Leidenschaft des Saales völlig teil, weil er sah, wie Frau Beurdeleys Brust wogte. Im Dunkel lächelten ihm ihre Diamanten zu.

In einer Balkonloge gegenüber zogen drei aufrecht stehende Männer die Aufmerksamkeit durch ihre Art zu applaudieren auf sich. Einer von ihnen, mit vorgestrecktem Bart, mußte sich unaufhörlich die Stirn mit einem Taschentuch abtrocknen, derart kam er beim Indiehändeklatschen in Hitze. Frau Beurdeley beugte sich zu ihrem Begleiter und zeigte auf die Loge. »Detroulède«, sagte sie respektvoll. – »Wer sind die anderen?« flüsterte der junge Mann. Sein Mund streifte das fliegende Haar seiner »Chefin«. »Marcel Habert und Henri Galli, der Vorsitzende des Stadtrates, ein Freund des Professors ...« Edmond war ein bißchen wütend über all das, was diese Frau mit einer Welt verband, von der er selbst ausgeschlossen war. Er fühlte in sich den Wunsch wachsen, sich an ihr zu rächen und sie mit seiner Jugend und Männlichkeit zu demütigen, irgendwo, in irgendeiner Pension, aus der die Frauen gesenkten Blickes herauskommen.

Das Finale des ersten Aktes wurde zum Triumph. Vor ihrem Sohn, der sich in einiger Entfernung hält und von dem sie weiß, daß er eine Feindin heiraten will, als man endlich unter sich ist, weil die Invasoren schließlich begriffen haben, daß sie an diesem Abend hier nicht am Platze sind, erinnert Jeanne Orbay – Réjane – die anderen an jenen Abend, an dem sie aus dem Elsaß ausgewiesen wurden; gerade hier war man gewesen, unter Elsässern, genau wie heute, und auf diesem Klavier hatte man gespielt … Sie nähert sich dem Klavier, schlägt den Deckel auf, und aufrecht stehend, beginnt sie gedämpft … die Marseillaise. Familie und Freunde, um sie gruppiert, fallen ganz leise ein, sie singen. Die Marseillaise … Aufrecht, allein auf der anderen Seite des Tisches, auf dem die Überreste der Mahlzeit stehen, in diesem Raum, dessen Wände mit Zinntellern und Porzellan und mit kleinen Fahnen geschmückt sind, mit dem Geschirrständer, über dem eine Bauernuhr hängt, und einem Spinnrad im Schatten des Hintergrundes unter der Reproduktion eines Dürerbildes, allein, gänzlich allein lauscht der junge Jacques, der junge Außenseiter mit seiner großen Liebe im Herzen, die aber weder die Fanatiker auf der Szene begreifen noch die anderen im Saal, die sich schwitzend und mit feuchten Augen und bebend erhoben haben und die jetzt wie ein Sturm ausbrechen: »Es lebe Frankreich, es lebe Frankreich!«

Sie brüllen. Der Vorhang hebt sich viermal. Teuflische Sache, das Talent! In ihrer beigefarbenen Seidenrobe grüßt Réjane, die eine Hand noch auf das Klavier gestützt, an dem soeben die Marseillaise verstummt ist. Eine Robe von Roussel natürlich. Nicht nach der Mode. Réjane geht nicht nach der Mode. Ansteckende Sache, der Erfolg! Die Raserei des Saales macht Edmond die Kehle trocken. Er steht hinter seiner Nachbarin, ganz dicht an ihr, und möchte sie am liebsten in die Arme nehmen. Sie applaudiert, sie ist aufgeregt, sie macht mit dem Fächer Zeichen nach dem Saal hin.

Im Foyer begegnen sie dem lärmenden, bewegten und etwas auseinandergeratenen Publikum, das sich allmählich beruhigt und nach dieser Minute darstellerischer Kunst seinen normalen Lebenswandel wiederaufnimmt. Frau Beurdeley wird von allen Seiten gegrüßt; sie drückt Hände, stellt ihren Kavalier vor oder auch nicht, sie ist ein wenig reserviert. Man spricht von der Gewagtheit des Stückes. Solch ein Stoff auf der Bühne! Ja, es hat sich in der Tat einiges in Frankreich geändert! Vierzig Jahre lang hätten die Leidenschaften der Menge so etwas unmöglich gemacht. Der Anblick einer deutschen Uniform hätte einen Aufstand verursacht. Heute ist das sozusagen ein historisches Thema. Begeisterung, gewiß ... Aber wenn wir auch nicht mehr Chauvinisten sind, so bleiben wir doch friedliebende Patrioten. In allen Unterhaltungen das gleiche Thema: In der Loge des Direktors hatte man einen Kürassier gesehen, Réjanes Sohn, auf Urlaub, glauben Sie wirklich? Man spricht von der Landesgrenze wie von einer Braut. Der Krieg und die Fichten der Vogesen sind gegenwärtig; Frau Beurdeley unterhält sich mit einem Herrn mit blondem Schnurrbart, der, wie es scheint, Robert de Flers ist: »Welch ein Stück! Welche Rolle!«

Er ist ein wenig zurückhaltend: »Die edelsten Gefühle sind oft die, an die man am schwersten rühren kann. Zu ihnen gehört der Patriotismus.« – »Aber ...« – »Er verlangt nicht nur ein aufrichtiges Herz und eine aufmerksame Hand, sondern auch einen geschmackvollen und diskreten Ausdruck und ein ständiges Maß im Ton ...«

Edmond hört staunend zu. Diese Sprache ist neu für ihn. So also verführen solche Männer! In ihm revoltiert etwas bei dieser Erkenntnis; der Boulespieler von Sérianne ... Er ist wütend über die Aufmerksamkeit, die Frau Beurdeley diesen Leuten schenkt. Im Licht ist sie sehr viel weniger verführerisch. Mit einer Art Herablassung zeigt sie dem jungen Provinzler einige Berühmtheiten. Alexander Duval zum Beispiel, den Gründer der Bouillons ... Wisner, den Auto-Wisner ... Edmond kennt ihn nicht, tut aber, wenig interessiert, als habe er ihn schon gesehen ...

Die elegante Menge, in der die Frauen sich vom dunklen Grund der Abendanzüge abheben, plärrt und kreiselt durcheinander. Durch die Logentüren erblickt man Gruppen, bei denen die Politik den Sieg über die Liebe davongetragen hat. Der Name Poincarés mengt sich in alle Gespräche. Er kommt von den Lippen einer jungen Brünetten, die in mit weißem Schwan besetzten Liberty-Mandarin gekleidet ist. In diesem Mund klingt das wie ein exotisches Lied: Poincaré ... Frau Beurdeley zeigt Edmond sehr aufgeregt eine Frau, ganz in weißen Spitzen: Polaire.

Charles Roussel ist neben ihr; er verabschiedet sich von ihr, und als fahre er in einer Unterhaltung fort, wendet er sich an Frau Beurdeley: »Ach, meine Werteste, ich kann Ihnen sagen, mir war nicht ganz wohl! Ein unglaubliches Gerücht ... Eine Geschichte ... Man behauptete, daß der Kommissar der Markthallen, Paul Guichard, da sei, sehen Sie diesen Herrn da hinten? Sie verstehen also, es hätte beinahe eine Affäre gegeben ... An einem solchen Abend, mit dieser patriotischen Stimmung ...«

»Ich begreife nicht«, sagte Frau Beurdeley, »wieso dieser Kommissar ...«

»Haben Sie denn all das vergessen, was täglich über ihn in der ›Action Française‹ geschrieben wird! Sie wissen doch, daß er durch alle möglichen Geschäfte mit der Maggi-Gesellschaft kompromittiert ist, die ein deutsches Spionagezentrum ist! Mindestens zwanzig Leute wollten ihn verprügeln. Ich habe solche Angst gehabt ... Wegen unserer großen Réjane ... Wissen Sie, daß ihr Sohn da ist? Ich habe mir also gesagt, daß ich mit diesem Guichard reden müsse, um einen Skandal zu vermeiden ... Ja, dieser Herr da unten. Nun, stellen Sie sich vor, daß er der Bruder meines Kammerdieners ist ...« – »Paul Guichard?« – »Nein, nein, dieser Herr da ... Ach, Sie können mir glauben, heutzutage hat so eine Premiere ein ziemlich gemischtes Publikum!«

Edmond hatte den Eindruck, als sähe der Modeschöpfer, während er das sagte, ihn an.

Er nahm nichts mehr wahr von dem Stück. Auch nichts mehr von den Schultern der Frau Beurdeley. Ihm war schlecht vor Erniedrigung.

VI

Bei der Premiere von »Elsaß« war der Automibilfabrikant Wisner sehr erstaunt, seinen alten Mitarbeiter Joseph Quesnel mit einer sehr hübschen, rotblonden Person zu treffen, die er schon einmal gesehen zu haben glaubte.

Das war während des Zwischenaktes, und der Großindustrielle unterhielt sich gerade mit drei oder vier Leuten, was ihm nicht die Möglichkeit gab, sich dem Paar zu nähern. Wo habe ich dieses Mädel da schon mal gesehen? Das komische war, daß dieser Puritaner Quesnel ganz Paris so einfach sein Glück zeigte. Wisner hatte bereits darüber reden hören; aber bis jetzt war nichts offiziell gewesen.

Seine Gedanken hatten kaum Zeit, in diese Richtung zu gehen, weil die Unterhaltung, an der er teilnahm, allzusehr seine Interessen berührte. Er trug seinen Abendanzug von jugendlichem Zuschnitt ausgezeichnet, und sein Gesicht, das vielleicht ein wenig zu stark gerötet war, setzte einen unter dem an den Schläfen grau werdenden Haar doch in Erstaunen. Der kurzgeschnittene Schnurrbart war noch ganz schwarz. Er war mit den Herren van Houten und Lenoir. Der erstere, ein Holländer, war eine der interessantesten Figuren aus der Kulisse, und der zweite sicher einer der wirklichen Herren der Presse. Die Bewegung um sie her, die Aufregung des Abends, ergab einen Lärm, der für die Besprechung von Geschäften wenig förderlich war. Dennoch fuhr Lenoir beharrlich fort: »Ich versichere Ihnen, die Compagnie Française du Port de Tuapse hat von Rußland die Millionen erhalten, die sie zu bekommen hatte ... Danach ist die Sache völlig gesund geworden, und das ändert die Perspektiven ... Die Quai d'Orsay hatte diskret bei Seiner Kaiserlichen Majestät interveniert ...«

Joris van Houten schloß respektvoll die Augen. Es war noch Zeit: er würde die Aktien behalten, die er für Joseph Quesnel verkaufen sollte, dessen Strohmann an der Börse er oft war. Wenn er rechtzeitig verkaufen würde, konnte dabei eine hübsche Summe herausspringen.

»Was hat sich eigentlich der Quai für diese Geschichte da zu interessieren?« sagte Wisner. »Perchot steckt hinter dieser Geschichte mit Tuapse, und in den Fragen der Rüstung spielt Perchot gegen uns. Welch merkwürdige Idee, ihm Hilfestellung zu leisten!«

Lenoir sah aus, als sei er völlig eingeweiht: »Wir stehen unmittelbar vor der Wahl, lieber Freund, nicht wahr?« – »Na«, sagte Wisner ehrlich entrüstet, »Sie werden doch wohl nicht behaupten, daß Poincaré mit seinem Einfluß Geschäfte macht?«

Joris van Houten hob die aristokratische Hand, an der man einen Ring mit dem Baronswappen sah: »Ich bin überzeugt, daß sich unser Freund Lenoir von seiner allzu heftigen Einbildungskraft fortreißen läßt ...« – »Erlauben Sie«, sagte Lenoir. – »Nun, nun, Sie sind Dichter, ich weiß!«

Lenoir wurde rot. Er hatte Verse auf dem Gewissen. Er hatte selbst vor kurzem einige an Poincaré geschickt nach jener Unterredung, die ihm durch Vermittlung von Klotz gewährt worden war. Wisner sah ziemlich ärgerlich aus. Dieser Lenoir konnte mit seinem dummen Geschwätz jedermann kompromittieren. Wenn ihm etwas zustoßen würde, konnte er sich nur selber Vorwürfe machen. Wisner lenkte die Aufmerksamkeit der anderen durch eine Bemerkung über das hübsche Mädchen ab, das Quesnel begleitete. Nein, Lenoir wußte nicht, wer sie war, obwohl er sie in einem Cercle gesehen zu haben glaubte, in dem er spielte. Houten interessierte sich sehr für die Unterhaltung. Ein Verhältnis? Es war das erste Mal, daß man von einem Verhältnis Joseph Quesnels wußte.

Wisner hätte persönlich gern auf den letzten Akt verzichtet. Im allgemeinen hatte er für das Theater nicht viel übrig.

Am Ausgang fand er Lenoir und Joris wieder, und sie gingen zusammen zu »Maxim«. Als das Orchester traditionsgemäß loslegte:

> »Wir machen eine Firma auf (da capo) –
> für alle jungen Leute –
> von achtzehn bis sechzig heute ...«,

gab Wisner dem Maître d'hôtel ein Zeichen, die Gläser zu füllen, und begann von Politik zu reden. Seine paradoxen Aussprüche jagten sich, und der Holländer lächelte.

»Nun, Herr Wisner, wie es scheint, sind auch Sie ein Revolutionär.«

Die Damen im Lokal grüßten Wisner. Es gab eine Rothaarige, die ihn wieder an Quesnels Begleiterin erinnerte. Verdammt, wo hatte er das Mädel bloß gesehen? Joris van Houten, der in bezug auf die Klassiker des Sozialismus sehr auf dem laufenden war, sprach von Marx und der kapitalistischen Konzentration. Er sagte etwas sehr Schmeichelhaftes über die

Wisner-Werke, die ein großer Schritt nach vorn auf dem Weg zum Sozialismus seien. Man kannte übrigens die Ansichten des Industriellen. Ja, heutzutage sind die Unternehmer sozialistischer als die Arbeiter! Die Arbeiter werden einer Militärkapelle beim ersten Ton folgen ... Wisner sah im Krieg nichts weiter als das Geschäft; er kannte nicht die stupide, nationalistische Leidenschaft, die die Leute in Aufregung brachte ...

Während er so redete, dachte Joris an den kleinen Coup, den er mit den Tuaspe-Aktien vorhatte. Immerhin bestand Gefahr, sich bei dieser Gelegenheit mit Joseph Quesnel zu verzanken ... Ach was, wer würde den schon informieren? Außerdem wollte der Holländer seiner Freundin, Fräulein Jonghens, ein Geschenk machen.

Wisner überlegte immer noch, wo er diese Kleine schon gesehen hatte. Sie wissen, wie das ist, wenn man durchaus nicht auf einen Namen kommen kann. Zuerst ist man irritiert. Dann steigt man ein. Schließlich wird es eine Marotte. Wenn man genauer darüber nachdachte, waren dieser Lenoir und Joris ja doch eine komische Gesellschaft. Was hatten diese Leute eigentlich miteinander gemein? Er hatte eine gewisse Ahnung, weil er von ihren Verbindungen mit Iswolsky wußte. Aber Houten hatte auch irgendwas mit der Deutschen Bank zu tun, mit Deutschland ... War er nicht das letzte Jahr in eine Rauschgiftsache mit Selbstmord verwickelt gewesen? Aha, jetzt hab ich's! Na so was! Also das war wirklich komisch! Eigentlich hatte Joseph Quesnel gar keinen schlechten Geschmack. Wie er, Wisner, sich erinnerte, hatte das Mädel sehr hübsche Brüste. Er hatte sie also da herausgeholt, der alte Protestant.

»Und Sie?« fragte Lenoir Joris van Houten. »Sind Sie in Tuapse gewesen? Kennen Sie Rußland gut?«

Joris van Houten war nicht in Rußland gewesen.

VII

Du Paty de Clam wiederaufgenommen! Die Affäre war von neuem eröffnet. Finstere Gerüchte liefen um: Der Balkan begann wieder aufzuflammen, und Österreich und Rußland drohten jeden Moment zu intervenieren, und die Zeitungen nützten das aus, um die Regierung zu verteidigen. Gerade in diesem Moment brachte die Geste des Kriegsministers, einem Wort Messimys aus der Zeit von Agadir entsprechend, den Ankläger des Hauptmann Dreyfus, den Fälscher, den Mann der schwarzen Partei, wieder in Aktion, und das acht Tage vor dem Zusammentreten der Versammlung in Versailles. Nichts konnte deutlicher den Zusammenschluß Poincarés mit der Reaktion beleuchten. Der frühere Dreyfusanhänger kaufte vielleicht die Stimmen der Rechten; aber man würde schon sehen. Barbentane telegrafierte an seinen Vertreter: »Republik in Gefahr. Stop. Verlängere Aufenthalt Paris. Notwendige Maßnahme.«

Millerand demissionierte am elften Januar. Poincaré hatte ihn den Radikalen geopfert. Barbentane triumphierte. Der Ministerpräsident senkte den Kopf. Edmond seinerseits grinste leise, wenn er seinem Vater zuhörte. Die Erklärungen des Lothringers im Ministerrat hatten dem ehrgeizigen Jungen Freude gemacht. Ein Muster an Heuchelei und Wendigkeit. Poincaré hatte verstanden, gleichzeitig seine Verantwortlichkeit herauszustellen, die Haltung des Mannes zu wahren, der seinen Kriegsminister deckt, und ihm höflich anzudeuten, daß er schleunigst abzuhauen hat. Großartig. In seinen Heften zeichnete Edmond das Gesicht des Ministerpräsidenten über den Körper eines Mannes, dessen offene Ohrspeicheldrüse er abzubilden hatte, mit umgelegten Hautstücken, um die Beziehungen der Drüse zu ihrer Umgebung zu zeigen. Er gab die Züge Poincarés aufgeschlitzten Kadavern, die den Verlauf der Mammaria interna zeigten, jener Arterie, die sich zum Zwerchfellnerv verhält wie der Arm des Dörflers, der einen Regenschirm hält. Der Cesare Borgia von Barle-Duc hatte seinen Machiavel im Hôtel Royer-Collard gefunden.

»Verstehst du, Kleiner, Lebrun geht vom Kolonial- zum Kriegsministerium über. Lebrun ist natürlich wie alle diese Leute von der Maas ein Mann der Revanche: ›Sie haben mir mein Instrument zerschlagen, weil es französisch spielte ...‹, aber er ist zugleich auch ein Vernunftsmensch. Er heulte bei dem Abkommen von 1911 mit Wilhelm; er heulte, aber er beeilte sich, zu gehorchen. Diszipliniert. Ehemaliger Minister von Caillaux und nicht unbedingt ein Mann des Krieges. Von Millerand zu Lebrun – das ist ein großer Schritt auf der Bahn des Friedens. Wenn du deine Kresse nicht ißt, könntest du sie mir eigentlich geben ... Ich weiß nicht, ob du den wirklichen Wert der Komödie zwischen Poincaré und Ribot wirklich zu schätzen weißt ... Du liest wahrscheinlich nicht die ›Illustration‹? Schade. Sobald er gehört hatte, daß Ribot sich dem Präsidenten der Republik vorstellte, ging Herr Poincaré mit seinem Zylinder zu Ribot zu einem Meinungsaustausch. Sie tauschten also ihre Meinungen aus, und darauf nahm Herr Ribot seinerseits seinen Zylinder und kam zu einem Meinungsaustausch zu Poincaré. Alles von ausgesuchter Höflichkeit, kann ich dir sagen! Sie teilten einander mit, daß sie beide trotz der tiefen Bewunderung, die sie füreinander empfänden, ihre Kandidatur aufrechterhalten würden. Das gab dann der ›Illustration‹ Gelegenheit zu einer Titelseite ... Ich brauche dir nichts weiter zu sagen. Auf der einen Seite Poincaré, auf der anderen Ribot. Man findet hübschere Leute. Die Zeichnung ist von Simont. Der kann übrigens nicht so viel wie der andere Bruder des Hauses, Sabattier. Das ist vielleicht ein Bursche! Liest du eigentlich die ›Action Française‹? Ich auch nicht. Das heißt, von Zeit zu Zeit. Man kann sagen, was man will, aber Daudet ist schon ulkig. Er liebt Poincaré nicht besonders, und wenn er anfängt, von Sabattiers Zeichnungen zu sprechen, der der halbmonatliche Porträtist des Ministerpräsidenten geworden ist ... Du müßtest so mal nebenher die ›Action Française‹ lesen ... Nein, nicht Maurras! Bei dem könnte einem übel werden, daß man selber aus dem Süden ist!«

Die Nachrichten aus Sérianne waren nicht alarmierend. Alles war dort in bester Ordnung, und warum also hätte der Doktor Barbentane nicht die Wahl von Versailles abwarten sollen? Eines Abends war er im »Homme Libre« Clemenceau begegnet, und der große Mann hatte geruht, sich daran zu erinnern, daß zwischen seiner Familie und den Barbentanes eine entfernte Verwandtschaft bestand. Junge, Junge, wenn nur der da wieder an die Macht kommen könnte, dann würde es bei uns vielleicht klappen! Er würde natürlich gleich von Pams, der Clemenceaus Schützling war, eine Berufung bekommen. Wie er diesen Poincaré nicht riechen konnte, Clemenceau! Der kleine Bucklige, wie er sagte. »Also, da habe ich ihm gesagt«, erzählte Barbentane, »Herr Präsident, habe ich ihm gesagt, und er erwidert: mein lieber Vetter, der Ministerpräsident ist kein Dummkopf, aber ihm fehlt unwiderruflich das, was andere Freunde jenseits des Kanals den Sinn für Humor nennen; und ich meinerseits erwidere: Herr Präsident, das kann man nicht von allen sagen!« Der Doktor, sehr zufrieden mit sich, lachte ziemlich laut. Edmond benutzte die Gelegenheit, um mit dem Kaffee einen Kognak zu bestellen. Er kniff bösartig und verächtlich seine grauen Augen zu und brachte nach einer wohlberechneten Pause im Ton des vollkommensten Respekts heraus: »Ganz ausgezeichnet formuliert.«

Die Zeitungen waren voll von den Vorbereitungen für die Nationalversammlung. Zweihundertfünfzig Kilo Kalbfleisch, Schinken und Brot waren für die Sättigung der Kongreßteilnehmer vorgesehen. Eintausend Flaschen Mineralwasser. Das Land regte sich über das Problem auf, daß das Palais von Versailles nicht elektrifiziert werden konnte – ein Grundsatz, der nicht angezweifelt wurde, während andererseits die hundert Schmetterlingsbrenner, die dort funktionierten, wie allseits bekannt war, völlig unzureichend waren, um den Anbruch einer neuen Präsidentschaft zu erleuchten. Nach einiger Überlegung entschied man sich für Gaslampen. Sechshundert Stück sollten noch vor dem 17. Januar aufgestellt werden. In der Tat fiel die Wahl auf einen Freitag. Ein hübscher, aber fleischloser Tag. Scheußliche Sache für die Versailler Restaurateure. Man kann sich vorstellen, was sie an Phantasie und Fischen brauchten. Die öffentliche Meinung beruhigte sich über diesen Punkt und über das Risiko der Todsünde für die Abgeordneten, die zweihundertfünfzig Kilo Kalbfleisch und Schinken verzehren sollten, als Monseigneur Gibier (bedeutungsvoller Name!), der Bischof von Versailles, kundtat, daß er an diesem Freitag für das ganze Departement Seine-et-Oise den Fastenzwang aufheben würde. Man kommentierte die Tatsache, daß alle Sitze des Kongreßsaales neu mit dunkelgelbem Leder überzogen worden waren. Es gab Leute, die eine andere Farbe vorgezogen hätten. Den 15. Januar verbrachte Barbentane auf der Versammlung der Linken im Luxembourg. Welch ein Augenblick! Der Doktor bildete sich an diesem Tage nicht wenig auf sich ein. In den Wandelgängen des Senats spürte er den Pulsschlag der Republik. In einer Tür stieß er gegen einen kleinen, unangenehmen Mann, der mit hoher Stimme wütend quietschte: »Können wohl nicht aufpassen, was?« Es war Poincaré in Person. Barbentane spürte den Schauer der Geschichte. Er sah Jaurès. Clemenceau war erkältet, kam aber trotzdem: Barbentane erblickte ihn, von einer ergebenen Meute gefolgt, und stürzte dem großen Mann entgegen. Aber dieser schien ihn nicht zu erkennen und wies mit seiner behandschuhten Hand, von der man wußte, daß sie von einer austrocknenden Krankheit befallen war, auf ein offenes Fenster; ein Saaldiener, der sich beeilte, um es zu schließen, stolperte und stürzte zu Boden. Was Väterchen Combes anbelangte, so litt er an fast vollständiger Heiserkeit. Jeder Umstand nahm symbolischen Charakter an.

Der Tag genügte den Linken keineswegs zur Einigung. Im ersten Wahlgang stand Poincaré, im zweiten Pams an der Spitze dessen, was die Presse am nächsten Tag die Vertretung der Zuschneiderinnen der Präsidentschaftswahlen nannte. Ein dritter Wahlgang am sechzehnten sollte über die Abstimmung von Versailles entscheiden. Man hatte die ganze Nacht und den Morgen für tausend kleine Kuhhandel. Bis jetzt weigerte sich Poincaré, seine Kandidatur zurückzuziehen. Man sagte, daß er sie sogar aufrechterhalten würde, wenn die Abstimmung am nächsten Morgen ungünstig für ihn ausgehen sollte. Barbentane sagte seinem Sohn: »Siehst du, dein Poincaré ist jetzt der Kandidat der Rechten ... Er will die Republik umbringen ... Ich habe es heute nachmittag gesehen. Er hat sich jetzt nur noch zu unterwerfen, nicht wahr? Ein großer Tag! Um uns mal von dieser ganzen Politik auszuruhen – was hältst du eigentlich von den Folies-Bergères?«

Sie aßen bei Poccardi zu Abend. Der Doktor sprach lange über die Barrel, die Schokolade, die Mitgift der Töchter, das Interesse, das jedermann daran habe, Frankreich zu einigen. Sein Sohn belauerte ihn aus den Augenwinkeln. Worauf wollte er eigentlich hinaus? Aber Edmonds Schweigen verdarb dem alten Schlaukopf die Laune und machte ihn vorsichtig. Ehe er das Geheimnis seiner Pläne preisgab, mußte er des Jungen sicher sein. Das Schauspiel der Folies lenkte sie ab.

Der Doktor hatte viel Freude an den alten Chansons, die Yvonne Printemps interpretierte. Eine Szene, die in Trouville spielte, und ein gewagtes Bild, das sich »Das Kirchenfenster« nannte, erlaubten ihm, seinem Sohn gegenüber den familiären Ton anzuschlagen, der für eine persönliche Erklärung notwendig war. Im Zwischenakt, und wenn auch bestimmte Ideen auf Edmond keinen Einfluß hatten – jedenfalls war der Vater entschlossen, mit ihm über Familieninteressen zu sprechen. Im Hin und Her des Wandelganges, während geschminkte Frauen, die Zigarette zwischen den Lippen, in drapierten Roben und Federhüten Peruaner, Türken und Skandinavier ansprachen, vor dem kleinen, beleuchteten Reklamebild, wo, wie chinesische Marionetten, korsetttragende Damen und schnurrbärtige Herren sich umeinander drehten, hielt der Bürgermeister von Sérianne-le-Vieux, während er seinen Bart strich, seinem Sprößling einen Vortrag über das Zusammentreffen ihrer materiellen Interessen und der politischen Moral der radikalen Partei.

»Du hast jetzt zwei Jahre Medizin studiert, Kleiner. Du hast also noch zwei Jahre zu machen, und mit ein bißchen Protektion kannst du mit achtzehn Monaten Militärdienst davonkommen. Das bedeutet, daß du dich in Sérianne im Sommer 1916 installieren kannst ... Stimmt's? Aber dein Vater ist noch jung, und er denkt nicht daran, einfach vor dir abzutreten ... Wenn ich also nicht in der Kammer bin, was soll schon aus dir werden? Man kann dich irgendwo unterbringen, aber du wirst vegetieren. Ich werde dir doch nicht etwa eine Praxis bezahlen ...« – »Hast du Feuer, Liebling?«

Es war eine dickliche Brünette, deren nackter Arm auf dem schwarzen Rock des Doktors um den Kragen eine Spur von Fettkrem zurückließ. Sie entfernte sich, während sie sich auf ihren Absätzen wiegte und seufzte: »Herrgott, sind diese Provinzler blöd!« Barbentane rückte seine Fliege zurecht: »... Hm, was sagte ich doch gleich? Ach ja ... Und wenn du glaubst, daß sich so was in Sérianne auf deine Angelegenheiten günstig auswirken könnte, dieser politische Skeptizismus! Man muß sich im Leben auf etwas stürzen. Du hast wahrscheinlich auf dem Gymnasium nur zu flüchtig jemanden gelesen, der dir das hätte beibringen können.«

Hier machte der Doktor eine Pause, um die Unwissenheit der jungen Generation prüfen zu können. Sie waren im Foyer unten an der Treppe, und ein Neger im Fes schlug aus Leibeskräften auf eine Trommel, um die Liebhaber zum Bauchtanz zu rufen. »Ich meinte«, fuhr der Doktor fort, »Immanuel Kant ...«

Es folgten Ausführungen über die praktische Vernunft und, damit verbunden, die Sérianner Praxis des Doktors. Eine junge Frau vom Typ Claudine lächelte Edmond zu. Er hatte Lust, ihr Lächeln zu erwidern. Es war heiß. Sie konnte zwanzig Jahre alt sein, und sie war nicht gerade schön, aber sie sah frech aus und hatte lange Beine.

»In Sérianne kannst du keine Patienten haben ohne politische Unterstützung. Kein Mensch hat Vertrauen zu einem Kerl, der nicht sein politisches Gesicht zeigt. Was willst du auf der Rechten machen? Es gibt diesen jungen Lamberdesc ... Du hast also keine Wahl: Du mußt radikal sein. Und mußt begreifen, was das heißt: Der Radikalismus ist keine Spielerei! Er ist eine Berufung, geradeso wie die Medizin, und verlangt Selbstverleugnung, Verantwortungsbewußtsein ...« – »Zunächst einmal«, unterbrach ihn Edmond, den Blick auf die junge Person geheftet, die sich jetzt an eine Säule lehnte und an ihren Brüsten zupfte, während sie ihn ansah, »werde ich nicht dein Nachfolger in Sérianne werden ...« – »Was?« Der Doktor hatte sich in seiner ganzen väterlichen Würde aufgerichtet. Er war so rot geworden, daß eine Vorbeigehende beunruhigt war: »Du solltest draußen ein bißchen Luft schnappen ... Was gibst du aus?« Er nahm seinen Sohn beim Arm und zog ihn weiter.

»Machst du Witze? Was soll das heißen?« – »Ich meine es ganz ernst. Ich will die Krankenhauslaufbahn einschlagen.« – »Du bist wohl verrückt, verdammt noch mal! Stellst du dir vielleicht vor, daß ich dir dein Studium bezahlt habe, damit du mich in einem entscheidenden Moment meines Lebens sitzenläßt?« – »Es kann dir nur nützen, wenn dein Sohn Arzt in einem Krankenhaus wird ...« – »Erzähl keinen Unsinn. Schon als früherer Externer hast du in Sérianne genug davon. Das Internat ist nicht unbedingt notwendig.« – »Aber ich will nicht Sérianne. Paris ...« – »Ah, jetzt ist es also heraus, das große Wort, Paris! Hast du ein Verhältnis?«

Er sah seinen Sohn mit jenem gutmütigen Blick an, dessen Falschheit Edmond widerlich fand. »Wenn ich dir sage, daß es sich um meine Karriere handelt ...« – »Karriere, von wegen! Wenn du mir wegen deiner Bettgeschichten erzählen möchtest, daß du Karriere machen willst, so glaube nur nicht, daß ich darauf hereinfalle! Ich bin doch nicht von gestern.« – »Wie du willst. Ich habe kein Verhältnis. Die Frauen sind mir Wurst. Ich habe so viele, wie ich Lust habe.«

Barbentane blieb die Luft weg. Zum erstenmal in seinem Leben sah er seinen Sohn mit Respekt an. »Schön, schön, in Ordnung. Wir brauchen uns nicht zu streiten. Reden wir sachlich. Ich glaube dir, Kleiner. Aber wenn ich dir drei Jahre lang noch die Tausender zustecke, die du brauchst, so ist das eine Sache. Wenn du die Hospitalskarriere einschlagen willst, so kann das zehn Jahre dauern, und dazu habe ich nicht die Mittel. Du hast einen Bruder, eine Mutter. Daran muß man denken. Außerdem werde ich alt ... Ja, ja, widersprich nicht, ich fühle es. Der Arztberuf verlangt Jugendlichkeit. Ich habe die Chance meiner politischen Situation. Du begreifst, wenn dein Vater Abgeordneter ist, wird deine Position in Sérianne stark sein ...« – »Ich werde nicht in Sérianne arbeiten.« – »Sieh an, du willst mich aufregen. Dickschädel. Und wenn ich dir das Geld abschneide?« – »Ich werde nicht in Sérianne arbeiten.« – »Du scheinst wirklich nicht zu begreifen, daß ich, wenn ich morgen Abgeordneter bin, übermorgen Minister sein kann. Und dann nehme ich dich in mein Kabinett, und wenn man einmal den Fuß im Steigbügel hat, verdammt noch mal! Statt dessen willst du den Dummen spielen. Die ganze Stufenleiter allmählich hochklettern, und wie viele haben schon Erfolg dabei?« – »Ich werde nicht in Sérianne arbeiten.«

Die Klingel des Zwischenaktes war wie eine Erwiderung auf die Wut des Doktors. Dem armen Mann wurde heiß und kalt. Er wischte sich die Stirn. Die Worte stauten sich in seiner

Kehle. Ach, dieser Strolch, dieser Schuft. Dazu muß man nun Kinder haben. Muß sich für sie weißbluten. Wenn Edmond Arzt in Sérianne wäre, würde seine örtliche Position verstärkt sein; außerdem hatte er, genausogut wie Edmond, das Recht, in Paris leben zu wollen. Dieser Egoist! Dazu wäre viel zu sagen gewesen. Die Leute waren in den Saal zurückgeströmt.

»Übrigens«, sagte Edmond, »alles das ist ja sehr nett, aber Poincaré wird Präsident der Republik werden.« – »Was?« – »Und er wird ohne euch regieren.« – »Das wird also Krieg heißen!« – »Euer Krieg oder euer Frieden ... Er wird übrigens einen Teil der Stimmen der Linken kriegen.« – »Du weißt nicht, was du sagst. Die zweihundertzweiundsiebzig Stimmen, die Poincaré heute hatte, wird er morgen und übermorgen nicht mehr haben, die Disziplin der Linken ...«

Edmond preßte die Lippen zusammen. Sein Vater hatte bereits etwas Neues herausgefunden. Aus dem Saal kamen die Klänge eines Tangos.

»Es hat wieder angefangen«, sagte Barbentane mit dem Ton eines Mannes, der seinen Platz bezahlt hat. Sie drängten sich inmitten gemurmelter Proteste zu ihren Plätzen durch. Auf der Bühne zeigten zehn junge Frauen ihre Schenkel. Das Bild stellte die Griechen vor Janina dar.

VIII

Richard Grésandage hatte sich verspätet: Elise hatte Grund, unruhig zu sein. Es war nicht sehr weit vom Rond-Point des Champs-Elysées bis nach Hause, aber eins war zum anderen gekommen, und er hatte eine gute Stunde verloren, während er auf Nachrichten von Versailles wartete. Sie sollten an diesem Abend bei den Schoelzers essen. Schließlich trat Richard bei Gauffres ein, um zu telefonieren.

Im Café neben der Fernsprechzelle lauerte er wie ein Löwe im Käfig. In der Kabine begann eine Frauenstimme, deren Langsamkeit und Wiederholungen einen außer sich bringen konnten, immer wieder das gleiche im Laufe einer Konversation, von Pausen unterbrochen, immer wieder abbrechend. Elise war sicher unruhig. Er blätterte vor Langeweile in einem alten Adreßbuch. Die Stimme ließ sich von neuem vernehmen, bittend, ziemlich leise. Sie rief in Grésandage die Erinnerung wach an eine einst gehörte, halb vergessene Stimme. Leute kamen vorbei, auf dem Weg zu den Toiletten. Nach dem, was man von der Frau wahrnahm (würde sie denn nie aufhören?), dort in der durchbrochenen Glasscheibe der Tür, mußte es irgendeine Nutte sein. Richard ertappte sich dabei, daß er zuhörte: »Nein, nein ... Aber ich versichere dir, Micheline ... Aber warum denn, meine Kleine? ... Natürlich wird man sich wiedersehen können ...«

Er schämte sich dessen, was er tat, aber die Stimme erweckte in ihm ferne Erinnerungen. Sonne. Ein junges Mädchen mit sehr großen Augen. Helles Sonnenlicht. Die Stimme fuhr fort: »... Nein, ich versichere dir, er ist sehr nett ... Glaubst du? Vielleicht hast du recht ... Das darfst du nicht sagen ... Aber was soll ich jetzt tun? ... Aber ja, ich hätte dich gern gesehen ... Ich langweile mich ohne dich, weißt du ... Meine Kleine ... Hör mal, ich werde dir folgendes sagen, höre ... Charles ist ein netter Junge, ein sehr netter Junge ... Aber ja, er weiß ... er weiß, daß ich ein Kind habe ... Wir haben lange darüber gesprochen ... Er ist deshalb nicht böse geworden ... Auf jeden Fall entschuldige mich bei den Herren, bei Herrn Ducharme vor allem; ich will auf keinen Fall, daß Herr Ducharme denkt ... Wenn du Charles kennen würdest, würdest du das nicht sagen ... Meine kleine Micheline, wie soll ich denn nur entscheiden? Ich habe euch sehr gern, aber ... Natürlich, wenn ich mich nicht irre ... Ich kann mich irren ... Er ist so nett, wenn du wüßtest ... Die Herren und Damen dürfen auf keinen Fall ... Ach, bist du hart ... Was ist denn verändert? ... Natürlich kann man nicht gleich davon sprechen, aber später ... Aber ja, warum nicht? ... Später ... Später wird er mich heiraten, er wird sich schon daran gewöhnen. Wenn wir dann verheiratet sind ... Aber ich könnte mich doch morgen mit dir treffen ... Ja, morgen, wann es dir paßt ... Also, entschuldige mich bei Herrn Ducharme ... Sag das nicht, du bist nicht gerecht ... Ich versichere dir, daß er nett ist ... Aber nein, es ist nicht Laster. Aber ganz und gar nicht ... Ein richtiges Ausruhen ... Charles ... Warum sagst du das? Nicht alle Männer sind gleich, glücklicherweise ...«

Ganz außer sich, länger warten zu müssen, hatte sich Richard ganz nahe an die Fernsprechzelle gestellt, und eine Bewegung der Sprechenden ließ ihn das plötzliche Öffnen der Tür befürchten. Scham vor seinem eigenen Zuhören ergriff ihn wieder, und er entfernte sich ein Stück. Den Platz selbst, wo er stand, hatte er schon zehnmal in allen Einzelheiten besichtigt. Er war von dem Erfolg Poincarés so tief überzeugt gewesen, daß seine Bestätigung ihm keinen Anlaß zu langen Überlegungen gab. Er kehrte jetzt zur Fernsprechzelle mit dem bewußten Wunsch zurück, wieder zu lauschen. Diese Stimme ... Gleichzeitig versuchte er, sich den Konflikt und seine ganze Banalität vorzustellen. Dieses Mädel da, soundso oft betrogen, mit einem Bastard irgendwo, das sich an irgendwelche kleinbürgerliche Beziehungen in Plaisance oder in Courbevoie anklammert, von denen sie ein neues Verhältnis trennt, als sei gerade das ein Skandal zuviel. Er mußte ein angenehmer Mensch sein, dieser Herr Ducharme, und diese Micheline erst recht! Jetzt zitierte er: Nicht alle Männer sind gleich; der Satz hatte einen schrecklichen, melancholischen Klang bekommen. Richard ärgerte sich über seine Sentimentalität.

»... Versetz dich doch in meine Lage, meine Kleine. Ich habe keine Arbeit: Ich kann ihn nicht verlassen ... Wer würde denn der Amme ihre ganzen Monate bezahlen? ... Aber ja, natürlich; ich habe es dir ja gesagt, er ist auf dem laufenden. Wir haben lange miteinander darüber gesprochen. Ich sage dir, er ist sehr nett, Charles ... Also, er besucht mich von Zeit zu Zeit und zahlt dann für den Kleinen ... Ach, aber ich sage dir doch, daß er nicht wie die anderen ist ... Er sieht das von zu nahe: wie könnte er da gleichgültig sein? ... Nein, das also, ich schwöre es dir, niemals wieder ... Ich habe kein Geld für den Kleinen: Soll ich vielleicht spielen gehen? ... Herr Ducharme hat das gesagt? Nanu ... Also, entschuldige mich bei allen ... Vor allem mußt du mich entschuldigen ... Es war eine Verrücktheit, verstehst du ... Ich war so allein nach dieser ganzen Geschichte. Und dann vertrieben einem die Karten die Zeit ... Manchmal habe ich gewonnen ... Jetzt aber niemals, niemals wieder ... Er ist sehr, sehr nett ... Gar nicht verdorben ... Warum nicht, später? ... Man heiratet schließlich immer ... Für den Moment will ich mit ihm gar nicht darüber sprechen ... Der Kleine, verstehst du, verträgt sich schon so gut mit Charles ... Ob ich glücklich bin? ... Natürlich, ihr fehlt mir ... Und sage auf jeden Fall Herrn Ducharme ... Und den Damen ... Ja, natürlich ... Vor allem mußt du mich richtig entschuldigen ... Und dann morgen, nicht wahr, also morgen ... Und wann? ... Richtig, jawohl ... Also, abgemacht ... Also, morgen ... Meine kleine Micheline ... Also, auf morgen ...«

Dem Geräusch beim Wiederaufhängen des Hörers folgte Stille. Die Frau da drinnen hatte ihre Handtasche aufgehoben, und man erriet, daß sie sich hastig das Gesicht zurechtmachte. Vielleicht hatte sie geweint. Sie schien ziemlich gut gekleidet zu sein. Sie schneuzte sich. Plötzlich gab die Tür nach, und die Frau erschien. Sie verließ die Fernsprechzelle wie einen anrüchigen Ort. Sie warf einen flüchtigen Blick auf Richard und zögerte, als ob sie nicht mehr gewußt hätte, auf welcher Seite der Ausgang ist. Richard hatte etwas wie eine große Kälte in sich gespürt. Er hatte eine sehr junge, sehr geschminkte Frau erwartet. Vor sich hatte er eine Frau, die nicht schlecht hergerichtet, aber bereits – sie war in den Vierzigern – von den Jahren zerstört war, eine Frau, an der nichts Auffallendes war, außer ziemlich seltsamen Augen, die einen krankhaften Ausdruck hatten. Die Frau sah ärmlich aus. Vielleicht die Angestellte eines Luxusgeschäftes, deren paar Pfennige schnell weggehen, weil sie sich wegen des Ladens und wegen der Kundschaft anständig kleiden muß. Sie war beinahe mager. Ihr Haar war dunkel, und von den Nasenflügeln liefen zwei lange, frühzeitige Falten nach den Mundwinkeln. Jetzt, da die Stimme schwieg, schien ihm ihr Tonfall noch vulgärer zu sein und auch beser bekannt. Woran hatte er gedacht, während er auf sie gehört hatte? An hellen Sonnenschein. An ein junges Mädchen auf einer Wiese. Er sah wieder den Strauß heller Blumen in ihren Armen und das kleine Medaillon an ihrem Hals ... Jeanne, es war Jeanne ...

Die Frau war fort. Sie war die kleine Treppe mit der gleichen Unterwürfigkeit hinuntergegangen, mit der sie sich bei Herrn Ducharme hatte entschuldigen lassen. Und Richard hatte sie nicht aufgehalten; er rief sie nicht zurück. Er stand an seinem Platz wie festgenagelt. Und doch war es Jeanne. Es war Jeanne. Er hatte sie nicht zurückgehalten. Hält man denn seine Jugend zurück? Was war aus ihr geworden, aus dem jungen Mädchen seiner zwanzig Jahre ...? Sie hatte ein Kind. Von wem? Eine merkwürdige Eifersucht war in ihm aufgestiegen. Ach was, irgendein Schuft ... Nicht alle Männer sind gleich ... Wie sie das gesagt hatte! Vielleicht ein wenig seinetwegen, damals ... Ja, er war möglicherweise in diesen allgemeinen Begriff »die Männer« mit einbegriffen! Plötzlich begriff er, wer Micheline war ... Micheline, natürlich, das war die kleine Schwester, damals ein Kind von fünf Jahren ... Jetzt war sie verheiratet, und ihre Familie war mit der Großen böse ... Jeanne ... Das war nun zweiundzwanzig Jahre her. Sie hatte einen Mund wie eine Waldbeere, klein und hart. Sie sagte: Nein, nicht ... wenn man sie küßte, wie gerade eben am Telefon. Gerade das hatte ihn, Richard, veranlaßt zuzuhören. Er dachte wieder an Elise und stürzte in die Zelle. Besetzt ... Besetzt ... Man hält seine Jugend nicht zurück.

IX

Jeanne Cartuywels streckte die Hand prüfend aus: Es regnete. Wie unangenehm! Sie streifte ihre schwarzen Handschuhe wieder über, zog ihren abgenutzten Skunkskragen fester um sich, öffnete den Regenschirm und lief vom Café hinüber zur Autobushaltestelle. Sie hatte das Glück, nicht warten, und das Pech, in die erste Klasse einsteigen zu müssen. Sie wollte auch nicht zu spät kommen wegen Charles, der so wenig Zeit zum Essen hatte. Sie hatte sich in eine Ecke ans Fenster gesetzt, und der erleuchtete Abend des regengepeitschten Paris verschmolz mit ihren Gedanken ...

Sie hatte Micheline eben nicht von der Unruhe erzählt, die ihr am Herzen nagte; die Nachrichten von dem Kleinen waren schlecht, das Fieber hörte nicht auf, und Gott allein wußte, wie man ihn bei diesen Bauern in der Charente pflegte. Sie konnte nicht hinfahren. Konnte sie denn Charles in diesem Augenblick allein lassen, gerade jetzt, wo eine Abwesenheit noch alles verderben, alles zerstören konnte? Traurige, langjährige Erfahrungen mit Männern standen dem Instinkt der Mutter entgegen. Sie hatte Micheline davon nichts gesagt, weil die sie nicht verstanden haben würde. Und wer weiß, was Herr Ducharme von ihr gedacht hätte.

Dennoch dachte sie an Charles mit Dankbarkeit. Ach, wenn es endlich möglich sein würde! Zum erstenmal hoffte sie auf Ruhe. Er war gut, solide, er verdiente anständig, er schien sie zu lieben. Sie entsann sich, wie alles angefangen hatte, im Cercle, an jenem Abend, wo sie ihren Einsatz verändert hatte, nachdem die Karten gezogen waren. Wie er sie angesehen, wie er die Spielmarken vor die Falschspielerin zurückgeschoben hatte. Wie er später mit ihr sprach. So war es gekommen. Sie war seine Geliebte geworden. Sie hatte versprochen, nicht mehr zu spielen. Nie wieder. Sie dachte wieder an den Kleinen da unten auf dem Hof, wohin sie ihn vor einem Jahr gebracht hatte. Sie hatte sich damals gesagt, daß er vielleicht das Land liebgewinnen und später Bauer werden und dann vielleicht glücklicher in seinem Leben sein würde. Wenn sie an die Zukunft dachte, konnte sie sich ihr Kind nicht vorstellen in diesem Paris der möblierten Hotels, der schlechten Kneipen mit ihrem Kokosöl, mit seinen Schuftereien und Gemeinheiten, in diesem Paris, das ihr Leben und ihr Unglück gewesen war. Der Kleine würde reiten lernen, er würde gesund und wohl aussehen, ein hübsches Mädchen würde sich in ihn verlieben und ihn heiraten. Sofern nicht dieses unerklärliche Fieber ... Es gibt doch schließlich einen lieben Gott. Jeanne stieg an der Ecke der Rue Favart aus.

Sie waren in einem kleinen Restaurant neben der Opéra-Comique verabredet, einer Art von langem, schmalem Gang, in dessen Hintergrund sich das Fenster für die Durchgabe der Teller befand. Die Tische mit den karierten Tischtüchern standen allzu eng zusammen und waren von durch und durch pariserischen Gästen besetzt. Vor allem von Journalisten, auch von Theaterleuten, von allen möglichen Menschen. Stark pomadisierte junge Leute waren da mit Frauen, die sie sich gegenseitig abspenstig zu machen suchten. Grellfarbige Anzüge, Grüße, die man über die Bouchées à la reine weg wechselte, Vertraulichkeiten der Bedienerinnen mit den

Stammgästen, Gelächter, die üblichen Scherze. Jeanne sah sich nach Charles um. Er war nicht allein. Der Mann an seinem Tisch stellte sein Dunkles nieder. Sie erkannte ihn, während ihr Herz stockte. Schnell, sie durfte sich nichts merken lassen.

Charles Leroy war aufgestanden, um Jeanne ein Zeichen zu machen. Er war ein ziemlich blasser, ein wenig aufgedunsener Mann von mittlerer Größe, der aber seiner breiten Schultern wegen klein erschien. Wären nicht seine Gesichtsfarbe und sein Kneifer gewesen, hätte man nie geglaubt, daß er eine sitzende Lebensweise hatte. Er ergraute jetzt sehr stark, obwohl sein Schnurrbart noch schön schwarz und lockig war, und der Korrektheit seiner Krawatte und seinem schwarzen Anzug nach hätte man glauben können, daß er irgendeinen hohen Verwaltungsposten hatte. Sein unglaublich dichtes, glattes Haar wies in der Mitte gewöhnlich eine kleine Vertiefung auf, die er »mein Scheitel« nannte und die er oft in einem Taschenspiegel überprüfte. Das war es, was Jeanne an ihm störte, dieser Tick, und sie hatte beschlossen, ihm das später abzugewöhnen.

»Kennst du Herrn Colombin?« hatte er gesagt. Herr Colombin war Frau Cartuywels bereits begegnet. Herr Colombin war der jovialste, der lustigste Bursche, den man sich denken konnte, mit Sommersprossen und sehr starkem Bartwuchs und einer Schramme an der linken Augenbraue, die ihm einen geistreichen Blick gab, wenn er mit den Augen blinzelte. Er wog hundertundzwei Kilo, und man sah es ihm kaum an. Der Sport, nicht wahr? Er übte sich im Laufen, Boxen, Stabhochsprung. Mit fünfundvierzig Jahren war er glänzend in Schuß. Er kam gerade von der Riviera zurück.

»Das ist in meinem Beruf das Schöne, man muß schon sagen: Die meiste Zeit bringt man an tollen Plätzen zu, mit Sonne, Luft, Blumen, eleganten Leuten. Hinterher bin ich immer ein bißchen niedergedrückt, wenn ich in Paris arbeite.« – »Ich verstehe Sie, Herr Colombin«, sagte Charles. »Ich bedaure nur eins: daß ich nicht Monegasse bin. Ach, wenn ich Monegasse wäre!«

Jeanne war ein bißchen schockiert: »Würde dir das nichts ausmachen, nicht mehr Franzose zu sein?« – »Ach, weißt du,

Franzose, Monegasse, da ist kein großer Unterschied; wenn ich Monegasse wäre, könnte ich in Monte Carlo arbeiten, wir würden ein kleines Haus bei Beausoleil mieten und hätten nicht mehr nötig, mit unseren Etagenwohnungen und Autobussen im Regen und Schmutz umherzulaufen. Ohne vom Meer zu sprechen. Tiefblau ist es da unten, das Meer!« – »Ein kleines Haus ...« Jeanne schloß die Augen. Sie dachte an den Kleinen. Wenn der Kleine von Charles adoptiert würde, könnte er Monegasse sein. Er würde keinen Militärdienst zu machen haben. Seinetwegen fürchtete sie die Kaserne. Herr Colombin lachte: »Ja, so ein Leben ist bestimmt schön. Und Weiber gibt's da unten! Sie entschuldigen schon, Frau Cartuywels. Kurz, schnieke. Vom Standpunkt des Berufs aus ist es da unten prima. Tradition, Sie verstehen. Es ist nicht wie hier, selbst wenn alles in Ordnung ist wie bei Ihnen, ist es ja doch nicht offiziell. Tja. Während an der Riviera, nicht wahr, offen gespielt wird.« – »Das kann man wohl sagen«, bemerkte Charles witzig. Alle drei amüsierten sich glänzend.

Colombin fuhr fort: »Dazu werden dort riesige Geschäfte abgewickelt, das ist es gerade. Wenn es nur das Spiel wäre. Aber das Spiel und die Geschäfte: das geht dann manchmal ein bißchen durcheinander. Wir sind dann dazu da, um die Angelegenheit diskret wieder in Ordnung zu bringen. Oh, ganz diskret! Man muß sehen können, ohne zu sehen, sozusagen. Nur kein Skandal, heißt die Losung.«

Draußen rief man die Zeitungen mit dem Ergebnis der Präsidentschaftswahlen aus. Das ganze Restaurant kam durcheinander. Die Leute liefen hinaus, ein Händler trat ein. Man riß sich die Blätter aus den Händen. Poincaré gewählt! Hoch Poincaré! Man lachte. Während einer guten Weile wurde die Unterhaltung allgemein. Jeanne, mitten in diesem ganzen Lärm, träumte vor sich hin. Es scheint, daß dieser Poincaré ein fähiger Bursche ist. Colombins und Leroys Stimmen drangen abwechselnd in ihr Bewußtsein.

Die Fleischschnitten waren ausgezeichnet geraten. Alle Welt war darüber einer Ansicht. Charles sagte es der Bedienerin, die es dem Wirt weitersagte. Der Wirt kam sofort heran, und es war Jeanne, die diesmal erklärte: »Ihre

Fleischschnitten sind ausgezeichnet.« Der Wirt verbeugte sich geschmeichelt. Und plötzlich spürte Jeanne, wie sich ihr Herz zusammenzog. Hier saß sie und war mit den Fleischschnitten zufrieden, und dort ging es dem Kleinen schlecht, vielleicht sehr schlecht. Würde der Kleine überhaupt jemals wissen, was das ist, eine Fleischschnitte?

»Fühlen Sie sich nicht wohl, Frau Cartuywels?«

Sie lächelte Herrn Colombin zu, obwohl sie vor diesem Mann Angst hatte. Und sie entschuldigte sich bei Charles: »Ich dachte an die Charente.« Sie drückten sich in Anwesenheit anderer so aus, wenn sie von dem Kleinen sprachen.

»Ja«, fing Charles nach einem Schweigen wieder an, »das unangenehme in Paris ist, daß man sich, selbst wenn alles in Ordnung ist, überflüssig fühlt; ich weiß auch nicht warum. Sie müssen wissen, daß es bei uns sehr ruhig zugeht: niemals irgendwelche Geschichten. Die Kunden kennt man. Gelegenheitskunden sind unerheblich. Ich will sagen ... Leute, die sich mal so für ein paar Tage nur einschreiben. In einem Jahr habe ich nicht mal vier Zwischenfälle erlebt. Was heißt Zwischenfälle ... Das Wort ist ein bißchen übertrieben ...« – »Ausgenommen die Geschichte mit den Revolverschüssen ...« – »Ausgenommen, klar ... Was sage ich da übrigens? Das war ja gar nicht bei uns. Wenn die Kunden erst mal weg sind, können sie machen, was sie wollen ...« – »Mehr oder weniger, Leroy, mehr oder weniger. Sie sind ja gut! Na, Sie sind mir ein Bursche!«

Sie lachten auf. Colombin senkte die Stimme: »Sagen Sie mal, haben Sie nicht bei sich eine junge Frau bemerkt ... Blond, äh, das heißt, blond so wie ich, ein bißchen dunkler ...« – »Eine Rothaarige?« fragte Leroy geradeheraus. Colombin sagte mit leiser Ungeduld: »Also, eine Blonde ... Hübsches Mädel ... Achtung, Frau Cartuywels wird sie auffressen! Sie dürfen nicht eifersüchtig sein, Frau Cartuywels, sie ist nicht sein Typ ...«

Jeanne lächelte traurig. Sie hatte nicht zugehört, sie dachte an den Kleinen.

»... Sehr elegant ... Ja? Erinnern Sie sich? Sie würden mir einen Dienst erweisen, wenn Sie mir sagen könnten, was sie macht, wenn sie gewinnt, wenn sie verliert ... Mit wem sie kommt ... Ach, wissen Sie, das ist ein bißchen außerhalb des Dienstes.«

Charles Leroy konnte nicht zum Nachtisch bleiben. Er hatte sich bereits verspätet. Er gab Jeanne Geld.

»Du zahlst dann ... Herr Colombin ist mein Gast ... Ihr nehmt dann den Kaffee zusammen. Und ein kleiner Schnaps, Herr Colombin? Er ist hier nicht übel. Savoyardischer. Und du wartest auf mich gegen eins bei Pousset ...«

Jeanne blieb also mit Colombin allein. Das hatte sie vom ersten Moment an befürchtet.

»Leisten Sie mir für den Schnaps Gesellschaft, Frau Cartuywels? Nein? Dann also zwei Kaffee, ein Schnaps ... Und ein Benediktiner?« – »Ein Cointreau.« – »... und ein Cointreau!«

Eine Pause trat ein, die Colombin dauern ließ, bis der Kaffee kam. Und als er dann da war, tiefschwarz, und die kleinen Gläser gefüllt waren, beugte sich der Mann plötzlich über den Tisch, um den Blick der Frau zu treffen. Er sah aus wie ein Stier und lachte schweigend, indem er seine Goldzähne zeigte.

»Na, Frau Cartuywels, gehen Sie gar nicht mehr auf einen kleinen Rundgang in die Galeries Lafayette?«

Jeanne hatte sich verfärbt. Seit einer halben Stunde hatte sie etwas in dieser Art erwartet; aber als er jetzt diesen Satz ausgesprochen hatte, fühlte sie sich wie von einer Katastrophe ereilt. Colombin, ganz und gar wohlwollend, legte schwer seine dicke, behaarte Hand auf die Finger ihrer Rechten, die ein nervöses Zittern erfaßt hatte.

»Nun, nun, ich habe nur einen Scherz gemacht, wir kennen uns ja nicht erst seit heute ...«

Schwere Tränen hatten sich an den geschminkten Wimpern Jeannes gebildet. Sie vergrößerten sich und fielen langsam herab. Sie fielen in die Tasse, eine, zwei, und bildeten Ringe im Kaffee. Unter dem Tisch spürte Jeanne Cartuywels die dicken Beine und Knie des Inspektors Colombin, die sich ihrer schlanken Beine bemächtigten und sie preßten mit jener Langsamkeit, die Tränen haben, die gerade fallen.

X

Der Doktor hatte seinen Jüngsten ins Lyzeum von Aix geschickt, wo er als Interner seine Philosophie machen sollte. Armand hatte die Kindheit und Sérianne und die Lokalpolitik und die Ungeheuer der Kreisstadt hinter sich gelassen. Der ganze böse Traum mit seinen Skandalen, die Flucht des jungen Loménie, der wieder in die Legion hatte eintreten müssen, und das Verschwinden der Witwe des Steuereinnehmers, die auf die Intervention des Doktors Barbentane hin schnell mit einem Tabakladen entschädigt worden war, nachdem er mit seinem Kollegen Lamberdesc eine Unterredung gehabt hatte – alles das, was so sehr nach Schokolade roch, verschwand für Armand in der Welt der Ideen, in die er mit seinen siebzehn Jahren eintrat. Eine ganze Wildnis von Problemen tat sich vor ihm auf, in der seine sozialistischen Neigungen nicht ihren Platz zu finden vermochten. Die ersten drei Monate waren in einer unglaublichen Verwirrung von Begriffen herumgegangen. Ein sanfter, stotternder Professor, mit einem Gesicht wie aus Quittenmarmelade, erschöpfte sich in der Aufgabe, vor zwanzig jungen, zerstreuten Leuten das offizielle Programm in die Glorifizierung eines schüchternen Spinozismus zu verwandeln. Armand verschlang die Bibliothek. Condillac fehlte. Eine ganze Woche lang war er darüber verzweifelt; niemandem, auch nicht diesem Zittergesicht, konnte er sich anvertrauen, um ein Urteil über das Gelesene zu erlangen. Ausgewähltes von Kant und Hegel und ein wenig später Schelling fiel ihm auf den Kopf wie ein Hagel von Holzscheiten. Sein Professor wünschte, daß er Ribot und Lachelier lesen möge: führende Autoren der Dritten Republik. Er brachte es nicht fertig, hatte kein Geld, schlief mit einem der Küchenmädchen aus dem Lyzeum, das ihm seine Strümpfe stopfte, und ging sonntags zu den Vettern Rinaldi, die zum Kotzen fromm waren. In Aix herrscht im Winter eine nette Kälte, eine Kälte, die es in sich hatte. Der Wind war beißend.

In den Weihnachtsferien kam er nach Sérianne, traf die Mutter, die allein war, weil der Doktor Geschäfte halber in Paris weilte, und das Café des Arts, wo das Billard auch ohne

Respellière auskam, und Mestrance, der nach allem wieder gut in Schuß war. Pierre, der beim Examen zurückgestellt worden war, führte ein Hundeleben, hatte seinen Vater auf dem Halse und rezitierte Vielé-Griffin und van Lerberghe. Alles hatte – war es der Philosophen wegen? – etwas grauenhaft Kleinliches, eine Atmosphäre von Erbärmlichkeit, in der man nicht atmen konnte. Als Suzanne wußte, daß Armand in Sérianne war, richtete sie es so ein, daß sie sich trafen. Er fühlte sich so unbehaglich, daß er sie nach fünf Minuten mit einem groben Witz stehenließ, indem er unverfroren vorgab, an Koliken zu leiden. Worauf er sich wirklich ins Klosett einschloß, bloß um allein zu sein.

Dort begann er über Kant nachzudenken, mit einer lyrischen Leidenschaftlichkeit, über die er sich selbst wunderte. Was ihn im allgemeinen an der Philosophie erschütterte, war die Tatsache, daß sie existierte. Er genoß sie wie Alkohol. Er fühlte sich danach ebenso erledigt wie am Morgen nach einem Trinkgelage. Für alle seine Kameraden war die Philosophie gleichbedeutend mit einer Glaubenskrise, in der sich Zweifel und Empörung mengten. Aber Armand hatte sich seit langem vom christlichen Glauben befreit, und so erschienen ihm die philosophischen Systeme kaum als etwas, das ihm die bittere Pille versüßen konnte, und er interessierte sich mehr und mehr für das einzige Mittel, das man vor ihm zu verbergen suchte. Warum ließ sich zum Beispiel ein Schuhmacher gefallen, sein ganzes Leben lang Sohlen anzunageln? Darüber konnte man weder bei Kant noch bei Platon etwas finden. Man rüttelte an der Tür. Es war Frau Barbentane, die unwillig fragte: »Was machst du eigentlich da drin?«

Armand spürte mit Ekel die idiotische Sklaverei des Studiums, und seine Abhängigkeit von der Familie verfluchte er ebenso, wie er ihr nahes Ende fürchtete. Seine zwischen Schule und wirren Wunschträumen geteilte Kindheit setzte sich nach den bürgerlichen Regeln über die physische Dauer der Kindheit hinaus fort. Er schämte sich seiner Abhängigkeit, wenn er an den Doktor Barbentane und an seine Frau Mutter, geborene Rinaldi, dachte. Gleichzeitig fürchtete er sich vor seiner Befreiung und der Notwendigkeit, arbeiten und seinen Lebensunterhalt verdienen zu müssen. Ohne daß er sich dessen bewußt war, ohne daß sich der schuftende Barbentane und seinesgleichen Rechenschaft darüber ablegten, war er, wie jedermann aus seinen Kreisen, in der christlichen Verachtung der Arbeit erzogen worden. Würde ihn nicht der Bannfluch Gottes treffen? Wenn er an die Zukunft dachte, so war das ein Alpdruck, in dem es von tausendfach wiederholten Geschichten über das Soldaten- und Kasernenleben wimmelte. Es war nicht ersichtlich, wie das Leben nicht eine Abscheulichkeit sein konnte. Er hatte bereits aufgegeben, an seine Berufung als Schauspieler zu glauben, als eine zufällige Unterhaltung mit seiner Mutter ihn dazu brachte, ihr seinen früheren Plan einzugestehen. So fühlte er sich an einen Kindertraum gebunden, den er sonst leicht aufgegeben hätte, zu dem er jetzt aber plötzlich weiter stehen mußte. Alles hatte wegen der Armbanduhr begonnen, die die Großmutter Rinaldi ihm zum Neujahrstag geschenkt hatte, oder vielmehr zu Weihnachten, das heißt, daß das Christkind und so weiter … Inzwischen hatte er sich beim Christkind bedanken müssen, das heißt, er mußte den ganzen Vormittag mit der Großmutter verbringen, ihr vorlesen und ihre Wolle aufwickeln. Der Großvater stand nicht mehr auf; er war jetzt ganz altersschwach geworden. Er ist keine Gesellschaft mehr für mich, mein gutes Kind. Gefällt sie dir wenigstens, die Uhr? Der Herr Abbé Petitjeannin hat sie ausgesucht … Ich dürfte dir das eigentlich nicht sagen; aber in deinem Alter, da gibt es Dinge … Ja, ich kann nicht mehr ausgehen und dazu noch mit meinen Augen, um so etwas auszusuchen. Dazu wußte ich nicht recht: Kann ein Priester eine Armbanduhr tragen? Der Herr Abbé Petitjeannin versicherte mir, daß er das darf. Er sagt, die Kirche werde modern. Ich finde das nicht sehr schön; aber man fragt ja schließlich nicht nach meiner Meinung. Ob ich wohl noch lange genug leben werde, um deine erste Messe zu hören? Beim Essen bildete die Uhr wieder den Gegenstand der Unterhaltung. Armand gab, gut aufgelegt, die Worte der Großmutter wieder.

Dies brachte Frau Barbentane auf das Kapitel der Vorteile des kirchlichen Lebens. Ach ja, wenn sie ein Mann gewesen wäre, dann wäre sie Priester geworden. Nonne, das ist etwas anderes. Aber noch in Doktor Barbentanes Alter, mit zwei großen Söhnen, hätte sie einer plötzlichen Laune nachgeben und sich dem Herrn weihen können. Das gab es. Herr Abbé X, Pfarrer von Y. Und wie hieß doch gleich dieser Priester, den man in Notre Dame des Fleurs getroffen hatte, letztes Jahr, als der Tunnel gebohrt worden war? Er hatte einen Sohn bei den Dragonern und einen anderen, der Friedensrichter war, Männer, die schon Schnurrbärte trugen.

Warum mußte es nur sein, daß ein Satz der guten Frau direkt zum Ausdruck brachte, es sei beschlossene Sache, Armand müsse Priester werden? Er schwieg nicht dazu, sondern erklärte, er beabsichtige, die Theaterlaufbahn einzuschlagen, das sei unwiderruflich, eine unüberwindliche Gewalt stoße ihn dazu, zwecklos, deshalb zu schreien, er habe es nun einmal gesagt, und daran könne nichts mehr geändert werden. Der Blitz hätte auf die arme Mutter nicht anders wirken können. Stimmlos, kraftlos, zitternd ließ sie diese Flut von Worten über sich ergehen. Das geschah beim Nachtisch. Man brachte den Kaffee. Der Hund war bereits dabei, vor seiner Herrin schönzumachen.

Esther Barbentane hätte, wenn Armand die Ecole des Chartes oder das Polytechnikum hätte absolvieren wollen, sicherlich eine große Enttäuschung verspürt, von ihrem Sohn derartiges zu hören, nachdem sie so viele Jahre hindurch für ihn ein geweihtes Leben erträumt hatte, ein Leben, das den Lebenswandel des Doktors wiedergutmachen sollte. Aber sie hätte sich schließlich darein ergeben. Aber das Theater. Die Bühne! Sie wiederholte im stillen schaudernd: die Bühne. Ihr Sohn. Und wenn es noch der ältere, der Sohn des Doktors gewesen wäre. Aber der ihre, Armand, ihr Eigentum. Dieses so anhängliche, so gehorsame Kind, von dem sie so viel Freude gehabt hatte. Man hatte ihr ihren Sohn verändert. Ein Komödiant, er wollte ein Komödiant werden. Sie stieß ein so schreckliches Stöhnen aus, daß der Hund, der, auf dem Hintern sitzend, geduldig den Zucker erwartete, zur Seite sprang, als ob sie nach ihm geschlagen hätte. Armand kam in Fahrt und redete weiter. Er war bereits auf Tournee, in Kario, in Amerika. Sein Ruhm übertraf jedes voraussehbare Maß.

Esther hatte sich plötzlich erhoben. Sie war ziemlich groß und im vergangenen Jahr genügend gealtert, daß ihr welkes

Gesicht schließlich einen wirklich tragischen Ausdruck anzunehmen vermochte. Alle Worte der Welt erschienen ihr in diesem Moment so sinnlos, daß aus ihrem Innern nur hysterisches Schluchzen kam. Ein Kloß saß ihr in der Kehle. Ihre einst schönen Schultern, die jetzt schrecklich mager geworden waren, zuckten unter den jähen Stößen einer Nervenkrise, die einen Tränenausbruch erwarten ließ.

Die Gläser auf dem Tisch begannen zu klirren, und das Silber klapperte unter ihren Händen, die auf dem karierten Tuch hin und her flogen. Armand spürte eine Sekunde lang wieder die alte Kinderangst vor den Krisen der Mutter. »Mama«, murmelte er mit einer Sanftheit, die ihn mit heimlicher Scham erfüllte. Dieses Wort entfesselte den Ausbruch. Es war, als ob eine Flamme in trockenes Holz gefahren wäre; dann begann Esther plötzlich mit der Hartnäckigkeit einer Hündin zu heulen. Sie heulte wie ein Tier, das nichts anderes tun kann, um seinen Schmerz auszudrücken. Sie hatte etwas von der grotesken Scheußlichkeit der Schwiegermutter aus einem Vaudeville und zugleich etwas von einem überfahrenen Tier. Es war pathetisch und burlesk zugleich, oder vielmehr einfach widerwärtig. Das Mädchen kam hinzu, der Hund stimmte ein, der Kaffee wurde umgestoßen, Frau Barbentane warf sich zu Boden.

Das alte Hausmädchen war herbeigeeilt. Armand, dessen Erniedrigung nicht mehr zu steigern war, saß auf seinem Stuhl wie festgenagelt. Er war nicht imstande, diese unglückliche Irre anzusehen, in der er seine Mutter wiedererkennen mußte, die einmal in ihrem rosa Schlafrock so hübsch gewesen war, damals in jener Nacht, als sie dem Himmel geflucht hatte und dem Mann, an den sie gekettet war. Sie hatte Schaum vor dem Mund, und ihr vom Schmerz entstelltes Gesicht schnitt Grimassen und war von häßlichen grotesken Zuckungen wie von einem Niesen verzerrt. Ihre schwarzen Kleider waren in Unordnung geraten, und unter dem langen Rock zeigten sich Beine, die in anderen Strümpfen schön gewesen wären. »Helfen Sie mir, Herr Armand!« schrie das Mädchen und schlug hastig den Rock über eine Stelle, wo sich eben ein Stück des nackten Schenkels gezeigt hatte.

XI

Esther hatte begonnen, ihren jüngeren Sohn zu hassen. Ihn zu hassen wegen seines Verrats am Glauben, wegen ihrer enttäuschten Träume, wegen jener Jesus für das Leben des Doktors dargebotenen Sühne, die nun nichts weiter als ein leeres Versprechen war, des Skandals wegen, des Hasses wegen, den sie gegen das Theater hatte, jenen Abgrund der Verdammung, in dem bemalte Frauen grinsten und alle jene entsetzlichen Abbilder der Sünde, die sie wie eine schmerzende Wunde an alles erinnerten, was sie selbst im Leben vernachlässigt hatte, um die verachtete Frau eines Gottlosen und die Mutter zweier fremder Menschen zu sein. Aus ihrer frühen Jugend tauchte vage die Erinnerung an die Neigung auf, die sie für einige Männer empfunden hatte, eine für immer verborgene Reue wie erschütternde Theatermusik, wenn der rote Vorhang mit seinen langen goldenen Kordeln ins Schwanken gerät.

Esther hatte begonnen, ihren Sohn zu hassen, weil er, wie sie sich einredete, so feige gewesen war, ihr seinen tollen Entschluß ins Gesicht zu schleudern in einem Augenblick ihres unglücklichen Lebens, in dem sie besonders allein war, während sich der Doktor unter politischen Vorwänden in Paris vergnügte. In Gegenwart seines Vaters hätte Armand das nie gewagt. So rief sie plötzlich die Autorität des Vaters gegen den Sohn an, jene Autorität, die sie ihr ganzes Leben lang im Herzen des jungen Mannes untergraben hatte, eine dramatische Inkonsequenz, deren ganze Bitterkeit Armand schaudernd spürte. Er war bereit, diese Familientragödie ernst zu nehmen: er ertappte sich dabei, wie er in ihr schwelgte, und nannte sich selber einen Dummkopf.

Esther hatte begonnen, Armand zu hassen, weil sie vor allem eine Aufregung, einen Wahn brauchte. Sie ertappte sich dabei, wie sie in Gedanken gegen ihn Worte gebrauchte, die ihr beim lauten Aussprechen die Schamröte ins Gesicht getrieben hätten. Die ganze Leidenschaftlichkeit der Frau, die sich altern fühlt, lag darin, vielleicht auch Gefühle obskurer Natur. Ihre Phantasie stellte ihr Tag und Nacht heimliche Ausschweifungen vor Augen, Orgien, an denen ihr Sohn teilnehmen würde. Sie hatte noch so viel Vernunft, darüber mit ihrem Beichtiger zu sprechen. Der Abbé Petitjeannin empfahl ihr Übungen, die in einigen Fällen ausgezeichnet gewirkt hatten, die sie jetzt aber noch mehr außer sich brachten.

Was Armand anlangte, so wußte der fromme Mann nur zu sagen, daß man ihn möglichst bald verheiraten solle. Aber mit siebzehn Jahren! Esther wünschte übrigens für ihren Sohn die Ehe sowenig wie das Theater: sie hatte ihn zur Keuschheit bestimmt. Zweifel kamen ihr. Hatte sie ihn verloren? Sie beobachtete ihn, fragte die Leute seinetwegen aus. Unterdessen kehrte Armand nach Abschluß seiner Ferien nach Aix zurück. Sie schrieb an die Familie des Vetters, bei der der junge Mann seine Sonntage verbrachte. Aber sie gestand nicht ihre ganze Schande und schrieb nichts über Armands theatralische Sendung. Sie begriffen nicht das mindeste, predigten ihrem Gast Moral, machten sich bei ihm unbeliebt, und Armand richtete es so ein, daß er immer seltener bei ihnen erschien. Sie schrieben nach Sérianne, er müsse wohl ein Verhältnis haben.

Der Doktor, der wieder in Sérianne war und den Kopf bereits voller Sorgen wegen seines Ältesten hatte, seufzte, entschloß sich aber, einen Ausflug nach Aix zu machen. Er tauchte unerwartet bei Armand auf, ließ ihm für den Abend Ausgang geben und beging den unverzeihlichen Fehler, ihn zu einem ausgesuchten Diner einzuladen, um ihn zu beeinflussen. Diese Grobheit verletzte Armand mehr als alle ungeschickten Worte, an denen der Doktor keineswegs sparte. Dieser hielt seine Position für sehr günstig, weil der Junge offenbar seinen Glauben verloren hatte: mußte ihn das nicht seinem alten ungläubigen Papa näherbringen? Um sein Kind für sich zu gewinnen, hielt er es für klug, Esther herunterzumachen. Armand begriff den ganzen Umfang dieser Feigheit: Der Doktor hatte beim ersten Wurf das Herz verloren, das bei diesem Spiel der Einsatz war. Sein Sohn verachtete ihn endgültig.

Als beim Nachtisch gewisse Witze über Fragen der mönchischen Enthaltsamkeit den Vater zu halben Geständnissen verführten, die sein Eheleben und seine Ausflüge nach Marseille betrafen, sah der Doktor plötzlich Ekel in dem wachen Blick des Jungen, den er zu gewinnen gehofft hatte. Plötzlich wurde er unsicher. Niemals hatte er den störenden Blick des

Kleinen ertragen können ... Er verlor die Geduld, und er begann wieder zu schulmeistern. Na schön, wenn nicht, dann nicht. Wenn die Gefühle nicht zogen, nahm er sie wieder zurück; aber der Handel war klar. Er wiederholte noch einmal die ganze Geschichte von der kirchlichen Berufung des Jungen. Die Mutter hatte alle möglichen Pläne gemacht; aber er, der Vater, würde ihn bestimmt zu nichts zwingen.

Hier biß sich Armand auf die Lippen. Großzügig, der Papa. Es kostete ihn nicht viel, in diesem Punkt nachzugeben. Mit einem erwarteten »Aber«, das auch wirklich kam, begann die Erpressung: aber da man aus ihm keinen Priester machen und er darin zufriedengestellt werden würde, müßte er, Armand, auch etwas guten Willen zeigen. Er sollte seinerseits auf etwas verzichten. Umsonst ist der Tod, mein Kleiner. Er solle auf die Bühne verzichten und einen Beruf ergreifen. Welchen? Man würde schon sehen, einen anständigen Beruf. Jura oder Medizin, das war bei zwei Söhnen der Familie vielleicht ein bißchen viel. Obwohl, wenn er durchaus wollte ... Der Doktor war nicht eng. Er war großzügig. Wenn Armand die Industrie reizen würde, so könnte man mit Empfehlungen, vielleicht von Maurice Perrot ...

Nach dem Essen war man in ein Café gegangen. Von Zigarettenqualm umgeben, wandte Armand, während sein Vater redete, sein Interesse den Nachbarn zu. Sieben Personen, vier auf der Polsterbank, drei ihnen gegenüber, und ein blasser Junge, der aussah wie Napoleon bei Arcole. Kleine Ladenbesitzer, eine Melone, ein brauner weicher Hut, eine Mütze, und Frauen in Schwarz mit aufgeschwemmten, fahlen Gesichtern, Napoleon plapperte in der Kindersprache vor sich hin; und plötzlich erschien in den Armen einer der Frauen ein Säugling, in weiße Wolle gehüllt, rührend in seiner Hilflosigkeit. Seine großen Augen strahlten entzückt beim Anblick der Lichter. Die laute Unterhaltung zwischen den bierfeuchten Schnurrbärten ging weiter. Die Frauen zögerten nicht, an ihr teilzunehmen. Armand sah nichts außer dem winzigen Säugling, der mit Überzeugung an seinem Daumen lutschte. Er war ganz in seine in Streifen gehäkelten Decken gewickelt. Sein Bruder Napoleon glaubte die Stimme verstellen zu müssen, wenn er zu dem zappelnden, in diesem Raum ganz verloren scheinenden Bündel sprach. Er klebte ihm ein nacktes Zelluloidpüppchen, das die Hände an die Naht der Schenkel preßte, auf die Nase. In seinem Rock mit Messingknöpfen glich der Kaiser der Franzosen schon ganz den verbrauchten Menschen neben ihm, die ihren Verzehr nachrechneten.

»Also«, sagte der Vater, »abgemacht? Wir reden nicht mehr vom Seminar; aber du studierst Jura.«

Es war am einfachsten, zu lügen.

XII

Edmond lungerte zwischen den Statuen im Hof des Carrousel herum, während er seine anatomischen Fragen für die Internatsvorlesung wieder und wieder durchlas. Der Kopf schmerzte ihm zum Zerspringen, und verrückte Gedanken jagten sich in ihm wie Bilder. Ehrgeiz und Faulheit, ein ungewöhnlich milder Februar und eine Art sportlicher Begeisterung, die ihn dazu brachte, Seiten um Seiten auswendig zu lernen und sie leise bei sich zu wiederholen, während er nach der Uhr die einzelnen Phasen seines Vortrags kontrollierte. Auch Demütigungen, weil dieses Mädel mit der Brille, die am selben Lehrgang teilnahm – wie hieß sie doch? Lagrivelière, Lagrivèlerie? –, es fertigbrachte, viel schneller als er zu sprechen. Wie gern hätte er alles für eine Partie Boule schießenlassen! Die Tuilerien hätten ein hübsches Gelände abgegeben da unter den Bäumen, die noch ohne Blätter waren: das war besser als der Boulevard in Sérianne. Gleichzeitig quälte ihn wie eine Drohung eine etwas verächtliche Äußerung seines Pathologielehrers, des brillanten Desplat, der bestimmt mit dreißig Jahren Professor der städtischen Krankenhäuser sein würde. Seine Karriere, verflucht noch mal, er würde es sich nicht nehmen lassen, seine Karriere zu machen.

Jetzt hatte er sich auf eine Bank gesetzt, nicht weit von Antonin Merciés »Dennoch«, dessen Elsässerin für ihn unvermeidlich nicht etwa Réjane in »Elsaß« vorstellte, sondern vielmehr die Familie Schoelzer-Bachmann, in die, trotz der provinzlerischen Ansichten seines Vaters, durch Jacques Schoelzer eingeführt worden zu sein er sich beglückwünschte. Teufel noch mal, man schafft sich nicht nur mit Büchern einen Platz als Arzt in Paris! Man muß gewandt sein.

Eine dicke Taube war zu seinen Füßen niedergegangen wie ein Stück Blei. Ihr Kragen schillerte wie eingetrocknete Spritzer violetter Tinte. Mit leerem Blick folgte Edmond dem Beben des grauen Gefieders.

Mit zweihundert Franken im Monat glaubte der Doktor Barbentane seinem Sohn gegenüber sehr großzügig zu sein, dabei gingen schon vierzig Franken für das Zimmer weg. Als Edmond während der letzten Ferien Repräsentationsspesen verlangte, hatte ihn sein Vater einfach ausgelacht. Er hatte in Montpellier studiert und wollte, daß sein Ältester sein Nachfolger in Sérianne wurde. Er konnte die heimliche Beklemmung Edmonds nicht begreifen, den die Knappheit seiner Mittel an das Studium fesselte und der von dem brillanten Kreis ferngehalten war, in dem er mächtige Freunde, Liebesabenteuer, die Grundlage zu einem Stamm von Patienten und einen Weg in das ihm verschlossene Milieu der Unternehmer zu finden hoffte. Und als Edmond ihm das letzten Monat, während er ihn zur Gare de Lyon begleitete, erzählte, hatte Doktor Barbentane ihn zum Teufel geschickt.

Dennoch wollte sich Edmond von seinem Vater nicht zwingen lassen, in Sérianne zu leben. Er biß die Zähne zusammen und ballte die Fäuste, wenn er daran dachte, und vergaß in seiner Aufregung die rückwärtige Aushöhlung des Epiploon, die er sich gerade fünf Minuten vorher verlorenen Blicks vorgestellt hatte, indem er mit der Hand Bewegungen machte, die, zur Verwunderung der Passanten, ihre komplexen Scheidewände nachzuzeichnen suchten. Wenn er daran dachte, daß er sein ganzes Leben lang bei den Mestrance herumlungern sollte, wenn der Alte einen Anfall hatte, oder in »Les Mirettes« bei den Loménie, wohin ihn Fräulein Eva ihrer schlechten Verdauung wegen bestellen würde, brach Edmond der Schweiß aus. Er sah mit Bitterkeit auf seinen nicht ganz neuen Rock, auf das etwas abgetragene Hemd, das er anhatte. Die Wäscherechnungen überschatteten die ganze Anatomie. Er wußte, daß er sehr gut aussah, und die Frau des Professors Beurdeley hätte ihn bestimmt genauso empfangen wie diesen intriganten Meyer oder den kleinen Lokkenkopf, der im Laënnec Externer war.

Eine Wut erfaßte ihn gegen seinen Vater, diesen Mann, der sich so heftig täuschte. Die Wahl Poincarés hatte das sehr gut gezeigt: Barbentane hatte früher einmal den Lothringer, einen Radikalen, unterstützt; aber weil er nicht die Forderungen der Stunde begriff und im Dümmsten von seiner Partei abhängig war, hatte er sich unter diese Aufwiegler begeben, die gegen die Meinung des ganzen Landes Pams zum Präsidenten machen wollten. Muß man blöd sein, um diese Wahrheit nicht sehen zu können! Dorfpolitik.

Die Taube flog mit schwerem Flügelschlag davon, nachdem sie im Kies herumgepickt hatte, als suche sie ein Monokel. Ein ganz junges Paar ging vorbei, sie, schon beinah elegant, in modischem Hut, und er, ein Arbeiter von noch nicht zwanzig, in blauen Leinenhosen, mit allzu früh entwickelten Muskeln und der Miene eines verliebten Jungen. Edmond folgte ihnen mit den Augen, indem er sich zwang, daran zu denken, wie armselig sie angezogen waren, aber zugleich jäh durch eine Art Eifersucht aus dem Gleichgewicht gebracht. »Paul und Virginie«, murmelte er vor sich hin, um sich über sich selbst lustig zu machen. Über dem Carrousel war das Licht fast rosig. Kindergeschrei mengte sich mit dem Lärm der Stadt. Immerhin hatte das Leben in Sérianne nach jeder Tollheit, nach einem Ausflug in das Gebirge oder einem langen Nachmittag im Bordell, oder wenn er sich mit den jungen Weinbauern betrunken hatte und man sich unter den Olivenbäumen wegen eines Mädchenblicks prügelte – immerhin hatte dieses ganze Leben mit all seiner Unsinnigkeit und Regellosigkeit seine ruhende Mitte: die Stunde der Familienmahlzeit neben diesem Vater und dieser Mutter, die uneins waren, und dem kleinen Dummkopf Armand, der heimlich das Benedicite aufsagte. Heute führte Paris, glänzend, riesenhaft, feindselig, seine Gedanken in die Vergangenheit der Provinz zurück. Edmond wußte, daß er nicht zu Tisch gehen konnte, weil niemand ihn erwartete. Er war wunderbar allein, frei von allen Problemen der Kleinstadt, wo noch die Affäre Dreyfus eine Rolle spielte und der gegenseitige Haß von Freimaurern und Priestern und die Hirngespinste des Vaters, die Aufregungen der Rinaldi, die Nähe der Fabrik – alles, was in den Unterhaltungen der Frauen behandelt wurde.

Er war herrlich allein und zugleich voller Angst vor allem, was er tat, ergriffen von dem Zufälligen jeder Tätigkeit, von allem versucht und nichts weiter machend als lernen und lernen, und das schreckliche war, daß er nicht sicher war, ob er auch alles behalten würde und ob er nicht, während er lernte, den entscheidenden Moment, die lang erwartete Gelegenheit vorbeigehen ließ, die vor ihm einen schnelleren Weg aufgetan hätte zu dem, was er sich unklar wünschte, was weder Ruhm noch Glück, noch Reichtum war, sondern ein bißchen von allem und dazu Liebe und Komfort, eine Art Atmosphäre wie in der Oper, wenn der Vorhang schwankt und im Orchester Geigen und Flöten durcheinanderpräludieren.

Merkwürdige Sache, daß er sich auf die Medizin geworfen hatte. Gewiß, es war nicht seine Wahl, sondern die Wahl des Vaters gewesen. Während seiner ganzen Kindheit war die Sache von vornherein beschlossen gewesen, er hatte sich nicht weiter darum gekümmert, und als der Augenblick gekommen war, um darüber ernst zu sprechen, war es einfacher gewesen, nichts dagegen zu haben als über die Frage mit einem herrischen Vater zu streiten. Dazu kam, daß das Medizinstudium unmittelbar Paris selbst hieß. Wie war Sérianne schön, als er es im Herbst verlassen hatte! Eine romantische Gegend von nun an, aber nur, wenn man nicht zurückkehrte. Die Blicke der Reisenden im Zug nach der Hauptstadt … An einer Kurve der Bahn der weiße Rauch wie ein Arm, der sich ausstreckte, und irgendwo über Lyon hinaus, im Speisewagen, der berauschende Gedanke, zum ersten Mal: allein sein.

Er war seit Monaten herrlich allein, trotz der Kameraden an der Fakultät, einigen kurzen Verhältnissen, Frauen, die er aufgeschnappt hatte, eine Art Studentenfreundschaft mit einer Studentin, die ihm nichts bedeutete, und die Begegnung mit jenem Jacques Schoelzer, einem Cousin der Barrel, den er vor zwei oder drei Jahren während der Ferien in Sérianne kennengelernt hatte, durch seinen Partner beim Boulespiel, Adrien Arnaud. Jacques war der Erbe des älteren Zweiges der Schoelzer. Polytechniker. Warum hatte Edmond nicht das

Polytechnikum besucht? Es stimmte, daß ihn die Armee anwiderte, aber nicht die Uniform. Das Polytechnikum öffnete für einen magische Pforten; um seinen neuen Freund spürte er eine ihm verschlossene Welt, Heimlichkeiten, Perspektiven. Warum hatte er die Medizin gewählt? Die allerlängste Laufbahn. Und die Grobheit der Internen, sogar der Ärzte, der Chefs der Klinik, diese besondere Vulgarität, die er schon vom ersten Semester an verspürt hatte, dieser Jargon, der zusammengesetzt war aus wissenschaftlichen Begriffen und kleinen Schweinereien der Dienstzimmer, das Leben dort ... Konnte Edmond sich nicht für den Sommer nach dem Elsaß zu den Schoelzers einladen lassen? Sie hatten in der Nähe der Grenze in den Bergen ein Haus, wo sich die deutschen Bachmann und die französischen Schoelzer trafen. Sie waren selbstverständlich sehr patriotisch; aber hatten sie nicht letztes Jahr den Fürsten von Hohenlohe bei sich gehabt?

Plötzlich war es kühl geworden, und die grünen, rosa und tangofarbenen Aktendeckel mit ihrem Inhalt begannen zu flattern. Der Wind streute sie über den Boden. Die hintere Aushöhlung des Epiploon hatte sich mit den Löchern in der Schädelbasis und dem Keilbein des Hinterhaupts vermengt. Edmond hob verlegen die Blätter auf und begann sie auf der Bank neben dem Platz, wo er saß, zu ordnen. Es war eine sehr niedrige Holzbank; ganz drüben an dem andern Ende saß ein alter Mann, er sah Edmond zu, und mit einer stummen Bewegung wies er auf ein Blatt, das ein wenig weiter geflogen war. Der Student dankte ihm mit einem Nicken. Auf diesem Blatt war eine kleine Zeichnung, die aus Langeweile entstanden war: zwei Frauenbeine waren um den Hals eines jungen Mannes geschlungen, der dem Zeichner ähnelte. Edmond entsann sich, daß sich diese Zeichnung auf eine Studentenanekdote bezog: Ein Kranker hatte in der Halsgegend einen Schanker bekommen, weil er im Bordell angegeben und nackte Frauen auf den Schultern herumgetragen hatte, also gerade da, wo er mit dem Geschlecht in Berührung gekommen war ... Ein kurzes trockenes Husten ließ ihn aufblicken. Sein Nachbar sah ihn an.

XIII

Ein merkwürdiges, abstoßendes Menschenexemplar. Sicher etwas über sechzig, aber er hätte genausogut hundert Jahre alt sein können. Was an dem Mann vor allem auffiel, war seine Erschöpfung, verbunden mit Schmutz. Er war schmutzig weit über alles hinaus, was dieses Wort bedeuten konnte. Er war am Ende der physischen und sozialen Verkommenheit. Ein Zwerg mit grauem wirrem Haar, das er mit ein paar groben Schnitten gekürzt haben mußte. Er trug einen aufgeplatzten steifen Hut, den er weit in die Stirn geschoben hatte, darunter sah man einen Bart, der nach allen Richtungen ging, aber schüchtern versuchte, eine Spitze zu haben, ohne daß jedoch seit langer Zeit der Hals von einer Art äffischer Behaarung befreit worden war, die den fehlenden Kragen ersetzte. Dazu kam ein Halstuch, das rosa gewesen sein mußte, bevor es schwarz geworden war und unzählige Flecken angenommen hatte.

Das eigentliche Gesicht war kaum sichtbar. Man gewahrte noch die buschigen Augenbrauen über dunklen Augen, die ganz faltige Haut um die Augen herum und eine Art Auswuchs neben dem linken Ohr, der einen unförmigen Höcker bildete und aussah, als könne jeden Moment der Eiter aus ihm hervorbrechen.

Der Alte war in eine glorreiche Erinnerung aus der Zeit von Grévy gekleidet: er trug ein Jackett, das an so vielen Stellen, an den Nähten wie überall sonst, zerrissen war, daß er darauf verzichtet hatte, es mit Sicherheitsnadeln wieder zusammenzustecken, wie etwa über dem Herzen unter der Brusttasche, aus der ein altes Stück Zeitung heraussah, das er kokett als Kavaliertuch gefaltet hatte. Alles das und dazu die Hose, die an einem Knie mit dicker Schnur geflickt war, hatte lange unter den riesigen Toreinfahrten an denUfern der Seine, in den Gossen der Markthallen, im dicken Schlamm der Befestitungswerke zugebracht. Der Mann trug braune, ziemlich neue Leinwandschuhe, in denen nackte, fleischlose, häßlich gefleckte Füße steckten, und infolge einer besonderen Merkwürdigkeit waren die Hände dieser epischen Persönlichkeit mit schwarzen baumwollenen Handschuhen bekleidet, die sorgfältig mit Druckknöpfen geschlossen waren. Der Mann gab eine Art Knarren von sich. Edmond brauchte einige Zeit, um die Worte, die diesen menschlichen Trümmern entwichen, zu verstehen. Schließlich wurden die Worte in dem Gestrüpp des Haars, das ihm das Gesicht überwucherte, deutlicher, während der Mann immer wieder seinen Speichel hinunterschluckte. Neben dem Alten stand auf der Bank ein verbrauchter, zerfetzter Koffer aus gesticktem Stoff, auf dem eine der schwarzbehandschuhten Hände wie auf einem treuen Hund zärtlich ruhte. Der Alte sprach in heiserem Flüsterton.

»... Vor allem dürfen Sie nicht weglaufen, wenn ich zu Ihnen rede; ich kenne die jungen Leute. Ich mache ihnen angst. Nicht doch ... Ich werde kein Geld verlangen, auch wenn ich so aussehe. Bestimmt nicht ... Ich weiß, ich weiß, aber manchmal muß man zu jemandem sprechen, mein guter Herr, von Zeit zu Zeit, ach, nicht alle Tage, aber schließlich mal von Zeit zu Zeit ... Man muß. Merkwürdig, wie natürlich ihr das findet, daß man so dasitzt auf den Bänken. Ihr geht vorbei. Ihr sitzt daneben. Alte Leute und Steine. Ich kenne zum Beispiel eine Frau, die kann nicht mehr sprechen. Es war eine sehr ehrenwerte Dame, verstehen Sie; sie hätte nicht jedermann angesprochen, mich zum Beispiel. Das ist jetzt mindestens zwanzig Jahre her, daß sie auf der Straße liegt. Sie weiß nichts mehr, sie hat nur noch ihre Lumpen am Leibe, die sie verstehen. Abends in einer ruhigen Ecke macht sie ihr Bündel auf und redet mit ihnen. Nicht nötig, mit ihnen richtig zu sprechen, das ist zu ermüdend. Sie redet, wie die Hunde reden, mein guter Herr. Laufen Sie vor allem nicht weg ...«

Edmond war viel zu überrascht, um daran zu denken. Er konnte seine Blicke nicht von den schwarzen Handschuhen lösen. In seinem Nachbarn mengte sich Demut und Arroganz. Man erriet mehr die Worte, die sein zahnloser Mund sprach, als daß man sie hörte.

»... nicht mal, Sie fragen sich nicht mal. Ein ganzes Leben lang. Zuerst glaubt man, das wird sich ändern. Warum soll es sich denn auch ändern? Tage, Monate. Nicht wahr, mein kleiner Spitz?« An dieser Stelle strich seine Hand mit verrückter Zärtlichkeit über den Koffer.

»... Sie fragen nicht mal. Ich bin auch mal so jung gewesen.

Sie hätten mich tanzen sehen sollen. Paris, Herr, Paris. Ist nicht mehr das gleiche, Paris. Das Jahr der Ausstellung. Ich war damals ungefähr in Ihrem Alter. Damals gab es noch das Kaiserreich, Luxus. Ungefähr. Ich hatte Pferde. Allee der Kaiserin, Sonntagmorgen. Das war in den letzten Tagen des Kaiserreichs, in den letzten, den schönsten. Paris ...«

Er machte eine kreisförmige Handbewegung, die den ganzen Louvre zum Zeugen nahm; dann zog er eine Grimasse nach dem Garten hin: »... schön verändert. Sehen Sie sich das an: ein Loch. Irgendwas fehlt. Ich entsinne mich nicht mehr. Ach ja, ein Loch ... Der Palast der Tuilerien. Sie sind zu jung. Sie haben das nicht gekannt ... Natürlich ... Ich habe ihn brennen sehen, mein guter Herr, und den Mob! Etwas Furchtbares, der Mob ... Denn der Brand an sich war ein hübscher Brand. Eine traurige Sache, aber ein schöner Brand, da kann man nichts dagegen sagen. Der Mob ...«

Er rückte das kleine Stück Zeitung zurecht, das ihm als Taschentuch diente: »... Feuer überall. Feuer! Mein lieber Herr, da unten, da unten ... Rue Royale, Rue de Castiglione ... Auf dem linken Ufer, Rue du Bac ... Es mußte gegen vier, fünf Uhr morgens sein und dann päng, päng, päng, von allen Seiten, und was seh ich auf einmal? Sie brennen den Louvre nieder, den Florapavillon! Rauch steigt auf, als ob man seit Jahrhunderten nicht mehr die Schornsteine gekehrt hätte ... große rote Feuerzungen ... das Palais Royal ... die Tuilerien ... tja, die Tuilerien, die haben sie erledigt, die haben sie bis auf die Grundmauern erledigt, mein lieber Herr ... Nur ein paar schwarze Steine blieben übrig ... und dann päng, päng, päng! Jetzt brachte man den Mob um. Ja, es gibt eine Gerechtigkeit, es gibt eine Gerechtigkeit, eine große Erleichterung, wenn man daran denkt, daß es eine Gerechtigkeit gibt. Päng, päng, päng auf den Mob! Rue de Rivoli schossen die anständigen Leute aus den Fenstern auf die Furien in den Straßen, die Petroleusen! Es gibt eine Gerechtigkeit, zweifeln Sie nicht! Sie sind noch jung; aber Sie werden schon sehen!«

Jemand, der vorbeiging, lächelte über die Szene, ohne zu hören, was der Mann sagte. Edmond war verlegen; aber sein Gegenüber begann von neuem: »Der Mob, Paris, das versteht man nicht, man weiß nicht, was das ist, Paris ... Zwei Monate vorher hatte uns das ganze Café de la Paix zugejubelt, als wir gekommen waren, mit all den schicken Leuten, hübschen Frauen und Fahnen ... Und dann, der Mob ... Wie bei Boulanger. Sie schrien alle: Hoch Boulanger! Eines schönen Tages kannst du dann verschwinden. Nichts mehr. Paris. Als ob man davon etwas begreifen könnte ... Paris ... Eine große Stadt mit vielen Bänken und schönen Häusern ... Nicht die neuen ... Heutzutage kann man nicht mehr bauen ...«

Er beugte sich hinab und tat, als rede er seinem Stoffkoffer in ein eingebildetes Ohr, während sein Zeigefinger gleichzeitig eine drohende Bewegung machte.

»Was in Paris vorgeht ... ihr wißt nichts davon, ihr, die ihr in den Häusern wohnt. Ruhig ist es, Jahre hindurch. Das täuscht. Ich, ich sehe um mich, ich sehe, wie es sich da unten bewegt, ganz unten, wie es langsam durcheinanderwimmelt, wie es zunimmt, wie es Gestalt bekommt! Von meiner Bank aus sehe ich das ... Ich sage zu Nero ... Es ist niemals ganz erloschen, das Feuer ... Man wird wieder auf den Mob schießen müssen ... eure Republik! Es gab nur einen braven Mann: den Präsidenten Carnot! Sie haben ihn umgebracht, die Logen! Ein braver Mann ... Alles Strolche! Der Panamaskandal. Ohne den Panamaskandal würde ich Kutsche fahren. Und der Hauptmann Dreyfus! Man hätte auf den Mob schießen müssen ... Hier war es, wo Déroulède ... Waren Sie nicht da? Ich auch nicht. Also, ich weiß nicht, was ich damals machte ... Versicherungsagent ... Ja, Herr, ich werde rot, ich habe Berufe ausgeübt, die meiner Herkunft nicht würdig sind ... Man hätte schießen müssen ... Wenn Sie mir nur erklären könnten, was das ist, eine Versicherung, ich habe es nie begriffen. Sie können sich also vorstellen, was ich für ein komischer Agent war ... Alles das, das ist Paris ...«

Edmond wollte flüchten; zugleich hatte er Lust, dem Mann Fragen zu stellen, allein um eines Satzes willen, über das Café de la Paix »mit hübschen Frauen und Fahnen«, aber der andere ließ ihm keine Zeit dazu: »Allen ist es Wurst, junger Mann, ob man was zu fressen hat oder nicht ... Man kann unter ihren Augen verrecken, in ihrer Republik ... Ihnen wird es vielleicht eines Tages genauso gehen wie mir ... Sie haben keine Pferde gehabt wie ich ... Allen ist es Wurst! Es gibt Bänke in Paris und Springbrunnen, an denen man Trinkbecher mit Ketten befestigt hat, damit man sie nicht mitnimmt. Neunzehnhundert haben sie mich bei der Ausstellung angestellt, um Prospekte zu verteilen. Ich habe auch Zigarettenstummel gesammelt und Türen aufgemacht. Tja, wenn Boulanger gesiegt hätte, wäre es mit Frankreich nicht so weit gekommen. Manchmal sage ich mir: Alles das, das ist Paris, man hätte nicht löschen sollen, es wäre ganz verbrannt ... Was dann, es wären immer noch ein paar Bänke stehengeblieben. Also ... Man hat nicht das getan, was man hätte tun sollen, man hätte alles, alles niederbrennen sollen, und den Mob dazu! Das schlimmste sind die Frauen. Nutten, Verrückte. Man hat nicht genug Frauen umgebracht. Man müßte noch mal anfangen. Paris ... Jetzt sind Sie dran, die Jungen. Ihr werdet töten, töten, wir waren zu gut, richtige Lämmer, wir haben nicht genug getötet. Stimmt's Nero?«

Der Wind blies plötzlich heftig. Die Leute beeilten sich. Einzelne Tropfen fielen, und plötzlich brach der Regen los. Edmond erhob sich. Der Alte wechselte plötzlich den Ton, als schäme er sich: »Ich hatte Ihnen gesagt, daß ich kein Geld wollte ... aber immerhin ...«

Er sah den jungen Mann mit einem harten, überlegenden Blick an, als schätze er den Inhalt seiner Geldbörse ab. Plötzlich näherte er sich ihm und flüsterte: »Könnten Sie mir nicht zehn Sous *borgen*? Um was zu trinken, Herr. Nur um was zu trinken. Hungrig bin ich nicht.«

XIV

Edmond frühstückte im Tagesraum, als man ihm mitteilte, daß ein Soldat ihn sprechen wolle. Es war Adrien Arnaud, Unteroffizier im zweiundzwanzigsten Artillerieregiment in Versailles.

Ein Moment der Verlegenheit entstand zwischen beiden. Nicht etwa, weil Edmond besonders viel auf die Meinung seiner Hospitalskameraden gab, aber er fürchtete Adriens Akzent und sein provinzlerisches Auftreten. Gleichzeitig fand er es merkwürdig, den Gefährten seiner Kindheit in Artilleristenuniform zu sehen, mit seinem wiegenden Gang, dem kleinen, wie aufgemalten Schnurrbart und den roten Backen. Adrien seinerseits war ein bißchen von der Schürze und dem weißen kurzärmligen Mantel des angehenden Chirurgen beeindruckt. Die Vorstellung war schnell gemacht. Im Zimmer waren Lavenaz, Dulac, Desplat, Ferry. Edmond war der einzige Externe, der heute mit ihnen aß; man empfing ihn und seinen Gast mit großem Lärm, weil ein Gast, der auf sein Konto kam, eine bessere Mahlzeit bedeutete.

»Na, junger Mann«, sagte Lavenaz, über die Brillengläser blickend, in seiner weißen Mütze, »wie liegen die Dinge in Versailles?«

Lavenaz war Medizininterner bei Doktor Fumerat. Man konnte sich nichts Kurzsichtigeres denken als diese Mäuseäuglein zu beiden Seiten einer so riesigen Nase, wie sie einem Christen aus Savoyen gerade noch erlaubt war, ohne Skandal zu erregen. Dazu kam, daß er auch der Größe nach einer Maus glich und eine durchdringende Stimme hatte. Er wartete auf keine Antwort, sondern brüllte bereits nach den Bohnen.

Adrien war Unteroffizierslehrer für Turnen. Man hatte ihn mit einer Gruppe seiner Schüler gerade nach Paris für eine besondere Aufgabe abgestellt. »Essen Sie Bohnen, Unteroffizier«, sagte Ferry, ein riesiger Normanne, der ein Magengeschwür hatte, mit Ernst, »sie sind ausgezeichnet für die seminale Sekretion ...« Hier ließ Dulac, der wie eine romatische Bulldogge aussah, das Buch fahren, in das er vertieft gewesen war: »Du redest ja doch nur von Dingen, die du nicht kennst ...« – »Was?« piepste Ferry. »Was ich nicht kenne?« – »Ja, was du nicht kennst ...«

Desplat, Edmonds Internatsältester, brachte sie zur Ruhe. Er war ein Mann von ziemlich hohem Wuchs, herkulisch gebaut, ein Blonder, der allmählich kahl wurde, etwas Serviles an sich hatte und zugleich ein kaltes Blitzen in den Augen zeigte.

»Meine Herren«, sagte er, »wenn die Armee uns die Ehre macht, an unserer bescheidenen Tafel Platz zu nehmen, sollten wir ihr doch nicht das Schauspiel ziviler Zerwürfnisse bieten! Stoßen wir also miteinander an.«

Sie stießen miteinander an, und der Rotwein schwemmte Ferrys bacchantische Erlebnisse davon. Man neckte Lavenaz wegen seines Dienstes.

»Dieses Fleisch«, sagte er, »taugt nichts. Jeanne! Jeanne! Das ist die Köchin, Korporal. Jeanne, Sie haben wieder die Reste aus dem Sektionssaal gekocht. Ich hatte Ihnen doch gleich gesagt, daß diese alte Unterleibslähmung komische Fleischschnitten abgeben würde ... Na schön, diesmal soll es Ihnen noch durchgehen, meine Tochter ...«

Er kaute unter schrecklichen Geräuschen, und Dulac glaubte ihn bei ihrem Gast entschuldigen zu müssen: »Glauben Sie kein Wort davon, Unteroffizier; das Fleisch hat keineswegs den Ursprung, den unser Freund Lavenaz angibt; es stammt einfach von einem verreckten Hund, den man uns direkt aus der Abdeckerei geschickt hat ... Er versucht nur abzulenken, um nicht gestehen zu müssen ... Na, wie geht's dem Chef, Lavenaz?« – »Meinem Chef? Der alte Affe ist wie immer. Eine Gefahr für die Öffentlichkeit; heute morgen kommt er angerannt und reibt sich die Hände. Nun, Frau Irma, keine Zugänge, keine Sterbefälle? Schön, alles in Ordnung. Und die Beobachtungen? Mein lieber Lavenaz, erklären Sie doch Ihren Kollegen ein für allemal, daß sie mir keine Romane schreiben sollen ... Na, und die Zunge, meine Kleine? Ah, sie sieht gar nicht schön aus; wenn Sie so weitermachen, mein Kind, werden Sie eines Tages abkratzen. Mit einem Wort, in bester Laune. Geben Sie mir noch mal die Bohnen rüber. Ich sagte mir: Er hat wieder irgend etwas erfunden. Und tatsächlich, ich hatte richtig geraten ...« – »Was«, sagte Dulac, »hat er eine Erfindung gemacht?« – »Ja«, fuhr Lavenaz fort, »und er will einen Bericht an die medizinische Akademie schicken, und ich soll mit ihm zeichnen, und einmal mehr werde ich der Hereingefallene sein. Was sagte ich doch? Ach ja. Er sah richtig inspiriert aus, und er tätschelte ganz leise die kleine Abraham, während er nach der anderen Seite guckte ...« – »Schwein!« sagte Dulac. – »Nicht jedermann kann Antisemit sein«, knurrte Ferry. – »... und als er sah, daß seine Bande komplett war, verlangte er den Drogisten, damit auch niemand bei dem Fest fehlen sollte; dann ging er pissen, indem er sagte, ich komme gleich wieder, und dann kam er wieder und strich sich lange den Bart. Wir waren im Frauensaal, wo es eine syphilitische Meningitis gab, die stöhnte und ächzte, um ein bißchen interessanter zu wirken, und eine Alte, die irgendwas mit dem Magen hat und die ganze Zeit nach dem Becken verlangte. Der alte Fumerat hat sich also dann ans Fußende des Bettes von einem kleinen Mädel gesetzt, das irgendwelche Schwierigkeiten mit der Regel hat, hat der Irma, die häßlicher als jemals war, auf den Hintern geklopft und seine Socken hochgezogen, die ein bißchen melancholisch aussahen. Und dann hat er angefangen, die ganze Geschichte vor uns auszubreiten. Es handelt sich um folgendes. Ihr werdet sicher wissen, daß der Organismus bei der Verteidigung gegen die Spirochacta pallida vor allem mit der Leber arbeitet, sozusagen. Ich habe euch gestern in der Leichenhalle die Leber des Vaters der Kleinen da drüben gezeigt, die so nett ihren Finger in die Nase steckt, wenn sie mich ansieht, und die von der erblichen Krankheit bedroht ist. Eh hem. Ihr habt gesehen, wie diese Leber gestopft war, ja einfach vollgestopft war von bestimmten Knoten ... Gut. Das hängt damit zusammen, daß es die Leber ist, die als natürliche Fabrik pharmazeutischer Produkte die Substanzen herstellt, mit deren Hilfe der Organismus den Angriff der Spirochacten aufzuhalten sucht ... Öh, öh, stellt euch einen Moment vor, daß wir die noch frische Leber des Syphilitikers in Scheiben schneiden, auf ein Stück Brot legen und essen würden, was würde herauskommen?« – »Die Syphilis!« säuselte Dulac. – »Witzbold! Natürlich würden wir das nicht wie Leberwurst verabreichen, sondern in Pillen; man darf Ware nicht verschleudern. Die Gegensubstanzen würden wirken, und vielleicht wäre das wirklich ein Heilmittel. Daraus könnt ihr entnehmen, wie schlau der Alte ist. Sie verstehen, meine Herren, ohne daß ich weiter darauf eingehe, den beträchtlichen Vorteil, um kommerziell zu sprechen, den der günstige Preis des Rohstoffs ... « – »Du lügst«, protestierte Ferry, »er sagte nicht ... « – »Hat er gesagt! Er wird berichten, mich unterzeichnen lassen, ich werde der Hereingefallene sein, und ihr reinen Wissenschaftler und Schweine werdet euch auf meine Kosten unterhalten.«

Adrien machte große Augen. Als er mit Edmond allein

blieb, während die dicke Jeanne abräumte und vor sich hin summte: »Dans un thé tango c't'été – Qui, madame, j'y étais! ...«, erklärte er ihm, daß er seine Hospitalsadresse von Jacques Schoelzer erfahren hatte. Er war stärker geworden; er war jetzt ein überraschend schöner Kerl mit angeklatschtem, hinten sehr kurz geschnittenem Haar und einem gewissen Zuhältergeschmack, den die Uniform, die er trug, leicht unterstrich. Plötzlich empfanden die beiden jungen Leute, die niemals sehr intim miteinander gewesen waren, Neugierde einer gegenüber dem andern; Edmond bestürmte sehr rasch Adrien, ihm über sein Garnisonleben Geständnisse zu machen. Mit wem schlief er? Ach, mal mit der einen, mal mit der andern. Mit der Frau eines Hauptmanns ... Er wurde beredt, als er aufs Turnen kam. Seine Arbeit in Sérianne war nicht zwecklos gewesen. Nicht nur in bezug auf den Stabhochsprung. Auch was die Gruppe »Pro Patria« anbelangt. Die Erfahrungen unter den Arbeitern. Jawohl, man schickte ihn jetzt nach Paris oder, genauer gesagt, nach Suresnes, in die Wisner-Werke. Es gab dort einen Streik wegen der Taylorisierung der Betriebe. Was das ist? Wie immer stellten sich die Arbeiter dem Fortschritt entgegen: Man stoppte bei den qualifizierten Arbeitern die Zeit für jede Bewegung in der Herstellung jedes Stücks. Dann mußten später die andern in der gleichen Zeit die Arbeit machen. Eine Ersparnis für alle. Die Produktivität der Fabrik im gleichen Maße erhöht. Das gefiel ihnen natürlich nicht, und die Hetzer hatten sich dort wie das Ungeziefer eingenistet. Streik. Kein totaler, denn die Stopper und manche Spezialisten arbeiteten. Aber man brauchte Leute, um durchhalten zu können. Man hatte welche aus der Provinz kommen lassen, und da die Fabrik die Landesverteidigung anging, hatte man Wisner Militär zur Verfügung gestellt. Adrien sollte Aufseher bei den Vertikalbänken werden. Schon einmal, scheint es, hatten die Streikenden die Arbeitswilligen verdorben. Jetzt würden sie jedenfalls gut empfangen werden. Adrien und die Seinen waren Spezialisten im Boxen.

Die beiden jungen Leute lachten. Um die Wahrheit zu sagen, so empfand Edmond einen gewissen Widerwillen. Was stellte dieses Streikbrecherapostolat eigentlich dar? Wohin würde das Adrien führen? Ein Bursche wie er. Edmonds Ideal war ganz anderer Art. Er hatte gerade einmal mehr »Bel ami« gelesen; den Helden Maupassants kann man sich nicht an Vertikalbänken oder boxend vorstellen. Und wird der Streik lange dauern?

»Das kann man nicht wissen, mein Lieber. Er dauert schon eine Woche. Es gab Verhandlungen. Sie wurden abgebrochen. Man hat diesen Schuften in Einzelheiten nachgegeben, aber sie haben etwas gegen das Taylorsystem als Ganzes.«

Das Wort »Taylorsystem« nahm in Adriens Mund eine besondere Bedeutung an. Es wurde zu einer Art Religion oder zumindest höherer Philosophie.

»Und wird Wisner durchhalten?« – »Na, und ob! Ich habe ihn gesehen, weißt du! Ein Mann, der mit nichts angefangen hat. Ein ehemaliger Autorennfahrer. Heute ist seine Fabrik eine richtige Stadt. Alles Beton und Stahl. Wenn du reinkommst, ist es wie ein Märchen, ein verzaubertes Schloß! Und wie das durchorganisiert ist! Die Stechuhr am Eingang, jedermann an seinem Platz, eine richtige Maschine! Dazu diese Maschinen, die wirkliche Wunder sind! Das hat vielleicht was kosten müssen! Allerdings läuft der Betrieb seit den neuen Aufträgen des Ministeriums auch mit Volldampf. Du kannst dir also vorstellen, ausgerechnet jetzt, päng!, ein Streik.« – »Was sagt er denn darüber, Wisner?« – »Ein verwegener Bursche. Als diese Spinner zu ihm kamen, um gegen das Taylorsystem zu protestieren, sagte er ihnen: Ich brauche nicht zu arbeiten. Ich lasse euch aus Vergnügen arbeiten, ihr könnt ruhig streiken: ich habe Geld und mache ein paar Monate Ferien an der Riviera! Kannst dir vorstellen, was sie für eine Fresse gezogen haben!« – »Wie kommt es aber, daß du heute an einem Dienstag frei bist?« – »Na und? Der Wechsel in der Regierung! Der dicke Fallières mußte seinen Platz an Poincaré abgeben. Man hat uns Urlaub gegeben, weil eigentlich nicht viel in der Fabrik zu tun ist, und wir haben die richtigen Pfoten, um dem Präsidenten Beifall zu klatschen. Ein prima Kerl!«

Edmond hatte Lust zu sagen, daß er ja bucklig sei, aber er hielt sich zurück; dieser verdammte Widerspruchsgeist ... Es genügte, daß Poincaré für Adrien ein großer Mann war, um ihn über Poincaré sprechen zu lassen wie sein Herr Vater. Na ja, er würde niemals in der Politik etwas ausrichten. Es war schon besser, sich mit Frauen zu befassen.

»Du kannst dir nicht vorstellen, wie populär Raymond in der Armee ist«, fuhr der Unteroffizier fort, »du verstehst, Poincaré, das bedeutet das Gesetz über die dreijährige Dienstpflicht!« – »Na und?«

Edmond runzelte die Stirn. Er war kein Anhänger der dreijährigen Dienstpflicht, weil er seine Karriere nicht in der Armee machen wollte.

XV

Da man Adrien Urlaub gegeben hatte, um dem neuen Präsidenten der Republik zuzujubeln, gingen die beiden jungen Leute nach der Place de la Concorde, wo eine riesenhafte Menge die Vorbeifahrt Poincarés erwartete. Die Menge stand bis in die Rue de Rivoli, die Rue Royale und die Champs-Elysées hinein. Es war gar nicht daran zu denken, sich dem Elysée zu nähern, wo die Pferde der gepanzerten Garde schnaubten, über einer Menge, die an die Tage Boulangers erinnerte. Ein grauer Tag mit dem falschen Dunst, der in den entblätterten Bäumen hing, verwischte den gläsernen Umriß des Grand Palais. Aus dem Menschenmeer erhoben sich wie Masten dunkle bronzene Laternenpfosten und die auf ihren steinernen Inseln stupide aneinandergereihten Symbole der Städte Frankreichs. Der behinderte Verkehr staute sich in der Mitte des Platzes und floß unter Hupensignalen in die Rue Royale ab. Große Frauenhüte mit Aufbauten aus Tüll und Federn und auch schon einige Strohhüte, die in Paris eine gute Weile vor der schönen Jahreszeit auftauchen, trieben über der Menge wie die Reste einer Festmahlzeit in der Strömung. Die großen Wasserspiele funktionierten. Der Automobilklub und das Marineministerium schmückten sich ebenfalls mit dem städtischen Wappen unter Fahnenbündeln, die an den Kolonnaden befestigt waren. Man sah auch Arbeitermützen, sicher weniger als weiche Hüte, aber dennoch in ausreichender Anzahl. Die Menge lachte, drängte sich, überall sah man steife Kragen und weiße Halstücher unter den Spitzbärten, daneben junge Studenten im Barett oder mit der Schirmmütze, und dazu Frauen und Frauen. Die Helme des Ordnungsdienstes, der sich aufstellte, leuchteten schwach in der kaum sichtbaren Sonne.

In diesem Augenblick ließ ein Kanonenschuß die Menge erzittern. Von der Avenue Gabriel her hörte man Militärmusik. »Er fährt ins Elysée ein«, erklärte hinter Edmond ein alter Mann in Hellgrau mit einem roten Fleck auf der Wange.

Sie sahen *ihn* ein wenig später von den Tuilerien aus in der Nähe der Metro Concorde, wohin sie zurückgedrängt worden waren, als man dem von Kürassieren begleiteten Landauer des Präsidenten die Bahn frei machte. Der Lothringer, ein lächelnder, beweglicher Mann mit dem roten Band über der eingefallenen Brust, den Zylinder ständig in der Hand, kontrastierte mit der riesigen Masse seines Vorgängers. Fallière, der rechts neben Poincaré saß und den Mantel bis unter den Bart zugeknöpft hatte, saß Briand gegenüber, der sein Haar für den Zylinder ein wenig lang trug. Wer war das neben Briand? Sie konnten ihn nicht erkennen. Die hellen Beine der braunen Pferde dröhnten auf dem Holzpflaster. Die Hurras setzten sich in Richtung des Rathauses fort wie eine Woge, die sich entlang dem Gestade bricht. Die Menge kreiselte um sich selbst, drängte sich, lachte, während weiter hinten, da, wo die Gaffer auseinanderliefen, das Gewimmel der Wagen sich wieder nach allen Seiten hin in Bewegung setzte, mit dem Eifer des lange genug von patriotischer Begeisterung behinderten Lebens. Sogar ein kurzer Regenschauer zog über die Menge hinweg und machte sie naß. Es war gegen vier Uhr. Eine neue Herrschaft hatte begonnen.

Eine Gruppe von Rekruten, die den dreieckigen Musterungsausweis am Hut und goldeingefaßte Kokarden an der Brust trugen, zog vorbei. Sie hielten sich um die Hüften gefaßt und sangen unter allgemeiner Zustimmung die Marseillaise. Alte Herren hoben begeistert ihre Spazierstöcke: »Hoch die dreijährige Dienstzeit!« Junge Frauen küßten sie; es gab eine neue Stauung, in deren Mitte man plötzlich eine Stimme vernahm, die rief: »Nieder mit dem Krieg!« Plötzlich brach der Sturm los, als ob eine Unterwasserströmung die Menge an der Ecke der Rue Saint-Florentin ergriffen hätte.

Der Mann, der gerufen hatte, war nicht sichtbar: er verschwand unter einem Hagel von Faust- und Stockhieben und unter Leibern, die sich wütend auf ihn warfen. Adrien hatte im ersten Augenblick zu dem Fremden hinüberlaufen wollen, denn das konnte nur ein Fremder, ein Ausländer sein, der die deplacierte Idee gehabt hatte, einen solchen Tag zu benutzen, um die Franzosen zu spalten. Edmond hielt ihn zurück: »Laß doch, sie werden schon allein mit ihm fertig!«

Sie kümmerten sich also nicht länger um das menschliche Bündel, das ein Polzist mit sich schleifte, ein Wesen in Fetzen, mit abgerissenem Kragen, aufgeschlagenen Augen, blutiger Nase, mit zerrissenem Rock, ein Wesen, das unter den Fäusten der Menge trotzig nach Luft schnappte. Auf den Champs-Elysées, die erfüllt waren von Kindern, Gouvernanten, roten Luftballons, Liebespaaren und hintereinanderzottelnden Familien, sagte Adrien mit tiefer Überzeugung: »Glücklicherweise ist das Wetter schön!«

Seit einem Augenblick verfolgte Edmond schweigend eine Idee, die ihm gerade gekommen war; als ihm ein Junge mit Astrachankragen und schwarzen Strümpfen einen Reifen zwischen die Beine rollen ließ, dachte er plötzlich laut: »Ich begreife nicht den Vorteil, den das Gesetz über die dreijährige Dienstpflicht haben soll!« Er hatte seinem Begleiter keine Frage gestellt; aber dieser bezog Edmonds Worte auf sich.

»Weißt du, was in Deutschland vorgeht? Das Militärgesetz vom letzten Juni ... Es wird in zwei Jahren, neunzehnhundertfünfzehn, sich voll auswirken ... Wenn wir zu der Zeit nicht einen Vorsprung gewonnen haben, werden die Deutschen stärker sein als wir und die Engländer zusammengenommen ...« – »Einen Vorsprung gewonnen?« – »Natürlich: die dreijährige Dienstzeit, und vielleicht sogar eine Offensive.«

Edmond sah seinen Begleiter an. Der Gedanke an einen Krieg war für ihn ungefähr wie eine Fliege, die einen stört, er hielt sich dabei kaum auf; aber es war dennoch komisch, jemanden, den man kannte, zu sehen, für den der Krieg eine gewohnte Vorstellung war. Welche Idiotie! Seit so vielen Jahren hörte man sagen: Im Frühjahr wird es Krieg geben!

»Du verstehst nichts von Politik«, sagte er überlegen; »der

Kampf, der wirklich zählt, ist die Rivalität zwischen Briand und Clemenceau ... Was hat der Kaiser von Deutschland ...«

Er hörte nicht auf Adriens Antwort.

»Du hast keine Ahnung«, fuhr er fort, »ich sehe nicht ein, welches Interesse das Gesetz über die dreijährige Dienstpflicht für uns haben soll. Für Poincaré, für Wilhelm, für Wisner, Krupp und so weiter, das verstehe ich schon, aber für uns. Stell dir mal vor, drei Jahre unserer Jugend den Idioten spielen ... Widersprich nicht: du findest eben Geschmack, sogar im normalen Leben, an diesen Albernheiten, das ist deine Sache ... Aber ich, mein Lieber, will meine Hospitalslaufbahn weitermachen ...« – »Ach, das ist etwas anderes: das Gesetz sieht bedeutende Ausnahmen zugunsten von Studenten vor. Leute deines Schlages werden dabei kaum verlieren.« – »Dann«, sagte Edmond, »ist das allerdings etwas anderes.«

Als er am nächsten Morgen seine Zeitung aufschlug, während er in der Rue Cujas einen Kaffee trank, erinnerte er sich an den Vagabunden vom Carrousel. Komische Sache, dieses verdammte Paris! Am Platz vor dem Rathaus war am Tage vorher der neue Präsident unter den Hurrarufen von Zeitungshändlern, pensionierten Majoren und Midinetten zwischen Topfpflanzen, funkelnden Säbeln und Garden in weißer Hose und weißen Handschuhen aus dem Wagen gestiegen, und noch einen Tag zuvor hatte die Polizei Demonstranten auf den Baustellen der Metro am Trocadero auseinanderschlagen müssen. Leute hatten »Nieder mit Poincaré!« gerufen. Man hatte sie nicht gerade sanft angefaßt; es waren Ausgesperrte der städtischen Betriebe. Zahlreiche Verletzte ... Diese Nachricht warf einen Schatten über eine zweite, die Adriens Freund interessierte. Am Eingang der Wisner-Werke in Suresnes war es zu Schlägereien gekommen. Polizisten, städtische Garden, Gendarmen hatten die Gegend räumen müssen, um die Arbeit sicherzustellen, die allerdings nicht von so vielen Arbeitern wiederaufgenommen war, wie man erwartet hatte, aber immerhin ... Eine Anzahl von Gelben war belästigt worden. Edmond dachte an seinen Partner beim Boulespiel: Wozu mußte er sich auch hineinmischen? Er würde schon sehen, wenn er dabei etwas abbekam.

Na, schließlich war das seine Sache! Wenn es ihm gefiel ... Edmond war gewiß nicht auf der Seite der Streikenden, aber es war eigentlich begreiflich, daß sie die Gelben nicht gern hatten.

Adrien war ein Gelber. Dieser Gedanke kam dem jungen Mann ganz plötzlich. Das Wort klang nicht sehr gut; aber wer hatte es eigentlich erfunden? Die Streikenden. Es gibt eigentlich keinen dummen Beruf. Obwohl die Fabriken, die körperliche Arbeit und so weiter wirklich nicht gerade elegant waren. Guter Gott, wir suchen uns unsere Umgebung schließlich selber aus. Was hindert mich denn, wenn es mein größter Wunsch ist, nach Brasilien auszuwandern? Aber ich habe eben keine Lust, nach Brasilien zu gehen. In der Tat, nichts zwingt mich in diese Fabrikatmosphäre, nichts zwingt mich, meine Aufmerksamkeit diesen langweiligen Fragen zuzuwenden, die Adrien entdeckt zu haben glaubt. Es ist, als ob er eine Mission habe. Er möchte eine Gesellschaft, die sich sehr gut allein verteidigen kann, vor dem Schiffbruch retten. Sie wird so lange bestehen, wie wir selber bestehen, und sicher tut man für ihren Bestand mehr, wenn man Forscher in Zentralafrika ist, als wenn man sich in Suresnes mit Gewerkschaftlern herumprügelt. Das will nicht besagen, daß ich ein Savorgnan de Brazza sein möchte. Jedem sein Platz. Seine eigene Rolle in der Zukunft – das waren für Edmond Frauen, die sich ihm in halbdunklen Zimmern voller Blumen und seltener Stoffe hingaben. Erinnerungen an Gedichte vermengten sich mit den Glashängern von Kronleuchtern und Gewässern voller Seerosen und Laternen. Eigenartige Feste, Nächte, die in den Tag übergehen. Es gab zwei Zeilen in den »Blumen des Bösen«, die in ihm seltsam weitertönten und in seinem Unterbewußtsein fortlebten: »Nackt war die Liebste, wissend um mein Herz – trug sie allein der klingenden Geschmeide Kleid ...« Die Juwelen verstehen sich von selbst; aber man legt alles ab außer diesem Schmuck, um man selber zu bleiben, das Second-Empire-Kleid der Liebsten hätte ihr heutzutage das Aussehen einer Großmutter verliehen, während dieser junge Leib in der Musik der Diamanten der Zeit Trotz bietet. Das, was nicht altert ...

Edmond frühstückte bei seinem Chef. Alle seine Mitarbeiter waren eingeladen; Desplat folgte mit unterwürfiger Genauigkeit der geringsten Bemerkung des Professors. Sicher würde Desplat eines Tages ein großer Arzt werden. Inzwischen sah er nach gar nichts aus, wenn er die Bluse ausgezogen hatte. Man spürte seine ziemlich niedere bäuerliche Herkunft an seiner Kleidung. Meyer saß neben der Hausfrau, und sie lächelte über das, was er ihr sagte. Der junge elegante Jude aus einer großen Pariser Bankiersfamilie tanzte, wie man erzählte, ganz entzückend Tango. Er sah aus wie ein Teppichhändler. Edmond, der an der anderen Seite der Dame saß, unterhielt sich mit dem Sohn seiner Gastgeberin, Jean Beurdeley, der das Stanislas-Gymnasium besuchte und vierzehn Jahre alt war. Die übrigen, ein wenig bunt durcheinander, einschließlich der kleinen Externen mit ihrem über den Ohren zu Schnecken gerollten Haar, machten einen gedämpften Lärm, der von Zeit zu Zeit auf eine Bewegung des Professors hin verstummte, wenn Desplat die allgemeine Aufmerksamkeit auf einen Gedanken des Meisters lenkte, der für die Welt nicht verlorengehen sollte.

Edmond fühlte sich durch die Unachtsamkeit von Frau Beurdeley ein wenig gedemütigt. Er hatte im Theater einen Fehler begangen, sie nicht plötzlich in die Arme geschlossen zu haben. Für den Augenblick redete er sich ein, daß es Machiavellismus wäre, sich zuerst mit dem Sohn anzufreunden und durch ihn nachher die Mutter zu bekommen. Jean Beurdeley sprach mit lauter Stimme wie ein eingebildeter, schlecht erzogener Junge, der wohl weiß, daß ein Externer seines Vaters sich auf jeden Fall für seine Reden zu interessieren hat. Es handelte sich um das Stanislas, die Vorträge in der Liga für Seefahrt, um Kameraden, die Pfadfinder geworden waren; Jean hatte nicht gewollt, er wollte keine Gräben schaufeln und das ganze Trallala. Was ihm gefiel, war die Eisbahn im Lunapark und das Radio. Er hatte einen Detektor.

»Nun«, sagte Frau Beurdeley, »solche Phantasien sind nicht von langer Dauer. Sehen Sie, der Hosenrock zum Beispiel, hat sich das etwa gehalten?« – »Die heutigen Modetendenzen, Madame«, erklärte Meyer, »haben sehr tiefliegende Ursachen. Man hat von den exotischen Stilarten genug, von einer vielleicht charmanten, aber die Ordnung unseres Denkens störenden Freiheit ...« – »Das heißt, keine persischen Feste mehr?« – »Wir brauchen Kleider, die zu Versailles, zu den Champs-Elysées passen ... kurz, die Pariserin wird wieder Französin ...«

Wie eitel dieser Meyer war! Jean Beurdeley, mit seinem blonden Lockenkopf über der kleinen untersetzten Gestalt, die an der Vaterschaft des langen Beurdeley zweifeln ließ, beugte sich zu seinem Nachbarn: »Meyer gehört zur ›Action Française‹. Komisch, was? Ein Itzig.« Das Wort schockierte Edmond. Er erwiderte wie ein Erwachsener: »Sie haben einen sehr bekannten Israeliten in ihrer Bewegung, Auguste Bréal.« – »Im Stanislas liest man viel Daudet. Es gibt welche, die sich wegen der dreijährigen Dienstpflicht streiten.« – »Im Stanislas?« – »Na klar. Wissen Sie, daß man Listen herumgehen läßt, um die dreijährige Dienstpflicht zu fordern?« – »Wie das?« – »Ganz einfach, man hat Listen verteilt im Charlemagne, im Carnot, im Janson, im Rollin, im Condorcet, nachher bringt man sie in die Kammer, und diese Schufte von Abgeordneten werden schon sehen, daß die Jugend die dreijährige Dienstpflicht will.« – »... Ein amüsantes Kleid, also derart amüsant!« säuselte Meyer. – »Will die Jugend, die wirkliche Jugend, wirklich die dreijährige Dienstpflicht haben?« – »Welche Idee, zu fragen, wir sind doch keine Strolche, wir sind Franzosen.« – »Die Falte vorn fällt bis zur halben Beinlänge, und die Stickerei am Dekolleté hat eine ganz originelle Wirkung.« – »Wir wollen doch nicht von den Boches gefressen werden. Ich war gestern mit Mutter im Theater, um ›Dienen‹ von Lavedan zu sehen, einfach prima ...« – »Herr Meyer, nehmen Sie noch ein paar Fleischklößchen?« – »Die ganze Jugend ist sich heute ihrer Pflicht bewußt!« – »Und Sie, Herr Barbentane, und du, Jean?«

Edmond wandte sich zu seiner Gastgeberin um; der Diener, etwas weiter im Hintergrund, hielt ihm die silberne Platte entgegen. Frau Beurdeley hatte ein äußerst gutsitzendes gelbes Nachmittagskleid an mit sehr viel Spitze.

»Verzeihung, an Ihrer Seite ...«

Das Kompliment blieb ihm im Halse stecken, Frau Beurdeley unterhielt sich bereits wieder mit Meyer. Sie war ganz bestimmt eine dumme Gans. Er wandte sich wieder an seinen jungen Nachbarn: »Und haben alle im Stanislas unterzeichnet?« – »Natürlich. Außer einem Neuen, der vorgab, daß wer zum Schwert greife, durch das Schwert umkommen werde ... Wissen Sie, es gibt solche übertriebenen Katholiken! Wir sprechen auch nicht mehr mit ihm. Kein Mensch. Wir werden ihn drei Monate lang in Quarantäne halten!«

Seit einigen Tagen verfolgte Edmond im wahrsten Sinne des Wortes das Thema der dreijährigen Dienstzeit. Es gelang ihm nicht, diesen Enthusiasmus zu begreifen. Weder bei dem Kind hier noch bei Adrien. Sein französisches Herz kannte keine ähnliche Neigung, derartige Wirbel zu schlagen. War er weniger patriotisch als andere? Möglich. Dennoch mußte er genau achtgeben auf das, was er darüber sagte; er entsann sich des Mannes auf der Place de la Concorde, auf den die Stockschläge regneten. War er feige? Nein, sicher nicht. Aber er haßte unnötigen Mut, und sein Ziel war nun einmal, zu gefallen. Bei dieser gegenwärtigen übertriebenen Vorliebe für das Vaterländische mußte man also genau auf seine patriotischen Gefühle aufpassen.

XVI

Im Büro der Marokkanischen Gesellschaft für Liegenschaftsvermögen in der Rue Pillet-Will hat Joseph Quesnel Joris van Houten zu sich bestellt. Er gibt ihm kurze Anweisungen; aber er hat heute nicht die gewohnte Gelassenheit, die der Holländer an ihm kennt. Die Transaktionen, die den Vorwand zu dieser Unterredung abgeben und in deren Angelegenheit Quesnel plötzlich eine unüberlegte Entscheidung zu fällen scheint, indem er bereits gegebene Anweisungen durch andere ersetzt, rechtfertigen nicht diesen dringenden Ruf durch Rohrpost mit der Aufforderung, alles andere liegenzulassen (unterstrichen), der Herrn van Houten gezwungen hatte, ein Frühstück bei seiner Freundin, Fräulein Jonghens, auf ein Uhr zu verlegen. Ohne Zweifel hatte der Chef Sorgen. Quesnel begann übrigens, plötzlich frei von der Leber weg zu reden.

»Mein lieber Houten, es wird Ihnen nicht entgangen sein,

daß ich dieser Tage durch meine Verbindlichkeiten etwas in die Klemme geraten bin. Wie Sie wissen, habe ich aus Freundschaft für einige unserer gemeinsamen Verbindungen gewisse Dinge unternommen, die meine Zahlungsfähigkeit stark beansprucht haben. Ich muß sagen, daß ich in einigen Fällen bei unseren Freunden nicht die elementare Aufmerksamkeit, die Höflichkeit gefunden habe ...« – »Aber ...« – »Hören Sie, mein lieber Houten, seien Sie nicht kindisch: Sie wissen, was mich die Geschichte von Tuapse kostet, die mir durch ein Wort zu Ihnen oder einen Telefonanruf, selbst direkt von Raffalowitsch, hätte erspart werden können.«

Houten spielte mit seinem Stock mit dem Silbergriff. Er trug einen hellgrauen Überzieher mit schwarzem Samtkragen.

»Schließlich ist es Zeit, wenn die Botschaft begreifen würde, daß ein wenig mehr Folgerichtigkeit im Denken und ein bißchen weniger Zögern und, sagen wir, Feilschen eine manchmal gespannte Situation nur verbessern könnte. Sehen Sie, mein Lieber, die französisch-russischen Interessen in der Industrie wie auch in der Außenpolitik sind heutzutage so eng miteinander verbunden, daß man am besten die Karten auf den Tisch legt. Das erfordert auf beiden Seiten einfach die patriotische Pflicht. Wir wissen, wie es mit der Rüstung in Deutschland steht; Sie selber haben mir mit der Ihnen eigenen Diskretion und trotz der delikaten Situation, in der Sie sich wegen Ihrer Beziehungen zu uns und zur Deutschen Bank befinden, noch kürzlich eine Information zukommen lassen. Kurz, jeder weiß, daß ich es bin, der Wisner angeregt hat, den Flugzeugbau zu betreiben, als ihm die Autoindustrie durchaus genügte. Und Sie wissen, daß er im Augenblick mit seinen Arbeitern große Schwierigkeiten hat. Streik oder irgend so etwas. Die ganze Industrie unseres Landes hängt zusammen, lieber Freund, und Sie verstehen, daß ein von dieser Seite immer möglicher Krach unser Land in den Zustand einer peinlichen Unterlegenheit bringen könnte. Der Ausweg liegt in Aufträgen; man muß den Kredit wiederherstellen. Zu diesem Zweck wäre das Militärgesetz der entscheidende Trumpf. Aber die Regierung Briand windet sich, darüber etwas Entscheidendes zu sagen. Wenn übrigens das, was ich von Herrn

Iswolsky selbst habe, zutrifft, so wünscht niemand mehr die dreijährige Dienstpflicht als der Zar selber ...« – »Also, mein lieber Herr Quesnel, über was beklagen Sie sich denn, und was erwarten Sie vor allem von mir? Ich bin in schrecklicher Eile ...« – »Iswolsky wird begreifen, dessen bin ich sicher. Es ist klar, daß die gegenwärtige Regierung die dreijährige Dienstpflicht nicht durchsetzen kann. Selbst wenn sie es will, wohlverstanden! Aber am Tage, wo die Regierung ihre Meinung darüber sagen wird, wird sie einer Koalition der Pams-Leute und der Antipatrioten gegenüberstehen. Nein. Nur eine Regierung der Linken, die sich ihrer Verantwortung bewußt ist, könnte mit einem Minimum an Schaden ...« – »Clemenceau?« – »Warum nicht? Gewiß, der Präsident Poincaré ... Vielleicht Caillaux. Ein sehr kluger Mann. Das Wichtige, verstehen Sie, bestände darin, daß das gegenwärtige Kabinett, indem es Stellung nimmt, für das nachfolgende eine Tradition in bezug auf diese Frage schafft. Danach könnte es wegen irgendeiner zufälligen Sache seinen Rücktritt erklären ...« – »Glauben Sie, daß Briand zu so etwas bereit wäre?« – »Briand ist ein guter Franzose, und außerdem habe ich schon Gelegenheit gehabt, jenen Herren durch Lenoir sagen zu lassen, daß eine gewisse Kompensation in diesem Augenblick von entscheidender Bedeutung sein könnte. Wir sind jetzt Anfang März; ich hatte für Februar eine Kleinigkeit verlangt, das heißt ein paar Tausend Franken, fünfunddreißig, um genau zu sein, die man versprochen hatte, in einer Sache anzulegen, die Seine Exzellenz gut kennt ... Wenn die Verhältnisse anders wären, ich liebe meine Heimat zur Genüge, um so etwas zu tun, hätte ich meine eigene Kasse in Anspruch genommen. Aber Sie wissen, daß mir das nicht möglich ist mit all den Manövern, die ich in den letzten Monaten durchführen mußte ... Seine Exzellenz haben mir gütigerweise ihre ganze Zufriedenheit mit den Präsidentschaftswahlen ausgedrückt ...« – »Sie wünschen also, daß ich sage ...«

Quesnel sah völlig erschöpft aus. Warum ließ sich der Holländer, der sonst so schnell begriff, heute so lange bitten?

»Mein Lieber, ich habe in dieser Sache einen freundschaftlichen Vorwurf von seiten des Innenministers, des Herrn Israel, eingesteckt, der offensichtlich keineswegs in seinem eigenen Namen sprach ... Ich stelle mir vor, daß eine Sicherheit für das Datum der Zahlung genügen würde, damit die Regierung sofortige Instruktionen erläßt, die ich persönlich als Rettung betrachten könnte ...«

Houten folgte mit Interesse dem Mienenspiel Joseph Quesnels. Obwohl ihm die Wichtigkeit des Auftrags, den er erhalten hatte, vor Vergnügen seine allzu hellen Tigerkatzenaugen zudrücken ließ, war es doch nicht der Gegenstand dieses Auftrags selbst, der ihn fesselte. Nein. Er passionierte sich für die Psychologie seines Gegenübers. Psychologie! Eine große Sache, die Psychologie. Offensichtlich stand hinter den Worten Joseph Quesnels irgend etwas Undeutliches, nicht Formuliertes, aber Starkes, ein Gedanke, der sich nicht abweisen ließ. War er wirklich derart von seinen Geschäften in Anspruch genommen? Sie waren nicht so gelagert, daß man sie leicht hätte überblicken können. Houten fühlte eine Art Zerstreutheit in Quesnels Worten und sogar eine etwas direktere Art, als er gewohnt war, ziemlich delikate Dinge auszudrücken, die eigentlich mehr Diplomatie erforderten ... Quesnel interessierte ihn. Er war ein Fall. Im Geschäftsmann den Menschen finden. Hatte dieser die beobachtende Sympathie bei seinem Gegenüber bemerkt? Jedenfalls kehrte er auf irgendeinen Satz hin seinen Sessel um und sah van Houten groß in die Augen.

»Tja. Wir sitzen hier und schwatzen. Und alles scheint Ihnen wichtig zu sein. Aber Sie sind in Eile. Sie sind mit den Gedanken woanders. Sie sind jünger als ich. Jemand wartet auf Sie, leugnen Sie nicht. Die Sorgfalt, die Sie Ihrer Toilette angedeihen lassen, gilt bestimmt nicht nur den Gesandtschaften. Erzählen Sie mir nichts! Vielleicht sind Sie glücklich, oder unglücklich. Ich rede zu Ihnen. Mein Mund bewegt sich von allein; ich habe auch meine Licht- und meine Schattenseiten. Ich trage auch mit mir eine ganze stumme Welt herum. Die Regierung, die Geschäfte, die Zahlen, alles das ist nur eine verlogene Kulisse. Ich denke an das, was ich nicht sage. Wir verbergen beide eine wahrscheinlich ähnliche Wirklichkeit. Unterbrechen Sie mich nicht: im Moment habe ich das Glück, aufrichtig zu sein. Wir sind wie alle anderen Doppelwesen. Wir leben in einer historischen Zeit, die vielleicht eines Tages die Zeit der doppelten Menschen genannt werden wird; ich habe immer ein Doppelleben geführt ...«

Seine Stimme war leise geworden, und Houten kochte vor Neugier. Er war zwar in Eile, aber was hätte er gegeben, um ganz dieses seltsame Herz, die verborgenen Gedanken eines Beherrschers der Börse zu kennen. Auch er, dachte er, hatte sein Leben in zwei Teile geteilt: und er dachte an seine Geliebte Martha Jonghens und das lange Idyll eines so wenig idyllischen Lebens. So leben in der Liebe, so flüchten sich in die Liebe gewisse Gefühle, die noch aus der Kindheit stammen, deren Frische einen plötzlich erfaßt mitten in der verrauchten Luft einer harten und unsentimentalen Existenz, wie ein Lied mitten im Gewitter. Und plötzlich gewahrte er in dieser banalen Bürokulisse mit ihren Schreibtischen, dem Telefon und der Schreibmaschine in den Augen dieses gefährlichen Trustmannes, seines Herrn, dem er diente und den er manchmal verriet, etwas wie den Widerschein seiner eigenen Melancholie, etwas, was er für sein eigenes Geheimnis hielt. Er räusperte sich.

»Sie haben vielleicht geliebt, Sie lieben«, sagte Joseph Quesnel, und diese erstaunlichen, deplacierten Worte schienen ganz natürlich zu sein. »Es ist eine merkwürdige Sache, daß ein Mann, wie Sie ihn vor sich haben, ein Mann, der sich allen mechanischen Erfordernissen des Lebens beugt, dieses ganze Leben hindurch an seinen Traum festhält. Mein Lieber, ich bin fünfundfünfzig Jahre alt ... Habe ich Ihnen damit nicht alles erzählt? Ach, ich bitte Sie, keine Höflichkeit ... Ich bin keine Dummkopf, sondern sehe dem Unglück ins Auge. Ein hübsches Unglück, mit Augen, über denen man den Verstand verlieren kann. Aber was soll man machen, kann ich denn, ich, der Doppelte, an all das durch eine Hälfte meines Selbst gebunden, das Leben eines Kindes ausfüllen, vor dessen freier Zeit ich Angst habe? Ist es Ihnen noch nicht geschehen, daß Sie sich fragen ...«

Joris lächelte mit einer Art bitterer Überlegenheit. Er weiß von seinen Fähigkeiten und mit welcher Sicherheit er Fräulein Jonghens beherrscht. Dennoch fühlt er sich in verständnisvollster Laune wie im Theater, wenn er ein Stück von Bernstein sieht, seinem Lieblingsautor.

»Eine Frau«, sagte er, »gehört uns niemals ganz; sie hat eine Familie, eine Welt ...«

Quesnel seufzte: »Ach, gerade das ist es, was mich bedrückt ... Weder Familie noch Welt, noch Freunde ... nichts: Untätigkeit, lange Stunden ohne irgend etwas. Ich habe sie ihrer Vergangenheit entrissen. Sie hätte eine Beschäftigung, einen Beruf gebraucht, kann ich mit meinem Reichtum von ihr verlangen, daß sie arbeitet? Ist sie nicht gerade durch diese Untätigkeit an mich gefesselt, die ich ihr fortzuführen gestatte? Ich würde sie verlieren, wenn ich ihr die Mittel zu einem unabhängigen Leben geben würde ...«

Einen Moment lang hingen sie beide verschiedenen Gedanken nach. Irgend etwas hatte sie mitten in den Geschäften und in der Nüchternheit der Geldangelegenheiten einander genähert. Sie kosteten die Minuten der Vertrautheit aus. Das Schweigen vertiefte sich durch eine unklare Sentimentalität. Der Gedanke an Martha rief Joris van Houten die Zeit ins Gedächtnis zurück. Er erhob sich, leicht über seinen Stock gebeugt, und hatte das Gefühl, daß er irgend etwas Praktisches sagen müßte.

»Kaufen Sie ihr doch«, sagte er, »eine siamesische Katze ...«

XVII

Ein großes blondes Mädchen, das war zunächst alles, was Edmond von ihr sehen konnte. Sie hatte eine Art tierischen Charmes, ganz aus Bewegung gemacht. Ihr Teint war matt wie bei einer Brünetten, die Augen schwarz, nicht ganz gleichmäßig vielleicht, unter dem Goldhelm des Haares, das ins Rötliche spielte; sie frisierte sich wie damals alle Frauen, das Haar hochgekämmt und über dem Kopf getragen mit einer Locke über der Stirn. Wenn sie den geschmeidigen Hals beugte, der stärker war, als man zuerst annahm, spielte das Sonnenlicht in den kleinen Löckchen im Nacken. Eine unglaubliche Mischung von Leidenschaft und Sanftheit war in ihr zu spüren: Sie war ganz kindlich, hatte einen kleinen grausamen Mund, an dem sich manchmal ein kaum wahrnehmbarer böser Zug zeigte, und Zähne, die hell waren wie ihr Lachen. Ihr Gesicht, das kleine, unbedeutende Züge aufwies, wechselte ständig seinen Ausdruck, als löse ein flüchtiger Einfall den andern ab. Sie wurde mit einem Schlag lebhaft oder ruhig, auf einen Satz oder auf irgendeinen neuen Gedanken hin, und das ergab eine Verwandlung, wie man sie bei anderen Frauen nur während der Liebe gewahrt. Das Auge umflorte sich, die ganze Haut begann zu leben, unerhörte Lust ließ sie bis zu den winzigen Ohrläppchen erröten, die sich unter den lockigen Strähnen verbargen. Den Männern, die in ihrer Nähe saßen, blieb der Atem weg, wenn sie mit einer bezaubernden singenden Stimme, die der italienische Akzent ein klein wenig komisch machte, ganz einfach flüsterte: »Gestern habe ich Rosen gesehen; ach, ich weiß nicht, was ich gegeben hätte, um sie zu haben!« Wenn sie das sagte, öffneten sich ihre Hände nach oben, der Kopf lehnte sich in den Nacken zurück, und die Augen schlossen sich ... Man bemerkte dann, wie rund ihre Kehle war; es war, als wolle sie aus der schwarzen Boleroweste schlüpfen, in die sie eingeschlossen war, deren Verzierungen und weißlederner schwarzgesäumter Kragen mit altrosa Garn zusammengehalten waren. Es schien, als lange sie nach Luft und Licht, und man bemerkte die erstaunliche Kraft in dieser Puppengestalt, die in der Beuge des kleinen runden Arms einen Männerschädel hätte zerdrücken können.

Das Restaurant »Kaskade« war voll von Leuten, die aus Longchamp gekommen waren. Das Ende eines staubigen Nachmittags mit seinem schrägen Sonnenlicht, das quer durch Bäume und über Wasserläufe des sterbenden Bois de Boulogne fiel, zog sich über einer bunten Menge dahin. Das Volkstümliche des mit Fettpapier bedeckten Rasens, lärmender Spiele, eines Balls, der plötzlich Wagen zwischen die Räder rollt, brachte noch stärker das Oasenhafte des Platzes zum Ausdruck. Hierher flüchteten die Leute vom Wiegeplatz, in die Kühle des Wassers und der Grotte, die wie eine Kulisse des Theaters am Châtelet aussah. Die Rufe, das Autohupen, der wirre Lärm der Menge faßten die Ermüdung der Landschaft zusammen. In der Ferne sah man wie einen Scherz die Mühle von Longchamp, die Villa von Chauchart, den Turm des Kronprinzen und die flache Tapisserie der schon vergilbten Felder. April und das Frühjahr 1913 hatten in dieser falschen Landschaft schon das Aussehen des Herbstes. Radfahrer, die man auf allen Höhen der Perspektive sah, trugen das Ihre zu dem Bilde bei. Fabrikrauch, jenseits der Seine, rief einem die wirkliche Welt ins Gedächtnis zurück, die dort beginnt, wo Müßiggang und Sonntag aufhören.

Eine Wiener Kapelle beherrschte neben der Glasveranda den Garten des Restaurants, der die Form eines flachen Korbes hat und sich dem Schnittpunkt einer Akazienreihe und der Straßen von Longchamp zuneigt. Die Gäste, die so eng um die Tische herum saßen, daß sie sich nicht mehr rühren konnten, standen auf, um den schwarz-weißen Kellnern, die ihre Tabletts aus Neusilber über ihre Köpfe hoben, beim Durchgehen Platz zu machen. Es war, als wollten sie eine ganze Welt nach dem Debakel der Rennen neu aufbauen. Was es an Parfümiertem, an Hergerichtetem, an gut Gewaschenem gab, hatte sich hier nach der Aufregung des Wettkampfes, dem tollen Schauspiel von Pferden, Staub, Schweiß und Mist, zusammengefunden. Nacktes Fleisch von Frauen leuchtete auf, Stolen glitten um Leiber, die nicht für das Leben in freier Luft gemacht waren, Schultern lehnten schlaff an Stühlen, und bei den Männern sah man ein merkwürdiges Gemisch von Jacketts und Westen aus Hellgrau und Hellbraun. Diese Herren, die in ihren Taschen Totozettel zerknüllten, fanden plötzlich nach der brutalen Erschütterung des Risikos, nach dem Spiel, das sie unempfindlich gemacht hatte für alles, was nicht das Spiel selbst war, ihre Männlichkeit wie nach einer durchwachten Nacht wieder. Schnurrbärte, in denen Pistazien- oder Erdbeereis hing, beugten sich zu Nachbarinnen herab, die nervös auflachten.

Edmond hatte ganz hübsch verloren, weil er den Ratschlägen des Vetters der Barrel, Jacques Schoelzer, gefolgt war, der ihm eine richtige Katastrophe empfohlen hatte. Um ihn zu trösten, hatte ihn Jacques nach der »Kaskade« mitgenommen. Eben in Longchamp hatte ihm der junge Gilson-Quesnel gesagt, daß er nach dem Rennen mit einigen Freunden dort sein würde. Roger Gilson-Quesnel, ein Kavallerieoffizier, mit einem Bärenkopf über einem Giraffenleib, war von einem halben Dutzend Leuten umgeben, die eine Art eleganten Nebels um ihn bildeten. Edmond bemerkte, daß alle Männer protestantischen Kreisen angehörten, auch jener schon etwas bejahrte Herr, dessen Namen er nicht wußte, an den sich aber Jacques Schoelzer mit großer Achtung wandte. Er hörte, wie sie, ein wenig abseits, von der Kirche am Etoile redeten. Plötzlich war in Jacques etwas Serviles, das Edmond anwiderte. Der beigefarbene steife Hut des großen Mannes zitterte über den rosafarbenen, ein wenig faltigen Wangen und einem Blick, der beharrlich auf der jungen Frau ruhte, die offensichtlich Rogers Begleiterin war. Sie war das kontrastreiche Wesen, dem sich Edmond, gleichgültig gegen alles, was nicht sie war, allmählich zuwandte ... Die frühzeitige Wärme der Jahreszeit stand sichtbar in der Luft.

Das Orchester spielte den »Schokoladensoldaten«. Der Walzer war wie ein Luftzug, der den Raum belebte, und der erste Geiger der Kapelle in einer grünen Bluse mit Goldknöpfen, deren Ärmel über seine Schultern herabhingen, bewegte seine Arme in dem sich bauschenden Hemd, indem er den Damen schmachtend zulächelte. Große Tropfen perlten auf seinem Gesicht, und starren und glänzenden Blicks schleuderte er sie mit einer Kopfbewegung von sich, als sage er zu irgendeinem geisterhaften Fragesteller plötzlich »nein«. Ein Champagnerglas ergoß sich über eine mandelfarbene Robe, und Erdbeeren und Orangestückchen fielen auf den Kies. Die Musik schwoll an, als wolle sie diesen Zwischenfall in der sinnlichen Sintflut ihrer Klänge ertränken. Die Verneinungen der Violinen wurden frenetisch. Die andere Frau, die mit Jacques Schoelzers Freunden war, sagte etwas zu Edmond, was er nicht verstand. Übrigens folgte er dieser hämischen Unterhaltung nicht, da er viel zu sehr von den wechselnden Launen des seltsamen Wesens gefesselt war. Jacques jedoch entriß ihn seinen Gedanken.

»Mrs. Bird spricht zu dir, Barbentane.«

Er fuhr zusammen, entschuldigte sich. Die Amerikanerin lächelte mit allen Zähnen. Es würde ihr ein Vergnügen sein, Herrn Barbentane in den nächsten Tagen bei sich zu empfangen, wenn er Herrn Schoelzer begleiten wolle. Aber wie denn, das will besagen, ich bin ganz durcheinander, mit Vergnügen, aber selbstverständlich. Die Eisgetränke drehten sich in ihren Gläsern mit dem Walzer. Weiter weg rief man die Schofföre bei dem Namen ihrer Herren. Eine Gruppe, die zum Weggehen bereitstand, zögerte am Rand des vulgären Ozeans, an der Grenze zwischen den Tischen und dem staubigen Weg.

Plötzlich spürte Edmond, wie der Blick des blondhaarigen Tiers auf ihm verweilte. Er erschauerte, und als sei er in seiner Bewunderung von ihr überrascht worden, senkte er den indiskreten Blick einen Augenblick lang, um ihr Zeit zu geben, in eine andere Richtung zu blicken. Ein Stück Musik wurde plötzlich in der relativen Stille hörbar. Edmond schämte sich seiner Hände, die er seit dem Frühstück nicht gewaschen hatte. Er hob den Kopf und begegnete genau ihrem Blick, der sich nicht von ihm abgewendet hatte. Unverschämt war sie; aber in ihrem Gesicht lag etwas Ernstes, Aufmerksames. Er wagte nicht mehr, den Blick zu senken.

Es schien, als suche die Frau in dem kleinen Hut, auf dem sich ein Möwenflügel entfaltete, in ihrer Erinnerung nach den Zügen des jungen Mannes, den sie betrachtete. Merkwürdig, sie hatte ihn schon irgendwo gesehen ... Das heißt, Edmond dachte so für sie, obwohl er seinerseits sicher war, dieses quecksilbrige Wesen nie, in seinem ganzen Leben nicht gesehen zu haben. Ihre Augen wurden während des Walzers traurig. Sie hörte nicht mehr auf ihren Nachbarn, den Oberleutnant Desgouttes-Valèze, der von Marokko sprach, wohin er bald abreisen würde. Sie hatte aufgehört, mit ihrem Sonnenschirm zu spielen. Der Walzer erstarb ... »Herr ... Herr Barbentane?«

Sie war es, die ihn beim Namen genannt hatte. Jede Unterhaltung hörte auf. Desgouttes-Valèze zog die dicken blonden Brauen zusammen. Die Gesichter wandten sich Edmond zu. Sein verlegenes Lächeln unterstrich die junge Ungeschicktheit des Bartes, den er noch nicht zu stutzen verstand. »Madame ...«, sagte er, als wolle er sich bei allen dafür entschuldigen, der Mittelpunkt der allgemeinen und ihrer eigenen Aufmerksamkeit geworden zu sein.

»Sie sind aus Sérianne, nicht wahr?«

Er hatte alles andere erwartet, außer gerade diese Frage. Er wurde unsicher und antwortete mit einem Nicken.

»Sind Sie mit dem Arzt verwandt?« – »Sein Sohn«, gab er zu. – »Aha ...!« Sie wandte plötzlich ihren Blick ab und griff nach Desgouttes-Valèzes Händen, indem sie rief: »Erzählen Sie mir noch von Marokko!« Eine Melodie, die wiederaufgenommen wurde, lenkte die Aufmerksamkeit ab. Edmond brannte vor Neugier. Woher wußte sie das? Woher kannte sie seinen Vater, seine Heimat? Ihm schien, als hätten alle anderen das Seltsame dieser Frage bemerkt, aber als hätten sie alle, die schon wieder in einer Unterhaltung, erfüllt von Lachen, Anekdoten und Pariser Geschichten, begriffen waren, nur ein Ziel, diese merkwürdige, deplacierte Frage vergessen zu machen. Als ob alle diese Männer eifersüchtig seien auf die merkwürdige Bindung zwischen ihm und ihr. Edmond starb beinahe vor Begierde, sie zu fragen ... Wie hieß sie übrigens eigentlich? Er hatte ihren Namen nicht einmal bei der Vorstellung gehört, überrascht, wie er vom dunklen Spiel ihrer Blicke gewesen war. Jacques Schoelzer lehnte sich ein wenig in seinem Stuhl zurück. Edmond beugte sich zu ihm hinüber: »Wer ist das?« – »Der Alte? Joseph Quesnel, Rogers Onkel, der Mann des Taxitrusts, etwas verwandt mit der Familie ...«

Der berühmte Industrielle lächelte über die anderen Köpfe hin zu Edmond hinüber. »Herr Barbentane, ich habe Gelegenheit gehabt, Ihren Vater bei meinen Vettern Barrel zu treffen ... Nicht gerade gutgesinnt, aber ein fähiger Mann ...«

Donnerwetter, kannten sie denn alle seinen Vater? Er verspürte etwas wie Wut. Joseph Quesnel fuhr fort: »Ich weiß allerdings nicht, woher Carlotta ihn kennt ...«

In seiner Stimme schwang Unruhe. Was konnte das dem Alten schon ausmachen? Während er über Sérianne sprach, über die Straßenbahnen, die es zu verändern galt, denn das alte Stangensystem war überholt, nicht wahr, der Autobus ist gegenüber der Straßenbahn ein unzweifelhafter Fortschritt, kehrten Edmonds Gedanken wieder zu Carlotta zurück, ohne daß er sich dessen bewußt war. Also Carlotta hieß sie. Und sie, die wieder begonnen hatte, zwischen Roger und Desgouttes-Valèze mit ihrem Sonnenschirm zu spielen, mit jenem stummen Ausdruck von Ernst und Aufmerksamkeit, der einem den Atem nahm, sah ihn jetzt an, als ob sie sich seit langem kennen würden.

Er besaß die bei jungen dunkelhaarigen Leuten häufige Eigenschaft, daß ihm bei geringster Ursache das Blut ins Gesicht trat. Er hatte auch die glänzenden Augen seiner Mutter, in denen die ganze Wildheit Korsikas war. Sie lagen aber weniger tief in den Höhlen als bei Frau Barbentane oder bei Armand. Sein schwarzes Haar war von der Art, die sich so gut kämmen läßt, daß man die Haarwurzeln sieht, was die Männer mit dreißig kahl macht, ihnen aber mit fünfundzwanzig ein saubereres Aussehen verleiht als anderen. Seine Schultern waren im Verhältnis zum Kopf sehr breit, und als guter Boulespieler, der er war, war das Handgelenk für die Hand allzu groß. Dazu kam noch seine provinzlerische Kleidung – die Revers waren nicht wie bei jedermann, und der Kragen war ein wenig zu hoch. Er zerrte unruhig an seinen gelben Handschuhen. Wenn er lächelte, hob sich seine Oberlippe am linken Mundwinkel, und auf der gleichen Seite sah man bläulich eine Ader an seiner Schläfe. Carlottas Augen flatterten wie Vögel am Ufer. Als sie ihn sehr laut fragte: »Wo wohnen Sie?«, vermochte er nur zu antworten: »Im Hotel Royer-Collard ...«, und im selben Moment sah er auf allen Gesichtern offenkundige Verstörtheit; aber Carlotta lachte: »Ich habe Sie nicht danach gefragt, ich meine ... in Paris oder in Sérianne?«

Er fühlte sich wie ein Ertrinkender, der sich unter Wasser in den Schlingpflanzen verstrickt. Joseph Quesnel fächelte sich mit seinem Hut Luft zu. Edmond erklärte, daß er hier sein Studium betreibe. Im Sommer natürlich, während der Ferien ... Sie unterbrach ihn noch einmal: »Joseph, ich langweile mich mit den Herren hier, bring mich bitte nach Hause!«

So begriff Edmond, daß er sich geirrt hatte und daß Carlotta nicht mit Roger hier war, sondern mit seinem Onkel, dem Taximagnaten. Sie war ganz einfach eine Hure. Er küßte ihr die Hand, als sei sie eine Nessel. Er bemerkte ganz deutlich, daß der schwarze Bolero sich in einen abgerundeten Schoß nach rückwärts verlängerte. Die Robe aus altrosa Stoff war mit schwarzen Posamenten besetzt.

XVIII

Eine Sache, die er niemals in den Dez kriegen würde, war die Diagnose der einseitigen Lähmungen, und wenn er sie auch zum viertenmal durchlas, er kam immer wieder mit den Symptomen durcheinander. Dabei ist es einfach ... Ach was, jedenfalls hatte er, Edmond, etwas anderes im Kopf. Die Leidenschaft für das Studium nahm in den letzten Tagen ab, auch wenn er sich sagte, daß er es zu nichts bringen werde, wenn er nicht arbeitete; auch wenn er sich einen Stoß gab, indem er seine Gier nach Ruhm und Ehren sich ins Gedächtnis zurückrief; auch wenn er sich zwang, länger als nötig im Laboratorium vor Hirnschnitten, Blut und Typhuskranken und Harnproben zu sitzen. Nichts half.

Der Frühling trat ihm allmählich ins Blut. Alles war Zerstreuung, Licht, ein zufälliger Passant, ein Satz, und alles war Erinnerung. Beim Kegeln an der Porte-Maillot hatte er mit einem kleinen Mädel Bekanntschaft geschlossen, dann für hundert Sous in eine Imbißstube eingeladen; ein glatter Wahnsinn. Sie war weißblond, ohne Augenbrauen, hatte Puder und Rouge schlecht aufgelegt, blieb nicht eine Minute lang auf ihrem Platz ruhig, kramte in ihrer Tasche, sprach mit dem Kellner, zeigte ihre Waden mit kleinen Stücken rosafarbener Unterwäsche und wurde alle drei Minuten unruhig, weil sie wissen wollte, was Edmond von ihrem Kleid hielt, einem schieferblauen Kleid mit einer Unmasse von Fältchen an den Ärmeln. Sie hieß Mauricette, bitte sehr. Sie hatte viel Schwierigkeiten gemacht, als er sie in ihre Wohnung begleiten wollte, und er hatte nach dem Essen keine Lust, ein Hotel zu bezahlen. Sie wohnte in Neuilly in der Rue de Chartres über einer kleinen Kutscherkneipe neben dem Friedensgericht. Sie weinte vor Scham, als sie das Zimmer betraten. Sie zog ihr Kleid mit größter Sorgfalt aus und legte es zusammen, indem sie über seine Ärmel strich. Sie trug baumwollene Unterwäsche, hatte aber reizende Brüste.

Später ging Edmond nicht mehr zum Kegeln, um sie nicht mehr wiederzutreffen. Um so mehr, als er ganz zufällig Frau Beurdeley auf der Straße getroffen und sie nach Hause begleitet hatte, wo er sie plötzlich in einem Anfall von Verrücktheit küßte, was sie sich gefallen ließ. Was konnte er jetzt dagegen machen? Geschichten mit Hotels und Rendezvous begannen. Sie war verrückt, er hatte ihr den Kopf verdreht, jedesmal trug sie einen neuen Schleier. Glücklicherweise zahlte sie das Zimmer. Sie zwang Edmond sogar, Tangostunden zu nehmen bei einem argentinischen Lehrer, nicht weit von der Madeleine. Es gab dort drei oder vier picklige junge Leute und ein bleichsüchtiges Mädchen. Die Klavierspielerin spielte ewig den »Tango des Gehenkten«, und es war heiß, weil die Fenster, die auf einen dunklen Hof hinausgingen, geschlossen blieben.

War er wirklich dabei, den Kopf zu verlieren? Er war mit den Vorlesungen fürchterlich zurückgeblieben; an die Physiologie an der Sorbonne dachte er überhaupt nicht mehr. Was sollte das heißen? Er fühlte zugleich, wie er bei dem faulen Leben den Halt verlor, und spürte Widerwillen beim Gedanken an das Studium. Alles hätte er besser gefunden als das, was er gerade tun mußte. Lieber hätte er noch mit diesem kleinen Idioten Jean Beurdeley geschwätzt oder seinem Repetitor, der ihm zu Hause Lateinisch beibrachte.

Das war ein ehemaliger Studienaufseher vom Stanislas-Gymnasium, der diese Schule verlassen hatte und bei den Beurdeley ein bißchen Geld verdiente, um mit dem wenigen, was er von seinem Vater, einem Kanzlisten beim Gericht, empfing, seine eigenen Studien fortsetzen zu können. Er war ein Bursche von ungefähr siebenundzwanzig, schüchtern und unentschlossen, mit einem Vollbart und seitlich gescheiteltem Haar, provinziell und sauber gekleidet, der nach dem aussah, was er war: ein Jesuitenschüler. Er nannte sich Raoul Villain und diskutierte mit Edmond, während Frau Beurdeley sich zum Ausgehen umzog. Er kam vom christlichen Sozialismus her und war Mitglied in der »Furche« des Herrn Marc Sangnier. Das war ein neuer Ton für Edmond, der ihn amüsierte, ohne ihm nahezugehen. Er war sowenig Sozialist wie Christ.

Dabei verfolgte Edmond ein Bild und quälte ihn die Reue. Auch wenn er sich einen Dummkopf nannte, mußte er zugeben, daß das, was den ganzen Sinn seines Lebens geändert hatte und ihn plötzlich an seiner Arbeit und an seinem Ehrgeiz verzweifeln ließ, dieses verdammte Mädchen war, das er in der »Kaskade« getroffen hatte. Ihretwegen erschien ihm alles trüber in diesem schwülen Frühjahr, das die Leidenschaft der Frau Beurdeley nicht eindämmte. In ihren Armen wie auch mitten unter seinen Büchern sah Edmond nur Carlotta, die leidenschaftliche, gesunde Schönheit der Italienerin mit ihrem Tintorettohaar. Er hörte ihre irritierende Stimme, sah ihre Zähne, die wie Schnee in der Sonne funkelten, die merkwürdig kraftvolle Linie ihres Nackens und irgend etwas Verächtliches und Starkes, ihre Augen, die einen ohne Verlegenheit ansahen, genau ins Gesicht, mit einem unverwarteten Ernst …

Dennoch würde allmählich dieses Bild verblassen: Edmond war dessen sicher, und er hatte nichts, um den dahingeschwundenen Moment in seinem Gedächtnis neu zu beleben. Es wäre gut, wenn er diese Erinnerung loswürde. Kaum hatte er das gedacht, als ihn auch schon die Furcht vor dem Vergessen packte. Er erinnerte sich mit aller Kraft des Bildes, das er noch in sich trug, und jeder Einzelheit ihres Zusammenseins im Bois. Er litt darunter, nicht mehr genau zu wissen, wie ihr Kinn gewesen war, etwas an ihrem Körper hatte er vergessen, und welchen Teil in diesem Bild nahm jetzt die reine Vorstellung ein? Was hätte er nicht gegeben, um Carlotta wiederzusehen, und zugleich war er wütend, an sie zu denken, von ihr besessen zu sein; denn das war ja nicht möglich, er war nicht verliebt; man verliebt sich nicht einfach auf diese Weise.

Was ihn an dem Mädchen anzog, war die Schönheit der Büste, der Schultern, der Brüste, eine Art Großzügigkeit der Natur. Er mußte Frau Beurdeley zum Tee mit sich herumschleifen, mit ihr tanzen. Gewiß, sie zahlte. Sie wurde sichtlich jünger, das Weibsbild. Sie war glücklich. Carlotta, nicht wahr, war einem dagegen untersagt. Diese Art Frau, die zu gut ist für einen, die für andere da ist. Die überlebensgroße Frau. Ich rede nicht von der Körpergröße, sondern von der Frau. Verdammtes Leben. Fünf, sechs Tage lang ging er nicht zu den Beurdeleys. Er versuchte zu arbeiten und trieb sich herum. Und dann – wozu auch? Es gab also eine Szene, Tränen, dann leuchtende Blicke in feuchten Augen. »Ich ziehe mich an, du Böser.«

Der Böse stand also im Vorzimmer herum und unterhielt

sich mit Jean und seinem Repetitor. Der würde bald im Lager von Châlons seine Militärzeit machen. Natürlich kam das Gesetz über die dreijährige Dienstpflicht ins Gespräch, um so mehr, als seit etwas mehr als einem Monat die Sozialisten im ganzen Land einen ungewöhnlichen Spektakel begonnen hatten.

»Wissen Sie, ich habe ja für Ihre Ideen nicht viel übrig«, sagte Edmond, »ich bin nicht fürs Teilen und stehe dem Sozialismus ziemlich skeptisch gegenüber. Und dann muß schließlich jeder für sich selber zurechtkommen. Ich habe zu Hause bei mir vielleicht Sozialisten gesehen. Ich kann Ihnen sagen ...« – »Sie kennen nicht *unseren* Sozialismus. Gerechtigkeit und Wohltätigkeit. Der wahre Geist des Evangeliums ...« – »Ich möchte Sie nicht verletzen, aber ich fand das Evangelium immer ziemlich unlesbar. Literarisch gesehen, bestreite ich nicht, daß es eine gewisse Poesie besitzt. Aber soweit ich die Sozialisten gelesen habe, ziemlich flüchtig, wie ich zugebe, scheint mir die Übereinstimmung Ihrer Lehre mit der Christi eher auf einem Mißverständnis zu beruhen ...«

Edmond redete eigentlich, um Carlottas Bild zu beschwören. Er hatte gerade daran gedacht, daß er sie niemals wiedersehen würde. Das war jetzt wie ein Delirium in ihm. Außerdem wollte er auch diesen jungen bärtigen Mann ein bißchen ärgern.

»Der Sozialismus«, rief der aus, »ist das Evangelium selbst, aber nicht der ungeheuerliche Sozialismus der Demagogen, der antifranzösischen Ungeheuer, die ...« – »Geben Sie dem Kaiser, was des Kaisers ist, und reden Sie mir nicht weiter von Sozialismus. Der Sozialismus ist im Grunde genommen die Besitzgier derer, die nichts haben. Die nichts besitzen, können nicht konservativ sein: warten Sie nur, bis sie etwas kriegen, und Sie werden schon sehen, wie konservativ sie werden.«

Villain krümmte sich wie ein Wurm. Er war erfüllt von seinem Ideal und von seinem Haß gegen die *falschen* Sozialisten. Die beiden hätten am liebsten zu gleicher Zeit geredet. Frau Beurdeley wurde mit ihrem Herausputzen nicht fertig. Daß sie doch seinen Vater und Sérianne kannte, diese Carlotta ... Ihre Zähne sind klein und regelmäßig und ganz leicht zugespitzt, als ob sie bloß Eckzähne hätte. Villain redete hitzig von christlichen Arbeitern und sozialer Ungerechtigkeit ... Es gibt verständnisvolle Unternehmer. Alle müßten Hand in Hand miteinander ...

»Ach, lassen Sie mich in Frieden mit Ihren Arbeitern«, unterbrach ihn Edmond, »es sind Faulpelze; suchen Sie nach dem Ursprung des Eigentums, und Sie werden immer jemand finden, der hart gearbeitet hat. Wenn ich es nicht bin, dann war es mein Vater oder mein Großvater. Die nichts haben, finden es einfacher, sich ins gemachte Bett zu legen, ohne zu arbeiten. Faulpelze.«

Frau Beurdeley erschien.

»Wie ich höre, streiten Sie immer noch mit Villain, Barbentane.« –

»Madame, Herr Barbentane begreift nicht, was der christliche Sozialismus ist. Er verwechselt uns mit diesen Leuten, die in unserem Land die ekelhafte Kampagne gegen die Drei Jahre führen. Leute, die Paris den Deutschen ausliefern wollen, weil sie die Stunde herbeisehnen, da die Polizei entwaffnet sein wird, damit sie die Stadt plündern können ... Die Unterwelt, das Gesindel, an das sich die Schreiber der ›Humanité‹ wenden ... Leute, die man an die Wand stellen sollte.«

Er zitterte, und der Schweiß war ihm auf die Stirn unter sein wohlgeordnetes Haar getreten.

»Hören Sie«, sagte Edmond, den Frau Beurdeleys Gegenwart boshaft machte, »ich schenke Ihnen die Sozialisten; von mir aus können Sie sie in kleine Stücke schneiden. Aber was die Drei Jahre angeht, mein Lieber, ich habe gar nichts übrig für Ihre Drei Jahre, und wenn es Herrn Jaurès Spaß macht, auf seinen Versammlungen dagegen zu toben, so habe ich von mir aus nicht das geringste dagegen ...«

Der Repetitor sah aus, als habe ihn der Blitz getroffen. Er sah seinen Diskussionspartner an und murmelte irgend etwas in seinen Bart. Er sah finster aus. Am liebsten hätte er wohl geheult.

»Los«, sagte Frau Beurdeley, »gehen wir ins ›Ceylon‹ tanzen, Barbentane, ich habe mich mit Freunden verabredet ...«

Sie log wie jeden Tag. Auf der Treppe sah er sie an, während sie vor ihm hinabstieg. Wie viele Mängel sie doch hatte! Sie war weder jung noch lebendig. Nichts an ihr regte ihn auf wie bei der anderen. Die andere war für ihn immer gegenwärtig. Wenn er einschlief, dachte er an sie. Er träumte von ihr im Schlaf wie im Wachen: verflucht noch einmal, wurde er schon alt, daß er diese Niederlage derart verspürte? Welche Niederlage übrigens? Er hatte von dem Mädchen nichts verlangt. Er hatte nicht versucht, sie wiederzusehen.

Die Abendblätter, die man in den Straßen ausrief, gaben einen schweren Unglücksfall bekannt; die Schlagzeilen waren riesig. Ein Zeppelin war bei Lunéville abgestürzt. Einzelheiten fehlten noch. Die Luftschiffer behaupteten, der Wind sei schuld gewesen. Natürlich.

»Und warum soll es nicht der Wind gewesen sein?« sagte Edmond im Taxi frech zu seiner Begleiterin, während er die Zeitung zusammenlegte. »Lassen Sie mich unbedingt zu mir nach Hause fahren, in die Rue Royer-Collard. Ich habe ein paar Vorlesungen zu lernen ...«

Frau Beurdeleys Augen füllten sich mit Tränen.

XIX

Unter dem plissierten rosa Schirm glitt das elektrische Licht den kannelierten Bronzefuß der Lampe entlang, erleuchtete das Spitzendeckchen auf dem roten Marmor des Nachttisches in heller Eiche, die kleine Porzellanwanduhr mit ihrer holländischen Landschaft, den elfenbeinernen Brieföffner mit Silbergriff, der mit Maiglöckchen geschmückt war, drei oder vier aufeinanderliegende gelbe Bücher, den Anfang der geflochtenen Lampenschnur und den nackten fleischigen, ein wenig schlaffen Arm, den dunkles Haar streifte. Dann traf die Helligkeit die Bettwäsche: ein sehr feines Laken, das mit einem großen gestickten G. verziert war, mit einem einfachen Deckbett, das Frau Grésandages verhüllter Körper hob. Sie las. Es herrschte eine angenehme, mit Dunkel und Teppichen gepolsterte Stille, die nur sehr selten von dem gedämpften Vorbeifahren eines Autobusses erschüttert wurde.

Elise seufzte. Ein Schritt in der Lautlosigkeit des Hauses hatte sie aus den Kissen auffahren lassen. Sie trug ein hochgeschlossenes Hemd aus weißer Leinwand mit langen Ärmeln, die zurückfielen, wenn sie sich wie jetzt auf die Ellbogen stützte. Vom umgeschlagenen Kragen herab liefen auf dem Hemd auf jeder Seite fünf kleine Falten bis zur Brust. Das lose Haar verlieh ihr eine gewisse Jugendlichkeit, aber eine Falte neben den Augen war von der alltäglichen Unruhe immer weiter vertieft worden. War es Richard? Zwischen den Windmühlen, den geflügelten Hauben und blauen Holzpantoffeln sah sie, daß es bereits halb eins war. Es war Richard. Die Tür schloß sich, die Schritte kamen durch die Zimmer näher. Dennoch erfaßte sie wieder wie jeden Tag eine plötzliche Furcht. »Rico?« rief sie. Und er erwiderte wie immer vom Vorzimmer her: »Der Kohlenmann ist da!«

Der Direktor des Allgemeinen Kreditwesens kam ziemlich sorgenvoll nach Hause zurück. Seine Frau bemerkte sofort seine Niedergeschlagenheit. Er hatte an diesem Abend ernste Unterredungen außerhalb seines Dienstes mit Finanzbeamten und Bankiers gehabt. »Nichts Ernstes, Rico?« – »Nein, Liese ..., nichts.« An der zerstreuten Art, wie er sie küßte, merkte sie wohl, daß er sie belog.

»Bist du nicht müde, Kohlenmann? Vielleicht hast du Hunger? Nein? Nicht einmal nach etwas Süßem? Der Kohlenmann liebt doch gezuckerte Früchte ...«

Er machte eine sehr niedergeschlagene Bewegung, die ihr das Wort abschnitt: »Nein, bestimmt, hab keine Lust, ich will mich nur hinlegen ... ich ziehe mich aus, und wir sind beide zusammen ...« Jetzt wurde sie wirklich unruhig: »Was gibt es, Rico? Mein Großer, komm schnell in meine Arme, du hast Sorgen ... Doch, doch ...« – »Nein«, sagte er, »ich habe keine Sorgen; es ist etwas anderes.«

Er hatte sich auf den gestreiften Puff gesetzt und zog seine Stiefel aus. Ein Knopf war losgegangen: »Ich habe diese maschinell angemachten Knöpfe nicht gern. Die brechen immer ab ...«

Elise sah zu, wie er sich auszog. Er war wieder magerer geworden. Das Hemd hing weit um den Hals herum, wenn er den Kragen losmachte. Sie kicherte ein bißchen, als er es auszog und in der Unterhose dastand. Er hatte einen ziemlich kräftigen Körper, und die Behaarung zeichnete eine regelmäßige Palme vom Unterleib zum Brustkorb. Er zog ein Nachthemd an, das er unter einem Kissen hervorgeholt hatte, ein klassisches Hemd, wie alle Männernachthemden rot bestickt.

»Komm schnell, Kohlenmann, komm schnell … du wirst alles vergessen. Es ist langweilig, ohne dich … woran denkst du?«

Im Hemd, mit nackten Beinen, war er stehengeblieben und dachte nach, mit jener Bewegung, um den unteren gutgeschnittenen Rand seines Schnurrbartes zu prüfen, die man an ihm im Ministerium kannte.

»Ich denke an die Jahre, die vorbeigehen … an das, was man sich vorgenommen und was man durchgeführt hat … Ich denke daran, wie lange das Menschenleben dauert … wie ich es mir vorstellte …« – »Du bist aber ernst, böser Rico, komm ins Bett, mein Liebster.«

Er hatte keine Bewegung gemacht und fuhr mit ziemlich leiser Stimme fort: »So habe ich mir immer das Leben zwischen Kindheit und Alter vorgestellt. Ohne die eine oder das andere weiterzuzählen. Das machte vielleicht dreißig Jahre, um mein Programm auszuführen. Ich sagte mir: Es bleiben mir noch drei Viertel, die Hälfte. Alles das ist sehr schön.«

Er schlüpfte unter das Laken. Ihre Beine verschränkten sich. »Deine Füßchen sind ganz kalt«, sagte er leise. Sie erwiderte: »Das Bett ohne dich ist nicht das Bett … warum bist du so traurig?« – »Nun, die ganze Jugend liegt hinter uns, siehst du, Liese, ich kann schon nicht mehr mit dem Leben spielen, selbst wenn ich ganz verrückte Dinge tun würde, zum Beispiel mit einem Zirkus herumziehen, um den komischen August zu spielen …« – »Und du würdest mich dalassen?« – »Nein, Frau Hanswurst … oder wenn ich auf der Straße auf Kassenboten bewaffnete Überfälle machen würde, kurz, meine Geschichte ist schon ganz geschrieben durch jene lange Folge von Tagen, durch den Beruf, den ich ausgeübt habe, durch all das, was ich gewesen bin vom soundsovielten bis zum soundsovielten Jahr.«

Sie unterbrach sein Schweigen nicht, legte ihm aber den Arm um die Schultern. Er lächelte ihr zu: »Neunzehnhundertdreizehn! Hörst du, wie merkwürdig dieses Datum klingt: neunzehnhundertdreizehn? Schon ist man da angelangt. Ich entsinne mich, als ich dachte: Von nun bis zum Jahre neunzehnhundertfünf, neunzehnhundertzehn. Und jetzt haben wir neunzehnhundertdreizehn ...«

Elise spürte eine beklemmende Traurigkeit. Sie dachte an ihr Alter. Sie drückte sich an ihren Mann und flüsterte: »Kohlenmann, Kohlenmann.« – »Siehst du, als ich zwanzig war, wußte ich nicht genau, ob alles, was ich tue, nicht eine Komödie sei. Ich hatte noch gar keine Verantwortung in der Welt, in der ich lebte. Ich studierte; aber ich glaubte nicht daran. Ich lernte; aber das war eine Rolle. Es gab Richard auf der Bühne, und dann ganz einfach Richard ...« – »Es gibt immer Rico«, sagte sie. – »Ja und nein, meine Kleine, ja und nein. Weißt du, wie Joseph Quesnel das immer nennt ... Doppelmenschen ... Daß wir heutzutage Doppelmenschen sind ... einer, der eine Funktion in der Gesellschaft hat, und ein anderer, der nichts mit ihm zu tun hat, der ihn verabscheut, der sich im Widerspruch mit ihm befindet ... ganz einfach der Mensch! Nun, verstehst du, es gibt Augenblicke, zum Beispiel heute abend, wo ich ganz schrecklich empfinde, wie der zweite verschwindet und allein der erste bleibt ...« – »Es ist nicht wahr, Rico, wir sind beide hier im Bettchen samt den Geistern, sieh nur, der Brieföffner, die Lampe, die kleine Wanduhr, Liese, ihr schwarzes Haar, alle guten Geister des Kohlenmannes ...« – »Ach, kleine Liese, wie zerbrechlich scheint mir heute nacht unsere Zuflucht, vielleicht ist es das Alter; aber ich höre immer die Stimmen draußen ...« – »Du liebst mich nicht mehr!«

Er preßte sie an sich, ohne zu antworten. Man hörte nichts mehr als die metallische Schwinge der Zeit. Dann begann er von neuem: »Es gibt Worte, denen ich, als ich sehr jung war, Treue geschworen hatte. Du weißt, Rimbaud: ›Mich ekeln alle Berufe an. Meister und Arbeiter, alles Bauern, widerwärtig. – Die Hand mit der Feder ist die Hand am Pfluge wert. Welch ein Händejahrhundert! Ich werde niemals meine Hand haben ...‹« – »Du zitierst Rimbaud wie die Heilige Schrift.« – »Du weißt ja, daß für mich gerade das die Heilige Schrift war und nicht Paulus und nicht der Pastor Monod ... Lange Zeit habe ich mir diesen Satz wiederholt, und ich sagte mir, daß die Komödie weiterging, daß ich aber in Wirklichkeit ›niemals meine Hand haben würde‹. Nun ja!«

Er hielt sein rechtes Handgelenk gerade vor sich hin. »Du siehst sie nicht, aber ich, ich fühle sie, die Fessel. Das Leben hat mir Handschellen angelegt. Der Beruf, glaub mir nur, Liebste, der Beruf ist stärker als der Mensch. Fertig, die Sache ist gelungen: ich bin gewesen, was ich war ...« – »Ein böser Rico, ein guter Rico, ein geliebter Rico ...« – »Lieschen, meine Kleine, es gibt Leute, die den Krieg wollen ...«

Er hatte das mit hohler, hauchender Stimme gesagt. Die Frau richtete sich jählings ganz in ihrem Bett auf und beugte sich über ihn. Sein Kopf lehnte an ihren Brüsten, und er spürte ihr heftiges Atmen.

»Richard, was sagst du da? Er könnte das? Die Deutschen, der Kaiser?«

Er fühlte ihren erregten Leib. Das lebendige Wesen. Die Frau. Lange streichelte er sie mit vertrauter Hand.

»Nein«, sagte er schließlich, »eine Masse Leute. Viel mehr, als man glaubt. Und keine Kanaillen. Leute wie du und ich. Franzosen ... Es scheint mir ungeheuerlich ...« – »Aber was denn? Was ist denn geschehen?« – »Oh, es ist schwer, dir das zu erklären ... seit Monaten möchte ich nicht daran glauben ... sage ich mir, daß es stupide ist ... und dann muß ich es doch feststellen. Es gibt dafür nicht diesen oder jenen Beweis, nichts, was ich dir wirklich erzählen könnte. Aber alles, was geschieht, ist, als wäre ... kurz, der Gedanke an den Krieg erschreckt gewisse Kreise immer weniger. Es gibt sogar Leute, die vom Krieg wie von einer erfreulichen Möglichkeit sprechen, zumindest wie von einer Sache, die man am besten beschleunigen sollte, damit sie nicht zu schrecklich wird, damit die Chancen auf unserer Seite sind ...« – »Aber, Richard, was erzählst du? Das ist ja furchtbar ... Wer ist es?« – »Furchtbar ... Ich finde auch, daß es furchtbar ist. Dennoch ist es schwer, zu beurteilen, genau zu wissen. Keine schlechten Leute, weißt du. Sehr menschliche, sehr gute Leute. Leute, die ich schätze ... Manchmal fragt man sich, was man denken soll. Vielleicht ist das der Doppelmensch. Der Mensch der Gesellschaft erwägt kühl notwendige Katastrophen. Der Mensch schlechthin kann sich nicht dazu entschließen ... sehr merkwürdig ...« – »Richard, du denkst nicht so etwas, nicht wahr? Nein, du nicht. Hör zu. Der

Krieg! Stell dir vor, was aus Liese und aus Rico wird, aus allen Lieses und allen Ricos in einem Krieg! Mein Gott, du hast es doch im Kino gesehen, den Balkankrieg! Wie entsetzlich! Richard, in dieser Frage kannst du doch kein Doppelmensch sein, nicht wahr?«

Die Zeit schritt gleichgültig auf ihrem holländischen Porzellan weiter. Grésandages Atem berührte Elises Brüste.

»Ich weiß nicht mehr ... ich sage mir, das beste wäre, nichts mehr zu sehen noch zu hören ... was kann ich schon dagegen machen? Meine ganze Abwehr liegt in diesem Doppelleben, in diesem Aufrechterhalten einer Oase für uns beide. Fliehen! Ach, kann man wirklich fliehen? Sieh dir nur Joseph Quesnel an ... Welch merkwürdiges Abenteuer, nicht wahr? Diese Liebe, die ihn jetzt erfaßt, da sein Leben, seine Jugend beendet ist ... Ich finde das erschütternd, dumm und wunderbar. Sie ist kein schlechtes Mädchen, weißt du. Die Illusion! Welche Illusion kann er haben? Ebenfalls die einer Oase, von irgend etwas außerhalb des eisernen Gesetzes der Welt. Er hat sich diese Frau gestohlen, verstehst du, wie wir uns alle unser Glück gestohlen haben.« – »Aber ein Krieg«, sagte sie. Richard streichelte sie. Richard war da, ganz dicht neben ihr, und das Wort Krieg verlor seine Schärfe; aber es hing dennoch irgendwo im Zimmer mit der dumpfen Gewalt einer Drohung, die bereit war, aus den langen Vorhängen hervorzutreten oder dort unten aus den Reflexen des Lackschrankspiegels. Es war, als träumte Richard mit lauter Stimme.

»Joseph Quesnel, kennst du einen merkwürdigeren Menschen? Dieser Mann, dessen ganzes Leben und Denken stets zwischen so verschiedenen Kräften geteilt war: es ist die Liebe, die Liebe zu seiner Frau, die aus ihm das gemacht hat, was er gesellschaftlich ist. Sie verachtete ihn, weißt du, und er wollte sie gewinnen, sie überzeugen. Er hatte eine äußerst hohe Idee von der Liebe. Also hat er Geschäfte gemacht ... Die Geschäfte sind stärker gewesen. Siehst du, die Liebe kann ihren Platz gegenüber den Geschäften nicht behaupten. Er ist Herr über eine Welt geworden, aber nicht über ihr Herz. Jetzt ist er wieder davon gepackt, jetzt ist er richtig verrückt. Ich sage dir, ich kenne ihn genau. Er liebt Carlotta. Er findet sich selber wieder. Er findet den jungen Menschen wieder, dem die Bank und die Börse gleichgültig waren, eben den, der sein ganzes Leben lang Dichtung und Malerei geliebt hat, diesen Freund, diesen alten Freund, der meine Jugend geformt hat, der mir Baudelaire vorlas, als ich vierzehn Jahre alt war ...« – »Der Krieg, Rico!« – »Ja, der Krieg, ich glaube nicht, daß zum Beispiel Joseph Quesnel, wenn man ihn fragte, ob er für den Krieg sei, anders erwidern würde als mit Abscheu und Empörung. Ja ... Dennoch habe ich zwei- oder dreimal gespürt, daß er diesem Gedanken nicht unweigerlich feindselig gegenübersteht, und ich weiß nicht, vielleicht irre ich mich, vielleicht ist meine Aufmerksamkeit zu sehr mit gewissen Börsenoperationen beschäftigt: ›Ich werde niemals meine Hand haben‹ ... Ja, gewiß, in einem bestimmten Sinne. In einem bestimmten Sinne ...« – »Rico, der Krieg ... ach, Kohlenmann!« – »Mein kleines Lieschen, komm hierher, ganz nahe zu Rico ... er ist schön müde, der alte Böse, er hat zuviel an eine Menge gar nicht schöner Dinge gedacht, er ist schläfrig ...« – »Rico, der Krieg ... Gott wird den Krieg nicht zulassen.« – »Gott? Es ist schon viel, wenn ihn die Menschen zulassen ...« – »Rico, Rico, der Glaube verbietet uns zu töten. Wir müssen das verhindern, wenn du irgend etwas weißt, Rico!« – »Aber nein, Kind, ich weiß nichts, ich glaube zu wissen, und vielleicht, sage ich dir doch, irre ich mich sogar. Der Glaube hat damit gar nichts zu tun.« – »Rico, Gott hat immer mit den Angelegenheiten der Menschen zu tun ...« – »Gott? Liebste, ich fühle, wie der Schlaf mich überkommt ... Willst du bitte das Licht ausmachen?«

Es wurde finster. Mann und Frau schlüpfen unter die Dekken. Man hörte nur noch ein- oder zweimal Frau Grésandages Stimme, die angstvoll am Ohr des Herrn Direktors des Allgemeinen Kreditwesens flüsterte: »Ach Kohlenmann ..., Kohlenmann ...«

Die Sinnlichkeit ganz junger Männer ist sehr beschränkt. Die Lust vermag sie nicht festzuhalten; sie sind zu sehr mit allzuviel neuen Dingen beschäftigt und spielen wie Kinder. Alle möglichen Wunschbilder locken sie, und sie lassen unablässig die wirkliche Beute fahren, um nach Schatten zu greifen. Sie träumen grausam von anderem.

Carlottas Schatten lag über Edmonds Leben; aber er war nicht sicher, ob die junge Italienerin selbst der Ursprung der finsteren Kraft war, die er in sich verspürte. Sie war für Edmond die Gelegenheit, alles zu vernachlässigen und von sich zu weisen, woran er bis dahin festgehalten hatte. Sie ließ ihn mehr als alles andere bisher die Mittelmäßigkeit seines Lebens erkennen, nicht nur was Krankenhaus, Studium, Fleischsuppen und Studentenbude, sondern auch was sein späteres Leben betraf, diese Zukunft, für die er sich in seiner Jugend abrackerte.

Wenn er sein Medizinstudium fortsetzen und weiter an den Ausscheidungswettbewerben teilnehmen würde, wäre er mit dreißig im besten Falle eine Art Desplat, das heißt mit allen seinen Fähigkeiten einfach eine Schranze – wie widerwärtig unterwürfig der war, wenn Professor Beurdeley sprach! –, und dreißig Jahre später ein Beurdeley. Hübsche Perspektive. Die medizinische Akademie, eine glänzend eingerichtete Wohnung und eine Frau, die einem durch die geschlossene Tür hindurch zuruft: »Laß dich nicht stören, mein Freund, ich komme zum Essen zurück!«

Die Bücher schlummerten in seinem Hotelzimmer; der Ekel machte ihn krank. Er konnte das Krankenhaus nicht mehr sehen – gegenwärtig war er am Hôtel-Dieu – sowenig wie seine Kameraden. Er, der einmal so sehr mit seinen Beziehungen zu Jacques Schoelzer gerechnet hatte, um in der Welt vorwärtszukommen, hätte beim Gedanken an den Polytechniker brechen können. Ein kleiner Idiot, der Gott weiß was zu sein glaubt, weil er ein paar Groschen hat. Einen Augenblick lang hatte er daran gedacht, sich des Erben des SB-Garns zu bedienen, um über ihn wieder mit Carlotta zusammenzutreffen. Aber wozu sollte das gut sein? So ein Mädel bekam man nicht mit einem Augenzwinkern. Die Mätresse eines Millionärs. Sie würde Quesnel nicht für einen armen Studenten aufgeben, nicht wahr. Edmond wollte sie nicht mit jemandem teilen. Er wunderte sich darüber: er, der immer so getan hatte, als verachte er die Frauen zutiefst und als kenne er keine Liebe. Er war nicht verliebt. Er brauchte nur einen Beweis von ihrer Seite. Beweis und sozusagen eine Anzahlung. Oder sollte er sich so lange geirrt haben ... Aber er war bestimmt nicht verliebt.

Dennoch fühlte man, wie unter einem die alte Maschine quietschte und knackte, sofern man nicht ein Kretin oder ein Blinder war. Genau wie sein Vater mußte er blödsinnig mit seinen Groschen und Jahren rechnen. Also auch ein Rechner. Zweihundert Franken im Monat. Es wird mir wirklich zugute kommen, daß mein Vater Geld für mich beiseite gelegt hat, wenn ich selber welches verdienen werde. Für mich, wohlgemerkt! Dumme Rechnerei, von mir aus soll alles entzweigehen. Revolution, Krieg oder irgendein Panama. Carlotta, das war die Revanche, der unmittelbare Sieg über das Leben. Er brauchte Geld. Und nicht nur ein bißchen.

Immer wieder kam er auf die Kurzsichtigkeit des Vaters zurück. Seine stumpfsinnige Unterwerfung unter die Partei. Als ob sie etwas Eindeutiges gewesen wäre, diese radikale Partei! Sie, die Poincaré als Minister unterstützte, hatte sich mit dem Präsidenten Poincaré wohl arrangiert. Gewiß, Caillaux und Clemenceau waren gegen ihren alten Mitarbeiter marschiert, aber Perchot, Herriot und eine Menge anderer waren ihnen nicht gefolgt.

In seiner Wut über die Präsidentenwahl war es Vater Barbentane entfahren, daß Perchot offenbar Verrat begangen hatte, weil Poincaré sich zwischen ihn und die russische Regierung eingeschaltet hatte, um seine Schulden gegenüber einer von Perchot präsidierten Gesellschaft regeln zu lassen, die mit irgendwelchen Arbeiten in einem Schwarzmeerhafen beauftragt war. Vielleicht stimmte das, vielleicht auch nicht. Da war Clemenceau doch ehrlicher. Man brauchte sich nur an Panama, Cornelius Hertz zu erinnern.

Es ist sehr nett, ein Schuft zu sein, wenn man schon die Stellung eines Poincaré, eines Clemenceau, eines Briand hat.

Aber anfangen … das ist das schwierige. Edmond träumte von Diebstahl, Bankraub, Totschlag. Er zuckte die Achseln, und dann fiel ihm wieder das durchaus nicht vergessene Bild einer lachenden, strahlenden Carlotta ein. Ja, sie hatte mit ihren Katzenzähnchen alle seine Vorsätze, nicht nachzudenken und wie ein Tier zu schuften, zerfetzt. Der Gedanke an sie verließ ihn nicht mehr. Er war doch nicht verliebt, verflucht noch mal. Übrigens, was war sie denn für ein Mädel? Eine Hure und noch mal eine Hure. Was hatte sie für Augen? Die Frage quälte ihn. Er hätte geschworen, daß sie schwarze Augen habe; aber sie war doch blond. Gerade das ist es ja. Ihm schien, als seien sie vielleicht nicht gerade dunkelbalu, sondern grün, grau, mit einem Wort: sehr hell gewesen. Aber nein … Und er sollte sich selber verrückt machen wegen einer Frau, an deren Augenfarbe er sich nicht einmal erinnern konnte? Aber wieso machte er sich selber verrückt? Sein Kopf saß immer noch an der richtigen Stelle auf seinen Schultern.

Ja, die Welt war nicht gerade ruhig, und in den Zukunftsplänen, die jedermann in Edmonds Umgebung machte, lag ein gut Teil Dummheit. Überall flackerte etwas wie ein Brand, der nicht erlöschen wollte. In Konstantinopel hatten die besiegten Truppen, von den Großmächten gezwungen, die Bedingungen anzunehmen, die sie ihnen in bezug auf die griechischen Inseln diktierten, während die Völker des Balkans Gewehr bei Fuß standen, nur nachgegeben, um einige Stunden später zu revoltieren, die Regierung umzubringen und den Krieg von neuem aufzunehmen. Eine einfache Etappe im russisch-deutschen Wettstreit um die Herrschaft über die Meerenge. Frankreich folgte den Ereignissen, indem es Rußland zurückhielt, nicht etwa, weil die Regierung fürchtete, in einen Krieg verwickelt zu werden, den sie offen mit dem Marschtritt der Stiefel, Militärparaden und einer beispiellosen Literatur aus Elsässerinnen und kleinen Soldaten vorbereitete, sondern weil die Unpopularität dieses Krieges sie zögern ließ. Sie heckte mit den Türken so lange Pläne aus, bis Rußland ärgerlich wurde. Merkwürdige Intrigen leiteten komplizierte diplomatische Bewegungen ein. Was steckte zum Beispiel hinter dem Rücktritt des Herrn Georges Louis aus Petersburg, der von Delcassé abgelöst wurde? Anfang

März hatte sich das Kabinett für die Drei Jahre ausgesprochen, zwei Wochen später war es durch eine radikale Offensive, die von Clemenceau geführt wurde, im Senat gestürzt worden. Das war genau im Augenblick, da der König von Griechenland im vollen Siegeszug ermordet wurde. Und es war Barthou, der die Nachfolge angetreten hatte, mit den Drei Jahren an der Spitze seines Programms. Ein Kabinett der republikanischen Union. Der Mann, der allen Finanzmachenschaften mit Rußland Vorschub geleistet hatte, der unaussprechliche Klotz, ging von den Finanzen zum Inneren über, als ob die gleichen Leute, die seine Treue an anderer Stelle erprobt hatten, nur auf ihn zählen könnten, um mit der sozialistischen Agitation gegen die dreijährige Dienstpflicht, die das ganze Land überschwemmte, Schluß zu machen. Eine Kampagne, wie sie noch nicht dagewesen war. Eine der ersten Handlungen der neuen Regierung bestand in der Ersetzung von Lépine im Polizeipräsidium durch einen gewissen Hennion, der einst von Clemenceau an die Spitze der Sicherheitsabteilung gestellt worden und der Chef des kürzlich entlarvten Provokateurs Métivet gewesen war. Alles das geschah, als bereite man eine große Säuberung vor, um den Drei Jahren, den Patrioten Platz zu machen, die gerade Jaurès in Nizza am Reden gehindert hatten, und überhaupt der Regierung freie Hand zu lassen, alles zu tun, was sie wollte, ohne das ganze unnötige Geschrei im Parlament und im Volk. Die Propaganda begann die Armee zu zersetzen. Adrien Arnaud, der nach dem Ende des Streiks bei Wisner in die Kaserne zurückgekehrt war, erzählte Edmond, daß in seinem eigenen, dem zweiundzwanzigsten Artillerieregiment Ende März auf dem Kasernenhof die »Internationale« gesungen worden war.

Edmond spürte eine bittere Befriedigung, wenn er so Hinweise auf eine kommende Katastrophe sammelte, an der nicht mehr zu zweifeln war: das entschuldigte ihn vor ihm selbst, wenn er seine Bücher liegenließ. Wozu auch? Er hatte beim Vorbeimarsch der Studenten am Strasbourg-Denkmal zugesehen, samt Déroulède, der, in ein Cape gewickelt, in einem Taxi stand wie ein alter verrückter Schauspieler. Er hatte militärischen Umzügen beigewohnt, bei denen das Volk vor Freude brüllte. Vor seinem Fenster begleitete eines Morgens ein Drehorgelspieler einen in braunen Samt gekleideten Sänger mit Schmachtlocke, der folgendes sang:

»Le Kaiser moustachu
Déclar' qu'il est fichu;
›C'est un gars blein d'mérites,
Dit – il pas rassuré,
S'il a les mains bédites,
Il a les boings carrés!‹«

Und die Gaffer sangen unter der Leitung des Sängers im Chor mit gemeinsamer Begeisterung den Refrain:

»Il a les boings, boings, boings,
Il a les boings carrés!«

Edmond schloß grinsend das Fenster und begann sich vor einem kleinen Spiegel zu rasieren, den er am Drehriegel des Fensters aufgehängt hatte. Wenn es Krieg gab, so kannte er sich schon genügend aus, um all diesen Idioten Brechwurz eingeben zu können. Es war nicht der Mühe wert, sich groß anzustrengen. In diesem Augenblick brachte man ihm einen Brief. Es war nicht die Schrift der alten Beurdeley: »Werter Herr, wenn mein Name Ihnen noch irgend etwas sagt und wenn Sie sich noch an unsere Begegnung nach Longchamp erinnern, würden Sie mir vielleicht die Freude machen, morgen nachmittag zu mir zu kommen? – Carlotta Beneduce.«

Sie wohnte in der Nähe der Jatte, Boulevard Bineau. Sie hatte zwei oder drei Rechtschreibungsfehler gemacht, und ihre Schrift war ganz kindlich.

XXI

In Aix schleppte sich das Internatsleben langweilig dahin. Was Kameraden anbetraf, so gab es zwei oder drei gute Schüler, mit denen Armand im Hof spazierenging. Einer von ihnen redete über Wagner, von dem Armand nur einmal eine Platte auf einem Phonographen gehört, dessen »Ring« er aber in der illustrierten Ausgabe von Hachette gelesen hatte. Dann gab es noch den jungen Cotin aus Sérianne. Keine sehr enge Freundschaft, aber doch jemand aus seiner Heimat. Was Armand sofort von den anderen Schülern ferngehalten hatte, war seine Geschichte mit Yvonne, der Geschirrwäscherin, ihre Geschichte, wenn man so sagen will; es gab überhaupt keine Geschichte: es hatte irgendwie begonnen und ging genauso weiter. Sie logen einander nichts vor, sofern das nicht allzu unbequem war. Yvonne war nicht aus der Gegend. Sie war ein Mädchen aus Douarnenez, das mit achtzehn Jahren vor den Sardinenfabriken ausgerückt war, um anderweitig eine Stelle zu suchen. Sie hatte kein Glück gehabt, hatte eine gute Stelle in Châtelleraut eines Faulpelzes wegen verlassen, der sie sitzenließ, weil sie ihn nicht ernährte. Sie hatte in einem Restaurant in Orléans gearbeitet und war Küchenmädchen auf einem großen Hof in der Beauce gewesen, wo sie mehr als hundert Landarbeiter bedienen mußte. Ein Maurer aus Aix hatte sie in seine Geburtsstadt mitgenommen. Sie trennte sich von ihm und strandete im Lyzeum von Aix. Sie war dreißig Jahre alt, eine große gesunde Frau mit etwas verdorbenen Zähnen, brünett, mit heller Haut, starken Hüften und einem weder schönen noch häßlichen Gesicht unter einem Gewirr von Locken, die sie nicht zu ordnen vermochte. Seit drei Jahren hatte sie sich jedes Jahr mit Schülern der Philosophieklassen oder solchen, die sich für das Polytechnikum vorbereiteten, eingelassen. Ohne Illusion, einfach so. Sie arbeitete für sie und erwartete nichts Besonderes vom Leben. Alles Dummheiten. Sie hatte Barbentane im Speisesaal zwei-, dreimal angesehen, was ihm aufgefallen war; es hatte ihm auch geschmeichelt, Idiot, der er war. Auf einem Korridor hatte er sie geküßt. Dann war er in ihre Kammer gekommen. Sie aßen Würste aus Arles und tranken Rotwein. Die ersten Male hatte er sich ein wenig an der Ärmlichkeit ihrer Sachen, ihrer Wäsche gestoßen. Auch waren ihre Brüste schon ein wenig welk. Er hatte sogar mit heimlicher Wut daran gedacht, daß er jetzt nicht mehr große Ansprüche stellte. Nach dem, was er Angelikas wegen von Pierre gedachte hätte, und immerhin war Angelika ... Die kleine Bude mit ihrem Bettgestell und einem Postkalender an der Wand lag düster im Schein einer Petroleumlampe. Es roch nach Essenresten und nach der Mühe des Tages. Sie sprachen wenig miteinander und nur ganz leise, weil sie den Oberaufseher und das Herumspionieren der Schulkameraden fürchteten. Yvonne war nicht geschwätzig, und sie haßte Redereien.

Armand ärgerte sich über die Konzessionen, die er seinem Vater gemacht hatte. Er hatte nur Zeit gewinnen wollen. Wenn er nicht direkt Geld von seiner Familie nahm, beruhigten sich eigentlich seine Skrupel. Er würde sich doch keine Sorgen darüber machen, wer das Lyzeum bezahlte. Aber wenn er sich seine Zukunft als Student vorstellte, brachte ihn der Gedanke an diese lange finanzielle Abhängigkeit außer sich. Aber was denn? Sollte er vielleicht irgendwo als Kommis, wobei er noch Protektion brauchte, in ein Büro, ein Geschäft eintreten? Panische Angst überkam ihn. Er fand keinen Ausweg, aber auch gar keinen. Er wußte wohl, daß das Theater ein Scherz war, obwohl er an manchen Tagen, wenn er die Zeitungen las oder vor Plakaten stand, sich noch einzureden versuchte, daß er die Bühnenlaufbahn einschlagen würde.

Dieses Thema war es, bei dem Yvonne zum erstenmal frei gesprochen hatte. An einem Sonntag hatten sie sich ins Kino gewagt. Es gab einen sehr komischen Max-Linder-Film. Als Armand während des Zwischenaktes eine Anspielung auf seine mögliche Theaterlaufbahn machte, zuckte sie die Achseln: »Laß das sein. Deine Familie würde sich nur ärgern.« – »Na wennschon …« – »Na wennschon? Und das Geld?«

So fand sie es also gar nicht so schlecht, sie, die ihr ganzes Hundeleben durch geschuftet hatte, daß er sich aushalten ließ? Er freute sich darüber, verteidigte aber seine Idee noch hartnäckiger.

»Laß doch, sage ich dir, du wirst immer ein Herr sein, was du auch immer anstellst …« – »Und wenn ich darauf verzichtete, ein Herr zu sein?«

Sie sah ihn neugierig an, dann schüttelte sie den Kopf: »Ach was, solche Sachen … so was sagt man, und nachher …«

Als sie sich nach dem Kino vor dem Wind in ein kleines Café gerettet hatten und vor ihm ein Rum, vor ihr eine Limonade mit Kirsch stand (sie hatten sorgfältig einen Platz ausgewählt, wo sie von den Externen des Lyzeums nicht überrascht werden konnten, in einem Arbeiterviertel), setzte Yvonne ihren Gedankengang fort: »Verstehst du, mein Dikker, so ist eben das Leben … Ich drücke mich schlecht aus, ich bin ungebildet: es wird dir nicht viel nützen, ein Hungerleider zu werden. Das ist kein Spaß, du kannst dich drauf verlassen, Teller zu waschen und den Boden aufzuwischen und das Scheißhaus. Fünfzig Franken im Monat, allerdings mit Zimmer und Essen. Aber fünfzig Franken ...«

Armand erinnerte sich plötzlich an den Straßenbahnführer in Villeneuve, und wie er auch von seinem Lohn gesprochen hatte. Mit Zimmer, man mußte nur sehen, wie das Zimmer war, und mit dem Essen wußte er Bescheid. Sie sah aus, als habe sie sich mit ihrem Schicksal abgefunden.

»Wollen wir ein bißchen Pikett spielen?« fragte sie. Sie verlangten beim Kellner die Karten.

So gingen die Monate vorbei, und der Doktor, sein Vater, bestärkte sich in dem Gedanken, daß sein Sohn Anwalt, später vielleicht Unterpräfekt werden würde, wenn die Wahlen günstig ausgingen. Dann verbrachte er die Osterferien in Sérianne, wo Yvonne ihm fehlte. Was Edmond anging, so war er unter dem Vorwand, im Krankenhaus bleiben zu müssen, nicht aus Paris herausgekommen. Seinem Bruder tat das nicht weiter leid. Armand ertrug immer weniger den Gedanken, daß die Seinen über sein Leben verfügten. Ungeschicklichkeiten in ihren seltenen Briefen erregten in regelmäßigen Abständen seine Wut. Yvonne war krank gewesen, irgendwas mit dem Bauch, wie alle Frauen. Sie hatte ihren Dienst fortsetzen müssen. Im April hatte er sie mehrere Male gefunden, wie sie sich zusammenkrümmte, mit den Fäusten an der Stelle, wo die Eierstöcke saßen. Er begann vor ihr Achtung zu haben, sich an die Unterhaltung mit ihr zu gewöhnen. Zuerst hatte er sich ihrer geschämt; jetzt versteckte er sich mit ihr nur noch aus Gewohnheit und machte sich deshalb bittere Vorwürfe. Gewiß, sie hatte keine gepflegten Hände; aber was machte das schon aus? Und die Frauen seines Kreises, die Base Rinaldi aus Aix zum Beispiel, war die etwa gepflegt? Die Visage, ja. Es war merkwürdig, aber in Yvonnes Gesellschaft verlor er die Angst, die man ihm von Kindheit an eingeflößt hatte, die Angst vor dem Sichdeklassieren. Gewiß hatte er in der ersten Zeit ihr gegenüber all jene niedrigen Gefühle von Bürgersöhnen gehabt, die ein Mädchen aus dem Volk zur Geliebten nehmen, vielleicht nur auf etwas summarische Weise, weil er nicht weiter darüber nachgedacht hatte. Jetzt erinnerte er sich daran und wurde dabei rot. Er hatte, ohne genau zu wissen wieso, gelernt, daß er es mit einem Menschenwesen zu tun hatte. Die Situation schien jetzt ein bißchen umgekehrt worden zu sein, und er war wegen einer Bemerkung eifersüchtig, die sie über einen Kerl vom Personal gemacht hatte. Dabei war sie ihm doch eigentlich durch nichts verbunden. Allein durch die Lust. Aber kann man wissen ...

Als man sie zusammen überraschte, gab es eine fürchterliche Aufregung. Die Szene war lächerlich, und der Direktor in einem Zylinder, der Armand bis an die Schulter ging, entfernte sich mit seiner gurrenden nasalen Stimme aus dem Gewölbe, indem er mit seinen kurzen, komischen Armen herumfuchtelte.

Yvonne packte ihre Sachen. Sie forderte nicht den Rest ihres Lohnes. Sie machte sich keine Sorgen darüber, wo sie ihr Leben verdiente, hier oder woanders. Sie ließ Armand zurück, genauso wie das Bettgestell, wie irgendein Möbelstück des Lyzeums.

War es das, was auf ihn mit solcher Gewalt wirkte? Er hatte bereits die Predigten des Zensors, des Protokollführers, des Direktors mit anhören müssen. Ein Brief mit einer Moralpredigt kam aus Sérianne. Kein Ausgang für drei Sonntage. Schön.

Aber als Cotin und drei andere ihm im Hof zuriefen: »Dienstmädchenbeischläfer!«, ertrug er es nicht länger. Vor allem von seiten Cotins nicht, wegen der Rue Longue in Sérianne, dieser ganzen alteingesessenen Familie wegen, in der man immer noch vom Begräbnis der alten Tante Cotin sprach und vom Bischof, der gekommen war, kurz ... Er ballte die Faust und schlug sie seinem Mitbürger in die Fresse. Sie stürzten sich aufeinander.

Armand hielt sich im allgemeinen für ziemlich schwach. Aber er verabreichte Cotin eine solche Tracht, daß er, obwohl seine eigene Nase blutete und ihm das ganze Hemd verschmierte, in einem Zustand begeisterter Erregung vom Boden aufstand. Er sah wild aus und hatte bestimmt nicht die Grundregeln des Boxens und des Ringkampfes gegenüber seinem Gegner beachtet, dessen eines Ohr halb abgerissen war und der sich stöhnend die Hoden hielt. Das verbesserte nicht Armands Fall; man ließ ihn zum Direktor kommen. Er wurde entlassen. Er sollte nur noch seinen Vater erwarten.

Die Nase noch ganz mit Schorf bedeckt, sah er den kleinen Mann von oben bis unten an. Er fühlte sich etwas als Held; er war immer ein glänzender Schüler gewesen, hatte gute Zensuren in den Sprachen, in Physik, Chemie und Naturwissenschaft, etwas schwächer allerdings in Mathematik und Zeichnen. Er hatte gegen dreißig Franken bei sich.

Er erklärte, er wolle sofort gehen. Der Direktor näselte, das sei ihm untersagt. Armand ließ seine Sachen liegen – wennschon, er würde sie später holen lassen –, nahm die Beine unter den Arm und verließ das Lyzeum vor dem erstarrten Hausmeister.

Abends kam er in Sérianne an; er hatte am Bahnhof die »Humanité« gekauft, die er bewußt vor der Nase seines Vaters ausbreitete.

Der raste und brüllte eine Stunde lang. Armand blieb fest. Er wollte nicht ins Lyzeum zurückgehen und auch nicht auf eine andere Penne überwechseln: das Abitur wäre ihm völlig Wurst. Nein, nein und nein.

Esther Barbentane betete im Nebenzimmer Rosenkränze, und ihr Schluchzen wurde jedesmal hörbar, wenn in der Unterhaltung zwischen Vater und Sohn eine Pause eintrat. Schließlich stellte der Doktor die Frage, die ihm bis dahin noch nicht eingefallen war: »Was willst du eigentlich tun?«

Armand antwortete sofort. Er wollte sagen: Ich will zur Bühne; aber er wußte schon, daß das falsch klingen würde, also konnte er ebensogut ruhig zugeben ..., aber nicht ohne Unverschämtheit. Er zeigte auf die Tür, hinter der die Jeremiaden der Mutter sich skandierend im Rhythmus der Klage hören ließen, der der gleiche in Sérianne und Kamtschatka ist. »Bring gefälligst zuvor deine Frau zum Schweigen«, sagte er mit unerträglicher Ruhe.

Der Doktor, der auf seinem Stuhl saß, sprang hoch: »Grünschnabel, Rotznase, ich werde dir beibringen ...«

In Wahrheit wußte er gar nicht, was er ihm eigentlich beibringen wollte; aber diese Frechheit gegenüber Esther, die übrigens durch alles Vorausgegangene in diesem friedlosen

Haus gerechtfertigt wurde, hatte ihn in wilde Wut versetzt, eine Wut gegen dieses ganze zwanzig Jahre lang schlecht ertragene Zusammenleben, die in seinem Sohn ein gelegenes Ziel fand. Er holte aus, und eine Ohrfeige zeichnete sich rot quer über Armands Gesicht, um so deutlicher, als dieses Gesicht zu erblassen begann.

Armand war in Weißglut. Seine Augen funkelten vor Mordlust. Er machte einen Schritt auf seinen Vater zu, der vor ihm zurückwich. Er hörte mit Erstaunen seine eigene Stimme wie einen von ihm unabhängigen Phonographen. »Feigling«, sagte sie, diese Stimme, »hast du *endlich* einmal jemanden geohrfeigt? Deinen Sohn. Du rächst dich wohl an ihm für alle Fußtritte, die man dir dein Leben lang in den Hintern versetzt hat?«

Dieser Satz war bestimmt nicht mehr wiedergutzumachen. Der Doktor brüllte: »Hinaus mit dir, Strolch! Strolch!«

Der Hund bellte im gleichen Takt. In der Tür erschien die Mutter. Ihr Rosenkranz war riesengroß. Es war jener Rosenkranz, den sie vor zehn oder zwölf Jahren aus Fourvières mitgebracht hatte mit einem kleineren aus Amethyst für Armand.

Armand stand in der Dunkelheit in Mantel und weichem Hut, mit einem alten Rasierapparat in der Tasche, den er sich aus seinem Zimmer geholt hatte. Er hatte noch zehn Franken bei sich, und man war im Monat Mai. Er stieg zum Bahnhof hinunter und spielte mit den Münzen in seiner Tasche. Laut sagte er: »Sechs Tage von Yvonnes Lohn« und lachte vor sich hin.

Endlich begann für ihn das Abenteuer.

XXII

Die Nacht duftete nach den blühenden Mandelbäumen. Überall drang der Frühling aus der Erde, und die schwach erleuchteten Cafés der Vorstadt tönten von Gelächter und Liedern wider. Auf der Landstraße nach Villeneuve schwankte die Straßenbahn unter den Platanen mit hin- und herschlagender Stange im Zickzack dahin und verschwand mit ihren Lichtern in der Ferne. Das junge Mädchen erschauerte. Plötzlich war die nächtliche Kälte hereingebrochen.

Sie war lange Zeit gegangen, um die quälenden Gedanken zu verjagen, um sich müde zu machen und so ein wenig Ruhe zu finden. Jetzt spürte sie die Kälte im Leib. Sie warf sich die Enden des großen Samtschals, den sie wie einen Pelz trug, über die Schultern. Draußen im Freien war einer ihrer Absätze umgeknickt.

Jacqueline Barrel war nicht mehr die strahlende dreiste Industriellentochter, von der Armand Barbentane einmal geträumt hatte. Sie hatte ihre Anmut verloren, und zugleich hatte etwas wie Unruhe und Reue ihre ganze Haltung, selbst ihre Silhouette ganz verändert. Sie war des Lügens schrecklich überdrüssig. Was konnte das auch jetzt noch nützen ... Am meisten ängstigte sie nicht die unmittelbare Zukunft, sondern die Schande, eine Schande solcher Art, daß sie davonlaufen wollte, wenn sie nur daran dachte. Sie flüchtete vor diesem Gedanken, wie man vor einer Herde Ochsen einem Gatter entgegenflüchtet. Ihr fiel keine wünschbare Lösung ein. Dabei war es wirklich nicht der rechte Augenblick, Ansprüche zu stellen. Um sie daran zu erinnern, genügte die heftige Bewegung, die sie machte, um einem Auto auszuweichen, und die von neuem eine schreckliche Übelkeit in ihr wachrief. Sie lehnte sich an einen Baum. Mußte sie sich übergeben? Ach, warum hatte sie sich nur eben in Sicherheit gebracht!

Als sie sich einen Sommer zuvor Pierre Delobelle hingegeben hatte, glaubte sie, in ihn verliebt zu sein. Die Liebe entschuldigt und erklärt alles. Aber sie hatte sich später eingestehen müssen, daß sie ihn nicht liebte. Dann war da der Unterpräfekt Rateau gewesen, in den sie niemals geglaubt hätte, sich verlieben zu können, der aber in den Toreingängen, hinter dem Rücken der Eltern auf sie wartete. Als er ihr von Heiraten sprach, kam die Wut in ihr hoch: die Frau eines Unterpräfekten, ist denn so etwas vorstellbar ... Sie hatte niemals ganz mit Pierre gebrochen, der eigentlich ein naiver Junge war. Sie brauchte Küsse und Zärtlichkeiten. Sie traf sich mit ihm im Garten, in den Ruinen. Aber sie hatte sich dabei angewöhnt, die Männer zu beobachten, und wenn sie an sie dachte, war es, als brenne sie innerlich. Sie hatte Verabredungen mit zehn jungen Leuten aus der Stadt. Sie konnte nichts dagegen machen. Sie war verrückt. Bestimmt würde es bekannt werden. Das brachte sie so durcheinander. Diese Schwäche. Diese furchtbare Schwäche. Sobald ein Mann sie nur ansah. Wenn das so weiterging, was würde aus ihr werden? Einmal war da ein Bauer. Wenn er sie angesprochen hätte, wäre sie ihm gefolgt. Es war ein schlechtrasierter Winzer, schmutzig, aber jung, mit kraftvollen, sanften Blicken, die sich auf sie geheftet hatten.

Als sie zum ersten Male fürchtete, schwanger zu sein, was übrigens unsinnig war, kam sie heimlich zu Lamberdesc. Nachher machte sie sich Vorwürfe und klagte sich an, die Schwangerschaft erfunden zu haben, um den jungen Arzt konsultieren zu können. Ehe sie wußte, wie es kam, war sie seine Geliebte geworden. Es war immer das gleiche: ein Schleier vor den Augen und ein Pochen in den Schläfen. Sie verachtete sich dafür und auch die Niedrigkeit dieses Mannes, der ihre Schwäche ausgenützt hatte. Sie haßte ihn, und ihn amüsierte das; er erpreßte sie, damit sie wiederkam und sich ihm wieder und wieder hingab. Er mußte auch wie der Unterpräfekt den Gedanken an eine Heirat erwägen, denn die kleine Barrel hatte eine hübsche Mitgift. Sie wußte es und flüchtete. Sie ließ sich von andern küssen.

Anfang Mai hatte sie begriffen, daß sie, diesmal war kein Irrtum möglich, schwanger war. Von wem? Pierre oder Lamberdesc? Die Frage machte sie fast wahnsinnig. Einige Tage brachte sie in völliger Verwirrtheit zu. Die Familie, ihre Schwestern, die Kirche, die Blicke ihrer Mutter, als sie plötzlich vom Tisch hatte aufstehen müssen – alles vermehrte ihre panische Angst. Aber mitten in ihren Ängsten, in der Furcht vor der Schande, die bekannt zu werden drohte, inmitten der schlecht verdauten Reste eines Glaubens, mit dem man sie ihr ganzes Leben hindurch gefüttert hatte, beherrschte sie der Gedanke an die Verführung, der sie sich nicht entziehen konnte, an die seltsame Macht, die *alle* Männer, fast alle Männer über sie hatten. Das mußte man doch fühlen, das mußte doch zu sehen sein. Die Männer mußten es bemerken; sie sprachen vielleicht untereinander darüber. Welche Schande!

Und es machte ihnen Spaß, sie zur Hingabe zu zwingen. Bis zum Augenblick, da die Sünde Wirklichkeit in ihr geworden war und begonnen hatte, die Zähne in ihren Leib zu schlagen, war es für sie noch Spiel gewesen. Und nun war das Schlimmste nicht das, was sich da in ihr bildete, sondern die unvermeidliche Erniedrigung, die Sklaverei, die sie erwartete.

Der Duft der Mandelbäume wurde in der Dunkelheit von dem Schokoladengeruch verdrängt, der einen umgab, sobald man die ersten Häuser von Sérianne erreichte. So fand Jacqueline Barrel zur Wirklichkeit ihrer Familie zurück, die sich mit der Wirklichkeit des Frühlings vermengte. Diese Burschen da, die untereinander lachten, während sie sie ansahen, waren wahrscheinlich Arbeiter ihres Vaters, und sie verspürte den seltsamen Wunsch, sie möchten sich über sie werfen und sie mißbrauchen, sie, die für ihre Familie arbeiteten. Sie ging schneller und näherte sich dem Bahnhof. Hinter einem offenen Fenster näselte ein Phonograph, und man sah im Innern ein Büfett, eine Hängelampe, eine Frau beim Nähen und einen Mann in Hemdsärmeln, der ein schreiendes Kind durchs Zimmer führte, mit dem nervösen Schritt, den junge Väter haben, die am liebsten auf den brüllenden Störenfried einschlagen möchten.

Jacqueline wußte kaum, wie man ein Kind loswerden konnte. Sie hatte ohne Erfolg Chinin geschluckt. Sie wollte nicht mit Lamberdesc darüber sprechen. Sie hatte Angst, daß er aus ihrer Lage Nutzen ziehen und sie zur Heirat zwingen könnte. Sie hatte eine schreckliche Angst vor ihm und seinem Lachen. Auch vor seinem Körper, der ihr Schrecken einflößte; sie wußte nicht warum. Etwas Böses war in ihm, wenn er sie liebte. Bitterer Speichel füllte ihren Mund. In diesem Augenblick lief sie gegen einen jungen Mann und wäre beinahe gefallen. Er war sofort stehengeblieben und hielt sie an den Armen fest. Sie erschauerte im tiefsten Innern. Sie empfand das plötzliche Auftauchen des Unbekannten wie eine Vergewaltigung, und ihr wurde ganz kalt.

»Jacqueline!«

Es war Armand Barbentane. Er hatte nichts gesehen, er hatte das Erschlaffen des Mädchens in seinen Armen gar nicht bemerkt. Sie strich sich mit der Hand über die Stirn und sagte:

»Sie haben mir aber Angst eingejagt ...« – »Entschuldigen Sie bitte, ich weiß auch nicht, wo ich meinen Kopf hatte; ich muß Ihnen allerdings sagen, daß ich mildernde Umstände für mich beanspruchen kann. Ja, ich habe meine Familie verlassen. Mit zehn Franken in der Tasche. Da haben Sie's!«

Sein Lachen klang hell in der dunklen Straße. Sie blickte ihn an. Er fuhr fort: »Einfach so. Ganz plötzlich. Ich bin heute aus Aix vom Lyzeum zurückgekommen. Dann habe ich mich mit meinem Vater gestritten ... und jetzt bin ich hier.«

Er lachte von neuem.

Was hatte das mit ihrer eigenen Geschichte zu tun? Gar nichts, dachte Jacqueline. Eine zufällige Begegnung. Man begegnet sich auf einer Straße und geht weiter, jeder mit seinen Gedanken. Was würde er wohl sagen, der junge Barbentane, wenn er wüßte, daß sie schwanger war? Er war früher einmal religiös gewesen.

Plötzlich entsann er sich, wie er ein Jahr zuvor an sie gedacht hatte, und daß er ihr an diesem Abend begegnete, ließ sein Herz schneller schlagen. Ausgerechnet an diesem Abend. Aber da war noch Pierre Delobelle. Nun, er würde ihr Lebewohl sagen, das wäre alles. Das Leben ist unglaublich reich an Menschen und Möglichkeiten. Er wußte nicht genau, was er anfangen sollte mit seinen zehn Franken. Er sagte einfach: »Wissen Sie, ich war sehr verliebt in Sie, letztes Jahr, vor Pierre ... also, entschuldigen Sie, aber heute abend, bevor ich für immer weggehe, möchte ich Sie gern einmal küssen ... darf ich?«

Er hatte das gesagt, ohne weiter darüber nachzudenken; er hatte gar nicht anders handeln können, er hatte vorher nicht gewußt, was er sagen würde. Und trotzdem war dann seine Stimme sehr ernst und warm geworden und hatte gezittert. Plötzlich war dieser Kuß, um den er bat, für ihn die wichtigste Sache in der Welt. Na, dachte er, ich mache mir wieder mal was vor.

Jacqueline sprang zurück, als sei sie auf eine Schlange getreten. Also auch Armand! Er wollte ... woher wußte er? Er faßte sie an der Hand: »Bitte, ärgern Sie sich doch nicht. Ich gehe weg, es ist einfach ...«

Sie erzitterte in ihrem ganzen Wesen. Sie fürchtete sich davor, daß er sie an sich ziehen könne. Wenn er es tat, konnte sie nicht einmal mehr heucheln. Und er würde sie verachten, wie sie sich selber verachtete. Sie hatte Angst davor, sich hinzugeben. Etwas Unsinniges fiel ihr ein. »Lassen Sie mich, Armand«, sagte sie. Und sie begann in ihrer Handtasche zu suchen. Er hatte sie verwundert losgelassen.

Ein Betrunkener schwankte an ihnen vorbei mit schief aufgesetztem Hut und offenem Hemd. Er gestikulierte mit den Armen und sang vor sich hin:

»Ach, wie ein Blumenstrauß ...
Ja, wie ein ...«

Er rülpste in der Dunkelheit.

Jacqueline legte etwas in Armands Hand, was er nicht gleich erkannte. Es fühlte sich an wie gestrickte Seide mit etwas Hartem im Innern. Sie schloß seine Finger über dem Gegenstand und trat um Armeslänge zurück.

»Nehmen Sie das, ich bitte Sie. Weil Sie weggehen. Wirklich, Sie dürfen es nehmen. Es ist, als ob ich Sie küssen würde, Armand, ich schwöre Ihnen, es ist dasselbe. Aber verlangen Sie nicht, daß ich Sie küsse, ich bitte Sie darum.« Sie wandte sich so plötzlich um, daß sie ihm entschlüpfte.

»Jacqueline!«

Sie lief in eine Gasse hinein und verschwand. Er wollte hinter ihr herlaufen, dann bemerkte er, was er in der Hand hielt. Es war eine kleine blaue Geldtasche, die Jacqueline selber gestrickt haben mußte. Er zog die Bänder auseinander – in der Geldtasche lagen fünf Louisdor. Er wiederholte verwundert die Worte des jungen Mädchens: »Es ist, als ob ich Sie küssen würde ...« Er nickte vor sich hin. Jacqueline war verschwunden.

Er stand da und dachte über das seltsame Geschenk nach. So etwas von einer Frau anzunehmen war für ihn ein gewisser Schock. Aber er hatte ja nur zehn Franken bei sich ... Warum hatte sie ihm eigentlich das Geld gegeben? Er hätte schwören können, daß sie ihn eigentlich küssen wollte. Der Gedanke an Pierre kam ihm wieder in den Sinn: er war ja ein netter Kerl, er, Armand, mit der Freundin seines besten Freundes ... Ach was! Er zuckte die Achseln. Er ließ die Geldstücke in seiner

Hand springen. Und wurde dabei zwei oder drei Moralbegriffe los. Was bedeutet das eigentlich: Geld? Er dachte sogar mit einer Art zynischer Ironie daran, daß er hier zum erstenmal in seinem Leben Geld *verdient* hatte.

Er schloß seine Hand um die Börse und drückte sie an sich. Das gehörte ihm, und außerdem muß man den Dingen ins Gesicht sehen. Ohne Geld konnte er nicht weg aus Sérianne. Er betrat den Bahnhof und nahm ein Billett dritter Klasse nach Paris.

XXIII

Das Privathaus am Boulevard Bineau war in jenem Industriestil gebaut, der gegen Ende des 19. Jahrhunderts florierte. Es hatte Verzierungen aus Gips, die an den Fenstern Friese bildeten, und ein Hochparterre, in das man über einen zweistufigen Vorbau eintrat, an dessen Zaun Heckenrosen hochkletterten. Das Haus besaß eine Etage und Mansarden, und der Unterbau aus dunklen Ziegeln beherbergte die Küche und die zu ihr gehörenden Räume. An der Vorderseite lag ein englischer Garten mit Rasen, Bäumen und einer Laube in einer Ecke mit ein paar Beeten und Buchsbaumumrandungen. Weiter hinten lagen an einem gepflasterten Hof Wäscherei, Garage, Werkzeugschuppen und ein Stall, der nicht mehr benutzt wurde: niedrige Gebäude mit rotbraun bemalten Holztüren.

Im Innern gab es nichts Besonderes. Tür nach rechts, Tür nach links, Mittelgang in zwei Hälften geteilt, und im Hintergrund die Treppe und eine Tür nach dem Hof. Das Eßzimmer auf der einen Seite, auf der anderen der große und ein kleiner Salon. Das Stockwerk komplizierte sich ein bißchen, übrigens kaum, durch drei Zimmer und eine Abstellkammer und das Badezimmer. Oben lagen die Dienstbotenräume.

Man mußte nur sehen, wie das alles möbliert war! Die Ausstattung war offensichtlich auf einen Schlag vorgenommen worden; aber Herr Joseph Quesnel hatte Geschmack. Er war vor allem auf das Speisezimmer stolz, das vom neuesten Stil war: die Tapeten von einem Veilchenblau, das mit den leichtmarmorierten tropischen Hölzern übereinstimmte, die so schwierig für die kleinen Sessel auszusuchen waren, keine Stühle, nur keine Stühle!, dann der Tisch und das runde, breite, tiefe Büfett mit seinem Glasaufsatz. Ein paar Spiegel waren, schräg geneigt, so hoch aufgehängt, daß man sich darin nur sah, wenn man bei Tisch saß. Die Kissen waren tiefblau, ebenso wie die Tischdecke und die Fruchtschalen. Auf dem mit Messingnägeln befestigten Bodenbelag, der etwas heller war als die Wände, lag ein Teppich, auf dem sich in moderner Weise Blau und Rot mengten. Über dem Büfett hing eine Darstellung, die durchaus einem Speisezimmer angemessen war. Sie bestand aus einem Wandteppich, auf dem man Reben und Trauben erkennen konnte, mit einer Art Park von Versailles in der Ferne, in rosa Tönen gehalten und ein paar blauen Farbflecken unter den Blättern.

Was den Salon anlangte, so hatte Carlotta Wert auf vergoldetes Louis XV. gelegt, mit Aubusson, einem Kronleuchter mit Glasgehänge und Marmorstelen, die nackte, auf Wogen treibende oder aus einem Regenbogen auftauchende Damen in langem Haar darstellten, in verschiedenen grünen, elektrisch blauen und purpurnen Tönen, das Ganze im reinsten Metrostil. Sie war es müde geworden, Herrn Joseph Quesnel ihren Standpunkt in bezug auf den kleinen Salon aufzuzwingen, der mit gleichmäßig blauen und mit gelber Seide bezogenen Möbeln ausgestattet war, die am Rand ein modernes Vergißmeinnichtmuster aufwiesen. Und der Teppich, wie zauberhaft war der Teppich, blau, mit regelmäßigen gelben und roten Sträußen, von bulgarischer Art! Hier gab es keinen Kronleuchter. Glasschalen in den Ecken mit eingeschliffenen Früchten aus farbigem Kristall, die von innen her erleuchtet wurden. Möbel aus blaulackiertem Holz, mit kleinen Rosen geschmückt, alle möglichen Schränkchen, Lesepulte, Körbchen: die Stühle teils Directoire, teils Münchner Stil, kurz, man weiß schon. An der Wand hing ein kleiner Bonnard in blauem Rahmen und ein Odilon Redon, Blumen auf Goldgrund natürlich. Durch einen Spiegel ohne Folie blickte man aus diesem modernen Boudoir in den danebenliegenden Salon, der sich in seinem ganzen schlechten Geschmack à l'Italienne wie eine Art phantastischer Landschaft, eine von Geistern des Jahres 1900 bewohnte Grotte aus dem achtzehnten Jahrhundert darbot. Unter diesem Spiegel stand ein tiefes Sofa, auf dem Edmond Barbentane Carlottas Liebhaber wurde, während ihnen eine kleine beigefarbene siamesische Katze, die sich ihre schwarzen Pfoten leckte, zusah.

Die Falle war ohne List gestellt worden. Die Herrin des Hauses hatte nach dem Frühstück die Dienerschaft weggeschickt. Herr Joseph Quesnel war von einer Verwaltungsratssitzung in Anspruch genommen. Während Carlotta ihren Fall vorbereitete, hatte sie keinen Moment an ihrer Macht gezweifelt. Im ersten Durcheinander der Gefühle überraschte dieser Gedanke eine Sekunde lang den jungen Mann. Aber was! Gab es da irgend etwas, was nicht schmeichelhaft für ihn war? Sie hatte also an ihn gedacht, wie er an sie. Und dazu der Luxus wie ein Parfüm, neuartiger für ihn als diese neue Liebe. Eigentlich machten ihn die Beweise der Lust, die seine neue Freundin ihm gab, schwindlig. Sie hatte eine so offene Art, die Wollust, die sie empfand, zu bekunden, wie ein naives kleines Mädchen, das danke schön! sagt, daß ihm alles durcheinanderging.

Sie spielten in dem großen leeren Haus wie Kinder in der Abwesenheit der Eltern. Sie liefen in die Küche und durchwühlten die Speisekammer. Sie richtete den Imbiß auf der Treppe und den Stufen her, weil es dort unbequem war. Ein silbernes Tablett kam ins Rollen und rutschte mit lautem Lärm hinunter. Es gab Portwein, Biskuits, kaltes Fleisch. Sie lachten. Sie fuhr mit ihren schlanken Fingern durch Edmonds Haar, er wollte sie ununterbrochen küssen, sie nannte ihn Leckermaul. Sie trug ein malvenfarbenes Hauskleid mit Chantillyspitzen und Stickereien, das sich in alle möglichen Falten legte, so daß man sich gar nicht mehr darin auskannte, wenn man es aufknöpfen wollte. Sie liefen bis zum zweiten Stock hinauf, wo die verschlossenen Türen des Schofförs und der Köchin die Eindringlinge ein wenig schüchtern machten; dann stiegen sie wieder hinunter und vergaßen ihren Imbiß, sobald sie das Bett sahen. Ein großes weißes Bett mit Schleifen Louis XVI., das angeblich echt war, weil der Lack überall herunterging. Die Bezüge waren von einer Feinheit und Schönheit, wie sie Edmond nie für möglich gehalten hätte.

Der Tag verdämmerte in einer Art seltsamer, leichter Ermüdung, die von kurzem Schlaf unterbrochen wurde. Der junge Mann machte die betäubende Entdeckung des Luxus in einem Maße, daß seine Neugier für das lebende Wesen, das neben ihm lag, ein wenig nachließ. Die Helligkeit auf den Kissen nahm allmählich ab, und die knospenden Bäume draußen vor den Fenstern begannen auszusehen wie indische hundertarmige Götter. Das ganz sanfte Gesicht Carlottas an seiner Schulter, der Reichtum ihres Haares, in dem die letzten orangefarbenen Reflexe des Sonnenuntergangs hingen, regten Edmond zum Sprechen an. Er dachte nicht daran, diese schöne junge Frau zu fragen, woher sie komme, welchem blutigrot scheinenden Meer sie einer venezianischen Venus gleich entstiegen sei. Er strich über das Tuch, das seinen nackten Körper mehr in Erstaunen setzte als dieser nackte Leib, der sich mit seinen kleinen, schweren Brüsten an ihn preßte. Verwundert hörte er sich selbst sagen, und die Worte kratzten in seiner Kehle, und seine von Küssen ermüdeten Lippen bewegten sich wie von allein: »Carlotta, erzähle mir doch ein bißchen von diesem Herrn Joseph Quesnel ...«

XXIV

Obwohl sich der Himmel bezogen hatte, war der Abend von außergewöhnlicher Milde. Sie hatten eine Droschke der städtischen Gesellschaft genommen, mit gelbem Flechtwerk auf schwarzem Grund, deren Bezug von scharfem ausgebleichtem Rot einen zur Melancholie verführte. Der Umhang des Kutschers, den sie durch die Glasscheibe gewahrten, schwankte in großen Falten im Takt des Pferdetrotts wie ein Gleichnis des Schicksals.

Es war ein Sonnabend, und schon hatte der Frühling seine sonntägliche Menge aufgeboten. Der Bois de Boulogne, in dem Autos langsam dahinglitten, war trotz der vorgeschrittenen Stunde voll von sehnsüchtig gestimmten Menschen, müßigen Spaziergängern. Von der Droschke aus betrachtete das Paar die Liebespaare in den schattigen Alleen, ein Anblick, der sie einander von neuem nahebrachte. Ihre Hände verflochten sich ineinander. Dennoch hatte Carlotta nicht mehr dieses Sichgehenlassen an sich wie in den Stunden der Lust. Sie war so völlig verändert, daß Edmond schien, er habe geträumt, und dieses schreckliche Glück werde nie mehr wiederkehren. Man sagt viel, aber nicht genug, wenn man von Carlottas plötzlicher Reserviertheit spricht. Sie war ganz Herr ihrer selbst und hielt sich im Zaum, als wolle sie sich vor etwas schützen. Edmond, der gewohnt war, zu gefallen und zu dominieren, wunderte sich. Sie verstand nicht, was er wollte, und streichelte sein Haar. Die Droschke rüttelte irgendwo nach dem Taubenschießstand hinüber.

Ziemlich mechanisch griff Edmond in seiner Tasche nach dem Portemonnaie, in dem sich sein Ausgangsgeld befand. Carlotta war offenbar nicht gewohnt zu rechnen. Sie hatte ohne den geringsten fragenden Akzent gesagt: Nehmen wir eine Droschke. Die Dunkelheit wurde tiefer, als senkten sich die Tüllschleier hernieder, die in den Ferien des Châtelet allmählich die Nacht hereinbrechen lassen. »Ich habe Hunger«, sagte Carlotta, und ihre Raubtierzähnchen verlangten in der Dunkelheit des Wagens nicht mehr nach Küssen. So kam zwischen ihnen das Finanzielle gleich zur Sprache. Edmond konnte sich nicht erlauben, in Armenonville zu essen, und der Preis für die Droschke, einschließlich Rückkehr, belief sich bereits auf sieben Franken. Aus der kleinen Handtasche, die mit Stahlperlen besetzt war, nahm Carlotta zwei Goldstücke und einen dünnen blaurosa Schein, fünfzig Franken. »Sei nicht albern, verdirb mir nicht den Abend ...«

Der Schatten des Herrn Joseph Quesnel nahm für den Medizinstudenten Gestalt an. Als die Kellner sich um sie bemühten und auf dem kleinen silbernen Wagen, auf dem das Roastbeef herbeirollte, die Schalen der Vorspeisen mit Mayonnaisen, Krabben und Salaten um sie kreisten, verspürte Edmond die tiefe Beschämung, nicht der Mann zu sein, der zahlt. »Nun, wirst du dich endlich entscheiden?« Carlotta sprach spöttisch, mit einem noch singenderen Akzent als je zuvor, und warf ihm, der in die Betrachtung der Speisekarte verloren war, einen kurzen Blick zu. Mit erstaunlicher Autorität bestellte sie über ihn hinweg die Weine. Woher kannte sie sich nur in allen diesen Dingen so gut aus? In ihrem Ohrläppchen hing eine Perle. Sie verbarg die schreckliche Verunstaltung, die da ein ungeschickter Kerl beim Durchbohren angerichtet hatte.

Seltsam, neben dieser animalischen Kreatur die gleichen Empfindungen zu haben wie bei Frau Beurdeley. War er zur Rolle des Gigolo verurteilt? Er seufzte, und sein Gesicht wurde finster. Das Orchester spielte einen Tango. »Tanzt du?« Sie tanzten. Er dachte nur noch an seine Männlichkeit.

Das Essen kostete genau das, was Edmond für sein Zimmer während eines Monats bezahlte. Ein bißchen Eitelkeit wurde in ihm wach und Verachtung für seinen Vater, für Sérianne, für dieses sparsame Bürgertum, aus dem er hervorgegangen war. Aber Carlotta war wieder ernst geworden und sagte: »Wir trinken keinen Champagner.« Offenbar war das für sie ein Opfer, und Edmond fand es in diesem Augenblick sogar ein bißchen kleinlich. Sie hatte ein schwarzes, ganz soutachiertes Kleid an, in dem sie wunderbar aussah. Edmond hatte ihr geholfen, es am Rücken zu schließen, während in dem riesigen leeren Haus in Neuilly das Läuten des Telefons widerhallte. »Das ist Joseph Quesnel«, hatte Carlotta gesagt. »Er braucht nicht zu wissen, wann ich ausgegangen bin.«

Das Telefon war an der Eingangstür, und als Edmond an ihm vorbeiging, war ihm, als läute es noch immer. Der andere hatte nach ihrem Weggang sicherlich weiter anzurufen versucht. Einmal, zweimal. Edmond sah das verdunkelte Haus vor sich, in dem von Zeit zu Zeit dies tönende Herz schlug.

»Was soll ich dir von Joseph Quesnel sagen?«

Carlotta knabberte an den fast weißen Treibhauserdbeeren.

Sie fügte hinzu: »Maierdbeeren ... das klingt wie der Titel einer Romanze.«

Ihr Kleid hatte Ärmel aus schwarzen Spitzen und klebte ihr am Körper wie ein Badeanzug.

»Joseph ... ich bin seine erste Verrücktheit, dreißig Jahre lang hat er mit seiner Frau gelebt, von der er eine Tochter hat. Sie ist letztes Jahr gestorben. Und jetzt hält dieser ernste Mann, dieser Protestant, plötzlich eine Mätresse aus ...«

Das Wort klang merkwürdig und verwirrend. Edmond rückte verlegen hin und her; aber seine Nachbarin lehnte sich an ihn: »Gewiß, eine Mätresse ... Willst du mir vielleicht sagen, wie man eine Frau nennt, die sich von einem Mann wie Herrn Quesnel aushalten läßt? Das ändert übrigens gar nichts an der Wirklichkeit. Für ihn bin ich jetzt, wo sein Leben zu Ende geht, seine Freude, sein Sonnenschein. Er braucht mich, um nicht daran denken zu müssen, daß er bald sterben wird. Er hat sehr kranke Nieren. Er liebt mich ... Und ich, ich liebe ihn auch ...«

Sie war nachdenklich geworden. Auf Edmonds Gesicht hatte das Mißfallen an dem letzten Wort einen ironischen, ziemlich bösartigen Ausdruck hervorgebracht, den sie offenbar sehr gemein fand. Mit plötzlicher Wut warf sie ihm den Stiel der Erdbeere, die sie gerade abgebissen hatte, ins Gesicht.

»Ich verbiete dir, zu lachen. Ich liebe ihn ... Auf meine Art ... und dir habe ich nicht gesagt, daß ich dich liebe, nicht wahr? ... Also. Für Joseph Quesnel, verstehst du, bin ich die Jugend, er ist für mich Sicherheit, Ruhe ... weißt du, was das heißt, mit sechzehn Jahren auf den Strich gehen zu müssen? Also. Du kannst ein andermal lachen.«

Sie tanzten.

Als sie Armenonville verließen, stürzte der Groom herbei: »Der Wagen der Dame ...« – »Ich bin heut zu Fuß!«

Sie gingen unter den Bäumen dahin, und plötzlich gab Carlotta nach, und er spürte, wie sie sich gefühlvoll an ihn lehnte. Sie sprach ihm von ihrer Kindheit.

Ihr Vater war einer jener Wandermusikanten, die auf den Landstraßen aus Italien kommen, in den Scheunen schlafen und mit Musik für Nachtquartier und Essen zahlen. Sie erinnerte sich weder an ihre Mutter noch an das ferne Italien. Sie erinnerte sich noch, wie sie in den Bergen dahintrippelte, und an den Vater, einen kräftigen Mann, der sie auf den Schultern trug, wenn sie zu müde war. Kalte Nächte in der Dauphiné, wo die beiden Reisenden in Schäferhütten ein Obdach fanden, warme Nächte der Riviera, wo die Kleine barfuß vor den Hotelpalästen tanzte. Sie sprach wie zu sich selber; denn wie hätte er, Edmond, in ihren singenden Worten Carlo Beneduce zu erblicken vermocht, diesen schönen Burschen, Musiker und Faulpelz, der nicht, wie seine Angehörigen, Maurer in

Norditalien hatte bleiben wollen und der, wenn die Kleine in einem Heuhaufen schlief, auf die Suche nach Frauen ging, nach Frauen, die mehr als von seiner Geige von den Muskeln seiner Arme und seinen großen lombardischen Augen bezaubert wurden.

Er verdingte sich manchmal zur Zeit der Weinernte in der Nähe von Toulon oder im Hérault. Er liebte es, zu tanzen und zu singen. Seine Stimme war wie Wein, nur noch dunkler. Wenn er betrunken war, hatte Carlotta Angst vor ihm und weinte. Wann hatte sie eigentlich mit diesem Vagabundenleben aufgehört? Die kleine Tänzerin von einst sagte es unter den Bäumen des Bois de Boulogne ihrem neuen Freund nicht. Gewiß schwindelt sie in ihrer Erzählung mit all ihren romanhaften Einzelheiten. Da ist etwa die Geschichte von den Glyzinien, die sie mit der Geschichte von ihrem ersten Kuß durcheinanderbringt. Ein junger Bauer, der aus dem Fluß oder vielmehr einem Gebirgsbach hervorgestiegen war, ganz sonnenverbrannt und nackt, und der sie unter den Bäumen überrascht hatte, während sie, die Zwölfjährige, sich ihre Augen nach ihm ausguckte. »Je mehr in den Liedern meines Vaters von der Sonne die Rede war, desto schwerer machten sie einem das Herz ...« Sie sprang, wie um etwas zu verschweigen, von einer Epoche ihres Lebens zu einer anderen über. In Marseille war sie unglücklich gewesen wegen eines Mannes, eines Jahrmarktsartisten. Er zerbrach Eisenstücke zwischen den Zähnen. »Und Frauen zwischen seinen Wimpern ...« Edmond ließ sich diesen letzten Satz, den er nicht richtig verstanden hatte, wiederholen. Dieses entzückende und herausfordernde Mädchen bediente sich einer ätzenden Sprache, in der der Lyrismus ständig an die Schablonen des Gassenhauers grenzte, den aber plötzlich ein vulgärer bitterer Ausbruch unterbrach wie ein Zigarettenstummel, den man ausspuckt. »Ach«, sagte sie, »ihr Männer wißt nicht, was das ist, ein Hurenleben ...«, und dann das perlende Lachen eines mondänen jungen Mädchens, das einen Ausdruck riskiert hat, dessen sie nicht ganz sicher ist. Sie beugte sich über den Arm ihres Liebhabers, der ihre Hüfte umschlang.

Ihr Liebhaber. Er war ihr Liebhaber ...

Langsam durchquerten sie Neuilly und schlenderten durch

den Park. Die Avenuen waren menschenleer und einander so ähnlich, daß sie sich verirrten. Jetzt war Edmond an der Reihe, von sich zu sprechen. Er wollte, daß sie eine gute Meinung von seinem Leben bekäme, und kam doch nur auf die Kleinlichkeit der Familie, die Provinz, kleine Dummheiten und Vorurteile. Wie dumm war sein Leben. Es gab nichts darin, was man erzählen konnte. Etwa, daß er ein guter Boulespieler war? Er sprach hastiger. Er versuchte, den banalsten Dingen den Anschein des Merkwürdigen zu geben. Er erfand sich selber ein Innenleben, ein zerrissenes Herz, alle möglichen Ambitionen. Frau Beurdeley wurde in seiner Erzählung zu einem Abenteuer und einer verlorenen Illusion. Er stellte sich selbst als einen Blasé, einen Schmarotzer (dieser Begriff fiel ihm plötzlich ein, weil er kürzlich Jules Renard gelesen hatte), einen modernen Romantiker hin, der bereit war, Vater und Mutter zu opfern, um irgendwas Neues unter der Sonne zu erleben. Was von seinen Geschichten glaubte sie wohl? Er hätte viel darum gegeben, das zu wissen. Sie kamen vor dem Gittertor des Hauses an. Er wollte sie küssen. »Bist du verrückt? Ruf mich morgen an.« Plötzlich stand er allein auf dem Trottoir.

Er war unzufrieden mit sich. Welch ein chaotischer Tag! Hätte er nicht zehn Sachen statt einer erledigen müssen? Er war nicht in der medizinischen Fakultät gewesen ... Das war noch das wenigste. Aber was hatte er von dieser Frau erfahren? Nichts. Sie konnte andern ihre Geschichten mit der Geige, dieses Bärenführerleben und den ganzen übrigen Schwindel im Stil von Alphonse Daudet und Hector Malot erzählen! Woher kam sie? Wer war sie? Und dieser Joseph Quesnel? Bei dem wußte man wenigstens, woher das Geld kam, mit dem er die Frauen aushielt. Aber woher kam nur die Frau? Wenn man sich vorstellt, daß sie zusammen schlafen ... Schön, wenn die Sache erst einmal läuft! Aber beim ersten Mal? Wo war das? Wie? So ein alter Bursche ... Er lief wütend durch die Straßen; ihm kam vor, als könne er die Mahlzeit von Armenonville gar nicht hinunterkriegen. Geld, viel Geld hätte er haben müssen. An der Porte Maillot nahm er den Autobus zu den ironischen Akkorden des Lunaparks.

Als er seinen Schlüssel vom Brett nahm, sagte ihm der

Hausdiener, daß ihn seit zwei Stunden ein Herr erwarte. In der Diele des Hotels erhob sich jemand. Ohne Vergnügen sah er Armand vor sich.

XXV

»Was machst du denn hier, Kröte?«

Der Spitzname aus der Kinderzeit ließ in Armands Wangen eine dunkle Röte steigen. Mit leiser Stimme begann er zu erklären: das Lyzeum, Yvonne, und dann: »... ich bin abgehauen, nach einem Krach mit Papa ...«

Edmond blickte peinlich berührt auf das Schlüsselbrett, den Hausdiener, die Zeitungen auf dem Tisch in der Diele und auf die Tür. Er steckte seinen Schlüssel in die Tasche und seufzte: »Das alles scheint mir sehr dumm zu sein. Du wirst mir die ganze Geschichte im Café erzählen ...«

Das Familienleben ging weiter, danke schön. Zuerst hatte er daran gedacht, seinen Bruder mit in sein Zimmer hinaufzulassen. Aber wenn er nun klebenbleiben würde ...

Sie gingen einige Schritte in Richtung des Carrefour Médicis. Ein leichter Nebel fiel. »Gehen wir da hinein?« Edmond zeigte auf das Café Mahieu. Armand wäre lieber in ein anderes auf der anderen Straßenseite gegangen, das besser erleuchtet war, aber er wagte nichts zu sagen. Die Aufnahme war eigentlich ziemlich kühl. Edmond hatte das Mahieu gewählt, weil er sicher war, dort niemanden zu treffen. Die Kröte hatte nicht gerade Schmeichelhaftes für ihn.

Spiegel, altmodische Bänke, alte Herumtreiber aus dem Quartier Latin, über den Tisch gebückte Leser der »Débats« – alles schien Armand der Glanz der Hauptstadt selbst zu sein. Er warf Blicke des ersten Erstaunens nach draußen und auf die von Bäumen umsäumten Alleen, auf den großen Park hinter dem eisernen Gitter, von dem er nicht wußte, was es bedeutet. Und so viele Frauen gab es in den Straßen. Was bestellte man in Paris im Café, um nicht wie ein Provinzler zu wirken? »Ein Mazagran«, sagte er und sah, wie der Bruder die Stirn runzelte. Er hatte einen Fehler gemacht.

Er begann also seine Geschichte von neuem, diesmal mit

Einzelheiten. Edmond wurde immer finsterer. Er hörte dem jüngeren Bruder kaum zu, weil ihn eigene Gedanken beschäftigten. Er empfand eine seltsame Trunkenheit. Carlottas Bild schwebte zwischen ihm und der übrigen Welt. Sie hätte sich nicht wie irgend jemand anderes dort auf den Stuhl setzen können; es war, als müsse er ihrer Erscheinung Gewalt antun, um sie zu Posen zu zwingen, die ihm noch unbekannt waren.

»Ich muß dir sagen, daß die Bühne nur so eine Idee von mir war, die ich erfunden hatte, um nicht Priester werden zu müssen ... Ich will nicht behaupten, daß ich nicht auch in vollem Ernst daran gedacht habe: es war naheliegend für mich, verstehst du. Ich ließ mich gehen, ich stellte mir die Zukunft, mein Leben vor ...«

Und wenn er an Carlotta dachte, so war es doch trotz alledem wie ein Schiffbruch, eine Einbildung, die in sich zusammenbricht. Er spürte nichts von irgendeiner Trunkenheit des Erfolgs, nichts von jenen exaltierten Gefühlen, die auf der Straße die jungen Leute, die gerade einen Erfolg gehabt hatten, zum Hüpfen brachten. Vielmehr eine Art Niedergeschlagenheit, Zweifel, Unruhe. War alles, was Edmond sich vom Leben erhofft hatte, nur Phantasie? Sollte er dem Jungen da neben sich von der Zukunft erzählen? Ach nein, wir sind weit entfernt davon, die Zukunft zu kennen. Könnte er jemals für diese Frau alles werden? Das war ja nun wohl die Niederlage, der falsche Triumph. Der Aufwand, der die Italienerin umgab, verursachte in ihm eine merkwürdige Bitterkeit wie jene, die er empfunden hatte, als er das Essen nicht bezahlen konnte. Er dachte zynisch, eigentlich sei er ein gescheiterter Zuhälter. Er grinste ... Das ereignete sich an irgendeiner beliebigen Stelle der Geständnisse seines Bruders. Armand verstummte verwundert. »Nichts, nichts, mach nur weiter, mir fiel nur etwas ein ...«

Armand sprach von der Arbeit, von der Furcht, die er vor jener Zwangsarbeit hatte, ohne die er doch zur Abhängigkeit von seinem Vater verurteilt sein würde. Etwas, was beinahe Sympathie war, erwachte in Edmonds Herz, als der Junge in einem irgendwie ergreifenden Tonfall fragte: »Muß man denn wirklich arbeiten? Sind wir dafür gemacht? Kann man sich nicht irgendwie davor drücken?«

Plötzlich begegneten sich die Befürchtungen der beiden Brüder einen Augenblick lang. Aber Edmond betrachtete alles, was von seiner Familie kam, als etwas ihm Zustehendes: bezahle ich sie nicht für das Geld, was sie mir schicken, ja, gebe ich ihnen nicht noch viel mehr? Ich opfere meine ganze Jugend. Sie möchten, daß ich Mediziner werde; sie sollen dafür nur den Preis zahlen. Warum kann der Junge nicht ein ähnliches Abkommen mit dem Vater treffen?

»Du verstehst nicht, du verstehst nicht. Zunächst einmal ist zwischen Papa und mir alles aus ...«

Ach ja, diese Szene, die er erzählt hatte. Edmond zuckte die Achseln. Natürlich müßte er zuerst mal in die Penne zurückgehen, seine Philosophie beenden, das zweite Bakkalaureat machen. Armand wollte davon nichts hören. Übrigens auch nichts von langen Studentenjahren, trotz der Anziehung, die Paris hatte, und trotz des Beispiels des Bruders. Edmond war nicht besonders zumute nach einer solchen Unterhaltung; er mußte immer an Joseph Quesnel denken, den er an jenem Tage in der »Kaskade« nur flüchtig gesehen hatte. Er nahm an Bedeutung zu, dieser Herr. Er wurde zu einem Faktor der wirklichen Welt, und wie sah er eigentlich aus? Unmöglich, sich daran zu erinnern. Von Carlotta, dem großen Bett Louis XVI., von der Weiße ihrer Brüste reden ... Aber jedenfalls nicht mit diesem kleinen Jungen, der in seine alberne Geschichte von einem Dienstmädchen an einem Provinzgymnasium Betrachtungen über Kant und den Sozialismus mengte. Sieh einer an, wie komisch: der Vater hatte auch von Kant gesprochen. In den Folies-Bergères ...

Armand hatte seinen Bruder nie geliebt. Er hatte nicht viel von ihm erwartet. Zumindest glaubte er es. Aber an wen hätte er sich in der weiten Welt sonst wenden können? In ihm war eine vage Hoffnung auf eine Art Bündnis gegen die übrige Familie gewesen. Irrtum. Die Familie war etwas, was einem monatlich den Lebensunterhalt schickte und mit dem man sich ohne irgendwelche Sentimentalität noch verlogene Heuchelei besser nicht verzankte. Armselige Groschen, die aber, wenn man ohne sie hätte auskommen müssen, den Verlust Carlottas bedeuten konnten. Edmonds Schweigen oder sein gelegentliches »Nur weiter ..., nur weiter ...« belehrten Armand allmählich über seinen Mißgriff und weckten in ihm Verachtung für den großen Bruder, der offenbar aus einem Fremden zu einem Feind wurde.

Im Augenblick ist der Große einfach betreten. Die Kröte war wahrhaftig im richtigen Moment in Schwierigkeiten gekommen! Wenn er sich um Armand kümmern müßte, würde das Leben nicht gerade leichter werden, mit dem Studium dazu ... Aber in den Augen des Vaters hatte er eine Art Verantwortung. Er mußte nach Sérianne schreiben. Der Junge hatte wohl kein Geld bei sich, was? Natürlich. Armand wurde rot, sagte, er habe schon etwas, wollte die Geschichte mit Jacqueline erzählen, kam ins Stottern, unterbrach sich und sprach von etwas anderem. Schön, die Sache war nicht weiter ernst, eine Art Seitensprung. Es wäre schon wieder in Ordnung zu bringen. Nur ... Man war am Ende des Monats. Edmond schielte nach den Untertassen, die die Anzahl der genossenen Getränke verrieten. Er rief nach dem Kellner, zahlte und zählte das Trinkgeld auf den Tisch. In Armand stieg allmählich die Wut hoch. Als sie auf der Straße waren, sagte der Ältere: »Wo hast du dein Gepäck gelassen? Hast du ein Zimmer?«

Dann nach einer Pause, als Armand mit der Antwort zögerte: »Weil du nämlich eins in meinem Hotel hättest nehmen können ... obwohl es vielleicht ein bißchen teuer ist; aber sie würden dir sicher meinetwegen Kredit geben.«

Das Wetter war nicht schlecht, aber kühl, wenn man von Sérianne kam, und das Trottoir war noch feucht von einem Regenguß. Die Erbärmlichkeit der ganzen Sache brachte Armand zum Zittern. Er hatte daran gedacht, die Nacht auf einem Sessel bei seinem Bruder zu verbringen, um seine Barschaft zu schonen. Er wagte nicht zu gestehen, daß er kein Gepäck hatte. Er sagte: »Danke, ich habe schon ein Zimmer in der Stadt genommen ... Sehen wir uns morgen?«

Edmond atmete auf. Er hatte durchaus keine Lust, daß der Kleine an ihm klebenblieb; er hätte ungern die Möglichkeit des Zusammenwohnens ins Auge gefaßt. Besonders, da Carlotta ihn möglicherweise in der Rue Royer-Collard besuchen konnte.

»Morgen?« sagte er. »Ja, natürlich, morgen. Aber wann?

Am Morgen habe ich das Krankenhaus ...« Er mußte Carlotta anrufen. Wenn sie ihn bitten würde, mit ihr essen zu gehen ... Oder den Tee zu nehmen ... natürlich, es war Sonntag, aber ... »Ich habe einen sehr anstrengenden Tag vor mir. Das beste wäre, wenn wir uns gegen sieben Uhr abends treffen könnten. So wirst du ein bißchen spazierengehen, Paris sehen können. Wenn du schon mal da bist ...«

Gut, Armand würde ihn im Hotel abholen.

Die beiden Schatten standen sich ein wenig verlegen im Dunkel gegenüber, dann sagte eine Stimme: »Also ... auf Wiedersehen.« Und die andere erwiderte: »Also, auf Wiedersehen.« Worauf sie sich trennten und diese Szene zwischen zwei Brüdern sehr banal unter dem schrägen Blick der Sterne endete.

XXVI

Das nächtliche Paris öffnete sich vor dem Provinzler wie die Hand eines Unbekannten. Aber Armand ging mißmutig unter den Lichtern dahin. Die Belebtheit des Sonnabendabends in diesem Universitätsviertel erstaunte und enttäuschte ihn zugleich. Er hatte sich Paris strahlender und weniger ärmlich vorgestellt. Vulgäre Gesichter im Schein der Caféhauslampen, dazu so viele geschlossene, hinter den Wellblechläden erstorbene Geschäfte, das Armselige der Gaslampen, die Lücken im Strom der Menschen (ein Trottoir des Boulevard Saint-Michel war auf absurde Weise menschenleer, während man sich auf dem anderen drängte), die Seitenstraßen, die leer waren, als ob es auf einer Bühne an Statisten gefehlt hätte – alles das enttäuschte ihn, auch der kleine Mairegen, der wieder eingesetzt hatte. Er hatte seinen Regenmantel angezogen. Ganz von selbst ging er zur Seine hinunter, ohne es zu wissen, nur vom Gefälle der Straßen geleitet.

Es gab mehr müßige Frauen, als Armand von der Hauptstadt erwartet hätte. Das war es beinahe sogleich, was das Tempo seines Schrittes regulierte. Sie waren von fern anziehend und enttäuschten, sobald man sich ihnen näherte, allerdings nicht immer. Es gab eine Menge sehr dunkler Männer, Türken vielleicht, die mit ihnen zusammen lachten. Alle trugen den Rock sehr viel kürzer, als Armand es sich erlaubt hätte, bunte Stoffe, auffällige, komplizierte Krawatten. Es mußte schwierig sein, sich hier auf der Straße eine Frau auszusuchen. Man wurde ganz verwirrt von der Menge.

Im Vorbeigehen fielen dem jungen Reisenden die Schilder der Hotels auf. Aber es waren komische Hotels, die wie Privathäuser aussahen. Nie hätte er gewagt, in eines einzutreten. Wenn man von ihm für das Zimmer wer weiß was forderte, was hätte er tun sollen? Er mußte mit seinem Geld sparsam umgehen. Er beschloß, ein ganz billiges auszukundschaften, auch wenn es noch so häßlich sein sollte. Für eine Nacht. Da er kein Gepäck besaß, hatte er Zeit. Er wollte auch seine erste Neugier befriedigen. Paris hatte am Abend doch ein besonderes Gesicht. Der Fluß setzte den Spaziergänger durch seine Traurigkeit unter der hellen Brücke in Erstaunen, und als Armand sich zwischen dem Justizpalast und der Präfektur befand, hatte er plötzlich das Gefühl, die dunklen Gebäude, die ihn umgaben und in deren Mitte sehnsüchtig und leer der Montrouge-Bahnhof stand, seien Mondkrater, astrale Reliefs eines vergangenen Lebens. Er beschleunigte den Schritt, um nach dem rechten Ufer hinüberzukommen, wo der Name Sarah Bernhardts in Leuchtschrift ihn in neues Nachdenken stürzte. Das Theater! Was die Bühne in seinem Herzen noch an Prestige besaß, alle Phantasien von einst, fiel ihm in der Nacht beim fahlen Blinken dieser Buchstaben wieder ein. Als sie in Marseille ein Gastspiel gab, hatte die große Sarah die »Zauberin« gespielt, und es hatte Armand gekränkt, daß man ihm damals nicht das Geld für die Reise nach Marseille gegeben hatte. Hier konnte er, wenn er wollte, noch das Ende des letzten Aktes sehen. Er tastete nach dem Geld in seiner Tasche. Er würde noch zur Zeit kommen, um sie sterben zu sehen, um diese goldene Stimme zu vernehmen, von der die Leute redeten. Dennoch wußte er, daß er sich diesmal selber das Vergnügen versagen würde. Etwas in der Welt hatte sich verändert. Er spielte sich nicht mehr die gleiche Rolle vor. Er hatte die Jünglingszeit hinter sich gelassen, da er sich heute selber Zügel anlegte. Das Geld in dem kleinen Portemonnaie aus Juchtenleder schien ihm zugleich schrecklich schwer und ganz leicht zu sein. Was würde er tun, wenn er nichts mehr hatte? Er überquerte den Platz, dann eine breite Straße, die Rue de Rivoli, dann schlug er eine schräge Straße ein, weil er dort eine große Anhäufung von Wagen bemerkte, vor denen ungeheure Pferde schnauften. Die Straße war beherrscht von den Gestikulationen riesiger Männer, und die Haufen von Körben, Kisten und offen daliegenden Gemüsen und Früchten ließen die enormen Eingeweide des Tieres ahnen, das sich dort in der Dunkelheit regte. Man konnte nicht mehr vorwärts gehen, wie man wollte, man mußte um Auslader und Wagenzüge und den Wirrwarr der Lebensmittel Bogen machen zwischen den dunklen Bürgerhäusern, an deren Fuß noch Licht aus einigen Schenken und aus den Ritzen heruntergelassener Läden auf die Straße fiel. Schwergebaute Männer schienen mit ihren nackten muskulösen Armen die riesigen Euter einer stillenden Nacht zu melken. Tonnen von Grünkram ergossen sich unter den Griffen sehniger Fäuste über das glänzende Pflaster, Mandarinen türmten sich zu Haufen im fahlen Licht. Eine Art von brüllendem Gemurmel erfüllte den dunklen Hintergrund der von Arbeit platzenden Straßen, das ununterbrochene Einanderzurufen der Arbeiter und die Flüche und Schreie derer, die eiligen Passanten riesige Ballen auf Schubkarren zwischen die Füße rollten. Querstehende Lastwagen hemmten den Verkehr. Ihre Fahrer stritten miteinander, und ihre heftig bewegten Silhouetten wurden über dem Hin und Her jämmerlicher, in Lumpen gehüllter Kreaturen sichtbar.

Die Stadt hatte Armands Gedanken auf sich gezogen. »Korken, Bäckereiartikel ...« Die goldenen Lettern an den Balkons der Großhändler, barock und lyrisch, verwirrten endgültig seine ungewohnten Augen, die die Schilder eines Gerichtsvollziehers oder die Reklame eines Dentisten festhielten. Herkulesse in Hemdsärmeln stießen ihn weiter; er fühlte sich klein inmitten dieser gestreiften Hemden, die über den mächtigen Oberkörpern von Ringern saßen. Der Instinkt führte ihn nach den Markthallen hinüber trotz der Lockungen von engen Straßen, Biegungen und Laubengängen, denen er sich einen Moment lang genähert hatte, als er plötzlich am Boden eine Art menschlicher Säcke wimmeln sah, deren abstoßende Schmutzigkeit und Verwahrlosung ihn einen Schritt zurück machen ließ. Vor ihm riefen zwei Polizisten, die sich mit lauter Stimme unterhielten, eine dieser erbarmungswürdigen menschlichen Ruinen an. Das war vor einer Art von dunklem Lagerraum, dessen eiserner Laden sich auf eine finstere Straße zu schloß, die rechts nach den Markthallen hinlief. Unter der gläsernen Markise des Ladens (»Eierspezialitäten«) lagen, auf ausgebreiteten Zeitungen ausgestreckt, Haufen von schlafenden Wesen, die ihre Köpfe in den Mauerwinkeln verbargen. Ganzen Bergen von Lebensmitteln gegenüber verkamen diese menschlichen Schatten vor Hunger und Schlafsucht. Die starken Sklaven jenes Paris, das ißt, schienen ihre im Elend verkommenen Brüder nicht zu sehen; sie gingen zwischen ihnen hin und her und gaben nur acht, ihre mächtigen Füße nicht auf die liegenden Leiber zu setzen, so wie man sich vor Kot in acht nimmt.

Was die Polizisten, man wußte nicht warum, sich inmitten dieser menschlichen Wracks ausgesucht hatten, um ihren Witz daran auszulassen, denn eine schreckliche und niedrige Art von Humor lag in ihren Befehlen – war eine alte Frau, die beim ersten Blick in ihren schmutzigen Fetzen kaum zu erkennen war. Ihr graues Haar hing ihr wie bei einer Irren bis auf die Knie herab, auf denen ihr Kopf zwischen den Armen ruhte. Ihre Hände umklammerten einen Leinensack und einen alten Regenschirm mit zerbrochenen Stangen. Aus diesem Haufen Elend blickten uralte Augen, die erfüllt waren von Furcht und Schlauheit und die sich gleich wieder zum Schlaf schließen wollten. Da hob einer der Polizisten den schweren Stiefel und trat ihr wuchtig gegen den Kopf. Das menschliche Bündel rollte in den Schmutz, und die Vertreter der Staatsgewalt lachten auf und setzten ihren Weg fort.

Das war so plötzlich geschehen und hatte so gar nicht die wimmelnde Dunkelheit noch die mächtigen menschlichen Umrisse, die sich im Lichte hin und her bewegten, gestört, daß Armand weder aufgeschrien noch überhaupt eine Bewegung gemacht hatte. Das Entsetzen hatte ihn gepackt, das Entsetzen vor dem Mechanischen, dem offensichtlich Üblichen dieses Fußtritts. Das graue Haar auf dem Asphalt hypnotisierte ihn einen Augenblick lang, als käme eine Erkenntnis langsam über ihn; er verspürte Furcht, die ihn davor zurückhielt, diesen niedergeschlagenen und sich langsam bewegenden Fetzen anzurühren. Die mächtigen Gestalten der Polizisten entfernten sich nach dem Ende der Rue des Bourdonnais. So also, so also war es ... Das war das Leben, und nicht das Theater – das Leben, die Arbeit und der Hunger. Der junge Mann wandte sich jäh von dieser Vagabundengrotte ab und strebte wieder den Lichtern zu; er ging an dem großen Laden vorbei, über dem »Zitronen – Frühobst« stand, und erreichte den Platz, von dem die Rue des Halles, die Rue du Pont-Neuf und die Rue Berger abgehen. Noch war für diese Ecke da nicht die Stunde des Hochbetriebs gekommen, und man konnte noch frei vor den großen schwarzen, von Straßen durchquerten Schuppen umherwandern, in denen die Lebensmittelbörse sich abrollt, während man im Luftzug der rollenden Lastwagen steht.

Hier stand er, inmitten eines ekelerregenden Milchgeruchs, neben einer Reihe von rot und grün gestrichenen Häusern, »Käse, Südfrüchte« und jenem bizarren »Rauchenden Hund«, von dem Armand bei Balzac und Dumas gelesen hatte, daneben befanden sich riesige Kühlräume und das Lokal, das sich »Zum Trommler« nannte. Eine Gruppe von Gästen trat aus der Tür, von denen jeder einzelne das Aushängeschild mit den Händen hätte herunterreißen können: Fleischer in mit bräunlichem Blut gesprenkeltem Weiß, die laut über ihre riesenhaften Schultern weg sprachen. Mützentragende Burschen hasteten nach allen Richtungen. An der Längsseite der Hallen, am östlichen Ende der Rue Berger, zwischen Lattenkisten, Stroh und aufgestapeltem Papier hatte sich neben einem haltenden Lastwagen, dessen mandelfarbene Plane auf die Köpfe der Menschen herunterhing, eine Ansammlung gebildet, ein Menschengewirr, aus dem plötzlich lauter Lärm drang. Sofort entstand eine Art Sog, der die Passanten an sich zu ziehen begann. Von allen Seiten lief man auf die Stelle zu. Die Gruppe der Fleischer machte kehrt, kleine abgezehrte Lastträger ließen ihre mit Kisten und Gemüse beladenen Rollwagen stehen. In dem schon weit von der Peripherie entfernten Mittelpunkt der Gruppe hörte man ohrenbetäubende Pfiffe, irgend etwas bewegte sich. Eine

Schlägerei. Man sah, wie von der Rue de Prouvaires her fünf oder sechs Polizisten gerannt kamen, die im Laufen ihre Pelerine um den Arm wickelten. Unter der Wölbung der Hallen machten Radfahrer plötzlich kehrt. Armand folgte dieser plötzlichen Wendung und sah sich jählings an der Ecke der Rue des Halles vor dem Café Jean-Bart, in dem die bleierne Theke und die Gläser neben einer kleinen Wendeltreppe aufblinkten, die vom oberen Stockwerk in den Laden hinunterführte.

Vor ihm hatten sich Frauen in dunkelblauen Schürzen aufgebaut, die sie rundlich machten. Ihre heiseren Stimmen verrieten Unruhe. Die riesige Ansammlung neben dem Lastwagen schwankte, öffnete und teilte sich: Armand erkannte ein paar Polizisten, eine ganze Gruppe, die irgend etwas am Boden Liegendes wegzerrte, das sich seiner ganzen Länge nach wehrte wie ein von Krämpfen geschütteltes, brüllendes, verzweifeltes Tier. Es war ein Mann, den die Polizisten an den Beinen schleiften, während andere ihn an den Armen hielten, und der Kopf schlug auf das Pflaster in einer Art verzweifelter Wut, in der sich Trunkenheit, Schmerz und die Furcht vor dem kommenden Tag mischten. Ein Polizist, groß wie ein Felsblock, schlug auf den Mann ein. Die Menge protestierte; aber Polizisten mit Fahrrädern wandten sich drohend zu ihr um, das Vorderrad erhoben zwischen Ausladern, Frauen mit offenem Haar und Vagabunden. Der Mann am Boden stieß mit aller Kraft um sich und protestierte dabei wie ein Kind. Es war ein junger Bursche, dessen Körperbau den Ausmaßen seiner ganzen Umgebung entsprach; aber sie hielten ihn zu sieben fest, während er sich schwermachte und zu bremsen versuchte, verrückt vor Angst vor dem Revier, wohin man ihn bringen wollte. Er wand sich, sein schwarzer Rock war in Fetzen, er hatte seinen Umhang verloren, und man sah seine verrückten Augen, die sehr hell über dem beigefarbenen Hemd leuchteten, und sein Gesicht, das die Wut rötete. Eine der Frauen neben Armand sagte mitleidig: »Er hat einen geschlagen. So ein Unglück! Nur wegen einem Glas zuviel. Der Kerl ist erledigt!«

Eine andere stimmte zu: »Drei Jahre kriegt der sicher.«

Plötzlich schien die Wut der Polizisten, deren laute Stimmen Befehle schrien, sich zu verdoppeln, und ihr Opfer wurde mit einemmal zehn Meter weiter geschleppt, während es auf den Boden aufschlug. Während der Bursche sich zu wehren suchte, rissen plötzlich seine Hosenträger, und er verlor die Hosen. Mit einem Schlag wurden Beine und Schenkel sichtbar, die krampfhaft um sich schlugen, das Hemd wurde hochgestreift, und die Menge begann zu grinsen, weil man das Geschlecht und die Behaarung sah. Ein Schluchzen kam plötzlich aus diesem entblößten Leib, der seine ganze Schande zu empfinden schien. »Der ist erledigt«, wiederholte die Frau, während die Gruppe in Richtung der Rue de Prouvaire entschwand. Armand durchquerte die Hallen nach Sainte-Eustache zu, und die stumpfe Verwunderung, die die vorangegangene Szene in ihm hatte entstehen lassen, jene totale Verachtung des Menschen, die auf dem Pflaster von Paris üblich zu sein scheint, schwand auf einen Schlag unter den hohen eisernen Gewölben, als er die langen Reihen geschlachteter Tiere erblickte, die halben Rinder, die, so weit das Auge sehen konnte, an Fleischerhaken aufgehängt waren. Unwiderruflich begann der Mann in den Händen der Polizisten diesen kopflosen Fleischstücken zu ähneln, die mit blutiger Beredsamkeit von der Vernichtung des einzelnen zeugten. Tod, Schmerz, Würdelosigkeit, diese Ideen verschwanden in der schamlosen Brutalität der Schlächterläden. Armand hörte noch das Schluchzen des jungen Riesen, das in plötzliche Schreie überging, und die Stimme dieses Menschen, den Trunkenheit und die Polizistenbande niedergerungen hatten, schien ihm nun die anonyme Stimme dieser serienweise hingestreckten Hekatomben selbst zu sein. Er gelangte an den merkwürdigen Platz, wo eine Menschenmasse heißes Fett und auf der Straße gebackenes Brot mitten im Freien vor der Kneipe verzehrt, die an der Ecke der Rue Montmartre und der Rue Montorgueil liegt; zwischen einer finsteren unschönen Kirche und der Rue Turbigo liegt die ungeheure Bastion, die vom Trottoir bis zum Dach mit Ochsenblut bespritzt ist und nach zwei Straßen hin ihr eisernes Maul öffnet, in dem mehr geschlachtete Tiere sichtbar werden, als die Hallen fassen können, rosarot und gelb und violett, mit Blutlachen auf dem Boden, in der schrecklichen Nacktheit der Schlächterei.

In der Rue Montmartre verfolgte das Bild der abgehäuteten Tiere Armand von Stand zu Stand. Die Wagen der Händler, kleine Cafés, Mädchen mit Ochsenblut geschminkt wie die Häuser und die Tierkadaver, Händler mit dicken Schnurrbärten, beleibt, gefährlich, Karikaturen der Hölle, und immer das lautlose Umherstreifen der Polizisten auf ihren Fahrrädern mit den flachen Mützen, die zerrissene Nacht, die Nacht mit dem faden Geruch des Fleisches, die Nacht, in der Pferde zwischen Taxis und Handkarren wiehern, die ungeheuerliche, schmutzige Nacht.

Vor der abgestoßenen Tür eines Hotels beschleunigte Armand seine Schritte. Er erreichte das nächtliche Herz der Stadt, da, wo die Häuser von der Bewegung der Rotationsmaschinen erzittern, wo Blut sich in fette Tinte umwandelt, die mit frischen Zeitungsblättern bis in die Gossen der Straße fließt. Hier ist die Bevölkerung eine andere. Die Setzer treten an die Stelle der Fleischer wie die Rasse eines anderen Klimas, und die Lichter der Redaktionen, der Druckereien und der Trinkhallen beben von einem anderen Fieber. Das Viertel des Croissant riecht nach feuchtem Papier, nach Druckerschwärze, nach alten Kleidern und nicht mehr nach Käse und Fleischabfällen. Hier werden die Leidenschaften des nächsten Tages geboren, und in den Straßen neben Billardtischen und Theken, an den Toren von vernachlässigten und verfallenen Häusern sprießen seltsame Blüten. Die Männer, die die unbegreiflichen Manöver der Presse ausführen, werden dafür bezahlt, daß sie sich im Lyrismus ihrer Herren und Meister auskennen. Der Fluch, die Obszönität, der Witz liegen ihnen auf der Zunge. Im Herzen kocht ihnen die Wut der nächtlichen Arbeit. Barocke Ideologien wuchern unter ihnen wie Unkraut, und in ihrem Viertel riecht es außer nach Druckerschwärze und Papier auch nach Anarchie. Was kann von dem schon ein junger Neuankömmling aus der Provinz begreifen, den die Nacht wie einen Kiesel zwischen den aussätzigen Fassaden dahinrollt? Müdigkeit kam über Armand, und er trat in ein enges Café ein, das voll von Menschen war, die während einer kurzen Arbeitspause aus ihren Redaktionen heruntergekommen waren. An der Theke spülte ein Kellner, der aussah wie der Liebhaber auf Postkarten, Gläser und Untertassen. Ein lautes Publikum redete von unverständlichen Dingen. Dazwischen hörte man den südlichen Akzent Armands, der einen Kaffee und ein Sandwich bestellte. Ein Mann in grauer langer Bluse mit nackten Armen, ohne Kragen, unrasiert, rot, das Haar in fetten Strähnen über die Glatze geklebt, regte sich an einem Nachbartisch auf, während er mit einem kleinen, mageren, bebrillten Alten und einem struppigen Rothaarigen in Alpakaweste sprach. Er sagte: »Dein Jaurès, dein Jaurès! Ich will seine Armee so wenig wie irgendeine andere haben. Wir brauchen keine Armee mehr; das vor allem. Wir haben genug davon. Bei einer Armee wird es immer Generäle geben!« Und er begann zu singen:

»Sie sollen sehn, daß unsere Kugel
Den eigenen Generälen gilt ...«

Der kleine Alte streckte ängstlich seine Hände über den Tisch aus und ergriff das Bierglas des Sängers, als ergriffe er ihn beim Handgelenk: »Schweig ... du kennst doch hier nicht alle Leute ...«

Der andere zuckte die Achseln. Niemand beachtete sie, sie tranken und stritten miteinander. Dennoch schielte er zu Armand hinüber. Ein Spitzel? Er sah eigentlich ziemlich bekloppt aus, dieser Kerl. Er begann von neuem: »Ich habe genug davon. Ich will von solchen Sachen so wenig wissen wie von ihren Militärparaden ... Die Regierung verbietet einem, zur Mauer der Föderierten zu gehen, also geht man zum Pré-Saint-Gervais, um dort zu blöken ... Ihr seid ja blöd, kann ich euch sagen, ihr seid einfach blöd.«

Der Rotkopf begann plötzlich zu zappeln. Seine Wangen und Hände waren stark behaart. Was er sagen wollte, schien aneinanderzukleben, durcheinanderzugehen. »Also so was!« sagte er, und offensichtlich war er in großer Wut. Aber er brachte nichts weiter mehr vor. Es war der kleine Alte, der fortfuhr: »Du müßtest dich eigentlich schämen, so etwas zu sagen, Mathieu, das sage ich dir, ein Prolet.«

Der andere lachte leise: »Prolet? Hammel, ja Hammel, wie die andern. Man schert euch; man schert euch die Wolle vom Leibe, und ihr sagt noch danke schön. Von Zeit zu Zeit führt man euch zur Weide, und das nennt sich Demonstration. Viecherei. Lauft ihm doch nach, eurem Jaurès, von mir aus. Phrasen ... Die Drei Jahre? Mir sind die Drei Jahre Wurst. Zwanzig Jahre müßten die jungen Kerls dienen, damit sie richtig in Wut kommen und das Schießeisen umdrehen ...« – »Mathieu, Mathieu!«

Der Alte hob protestierend die Hände. Da leerte plötzlich der Rotkopf mit einem Zug sein Glas und schlug mit der riesigen Faust auf den Tisch. »Hoch Jaurès!« schrie er. Die Leute drehten sich um, ein paar lachten.

Das Nieseln hatte seit langer Zeit ganz aufgehört. Es war sehr mild auf der Straße, und man fühlte schon trotz der vorgerückten Stunde die zärtliche Nähe des Juni. Als Armand die Boulevards erreichte, dachte er, nachdem er mit einer gewissen Furcht sein Geld gezählt hatte, daß er eigentlich den Anbruch des Morgens auf der Straße abwarten könne. So würde er das Hotel sparen.

XXVII

So ein Mist, nach der Börse gehen zu müssen, um dem Alten wegen des kleinen Dummkopfs zu telegrafieren ... Es kam jedenfalls gar nicht in Frage, den Weg vor der Arbeit zu unternehmen. Der Tag begann schon mit so einem Ärger. Zunächst einmal der Preis des Telegramms. Und wenn der Doktor auf den Gedanken käme, wieder in Paris zu erscheinen? Jetzt mit Carlotta. Ich habe schon ein Pech.

Als sei es Absicht: drei Zugänge auf der Station. Die Hilfsärzte drücken sich sonntags. Also war es Edmonds Aufgabe, die Beobachtungen zu machen, ohne die Verbände und Spritzen zu rechnen. Diese Gesichtsrose war jedesmal eine Schweinerei. Man mußte den Magen in Ordnung haben, um den Krebsgeruch ertragen zu können, ohne vom Anblick zu reden. Und dieser alte Idiot, der seinen riesigen Tumor, der ihm den ganzen Unterkiefer vom Ohr ab wegfraß und bis zum Kehlkopf ging, seinen »kleinen Pickel« nannte. Daß so was nicht begriff, daß man sich in einem derartigen Fall am besten in die Seine schmiß oder sich eine anständige Revolverkugel verabreichte. Leute sind das!

Das Telefon ist eine verdammte Einrichtung: man dreht die Kurbel, und das Fräulein reagiert überhaupt nicht. Falsche Verbindung. Bis schließlich die Stimme der Kammerzofe mitteilt, das Fräulein schliefe noch; aber vielleicht wollte der Herr in einer Stunde wieder anrufen.

Von neuem also der Geruch des Äthers, die Fäden, die man einem am Blinddarm Operierten herausnimmt, ein blasser, ängstlicher Bauch, Pinzetten, Jod. Und die blauen Gläser mit Oxyzyanur, Fräulein Fannie, mit ihrem schwarzen Band, die irgend etwas erzählt, eine Geschichte, die bei den Frauen passiert ist, der Saalwärter mit seiner gefältelten Bluse und in der Garderobe eine Unterhaltung wegen eines verschwundenen Heftes. Eine Stunde ist eine ganze Welt. Wer könnte mir einen Tip geben für die Diagnose von Fußbrüchen? Dieser Kutscher scheint mir gestern abend vom Krankenwärter nicht genügend unbeweglich gelegt worden zu sein; ach was, Mist. Soll er den Fuß haben, wie er will. Es ist heiß.

Schön: das Fräulein war ausgegangen: sie ließ Herrn, äh, Barbentane sagen, daß sie nicht zu Hause essen würde; aber vielleicht wolle er doch gegen drei Uhr, Viertel nach drei, mal vorbeikommen ... Vorbeikommen? Das mußte die Auslegung der Hausangestellten sein; inzwischen hatte er Zeit, zur Börse zu gehen und sich zu langweilen. Edmond aß in der Nähe und ging nach Hause, um sich umzuziehen.

Der Sommer hatte mit einem Schlage begonnen. Die Hitze war erstaunlich. Edmond holte seine Wäsche heraus, alles war wie beabsichtigt: Knöpfe fehlten an den Hemden, ein Tintenfleck auf einer Unterhose, einer von den guten, durchbrochenen, kurzen, die nicht ganz bis ans Knie gingen. Und dann fand er keinen Kragenknopf. Ein Stäbchen des weichen Kragens brach. Die malvenfarbenen Sockenhalter waren nicht sehr neu. Sie paßten nicht zu der schwarzen, blaugestreiften Krawatte, die er ausgesucht hatte. Schließlich fand sich Edmond nicht gut genug rasiert und rasierte sich noch einmal den Hals. Er schnitt sich am Kinn. Wo habe ich bloß den Stein hingelegt?

Er nahm den Achterbus und stieg Rue Réaumur aus. Wie wunderbar war das Wetter. Noch ein schönes Stück bis zur Börse. Er überlegte den Text des Telegramms. Eine richtige diplomatische Sache: »Armand hier – was tun ... Armand bei mir!«, nein: »Armand hier« ist besser und billiger ... Wenn ihn das aber veranlaßt, herzukommen? Nach einiger Überlegung fand er einen Ausweg: »Armand hier – sehr teuer ...«, selbst wenn das zwei Worte mehr waren, war es deutlich und konnte seine Belohnung finden ... Er schickte das Telegramm ab. Das Wetter war schön, und er ging zu Fuß zum Palais Royal, wo er den Autobus nach der Porte Maillot nahm.

Auf der Plattform holte er ein Paket mit gelben Zigaretten hervor. Ein Herr mit grauem fächerförmigen Bart las »Fantasio« und amüsierte sich, während er seine schwarze Ledermappe unter dem Arm hielt, und der Schaffner schien es an den Haltestellen eilig zu haben. An den Pyramiden drückte er so schnell auf den Knopf, daß jemand, der zusteigen wollte, beinah das Trittbrett verfehlte. Edmond hatte ihn instinktiv am Arm gepackt; dann bedauerte er es, er hätte sich ruhig die Schnauze zerschlagen können. Sein Gegenüber, den er heraufgeholt hatte, bedankte sich und rief dann: »Na, so was! So ein Zufall!«

Noch ein Bärtiger, aber dieser war jung, mit dunkelbraunem Haar, das Beste, was es geben kann in Zelluloidkragen, in ziemlich schäbiger, aber sauberer Kleidung. Zum Teufel, wer ... aber es war nur der Nachhilfelehrer des kleinen Beurdeley. Man kam ins Gespräch.

»Haben Sie die Zeitungen gelesen, Herr Barbentane? Nein? Ach, jetzt würden Sie mir nicht mehr sagen, was Sie mir damals gesagt haben, erinnern Sie sich ... Die Gefahr nimmt zu, es ist eine richtige Woge, eine Sturmflut.« – »Wovon sprechen Sie?« – »Aber natürlich von den Vaterlandslosen; gerade heute mobilisieren sie den Abschaum der Antichristen der Anarchie, und der revolutionäre Sozialismus brandet am Pré-Saint-Gervais ... Sie wollen die Regierung einschüchtern, sie protestieren gegen jene Maßnahme im allgemeinen Interesse, derzufolge der Jahrgang im Oktober weiter unter den Fahnen bleibt, die Einberufung der Zwanzigjährigen ...« – »Na und?« – »Herr Barbentane! Ihr Skeptizismus entsetzt mich! Buchstäblich. Denken Sie doch, daß der Feind vor den Toren ist, lesen Sie nur die deutschen Zeitungen. Wenn Sie die letzte Nummer der ›Leipziger Illustrierten Zeitung‹ gesehen hätten! ... Zwischen den beiden Militärgesetzen klafft eine Lücke ... eine gefährliche Periode ...«

Zwischen den einzelnen Sätzen schleuderten die Stöße des Wagens die Gesprächspartner gegeneinander. Villain war in voller Fahrt: Edmond erkannte einige seiner Phrasen wieder. Er hatte sie schon gelesen, einmal hier, einmal da, in einem der letzten Artikel von Maurice de Waleffe, Formulierungen von Maurras ... Dieser Mann von der »Furche« war Eklektiker. Er hatte das gehetzte Aussehen jener Schwächlinge, die sich an alles erinnern können, was sie irgendwie beunruhigt, ohne weiter zu fragen, woher es kommt. Edmond spürte Verachtung für diesen schäbigen Studenten wie im allgemeinen für alle muskel- und kraftlosen Wesen, die zu Taten unfähig waren. Was mußte der Kerl da ihm immer mit der dreijährigen Dienstpflicht und mit dem Patriotismus kommen? Er hatte seine Gedanken heute wahrhaftig woanders. Er mußte für Carlotta Blumen finden, ihr von Sérianne erzählen, er hatte es am Vortag vergessen, und auch von diesem Herrn Quesnel. Am Etoile stieg der unerträgliche Kerl aus: »Sie werden schon sehen ... die Interessen Frankreichs ...«

Edmond konnte nicht mehr länger an sich halten: »Wissen Sie, Frankreich kann von mir aus allein aus dem Schlamassel kommen!«

Der kleine Bärtige auf der Chaussee fuchtelte mit den Armen hinter dem sich entfernenden Autobus her.

An der Porte Maillot lärmte es von allen Seiten. Wagen fuhren zum Rennen. Der Lunapark. Die Zeitungshändler. Rechts neben der Straßenbahnhaltestelle nach Saint-Germain stand die hölzerne Bude eines Blumenhändlers. Edmond zögerte. Dann kaufte er doch ein paar Rosen. In dem Garten in der Avenue Bineau gab es zwar welche; aber Rosen waren Rosen. In den gelben Straßenbahnzügen auf der anderen Seite der Stadtgrenze sah man eine Menge junger Leute, Sportsleute mit ihren Koffern. Die ganze Bande fuhr nach Colombes hinaus, kleine, gutgebaute, lustige Burschen. Edmond fühlte sich mit seinen Blumen ein bißchen fehl am Platz, um so mehr, als er sie beneidete. Er fühlte sich ihnen näher als allen anderen Leuten in der Stadt. Er hätte ein Taxi nehmen müssen mit seinen Rosen in Glanzpapier; aber das kostet ja alles Geld. Die rüttelnde Bahn fuhr ihn die alte Straße des Aufstands, die Avenue du Roule, hinunter.

Es war noch nicht drei Uhr. Der Tag war dunstig vor Hitze. Er schlenderte in den Alleen des Parks umher, rund um das große Kloster, in dem eine schwarze Muttergottes stand; dann ging er zur Seine hinunter und den gleichen Weg wieder zurück. Jetzt war es ungefähr Zeit. Mit dem Blumenstrauß in der Hand läutete er. Schleichende Schritte. Die Kammerzofe. Sie taucht aus der Tiefe auf. Unter ihrer Haube hält sie das Schicksal. Sie öffnet nicht, von hinter dem Gitter her sagt sie: »Das Fräulein läßt sich entschuldigen, sie ist noch verhindert, vielleicht möchte der Herr die Blumen dalassen, das Fräulein meinte, wenn der Herr die Blumen vielleicht dalassen wollte ...« Sie hat das Gittertor geöffnet und streckt die Hand aus. Edmond verspürt einen bitteren Lachreiz. Carlotta war also so sicher, daß er mit Blumen kommen würde? Er übergibt den Strauß. Also gut. Ja, vielleicht gegen fünf Uhr, aber wenn der Herr etwas anderes zu tun hat ... Das Tor hat sich hinter dem schlurfenden Schritt geschlossen, und das Untergeschoß verschlingt Frau und Rosen.

Nein, der Herr hat nichts anderes zu tun. Er treibt sich in diesem Viertel von Gärten und Avenuen umher und blickt durch die Gitter. Familien sitzen um grüne Tische versammelt. Rohrmöbel, rotgestreifte Gartenschirme, an Bäumen aufgehängte Hängematten, der Sonntag eines wohlgestellten Bürgertums mit seinen Beeten, seinen Geraniummassiven, seinen Rhododendron- und Rosenbüschen, Kinder in irischen Volantkleidern mit großen Schärpen als Gürtel. Kleine Jungen und Bulldoggen, alte Damen und rote Collies. Selten begegnet man Spaziergängern. Edmond folgt plötzlich einer Frau, ohne sich darüber Rechenschaft abzulegen. Nicht schlecht gekleidet: wahrscheinlich ein Dienstmädchen, das Ausgang hat. Sie liest einen Brief, und sie geht im Zickzack das Trottoir entlang, als hätte sie getrunken; aber offenbar kommt der ganze Alkohol aus diesem beigefarbenen Papier, das sie, möchte man wahrhaftig sagen, auswendig zu lernen scheint. Plötzlich zerreißt sie den Brief. Sie hebt eine Hand, um die Stücke wegzuwerfen, hält aber inne. Innerer Konflikt.

Sie biegt vom Boulevard in eine einsame Straße ein. War es nicht dort unten an jenem Straßenende, wo der Wagen mit den Kindern der Isodora Duncan in die Seine stürzte? Das auch noch. Komisch, wie die Leute jede Gelegenheit wahrnehmen, um sentimental zu werden. Er, Edmond, bestimmt nicht. Die Hand der Spaziergängerin hatte von neuem ausgeholt: kleine Papierstückchen bedecken den Fahrdamm, sie entfernt sich nach unten, nach der Seine zu. Wird sie sich vor Verzweiflung umbringen? Nein, sie geht um die Ecke, den Kai hinunter. Edmond grinst, betrachtet die Papierfetzen, bückt sich plötzlich und sammelt sie auf. Ein Anfall von Neugier. Vor allem auch, weil ihn niemand dabei beobachtet. Das wird ein richtiges Puzzlespiel.

Neben dem Pont de la Jatte befindet sich ein Café, eine Weinstube mit Vorgarten. Er setzt sich an einen Tisch, die Papierstückchen sind in seiner Tasche. Ein Phonograph spielt eine alte Melodie von Mayol. Die Bedienerin ist ein großes, ziemlich fettes Mädchen, nicht zurechtgemacht, aber appetitlich. Sie möchte gern einen kleinen Schwatz anfangen. Was ist das bloß für ein Sonntag! Ist denn der Sonntag nicht immer so? Ach, woher denn, nein, wenn er so wäre, das wäre wahrhaftig nicht schön, nein, also so bestimmt nicht. Gewöhnlich sind wohl mehr Leute da? Gewöhnlich, ja. Sonntags. Edmond berührt die Papierfetzen in seiner Tasche. Er stellt fest, daß er überhaupt nicht an Carlotta denkt. Aber was bedeutet: überhaupt nicht. Gewöhnlich ist es voll. Oder wenn es nicht ganz voll ist, doch beinahe. Es wird sogar getanzt. Würde es der Wirt falsch finden, wenn Sie mit mir ein Glas trinken? Der Wirt? Wenn man was trinkt ... Oh, nur eine Limonade. Aber dann müssen Sie sich setzen ... Sie lacht verlegen; wenn man sie schon zu einem Glas einlädt, dann im Stehen an der Theke, oder an der Tischecke. Sie ist kokett geworden, und ihre Hand richtet das Haar. Also schön, setzen Sie sich nicht. Sie ist ein wenig enttäuscht. Es wäre netter im Sitzen. Na ja. Komischer Kunde. Die Limonade: also auf Ihre Gesundheit. Auf Ihre Gesundheit. Schön. »Mélie!« Verzeihung, der Wirt ruft.

Ein ganz leichter Wind hat sich erhoben. Stark genug, um das Puzzle durcheinanderzubringen. Dennoch kommen die

Stücke zusammen, eine Ecke fehlt. Sie hat sie in der Hand behalten. Es war der untere Teil, auf dem nichts geschrieben stand. Oder eine Nachschrift. Edmond streift die verschmutzten, zerknitterten Stücke glatt, so gut er kann. Er liest: »Mein kleines, angebetetes Mädel. Ich habe heut nacht nicht geschlafen, ich habe die ganze Zeit an die Worte gedacht, die Du gesagt hast, an diese furchtbaren Worte, die weh tun. Ist es wahr, daß alles zu Ende ist? Aber vor allem, mehr als alles andere, mehr als Leben oder Tod, ist es wahr, daß Du nicht an meine Liebe glaubst? Selbst wenn morgen, wie früher, nicht wahr, alles wieder in Ordnung kommt, wieder geschlichtet werden würde zwischen uns, und ich wie damals Deine Hand in der meinen, Deinen Leib neben dem meinen haben würde, Deine Augen, Deinen Mund ... selbst dann, meine Liebste, wenn ich lächle, wenn ich Dich mit dem glücklichen und ruhigen Ausdruck ansehe, den Du kennst, wird das eine Lüge sein, weil nichts, nichts mehr diesen Zweifel in Dir mich vergessen machen kann. Ein Mann, dem man die Beine abgefahren hat, lacht noch manchmal in seinem Wägelchen; aber glaubst Du, daß dieses Lachen jemals wieder das einstige Lachen sein wird? In all dem ist auch ein furchtbarer Gedanke, furchtbar, weil er allzu widerwärtig ist: wenn ich ein reicher Mann wäre, meine Liebste, hätte ich die Zeit, die notwendige Freiheit, um mich um Dich kümmern, Dich von meiner Liebe überzeugen zu können. Es sind die Sorgen, der tägliche Kleinkram, der in den zu seltenen Augenblicken, die wir miteinander verbringen können, schuld daran ist, daß ich meistens sozusagen abwesend bin, zerstreut, unfähig, die notwendige Aufmerksamkeit für Dich aufzubringen, um aus dem schrecklichen Zustand, der mich ganz durchdringt, in das Glück, das mir Deine Gegenwart bereitet, hinüberzuwechseln. Und dann die Müdigkeit. Du weißt, wie ich einschlafe, wenn Du gern zu mir sprechen möchtest. Dabei kennst Du mich seit Jahren. Hast Du denn bemerkt, was aus meinem Gesicht geworden ist? Weißt Du, was in dieses Gesicht die Runzeln gegraben, was mir diesen Blick gegeben, was mich so häßlich gemacht hat, daß Du mich vielleicht auch deshalb nicht mehr liebst? Sicherlich nicht nur das Geld. Ach, das Geld. Immer die Angst um Dich, um das, was Dir fehlen wird. Diese armseligen Freuden, die ich Dir verweigern muß, diese Enge des Lebens. Ich sage mir, daß es falsch ist, ein ehrlicher Mensch zu sein, wenn man liebt, oder vielleicht hast Du recht, daß man nicht liebt, wenn man es bleibt. Es ist kein Platz unter der Sonne außer für die Strolche und Käuflichen. Außerdem ist es gar nicht so leicht, sich zu verkaufen: es gibt zuviel Leute, die gar nichts anderes wollen. Du siehst, wo ich angelangt bin! Ich habe Deine Schwester getroffen, sie hat sich sehr nett mit mir unterhalten. Da ich nicht wußte, was Du ihr erzählt hast, habe ich den Glücklichen gespielt, als ob nichts vorgefallen sei. Sie hat mich merkwürdig angesehen. Ich habe also gedacht, daß Du mit ihr gesprochen hättest, und bin in Tränen ausgebrochen. Sie begriff nichts. Ich sagte ihr, es sei Überanstrengung, die Arbeit. Sie hat sicher geglaubt, ich sei verrückt.

Meine Liebste, ich werde Dich immer weiter von sechs Uhr an erwarten, morgen, wie immer, an der Metro Chaussée-d'Antin; schreib mir nicht, komm. Selbst, wenn Du Dich entschlossen hast, nicht zu kommen, und Du gegen sieben oder acht, wenn Du an mich denkst, plötzlich ein bißchen Mitleid hast, wisse, daß ich immer noch da bin vor den Galeries Lafayette und daß ich auf Dich warte, auf Dich warte. Komm! Wie soll ich denn so weiterleben? Du verbietest mir, Dich zu küssen, aber brieflich wenigstens ... meine Liebste. – Dein Gustav.«

Die Bedienerin kam wieder vorbei. Edmond hob den Kopf: »Aber Sie haben mir noch gar nicht gesagt, warum es heute hier so leer ist?« – »Ach, was weiß ich? Wahrscheinlich irgend so ein Spiel. Die jungen Leute denken heutzutage nur noch an Fußball!«

Von neuem die Alleen mit ihren Bäumen, die breiten Avenuen, in denen manchmal Müßiggänger entlangschlendern. Es ist Viertel vor fünf. Noch eine Viertelstunde umherwandern, noch eine Viertelstunde totschlagen. Man zählt seine Schritte und regelt die Schritte nach den Steinen, die das Trottoir begrenzen. Sechzig, einundsechzig, zweiundsechzig ... hoffentlich macht ein Schritt drei Sekunden aus, dann wäre also die Minute ... Das kleine Privathaus auf dem Boulevard Bineau. Edmonds Herz schlägt. Alles ist, als sei er der Mann aus dem zerrissenen Brief. Er hat den Brief übrigens auf dem Tisch liegenlassen. Ach was. Der Wind wird ihn forttragen. Der Wind tut so manches. Los. Man muß klingeln. Schweigen, und der Geruch von Rosen. Die schlurfenden Schritte. Das Mädchen.

»Das Fräulein hat angerufen. Sie läßt sich bei dem Herrn entschuldigen. Wenn der Herr so gut sein will, morgen früh anzurufen ... Nicht zu früh ...«

An der Ecke des Boulevard de la Saussaye sind Tennisplätze zu vermieten. Edmond ist einmal im letzten Sommer hierhergekommen, um mit Freunden zu spielen. Die Kleine war dabei mit den gerollten Zöpfen aus Beurdeleys Abteilung. Vielleicht sind sie da, heute, am Sonntag ... Er öffnet das Tor, geht über eine Art Rasenfläche, die zu eng ist, als daß man sie benutzen könnte, und wendet sich zwischen den Spindelbäumen nach rechts. Das Gelände hat man in drei Teile geteilt, für drei Tennisplätze. Weißgekleidete Leute laufen umher, Bälle fliegen, Schläger werden geschwungen. Hier war der hinterste Platz, neben dem eine große Kastanie stehengeblieben ist, vor der Umkleidebaracke, daneben eine Bank. Junge Leute lachen sehr laut. Ein großes häßliches, aschblondes Mädchen kokettiert mit einem reifen Herrn. Edmond kennt die beiden nicht. Man hat ihn nicht bemerkt. Edmond kehrt auf die staubige Straße zurück. Sonntag. Während er zu Fuß nach Ternes zurückgeht, spielt er Zeitvergessen; aber die Zeit will wohl nicht. Er stellt sich eine Aufgabe im Leben: Er wird an der Place des Ternes ein Bier trinken, in dem großen Café, das sich dort befindet ... Hoffentlich gibt es Dunkles! Dieser Gedanke beherrscht alles andere: Hoffentlich gibt es Dunkles.

XXVIII

Bei Tagesanbruch irrte ein übernächtiger Armand in der Gegend des Ostbahnhofs umher. Ein Armand, der die Dämmerung und den Mechanismus eines Sonntagmorgens entdeckte, die hastigen Fußgänger, von den Häusern auf die Straßen geschleudert, die Berufe der Morgendämmerung.

Armand machte die Lehre des Großstadttages durch. Er war zwischen den ersten geöffneten Cafés mit ihren noch von der Nacht her beschlagenen Filtrierapparaten umhergeirrt, bis die Wärme sich endlich entschlossen hatte zu kommen, eine sommerliche, erstaunliche Wärme. Armand spürte Müdigkeit in Beinen und Nacken. Er hatte Lust zu baden. Aber an einem Sonntag? Ein Polizist nannte ihm ein Bad, das geöffnet war, am Ende der Rue Lafayette.

Dort fand er auf einem Stuhl ein Exemplar der »Bataille Syndicaliste«, das ihn über die Gespräche aufklärte, die er nachts zuvor mit angehört hatte. Klotz, der befürchtete, die jährliche Feier an der Mauer der Föderierten könnte von den Sozialisten gegen die dreijährige Dienstpflicht ausgenützt werden, hatte sie zuerst auf dem Père-Lachaise, dann außerhalb der Stadt auf dem Pré-Saint-Gervais erlaubt. Ein Artikel von Lucien Descaves rief das Volk von Paris auf, zum Gedächtnis der Kommune gegen die dreijährige Dienstpflicht zu demonstrieren. Armand las den Artikel, während er sich mit einem kleinen rosafarbenen, ganz leichten sechseckigen Seifenstück wusch. Er kannte ein Buch von Descaves: »Unteroffiziere.« Aber er wunderte sich, seinen Namen hier in der »Bataille« anzutreffen.

Das Ende des Vormittags verbrachte er auf den Kais von La Villette, dann auf den Buttes-Chaumont, die ihn bezauberten. Nachdem er in der Rue de Mouzaïa gefrühstückt hatte, kam er gegen zwei Uhr an der Porte du Pré-Saint-Gervais an.

Diese Gegend von Paris hat sich vollständig verändert, seitdem man die Befestigungen geschleift hat und ein kleiner Bezirk, dessen Häuser wie die Pilze emporgeschossen sind, den Blick nach dem Norden aufhält. Zur Zeit dieser Erzählung endete die Stadt genau an den Wällen mit ihren drei Festungen von der Porte de Chaumont bis zur Einmündung der Rue Haxo. Die Forts erhoben grasbewachsene Häupter über beigefarbenen Mauern, die schroff in eine merkwürdige Landschaft abfielen. Paris erstarb in einer stillen, armseligen Gegend, die von Geländestreifen unterbrochen wurde, welche schon die Vorstadtzone verspüren ließen. Dort, am Fuße ungleicher, geschwärzter Häuser, flickten finstere Gestalten Matratzen auf rostigen Gestellen, neben sich einen erbärmlichen Handkarren. Gartenstücke und Zäune wurden sichtbar, und daneben erhoben sich wie schmale Türme vierstökkige, niemals ausgebesserte rauchgeschwärzte Häuser. Das alles machte vor dem Boulevard Sérurier halt wie eine Katze, die plötzlich die Pfote ins kalte Wasser taucht.

Hier kam Armand heraus, zusammen mit einer Masse Menschen, die durch die Straßen strömten, einem fröhlichen, über die Wärme verwunderten Volk, dessen dunkle Röcke und Kleider sich mit Hemdsärmeln und Kragen fleckten und weißen Taschentüchern, die man sich bereits über den Nakken gebreitet hatte, unter die Strohhüte und die grauen, braunen, schwarzen weichen Hüte. Man erblickte die Haarknoten der Frauen, oder auch andere, die ihr Haar frei trugen wie Gebüsch oder gebündelte Ähren. Abzeichen gab es, auf denen die rote Farbe vorherrschte, und dort unten, aus ihren schwarzen Behältern befreit, Fahnen und jenseits des Zaunes der Stadtgrenze, jenseits der Gendarmen, die in Gruppen Gewehr bei Fuß standen, nahe der Absperrung, in Bündeln, rote gestickte Banner wie ein Ausbruch in die Sonne.

Lustige Kinderscharen rannten überall herum, tummelten sich zwischen Beinen, Liebespaaren, den ersten Reihen des Demonstrationszuges mit Schreien, Lachen, gezwitscherten Vornamen. Die Sonne brannte heiß hernieder und verlieh der verfallenen Gegend, die sich vor den Demonstranten auftat, ein ländliches Aussehen. Der Pré-Saint-Gervais begann mit einem schrägen Zugang, der die Rue Haxo fortsetzte und unter den Befestigungen mit blütenschweren Kastanienbäumen und einer Reihe von Trinklauben dahin führte, wo es nach gerösteten Kartoffeln, Absinth und Flieder roch. Schuppen und Terrassen, eng verschroben, mit Bänken und Tischen vollgestellt, zusammengestoppelte, mit Eisendraht geflickte Zäune. Eine lachende Menge drängt sich dort zusammen. Große Mädchen mit geröteten Gesichtern schlugen zu Späßen aufgelegten Erdarbeitern in Manchesterhosen auf die indiskreten Hände. Man sang Lieder, die mit dieser städtischen Invasion gar nichts zu tun hatten. Metallreste und Haufen von Alteisen lagen am Rand der Straße zwischen Unkraut und blühenden Karotten. Hinter einer Laube kreischte ein mechanisches Klavier. Diese Flut aus Paris kam in die Vorstadt, die frühreif war wie ein verdorbener Junge, um gleich nach hundert Metern ein Dörfchen der Seine-et-Marne zu erreichen, das aussah, als sei man fünfzig Kilometer von der Hauptstadt entfernt, ein kleiner Ort mit den Häuschen sparsamer Notare und Ladenbesitzer, die sich zur Ruhe gesetzt haben. Aber die Menge folgte einer Reihe von Männern mit scharlachroten Armbinden; sie bog nach links ab, quer durch die Durchgänge, die die Gegend bot, durch Gassen, die sich auf den Schildern »Wege« nannten und die nach der Stadt hin aufstiegen bis zur Höhe des Chapeau-Rouge, einem Hügel der Festungszone, der sich vor den Befestigungen erhob und das große viereckige Feld oberhalb der Rue Emil-Augier beherrschte. Dorthin hatte die sozialistische Partei das Volk gerufen, um gegen das Militärgesetz zu protestieren.

Dort, auf der schrägen Neigung der Fußwege, verlieh die Sonne Elend und Verkommenheit einen Glanz, der den an die südliche Armut von Sérianne gewöhnten Armand nicht täuschte: Das ganze sommerliche Licht in dem Durcheinander von blütenschweren Kirschbäumen und weißem und malvenfarbenem Flieder unterstrich nur noch mehr die schreckliche Wirrnis dieser Behausungen aus Dachpappe, Abfallholz, Wellblech, das bei jedem Windstoß davonfliegen konnte, Behausungen, deren Dächer von großen Steinen, Ziegeln, irgendwelchen schweren Gegenständen festgehalten wurden, wie dort zum Beispiel von einer Wetterfahne, die auf ihrer buchstabenbesetzten Seite lag. Kleine Baracken, die das verdächtige Aussehen von Landhäusern anzunehmen versuchen, vor denen eingelaufene Trikots trocknen, bunte Windeln, bei deren Anblick man seekrank wird, armselige Socken, geblümte Hemden. An den Türen stecken handgeschriebene Visitenkarten, die den jämmerlichen Hütten einen vornehmen Charakter verleihen möchten. Eine von ihnen, die zu vermieten war, behauptete, ganz gebeugt, wie sie war, und jeder Perspektive Hohn sprechend, Doppelwände zu haben. Alle möglichen Arten von Zäunen, meist aus alten eisernen Matratzen mit gesprungenen Federn, trennten die Häuser voneinander und die sie umgebenden Bodenstückchen, auf denen manchmal grüne Bohnen und

Kichererbsen wuchsen. Der schreckliche Geruch der Gruben vermengte sich mit dem der Blumen des Spätfrühlings. Müllkästen und Konservenhaufen vervollständigten dieses vorstädtische Idyll, in dem der Gesang junger Stimmen ertönte, von Stimmen, die zu den heraufkletternden Körpern gehörten, welche die von der Gewohnheit des Tragens und der Muskulatur geformten Kleider sprengen zu wollen schienen. Armand kannte das Lied nicht, das die natürlich-pathetische Geste auf Arbeitermanier begleitete:

»Gruß euch, seid uns gegrüßt,
Tapfere des
sieb-
zehn-
ten Regiments ... Gruß euch ...«

Was sangen sie da? Der junge Bürger aus der Provinz kannte das Lied nicht. Er hörte, wie man den Namen von Klotz verfluchte und den von Etienne von der Autobusgesellschaft, des Ministers des Krieges und der dreijährigen Dienstpflicht. Klotz, der geglaubt hatte, den Erben von Varlin, Courbet, Flourens verbieten zu können, zum Père-Lachaise zu gehen, wo man unter Tränen vor der geheiligten Mauer singt, der Mauer der waffenlosen Tapferkeit, der Mauer, die an das wahnwitzige Heldentum düsterer Tage erinnert und an Delescluze, der im Zylinder starb, und an das alte Ideal der Arbeiter, die glauben, daß das Blut der Herren das Blut der Sklaven wert ist, und die noch nicht wußten, daß man für einen Arbeiter, der vom Gerüst des Alltags stürzt, die ganze Erde fordern muß samt dem armseligen Blut der Bankiers. Klotz, der vom Finanzministerium zum Innenministerium übergegangen war, Klotz, der Vertrauensmann des Zaren, Klotz, der Ehrenwerte, Klotz, der Republikaner, Klotz, der sterben sollte, nachdem einige Millionen Menschen umgebracht worden waren, von seinesgleichen gedeckt, nachdem er falsche Schecks ausgegeben hatte; Klotz also hatte dem Volk von Paris verboten, auf dem Père-Lachaise die »Internationale« zu singen. Dann, von Angst gepackt, hatte er diese Demonstration vor den Wällen der Stadt erlaubt, außerhalb der Stadt, als habe seine Macht an ihren Mauern ein Ende und als könne man wirklich in diesen Gräben die Gaunerei und die Schande, den Diebstahl und den Profit an die Wand stellen.

»... Seid uns gegrüßt!
... Ein jeder liebt's,
Ein jeder kennt's.«

Taubenschläge auf dem Dach eines fensterlosen Loches, in dem scheu blickende Menschen mit halbnackten Kindern hausen. Das Idyll der weißen Vögel über Hunger und Schmutz leuchtet unbegreiflich wie die Tiefe des Herzens. Warum schlachten diese Armseligen, die vor Hunger krepieren und in der Morgendämmerung die Müllkästen durchwühlen, nicht diese Vögel, die über ihren hungrigen Bäuchen kreisen? Da sie die eigenen Kinder nicht fressen, sehen sie über ihren Köpfen diesen geflügelten Gästen zu, dem Himmelsgetier, das ihnen mehr wert ist als ihre eigenen Leiden.

Inzwischen treten die Bewohner dieses Alpdrucks aus ihren phantastischen Gebäuden, die einen an die Kunst der Irren und an Kinderzeichnungen erinnern; sie kommen daraus hervor mit lachenden Augen, weil die riesenhafte Familie von Paris an diesem Sonntag gekommen ist, um ihnen einen Besuch abzustatten. Schwarze Menschentrauben setzen sich auf dem Rasen der Hügelkuppen fest, Zeitungen werden ausgebreitet, graue Sonnenschirme, der Rotwein fließt literweise, die kleinen Steppkes brüllen.

Das Wetter ist schön, unbeschreiblich schön. Man ist unter sich. Man hat das Geräusch der Gewehrkolben an der Absperrung vergessen. Hier wird gesungen, und bis dort drüben hin, jenseits des Hügels, auf den, man weiß nicht wie, auf merkwürdigen Handtragen, mit Lastwagen, die über unmögliche Wege herangekommen sind, Vorstadthändler Biertonnen gehißt haben. Jetzt bieten sie schaumgekrönte Gläser den von Durst und Landschaft erfüllten Demonstranten dar.

Die Landschaft öffnet sich gegen Saint-Denis, den Industrieburgen des Nordens zu. Schornsteine erheben sich flehend zwischen den Bäumen der Landstraßen; dann kommt die unendliche Ebene, die nach Flandern hinaufzieht, mit ihren Erinnerungen an Kaufmannszüge, Messen und Kriege.

XXIX

Schießt ihr auf uns,
Dann würdet ihr
die
Re-
pu-
blik
ermorden!

Was für eine Hitze! Wenn sie die Höhe erreichten – sie erklommen sie lachend, wobei sie dicke Frauen, die auf den schmalen Wegen ausglitten, anfeuerten –, erblickten die Pariser das Panorama, das ganze Feld der Kundgebung, auf dem sich, die Hügelseite hinansteigend und bis in den Grund jener offenen Senke hin, die rotdrapierten Tribünen erhoben, von denen aus die Redner – neunzig hatten sich eingeschrieben – zur Menge sprechen sollten. Für den Moment sahen die Flanken des Hügels eher nach einem riesigen Picknick aus. Zeitungshändler liefen umher und Kinder mit Gebäckschachteln, die ausriefen: »Oblaten, meine Damen?«, und Gruppen streckten sich im Gras auf Zeitungen aus. Aber unter der drückenden Sonne kam es vom Horizont her wie lange dunkle Ameisenzüge. Fetzen von Liedern und Rufe drangen manchmal bis zum Hügel hinauf. Wenn man sich umdrehte, gewahrte man ganze Kolonnen hinter sich, die aus der Rue Haxo herausströmten und von der ganzen benachbarten Gegend von Paris herkamen. Von Pré-Saint-Gervais her stiegen sie über alle Zugangswege quer durch Häuser, Hütten und Mauern heran. Von der Porte de Chaumont her und von der Porte d'Allemagne war es ein wimmelndes Meer mit Wogen der Begeisterung und dem roten Schaum der Fahnen. Musikkapellen brachen los. Bewegung entstand beim Vorbeiziehen großer Gruppen von Frauen oder eines Bataillons von Arbeiterturnern, deren helle Trikots und nackte Arme einen Augenblick lang das Dahinfluten des Menschenstromes unterbrachen.

Und das setzte sich fort nach den hohen Schornsteinen von Pantin hin, während über der Stadt weißlich, ekelerregend wie ein Käse, die riesenhafte Provokation des Sacré-Cœur de

Montmartre flammte. Von überallher wurden jetzt Schreie hörbar: »Die Drei Jahre, hu hu! Die Drei Jahre, hu, hu!«, skandiert wie vielsilbige Verse.

Das Kampflied, das Armand nicht kannte und das sich an irgendwelche Soldaten zu wenden schien, wechselte mit der »Internationale« ab. In dem riesigen Tiegel aus armseligem Gras, festgetretener Erde und Mauern wallte es wie von Wasser, das noch nicht im Kochen ist, aber bereits die ersten Blasen wirft. Messingblinkende Bläsergruppen ließen in der Sonne am Fuße der Höhe ihr Geheul vernehmen. Leute standen auf, Kinder rannten. Zwischen Armands Füßen überkugelte sich ein spielendes Paar junger Hunde. Der Raum wurde eng vor der Masse von Menschen. Auf Tischen, die man oben unter improvisierten Sonnendächern aufgebaut hatte, boten kleine Händler Postkarten, Würste und Limonade feil. Frische Mädel mit lauten Stimmen hielten der Menge Abzeichen, verzierte Feuerzeuge, Rotwein entgegen. Fahnen flatterten über dem ganzen Bild, Wortfetzen umschwirrten Armand, der in der Menge hin und her geschoben wurde. Nicht weit von sich sah der junge Mann ein grünes, goldgerändertes Banner vorbeiziehen. Ein alter Mann in Mütze, mit schwarzer Brille und einer Pfeife bemerkte seinen erstaunten Blick; er stützte sich auf Armands Schulter, weil er über einen großen Stein stolperte und fast gefallen wäre. Er erklärte: »Die Fahne der Antialkoholiker ...« Er zog den Saft aus seiner Pfeife und spuckte aus. »Wenn das nicht traurig ist!« fügte er mit einem kurzen, greisenhaften Auflachen hinzu.

Das Drängen der Neuankömmlinge hatte sie bereits auf halbe Höhe zwischen den Tribünen zurückgedrückt. Rückwärts über ihnen, in der Nähe des Hügelkamms, trug die höchste Tribüne, die schon von den in Gruppen zusammengestellten Fahnen geschmückt war, mitten zwischen purpurrotem Tuch eine Art merkwürdigen schwarzen Schleiers. Der Alte machte eine Handbewegung hinüber, während er mit der anderen Schulter Armand anstieß: »Da, die schwarze Fahne ... Anarchisten!« Eine Kinderstimme fragte: »Wieviel sind wir? Zehntausend?« Allgemeines Auflachen antwortete dieser Naivität. Fünfzig-, hunderttausend war man! Vielleicht mehr, vielleicht eine Million! So was, du spinnst wohl ... Es nützt nichts, zu bluffen ... Wenn du rechnest, daß auf einen Quadratmeter vier Leute gehen ... Wieviel Tribünen gibt es? Warte, ich werde dir gleich sagen: eins, zwei, drei ... Du bist aber schwer von Begriff, hör mal. Warte, ich zähle. Fünfzehn sind es ...

»Schießt ihr auf uns, dann würdet ihr ...«

Armand wagte, indem er sich wieder dem Alten anschloß, von dem ihn ein Stoß getrennt hatte, zu fragen: »Was singen sie da?« Der andere sah ihn aus seinen schwarzen Gläsern an. »Ist es dir nicht heiß«, fragte er, »in deinem Regenmantel?«

Dann blinzelte er auf den leeren Kopf seiner Pfeife nieder und antwortete: »Das ist das Lied vom Siebzehnten. Sagt dir das nichts, von Montéhus? Denn vor sechs Jahren hat das siebzehnte Linienregiment ...«, und dann erklärte ein Möbeltischler des Viertels Saint-Fargeau seinem jungen unwissenden Nebenmann den tiefen Sinn des Liedes. Mitten im Gedränge, dem Druck, der Hitze, dem engen Nebeneinanderstehen einer ärmlichen, robusten Menschheit, die so fremd war für Armand, voll von Träumen, der Provence und den Erinnerungen an die Minnesänger entrückt, erzählte der alte Arbeiter die Legende von gestern, eine Geschichte, einfach wie ein Bilderbogen, von der Revolte der Soldaten, die nicht auf das Volk hatten schießen wollen. Er summte die Melodie und sprach den romantischen, einfachen Text vor sich her. Er nannte die Namen der Leute, die Daten, die Städte. Er berichtete vom Brand der Präfektur ... die Truppen, die in den Straßen kampierten ... die Soldaten ... »Woher wissen Sie das alles?« fragte Armand.

Der Alte wandte ihm seine dunklen Brillengläser zu. Sein Blick im Halbschatten der Gläser begegnete stark dem des jungen Mannes. »Das gehört uns«, sagte er, »das ist unsere Geschichte ...« Ein ungeheuerlicher Lärm, eine noch stärkere Bewegung, die das ganze Gelände, die Menge in Erschütterung brachte, hundertfünfzigtausend zusammengedrängte Menschen, die um die Rednertribünen standen, aus der Schilder aufragten mit den Namen von Gewerkschaften, Berufen, Gruppen, Parteien, Hoffnungen, Standarten der Revolte und der Ordnung, golddurchwirkt gegen die Macht des Goldes – ein Lärm und eine Bewegung, die mit ihren Schreien die ergriffene, sich drängende Masse mit dem verhundertfachten Aufschrei »Nieder mit den Drei Jahren!« erbeben ließen, kündigten am anderen Ende des Geländes die Ankunft eines geliebten Führers, eines Helden an. Jaurès, Jaurès! Der Name griff um sich, schwoll an, erstarb, um neu zu erstehen, wie das helle Erschauern eines Weizenfeldes. Jaurès kam durch jene Porte d'Allemagne an und jene Avenue d'Allemagne, die einige Jahre später wie zum Hohn ihren Namen verlieren sollten, um den seinen zugunsten eines Krieges anzunehmen, den er hatte verhindern wollen. Als er aus dem alten Auto stieg, das ihn hergebracht hatte, war der Volkstribun in steifem Hut und der dreifarbigen Schärpe des Parlamentsabgeordneten über der Brust von der Menge mit einem Elan auf die Schultern genommen worden, der ihn auf die Höhe der Geschichte stellte, auf jenen Posten, den er erst mit seinem Tode verließ und von dem aus er jene Jahre des Vorkriegs, jene letzten Tage der Illusion beherrschte. Zehntausend Menschen hatten sich wie ein einziger seiner bemächtigt und trugen ihn dahin, wie es die Flüsse tun, trugen ihn auf den Schilden des Kampfes gegen den Krieg, in jener Minute, wo die erhobene Faust des Redners, die eine Fotografie unsterblich macht, Sinnbild seiner Größe, der Würde seines Protestes, einer ganzen Epoche, die Ehre einer verfaulenden Partei rettet, in der sich schon die müden Worte der Verräter hören lassen, jenes Wozu-auch? der Verräter, die, sobald Jaurès tot ist, das Schiff steuerlos dahintreiben lassen werden. Jaurès, Jaurès! Die Schreie erschüttern den festgetretenen Boden und steigen bis zu den Biertonnen auf den Höhen empor. Die Sacré-Cœur-Kirche in der Ferne leuchtet mit dem drohenden Glanz zusammengebissener Zähne. Auf den fernen Straßen hämmert der Tritt exerzierender Truppen, hinter den eisernen Zäunen von Paris und in den angrenzenden, gleichsam vor Anker liegenden Straßen stehen Kürassiere, Infanteristen und die Garde im Alarmzustand, und gegen Westen hin, Erinnerung an einen einstigen Krieg, der Mont-Valérien, den der Eiffelturm erstaunt betrachtet – alles das scheint, je weiter die Jahre zurückliegen, der Hintergrund eines Bildes, die nebensächlichen Bestandteile eines Porträts, dessen Mittelpunkt die

Figur von Jaurès ist, eines dicken, alten, bereits kurzatmigen, sanguinischen Mannes mit meliertem Bart, Ringerbrust und Bürgerbauch, seiner dreifarbigen Schärpe und seinem roten Herzen, seinen Irrtümern und dem großen volkhaften Geist, der ihn belebt, Jaurès, der allein für sich nichts sein würde, den aber die Macht der Arbeiterklasse dahinträgt über die Köpfe und die erhobenen Hüte und Arme wie eine lebende Fahne, die Fahne des Lebens gegen den Krieg. Es ist drei Uhr. Jaurès erreicht die Tribüne am Hang des Hügels. Sie liegt unterhalb jener der Kommunistisch-anarchistischen Föderation. Armand, wie es der Zufall will, steht ganz nahe bei dieser Tribüne; aber er versteht zunächst nicht den ersten Redner vor dem Wall der roten Fahnen, einen gewissen Renaudel, an dem er zuerst nichts Besonderes findet. Die Lieder, die von überallher kommen, brauchen Zeit zum Aufhören, und schon erblickt man auf den anderen Estraden Männer, die sicher beim Sprechen sind; und weiter unten, auf der Tribüne Nr. 2, strömt irgend etwas wie Begeisterung um eine Gruppe, die eng gedrängt auf den Brettern steht, wo jetzt ein Greis erscheint: »Es lebe die Kommune!« Neben Armand sagt jemand, dies sei Vaillant, der Kommunarde, der dort oben spricht, und er möchte ihn besser sehen können und weiß nicht, daß dort noch weiter, dieser Fleck auf einer Abschüssigkeit des Terrains neben einer anderen Tribüne, die Arbeiter der Fabrik Lebaudy sind mit ihren Frauen und Kindern, die Bourderon von der Gewerkschaft der Faßbinder zuhören, noch weiß er, daß unter der Fahne der Anarchisten der Bürger Dumoulin gestikuliert: »Wir sind gegen jede Armee, gegen jede Idee eines Vaterlands!«

Und da unten die Parlamentsabgeordneten der sozialistischen Partei, und dort unten Camélinat, der in den Tagen der Kommune die Münze verwaltete.

Er ist verloren, der unwissende Armand, unter diesen lebenden Fragmenten der Geschichte; er begreift nichts von dem Drama, das sich um sein Leben und um das von Millionen Menschen abspielt. Die plötzlich hervorgetretenen Figuren, pathetische Sprecher von Ideen, die er nur schlecht voneinander unterscheidet, sind für ihn vorläufig noch lediglich Marionetten. Seine Aufmerksamkeit wendet sich weniger ihnen als vielmehr Gesichtern in der Menge zu, von Arbeit und Hunger gezeichnet, jenen Jungen aus dem Bezirk La Goutte d'Or, die nicht weit von ihm mit ihren Fahnen stehen, ihrer Kraft und Jugend, deren Bruderschaft er unklar spürt. Auf Renaudel ist unter lauten Hurrarufen der Delegierte der sozialistischen Partei der Schweiz gefolgt, der Bürger Brüstlein aus Bern, Bundesrat der helvetischen Republik. Unter seinem Panamahut, den er über die Augen gezogen hat, steht er da, ein starker, solider Kerl, dick wie ein Bauer, rasiert, mit hängendem Rock, mit zu hoher Weste und einem steifen Kragen, den eine phantasiefarbene Krawatte zu lose umschließt. Seine Arme fuchteln vor der Nase eines dunklen Mannes mit starkem Schnurrbart und weichem Hut herum, der diesen Bewegungen mit Mühe aus dem Wege geht. Armand betrachtet Jaurès, der mit einem Mann mit wunderbarem weißem Bart spricht. Er sieht nur Jaurès, und gleichzeitig fragt er sich, ob Louis Descaves da ist. Die Bewegungen der Menge haben ihn nach oben gedrängt, der schwarzen Fahne zu, von wo aus er die lauten Worte Dumoulins versteht: »Werden wir unsere Haut zu Markte tragen wie jene von achtzehnhunderteinundsiebzig? So weit ist es mit uns gekommen, daß wir unsere Meinung auf einem Platz ausdrücken, der weit von der Stadt entfernt ist! Sind wir denn reif fürs Schlachthaus und nicht für die Revolution? Die Anarchisten sind nicht dieser Ansicht und werden unter allen Umständen ihre Verantwortung zu tragen wissen!« Der Ausbruch nach diesen Worten zerreißt irgend etwas in der Masse. Dunkel fühlt man, daß es um diese Worte Meinungsverschiedenheiten, tiefe Uneinigkeit gibt. Junge Kerle neben Armand zucken die Achseln: »Rede du nur, mein Guter!« Armand gewahrt vor sich eine ganze Familie, Arm in Arm, feierlich aufgestellt, und in ihrer Mitte steht ein Mädchen von zwölf Jahren im Kleid der Ersten Kommunion. Ihr Kleid und ihr weißer Schleier haben schon Leute zum Lachen gebracht; aber man achtet nicht mehr darauf. Der Kleinen ist sehr heiß, und von Zeit zu Zeit faßt sie mit schwitzender Hand nach der Passe ihres Kleides.

Der weiße Bart Groussiers ist jetzt auf der unteren Tribüne sichtbar.

Von unten kommen Bruchstücke von Liedern und Schreie:

»Nieder mit den Drei Jahren!« Sie kommen von allen jenen Knotenpunkten der Revolte, an denen die Redner in Bewegung sind, Frauen, hier Louise Saumonneau, weiter drüben Maria Vérone. Aber ein tiefes Aufatmen, eine große Bewegung lenkt Armands Blick auf Jaurès, der jetzt sprechen wird.

Auf Jaurès, der spricht. Erhobene Arme, der steife Hut, der Bart. Ungestüm. Auf Jaurès, der sich vom ersten Atemzug an nicht schont. Vom ersten Atemzug an erreicht er den Paroxysmus seiner Vorredner, des Eisenbahners aus Toulouse zum Beispiel, aller jener Volkstribunen, die das Gelände des Zorns unter einer bleiernen Sonne beherrschen. Vom ersten Atemzug an läßt er sie hinter sich und versetzt einen dahin, wo man noch zu lachen vermag, und man lacht wirklich mit dem starken, machtvollen Lachen der Masse, die die Schultern von Grobschmieden ihr eigen nennt. Was hat er gesagt? Armand, der zuhört, weiß es nicht; aber er lacht voller Vertrauen mit den andern. Er kann nur schwer den Anspielungen auf Dinge folgen, die für dieses Volk so vertraut sind wie das Atmen. Aber einen Namen versteht er, den Jaurès fallen läßt, einen Namen, wie eine Infamie, den Namen von Poincaré. »Hu, hu, Poincaré! Hu, hu, Poincaré!« Die dröhnende Masse beruhigt sich nicht trotz der Handbewegung, die Ruhe fordert, der ausgepfiffene Name dehnt sich über die Zone aus, über die Jaurès Einfluß besitzt, er veranlaßt die Gesichter um die anderen Tribünen, sich Jaurès zuzuwenden, er erweckt Haß und Widerstand und schallt von überall zurück wie ein Echo von unsichtbaren Wänden. »Hu, hu, Poincaré!« Als das Rufen endlich erstirbt, erhebt sich die tiefe, warme Stimme, in der Armand den Wein seines sangesfreudigen Südens erkennt, mit erstaunlicher Klarheit: »Poincaré! Wie der Wanderer, der sich in der Wüste verirrt hat, sollte er sich dem Volk zuwenden, wie einer Quelle frischen Wassers, wenn er dem Tode entgehen will!«

Erstaunliche Sprache, die Armand verwirrt. Er denkt noch über diese Worte nach, über das Wasser, die Quelle, als der Redner bereits mit einer großen Bewegung das Herz der Kasernen erschließt und mit Meisterschaft über die Revolte der Soldaten spricht. Ganz Frankreich pulst in diesen Worten, seine Kasernen im Norden und Osten und jene im Süden, in

Paris, die Häfen, die Arsenale. Jaurès ist einen Augenblick lang die Stimme der Jugend in Waffen. In seinen ausgestreckten Fäusten blitzen die Gewehre, die morgen gegen unsere deutschen Brüder nicht losgehen werden. Aller Ungehorsam des Einst und der Zukunft. Die Erschossenen von Saloniki und jene vom Chemin des Dames. In der provenzalischen Emphase klingt etwas vom Akzent Liebknechts, der sterben wird wie Jaurès, ermordet. In diesen Worten voller Feuer, Blei und Hagel ist die Wut des Jahrgangs beschlossen, den man nicht demobilisieren will wegen jener Zwischenzeit zwischen den Militärgesetzen, die Wut über den ekelhaften Zinnteller und den stinkenden Fraß, die Wut des enttäuschten Magens, die Wut des Mannes, der dem Dreck und dem Massaker entgehen will, dessen, der von seinem Vorposten aus zu den Deutschen: Brüder! hinüberruft, denen zu, die unter ihren Stahlhelmen unseresgleichen sind, die Wut jener, die sich unter der wahnsinnigen Drohung der Minen oft genug hingeworfen haben, jener, die – Dumoulin! – die Versicherung, daß sie gegen jede Armee sind, für lächerlich halten, denn sie ihrerseits *sind* eine Armee, eine Armee wie die Nationalgarde von 1871, mit Waffen, Geschützen, Fäusten und der Haut, die es zu verteidigen gilt, die Armee des Volkes, die da ist, um die Armee der Mächtigen zu vernichten.

Und mit all seinen Irrtümern, all seinen Unklarheiten spürt Jaurès, der große Jaurès, der Utopist der »Neuen Armee«, *das* voraus in der wunderbaren Wärme dieses Maitages des Jahres 1913: er spürt voraus die große rote Armee der Völker, die sich die Hände reichen und ihre Herren an die Wand stellen werden, er spürt den Oktober voraus, den er nicht mehr sehen wird, er spürt das Schwarze Meer voraus und die »Waldeck-Rousseau«, er spürt die Meuterer von Kiel voraus und die von Calvi; er erblickt, o Holland, deine »Sieben Provinzen«, die heroischen Armeen der chinesischen Sowjets, die Soldaten Kataloniens und Asturiens, die Schutzbündler von Wien und den Ritter der Hoffnung, den Brasilianer Luis Carlos Prestes, und den Metallarbeiter Woroschilow und alle jene, die noch keine Namen haben, er erblickt unsere blutige Zukunft, die die Blutströme der Erde versiegen machen wird. Ja, Jaurès, wie du, sind wir nicht gegen *alle* Armeen, wir, Söhne und Brüder der Kléber, Flourens, Galan, Marty!

Armand steht in der singenden Menge und lauscht den melodischen Worten, er kann seine Blicke nicht von der kleinen Kommunikantin abwenden, eine Kraft reißt ihn mit, über die er sich keine Rechenschaft ablegt, er ist auf dem Gipfel von irgend etwas, dessen Fundament er nicht kennt, weil in diesen Tagen des Rausches die auf dem Dach keine Zeit mehr haben, nach dem Keller zu sehen, und wenn hundertfünfzigtausend Menschen so daran glauben, wird dann Armand, dessen Herz mit dem Herzen der Menge schlägt, etwa daran zweifeln? Der Krieg! Dieses Gespenst schlief irgendwo in der Ferne bei den Werwölfen. Steht es jetzt dort auf, bereitet sich die neue Tragödie vor? Nieder mit den Drei Jahren! Nieder mit den Drei Jahren! Die Schreie setzen die Rede fort und bevölkern den unerschütterlich leuchtenden Himmel. Einhundertfünfzigtausend Menschen setzen die Drei Jahre und den Krieg gleich. Sie wissen, daß die Stimme von Männern, die sich für ihre Beauftragten ausgeben, diese Stimme, die die jungen Leute für drei Jahre in die Kasernen schicken will, das Signal zum Wettlauf, zum nächsten Massaker sein wird. Sie haben nur die Hoffnung auf sich selber; sie wissen sich von allen Seiten verraten. Sie wollen nicht wie eine Herde von Lämmern die unverständlichen Schachzüge der Reichen bezahlen.

Nieder mit den Drei Jahren! Ihre Forderung läßt Paris, über dem keine Wolken hängen, und diese ganze Landschaft, die sich bis zu den Dünen des Nordens hinauf erstreckt, erzittern. Ihre Schreie sind gegen jene lachhaften Militärparaden gerichtet, die eines Tages in dem berühmten Heeresbericht enden werden: »Unsere Stellungen von der Somme bis zu den Vogesen sind fest in unserer Hand ...« Sie rufen: Nieder mit den Drei Jahren! den Roßtäuschern zu, die mit Eisen, Dynamit und Öl handeln, sie rufen es den Clemenceaus zu, von denen einer sie bis ans Ende der Schlächterei führen wird, während der andere, der Bruder, die Nobelgesellschaft – o Ironie eines friedlichen Namens! – zur Herstellung von Explosivstoffen segensreich verwaltet. Sie rufen es den de Wendel von Frankreich und den von Wendel Deutschlands zu, sie rufen es dem gesichtslosen Abschaum zu, dessen Verbrechen in den Börsennachrichten zu finden sind statt in den Berichten aus dem Gerichtssaal. Sie rufen: Nieder mit den Drei Jahren!, weil das vorläufig alles ist, was sie zu sagen wissen, sie, die nicht das Beispiel von 1905 und die große Lehre der Tage des Russisch-Japanischen Krieges begriffen haben. Nieder mit den Drei Jahren! drückt dennoch wundervoll den großen Willen des französischen Volkes zum Frieden aus und seine tolle Gier, zu leben und seine Herren niederzuwerfen, seine Herren, die den Sturm vorbereiten, die es nicht weniger fürchtet, als seine gallischen Vorfahren die Götter, die Beherrscher des Donners, fürchteten.

Armand, der so leicht zu formen ist, für den hier nichts weiter existiert als das Gefühl, das ihn trägt, und der sich nur mühsam aus dem Dunkel losringt, braucht sich nicht sehr anzustrengen, um in den Ruf mit einzustimmen, der die Luft zerreißt: Nieder mit den Drei Jahren! Und er singt. Ein Lied, das er kaum kennt, ein Lied, das eine Legende bewohnt, ein Lied, das ihm das heiße Blut der Jugend in die Stirn treibt:

»Tapfere des siebzehnten ...
Gruß euch, seid uns gegrüßt ...«

XXX

Als Edmond traurig und übler Laune seinen Schlüssel verlangte, sagte ihm der Hausdiener sehr schnell: »Eine Dame erwartet den Herrn auf seinem Zimmer ...« und dann mit einer Kopfbewegung: »Es sitzt auch jemand in der Diele ...«

Edmonds Herz schlug. Carlotta! Er hatte unrecht gehabt, an ihr zu zweifeln. Irgend etwas hatte sie zurückgehalten; aber sie war doch gekommen. Sie war oben. Der Hausdiener entschuldigte sich: Die Dame hatte gefürchtet, gesehen zu werden, während sie den Herrn erwartete, und er hätte geglaubt, es wäre besser, außerdem habe sie darauf bestanden ... Carlotta hatte ihm offenbar ein gutes Trinkgeld zugesteckt. Na, diesmal hatte er richtig gehandelt. Es war auch ein Telegramm gekommen, das der Hausdiener ihm hinhielt. Edmond riß es auf, während er mit den Gedanken woanders war. Eine plötzliche Erregung hüllte gleichsam alles in Rauch. Er vermochte kaum zu lesen. Das Telegramm kam von Doktor Barbentane, und es war die Rede darin von Verzeihung und Geldanweisung. Carlotta! Er ging auf die Treppe zu, als der Hausdiener ihn zurückrief und mit dem Finger auf die andre Seite hinüberwies: »Der Herr in der Diele ...«

Armand. Er hatte Armand vergessen. Wie konnte er ihn nur loswerden? Hoffentlich würde er bloß nicht an ihm klebenbleiben. Schließlich war ja Armand schon ein richtiger Mann. Er würde verstehen, was das ist: die Liebe! Gibt es etwas Geheiligteres? Die Liebe. Armand stand aus seinem Sessel auf, in dem er halb eingeschlafen war. Edmond griff nach seiner Hand: »Du entschuldigst mich ... ich bin gewiß, daß du mich verstehst. Sie ist oben, mein Lieber. Das ist für mich von äußerster Wichtigkeit ... Verstehst du? Sie ist oben, bei mir, in meinem Zimmer ... Ich bin so glücklich, mein Lieber ... Hier, nimm die zehn Franken, geh allein essen ... sag mir nicht danke ...«

Armand war verblüfft. Er hatte seinen Bruder noch nie in einem ähnlichen Zustand gesehen. Niemals war die Intimität zwischen beiden groß genug gewesen, als daß er Edmond eines menschlichen Gefühls hätte verdächtigen können. Ohne recht zu verstehen, hatte er das kleine Goldstück genommen, und als Edmond ihn umarmte und ihn fröhlich auf die schlechtrasierte Wange küßte, glaubte er, Edmond sei einfach verrückt. Sein Bruder hatte ihn schon wieder stehenlassen, ohne ihm adieu zu sagen, ganz plötzlich nach diesem Anfall von Aufrichtigkeit und Zuneigung. Armand blickte auf seine zehn Franken und nickte vor sich. Er war furchtbar müde.

Edmond lief die Treppe hinauf, indem er immer zwei Stufen auf einmal nahm. Carlotta! Ach, die Jugend und das Leben! Welches Gefühl, Macht über alles zu besitzen! Die Stufen zum Beispiel, die er so oft hinaufstieg und die ihn ermüdeten, waren ihm an diesem Abend nur ein Vorwand, um seine Kraft zu erproben. Gleichzeitig dachte Edmond, eigentlich hätte es genügt, wenn er seinem Bruder weniger gegeben hätte. Aber war nicht in dem Telegramm des Alten von einer

Anweisung die Rede gewesen? Im zweiten Stock entfaltete er unter der Lampe noch einmal die nur flüchtig gelesene Botschaft: »Erwarten Armand – haben verziehen – Anweisung folgt – Barbentane.«

Edmond wollte einen Moment lang wieder hinuntergehen, dann faßte er sich. Es eilte nicht. Erst sollte mal die Anweisung kommen. Wie würde übrigens Armand das »verziehen« aufnehmen? Und dann wartete ja Carlotta. Die zehn Franken würde er von der Anweisung abziehen. Die Liebe trug den Sieg davon, und der junge Mann erreichte mit einem Sprung den Absatz der vierten Etage und seine Tür. »Liebste …«

Er war in der Tür stehengeblieben. Es war nicht Carlotta. Frau Beurdeley, ohne Hut, hatte sich neben dem Bett erhoben. Der Totenkopf grinste neben dem Damenhut auf dem Nachttisch. So ein Idiot, dieser Hausdiener! Und der arme Armand war jetzt ganz allein! Frau Beurdeleys Antlitz hatte sich bei Edmonds Eintreten völlig verwandelt. Seine Hast beim Heraufkommen, sobald er wußte, daß sie da war, dieser Ausruf aus innerstem Herzen, sobald er in die Tür trat … Aber er hatte seinen Hut auf das Bett geworfen und zog den Mantel nicht aus, und sein Ausdruck hatte sich verfinstert, während er wieder Luft bekam. Auf einem Stuhl lag mit ironischem Blick ein Silberfuchs.

»Edmond, ich bin gekommen … ich konnte nicht länger auf dich warten … du wirst den Hausdiener entschuldigen, ich konnte nicht riskieren, gesehen zu werden, während ich auf dich wartete … ich konnte nicht länger auf dich warten. Nein, sag nichts, hör zu: Du weißt nicht, was du für mich bist, wie mein Leben sich verändert hat, seitdem du in dieses Leben getreten bist, irgendwie, eines Tages, als du nichts Besseres zu tun hattest … Ich weiß, ich bin fünfzehn Jahre älter als du, ich habe einen Sohn und so weiter, und diese Runzeln, die sich schon zeigen …« Ihre Stimme brach.

»Setz dich«, sagte Edmond trocken. Worte, die wie Wolken vorbeifliegen. Sie blieb stehen, näherte sich ihm unruhig und streckte ihre Hand, von der der halblange, im Gelenk verengte Handschuh herabhing, nach der Stirn des jungen Mannes aus, als wolle sie etwas Schreckliches vertreiben.

»Hör, Edmond, du mußt wissen … ich kann nicht mehr

weiter, mit diesen Lügen. Ich verlange nichts von dir, keinerlei Garantie für die Zukunft; es wird eben dauern, solange es dauert ... Ich werfe meine Existenz in die Waagschale, mit meinem Wunschtraum ... mein Kleiner, mach mit mir, was du willst ...«

Edmond war wie unter einem Alpdruck: Was wollte sie nur von ihm? Sie schliefen seit mindestens zwei Monaten miteinander. Wenn sie sich nicht setzen wollte, nun, er war außer Atem, also ... Er machte es sich in einem Sessel bequem. Sie folgte ihm: »Ich weiß, ich bin verrückt; aber was macht das schon? Mein Leben, mein elendes Leben. Diese abscheuliche Alltäglichkeit. Der alte Mann neben mir, seine Manien, seine Gleichgültigkeit und sein Sohn. Mein Kind!« Sie lachte schmerzlich: »Dabei bin ich doch noch eine Frau, mein Blut pulst, und wenn ich dich ansehe, spüre ich, wie sehr ich noch Frau bin ... Das Personal zu Hause, dieses Sichüberwachenmüssen ... die Leute ... Ich habe Angst, nachts im Traum zu reden ...«

Er unterbrach sie brutal: »Worauf willst du hinaus?«

Sie sah ihn an und begriff. Er liebte sie nicht. Sie machte eine Bewegung wie eine Ertrinkende. Sie zeigte auf etwas am Boden. Ein Koffer. Da haben wir's! Eine wutgeladene Stille trat ein, in die aus dem benachbarten Zimmer die näselnde, erstickte Stimme eines Phonographen drang, mit einer Romanze voll von Mondschein und Küssen. Edmond fragte, verrückt vor Wut: »Was soll das heißen? Willst du dich etwa hier niederlassen? Du spinnst wohl, bei einem Studenten ... Und dein Mann? Dein Ruf? Ohne davon zu reden, daß du mich nicht nach meiner Meinung gefragt hast ... Ich irre mich doch nicht?« Ihr Blick gestand. Er fuhr fort: »Das also, nein, so etwas! Du lebst dein Leben, und ich lebe das meine. Meine Studien. Meine Zukunft. Du glaubst doch wohl nicht, daß ich meinen Vater sich weißbluten lasse, um mir eine Karriere zu ermöglichen, und daß ich diese Karriere durch eine Laune im Keim ersticken lassen werde? Außerdem müßte ich ein unverschämter Egoist sein, um nicht an dich und deine Familie zu denken.«

Sie hörte ihm entsetzt zu. Ihr war, als sinke sie in eine Tiefe voll von flutenden Algen, ein klebriges Meer schlug schwindelnd über ihr zusammen, und ihre Gedanken trieben in diesem Strom wie die Stücke eines Wracks. Sie rang nach Atem. Immer noch wollte sie nicht an einen unwiderruflichen Irrtum glauben. »Edmond ... versteh mich wohl, ich habe heute alles aufgegeben ... alles ... für immer. Ich konnte nicht mehr länger lügen. Weißt du ... du hast mich niemals gefragt ... du bist mein erster Geliebter ...«

Er grinste.

»Ich schwöre es dir. Der erste, der einzige. Ach, vor dir gab es nur diesen Mann, meinen Mann, dem gegenüber ich immer nur kälteste Unterwürfigkeit kannte, und diese furchtbare Kindbettgeschichte, die mir jene Narbe am Leib hinterlassen hat, weißt du ... Ich erwache jetzt erst aus diesem Krankenhausalpdruck, von dem ich mich niemals erholt habe ... Dieser Mann, der langsam neben mir altert, den ich immer weniger ertrage und dem ich doch helfen muß ...«

Der Gedanke an Carlotta kam ihm während dieser grotesken Szene wie eine unerträgliche Folter wieder in den Sinn. Diese Frau, die redete, die nichts im Reden aufhalten konnte – du lieber Gott, war sie sich denn nicht bewußt, wie widerwärtig diese Szene war? Carlotta! Sie war nicht zu ihrer Verabredung gekommen, und als er bei der Rückkehr ins Hotel geglaubt hatte, sie sei dennoch gekommen – diese Frau ... Die Wut mischte sich mit rasendem Schmerz, der irgendwo in der Brust erwachte. Er würde doch nicht etwa anfangen zu weinen?

»Ich habe da«, sagte die Frau, »ein bißchen Geld, meinen Schmuck. Wir werden leben können. Ich sage dir, daß es so lange dauern wird, wie es eben dauert. Dann kannst du mich über Bord werfen, um dein Leben zu leben, ich weiß. Aber inzwischen wirst du mir ein paar Wochen, vielleicht ein paar Monate, ein Jahr gegeben haben, ein Jahr voller Glück ...« Ihr Bitten, ihr Betteln brannte in ihren vagen verrückten Blikken. Die Arme klammerte sich an ihre bescheidenen Hoffnungen. Edmond hatte, obwohl er nicht mehr zuhörte, die Worte »Geld«, »Schmuck« vernommen. Sie allein konnten ihn noch fesseln. Von Liebe hätte sie endlos weiterreden können.

»Du willst mich also kaufen? Dein Geld, dein Schmuck!

Weil ich arm bin, weil zwischen der Liebe und mir das Geld steht ... Geld? Bist du hergekommen, um mich zu beleidigen?« – »Sei nicht böse! Nicht *das* wollte ich sagen. Ich habe Diamanten bei mir, die von meiner Familie stammen, die nichts mit dem Professor zu tun haben, und ich dachte ... wir hätten beide leben können, ohne weiter zu überlegen ... eine Art Zwischenakt im Leben ... Mein Gott, das Leben ist so abscheulich; du wirst mich doch nicht ganz zur Verzweiflung treiben?« – »Geld? Ihr seid alle gleich, es gibt nichts für euch außer Geld. Dafür seid ihr zu allem bereit. Ihr verkauft euch an einen Mann, und nachher tut es euch leid. Dann ist es aber auch Zeit. Und dann wollt ihr schwindeln, betrügen, auf alle Karten setzen. Noch mal Liebe. Und wir, wir sollen uns mit den Brocken begnügen? Wir, wir! Was wird aus uns?«

Sie mißverstand seinen Zorn. Vielleicht liebte er sie doch ein wenig. Sie wollte erklären: »Aber ich habe doch alle Brükken hinter mir abgebrochen; ich komme zu dir, ich bin bei dir ...« – »Mit deinem Schmuck!« lachte er höhnisch.

Er war aufgestanden und stieß sie von sich. Und plötzlich nahm dieser Schmuck eine merkwürdige wirre Bedeutung an. Er erfüllte all seine Gedanken. Er hätte den Schmuck gern Carlotta gegeben. Nicht Carlotta war es, die ihn trug. Gab es außer Carlotta ein einziges Wesen, das ein Recht auf Schmuck hatte? Plötzlich verspürte er etwas wie die Revolte des Armen gegenüber dem Reichtum, etwas wie eine unklare, unheimliche Begierde ... »Hast du ihn hier, deinen Schmuck?« fragte er mit veränderter Stimme, die ihm selbst angst machte.

Sie wollte den Koffer öffnen. Er unterbrach sie: »Du bist schon ein Weibsbild ...« – »Edmond!« – »Mich kaufen zu wollen! Du wolltest mich kaufen ... Sind deine Steine wenigstens was wert?« – »Beleidige mich nicht, Edmond ... ich weiß nicht genau: dreißig-, vierzigtausend Franken. Man verliert immer dabei, wenn man Edelsteine verkaufen will ...«

Dreißig-, vierzigtausend ... man hätte Carlotta diesem Herrn Quesnel mit weniger Geld entreißen können. Die Wut, die eben noch in ihm gewesen war, ging in einem Schwindel unter. Dazwischen kam ihm auf wunderliche Weise der störende Gedanke an die zehn Franken, die er seinem Bruder gegeben hatte.

»Ich habe dich nicht kaufen wollen, Edmond, ich wollte dir alles geben, mein Leben, meine Liebe, was ich noch besitze ... begreifst du nicht, daß ich dich liebe? Daß ich nicht ohne dich leben kann?« – »Auch nicht ohne Geld.«

Er war ihr bösartig ins Wort gefallen. Von diesen Diamanten, die durch das Kofferleder zu leuchten schienen, war er wie besessen; den Diamanten, die sie am Hals getragen hatte, an jenem Abend, an dem man im Theater »Elsaß« gegeben hatte. Wenn er mit Armand essen gegangen wäre, hätte er sich mit fünf Franken, fünf Franken fünfzig einschließlich Kino aus der Affäre gezogen.

»Du glaubst doch nicht, daß ich hier zu dir mit leeren Händen kommen werde ... dein Leben zu ändern ...« – »Mein Leben ändern? Was gibt dir denn überhaupt das Recht, mein Leben zu ändern?« – »Die Liebe ...«

Wie schlecht sie das gesagt hatte! Ja, wenn Carlotta ... Die Diamanten leuchteten wieder in unheimlichem Glanz. »Und du würdest deinen Schmuck verkaufen, um mich mit ihrem Preis zu deinem Haustier zu machen ... würdest mir jeden Tag Zigaretten kaufen, was? ... Liebe, das sagt sich schnell. Du machst ein Geschäft: du wechselst für dreißig- oder vierzigtausend Franken den Mann; das ist alles. Ob ich dich liebe, das hast du dich nicht gefragt, das nicht. Du kommst einfach. Liebe ...«

Mit langsamer Bewegung hob sie die Arme und führte die Hände an die Schläfen, wo ihr blondes Haar sich bauschte. Ihr Gesicht, das unter dem Puder ohne Farbe war, wurde noch blasser. Ihr marinefarbenes Kostüm war verdammt gut gemacht.

»Und du hast dich nicht gefragt«, fuhr Edmond fort, »ob ich nicht eine andere liebe, nein? Weil ich mit dir geschlafen habe? Na und? Wenn alle Frauen sich einbildeten ...« – »Das ist nicht wahr!« schrie sie auf. Entsetzen hatte sie gepackt. Nein, dieser Gedanke hatte sie nie gestreift. Die Liebe! Sie dachte darüber wie ein kleines, unberührtes, reines Mädchen. In den Büchern, die sie gelesen hatte, bedeuteten Küsse Liebe. Bilder jagten einander in ihrem Kopf: war es nicht dieser Edmond da, der sie in seinen nackten Armen an sich gepreßt, der sie vor Glück hatte aufstöhnen lassen? Wenn das also nicht die Liebe war ... Edmond war in der Gewalt einer ganz anderen Macht. Der Schmuck. Unten war der Hausdiener, der die Frau hatte hinaufgehen lassen. Man könnte auch woanders hinziehen. Tja, was dachte er da eigentlich? Nichts sehr Präzises. In einer gewissen Richtung. Eine Flucht von Ideen.

»Ich habe alles deinetwegen im Stich gelassen«, sagte sie. »Es ist getan, verstehst du? Wenn du mich wegjagst, bleibt mir nichts mehr übrig als mich umzubringen ...«

Er erbebte bei diesem Wort. Nicht etwa, weil er an solche Selbstmorde glaubte, so etwas – diese Erpressung war die Höhe. Nein. Er streckte die Hand nach dem Koffer aus: »Zeig mal die Diamanten her ...« Sie hatte sich schon gebückt. Er sah ihren gebeugten Nacken. Man brauchte sie nicht zu bedauern: dafür war sie zu gut angezogen. Sie verspürte plötzlich etwas wie die Ahnung einer Gefahr. Sie drehte sich um und begegnete seinem Blick. Furcht packte sie. Er fühlte, daß gerade diese Furcht gefährlich war. Er hatte nichts beschlossen. Nichts gewollt. Wenn sie sich so etwas vorstellte, konnte sie ihn zu bestimmten Gesten, dummen Brutalitäten hinreißen. Reden mußte man. Er sagte: »Nein, zeig sie mir nicht, deine Diamanten. Ich brauche deine Diamanten nicht. Auch dein Leben nicht! Behalt es für dich. Behalte deine Diamanten ...«

Ihre Tränen, zum Hervorbrechen bereit, hatte der Schrekken vereist. Sie kannte seine physische Kraft und das Gewicht seines Körpers. Sie hörte, wie ihr Herz schlug. Sie spürte seinen Atem. Die Erfahrung der Lust mit ihm machte sie aufmerksam auf die Unmittelbarkeit der Gefahr, aufmerksam auf das Tier, das bereit war, über sie herzufallen, ehe man es wußte. Diese tierische Nähe machte sie verrückt vor Angst. Sie hatte Angst, sie sah den Mann an und sah das Bett. Sein Bett. Es wäre gut gewesen, darin wie eine Tote zu schlafen.

Sie kniete neben dem Koffer, auf dem ihre Hände sich verkrampft hatten. Die Schlauheit erwachte in ihr. Er liebte sie nicht, das Ungeheuer. Sie log: »Ich habe auf dem Tisch einen Zettel für den Professor gelassen. Er weiß, daß ich mit dir zusammen weggegangen bin ...«

Die Stille, in die immer noch von fern der Phonograph

drang, erfüllte ein lautloses Rechnen. So war es also nicht nur der Hausdiener, der wußte, daß sie gekommen war ... Plötzlich spürte Edmond, in welchen Abgrund er beinahe gestürzt wäre. Es konnte sich wiederholen. Er öffnete die Tür.

»Hau ab!« schrie er.

Sie lief hinaus und zog den Fuchs hinter sich her, den sie schnell vom Stuhl genommen hatte, auch ihren Koffer nahm sie mit und den Hut, den sie an die Brust drückte. Sie atmete rasch. Ihr Blick war toll vor Furcht und enttäuschten Wünschen. Sie flüsterte: »Edmond!«; aber das war schon nicht mehr Liebe. Sie wandte sich nicht um. Sie wußte, daß es um ihr Leben ging. Sie verschwand im Treppenhaus.

Edmond schloß die Tür und seufzte: »So was Unvorsichtiges!« Er suchte sich mit Zynismus über seine eigenen geheimen Gedanken und Gefühle zu beruhigen.

XXXI

Armand wußte nicht, was er davon halten sollte. Seit zwei Tagen frappierte ihn die Gleichgültigkeit seines Bruders; war er aber nicht auch ohne jede Warnung in Edmonds Leben eingebrochen? Daß der Ältere verliebt war, erklärte vieles in seinem Verhalten.

Armand beschloß, sich nicht mehr länger unordentlich aufzuführen. Er wollte zeitig zu Bett gehen und vorher essen. Die Verrücktheit der vorangegangenen vierundzwanzig Stunden sollte sich nicht wiederholen. Warum mußte er schließlich auch mit dem Geld, das er in der Tasche hatte, so geizig sein? Hatte ihm Edmond denn nicht ohne weiteres zehn Franken gegeben? Er wollte für zwei Franken fünfzig, das heißt richtig anständig essen.

Das Wetter war von einer schweren Mildheit, die einen wie Watte umgab. Junge Leute lachten im Halbdunkel mit weißen Zähnen, Mädel zogen in Gruppen vorbei, mit offenen Jacken, und ihre Brüste hatten etwas Begehrliches.

Armand schlenderte wie den Tag zuvor nach der Seine hinunter. Am Ende des Boulevards Saint-Michel aß er eine Portion Schweinernes mit Sauerkraut. Er wollte auf dem rechten

Ufer ein Zimmer nehmen. Sein Kopf war voll von dem, was er den Tag über erlebt hatte. Weniger von Jaurès als von einer Gruppe von Arbeitern und einem Mädchen, das unter einem Sonnenschirm Postkarten und Abzeichen verkaufte, eine Brünette mit sehr heller Haut. Er hätte nicht sagen können, warum er an sie dachte. Er sang sich leise die »Internationale« vor, eine einprägsame Melodie, wie jemand, für den im Jahr 1913 plötzlich »Faust« eine Neuheit bedeutete.

Es war Viertel nach neun, als er, während er den Boulevard Sébastopol nicht weit von Damoy entlangging, bemerkte, daß die Müßiggänger plötzlich den Schritt beschleunigten und zu laufen begannen. Kerls mit spitzen Schuhen, mützentragende Männer mit riesigen Schultern, Frauen, die auf den Strich gingen, zurechtgemacht, mit geöltem Haar und geschminkten Wimpern. Er blieb stehen.

Von fern sah er eine dunkle Linie heranrücken. Jemand in der Nähe von Armand erklärte: »Razzia!« Armand war schläfrig. In was für eine Geschichte wurde er da verwickelt? Er kannte seine Bürgerrechte nicht genau; aber ihm war nicht unbekannt, daß er ohne Papiere und ohne festen Wohnsitz für die Polizei nur ein Vagabund war. Im Geist sah er sich schon verhaftet; die Untersuchung, die Notwendigkeit, den Vater herbeizurufen, die beschämende Rückkehr nach Hause, die obligatorische Unterwerfung. Nein, das nicht!

Jemand hatte ihn am Arm ergriffen und zog ihn mit. Eine Frau. Er folgte ihr, während es ihm kaum zum Bewußtsein kam, daß sie eine »Berufsmäßige« sein mußte. Sie flüsterte mit rauher, heiserer Stimme: »Los, Kleiner, bleib nicht stehen ... nach links ...« Sie trug eine schottische Bluse und einen großen Hut. Die Polizisten erreichten sie und verhafteten Leute. Von überallher kamen Pfiffe und drohende Stimmen. Sie fuhr flüsternd fort: »Pärchen lassen sie in Ruhe ... da ... das Hotel!«

Vor ihnen, beinahe an der Ecke des Boulevards, in einer Gasse, flammte ein Name in Leuchtschrift: Hotel ... Sie bogen dahin ab. Hinter ihnen kamen die Männer der Präfektur vorbei. Armand spürte die Gefahr in seinem Rücken. Im schlecht erleuchteten Eingang stand der Hausdiener mit seiner weißen Schürze wie eine fahle Ratte. Die Treppe. Das Zimmer.

Als die Tür sich geschlossen hatte, sahen die Frau und Armand einander an. Sie sah, daß er nur ein Junge war. Auf der Straße hatte sie ihn auf zwanzig geschätzt. Er war nicht rasiert. Sie war eine ziemlich dicke Brünette, weder häßlich noch hübsch, mit angeklatschtem Haar und Händen in einem geschwänzten Muff.

Er sagte sofort: »Wissen Sie, ich hab kein Geld und bin todmüde ... es ist nur, weil ...« Sie unterbrach ihn.

»Keine Frage, mein Kleiner. In deinem Alter ist das gratis ... außerdem ist es mir Wurst. Ich habe keine Lust. Sie hätten mich sonst mitgenommen. Setz dich ruhig hin. Mach keine Faxen. Wir werden uns eben unterhalten. Und dann hauen wir ab. Sozusagen Kameraden.«

Sie hatte Hut, Muff und Jacke aufs Bett geworfen und hielt nur ihre Handtasche, deren Henkel sie über das Handgelenk geschoben hatte. »Mach dir's ruhig bequem.« Ihre Nase war ziemlich platt und ging gerade bis zur Stirn hinauf. Sie trug das Haar gescheitelt, mit einem Pony. Das Dekolleté war fettig von Goldkrem. Sie war jünger, als er geglaubt hatte. Sie trug eine grünrotblaue Bluse und einen schwarzen Rock. Am Hals hatte sie eine Kette aus falschem Gold.

Schön. Was sollte er machen? Armand fluchte im stillen. Er war in der Falle. Mußte er etwa mit diesem stämmigen Weibsbild schlafen? Es kam ihm nicht in den Sinn, zu flüchten. Ihre Lider, an denen die Wimpern wie kleine Fächer standen, waren geschwärzt. Sie redete, nervös, unbehaglich, während er kaum zuhörte und sich ganz seinem Ärger hingab. Wahrscheinlich sagte sie, was man in solchen Fällen sagt: »Na, wie steht's mit dem Überzieher ...«

Er spürte, daß er seinen Mantel an den Haken an der Tür hängen mußte. Höflichkeit, eine merkwürdige Höflichkeit zwang ihn dazu. Und so saßen sie sich, von einem Tisch getrennt, in dem Zimmer mit seinen roten Ripsmöbeln gegenüber, in dem das Bett und ein zusammenklappbares Bidet wie ein doppelt beredter Vorwurf aussahen.

»Na«, sagte sie, »mit uns beiden ist wohl nichts? Wie du willst, Kleiner. Wir sind ja durch Zufall hier. Ich will auf keinen Fall die Situation ausnützen. Das war richtig nobel, wie du mich da herausgebracht hast. Kannst du das Zimmer zahlen? Na, in Ordnung, weil ich nämlich im Augenblick nicht gerade sehr bemittelt bin. Heute abend ist die Stadt nicht wiederzuerkennen; wohin man tritt, Polente. Daran sind die Sozialisten schuld. Ja, ja, verderben einem das Handwerk. Sag mir bloß mal, was uns von der Straße die Sozialisten angehen. Erstensmal sind sie widerliche Kerle ...«

Die gestickte Decke auf dem Tisch hatte sich mit allem möglichen bedeckt, was die Frau aus ihrer Handtasche gezogen hatte, mit Puder, Rouge, einem Taschentuch, zusammengefalteten Briefen, einem Paket Spielkarten. Sie saß hinter ihren Sachen und begann mechanisch Karten zu legen. Sie bemerkte Armands Blick.

»Ich lege Patience, zur Unterhaltung ... Los, mach's dir ein bißchen gemütlich, du machst so einen belämmerten Eindruck ... Wenn man schon ein Zimmer genommen hat, kann man wenigstens miteinander reden ... das Leben kotzt einen schon zur Genüge an ... was ich besonders gern habe, das sind neue Leute ... was sie sagen ... manchmal haben sie alle möglichen Länder gesehen ... einer, gestern, war in China gewesen: das ist vielleicht komisch. Mir würde das ja nicht gefallen, gelbe Männer. Und dann der Reis mit den Stäbchen ...«

Die Karten bildeten ein Kreuz; sie lagen in kleinen Häufchen, eine in der Mitte. Die Kartenlegerin machte dem Pique König eine Grimasse: Der Mann des Gesetzes ist ein Polizist. Ihre Augen wurden mit dem Karo As größer und ruhten träumerisch auf der Herz Sieben; der Arm der Staatsgewalt, mein Kleiner. »Ich nenne das Patience ... in Wirklichkeit lege ich mir eigentlich Karten; wenn es günstig ist, gibt mir das Mut, und wenn es schlecht ausfällt, na, dann sage ich mir eben, daß alles Blödsinn ist ...«

Der Tisch trennte sie unter dem rötlichen anämischen Licht, das aus einer jener niemals geputzten Glühbirnen fiel, die man in Hotels findet und die nur den Zweck zu haben scheinen, Strom zu sparen. Schließlich war er hier ebensogut untergebracht wie irgendwo anders. Er war müde. Auf der Straße hätte er leicht von neuem in eine jener Polizeioperationen geraten können, die die Regierung in den Abendzeitungen mehr oder weniger deutlich angekündigt hatte. Paris wurde von Antimilitaristen gesäubert, unter denen man Agenten des Auslands herausfinden mußte. Ohne von anderen Maßnahmen zu sprechen, die nicht lange auf sich warten lassen würden.

Und dann hatte Armand hier endlich ein Zimmer. Er brauchte kein anderes zu suchen. Es konnte auf keinen Fall Reichtümer kosten. Also fragte er: »Wie heißt du?« Sie hob den Kopf und sah ihn an: »Sie nennen mich Carmen; aber das ist nicht mein Name ...«

Sie hatte plötzlich schamhaft die Augen niedergeschlagen, und ihr geschminktes Gesicht sah wie das eines kleinen Mädchens aus.

»Und dein richtiger Name?« sagte Armand, mehr um irgend etwas zu sagen als aus wirklicher Neugierde. Er war so müde ...

Carmen hatte ihre Karten niedergelegt und die Arme über den Tisch gebreitet. Sie sagte träumerisch: »Mein richtiger Name? Du möchtest meinen richtigen Vornamen wissen? Wie mich meine Mutter nannte? Ich sage ihn niemandem, weißt du, und dann noch so einem Kerl, den ich vor fünf Minuten auf dem Sébasto aufgefischt habe ... Na, du bildest dir vielleicht was ein ...«

Er machte eine entschuldigende Bewegung. Er täuschte sich; denn sie hatte ihm gerade ihren richtigen Namen sagen wollen, und diese Bewegung hinderte sie daran. Da er so diskret tat, hätte es sicher dumm ausgesehen, sich eines solchen Geheimnisses zu entledigen. Carmen nahm also wieder die Karten auf und mischte sie: »Paß auf, ich werde dir das große Spiel zeigen. Zieh eine Karte ...« Das Unsinnige seiner Lage, das Gefühl, sich in einer komplizierten Welt verirrt zu haben, das er schon am Nachmittag in der Menge am Pré-Saint-Gervais empfunden hatte – all das kehrte ihm in der Stille des Hotelzimmers mit dem Geräusch der von Schminke befleckten Karten ins Bewußtsein zurück. Er dachte, was wohl eine in einen Heuhaufen gefallene Nadel empfinden möge. »Oh«, sagte Carmen, »du bist aus guter Familie ...« Er lächelte bitter.

Gleichgültig lauschte er den Gemeinplätzen der Kartenschlägerei: »Ein Brief ... zu Hause ... eine kleine Unannehmlichkeit ...«

Und seine Gedanken wanderten in eine andere Richtung, nach Sérianne, in seine Kindheit zurück. Wie weit entfernt war dieses Absteigequartier vom Palast der Marguerite de Provence! Die Welt der Ritter, der Mauren und Liebeshöfe, die Welt der Lieder, der verzauberten Gärten und der Wasserspiele, die in den großen Becken weinen, war für immer verschwunden; Armand war von Sérianne nicht nach den Goldenen Inseln aufgebrochen, und gerade jetzt dachte er an den Schmied Avril: »An deiner Stelle würde ich mich vor diesem blonden Mann da in acht nehmen ... dem Karo König ... kommst du nicht drauf, wer er sein könnte? ... Mir scheint, er kann dich nicht riechen; darauf kannst du dich verlassen.«

Avril, der große Avril mit seinem buschigen Schnurrbart und seiner kurzen Nase ... Er sah ihn vor sich, als wäre es gestern gewesen. Seinen träumerischen Blick mitten in der Arbeit. Seine Stimme: »Herr Armand, ohne Ihnen befehlen zu wollen ...« Singende, sehnsüchtige Silben, in denen das Schmiedefeuer lohte, wie in jenen Funken, die man noch sah, wenn man sich die Augen rieb. Was war aus Avril geworden, der aufgebrochen war, um zu erfahren, ob das Meer ... »Eins, zwei, drei, vier, fünf ... Eins, zwei, drei, vier, fünf ... man kann nicht sagen, daß du ein Glückspilz bist ... das nicht; sieh bloß mal dieses Pique an ...«

Avril hatte von Mexiko geträumt, einen Traum, ähnlich dem Armands. Und man hatte niemals mehr von ihm gehört. In welchem Zimmer, in welcher Höhle war er verkommen? War er auch nur über Pantin hinausgekommen? Vielleicht war er, vom erbarmungslosen Gesetz der Arbeit erfaßt, in irgendeiner Fabrik gelandet ... Vielleicht war er an diesem Nachmittag in der Menge am Pré-Saint-Gervais gewesen ... Ach Gott, wie müde er doch war!

»Was also Mist ist, mein Kleiner, in deinem Spiel, das ist, ich spaße nicht: nicht eine Frau ist darin, nicht das kleinste Stück Weibsbild ... da sind sie: im Stamm, alle vier ... also, so was habe ich noch niemals im Spiel eines jungen Burschen gesehen ... keine Frau ... nicht mal deine Mutter ... du entschuldigst? Ich wollte dich nicht kränken ... aber das ist komisch, wirklich ...«

Nun, plötzlich hatte ihn diese Ungerechtigkeit der Karten getroffen, ihn, der bis dahin dem Geschwätz Carmens mit Ironie zugehört hatte. Warum keine Frau? Er wollte es nicht wahrhaben; aber dennoch hatte es ihn getroffen.

Carmen hatte die Karten niedergelegt und schob sie langsam zu einem großen Haufen zusammen: »Du kannst dir nicht vorstellen, mein Liebling, wie einen diese Scheißexistenz manchmal ankotzt ... es gibt welche, die glauben, daß es Spaß macht, auf den Strich zu gehen. Sie sollen es bloß mal versuchen. Ich kann nur sagen: man verdient sein Brot schwer genug. Du solltest mal nach acht, zehn Tagen meine Sohlen sehen. Und man muß anständige Strümpfe haben. Die Männer zerreißen einem alles, machen einem das Kleid drekkig, schmeißen einen Zigaretten zwischen die Füße, und dann muß man noch lachen und Dankeschön sagen. Ich rede nicht von besonderen Tricks, obwohl es welche gibt und nicht gerade sehr appetitliche, kannst du mir glauben. Na, das ist noch nicht das schlimmste. Aber morgens, weißt du, wenn du seit Stunden wartest, und es fängt an, kalt zu werden ... Ich kenne welche, die lassen sich lieber in den Hintern treten, als daß sie vom Tarif heruntergehen ... Aber was willst du machen? Wenn die günstige Zeit vorbei ist, müßte man sich den Riemen enger schnallen, wenn man nicht den Preis senken würde. Und so gibt es immer gegen fünf Uhr rum Kerle, die es gern zu Freundschaftspreisen machen wollen ...«

Man hörte in einem Nebenzimmer das Geräusch einer Wasserleitung. Carmen zwinkerte ihm zu: »Na ... und wir?« Armands Gesicht verzog sich zu einem schwachen Lächeln. An der Wand hing eine Reproduktion des Bildes »Die letzten Patronen« von Alphonse de Neuville. Carmen hatte ihren Monolog wieder aufgenommen.

»Nein, man kann sich nicht vorstellen ... die Polizei, bitte schön, die muß sein ... ich sage nichts dagegen, nein, ich habe zuviel gesehen, du verstehst, hier, wo die Hallen in der Nähe sind, würde man jeden Monat einen Abgestochenen in einer Ecke auflesen ... schön, wenn es keine Polizei gäbe, ich sage nichts dagegen ... aber sag nur mal, könnten sie nicht wenigstens uns in Ruhe lassen? Tun wir vielleicht was Böses? Man steht da, jede hat ihre zehn, zwanzig Meter ... Bitte schön, es gibt welche, die keine Umgangsformen haben; aber ich habe mich noch niemals an einen Mann gehängt, den das genieren muß ... der zum Beispiel ein Kind bei sich hat, wie ich es schon gesehen habe ... Übrigens, da gibt es welche, na, ich kann dir sagen! Sie schicken den Kleinen ins Café, während sie ihr Vergnügen haben ... Das Tollste hat mir mal Marcelle erzählt, ich habe es nicht selbst gesehen, und wenn ich es nicht gesehen habe, bin ich mißtrauisch ... Marcelle erzählte also, sie hätte einen Kunden gehabt mit einem Säugling auf dem Arm, ein kleiner, noch ganz runzliger Kerl, ist so etwas zu glauben? Sie haben ihn ins Zimmer mitgenommen, und er brüllte, Marcelle hat ihn herumgetragen und ihm vorgesungen, und der Vater, na, der Vater brüllte, daß er sie nicht bezahlte, um die Amme zu spielen, und sie möge ihn in den Kamin schmeißen, wenn er noch länger schreien würde, den Burschen, und daß es nicht der richtige Moment zum Lachen wäre ...«

Armand hatte einen Blick auf seine Armbanduhr geworfen. Er versuchte ein leises Gähnen zu verbergen.

»Weißt du«, sagte sie, »wenn du schlafen willst, brauchst du dich nicht zu genieren ... hau dich hin ... ich werde mich ganz schmal machen, das verspreche ich dir ... wir können uns zusammen hinhauen, das verpflichtet zu nichts ... Bruder und Schwester, sozusagen ...«

Armand war in der Tat ganz schläfrig. Eine Art von unüberwindlichem Gewicht lag ihm zugleich auf Augen und Schultern. Er zog seine Schuhe aus. Seine befreiten Füße schmerzten. Er bemerkte kaum, daß auch Carmen sich auszog. Ihre wenig komplizierte Unterkleidung, das rosa Korsett schwankte über einer Stuhllehne hin und her. Das Bett war weich, und man sank tief darin ein; aber es war ungleichmäßig, von der Gymnastik der Passanten böse zugerichtet. Carmen legte sich im Hemd neben ihn. Er roch das starke Parfüm ihrer runden Schultern. Schon war er bereit, ins Dunkel des Schlafs zu sinken. Er richtete sich noch einmal empor, um seine Armbanduhr, die an seinem Handgelenk eine rote Spur hinterlassen hatte, auf den Nachttisch zu legen. Carmen streckte die Hand aus, und das Licht erlosch.

Plötzlich wurde die Stille drückend. Die Nähe der Frau war beklemmend. Armand hörte seinen Atem, das abgehackte Pochen seines Herzens, zusammen mit dem Ticktack der Uhr, so empfindlich war plötzlich sein Gehör für alle Geräusche geworden. Ein Stuhl knackte.

Die tiefe, ganz veränderte Stimme Carmens sagte: »Ach! Was habe ich Lust zu lieben ...«

Als er aufwachte, war es heller Tag. Er drehte sich in dem fremden Bett um. Ein Wirbel von Erinnerungen und Traumfetzen drehte sich in seinem Kopf. Die Luft war drückend, weil das Fenster nicht geöffnet worden war; er bemerkte seine Schuhe, die schrecklich menschenähnlich wie ein Paar vergessener Füße vor dem Sessel standen. Er war allein. Er streckte die Hand aus, um zu wissen, wie spät es ist. Er fand seine Uhr nicht mehr.

Er erhob sich unruhig. Sein ganzes Geld war verschwunden, alles, was er unnützerweise in zwei Pariser Tagen erspart hatte, auch der Rest von Edmonds zehn Franken. Er war erledigt, aber wirklich restlos erledigt. Er schüttelte den Kopf, seine Hose in der Hand haltend, und er sah sein lächerliches unbekleidetes Abbild im Schrankspiegel. Was ihn ärgerte, war die Uhr. Ein Geschenk seiner Großmutter. Dieser Junge, der nichts mehr besaß, war noch mit der Vergangenheit, mit dem Leben seiner Familie durch diesen verschwundenen Gegenstand verbunden. Das Herz war ihm schwer. Zugleich aber fühlte er sich erleichtert. Dieser Diebstahl hatte etwas Symbolisches an sich. Unangenehm war nur die Sache mit dem Zimmer: Was würden die Leute unten sagen?

Carmen hatte beim Weggehen die Rechnung bezahlt.

XXXII

»Was ist los? Ach, du bist's ...?«

Edmond, in schlechter Laune, aufgeschreckt, riß die Augen auf. Durch die schlecht geschlossenen Vorhänge kam die Sonne. Armand war zu seinem Bruder gekommen. Es war halb acht. Seit einer Stunde hatte er sich in den Straßen herumgetrieben. Er entschuldigte sich.

In der Unordnung umherliegender Kleidungsstücke suchte Edmond, der aus dem Bett gestiegen war, überall nach seinem Kamm. Er zog die Vorhänge zurück, schnaufte, während er sich in der Schüssel wusch, putzte sich die Zähne, zog die Hosen über und knurrte: »Was ist passiert?« – »Ach nichts«, sagte Armand, der sich vorgenommen hatte, sofort von dem Diebstahl zu erzählen, dessen Opfer er geworden war. »Ich fürchtete nur, dich zu verfehlen. Das Krankenhaus ... Und dann hatten wir keinen Treff ausgemacht.« – »Treff? So was ist nicht obligatorisch, denke ich, Paris ist nicht Sérianne, und du bist groß genug, um dich nicht an meine Rockschöße hängen zu müssen.«

Reizender Empfang. Der Große war beim Aufstehen immer schlecht gelaunt. Sicher würde das nach einem Kaffee verschwinden. »Und dann wollte ich dich fragen ... wenn es nicht unmöglich ist, ob ich in deinem Hotel ein Bad nehmen könnte.« – »Ein Bad? Du glaubst wohl, daß ich im Überfluß schwimme, was?« – »Nein, aber ...« – »Habe ich dir gestern abend kein Geld gegeben? Was stellst du dir eigentlich vor? Ein Bad würde in fünf Tagen auf meiner Rechnung stehen. Ich zahle am Ersten, nicht am Zweiten ... Du hättest genausogut eins in deinem Hotel nehmen können ...«

Er hatte das Hemd ausgezogen, prustete in die Seife und rieb mit der Bürste seinen jungen muskulösen Körper. Armand fühlte sich gedemütigt und haßte ihn. Wie konnte er jetzt etwas von ihm verlangen, um wenigstens fressen zu können. Er hätte seiner Eingebung folgen und gleich den Diebstahl erzählen sollen. Die alte Zwietracht zwischen den Brüdern wuchs von neuem. Armand fühlte seine Unterlegenheit: er hatte kein Mittel, den Stolzen zu spielen. Er mußte eine List anwenden. »Hast du einen angenehmen Abend verbracht?« fragte er und wurde sofort verlegen.

Edmond hatte begonnen, sich zu rasieren. Er hielt inne. Ziemlich frech, die Kröte, alles was recht ist! Auf sein sehr trockenes »Danke« hin begriff Armand, daß er einen Fehler begangen hatte. Mit der Liebe schien nicht alles glatt zu gehen. Daher sicher diese Hundelaune.

Der Ältere hatte sich plötzlich an seine Enttäuschung vom vorigen Tag erinnert. Er schnitt sich am Kinn und fluchte.

Im Spiegel sah er seinen Bruder ohne Zärtlichkeit an. Jetzt hing auch der noch wie eine Klette an ihm! Es wäre wirklich besser, ihn ins Bad zu schicken: das wäre immer noch billiger. Mit der Überweisung ... »Weißt du nichts Neues von ...?«

Während Edmond sich das Kinn mit Alaunstein bestrich, erwiderte er: »Sérianne? Ja, ein Telegramm. Wo habe ich es nur hingetan? Na schön, ich habe es vielleicht weggeworfen, macht nichts: Papa verlangt, daß du zurückkommst, und verzeiht dir.« – »Verzeiht mir? Verflucht noch mal. Verzeiht mir ... Bist du sicher, daß er das gesagt hat ...« – »Bestimmt. Schade, daß ich den Fetzen verlegt habe.« – »Mit seiner Verzeihung kann mir der Alte gestohlen bleiben. Ich gehe nicht nach Sérianne zurück. Und er verzeiht mir! Wirklich zu blödsinnig. Kannst du dir so was vorstellen?«

Armand erstickte vor Wut. Der Ältere spülte sich den Mund. An seinem Kinn zeigte sich noch ein bißchen Blut. Ein kleiner Streifen, der sich verbreiterte. Edmond unterbrach sich, wischte mit der Hand über das Blut und nahm wieder den Stein.

»Und was willst du hier machen, möchte ich bloß mal wissen, wenn du nicht nach Hause zurückgehst?« – »Arbeiten.« – »Aha, natürlich! Und als was?« – »Als irgendwas, Kellner, Omnibusschaffner, Straßenkehrer, mir ist alles egal.« – »Red keinen Unsinn, Kellner ... nicht jeder, der will, kann Kellner werden! Ein Beruf muß gelernt sein. Wer wird dich außerdem einstellen, bei deinem Alter, ohne Papiere und ohne daß du vorgestellt wirst?«

Daran hatte Armand nicht gedacht; aber es müßte schließlich mit dem Teufel zugehen ... »Vom Teufel werden wir wieder reden, wenn du ihn ein bißchen am Schwanz gezogen hast ... So was, das kommt aus seiner Provinz und will die Hauptstadt erobern! Wie, glaubst du denn, lebe ich? Könnte ich ohne meinen Vater leben?« – »Du arbeitest nicht ...« – »Danke, ja, ich weiß: ich schufte. Ja, ich mache feine Unterschiede. Reizendes Land, reizende Sitten. Zweihundert Franken schickt mir unser Vater aus Sérianne.« – »Du verdienst im Krankenhaus ...« – »Ja, achtzig Franken als Fahrspesen. Ohne das wäre ich erledigt. Sieh mal, mein Budget ist nicht kompliziert: das Hotel sechzig Franken; mit der Wäsche, die gegen fünf, sechs Franken in der Woche ausmacht, sagen wir fünfundzwanzig Franken im Monat, und den Trinkgeldern macht das einundneunzig, zweiundneunzig ... und das Essen: fünfundzwanzig Sous in der Mensa, was im Monat alles in allem mit den kleinen Saufereien im Dienstzimmer gegen vierzig Franken macht. Das bringt mich, nur das Mittagessen, auf, ich sagte zweiundneunzig, auf einhundertzweiunddreißig: Abendessen dreißig Sous, und dabei ist nicht mal der Sonntag eingerechnet, fünfundvierzig Franken, da habe ich schon einhundertsiebenundsiebzig ... man kann sagen einhundertneunzig ... Zigaretten, zwei Pakete Maryland am Tag, drei für achtundvierzig Stunden, und ich untertreibe noch. Zu dreizehn Sous das Paket, rechnen wir zwanzig Sous pro Tag, macht dreißig Franken im Monat. Wieviel sagte ich? Über zweihundert, stimmt's? Bleiben mir die achtzig vom Krankenhaus. Zwar kleidet mich die Familie ein: aber wenn ich meine Schuhe besohlen lasse oder Taschentücher kaufen muß, ein Hemd, Sockenhalter – du glaubst doch nicht, daß ich bis zu den Ferien warte. Selbst die Schuhe, ich mußte mir vor kurzem ein Paar im »Incroyable« kaufen: die billigsten sind nicht gerade die besten. Na, jedenfalls neun Franken. Kurz, um sich einigermaßen anzuziehen, mußt du mit zwanzig Franken rechnen. Dazu noch die Reinigung. Das geht schnell ins Geld, das Reinigen. Alles in allem, wenn mir fünfzig, fünfundvierzig Franken bleiben, also ein Franken fünfzig pro Tag für mein Frühstück, zehn Sous für die Bar an der Theke, Fahrgeld und die Frauen, rechne dir aus ... das heißt, daß zehn Franken als Taschengeld für mich nicht weniger als eine Woche bedeutet, ohne Vorwurf gesagt ...«

Diese ganze kleine Rede also, um auf diesen Punkt zu kommen. Er ließ Armand seine zehn Franken teuer bezahlen. Armand war außer sich. Er hatte Lust, sein bißchen Zeug zu nehmen und wegzulaufen. Aber das Essen ... In diesem Augenblick klopfte man an die Tür. »Sieh mal bitte nach, wer es ist ...«

Ein Rohrpostbrief. Edmond riß ihn dem jüngeren Bruder aus der Hand. Er befand sich plötzlich in einer ähnlichen Erregung wie am letzten Abend. Das mußte wieder seine Freundin sein. Er lief durchs Zimmer, mit Seifenresten im Gesicht, das Rasiermesser in der Hand. Er zog sich hastig an. Seine Laune hatte sich geändert.

»Übrigens, nimm ruhig das Bad, wenn es dir Spaß macht ... hör mal ... ich werde es dem Hausdiener sagen. Komm vorher mit mir, wir wollen einen Kaffee und ein Hörnchen an der Ecke einnehmen ... du kannst dir nicht vorstellen ...«

Armand ließ sich nicht zweimal bitten. Sie gingen also bis zu Biard, in der Rue Cujas, wo Edmond gern hinging. Dort spielten sie am Spielautomaten und gewannen. Für sechs Sous hatten sie ihre beiden Kaffees, ihre Hörnchen, und Edmond steckte sogar noch ein Zweisousstück in seine Tasche. Er strahlte und sang vor sich hin.

»Höre, Kröte ... es gibt nur eine Sache in der Welt, die zählt – die Liebe. Du kannst dir nicht vorstellen, was mir diese Frau bedeutet. Verstehst du, wenn sie mir sagen würde, ich solle mich unter einen Autobus werfen, würde ich es tun, ohne zu zögern. Ich habe sie zweimal in meinem Leben gesehen. Aber ich weiß, ich weiß, daß es dieses Mal die richtige Liebe ist. Dieses Mal. Ziemlich oft habe ich es geglaubt, mehr oder weniger. Ich fragte mich, ist es wirklich *das?* Diesmal frage ich mich nicht: ich weiß. Die Liebe, das ist, als ob ... du weißt natürlich nicht, was das ist, *dementia praecox*. Nun, das ist eine Art von Wahnsinn: wenn du neben dem Ohr eines solchen Kranken einen Revolver abschießt, lacht er ... er findet alles charmant. Zumindest sagt er es. Man weiß nicht, was im Grunde genommen diese Unempfindlichkeit des Verrückten gegenüber den Dingen des Lebens bedeutet, die für alle Welt einen tragischen Sinn haben ... so ist die Liebe: außer, daß alles, was sie selber betrifft, eine Tragödie ist ... Bist du schon mal verliebt gewesen?«

Er war reizend geworden. Er brachte seinen Bruder zum Reden. Er hörte sich mit unermüdlichem gutem Willen die Geschichten von Sérianne an, von Madame Respellière, Jacqueline, Yvonne und dem Lyzeum in Aix. Er schwamm in Glück. Er empfand eine solche Großmut gegenüber Armand, daß er sogar daran dachte, es wäre eigentlich günstig, ihn mit der alten Beurdeley zusammenzubringen.

»Gestern abend hat mir eine Frau vierzigtausend angeboten, mein Lieber, und ich habe nein gesagt ...«

Er hatte sich diese Prahlerei nicht verkneifen können. Plötzlich verlor er alles wieder, was er gewonnen hatte, die ganze neuentstandene Kameradschaft, kurz, er war bei Armand abgefallen, so wie ihr Vater gewöhnlich bei ihnen beiden abfiel. Nicht umsonst war er ein Barbentane.

»Halb neun! Ich sause ins Krankenhaus. Geh und nimm dein Bad ...«

Armand blieb allein und konnte sich waschen, ohne einen Sou in der Tasche zu haben. Wieder hatte ihn sein Bruder einfach stehenlassen, ohne irgendeine Abmachung. Er mußte noch an diesem Tage Arbeit suchen. Sérianne kam nicht einen Moment lang in Frage. Edmond war wirklich ein unglaublicher Schweinehund.

XXXIII

Carlotta hatte die eine Hand in der kleinen Schale mit warmem Wasser und die andere auf dem Kissen. In ihrem cremefarbenen Morgenrock, unter dem man das Nachthemd mit seinem Spitzenbesatz gewahrte, sah sie ganz wie ein als Kokotte verkleidetes Pensionsfräulein aus. Unter dem Lacktisch spielte sie mit ihren Pantoffeln. Die siamesische Katze sprang lautlos herzu und rieb sich an ihrem nackten Fuß. Babette, die Maniküre, wechselte die Feile, den Schieber, den Lack und suchte, laut auflachend, in ihrem puppenhaften Werkzeug, während sie mit ihrer schrillen vulgären Pariser Stimme ihr Spieldosengewäsch von neuem aufnahm. Sie war eine kleine Brünette, deren unglücklicherweise schielender Blick sie zu ihrem Beruf gebracht hatte. »Keiner glaubt mir«, erklärte sie, »wenn ich sage: Ich liebe dich!« Sie war natürlich in Schwarz und Weiß, immer sehr angezogen mit ihrem kleinen Einsatz aus gesticktem Tüll: »Sieht nach Pfarrer aus; und lasse ich die Leute etwa nicht beichten? Na also ...«

Annette, die Kammerfrau, machte während dieser Zeit das Bett. Sie hatte Herrn Alexandre hereingeführt, einen großen dunklen, beinahe häßlichen Mann, dessen Nase sich jählings zwischen den schwarzen Brauen verlor, mit rosa Taschentuch in der Rocktasche und seinem, das heißt für Pariser Begriffe, durchaus deauvillemäßigen Anzug. Er hatte seinen Stuhl von links an Carlotta herangeschoben und öffnete seine Schmuckkästchen. Diamantbroschen, ein Hänger aus zwei Saphiren, Himmelstropfen, wie er sagte, was Babette ausrufen ließ, daß es, verdammt noch mal, ein Gewitter geben würde. Et cetera. Eine allerliebste Handtasche für den Abend.

Carlotta hatte gar keine Absicht, etwas zu kaufen; aber während man ihr die Nägel herrichtete, konnte sie diese hübschen Dinge wohl betrachten. Um so mehr, als Herr Alexandre einst, in härteren Zeiten, nett zu ihr gewesen war. Nun glaubte er, daß er mit Joseph Quesnel reich werden könne. Er irrte sich. Aber man muß Lebensart haben. Carlotta verachtete Juwelen nicht. Die Sonne über dem Boulevard Bineau ließ die Brillanten aufleuchten wie Papageiengefieder.

Babette plapperte: »Ich und die Männer, wenn es auf mich ankäme, natürlich, weil ich mit diesem Auge, das dem anderen in die Quere kommt, und ich habe übrigens noch nicht mal herausbekommen, welches, na, ist ja auch egal, kurz, die Männer, ich sage das nicht in bezug auf Sie, Herr Alexandre, die Männer sind widerlich, Sie sind kein Mann ... Seien Sie nicht beleidigt. Ob ich's nun sage oder nicht, ist ja nicht wichtig, also ich würde nicht zögern, also nicht einen Moment, sie blechen zu lassen, bei jeder Gelegenheit, zum Beispiel, Herr Alexandre kommt: Hätten Sie nicht Lust auf dieses lächerliche Armbändchen? Und sofort tausend Franken, oder man geht auf der Straße, ach, die hübsche Uhr!, und man geht in den Laden, steckt sie sich an die Bluse, zieht sein trotziges Gesicht, er kann sie einem nicht wieder abnehmen, andernfalls ist er kleinlich, und von den Kleinlichen weißt du ja, was ich denke. Kurz, wenn es keine Ohrringe sind, dann ist es ein kleiner Bleistift, Parfüm, Wäsche ... Na, Wäsche, für Wäsche könnte ich Verrücktheiten begehen. Sogar mit einem Neger. Ja, ja, ich habe es gesagt, ich nehme es nicht zurück, sogar mit einem häßlichen Neger, denn es gibt Neger, wo's kein Opfer wäre ... oh, ich bin nicht derart aufs Miteinanderschlafen aus ... es gibt welche, die schlimmer sind als ich, ich kenne welche, ich mache manchen die Hände, und ob ... Carlotta, zappele nicht so, ich werde dich noch verletzen ...

übrigens wäre es falsch, wenn sie sich etwas entgehen ließen, wo es soviel einbringt! Olala ... Es gibt komische, du, habe ich dir das nicht erzählt ... ich möchte wissen, wo ich meinen Kopf habe, gestern auf der Avenue de Bois ... dabei habe ich dich nachher gesehen ... und habe dir nichts gesagt. Das war ein bißchen stark, in bezug auf Zerstreuung, weißt du, nicht auf Diskretion, na ja, ich habe mit Gérard Ärger gehabt ... Ach, du weißt ja, ein richtiger Räuber ... und die drei Louis hat er mir nie zurückgegeben. Ob ich ihn noch heranlasse? Na, weißt du, lieber einen Champagnerpfropfen! Ach Verzeihung, Herr Alexandre, ich vergaß, daß Sie da sind ... Ihr Diadem da ist gar nicht schlecht ... ich hätte gern so was getragen, so ein Diadem ... Du nicht, Carlotta? Alles steht dieser Carlotta, Herr Alexandre, und wenn Sie sie mal nackt sehen könnten ... Ach wissen Sie, ich bin ehrlich wie Gold, na, wennschon ... Sie tut gut, diese Feile? Ein Geschenk ... Was sagte ich doch noch? Ach ja, Avenue du Bois. Kannst du dir das vorstellen, diese Kundin, eine Dichterin scheint's, bei ihr gibt's nichts als schwarze Lilien, überall so 'n Silberzeug, Samt ... also, sie zieht sich als Page an, das heißt, wie soll ich dir sagen, wie so 'n kleiner Konditor aus dem Mittelalter, und ich dachte zuerst, daß sie nur so einen kleinen sitzen hätte, aber doch nicht so, das nicht! Anscheinend hat sie nichts für Männer übrig, das ist ihre Sache, aber sie sah mich so komisch an ... ich dachte zuerst, das hätte was mit ihrem Auge zu tun, so wie bei mir, aber in der anderen Richtung ... Sie sagte mir mit einer Stimme, die einen ganz durchdrehen konnte: ›Ich liebe Augen, die schielen ...‹ Also, ich weiß ja, daß sie ein bißchen schief stehen, meine Äugelchen, aber einfach zu sagen, ich schiele ... und dann ist das auch kein Grund, wenn ich Maniküre spiele, mir die Hand zwischen die Brüste zu stecken, wie ein Strolch, wenn man dazu noch Gräfin ist ... habe ich nicht gesagt, daß sie Gräfin ist? Sie ist Gräfin. Und Dichterin. Na, ich auch ...«

Als Herr Alexandre seine Kästchen wieder an sich genommen hatte und mit einem schiefen Lächeln verschwunden war, nahm Babette die andere Hand der nachdenklichen Carlotta in Angriff. Hörte Carlotta auf das, was man ihr sagte? Man muß es wohl glauben, denn als die Maniküre fragte:

»Und was macht der Romeo?«, seufzte und lächelte sie und sagte mit tiefer Stimme: »Ich lieb ihn mir ein bißchen ...«

Polierbürste, Feile, Schieber tanzten in beschleunigtem Rhythmus. Carlotta verliebt! Das fehlte noch. Alle Männer sind Schufte. Und was würde der Alte sagen, wenn er Bescheid wüßte? Eine Frau wie Carlotta muß an ihre Zukunft denken. Sie hatte noch kein Schloß. »Weißt du, ein Schloß mit Gräben, Türmen und einer Zugbrücke, um hereinzukommen, die du aufziehst, wenn du niemanden sehen willst. Dann bist du richtig zu Hause ... Und dann alles Nötige für die Jagd, Hunde, Piqueurs ... Kerls in Rot mit Goldtressen ...«

Carlotta wiederholte mit singender Stimme: »Ich lieb ihn mir ein bißchen ...«

Babette polierte frenetisch Carlottas Nägel und hielt sie ins Licht. Sie seufzte. Nun hatte es bei Carlotta richtig geschnappt. Noch mehr Sorgen in Aussicht. Sie hatte Carlotta gern; sie waren beide zusammen zur Zeit der Rue Taitbout beinahe vor Hunger krepiert. Augenblicke, die man nicht so leicht vergißt. Da begann Carlotta von Edmond zu sprechen, mit jener schamlosen Offenheit, die Frauen in intimen Gesprächen entfalten. Ihre Zähnchen leuchteten, während sie nach den rechten Worten suchte. Babette lief das Wasser im Munde zusammen.

Wenn Frauen von Bettangelegenheiten reden, so nehmen sie selten den scherzhaften Ton an, den die Männer an sich haben. Aber was Genauigkeit angeht, so sind sie ihnen weit überlegen. Auch in bezug auf Verrat. Sie ziehen ihren Liebhaber vor ihren Freundinnen aus, als ob sie ihren Wäscheschrank vorzeigten. Sie wiederholen die geheimsten, die verrücktesten, die unkontrolliertesten Worte, die ihm entfahren sind. Sie lachen über ihn. Kaum anzunehmen, daß die Erinnerung an die Liebe sie derart fesselt, daß sie darüber eine bestimmte Gewohnheit, ein Versagen vergessen würden. Der Mann übertreibt, er idealisiert die Frau; aber sie zahlt ihm nicht mit gleicher Münze zurück. Sie tritt den Dingen der Liebe mit einem wütenden Realismus gegenüber. Man täuscht sie nicht mit Worten. Das ist es zumindest, was Babette dachte, während sie mit dem Tuch nachpolierte.

XXXIV

»... Außer deinem Monatsgeld findest du also beiliegend die Summe von zweihundert Franken, um dich für die Kosten zu entschädigen, die dir Armands Aufenthalt in Paris verursacht hat, und um ihm zu gestatten, nach Sérianne zurückzukommen ...« Zum erstenmal war der Doktor dem Kalender voraus. Das mit der Kröte war insofern gut gewesen, als der Junibetrag schon am 26. Mai eintraf.

Der Brief war mit der Abendpost gekommen, die Anweisung konnte erst am nächsten Morgen einkassiert werden. Der ganze Tag mit Carlotta wurde durch die Tatsache verdorben, daß sie für beide zahlte: es war Monatsende. Sie hatten bei ihr zu Hause nicht miteinander schlafen können wegen der Hausangestellten. Also waren sie in einem luxuriösen Hotel in der Rue Godot-de-Mauroy gewesen oder vielmehr in einer Pension, die Edmond das Äußerste an Luxus zu sein schien, was denkbar war. Er hatte die Annonce in »Le Sourire« gesehen: Geheizte Fliesen ... Das Zimmer zu sechs Franken. Sie hatten sich ein kleines Essen hinaufbringen lassen. Man hatte ihnen allein für die Erdbeeren zwei Franken berechnet. Das geht schnell ins Geld. Dazu kam noch, daß auch für Carlotta das Monatsende fühlbar war. Sie hatte darüber eine Bemerkung gemacht. Edmond war wütend geworden, weil er diese Bemerkung auf sich bezog. Sie hatte ihn einfach zu albern gefunden, jawohl. Einige ironische Worte über Joseph Quesnel hatten die Dinge noch schlimmer gemacht: »Schließlich ist es dieses Mannes Geld, du könntest eigentlich anders von ihm sprechen, du profitierst ja von ihm ...«

Er war weggegangen, indem er die Tür hinter sich zuwarf. Waren sie miteinander böse?

Die Geschichte würde ihn nicht weniger als zehn Franken für Blumen kosten. Und er hatte Armand zehn Franken gegeben: »Hundert Franken werden für ihn genug sein, um nach Sérianne zurückzufahren ...«

Die kleine Erhöhung seines Monatsgeldes kam ihm gelegen. Er stand in Hemdsärmeln im Zimmer, goß Wasser ins Becken und tauchte den Kopf hinein. Ein bißchen Toilette machen war nicht überflüssig. Wenn er schon mal den Abend freihatte; und den Vortrag im Internat würde er weglassen. Es fing an, ihn zu langweilen. Er wollte ins Kino gehen, ganz allein, und sich vorher beim Hoteldiener was borgen ... Man klopfte an die Tür.

Es war Armand. Ein müder, rotgesichtiger, ziemlich schmutziger Armand. Er vernachlässigte sich wirklich ein bißchen. Armand ließ sich in einen Sessel fallen. Ausgerechnet an diesem Abend, an dem Edmond hätte allein sein können. Und mit dieser Hundelaune und der Geschichte mit Carlotta. »Na, Kröte, was gibt's Neues? Was hast du den ganzen Tag gemacht?«

Er blies Wasser aus der Nase. Armand antwortete nicht gleich, entschloß sich aber schließlich dazu: »Ganz einfach, ich habe Arbeit gesucht. Den ganzen Tag. Ich bin durch die Stadt gelaufen. Ich habe die kleinen Anzeigen durchgesehen ... Ich war bis nach La Villette, auch an der Trinité und dann an der Place des Ternes und dann ... und dann habe ich nichts gefunden. Ich möchte wissen, warum diese Leute Anzeigen aufgeben, die pro Zeile soundso viel kosten. Kommst du an, so sagen sie dir: Oh, nein, keine Arbeit ... Da, wo es welche gab, war sie schon vergeben, dafür bist du bis ans andere Ende von Paris gerannt ... bei einem Buchhändler sagte ich mir, das müßte mir liegen. Von wegen. Er suchte einen Austräger ... Bei einem Notar als Laufbursche hätte man von seinen Eltern vorgestellt werden müssen ...« – »Ich hatte es dir ja gleich gesagt.« – »... und in einem Musikgeschäft sollte ich Klaviere transportieren, sie haben Witze gemacht über mich, eine dicke Frau war da, die gluckste: Der Dreikäsehoch, seh sich einer so was an! Du lachst? Es gab zwar im Sentier ein Haus, das mir Briefumschläge nach Hause mitgegeben hätte, ein sauberer Beruf, sagte der Chef, Kommission und Export, aber ich hätte meine Adresse nennen müssen ... und da ich keine habe ...«

Edmond hielt im Zähneputzen inne: »Was heißt das, du hast keine Adresse?«

»Na, ich habe keine. Kein Zimmer, kein Gepäck. Warum machst du große Augen? Und ich habe heute nichts gegessen. Meine zwei letzten Sous habe ich für Zeitungen ausgegeben, wegen der Anzeigen ...«

»Und die zehn Franken, die ich dir gegeben habe?«

»Sie sind weg, deine zehn Franken, wenn du es wissen willst. Ich habe nichts gefressen, sag ich dir.«

Edmond sah seinen Bruder mit erhobener Zahnbürste an. Das war allerdings ein bißchen stark! Und diese Betonung auf dem Nichtgegessenhaben! Jetzt kam der Kerl sogar mit Forderungen. Mit der Familie nett sein. Wenn man daran dachte, daß er selber, Edmond, den Hausdiener würde anpumpen müssen ...

»Wenn du glaubst, daß du mir imponierst, mein Lieber, so irrst du dich, und zwar mächtig. Ich arbeite, ich treibe meine Studien, ich bin diesen Monat deinetwegen nicht zurechtgekommen, der Kosten wegen, die du mir verursacht hast. Ja. Und du schmeißt das Geld aus dem Fenster! Gestern abend zehn Franken, heute abend nichts mehr. Ja, sag mal, was denkst du dir eigentlich? Für wen hältst du mich? Für einen Zuhälter?«

Armand wußte nicht, was ein Zuhälter ist; aber der allgemeine Sinn der Rede entging ihm nicht. »Ich habe nichts gegessen«, wiederholte er mit der Hartnäckigkeit eines hungrigen Jungen von siebzehn. »Ich auch nicht«, sagte Edmond mit größter Aufrichtigkeit, da er seit der kleinen Mahlzeit in der Rue de Godot-de-Mauroy nichts Richtiges gegessen hatte. »Wer hat mich bloß mit solch einem Nichtsnutz gesegnet, so was fällt einem den Fünfundzwanzigsten ins Haus, zieht einem die letzten Kröten aus der Tasche und wird noch frech ... Du erwartest also, daß ich deinen Unterhalt bezahle? Für dein Zimmer aufkomme? Und dir zu fressen gebe? Weil ich dein Bruder bin? Schöne Verpflichtung! Ich bin nicht daran schuld, daß du auf der Welt bist, weißt du ...«

Er war blaß vor Wut, er lief auf und ab. Armand, mit zusammengebissenen Zähnen, folgte ihm mit den Blicken. »Ich habe Hunger«, sagte er. Das steigerte Edmonds Wut erst recht. »Du hast Hunger, du hast Hunger? Ein großes Unglück. Du bist nicht der einzige auf dieser Welt. Es gibt noch andere. Und die mehr wert sind als du! Übrigens ist es gar nicht so schlecht, wenn du mal einen Abend Hunger hast. Wahrscheinlich ist es das erste Mal, daß dir das passiert, da du ja soviel darüber redest. Man stirbt nicht, wenn man sich mit leeren Magen ins Bett legt ... Das wird dich lehren, was das Leben ist ...« – »Ich habe Hunger«, wiederholte Armand.

Die ganze Bitterkeit dieses ermüdenden Tages stieg in ihm hoch. Wie man ihn überall empfangen hatte, wohin er auch gekommen war, um nach Arbeit zu fragen! Er hatte gar nicht die »schöne Situation« erwähnt, die in einer Annonce versprochen war, wo es genügt hätte, zwanzigtausend Franken zu hinterlegen, um Mitbesitzer einer durchaus florierenden Bar hinter der Place de la République zu werden.

»Ich habe Hunger.«

Er sagte das, weil er nichts Überzeugenderes, Gewisseres und Unerträglicheres als seinen Heißhunger wußte. Er sah sich im Zimmer um, in der Hoffnung, irgendwo einen alten Brotkanten zu finden. Aber es lag nichts herum.

»Schön! Wenn du Hunger hast, so wirst du, was mich anbetrifft, weiter Hunger haben, das wird dir schon beibringen ... Was hast du vor allem mit den zehn Franken gemacht?«

Armand stammelte ein bißchen: »Ich habe sie einer Frau *gegeben* ...« – »Also das ist die Höhe! Der Herr gibt Weibern *mein* Geld. Ich bezahle die Streiche des Herrn. Der Herr kommt aus seiner Provinz, und sofort fängt er an mit dem großen Leben, Frauen ... warum denn nicht gleich ein Rennstall? Du machst dich wohl über mich lustig? Vor allem mal schmeißt man in deinem Alter Weibern kein Geld hin, sondern man kriegt welches von ihnen ...«

Nach dieser Moralaktion bürstete Edmond sich energisch das Zahnfleisch. Sogar etwas zu energisch.

»Ich sagte dir, daß ich heute nichts gegessen habe ... Ich habe Hunger und keinen Platz zum Schlafen ...«

Edmond stocherte sich in den Zähnen herum mit einem Aufwand an kleinen Gesten, der einen ungeduldig machen konnte. Die Stille wurde unerträglich. In dieser Stille wuchs der Haß. Ein Haß, der tiefe Wurzeln in der Vergangenheit der Kindheit hatte. Ein Haß, der bei jeder Bewegung Edmonds stieg. Der sagt endlich: »Worauf willst du hinaus?«

Armand stand auf, ging auf seinen Bruder zu und sagte keuchend: »Ich will heute abend essen und irgendwo schlafen. Und dann will ich dich nie mehr im Leben sehen ...«

Sein Ton überraschte den Älteren. Er sah den Jüngeren an und empfing sein letztes Wort aus nächster Nähe wie einen Schlag mitten ins Gesicht: »Kanaille!«

Edmond hatte das nicht erwartet. Ihm erst sein Geld abnehmen, ihn den ganzen Tag belästigen und dann noch beschimpfen. Er ohrfeigte den Jungen mit der verkehrten Hand: »Da, das wird dich lehren!«

Das war jetzt das zweitemal innerhalb weniger Tage, daß Armand eine Ohrfeige empfing. Er warf sich auf den Bruder, der ihn zurückstieß. Er wäre fast gefallen. Und da, beide Fäuste erhoben ...

Die Brüder rollten auf dem Boden wie zwei Vagabunden. Ein Stuhl, den sie mitschleiften, machte einen teuflischen Lärm. Die Nachbarn klopften an die Wand. Edmond hatte ein Knie auf Armands Brust und schlug ihn rechts und links ins Gesicht. Er stieß zwischen den Zähnen hindurch: »Hund ... Hund ...« Er war bei weitem der Stärkere. Er stand auf und stieß die Kröte mit dem Fuß von sich.

Armand erhob sich mühsam. Sie schwiegen. Dann öffnete Edmond die Tür und stieß seinen Bruder auf den Gang hinaus. Halblaut sagte er: »Krepiere, wo du willst, kleiner Strolch. Wenn du morgen Lust hast, nach Sérianne zurückzufahren, findest du fünfzig Franken für ein Billett dritter Klasse in meinem Fach unten, in einem Umschlag auf deinen Namen.«

XXXV

Als Edmond erwachte, spürte er etwas wie ein Gewicht auf der Brust. Es konnte halb sieben sein: draußen war heller Tag. Er drehte sich um und konnte nicht wieder einschlafen. Was hatte er nur? Irgend etwas störte ihn. Es war nicht das Bettlaken. Vielleicht der Rest eines Traumes. Zwischen Träumen und erwachendem Bewußtsein gibt es diese unklaren Beziehungen: eine Art von Osmose vielleicht; man weiß nicht, daß dieser oder jener Gedanke noch dem Schlaf angehört ... er ist durch die Membrane gedrungen ...

Er fühlte sich unbehaglich, wenn er an Armand dachte. Wo Armand sich wohl herumgetrieben hatte? Ach was! Seine Tat war noch Güte diesem Herumstreicher gegenüber, der sich auf ihn gestürzt hatte ... Aber eine ganze Nacht ohne Geld ... Es konnte ihm nichts besonders Ernstes zugestoßen, höchstens konnte er verhaftet worden sein, und dann würde man in der Rue Royer-Collard Auskünfte einholen ... Ein Holzkopf, der Junge: wie lange würde das dauern? Wegen so einer Dummheit brauchte man sich wirklich nicht den Kopf zu zerbrechen. Die Kröte würde erst schmollen, bis er genug hätte, dann seine fünfzig Franken holen, und dann, auf!, zum Papa.

... Seine fünfzig Franken ... gewiß, von zweihundert. Aber der Brief von Sérianne sagte ja ganz klar, daß das Geld ihn auch für die Kosten entschädigen sollte ... erstens schätzte er, Edmond, diese Kosten insgesamt auf hundert Franken ... und dann der plötzliche Einfall, die Wut, im Augenblick, wo er den Kleinen verprügelt hatte. Und so hatte er fünfzig gesagt ... Er hatte fünfzig gesagt, für das Eisenbahnbillett zunächst einmal, er hatte nicht gesagt, daß er nicht noch mehr geben würde ... und dann mit einem Schlag das Geld des Alten einem Säugling hinschmeißen, der einen so platt ausplünderte, wie man Luft holt: der wäre gleich in irgendeinem Bordell gewesen, und das Geld hätte sich wie Rauch verflüchtigt. Kleiner Dummkopf! Wo es so schwer ist, Geld zu verdienen. Aber er denkt natürlich nicht eine Sekunde daran, dieser Strolch. Einfach zu leichtsinnig. Schmarotzer.

Fünfzig Franken.

Das war schon mehr als ein Billett dritter Klasse. Dritter Klasse natürlich: er würde ihm doch nicht etwa eins Erster bezahlen? Mit fünfzig Franken würde er sich verpflichtet fühlen, sofort ein Billett zu nehmen ... Mit zweihundert ... Zweihundert kamen gar nicht in Frage: übrigens hatte er wirklich richtige Unkosten gehabt ... Mit hundertfünfzig oder sogar hundert gäbe es auch keinerlei Garantie. Er hätte immer noch Zeit, etwas nach Sérianne zurückzuschicken, wenn der Kleine erst mal dort sein würde. Schade.

Auf keinen Fall alles. Das wäre ja noch schöner. Man ist vielleicht ein bißchen verrückt, aber doch nicht in dem Maße. Fünfzig Franken in einem Umschlag, unten in seinem Fach.

Und das ist alles. Wenn aber der Doktor seinen Sprößling bei der Rückkehr fragen würde ... Also, noch einmal: er hatte Unkosten gehabt, und die Möglichkeit, noch etwas nachzusenden, und die Sache mit den zehn Franken, die Armand am ersten Abend einer Frau gegeben hatte. Ich kann mir die Frau richtig vorstellen. Er hat noch Glück, wenn er keinen Tripper erwischt hat.

Fünfzig Franken.

Er wird sie abholen, um was zu essen, und nachher ... Doch, es würde noch für eins Dritter reichen. Armand spielte gern den Stolzen: er verachtete seinen Vater, aber das Geld seines Vaters ... ach, es ist immer dasselbe. Er hatte sich dem Doktor gegenüber genauso betragen wie Edmond gegenüber am vorigen Abend.

So wälzte der Student in seinem Kopf einander widersprechende Fragen, die leicht zu beantworten waren. Aber plötzlich wurde ihm kalt. Unter der Decke klammerte er sich an sein Kissen. Er stöhnte. Er dachte an Carlotta ... Wie merkwürdig! Er hatte sie beim Erwachen vergessen und erinnerte sich an sie erst jetzt ... Und um sich zu erinnern ... Wie sie sich voneinander getrennt hatten! Gestern abend hatte er sich gesagt, daß er mit Blumen ... Und wenn die Blumen die Sache nicht in Ordnung brachten? Seine Angst war so groß, daß er das Ausmaß seiner Liebe ahnte. Carlotta, mein Leben.

Womit hatte das nur angefangen? Irgendein Wort über diesen Quesnel ... Himmelgottverdammt! Fand man diesen Kerl denn immer auf seinem Weg? Wie konnte man ihn bloß loswerden? Man hätte Geld haben müssen. Geld, Geld und nochmals Geld. Die Welt ist widerwärtig. Es gibt kein Gefühl, das nicht vom Geld befleckt wäre. Es war wie mit Armand ... Alles Geldgeschichten ...

Dabei hätte die Liebe darüber stehen müssen. Die Liebe. Jetzt wies Edmond der Liebe in seinen geheimen Gedanken ihren Platz zu. Er hatte ihn früher nur in einer Art Selbstbehauptung verleugnet, weil er niemals der Liebe begegnet war, weil er vor ihr sogar Angst gehabt hatte. Jetzt war sie da, groß und machtvoll, die Liebe. Mußte die Liebe wirklich mit all diesen Schmutzereien vermengt sein?

Na gut, man durfte aber auch nicht albern sein, weil man

verliebt war. Alle Chancen auf seine Seite bringen. Geld. Wie sollte man Geld finden? Das Geld nahm an diesem Morgen eine vorherrschende Stellung ein ... Fünfzig Franken ... Es handelte sich wohl oder übel um fünfzig Franken ... Geld, alles Geld der Welt ... Die Osmose fand von neuem statt in einem Licht, das wie Gold und Silber strahlte. Über das Geld hinweg trieb Edmond wieder in den Traum zurück ... Die Liebe ... Er wurde durch einen Rohrpostbrief Carlottas aufgeweckt: »Sei nicht albern, nicht wahr? Ich erwarte dich gegen zehn Uhr vormittags. Ich habe Lust hinauszufahren. Ich war nicht frei. Ich habe meine Freiheit verlangt: ich wolle allein sein, habe ich gesagt. Er verstand mich nicht. Ich habe mit dem Fuß aufgestampft, einen kleinen Kunstgegenstand zerbrochen, nicht zu teuer. Er hat Angst gekriegt. Das ist alles. Sei nicht albern. Ich liebe dich. Ich erwarte dich. Carlotta.«

Sie hatte in ihrer reizenden ungeschickten Schülerhandschrift ein Postskriptum hinzugefügt: »Ich kenne einen kleinen See mit großen weißen Blumen auf dem Wasser, ein kleines Boot und ein Hotel. Ich bin niemals in das Hotel gegangen, weil ich auf dich wartete. Komm.«

Edmonds Herz schlug wie eine Trommel. Auf seinem Bett sitzend, mit nackten Beinen, zerzaustem Haar, mit Augen, in denen noch der Schlaf war, begann der junge Mann, trunken vor Entzücken, zu lachen. Draußen war herrliches Wetter. Der zu Ende gehende Mai kam durchs offene Fenster mit unsagbarer Milde; man fühlte in der Luft etwas Zottig-Stoffliches und Zartes zugleich. Das Licht ließ einen an Pfirsiche und junge Mädchen denken.

In diesem Moment fiel ihm das Krankenhaus ein. »Ach was«, sagte sich Edmond, »einmal ist keinmal!«

Es war Dienstag, der Tag der Chefvisite in seinem Saal. In der Tat konnte sich Edmond Unannehmlichkeiten zuziehen. Seine Krankenblätter waren nicht in Ordnung. In den letzten Tagen hatte er sich ein bißchen gehenlassen. Sein Assistent würde sich aber schon zurechtfinden.

Ein Sprung bis zum Postamt. Nachdem er das Geld von zu Hause gut gezählt hatte, wechselte er einen Hundertfrankenschein in zwei Scheine zu fünfzig und ging ins Café, wo er sich die Backen mit Hörnchen vollstopfte und Schreibzeug verlangte. Er steckte einen der Fünfzigfrankenscheine in ein gelbes Kuvert: sollte er noch ein Wort hinzufügen? Nein, das wäre für den Kleinen verletzend gewesen, nach allem, was zwischen ihnen vorgefallen war. Er klebte also den Umschlag zu und schrieb: »Herrn Armand Barbentane, wobei er *Armand* unterstrich.

Er trug den Brief nach der Rue Royer-Collard zurück: »Wenn der junge Mann, mein Bruder, dies hier abholt, sagen Sie ihm, nicht wahr, Gaston, daß er seine Adresse hinterlassen soll.«

XXXVI

Auf dem Einband der amerikanischen Zeitschrift spielte die junge blonde Frau mit ein paar silbernen Löffeln, während sich im Schaukelstuhl ein kahlköpfiger Mann wiegte, der – ja, wem ähnelte er eigentlich? Die junge Frau war, neben dem Fenster, dabei, ihre Koffer zu packen. Sollte er ihr die Zeitschrift zeigen?

Unbegreifliche Angst und der Durst weckten Edmond. Wie konnte er das Glas Wasser erreichen, ohne daß Carlotta ... Er fühlte, daß ihn schwindelte, weil er sich nicht mehr in dem fremden Zimmer zurechtfand. Es lag in einem kleinen Hotel in Ville-d'Avray, wo sie gelandet waren, nachdem ein Wolkenbruch ihren Spaziergang unterbrochen hatte. Die vor dem hellen Tag draußen zusammengezogenen Vorhänge waren wie eine Franse von Pompons am Rande der Wirklichkeit. Die Laken waren schwer, von jener Feuchtigkeit, die Bettwäsche in billigen Hotels hat.

Carlotta schlief fest, mit der Verzweiflung eines Kindes, das weiß, daß man es stören wird. Sie hatte von der Liebe her noch einen flehenden Ausdruck im Antlitz und ein Lächeln, das man gern mit dem Finger vom Mundwinkel weggewischt hätte, so sehr überlebte es bereits Vergangenes. Ihre beiden Fäuste hatte sie unter die gleiche Wange gelegt, als halte sie sich an einem Seil fest, und ihr Ellbogen hing über die Bettdecke hinaus wie eine allzu zarte, allzu zerbrechliche Sache, die sie auf die gefährliche Reise des Schlafes nicht hatte mitnehmen wollen. Edmond folgte dieser gebogenen Linie, die sich mit der linken Brust hob und senkte. Alles, was an Licht in den Raum eindrang, sammelte sich im Perlmutterglanz dieses Fleisches, dessen ganz leichter Schweißbeschlag das Stoffliche der Schläferin lebendiger machte. Der Nasenflügel hob sich im langsamen Atem, der nicht mit den Schlägen des Herzens zusammenging. Das wirre Haar rollte sich, wie es der Zufall der Betten wollte, in schweren Voluten wie Gewitterrauch. Es bildete seltsame irreale Konstruktionen, eine legendäre Frisur, die man gern vom Leben bewegt gesehen hätte. Der junge Mann fühlte an seinen Beinen die Umschließung seiner Gefährtin, und ihm war, als sei er ein Taucher, der unachtsam in die umschlingenden Glieder einer Ertrinkenden geraten wäre. Eine Vorstellung von Korallen und die Furcht vor treibendem Tang bedrängten ihn. Dabei schlief Edmond nicht mehr; aber in der lebendigen Wärme des Bettes schwebte noch ein Rest von Traum. Die Tageszeit kam ihm plötzlich zum Bewußtsein, und Angst erfaßte ihn, diesen seltsamen Knoten auflösen zu müssen, den die Liebe in der Dunkelheit dieses Zimmers eines Vorstadthotels geknüpft hatte. Er fühlte plötzlich, daß er sich aus dieser lebendigen Fessel losmachen, aufstehen, sich waschen, seine Kleidungsstücke, über dem Stuhl korrekt gefaltet, wiederfinden, sie anziehen und weggehen könnte. Draußen würde es wieder Straßen geben, die man überqueren mußte, blinde Fassaden, Bäume, menschliche Gestalten, die Wagen ausweichen. Auch früher schon hatte er in irgendeinem Bett, in das ihn der Zufall geführt hatte, verrückte Pläne geschmiedet, die etwas sternenhaft über sich selbst Hinausdauerndes haben, Pläne, in denen man sich mit einer Unbekannten gehenläßt, die jählings, wie einen Strauß Blumen, die ganze Zukunft, seine eigene Zukunft an sich nimmt. So hatte er früher schon mit Illusionen gespielt, wobei man sich fragen mußte, wer der Angeführte war und wer wirklich lügen wollte. Mit dem ganzen Überschwang seiner Jugend hatte er die Frauen belogen. Sie ließen sich im Strom seiner Worte treiben, klammerten sich an verrückte Versprechungen, die er fallen ließ, wie Barken in ein Meer. Sie hingen diesen phantastischen Plänen nach durch die jähen Zärtlichkeiten und Brutalitäten ihres neuen Liebhabers hindurch, der in sie eindrang wie die Melodie eines Liedes. Er kannte die Macht seiner Worte. Er hatte absurde, verführerische Einfälle. Er wiederholte sich nie. Er empfand Freude an der geheimen Ausschweifung, sich niemals zu wiederholen, für jede Frau ein anderer Mann zu sein, mit einem Leben, das er gerade für sie erfunden hatte, in das sie wie in eine Falle ging, in dem sie sich voller Vertrauen einrichtete, ohne zu wissen, daß die Wände Wolken waren, die Gegenstände Schatten und der Haken, an dem sie ihren Mantel aufhing, sentimentale Täuschung.

Er hatte die Frauen belogen.

Carlotta hatte er nicht belogen. Oder nur ganz wenig. Nur um die Ärmlichkeit, die Kleinlichkeit seiner Existenz zu verbergen. Nur aus Furcht, nur wegen jener für ihn so neuen Ungleichheit, Unterlegenheit, die er hier in dieser Liebe spürte. Ja, wenn er bei ihr war, hätte er geschworen, daß er Herr über sie sei, Macht über sie besitze. Und dann ging das mit einer unglaublichen Schnelligkeit vorbei; er hatte noch nie bei einer Frau diese Fähigkeit des Erliegens gefunden, die Fähigkeit, in die Wollust hineinzustürzen wie ein Stein in einen Brunnen, und gleichzeitig diese Leichtigkeit, zu sich selbst zurückzukehren, als ob nichts gewesen wäre, diese plötzliche Verwandlung in ihren Statuenarmen, dieser gleichgültige Ton, dieses Vergessen des Abgrunds. Wenn er dann von der Zukunft zu sprechen begann, mit dem Gefühl, sie zu verlieren, und um gegen das Schreckliche dieser Gewißheit anzukämpfen, hörte er in seinen eigenen Worten falschen Spott, und Verzweiflung überkam ihn, wie sie in seinen Armen vielleicht eine seiner zufälligen Mätressen überkommen hatte, die so gern hätte glauben wollen, daß er wirklich zur nächsten Verabredung kommen würde.

Dabei widersprach ihm Carlotta nicht, wenn er laut vor sich hin träumte. Vielleicht beunruhigte ihn gerade das. Vielleicht war es in diesen Italieneraugen der Unterschied zwischen ihrem gewöhnlichen Ausdruck und dem im Moment der höchsten Lust. Vielleicht war es etwas ganz anderes. Jetzt sah er, wie sie schlief. Er fuhr mit den Fingern über seinen Mund. Seine Lippen waren überall wund. Er fühlte, wie sein

Bart wuchs, und das war ihm unangenehm. Die Schläferin bewegte sich ganz leicht und schmiegte sich an den Leib des Mannes. Eine furchtbare Zärtlichkeit ergriff von Edmond Besitz, und er hatte Angst, sich zu rühren, wenn er daran dachte, daß sie die Augen öffnen und ihre Sicherheit und Gleichmütigkeit zurückgewinnen könne. Vielleicht liebte sie ihn wirklich nicht; aber diese vertrauende Bewegung im tiefsten Schlafe zu ihm hin, diese ruhige Hingabe, diese Nachbarschaft, die es sich bequem macht, war das nicht doch Liebe? Er versuchte es sich einzureden. Er beugte sich über diese Brust, deren Ansatz ihn betörte, als habe er sie zum erstenmal entdeckt. Herrliches Juwel der Weiblichkeit ... Daß sie vor allem nur nicht erwache, daß sie diesen Schlaf fortsetze, bei dem ihr Liebhaber noch an die gegenseitige Leidenschaft zu glauben vermag, in dem er ohne Mühe die Widerspiegelung seines eigenen Rausches finden kann, in dem die kleinste Bewegung der Wimpern die Bewegung seines Herzens begleitet.

Wie wäre es möglich, denkt er in der Unvernunft seiner Schlaflosigkeit, daß sie mich nicht liebt! Er kann das Warum nicht finden. Er sieht in sich selbst nur Liebenswertes. Er redet sich ein, seine Angst sei unbegründet, er sei geliebt. Er sagt es sich unaufhörlich, immer und immer wieder, er beginnt mit seinen einleuchtenden, aber ineinander verwirrten Beweisführungen immer wieder von vorn. Er verliert sich darin und nimmt sie immer wieder auf, wie ein Knäuel, das eine Katzenpfote durcheinanderbringt. Seine Gedanken treiben dahin. Sie halten sich plötzlich an einer Erinnerung der Lust fest. Früher, in den Armen einer anderen ... Wenn sie ihn aber belügt, so wie er sie zu belügen wußte? Er beruhigt sich wieder mit irgendeinem lächerlichen Argument. Aber woher kommt ihm diese neue Verrücktheit? Unaufhörlich schaut er zu, wie Carlotta schläft. Carlotta schläft. Carlotta. Schläft.

XXXVII

Drei Nächte waren vergangen, ohne daß Armand den gelben Umschlag abgeholt hätte, der in Edmonds Fach wie ein Vorwurf lag. An diesem Morgen erhielt Edmond einen neuen Brief aus Sérianne. Die Familie wurde unruhig. Nicht so sehr Armands wegen; aber man hatte noch keine Bestätigung der Geldsendung erhalten.

Edmond fing an, sich wirklich Sorgen zu machen. Was war dem Jungen nur passiert? Ach, er hatte sicherlich gelogen, sonst wäre er schon gekommen, um das Geld zu holen. Er mußte noch irgendwo ein paar Sous versteckt haben. Übrigens war das durchaus wahrscheinlich. Wenn ihm etwas passiert wäre, hätte man es erfahren.

Nachdem das Hotel, die Wäscherechnung und zwei, drei kleine Schulden bezahlt waren, befand sich das Budget des Monats Juni in ziemlich angegriffenem Zustand. Um so mehr als Edmond, stolz auf seine gespickte Brieftasche, in Ville-d'Avray alle Ausgaben bestritten hatte, was Joseph Quesnels Phantom von den Liebenden aufs angenehmste ferngehalten hatte. Wenn man aber so fortfuhr, sagen wir, vernünftigerweise zehnmal im Monat, würden ihm ungefähr zweihundert bis zweihundertfünfzig Franken fehlen. Ohne davon zu sprechen, daß ...

Er fühlte in seinem Rock die kleine dunkelrote Brieftasche, in der das Geld von zu Hause ruhte. Die hundertfünfzig zusätzlichen Franken hatte er noch nicht angerührt und würde sie auch so bald nicht anrühren. Dennoch dachte er oft an sie. Dieser Betrag hätte beinahe alles in Ordnung gebracht.

Der Brief von Sérianne erforderte eine Antwort. Edmond schrieb, er habe das Geld empfangen; Armand, dieser Taugenichts, führe sich sehr merkwürdig auf, seit vier Tagen erscheine er nicht mehr bei ihm. Er, Edmond, habe ihm den Kopf gewaschen, und der Kleine hätte ihm das sehr übelgenommen, er wolle nichts von Vater und Mutter hören, kurz, eine erschütternde Undankbarkeit, nicht der geringste Familiensinn et cetera. Er wollte wohl nicht nach Sérianne zurückkehren; aber Edmond würde die erste Gelegenheit wahrnehmen et cetera.

An diesem Abend waren sie in ein gewöhnliches Bistrot in der Nähe der Bastille essen gegangen. Carlotta kannte einen Haufen Restaurants. Wer hatte ihr wohl dieses da gezeigt? Wahrscheinlich Joseph Quesnel. Oder Herr Alexandre! Herr Alexandre, den er am Boulevard Bineau getroffen hatte, war für Edmonds Wutanfälle ein komischer Ableiter geworden. Der Wein war ausgezeichnet, draußen kündigte sich ein Gewitter an. Im oberen Stockwerk des Lokals saß eine Hochzeitsgesellschaft, und man hörte Lachen und Singen.

Was sollte man nach dem Essen tun? Der Bois war weit, der Himmel sah bedrohlich aus. Sie hatten keine Lust, ins Kino zu gehen. Médrano? Machen dir etwa Clownerien Spaß?

»Ich liebe«, sagte sie, »die Akrobatik.«

Und sie schloß die Augen. Edmond fühlte in diesem Moment ganz, was Eifersucht ist. Sie würden bestimmt nicht zu Médrano gehen. Warum nicht? Wegen der Akrobatik? Weißt du, wenn sie da ganz oben sind, ganz oben auf ihren Geräten und gleich eine schwierige Nummer zeigen werden, weißt du, so eine ganz schwierige ... und man hat ihnen ein Taschentuch zugeworfen, und sie wischen sich die Hände ab, und sie schwingen sich hin und her, ganz nachlässig auf einer Eisenstange sitzend, und sie legen los, und das Orchester hört auf. »Weißt du, wenn das Orchester aufhört, das gibt mir einen richtigen Schlag ...«

Edmond zog ein Gesicht? Warum? Dummkopf. Dummerchen. Liebling. Die Akrobaten sind schön, weißt du. Ein bißchen ungeheuerlich manchmal: die Rückenmuskeln. Die, welche ohne Netz arbeiten, das ist wirklich schrecklich. Aber verwegen. Dann, wenn sie sich ins Netz fallen lassen, die mit einem Netz arbeiten natürlich, das ist immer ganz außerordentlich, wie die Bälle, und dabei sind es Menschen. Schöne Menschen. Gut, Liebling, ich rede nicht mehr davon. Nein, ärgere dich nicht. Nimmst du einen kleinen Likör mit einem Kaffee ... Aber schmolle doch nicht. Einen kleinen Likör.

Edmond verdüsterte sich, weil er an die Rechnung dachte. Carlotta hatte es schon erraten: »Hör mal, heute abend bin ich dran. Ich zahle das Essen ... Doch, doch ... Was macht denn das schon aus? Gut, wir gehen nicht in den Zirkus. Aber ich zahle ...«

Ja, wenn es so war, ein Abkommen. Ich gebe, du gibst. Edmond bestellte einen Kümmel. Heute abend war Carlotta besonders hübsch. Alle Welt schien es zu bemerken, der Kellner, die Leute von den Nachbartischen. Ihre Haut war ein bißchen rosig, das Dekolleté des Halses und die Schultergegend; sie hatte ein dunkelgrünes Kleid an, und alles färbte sich von goldenen Reflexen, die aus ihrem Haar zu fallen schienen. Das Haar war so schwer wie nur möglich.

»Also«, sagte sie, »dein Likör ist also wirklich Kümmel? Ich dagegen liebe den Grappa. Ich werde dir Grappa zu kosten geben.«

Sie hatte ihre Handtasche geöffnet, und in der Unordnung sah er neben Puder und Lippenstift einen Haufen Banknoten. Sie hatte mindestens zwei- oder dreitausend Franken bei sich. Er goß den Kümmel auf einmal hinunter.

»Also, wenn wir nicht in den Zirkus gehen ... wo gehen wir dann hin?«

Sie schien irgend etwas im Sinn zu haben. Sie ging um den heißen Brei herum. Sie legte Puder auf. Er sah auf ihren Nakken. Er saß neben ihr auf der kleinen Polsterbank. Welch seltsame Kraft in diesem Nacken! Das hatte ihn vom ersten Tage an frappiert, und er konnte nicht anders als sich vorstellen, auch sie müsse Akrobatin gewesen sein, wie jene Frauen, die in den Lüften sich mit den Zähnen an einem Trapez halten ... Ihre hübschen kleinen Zähne! »Du machst keinen Vorschlag? Ein netter Liebhaber!«

Dieses Wort, das ihn an seine Vorrechte erinnerte, löste die Bewegung aus, zu der ihn unter dem Haar die blendende Helle des beginnenden Rückens verleitete. Mit plötzlicher Brutalität drückte er seine Lippen auf diesen begehrten Nakken, der sich unter ihnen beugte. Carlotta drehte sich mit dem ganzen Körper zu ihm, und Edmond empfing eine Ohrfeige voll ins Gesicht, und keine scherzhafte. Die Leute ringsum kicherten.

Edmond richtete sich auf und faßte Carlotta am Handgelenk. Er war eher überrascht als böse: was sollte das heißen? Sie sagte ihm in ganz natürlichem Ton: »Entschuldige, aber ich liebe diese Manieren nicht. Das ist ein bißchen zu sehr Mann ...«

Sie sah, daß er sie nicht verstand. Sie artikulierte: »Ein – biß – chen – zu – sehr – Mann ... Ich will sagen, daß mich das allzusehr an die Unhöflichkeit von Männern erinnert, die sich einbilden, ihnen sei alles erlaubt, weil sie zahlen ... Siehst du, wenn man mich auf den Mund küßt und wie auch immer, das ist mir gleich, sogar wenn ich keine Lust dazu habe, das ist dazu da. Aber so, in den Nacken, das bringt mich in Weißglut ... Ich habe es niemals ertragen noch jemandem erlaubt, und nicht einmal dir, verstehst du, weil du dann ein richtiger Mann wirst, wie alle Männer, ein Feind, einer dieser Kerls, die uns demütigen, einer von diesen Schuften ... Du weißt nicht, wie ich manchmal die Männer hassen kann ...«

Sie sagte das schauerlich katzenhaft und streichelte ihm dabei die geohrfeigte Wange. Die Leute hatten ihre Unterhaltung wiederaufgenommen, warfen vielleicht noch versteckte Blicke auf das Paar; aber das war alles.

»Aber wir wissen immer noch nicht, wo wir hingehen wollen ... Keine Idee? Wohin führen Sie gewöhnlich Ihre Mätressen aus, mein Herr? Ins Kino? Du siehst mich nicht mal an. Ober!«

Während der Kellner seine Rechnung aufstellte und nachprüfte, hatte sie unter dem Tisch Edmond einen zusammengeknüllten Geldschein zugesteckt. Er hatte große Mühe, so zu tun, als zöge er ihn aus der Rocktasche. Er wollte ihm das Aussehen einer ehrlichen Banknote geben, die in einer Rocktasche gesteckt hat und nicht in einer Damenhandtasche. Der Kellner konnte denken, was er wollte. Die Hauptsache war, hier Schluß zu machen und wegzugehen.

»Edmond«, sagte Carlotta, »wir gehen spielen ... Hast du schon mal Bakkarat gespielt? Ich liebe das Spiel. Man vergißt. Warum nicht? Ich habe Lust zu spielen. Gut, wenn du nicht willst, gehe ich allein. Ich will spielen, ich habe die ganze Zeit daran gedacht. Jetzt muß ich unbedingt spielen. Ich kenne einen kleinen Cercle auf den Boulevards ...«

Man konnte Carlotta nichts versagen.

XXXVIII

Armand hatte auf den Bänken geschlafen. Man jagte ihn weg. Er fand eine andere. In der ersten Nacht, am ersten Tag, hatte das trotz seines Hungers noch etwas von Spiel an sich. Es war wenig wahrscheinlich, daß das dauern würde. Armand würde schon Arbeit finden, irgendwas. Inzwischen dachte er sich eine Geschichte aus, in der er der Held war, wie die des großen Schauspielers auf Tournee oder die des Raimbaud d'Orange auf den Goldenen Inseln. Es gab die Schönheit der Hauptstadt, ihre warmen Nächte, die Springbrunnen auf den Plätzen, und tagsüber unaufhörlich das Entdecken neuer Viertel, ein Gefühl des Verirrtseins, des Phantastischen. Dennoch begann der Hunger allmählich das Abenteuer zu stören. Dienstag hatte er noch, während er durch die Straßen irrte und mit Heißhunger die Lebensmittel in den Geschäften betrachtete, vermocht, bei haltenden Wagen Türöffner zu spielen. Es war morgens im Bois, obwohl er müde war und die Bemerkungen gutgekleideter Männer anhören mußte: »Schrecklich, so was, in deinem Alter! Es wäre besser, du würdest arbeiten!« Bis gegen Mittag hatte er einige Sous verdient. Er hatte Brot und Schokolade verschlungen, viel Schokolade, in einer Konditorei in der Nähe der Porte Dauphine. Es waren Kroketten der Marke »La Savoyarde« aus den Barrel-Werken. Dies gehörte mit zum Spiel, auch weil man in sich hineinlachen konnte, was einem möglich machte, ungewaschen zu sein, Fußschmerzen zu haben und von der folgenden Stunde nichts zu wissen.

Aber der Dienstag hatte ihm keine Arbeit eingebracht, auch nicht das Geld für ein Zimmer, und abends war der Hunger wiedergekommen, der niemals besiegte Hunger, der Feind, den er morgens und abends in seinem Bauch wiederfand. Es gab noch andere Leute außer ihm, die sich auf Wagentüren stürzten, schlechter gekleidet, magerer, schmutziger, armseliger als er. Einer von ihnen rempelte ihn in der Nähe der Madeleine vor einem großen Restaurant an: »Kannst du nicht in deinem Revier bleiben? Mußt wohl unbedingt anderen die Arbeit wegnehmen, was?« So gab es also Menschen, für die so etwas kein vorübergehendes Spiel, sondern eine Arbeit war. Als er zum Montmartre hinaufstieg, hatte er das Glück, neben einen schönen Wagen zu kommen, aus dem eine prachtvolle Frau ausstieg. Er blieb mit offenem Mund stehen, die Hand auf dem Türgriff, der Schofför öffnete die Tür an seiner Stelle, und er blieb mit ausgestreckter Hand stehen.

Schönheit ist nicht nahrhaft. Nachdem er gegen zwei Uhr morgens ein paar Sous zusammengekratzt hatte und von Pigalle zu den Hallen hinuntergestiegen war bis zu jener Bude an der Ecke Sainte-Eustache, wo er Würstchen mit Brot hinunterschlang, dachte er mit Schrecken daran, wie lang die Nacht ist. Er dachte an die Nächte, die folgen würden. Ein Sou war ihm übriggeblieben, und er sah ihn lange an. Er entsann sich, daß seine Eltern in Sérianne ihm die neuen Sous, die noch ganz vergoldet sind, aufgehoben hatten und daß man sie in eine Sparbüchse tat, die die Form eines Katzenkopfs hatte mit einem Kragen und einer schönen roten Schmetterlingsschleife. Gleichzeitig war er stolz darauf, gegessen zu haben, wenn auch nur ungenügend. Zum erstenmal in seinem Leben hatte er selber sein Brot verdient. Eine Stimme tief in seinem Innern sagte ihm allerdings, daß das Öffnen von Türen nichts Richtiges, keine wirkliche Arbeit sei ... Was war eigentlich diese Religion der Arbeit? Er hätte gern gegessen (und geschlafen), ohne etwas zu tun.

Die zweite Nacht war schlimmer als die erste; und der Mittwoch war ein schlechter Tag. Keine Türen, überall wurde er angeschnauzt, wohin er auch kam, um nach Arbeit zu fragen; wenn hier und da Schilder hingen, die Arbeiter verlangten, hörte er auch immer die Frage nach irgendwelcher Qualifikation. Und wo haben Sie vorher gearbeitet, mein Lieber? Er lernte lügen: Er käme aus Aix, wo er in einer großen Brauerei Schreibarbeiten erledigt habe ... Und Ihr Zeugnis? Das nächstemal wurde die Fabel noch länger: Bei seiner Ankunft in Paris wären ihm seine Papiere gestohlen worden, er habe schon nach Aix geschrieben, er würde eine Abschrift des Zeugnisses erhalten. Schön, kommen Sie wieder, wenn Sie es erhalten haben. Oder auch: Lassen Sie Ihre Adresse hier, wir werden Ihnen eine Mitteilung zukommen lassen ...

Nachdem er zwei Tage lang kaum gegessen hatte, wurde der Hunger furchtbar. Der Kopf war ihm wie benebelt. Der Hunger wurde eine fixe Idee. Da er der Bänke überdrüssig war, ging Armand in Saint-Germain-l'Auxerrois gegen Mittag in eine Kirche. Es fand gerade ein Begräbnis statt, und die Orgel dröhnte. Der Geruch des Weihrauchs machte ihm den Kopf wirr. Immerhin macht ein Stuhl Vergnügen. Armands Hände streichelten den Strohsitz. Es gab ja auch Zeremonien, bei denen man umsonst Oblaten erhielt! Allerdings nicht bei Begräbnissen. Armand dachte an die Oblaten in Sérianne. Sie waren eine Art von Savoyardischem Kuchen, hell, mürbe, noch warm, ein bißchen gezuckert. Die Gegenstände tanzten um ihn im Takt der erschütternden Akkorde der Orgel. Plötzlich sah Armand eine kleine Alte vor sich, die die Hand ausstreckte. Eine Bettlerin? Nein, es war die Stuhlvermieterin. Er tat, als ob er nach einem Geldstück suche, ohne es finden zu können. Die Alte ging nicht von der Stelle. Er stand also auf und murmelte eine Entschuldigung. Der Geruch des Weihrauchs hätte ihn beinahe brechen lassen; aber er hatte nichts zum Erbrechen in sich, außer einem bitteren Geschmack. Das brachte er weg, indem er Wasser aus einem Brunnen trank.

Von seinem Rock war ein Knopf abgesprungen. Gerade vorn. Der erste. Das war der Beginn eines unaufhaltsamen Verfalls. Er schleppte seinen Regenmantel über dem Arm mit und hätte ihn doch am liebsten irgendwo liegengelassen bei dieser Hitze. Aber er war sein einziger Besitz. Wenn er die fünfzig Franken genommen hätte, von denen Edmond gesprochen hatte, hätte er irgendwo ein Zimmer mieten können. In der Gegend von Clignancourt hatte er welche angezeigt gesehen zu zwanzig Franken im Monat. Er hätte den Regenmantel dortlassen können. Kam nicht in Frage. Nur nichts den Leuten schulden, diesem Dreckzeug ... Das war ein sehr fester Entschluß, den er Montag abend gefaßt hatte. Und jetzt war erst Mittwoch nachmittag. Der Hunger wuchs und ließ für nichts anderes Platz. Die kleinen Obst- und Gemüsekarren am Rand der Straße waren eine Folter. Irgendwo muß es doch Volksküchen geben; aber wenn man nicht Bescheid weiß ... Wen sollte er fragen? Die Polizisten waren für ihn schon zu Leuten geworden, die ihn nachts von den Bänken wegjagten. Furchtbarer Hunger. Der Mund trocknet aus, speichelt, trocknet wieder aus. Das Brunnenwasser half ihm nicht darüber hinweg. Die Knie wurden weich. Mit den Türen klappte es nicht, aber auch gar nicht mehr. Betteln? Neben einem Lokal auf der Insel Saint-Louis stand er lange und zog den Duft des heißen Fetts und der Soße ein. Er dachte an das flache Land, wo man wenigstens noch ein paar Feigen oder Weintrauben hätte stehlen können. Und dann konnte man jagen und fischen. Der letzte Gedanke brachte ihn zum Lachen: daß man jagen und fischen konnte.

Diese Nacht folgte einem Tag, einem langen Tag ohne Essen. Die fünfzig Franken Edmonds kamen mit schmerzhafter Beharrlichkeit ihm immer von neuem in den eigensinnigen Kopf. Aber nein, von diesem Brot da werde ich nicht essen! Werde ich nicht essen? Es gibt Dinge, die sich leicht sagen lassen. Essen. Die Nacht war nicht weniger lang als der Tag. Armand schlief unter dem Pont-Neuf in der Nähe der Samaritaine, auf der Erde, in einem unheimlichen Dunkel, in dem sich Schatten bewegten, seinesgleichen. Seine Träume, die von der immer gegenwärtigen Wirklichkeit bewegt wurden, ließen ihn plötzlich den Schmied Avril sehen, der Adressen schrieb, Adressen ohne Ende, und immer die gleiche Adresse: Madame Sarah Bernhardt, Villa Oblat, Goldene Inseln ... Madame Sarah Bernhardt, Villa Oblat ... Aber wohin hatte man nur den Klebstoff für die Marken gelegt? Das heißt, es war eigentlich nicht der Klebstoff, der fehlte. Eine neue Erfindung gestattet, den Klebstoff fertig auf den Marken anzubringen ... Man leckt daran ... Armand hatte so viele Marken geklebt, daß er im Mund einen seltsamen Geschmack verspürte, einen tödlichen Geschmack ... Es war nicht der Klebstoff, der fehlte, sondern irgend etwas fehlte in bezug auf die Marken ... Armand hatte Marken gesammelt, und er entsann sich des Kopfs der Zweiten Republik, ach diese Fresse, die die Zweite Republik hatte! Und dann, wie Christoph Columbus ein karminrotes Amerika entdeckt ...Geld! Das war es, was in bezug auf die Marken fehlte! Sarah Bernhardt kreischte mit ihrer goldenen Stimme: Fünfzig Franken! Er hätte für eine Zwei-Sous-Marke fünfzig Franken zahlen sollen ... Eine

Fünfzig-Franken-Marke für zwei Sous, das ist natürlich billig ... Fünfzig Franken ... »Los, raus da, haut ab, wenn ihr nicht wollt, daß wir euch mitnehmen ...«

Die Flußpolizei kam vorbei, und die Schläfer taten, als flüchteten sie, nur um im ersten günstigen Moment zurückzukommen. Fünfzig Franken! Armand war aufgewacht mit seinem Hunger und dem Gedanken an den gutgefalteten Geldschein in einem Briefumschlag, der in der Rue Royer-Collard auf ihn wartete. Nein, das auf keinen Fall!

Selbst wenn das Wetter schön ist, ist der frühe Morgen der schlimmste Augenblick für den Hunger. Schon hasteten in der Stadt die Menschen zur Arbeit. Alle schienen fünf Minuten zu spät aufgestanden zu sein. Die Geschäftigkeit der Menschen, diese außerordentliche Kenntnis des eigenen Platzes in der großen Maschinerie, an den sie beim Morgengrauen zurückkehrten, selbst die Geste der Straßenkehrer, die Sicherheit, mit der sie den Kot beseitigen – alles redete zu dem Ausgehungerten in der Sprache der Arbeit. Er kam sich wie eine ungeheuerliche Ausnahme vor. Siebzehn Jahre alt. Was sollte er machen? Arbeiten? Vor zwei Tagen hatte er sich gefragt, ob er arbeiten solle oder nicht. Jetzt war die Frage ganz anders gestellt. Er hätte gern wie alle anderen gearbeitet, wie die vom Pré-Saint-Gervais zum Beispiel.

Er fühlte, daß er beinah ohnmächtig wurde. Etwas biß ihn im Magen; er mußte sich mit den Händen den Leib halten, um die Schmerzen zu mildern. Und auch das nützte nichts mehr ... Er kam sich schmutzig, widerwärtig vor mit seinem Hemd, das er sechs Tage nicht ausgezogen hatte. Sich waschen ... ein Hemd. Ach was, vor allem Brot. Und Kaffee. Er dachte an einen schönen schwarzen, heißen Kaffee. Dunkle und goldene Flecke tanzten vor seinen Augen. Der Magenkrampf verschlimmerte sich.

Fünfzig Franken! Eigentlich war er ein Idiot. Es war gar nicht unehrenhaft, diese fünfzig Franken zu nehmen. Und selbst, wenn es unehrenhaft gewesen wäre. Zuerst kommt das Essen. Verrückt, was man sich für Ideen in den Kopf setzt. Geschichten wie die von der Marguerite de Provence. Oder wie mit dem Theater ... Ruy Blas: »Guten Appetit, meine Herren!« Von wegen! Der Hunger ist stärker als alberne Vorstellungen. Ich hole mir die fünfzig Franken ab. Und zwar gleich.

Nein ... nicht gleich. Weil Edmond zu Hause ist. Und weil man erst warten muß, bis Edmond im Krankenhaus ist. Es ist nicht nötig, ihm zu begegnen und ihm Gelegenheit zu geben, einen Triumph zu feiern. Sich vielleicht seinem Mitleid auszusetzen. Denn der ist noch fähig, sich Mitleid zu leisten; kann man wissen? Kaffee. Hergott, ist das schwer, nicht gleich in die Rue Royer-Collard zu rennen, wenn man in den Bars die Leute sieht, die sich den Mund verbrennen, weil sie ihren Kaffee zu hastig trinken. *Ihren* Kaffee. Gehört er ihnen?

Wie schön hell so ein Hörnchen sein kann!

Punkt neun Uhr verlangte Armand, den Regenmantel über dem Arm, beim Hausdiener des Hotels seinen Briefumschlag. Durch den Umschlag hindurch fühlte er das Knittern des Geldscheines. Der Hausdiener sagte: »Herr Barbentane hat mir aufgetragen, den Herrn zu bitten, er möchte seine Adresse hinterlassen ...«

Armand hob den Kopf und grinste: »Meine Adresse? Sagen Sie ihm, er möge mir die Post ins ›Ritz‹, Place Vendôme, nachschicken!«

DRITTER TEIL

PASSAGE-CLUB

I

Der Passage-Club hatte seinen Namen daher, daß er einen Ausgang auf die Opernpassage besaß, und zwar durch eine Tür am Ende einer geraden Treppe, an der sich links ein möbliertes Hotel befand. Er nahm den Zwischenstock des Gebäudes ein, das am Boulevard des Italiens lag, und erhielt sein Licht durch hohe Fenster, die fast bis auf den Boulevard hinuntergingen. Sein Haupteingang befand sich am anderen Ende des Lokals und endete in der Einfahrt des Theaters Robert-Houdin. Wenn man von dort hereinkam, wurde man von einer Art Diener in ziemlich schäbiger Aufmachung empfangen. Er sah nie sehr gut rasiert aus, und zwar von Natur aus, weil er das sogenannte »Bleu« hatte, jene Art von Bartwuchs, die einen Widerschein hinterläßt; dazu die Tolle eines Maronenhändlers, die ihm über die Stirn beinahe bis in die Augen fiel. Man nannte ihn scherzhaft Pedro.

Pedro also, hinter einem Tisch, der den Eingang zum Cercle verengte, vor der viereckigen Garderobe, übte den doppelten Beruf des Garderobenwächters und Saaldieners aus. Auf dem Tisch lagen schwarze Aktendeckel mit grünem Rücken und das Verzeichnis der Mitglieder des Passage-Clubs. Ein alphabetisches Verzeichnis, über das der eckige Nagel Pedros hinwegfuhr: »Herr Harry? Mit einem H? Oder einem A?« Pedro verfügte auch über freie Zeit und füllte sie aus. Man sah dann, wie er mit einer bestimmten Bewegung des aufgerissenen linken Auges schrieb, während das rechte Lid ein wenig herabhing, und er sich in die Unterlippe biß. Er blätterte in seinen Akten und schien sehr genau zu sein. Welcher Arbeit widmete er sich da? Man hatte oft bemerkt, daß er bei der Annäherung eines Fremden die »Vie Parisienne« oder eine Zeitungsseite voller Anzeigen versteckte. Er schien eine ziemlich umfangreiche Korrespondenz zu betreiben.

Pedro antwortete pünktlich auf die kleine Korrespondenz spezieller Blätter. Nicht etwa, daß er mondäne oder erotische

Beziehungen anzuknüpfen suchte oder daß man etwa diese Manie durch persönliche Beweggründe hätte erklären können. Er antwortete nicht seinetwegen, sondern nur, um Briefe zu erhalten. Er schrieb ohne Unterschied an Frauen und Männer. Für jeden Korrespondenten nahm er eine andere Schrift an; denn er hatte auf diesem Gebiet ein hübsches Talent, und das, was er da links konsultierte, jenes lange schwarze Heft mit rotem Schildchen, war ein Verzeichnis der von ihm verwendeten Schriften, mit Stichworten, die ihm erlaubten, sich darin zurechtzufinden. In der jeweiligen Wahl der Mittelschrift, der kursiven oder der englischen Schrift ging er psychologisch vor. Was die Schrift junger Mädchen anbetraf, so hatte er darin nicht seinesgleichen. Er faßte, wenn er wollte, ohne weiteres eine Botschaft ab, die, wenn man sie einem Graphologen übergab, einen reichen Geschäftsmann verriet, sehr eigenwillig, aber im Grunde genommen ein goldenes Herz, großzügig mit den Damen; oder auch einen schüchternen, sentimentalen Bankangestellten, der bereit war, alles zu glauben, und sich nach einer gleichgearteten Seele sehnte. Auf diese Weise fabrizierte er abwechselnd für »Blackeyes«, »Blaukragen«, »Ein Sorgloser«, »Mariette«, »Alter melancholischer Engländer«, »Unbekannte mit Handschuhen«, »Sappho«, »Melusine« oder »Paul de Kock« eine ganze Literatur, wo er unter allen möglichen Unterschriften sich hundert enttäuschte, wirre oder naive Existenzen verlieh: die des kleinen Pensionsfräuleins, des Gymnasiasten, des Harun-al-Raschid der Herzen, eines Balkanfürsten auf Reisen, der unverstandenen Frau, einer zu tröstenden Witwe, eines Hotelsatans oder eines Tolstoianers, der auf Buße aus war.

Hinter Pedro lag der erste Salon, in dem man nicht spielte, mit kleinen Sesseln und Mahagonitischen und einer Bar und dem Barmann. Der Barmann stand bei den großen Gelegenheiten zur Verfügung, wenn jemand hinauszuwerfen war. Auf dem Hintergrund des Büfetts mit seinen Flaschen, unter der tiefen Decke des Zwischenstocks, die allen Räumen des Cercle den Anblick eines sich ausbreitenden Tintenflecks verlieh, ähnelte der Barmann, den man immer nur Barmann und niemals anders nannte, einem Orang-Utan in weißer Weste.

Er war ziemlich kahl, wahrscheinlich ein Türke. Die links gespaltene Oberlippe verlieh ihm ein immer beleidigtes Aussehen. Er war etwas größer, als man beim ersten Blick dachte. Unaufhörlich würfelte er allein mit sich, wenn er nichts zu tun hatte, oder er würfelte mit wem auch immer an der Theke. Er lieh Geld, wenn man ihn darum bat. Sehr diskret. Je nachdem, wer die Leute waren, auf Unterschrift oder irgendeine Garantie.

Man konnte ihn zum Beispiel beobachten, wie er eine goldene Uhr in die Höhe hielt, als ob er so etwas im Leben noch nie gesehen habe; dann zuckte er die Schultern, und seine Schultern wölbten sich unter dem ausdruckslosen Gesicht. »Fünfzig Franken«, sagte er, indem er den Gegenstand zwischen seinen Gläsern und Flaschen verschwinden ließ.

Der linke Salon nach dem Boulevard zu bildete das Ende des Appartements. Dort spielte man nur ganz große Partien, selten oder spät nachts. Man nannte ihn die Rotunde, obwohl es ein viereckiger Raum war. Er war wie alle anderen Zimmer mit braunen, goldgeblümten falschen Ledertapeten versehen. Auf dem grünen Tisch lagen Rechen und Kartenschachteln. Gewöhnlich fand man in einem Stuhl einen der Spieler, der in diesem leeren Zimmer ein bißchen schlafen wollte, den Bart auf der Hemdbrust umgeknickt und leise in den Schnurrbart schnarchend.

Rechts neben der Bar begannen die eigentlichen Säle, drei an der Zahl. Im ersten, dem gelben Salon, von dunklem, schmutzigem Gelb, spielte man an drei großen Tischen Bakkarat; im zweiten, der rot war, Trente-et-quarante; und im dritten, dem grünen Salon, Poker. In diesem letzten befand sich der Schalter des Kassierers in einer Art von graubemaltem Trianonhäuschen; und man hatte ziemlich lange an diesem Schalter zu klopfen, ehe einem aufgemacht wurde. Vom Mittelzimmer aus gewährte einem eine Tür Zugang zum Büro des Direktors.

Man brauchte zwei Bürgen, um dem Cercle beitreten zu können, und mußte einen Louis zahlen. Am ersten Abend hatte Carlotta das Glück gehabt, Herrn Alexandre dort zu treffen, der ihr gestattet hatte, Edmond eintragen zu lassen. Am ersten Abend, denn sie kamen sehr oft wieder.

Carlotta lebte beim Spiel seltsam auf. Sie hatte dann wieder ihre Kleinmädchenmanieren an sich und den Ausdruck, den sie bei der Liebe zeigte. Ihr Blut pulsierte dicht unter der Haut, wich plötzlich aus ihrem Gesicht wie bei einer Toten, der Atem stockte, dann plötzlich kehrten Fröhlichkeit und Lachen zurück, eine tolle Lebendigkeit, und die Seufzer, die sie über Verluste ausstieß, waren so reizend, daß jedermann ihr zulächelte und ernste Herren ihr über den Tisch weg Ratschläge gaben. »Lassen Sie ein Spiel aus«, oder »Verdoppeln Sie diesmal!« Sie spielte zuerst nur wenig, ärgerte sich über das Bakkarat und ging zum Poker über. Trente-et-quarante liebte sie nicht sehr und hielt es für glatten Diebstahl. Dann fing sie wieder an, hielt die Bank zu jedem Preis, ganz plötzlich, nachdem sie zehnfrankenweise zweihundert Franken verloren hatte. Wenn sie am Geben war, verursachte ihre Schönheit große Bewegung. Edmond verspürte dann Eifersucht. Er beobachtete das Publikum.

Die Mehrzahl waren Männer, dazu einige geschminkte Frauen, die meisten über dreißig. Man mußte sich zum Spiel nicht notwendigerweise umziehen, aber es war doch das beste.

Der Raum war über den Tischen mit elektrischen Kerzen erhellt, die in Ampeln mit außen grünen und innen beigefarbenen Metallschirmen brannten. Der ganze Raum hatte etwas Staubiges, Kümmerliches, was sicher mit seiner Lage im Zwischenstock zusammenhing, aber auf die Leute abfärbte. Die Menschen sahen alle deplaciert aus; sie schienen für den Passage-Club zu groß zu sein, außer den Angestellten, die zwischen den Tischen hin und her glitten: Aufpasser, Wechsler, zumindest zehn an der Zahl, meistens bejahrte Männer mit Schnurrbärten, die einen im Abendanzug, die anderen in einer Art brauner Uniform mit Goldknöpfen. Sie hatten etwas von Lieferboten und Bankangestellten an sich.

Von Zeit zu Zeit kam ein Mann mit dunklem Teint vorbei, der kleine blaue Flecken an den Schläfen und fast weiße Haare hatte, und prüfte, ob alles ordentlich vonstatten ging. Er hatte nichts als Goldzähne und schmale kleine Hände, und seine Augen saßen allzu hoch im Gesicht. Dies war Herr de Césérolles, den man den Herrn Baron nannte, der Direktor des Passage-Clubs. Man wußte von ihm, daß er früher das gleiche

Gewerbe in einem Kasino der Riviera betrieben hatte. Er kannte jedermann sofort beim Namen. Am ersten Abend redete er Edmond mit Doktor an.

Die Gäste trugen Smoking oder dunklen Anzug (selten und erst nach längeren geflüsterten Unterhandlungen erhielten irgendwelche große lachende Burschen in Hellgrau Zutritt, meist Marseiller), die Frauen waren dekolletiert oder trugen Tüllschleier, was so ziemlich dasselbe war, Schärpen und kleine Abendhandtaschen, die am Tischrand niedergelegt wurden. Sie alle schienen Edmond einer wirklicheren Art von Menschen anzugehören als all jene, denen er bisher begegnet war, selbst im Krankenhaus. War es das Spiel, das ihnen ihren Firnis abhob, trotz Puder, Schminke und Kleidern? Sie hatten das Verbrauchte, Glanzlose von Puppen einer anderen Epoche. Selbst jene, die einer gewissen Schönheit nicht entbehrten, trugen stets ein nicht zu entzifferndes Mal. Die gepflegtesten Frauen hatten Runzeln. Die Spannung zwischen Verlust und Gewinn raubte ihnen wahrscheinlich die Frische, die sie sonst besessen hätten. Die älteren Männer hatten trotz ihrer respektablen Art etwas Unsauberes an sich, etwas wie Verräuchertes im Bart. Ihre Manschetten kamen zu weit unter den Rockärmeln hervor oder versteckten sich auch verdächtig darin, wenn die Nacht fortschritt. Alles hatte etwas Provinzielles, selbst der Überfluß an Ausländern. Fette Levantiner mit Wurstfingern, die Maskotten auf ihre Karten preßten, einen dicken Türkis, einen kleinen wolligen Gegenstand, einen Liebesbrief. Polen, die sich an der Bar betranken, sobald sie gewonnen hatten, und deren Garderobe man diskret holen ging. Ein alter glattrasierter Mann mit verängstigtem Mardergesicht, dessen Hände zu sehr zitterten, als daß er selber die Karten hätte halten können, und der darum eine Frau neben sich gesetzt hatte, eine jener tollen Systemsucherinnen, die mit angsterfüllten Augen Hasard spielen. Falsche Notare, deren Blicke nicht ein Mal von der Tür weggehen, als erwarteten sie die Polizei in jedem Augenblick. Und dann äußerst elegante, untadelige Herrschaften, die nach Offizieren oder Tänzern aussehen: Gesichter, die man bei Reitturnieren sieht oder am Montmartre. Was trieben alle diese Leute den Tag über?

Man sah Frauen, deren Gegenwart hier einfach unerklärlich war: dicke Damen, die einem Konfektionsgeschäft oder einem Pensionat hätten vorstehen können, eine cremefarbene alte Jungfer, die man sich auf dem Ball einer Unterpräfektur als Mauerblümchen vorstellen konnte. Dann gab es wieder klassische Spielerinnen: mit schweren Diamanten behängt, so entkleidet wie nur möglich, aus Fettpolstern lachend und die Zigarette zu den Männern hinüberrauchend, das Geld sichtbar vor sich auf dem Tisch. Dazwischen war Carlotta wie eine Flamme, und wenn sie die Bank hielt, drückten ihr Alte mit flehenden Blicken fünf Franken in die Hand, gingen Frauen ins Nebenzimmer, betrachteten Männer die Spielerin abschätzend wie Viehhändler. Edmond verspürte eine schreckliche Qual, eine Bedrängnis; aber er hätte nicht sagen können warum, und zugleich empfand er diese Eifersucht auch als angenehm.

Am ersten Abend hatte er sehr vorsichtig gespielt. Und gewonnen. Nicht gerade haufenweise, aber immerhin gegen vierzig Franken. Beinahe den gleichen Betrag, den er für Armand in den Briefumschlag gelegt hatte. Der Witz der Kröte mit dem »Ritz« zeugte von schlechtem Geschmack. Nun, er schien nicht gerade in Nöten zu sein, der Kleine, wenn er noch Späße machen konnte. Carlotta hatte beinahe tausend Franken verloren.

Das Fieber des Spiels verlieh Carlottas Zärtlichkeiten mehr Hingerissenheit und Pathos als selbst die Glut der ersten Tage. Wie in schweigendem Abkommen führte gerade dieser Umstand beide von neuem in den Passage-Club. Außerdem hatte Edmond das Hasard entdeckt, die Disqualifikation des Geldes, jenes gehaßten und geliebten Geldes, das er brauchte und von dem er abhing. Dieses ständige Aufsgeratewohl, das Setzen von Summen, nach denen er noch am Tage zuvor eine wilde Gier empfunden hatte, alles das befreite ihn und gab ihm das Gefühl, das die See Landbewohnern vermittelt, die zum erstenmal aufs Meer hinausfahren.

Zugleich hoffte er auf fabelhafte Gewinne. Man kennt das unvermeidliche Glück von Anfängern am Spieltisch. Es ließ Edmond nicht im Stich. Er gewann mehrere Tage hintereinander Summen, die vielleicht ziemlich klein waren; im Maße aber, in dem er allmählich mehr riskierte, gingen ihm zwischen tausend und zweitausend Franken durch die Hände. Am nächsten Tag würde er sie vielleicht halten können. An diesem Tag war Carlotta von Quesnel mit Beschlag belegt. Quesnel hatte ihr für ein paar Tage Freiheit gelassen, weil er nach dem Osten gefahren war zu einer Sitzung des Aufsichtsrates der SB-Garne, dem er angehörte. Edmond, der ohne Beschäftigung allein blieb, außerstande, der Medizin und der Vorbereitung der Vorlesungen seine Aufmerksamkeit zu widmen, die von anderen Dingen in Anspruch genommen war, redete sich ein, daß er nicht schlafen könne, während er seine Geliebte in den Armen des alten Geschäftsmannes wußte. Die Liebe war entschiedenermaßen eine gute Ausrede. Sie war es, die Edmond in den Passage-Club zurückführte, wo er sich zerstreuen und seine Nervosität loswerden konnte.

Es war, als hätten die Stammgäste des Cercles begriffen, was in diesem neuen Gast vorging, diesem jungen, sehr schönen Menschen, der vergebens versuchte, seine Unerfahrenheit zu verbergen, den man mit jener Italienerin im schwarzen Velourhut gesehen hatte, der Rothaarigen, die mit den Spielern im Pech so nett war. Man hatte gesehen, wie sie der alten Verrückten einen Louis zugesteckt hatte, wissen Sie, der, die man die Marquise nennt. Die immer auf Sechs setzt, wie ja schon bekannt ist. Nun, und die schöne Rothaarige war nicht da, und ihr Kavalier spielte wie ein Verrückter. Er schien eifersüchtig zu sein. Er gewann. Unglück in der Liebe? Flausen, aber sie können einem das Herz zerreißen.

Edmond ging von Tisch zu Tisch, verrückt und berechnend; seine Angst, zu verlieren, die ihn ein Spiel überspringen ließ, versuchte er zu rechtfertigen. Er trug das gewonnene Geld zur Nachbarbank, ließ mit trockener Kehle eine Partie vorbeigehen, um ein neues Spiel zu beginnen; man kann nicht auf ein En-Cartes spielen oder wie man gerade will, und seine junge Stimme brachte die Leute dazu, die Köpfe zu heben: Banko! Der alte Mann, der die Bank hielt, mit seinem pokkennarbigen Gesicht und schweren Säcken unter den Augen, ließ seinen bleiernen Blick in dem verbrauchten Antlitz hin und her wandern. Ach, der Kleine? Er lächelte. Die Karten. Edmond hob auf: eine Neun; das Herz schlug ihm. In der

Bank waren fünfhundert Franken, fünfundzwanzig Louis, das heißt ... Der rosa- und graugestreifte Rücken der zweiten Karte, schön glatt, beschlägt sich unter dem Finger des Spielers. Was gäbe er nicht für einen netten kleinen Buben! Es ist eine Fünf. Er zwinkert nervös. Karten? Nein. Er ist bei Vier geblieben. Der Bankhalter hat das Zwinkern gesehen; er deckt sein Spiel auf: Karo Bube, Pique Fünf. Er hat gewonnen. Er weiß es nicht. Er nimmt auf. Edmond muß lächeln. Er sieht sich selber da unten im Spiegel. Er löscht sein Lächeln aus. Der Bankhalter zieht eine Acht. Edmond hat gewonnen.

Es gibt Höhen und Tiefen, aber er gewinnt. Noch mehr. Spieler, die gegen ihn verloren haben, beginnen ihn zu verfolgen; man könnte absurderweise sagen, daß sie ihrem Geld nachlaufen. »Wechsler!« Eine hennagefärbte Dame hat eine Tausender-Note erhoben. Der Wechsler kommt heran. Die Marken fallen auf den Tisch. Edmond ist am Spiel. Er gewinnt, dreimal, viermal. Auf beiden Tableaus. Wird er aufhören? Die Leute um ihn sehen aus, als forderten sie ihn heraus. Frauen stehen hinter ihm. Der Alte von vorhin provoziert ihn von der gegenüberliegenden Tischseite mit seinem bleiernen Blick. Edmond gibt. Rechts wirft man Acht, links verlangt man Karten. Der junge Mann deckt langsam seine Karten auf, wie er es bei anderen gesehen hat. Kreuz Fünf und ... Kreuz Vier. Die Bank hat gewonnen. Er stößt den Stuhl zurück und steht auf. Der Croupier sieht ihn an. Das Spiel wechselt. Bewegung. Es waren fast dreitausend Franken in der Bank. Edmond gewinnt in dieser Stunde ungefähr viertausendfünfhundert Franken. Er wird bei fünftausend aufhören.

Er hat natürlich wieder verloren. Aber er hat gegen zwei Uhr morgens mit etwa zweitausend Franken Gewinn aufgehört. An der Bar trinkt er mit einem seiner Spielgegner, dem er das wohl schuldig ist, Champagner, die Flasche zu fünfzig Franken. Es ist ein ziemlich wichtiger Mann, den Herr Charles, der Croupier von Tisch drei, immer sehr höflich grüßt und mit dem Herr de Cérésolles, der Baron, sich von Zeit zu Zeit unterhält. Der Barmann gibt auf das Wort dieses Mannes hin Kredit. Er hat irgendeinen kleinen Akzent, schwer zu definieren, dieser wichtige Mann. Er kennt auch Herrn Alexandre, dem er gönnerhaft zuwinkt. Er trägt

Ringe, weiche Manschetten und ist im Smoking. Ein ganz dunkelhaariger Bursche, der auf die vierzig zugeht, mit glänzendem Gebiß. Er erzählt Geschichten von Monte Carlo, einem Mord im Gang, der das Hotel de Paris mit dem Sporting verbindet. Solche Geschichten stehen niemals in der Zeitung, Sie verstehen: das wäre für das Casino abträglich ... Wollen wir noch zum Montmartre hinauf? Edmond hat gerade noch Vernunft genug, um in die Rue Royer-Collard zurückzukehren.

Edmond macht Zukunftspläne mit Reichtum und Reisen. Die Nacht ist wunderbar, alle Sterne stehen am Himmel. Was wird er Carlotta morgen schenken? Er hat Angst davor, einen Irrtum zu begehen, etwas Falsches zu kaufen ... Flüchtig denkt er an Armand. Was wird aus dem Jungen? Jetzt, wo er reich ist, könnte er seine Kleinlichkeit wiedergutmachen ... Ohne weiter zu rechnen. Er wird nicht bis morgen früh warten: als er nach Hause kommt, steckt er die hundertfünfzig Franken in einen Umschlag, die zusammen mit den bereits gegebenen fünfzig Franken die übersandte Summe von zweihundert Franken ausmachen. Ohne weiter zu rechnen. Was macht das schon, hier einmal und dort einmal zehn Franken, die er für seinen Bruder ausgegeben hat? Der Briefumschlag nimmt den leeren Platz ein, von dem Armand die auf seinen Namen daliegenden fünfzig Franken abgeholt hat. Nun, die Kröte wird schon wiederkommen.

Der Umschlag bildet jetzt jeden Tag einen weißen Fleck in Edmonds Fach. Keine Spur von Armand. Ein Brief aus Sérianne informiert Edmond darüber, daß man von seinem jüngeren Bruder keine Nachricht hat. Edmond hat sich nichts vorzuwerfen. Der Briefumschlag ist der Beweis. Dabei muß man wissen, daß er am nächsten Tag fast alles wieder verloren hat – dennoch hat er den Briefumschlag nicht zurückgenommen. Das heißt, nicht alles. Es sind ihm immer noch ein paar hundert Franken geblieben. Im Krankenhaus hat man ihn wegen einer idiotischen Geschichte angebrüllt, irgendwelche Klammern, die zu früh herausgenommen wurden, ein Bauchriß, es hat eine Bauchfellentzündung gegeben. Der Kerl ist gestorben, während man ihn eiligst operierte. Edmond verträgt das Krankenhaus nicht mehr. Nicht etwa aus zu großer

Empfindsamkeit; aber es macht einen ganz krank, immer Sterbende zu sehen. Außerdem haßt es Carlotta, wenn seine Hände nach Äther riechen. Sie sagt, daß sie sich dann ein bißchen wie eine Hure vorkommt. Der Äther ist für sie mit ganz bestimmten Vorstellungen verbunden. Als sie in Marseille einen Zuhälter hatte ... Edmond liebt es nicht, wenn sie ihm davon erzählt. Sie zuckt die schönen Schultern.

Beide sind im Cercle, Carlotta hat zur Hälfte die Bank gehalten zusammen mit dem Kerl vom letzten Tag, mit dem Edmond Champagner getrunken hat. Das macht Edmond nervös, er geht an den nächsten Tisch spielen. Er hat Glück. Nicht gerade übermäßiges Glück, nichts Besonderes ... Er geht zum Trente-et-quarante über. Von fern sieht er, daß man sich um Carlotta drängt. Die Bank scheint zu steigen. Das Spiel packt ihn, er denkt nur noch an sich selbst. Eine magere Frau mit vielen Perlen und einem Reiherhut, einem Turban, legt ihre Hand auf die Edmonds. »Entschuldigen Sie«, sagt sie, »das ist wegen des Glücks ... Am letzten Abend habe ich Sie zufälligerweise angerührt und gewonnen ...« Er kokettiert mit ihr, sie gehen zum Poker über ... Er verliert. In vernünftigen Grenzen. Er hatte sich geschworen, seinen Gewinn vom Vorabend nicht anzurühren. Er kehrt zum Bakkarat zurück. Wo ist Carlotta? Er findet sie an keinem der drei Tische. Sie ist an der Bar. Mit dem Kerl vom anderen Abend. Gewiß, das ist ihr gutes Recht; aber Edmond ärgert sich, er nähert sich den beiden. »Wir haben verloren«, sagt sie. *Wir* gefällt Edmond nicht. Der andere kichert leise. »Davon stirbt man nicht.« Er wird nicht gebeten, sich dazuzusetzen. In den Gläsern ist Champagner. Er runzelt die Stirn. Carlotta sieht ihn an. Lange. Sie versteht, was in ihm vorgeht, und ist entschlossen, sich nichts gefallen zu lassen. Sie wird, ohne ein Wort, mit einer kleinen Herausforderung der ganz leicht geschürzten Lippen, ihm beibringen, wie er sich zu benehmen hat. Man muß ihn gleich zähmen, sonst könnte er noch unerträglich werden. Sie hat etwa den gleichen Blick wie an jenem Abend, als sie ihn im Restaurant ohrfeigte. Er fühlt irgendwie, daß es keinen Zweck hat. Er steckt die Hände tiefer in die Taschen. Und kehrt zum Spieltisch zurück.

II

Als, von Armands Schweigen und Edmonds Briefen erschreckt, Doktor Barbentane in Paris eintraf, fand er seinen Ältesten sehr reserviert, fürchterlich beschäftigt mit seinem Examen, fleißiger als je zuvor, aber sehr elegant. Er hatte einen neuen Anzug an, von Ersparnissen, die er gemacht hatte, was wieder bewies, daß man niemals auf Kinder hören soll, wenn sie jammern, sie hätten zu wenig Geld. Was war nur aus diesem kleinen Dreckskerl Armand geworden? Natürlich verdiente er die Erziehungsanstalt, aber schließlich war er sein Sohn: der Doktor verspürte eine vage Verantwortlichkeit, das heißt, er fühlte durchaus keine Verantwortlichkeit, aber dennoch ... Die Erklärungen Edmonds ergaben gar nichts. Also eine Nachfrage bei der Präfektur. Über Clemenceau. Darauf war er vom Präfekten persönlich empfangen worden. Herr Hennion hatte das Äußere eines sehr seriösen Mannes, das Gesicht ein bißchen brutal, aber doch von seriöser Brutalität. Er hatte schon das Notwendige veranlaßt. Die Hotelpolizei war auf der Suche. Bis jetzt noch keine Nachricht. Aber keine Nachricht, nicht wahr?, gute Nachricht. Na also. Was täte man denn nicht für den Herrn Bürgermeister von Sérianne? So eine Flucht ereignet sich ja oft. Das endet klassischerweise mit einer Rückkehr ins traute Heim, mit hängenden Ohren. Die Polizei findet übrigens ihre Leute immer. Die Zeitungen mögen sagen, was sie wollen. So würde man auch diese Frau, die am Kanal Saint-Martin ermordet worden war, identifizieren, und von da bis zu den Mördern war nur ein Schritt.

Edmond, mit seinem hellgrauen Anzug, der so stark auf den Doktor gewirkt hatte, hatte sich einen Abendanzug und einen neuen Smoking bestellt. Der von Marseille war ein bißchen, na, sagen wir, Provinz. Carlotta hatte ihn zu O'Rossen gebracht. Sie war es, die die Stoffe ausgesucht und dem Zuschneider Vorschläge gemacht hatte. Dann war man bei Charvet vorbeigegangen, wegen der Wäsche, und bei Doucet, um Krawatten zu kaufen. Wegen der Wäsche hatte es Auseinandersetzungen gegeben, und bei diesem neuen Zeitvertreib flogen die Tage nur so dahin. Edmond hatte sich den

Schnurrbart abrasiert und widmete den Coiffeuren außerordentlich viel Zeit. Er hatte ganz aufgehört, den Kursen und Vorlesungen zu folgen. Des Anstands halber setzte er seinen Dienst im Krankenhaus fort, und das war alles. Das Glück, das außerordentliche Glück, begleitete ihn weiter im Passage-Club. Er hatte dort die Bekanntschaft von Herrn Lenoir vom »Journal« gemacht, der ihn auch im »Haußmann« eingeführt hatte; dort ging er übrigens nur hin, wenn Carlotta beschäftigt war, denn er hatte dort Jacques Schoelzer getroffen, von dem er gar nicht gewußt hatte, daß er ein Spieler war – sicher ein netter Junge, aber allzu gut mit Joseph Quesnel bekannt, als daß nicht eine Indiskretion zu befürchten gewesen wäre. Sie waren zusammen in der »Toten Ratte« gewesen. Es war eine sehr ulkige Nacht geworden.

Glücklicherweise hatte er das sehr kluge System eingeführt, beträchtliche Anzahlungen zu machen oder auch bar zu bezahlen, weil nämlich das Geld wegschmolz, und eines Abends hatte er wirklich einen soliden Verlust. Er war ziemlich am Ende und besaß gerade noch sein Monatsgeld. Dazu kamen einige Schulden bei O'Rossen. Der Doktor konnte sich nicht entschließen, abzufahren. Er hätte gern zumindest einen Abend mit seinem Sohn verbracht, der voller Ungeduld war, weil er im Cercle von Carlotta erwartet wurde. Der Doktor unterbrach seine Lamentationen über das unbegreifliche Verschwinden Armands durch einige Worte über die politische Affäre des Moments, das Gesetz über die dreijährige Dienstpflicht, das in der Kammer seit Monatsanfang diskutiert wurde. Der Doktor stand im Grunde genommen dieser Maßnahme feindlich gegenüber, die nach Revanchegeist roch. Dennoch aber hatte Caillaux auf dem Bankett der Partei im vorigen Monat trotz seiner Stellung gegen das Gesetz die deutsche Bedrohung zugegeben und von einem Zusatz zum Militärgesetz gesprochen.

Barthou war in der Kammer sehr stark gewesen. Und man muß sagen, daß die *anderen* keineswegs von Skrupeln gehemmt wurden. Der Reichstag hatte gerade für die ersten Artikel des deutschen Projekts gestimmt. Jenseits des Rheins würde es von nun an in Friedenszeiten 876000 Mann unter Waffen geben. Die deutschen Zeitungen nannten das eine

Antwort auf die Ovation, die Barthou zehn Tage vorher im Palais-Bourbon erhalten hatte. Inzwischen ...

Inzwischen hatte Edmond nichts mehr in der Tasche, womit er groß zu spielen vermocht hätte. Von Beginn des Abends an verlor er alles bis auf den letzten Sou. Carlotta gewann. Er borgte von ihr tausend Franken, machte ein Banko von dreißig Louis, gewann einen Punkt, verlangte eine Karte und erzielte ein Cheval. Er mußte aufhören. Er ging in die Bar. Dort traf er Herrn Alexandre, der ein bißchen angetrunken war und aus der Tasche eine kleine Schachtel mit einer Verschwörermiene hervorholte, indem er seine schwarzen Brauen über der großen Nase hin- und herbewegte: »Ich werde Ihnen ein kleines Wunder zeigen, das für Sie, Doktor, ...« (jedermann im Cercle nannte ihn jetzt Doktor) »... billig wie ein Stückchen Brot wäre ...« Edmond grinste: er ließ die letzten Spielmarken von hundert Franken springen, die er Carlotta schuldete. »Trinken Sie Mumm?« Edmond zog einen Schnaps vor.

Es war ein Kollier von etwas altem Typ, mit Diamanten wie Wassertropfen am Ende einer Anzahl von Platindrähten. Edmond stellte sein Glas nieder, und sein Herz schlug. Er erkannte den Schmuck wieder. Er kannte ihn gut. Er hatte ihn oft am Hals der Frau Beurdeley gesehen. Selbst das Kästchen war ihm bekannt. Kein Zweifel war möglich. Dieser Schmuck hätte in dem Koffer liegen müssen, den seine Mätresse eines Abends ins Hotel Royer-Collard mitgebracht hatte. Sie hatte also den Schmuck verkauft? Übrigens nicht erstaunlich. Aber in dieser Minute, wo er sich so elend fühlte, betrachtete Edmond dieses Zusammentreffen wie das Symbol seiner Armut, und er hatte Lust, aufzuschreien, diesem betrunkenen Mann ins Gesicht zu schlagen und sein Eigentum von ihm zu fordern. Er tat es nicht. Er fragte: »Woher haben Sie das?« – »Von einem Kunden«, sagte Alexandre, »der ein bißchen in Verlegenheit ist, er hat heute abend schwer verloren. Also hat er mir gerade ...«

Das war es also, was Herr Alexandre hier trieb. Er spielte sehr wenig und strich die ganze Zeit um die Tische herum. Auf dem Rückweg, im Taxi, sagte Edmond, der seinen Gedanken nachging, mit lauter Stimme: »Ich möchte wirklich wissen, warum die Beurdeley ihr Kollier verkauft hat ...« Carlotta befragte ihn. Die Geschichte gefiel ihr nicht sehr: »Wenn ich dir einen Rat geben darf, so mische dich nicht in Alexandres Angelegenheiten. Er hat merkwürdige Freunde, die nicht besonders geduldig sind ...« Was die tausend Franken anbetraf, von denen ihm drei Louis blieben, verweigerte sie die Annahme des Restes und tröstete Edmond: er würde an einem anderen Abend eben mehr Glück haben. Carlotta machte sich keine Sorgen. Quesnel war aus dem Elsaß zurückgekommen, so großzügig, wie man überhaupt nur sein konnte. Er hatte unerwartete Gewinne eingeheimst. Aber eifersüchtig war er. Das heißt, man soll nicht übertreiben: mißtrauisch. Er war ein sehr korrekter, sehr feiner Mann. Er sprach von solchen Dingen nie direkt zu seiner Freundin. Das ersparte einem Lügen, ließ aber Zweifel bestehen. Was wußte er, was ahnte er zumindest? Und dein Vater? Carlotta interessierte sich riesig für die Anwesenheit des Doktors in Paris. Es war sogar direkt ärgerlich. Wie sollte der Liebling dazu noch mit drei Louis auskommen? Hier, nimm diese hundert Franken, aber die verspielst du nicht! Versprochen? Du zahlst das Taxi. Sie war an der Ecke des Boulevard Bineau ausgestiegen. Er folgte ihr mit den Blicken. Er spürte noch den Duft ihres Haars und den Geschmack ihres Lippenstiftes. Das Wetter war sehr heiß, mitten im Herzen dieser Nacht, die nach Syringen roch. Der Wagen brachte ihn in sein Hotel, und von Neuilly bis zum Quartier Latin durchquerte er einen langen Traum voller Unruhe und Tollheiten, in dem die Liebe den ersten Platz einnahm, die Liebe wie bei den Dichtern, die tyrannische und souveräne Liebe, erhaben über alle Zufälligkeiten, veraltete Moralbegriffe, bürgerliche Vorurteile.

Im kleinen Salon des Erdgeschosses brannte noch Licht: Joseph Quesnel wartete. Es war drei Uhr morgens. Wollte er eine Szene machen? Carlotta, im Abendkleid und Velourhut, Blumen an der Brust, ihr kleines schwarzweißes Cape in der Hand, warf den Tüllschleier über den Schultern zurück und ergriff die Offensive: »Was machst du hier zu dieser Zeit? Bist du verrückt? Statt zu schlafen? Und deine Nieren?«

Er sah sie traurig an. Wie schön sie war! Seine Nieren: er spürte in der Tat, er spürte sein Alter. Woher kam sie? Aber wozu sollte er sie fragen?

III

Nein, mein Lieber, trotz der Freundschaft, die ich für Sie hege, und der häufigen Dienste, die dank Ihnen Ihre Freunde von der Deutschen Bank uns erwiesen haben, werde ich diesen Schritt nicht unternehmen!«

Joseph Quesnel frühstückte im Racing mit Joris van Houten. Unter den hellen Bäumen neben dem großen Chalet sahen die kleinen Tische wie Kohlweißlinge aus. In der Sonne führten die wenig zahlreichen Tennisspieler ihre Sprünge voll graziöser Kraft aus. Junge Leute mit ausgeruhten Gesichtern standen umher; man drängte sich um Suzanne Lenglen, den aufsteigenden Stern der Tenniscourts; in den Strohsesseln saßen sehr hübsche Mädchen, frisiert wie Suzanne, deren Haar von einem Band zusammengehalten wurde. Eine von ihnen ... Quesnel wechselte den Ton, und während er seinem Gegenüber gleichzeitig die Vorspeisen anbot, zeigte er sie über den Tisch weg Joris: »Sehen Sie mal, da wächst neben uns, ohne daß wir uns darüber Rechenschaft ablegen, eine Jugend heran, die ganz verschieden ist von dem, was wir gewesen sind. Das macht vielleicht der Sport. Und auch etwas anderes. Sehen Sie mal dieses hübsche Tierchen, frei, muskulös, präzise. Ach, wie weit sind wir doch entfernt von den kleinen Schmeichelkatzen der Zeit eines Marcel Prévost ... Und dabei war es erst gestern. Unsere Jugend ...«

Houten faßte diese Abschweifung als das auf, was sie war: eine Abschweifung. Er nahm sich vom Rollmops und kam auf die Sache zurück. »Wissen Sie«, sagte er, »bei diesen Herren herrscht nicht die geringste Animosität in bezug auf die Angelegenheiten Frankreichs. Muß ich Sie daran erinnern, daß ich Ihnen über sie schon vorher die Pläne der Militärgesetze beschaffen konnte, die Ihnen erlaubt haben, gewisse Personen über die Absichten der Regierung Ihrer Kaiserlichen Majestät aufzuklären? Und, nicht wahr?, Herrn Wisner neuen Produktionszielen zuzulenken, die ihm mit der dreijährigen Dienstpflicht und den neuen Rüstungen erlauben werden, zugleich seinen Betrieb sicherzustellen und seinem Lande zu dienen ...« – »Wissen Sie, mein lieber Houten, daß ich Sie um nichts gebeten hatte und daß nur die Sorge um Frankreich mich dazu gebracht hat, Informationen zu verwenden, für die ich Ihnen selbstverständlich dankbar bin. Aber deshalb wegen dieser Balkanaffäre Wisner zu drängen ... Vergessen Sie nicht, daß, wenn ich Ihnen für gewisse Dinge dankbar zu sein habe, ich andererseits nach Lenoirs Aussagen, der behauptet, Sie auf die Veränderungen bei den Tuapse-Aktien hingewiesen zu haben, nicht bei jeder Gelegenheit auf Sie zählen kann.«

Houten blinzelte. Diese Mahnung war ihm unangenehm. Er sagte, Lenoir sei ein Fasler, der auch behauptete, Poincaré in der Tasche zu haben und dann ... »Und übrigens handelt es sich diesmal keineswegs um so etwas. Dennoch geht es hier um den Frieden: man hält jenseits des Rheins die Kriegslieferungen an Serbien, das immer europäischer Brandherd werden kann, für sehr unfreundschaftlich ... Herr Wisner ...« – »Wisner, das ist gewiß, hat in Serbien große Interessen, und nicht erst seit gestern, mehr in Autos übrigens als in anderen Dingen. Aber der Balkan ist eine dunkle Sache. Kein Mensch kennt sich da aus. Im Moment sind die Feindseligkeiten glücklicherweise eingestellt. Die siegreichen europäischen Völker teilen die ottomanische Hülle unter sich auf. Serben, Rumänen, Bulgaren oder Griechen – wer kann sagen, wer von ihnen morgen mit Wilhelm II. sein wird oder mit Rußland? Nein, ich mische mich in diese Geschichte nicht hinein: die französischen Märkte in Serbien sind nützlich für die Industrie unserer Nation ... und wenn Deutschland ... nun, es gibt den Quai d'Orsay, dem man gewisse Vorhaltungen machen kann! Und dann kennen Sie ja Wisner, gehen Sie doch hin und sprechen Sie mit ihm persönlich!« – »Vor allem einmal handelt es sich nicht um Deutschland, sondern um einige Finanzleute, die den Frieden auf dem Balkan brauchen, um ihre Geschäfte weiterbetreiben zu können, und Sie wissen ja, daß ein gutes kommerzielles Verhältnis die diplomatischen Beziehungen zwischen zwei Ländern erleichtert ...«

Eine Wespe summte um die Blumen in der kleinen silbernen Vase auf dem Tisch, und plötzlich flog sie in einer harten geraden Linie gegen die Stirn Joseph Quesnels, der sich heftig nach rückwärts beugte und mit der Serviette eine Bewegung machte, um das Insekt zu verscheuchen. Quesnels Ton sogar zeigte, daß er das Vertrauen zu seinem Agenten verloren hatte. Er hatte ihn in letzter Zeit kaum mehr mit irgendwelchen Operationen beauftragt.

»Ich verstehe Ihre Bitte um so weniger, mein lieber Joris, als, nach einer Unterredung mit Herrn Doumer, der, wie ich denke, gut informiert ist, der Friede auf dem Balkan ziemlich unsicher scheint ... Und dennoch hat Doumer durch seine eigene Situation ebenfalls gewisse deutsche Interessen in Betracht zu ziehen ... Sehen Sie, heutzutage, wo die Geschäfte den nationalen Rahmen überschritten haben, sind wir Industriellen die wahren Internationalisten und nicht diese Schreihälse vom Pré-Saint-Gervais, die das Volk bewaffnen wollen ... Aus diesem Grunde gebe ich zu, nicht begreifen zu können, daß man im Namen irgendeines Landes die Ausdehnung französischen Kapitals, dieses echten Garanten des europäischen Friedens, beschränken möchte ...« – »Erlauben Sie ...« – »Aber ja, des europäischen Friedens ... Wenn das Kapital eines Landes sich eng mit dem seiner Nachbarn in den großen internationalen Geschäften verbindet – wird denn nicht gerade dadurch der Krieg zu einer Unmöglichkeit? Wir würden ja auf uns selber schießen ...«

Das junge Mädchen, das Quesnels Aufmerksamkeit auf sich gezogen hatte, erhob sich. Es war eine Blondine, deren sonnengebräunte Haut an manchen Stellen wie Perlmutter schimmerte. Sie hatte fast keine Hüften und für ihre siebzehn Jahre eine freche Brust, wie eine Frucht, die ihre Hülle sprengen will. Sie trat von einem Fuß auf den andern und hielt ihren Schläger in der Hand. Dicht neben ihr standen drei junge Burschen mit glänzenden Augen und zitternden Lippen. Quesnel machte Joris auf sie aufmerksam.

»Da«, sagte er, »der Frieden: das ist er. Unsere Söhne, unsere Töchter. Woran denken sie? Vielleicht an Eroberungen? Aber dürfen wir, die Älteren, uns erlauben, nicht an die Zukunft dieser Kinder zu denken, an ihren Komfort, ihren

Luxus, ihr Leben? Diese Schönheit, die Schönheit Frankreichs, müssen wir vor allem verteidigen. Sagen Sie mir, ob es anderswo so hübsche Mädchen gibt.«

Herr van Houten schlug die Augen nieder, sah wieder auf und sagte ziemlich langsam: »Ich gestehe es Ihnen zu. Jedermann weiß, daß ich ganz und gar von den Französinnen eingenommen bin. Sie allein haben diesen Chic, dieses Besondere. Aber finden Sie nicht auch, daß die Italienerinnen viel Charme haben?«

Quesnel runzelte die Stirn. Warum diese Anspielung? Sein Verhältnis mit Carlotta war kein Geheimnis. Houtens Lächeln hatte einen respektvollen und wirklich freundschaftlichen Zug angenommen. Vielleicht war es einfach Schmeichelei oder Freundlichkeit. Der Holländer sagte wie zu sich selbst: »Das unangenehme bei den Italienerinnen ist, daß sie so schrecklich zum Spiel neigen ...«

Zum Spiel? Worauf wollte er hinaus? »Oh, ich sagte das nur wegen einer Freundin, die ich in meiner Jugend hatte, eine Florentinerin ... Ein bezauberndes Wesen ... aber derart verspielt!«

Er begann wieder sehr lebhaft von der Balkansache zu reden ... Wisner ... Jenseits seiner Worte war etwas Nebelhaftes. Joseph Quesnel hatte den Racing vergessen, Carlotta, Carlottas Glanz umgab ihn. Wie sie ihm letzte Nacht die schönen Arme um den Nacken gelegt hatte! Ihre Arme ... Ach, die Jugend ist wie Wein und wie Balsam auf jenen schlechtgeheilten Wunden, die man in sich überall in der Finsternis des Fleisches verspürt. Was machte es ihm schon aus, ob Carlotta spielte oder nicht? Ich habe Geld genug. Aber das unangenehme, das beunruhigende war, daß Joris etwas davon wußte und auf irgendeine dunkle Gefahr hinzuweisen schien ... Man hätte ihn fragen können, wozu aber? Wenn Carlotta ihr Haar, ihr dichtes leichtes Haar, auf die nackten Schultern fallen ließ, vergaß man Krankheit, Alter und jene vagen Drohungen am Horizont der Welt und die panischen Zweifel, die man an manchen Tagen verspürte.

Er hätte auf keinen Fall das Kalbfleisch essen dürfen, es ging gegen seine Diät. Aber das Wetter war so schön, und dann dieser Spinat ... Die Hitze stürzte auf die gestreiften

Sonnenschirme über den Tischen herab, als wäre man im August.

Houten war stark mit seinen Gedanken beschäftigt: die Geschichte mit Tuapse hatte ihm einiges eingebracht; aber offenbar war Quesnel ihm deshalb böse.

IV

»Ich danke Ihnen, Elise«, sagte Joseph Quesnel, »es ist sehr nett, daß Sie gekommen sind.«

Man ging ins Speisezimmer des Hauses am Boulevard Bineau hinüber. Die Grésandage waren Carlottas Gäste. Als Quesnel mit seiner Freundin eine Auseinandersetzung gehabt hatte, spürte er, wie sehr er sie allein ließ und unvorhergesehenen Gefahren aussetzte. Er konnte seine Umgebung nicht dazu zwingen, Carlotta anzuerkennen: man konnte sie sich zum Beispiel schlecht bei den Schoelzers vorstellen, oder etwa, wie sie die Millerands empfing. Man mußte sich an Leute wenden, die jünger und weniger mondän waren. Er dachte an die Grésandage. Er konnte sich Richard eröffnen, und welche Frau hätte sich im Geiste eines weitherzigen Christentums mit Vergnügen eher in diese Lage geschickt als Elise? Vielleicht würde sich Carlotta dann enger mit ihm verbunden fühlen, weniger außerhalb einer Gesellschaft, über die man sich nicht wundern durfte, wenn sie Vorbehalte machte ...

Sicher hatte Carlotta sich Mühe gegeben, Hausfrau zu spielen. Sie hatte nur die kleinen Teller in die großen gestellt, wie sie sagte. Eigentlich hatte es sie zuerst amüsiert, das Essen vorzubereiten; aber sie war ihrer Talente nicht sehr sicher und hatte alles von Potel und Chabot kommen lassen. Sie log ein bißchen und behauptete, der Steinbutt mit holländischer Soße habe ihr Kopfzerbrechen verursacht und sie hätte ziemliche Angst um die Torte gehabt. Das alles eher, um ein Gesprächsthema zu haben, als um sich zu rühmen, weil sie nichts hatte, was sie ihnen hätte sagen können, diesen Grésandage, von denen ihr Quesnel andauernd erzählt hatte. Diesem hohen Beamten, der so ehrlich war, daß es einem schon lächerlich vorkam, war sie bereits zwei- oder dreimal begegnet. Er war ziemlich klein und konnte einen außerdem nervös machen mit seiner Art, mit dem Finger unter dem Schnurrbart entlangzustreichen. Er sah sie von unten her an. Er schien Frauen ziemlich gern zu haben.

Die seine hatte er sich jedenfalls ziemlich komisch ausgesucht. Sie war nicht schön, diese große schwerfällige Mähre, außerdem wenig gepflegt. Carlotta hatte ein bißchen Respekt vor Elise und einen gewissen Widerwillen: Madame Grésandage war für sie die legitime Ehefrau in ihrer ganzen Abscheulichkeit. Dennoch war sie nicht schlecht angezogen. Sie hatte sich Mühe gegeben, sich Carlottas wegen in Unkosten gestürzt. Seltsame Annäherung zweier Welten in diesen Frauen, wie eine Hündin und eine Katze, die miteinander kokettieren. Elise trug ein helles Kleid, mit Rosa garniert. Die Bluse mit Stickereien aus rosa Seide hatte einen spitzen Rand, und die Berthe aus feiner Mechelner Spitze, die die Schultern bedeckte, bildete eine Halskrause mit Ausschnitten. Der kurze Ärmel oberhalb des Ellbogens wurde von einem kleinen Volant aus der gleichen Spitze vervollständigt. Neuartig war der Rock: an der Taille unter drei dicken rosafarbenen Schleifen gefältelt, stieg er bis zur Bluse empor, indem seine Falten breiter wurden, und bildete an der Brust eine Art von gezackter Blumenkrone. Ein kleiner rosafarbener Streifen saß hübsch auf seinem oberen Rand. Ziemlich lose über den Hüften, wurde der Rock gemäß der augenblicklichen Mode nach den Knien hin enger und trug unten einen Aufsatz von rosa Knöpfen, die in der Mitte vorn von der Taille herabliefen. Er war an den Fesseln ganz eng: drei Kellerfalten ließen Raum zum Gehen. Dazu trug Elise eine rosa Charlotte mit großem weißem Knoten, Handschuhe aus weißem Leder und offene weiße Schuhe. Unglücklicherweise mußte das Kleid von einer kleinen Schneiderin gemacht worden sein, auch waren die Schuhe nicht sehr sauber und der Hut aus billigem Stroh. Alles zusammen stand Frau Grésandage nicht besonders gut.

Elise machte einen unnützen Aufwand an Freundlichkeit. Carlotta spürte etwas wie eine Demütigung. Sie sprach von Joseph Quesnels Gesundheit, den Ferien, die sie zusammen in Biarritz verbracht hatten, und davon, wie notwendig für ihn Vittel wäre. Sofort war man mit der Unterhaltung zu Ende. Nun dachte Carlotta daran, von ihrer Kindheit zu erzählen. Flüsternd wie ein Geständnis, das sie ihrer neuen Freundin machen würde. Sie hatte ein großes erzählerisches Talent, was die kleinsten Dinge anbetraf. Man kann ja aus ganz kleiner Familie sein, aus dem Volke stammen, nicht wahr?, und dabei Geist besitzen.

Vom Braten an war übrigens die Unterhaltung nicht mehr allgemein. Wie es sich in der guten französischen Gesellschaft gehört, sprachen die Männer unter sich.

»Ernsthaft«, sagte Richard, »der Weg, den wir gehen, scheint mir gefährlich ...« – »Du vergißt, mein lieber Junge, daß wir Alliierte haben und daß Iswolsky uns zusetzt. Wir haben nicht die Freiheit, nicht zu rüsten.« – »Mir scheint, es ist vor allem so, seit Georges Louis abberufen wurde und Delcassé in Petersburg ist ...« – »Ja, ich weiß wohl: Delcassé ist ein ziemlich aufgeregter Mann; aber er ist schließlich der Mann der Entente cordiale. Wenn England also mit Mißtrauen sehen würde ...« – »England! Das ist der große Unbekannte. Zum Beispiel in der Balkanangelegenheit ...«

Frau Grésandage war nach einer Frage Carlottas ganz traurig geworden. Nein, sie hatte keine Kinder. Zunächst, in den ersten Jahren ihrer Ehe, hatte sie Richards wegen keine gewollt ... Er arbeitete so hart. Und dann keine Ruhe zu haben, wenn man nach Hause kommt ... Dann aber war es wahrscheinlich zu spät. Mein Gott, wie merkwürdig das Carlotta vorkam! Sie verstehen, bei ihr zu Hause, in den Hütten, wo die Ihren wohnten, hatte man keine Möglichkeit achtzugeben. Und die Männer arbeiteten hart, und die Frauen erst: jeden Tag, vom Morgengrauen an. Ich würde gern ein Kind haben; aber ich glaube, daß man mich ein für allemal verdorben hat mit diesem Auskratzen. Die Kleinen sind so lustig. Merkwürdig, wie sehr man sie liebt. Merkwürdig? Frau Grésandage dachte, daß, wenn man den Vater liebt ...

»Ach«, sagte Carlotta, »den Vater ... Wissen Sie, ich, wenn ich ein Kind hätte, ich würde lieber gar nicht wissen, wer der Vater ist. Die Männer holen sich ihr Vergnügen, und dann verschwinden sie ... Gehört ihnen das denn, das, was man in sich getragen, was einem weh getan hat? Sehen Sie, gestern abend – ich weiß nicht, warum ich Ihnen das erzähle, aber mir gehen wahrscheinlich deshalb die Kinder nicht aus dem Kopf – war ich in einen kleinen Cercle spielen gegangen. Ach, nicht sehr hoch!«

Und da, während sie die Bank hielt, hatte sich eine Frau neben sie gesetzt, eine Frau von etwa vierzig, nicht besonders angezogen, aber sauber, mit ziemlich schönen Augen, die Carlotta angefleht hatte, ihr zehn Franken zu geben. Sie war keine Gewohnheitsspielerin, man sah sie aber manchmal dort, ohne daß sie spielte. Sie traute sich nicht, sie war die Frau eines der Croupiers. Sie kam herauf, um auf ihn zu warten. An diesem Abend hatte der Anblick der Spieler sie richtig berauscht, sie mußte einfach irgend etwas setzen. Ganz versteckt, heimlich ... Aber nicht das war das Wichtige: sie hatte aus ihrer Handtasche ein Foto genommen, das sie mit der Rückseite nach oben an den Rand des Tisches als Glücksbringer zwischen die Chips von Carlotta gelegt hatte. Ihr Spiel hatte drei Runden gehalten, und beim vierten Mal hatte sie verloren. »Mein Gott«, hatte die Frau entsetzt gesagt, »er wird sterben!« Sie hatte das Foto wieder an sich genommen, und Carlotta sah es in ihren Händen. Es war ein ganz nacktes, dickes kleines Kind, das an seinem Daumen lutschte. Achtzehn Monate vielleicht. Ein Junge.

»Also habe ich ihr, verstehen Sie, ein Glas spendiert. Sie war ganz durcheinander. Nicht wegen der zehn Franken; aber der Kleine ist immer krank, einmal ist er durchgekommen, irgendwo, in der Pflege, wo er sich befindet. Ihr Aberglauben hatte sie zum Spiel verleitet. Sie war unfähig, sich aufrecht zu halten. Ein hübscher Junge, aber schwach. Aber als ich sie gefragt habe, ob Herr Charles, der Croupier, der Vater sei, hat sie ganz schnell erwidert: »Wie denn! Er gehört ganz mir ...«

In jedem Wort Carlottas lag ein Haß gegen die Männer, der Elise überraschte. Sie ihrerseits konnte Richard nur loben. Sie hatte niemals Abenteuer gehabt. Sie betrachtete ihre Gastgeberin erstaunt. Solche Frauen wissen eine Menge Dinge, die unsereiner nicht kennt. Carlotta begriff, was sie dachte, mit einer Mischung von Verachtung und Überlegenheit. Diese Frauen da mit einem einzigen Mann waren etwas

Unglaubliches. Übrigens logen sie sicher, es war ja gar nicht möglich...

Als Herr Charles im Passage-Club gegen zwei Uhr seinen Tisch verlassen und seine Abrechnung gemacht hatte, war er zur Bar hinübergegangen, wo Jeanne Cartuywels ihn erwartete. Er hatte sie beim Trinken gefunden zusammen mit dem schönen Mädchen im Velourhut, die Inspektor Colombin ihm empfohlen hatte, im Auge zu behalten. Jeanne sah bewegt aus, sie hatte Carlotta allein gelassen und war mit ihrem Freund weggegangen. Herr Charles hatte gerade unten bei Pousset eine Verabredung mit dem Inspektor. Vor einem Teller Schweinefleisch und Sauerkraut erzählte er, wie Jeanne im Cercle jetzt Beziehungen anknüpfte. Jeanne zeigte sehr bewegt ein Geschenk der schönen Dame, wie sie sagte. Es war für den Kleinen, um ihr Mut zu geben wegen des Verlustes und der Wette, die sie mit sich selbst abgeschlossen hatte. Die Dame hatte in ihrer Tasche gesucht und schließlich eine silberne Medaille mit dem heiligen Christophorus hervorgezogen: auf der einen Seite sah man den Schutzherrn der Verunglückten mit dem Jesuskind auf der Schulter, wie er einen Fluß durchschritt, auf der anderen eine Landstraße mit einer untergehenden Sonne und einem Auto, das gegen einen Baum fuhr. Das würde dem Kleinen Glück bringen. Wenn sie das nächstemal wieder nach den Charentes fahren würde... Herr Charles sah sie ein wenig erstaunt an. Sie sprach vor Colombin von dem Kleinen: er war also auf dem laufenden? Frauen sind doch eigentlich schwatzhaft. Was konnte das für eine Frau sein, die mit dem Velourhut? Bestimmt eine Nutte. Sie hatte einen jungen Gigolo, der immerzu spielte. Wo nahm er das Geld her? So ein Gedanke! Der Inspektor lachte sehr laut und sah Frau Cartuywels an, die erblaßte.

»Und wie heißt er, dieser Gigolo?« Charles Leroy bestellte noch einmal ein dunkles Münchner. Er hatte im Verzeichnis nachgesehen: ein Student der Medizin, Barbentane, wohnhaft im Hotel Royer-Collard. Colombin notierte den Namen in ein Heft. Er sagte Herrn Charles ausdrücklich, es sei besonders wichtig im Moment, im Passage-Club keinen Krach zu haben: die Regierung bereitete wegen der Drei Jahre, der Unruhe in der Armee und so weiter Maßnahmen zur Säuberung von Paris vor, das heißt, nicht wahr, daß die geduldeten Clubs beim geringsten Anzeichen, um gewissen Forderungen zu genügen ...

»Ach«, sagte Herr Charles, »wir haben gewiß Ausländer bei uns, aber die treiben keinen Antimilitarismus ...« – »Das kann man nie wissen«, erwiderte Herr Colombin, »und außerdem gibt es noch Spionage ...«

V

In einer Beziehung hatte der Polizeipräfekt Doktor Barbentane nicht angelogen. Man hatte die Zerstückelte vom Kanal Saint-Martin identifiziert: es war die Frau eines Professors an der medizinischen Fakultät, des Professors Beurdeley. Sie hatte vor kurzem ihren Mann in einem Zustand verlassen, den man nicht gerade normal nennen konnte. Sie hatte Schmuck und Geld mitgenommen – beides war verschwunden. Raub schien daher das Motiv des Verbrechens zu sein. Traurig, diese ganze Geschichte: der Mann, ein großer Gelehrter, mit einem Sohn von bereits vierzehn Jahren, das zerstörte Heim und schließlich diese entsetzliche Nachricht. Die Entflohene war in Zeitungspapier eingewickelt gefunden worden. Und während der ersten Tage hatte es an Einzelheiten über das schändliche Verbrechen nicht gefehlt: man hatte keine Zweifel, nicht wahr?, in bezug auf die Person des Opfers.

Edmond hatte die Nachricht im Krankenhaus erfahren. Er las nämlich keine Zeitung. Er hatte etwas Seltsames verspürt. Ein Gefühl der Schuld. Er sah sie wieder bei sich, Tränen in den Augen. Er entsann sich seines Mordtriebs, dem er aber widerstanden hatte. In welche Hände war sie gefallen? Sie war also nicht zu ihrem Mann zurückgekehrt? Oder vielleicht ja, aber nur, um wieder wegzugehen. Offenbar eine Verrückte; sie hatte einfach in eine solche Geschichte hineingeraten müssen. Wer war der Täter? Irgendein Zuhälter. Wahrscheinlich hatte sie Geschmack an der Liebe gefunden.

Dazwischen leuchtete vor seinem Blick der Schein von Diamanten. Von Diamanten, die Herr Alexandre, der Hehler, gekauft hatte. Es war doch seltsam, den geraubten Steinen wieder zu begegnen. Was sollte er, Edmond, mit seiner Entdeckung machen? Zur Polizei gehen? Herrn Alexandre benachrichtigen? Ach was! Nur um sich zu kompromittieren. Er dachte mit Ironie, daß ihm der schuldige Respekt vor der Toten untersage, sich in die Sache einzumischen. Sie war krepiert. Friede der Zerstückelten!

Dennoch verfolgte ihn den ganzen Tag hindurch der Glanz dieser kostbaren Tränen. Er hörte beim Aperitif seinem Vater, der Geschichten von der Polizei erzählte, kaum zu. Immer noch keine Spur von der Kröte? Schön. Der Rest ist Schweigen. Übrigens ... Edmond dachte plötzlich wieder an jenes Gedicht, das er so sehr liebte: »Nackt war die Liebste, wissend meinen Sinn ...« – Verflucht, das klang heute komisch. Immer mehr dachte er an diesen Schmuck, den er hätte haben können. Gerade jetzt, wo er keinen Sou hatte. Der Doktor, den er anpumpen wollte, rückte nur mit einem Louis heraus. Damit würde er wahrhaftig weit kommen! Er hatte von O'Rossen die Rechnung erhalten. Am Telefon war Carlotta sehr reserviert. Eine Auseinandersetzung mit Joseph Quesnel. Nein, nicht weiter schlimm. Aber sie mußte mit ihm essen gehen. Es wäre nicht der Moment, ihn zu ärgern. Er würde nicht am Boulevard Bineau schlafen, da er sich nicht sehr wohl fühlte. Immer seine Nieren. Was sagst du? Ach so, mir steht wahrhaftig nicht der Sinn nach Witzen. Du kannst ein andermal eifersüchtig sein. Sei nicht albern, Liebster! Ich werde versuchen, dich im Cercle gegen Mitternacht oder Viertel nach zwölf zu treffen. Wie bitte? Man versteht so schlecht an diesem Apparat, du rufst mich sicher aus einem Café an. Die zerstückelte Frau? Mir steht der Sinn nicht nach Scherzen. Das Geräusch des Wiedereinhängens.

Wie allein man im Leben ist. Carlotta war wirklich alles für Edmond. Und nun war ein etwas ungewöhnliches Ereignis eingetreten, und sie wollte ihm keinen Glauben schenken. Er hätte ihr gern diese blutigen kalten Diamanten geschenkt, diese Diamanten, die einst im Schatten der Loge bei der Aufführung von »Elsaß« aufgeblitzt waren. Wie ein Anfänger war er von einem unbekannten Mann geschlagen worden, der eine gesündere, robustere Meinung vom Lebenskampf hatte. Ja, der hatte sich nicht mit kleinlichen Skrupeln herumgequält! Edmond spürte etwas wie Bewunderung für die Grausamkeit des Mörders, er hatte, wie man sagte, den Leichnam verstümmelt. Arme Frau Beurdeley! Sie hatte ein Spiel spielen wollen, das nicht mehr zu ihrem Alter paßte.

Verdammt, in dieser niedrigen, berechnenden Welt gab es noch frische, energische, nicht für einen Pfennig sentimentale Wesen, die sich ihren Weg anders bahnten als so ein Provinzpolitikaster, der mit seinem Sohn auf der Terrasse des »Soufflet« einen Pernod schlürfte und dabei Eseleien über die dreijährige Dienstpflicht und das Weiterdienen irgendeines Jahrgangs vor sich hin brummelte. Die Eisstückchen in den Gläsern sahen wie Diamanten aus. Der Alte wollte wieder wegfahren. Armand blieb unauffindbar. Was würde die Mutter sagen? Die Leute sind unruhig wegen dem, was auf dem Balkan vorgeht. Sag mal, das ist also die Frau deines ehemaligen Chefs, die man so zermanscht gefunden hat? Was sagst du dazu? Das muß ja in der Fakultät ein tolles Gerede geben! Es scheint, Poincaré will einen Spaziergang nach England machen. Na, ja, für Frankreichs Prestige.

Edmond verabschiedete sich von seinem Vater und ging weg, um sich umzuziehen. Er hatte an diesem Abend nichts zu tun. Im Smoking begann er äußere Pathologie zu ochsen. Unmöglich, sich dafür zu interessieren. Alles brachte ihn immer wieder auf eine einzige Vorstellung zurück: Brüche, Traumata, Operationen. Er sah nachts neben dem Kanal den verstümmelten gliederlosen Körper, den Mann, der flüchtete, die Diamanten. Nach einem Versuch, sich wieder der Anatomie zuzuwenden, warf er seine Bücher weg und legte die Stirn in die Hände. Was bot ihm eigentlich das Leben? Er war kein Träumer. Er wollte alle Tage essen. Und Ruhe haben. Erst hatte er sich auf die Medizin geworfen, und nun ließ er alles treiben, wie es wollte. Wohin würde ihn das noch führen? Carlotta!

Er war von ihr besessen. Nichts berührte ihn mehr, was nicht mit Carlotta zu tun hatte. Und gleichzeitig beherrschte ihn fieberhafte Angst. Ohne Geld würde er sie verlieren. In seinem Kopf schwirrten die Diamanten, und er empfand eine unklare Furcht vor der Zukunft. Als er das Hotel verließ, bemerkte er den Briefumschlag in seinem Postfach. Die Kröte hatte es bestimmt aufgegeben, das Geld abzuholen ... Es war dumm, dieses Geld da liegenzulassen, wenn er, Edmond, es so nötig brauchte. Er steckte den Briefumschlag ein.

Er ging langsam zu Fuß zum Cercle hinunter. Trotzdem kam er zu früh. Vorsichtig ging er um die Tische herum. Als er zum zehntenmal dicht an ihm vorbeikam, sprach ihn Herr Charles, der Croupier, an: »Spielen Sie heute abend nicht, Doktor? Es ist ein Platz frei, wenn Sie wollen.« Er lehnte das Angebot ab. Herr Alexandre saß an der Bar.

Er ging zum Poker über. Welch hinreißendes Spiel! Eine Frau, gegen die er eines Abends nicht schlecht gewonnen hatte, eine Alte mit Perlen und einer schwarzen Strähne im weißen Haar, bluffte und gewann, während sie vor sich hin kicherte. Herr de Cérésolles grüßte Edmond. Es war ziemlich unangenehm, dem Spiel zuzusehen, ohne selber zu spielen. Genauso, als ob einem Zigaretten fehlten. Es wäre schön gewesen, die Diamanten auf den Tisch zu werfen und Banko! zu rufen. Dreimal riet Edmond im gelben Saal richtig: er hätte mindestens fünfzehnhundert Franken gewonnen. Schweinerei! Die Diamanten kreisten in seinem Kopf! Das Glück müßte eigentlich wiederkommen. Mal sehen. Die hundert Franken Carlottas fielen auf das Tuch. Der Rechen des Herrn Charles ließ sie sofort verschwinden. Ein Spiel ist noch kein Beweis. Fünfzigfrankenweise flog Armands Geld davon. Das bedeutete noch gar nichts. Edmond wußte, daß er an diesem Abend gewinnen würde. Und Pleite. Auf einmal faßte er einen Entschluß.

Herr Alexandre, lang und dünn, würfelte mit dem Barmann. Man sah Pedro vom Rücken her, wie er am Saaleingang vor Anstrengung die Wange aufs Papier legte. »Herr Alexandre!« Der wandte sich um. Aha, Charlottas Gigolo! Auf Edmonds Bitte gingen sie nebenan in den Rundsaal, der leer war. Der Barmann fuhr fort, seine Würfel unaufhörlich über die Theke zu rollen. Seine gespaltene Lippe schien einen ironischen Gedanken zu verbergen. Pedro stieß einen ärgerlichen Ruf aus: er hatte auf seinen Brief an einen Kolonialoffizier, der eine schwesterliche Seele suchte, einen Tintenfleck gemacht.

Als Carlotta genau halb eins ankam, traf sie Alexandre, der

an die Bar zurückgekehrt war und mit dem Barmann spielte. Er sah ziemlich finster aus. Er rief sie an. »Frau Carlotta!« – »Ist mein Kleiner da?« fragte sie. – »Er spielt.« – »So? Er hatte mir versprochen ...« – »Er gewinnt, glaube ich.«

Sie wollte nachschauen gehen. Alexandre senkte die Stimme: »Wo haben Sie diesen Burschen aufgefischt?« – »Was geht das Sie an?« – »Er wird weit kommen, Frau Carlotta, wenn er unterwegs keinen Unfall hat. Er ist ein Mann.« – »Ich habe es bereits bemerkt«, sagte sie, indem sie weiterging, ein wenig unruhig über die dumpfe Drohung, die in den Worten des anderen gelegen hatte.

Edmond spielte an einem Tisch. Seine Taschen waren voll von Spielmarken. Er machte ein kleines Banko, das er einsteckte. Er gewann zehntausend Franken. Sie sah ihn mit Bewunderung und auch mit einer gewissen Furcht an. »Du gewinnst zu sehr Geschmack an diesen Sachen, du vergißt mich ...« – »Weißt du nicht, daß ich deinetwegen spiele? Ich schuldete dir tausend Franken.« Er gab sie ihr zurück. Sie fühlte, daß sie ihm unrecht tat. Sie hatte in den letzten Tagen an ihn ein bißchen wie an einen Zuhälter gedacht. Ihr kleiner Geliebter. »Gehen wir, willst du?« Er ließ es geschehen. Montmartre. Trinken. Tanz. Papierschlangen. Als sie aus einem Lokal herauskamen, sahen sie ein so nettes helles Hotel mit seinen Lichtern in der Vorhalle und waren einander so nah, daß sie ein Zimmer nahmen. Dort, im Bett, war es, daß er ihr von Frau Beurdeley erzählte. Sie fragte: »Du warst es doch nicht?« Er lachte sehr laut. Aber er verschwieg, daß er sich etwas bei Herrn Alexandre geborgt hatte, für den Preis seines Schweigens. Mit den Frauen kann man nie wissen. Und dennoch hatten sie sich niemals einander mehr hingegeben als in diesen Minuten, in diesem Absteigequartier, wo auf dem Korridor eine betrunkene Bande auf Jahrmarktstrompeten blies und sich schließlich in einem Nachbarzimmer zusammendrängte.

Gegen Morgen aßen sie im »Capitol«. Edmond war vor einem Hummer Thermidor ganz sentimental geworden. Er sprach mit einer gewissen Weichheit von Armand. »Wo mag er sich jetzt herumtreiben, der kleine Strolch?« – »Und dein Vater fährt nicht weg?« – »Ich bemerke, Carlotta, daß du mich die ganze Zeit nach meinem Vater fragst... wenn du ihn kennenlernen willst...« – »Danke, ich kenne ihn schon.«

Edmond saß starr, die Gabel in der Luft. Es stimmte ja! Am ersten Tag, in der »Cascade«, hatte Carlotta so etwas gesagt. Jedesmal, wenn er mit ihr über Sérianne sprechen wollte, hatte sie die Unterhaltung abgebogen. »Ich bin einmal dort gewesen«, hatte sie eines Tages gestanden. Aber ja, sie hatte sogar an jenem Tage in der »Cascade« als erste von dem Doktor gesprochen. Sie war ein wenig betrunken, und im ersten Stock gab es Musik. Sie aßen im unteren Saal. Ein Walzer. Und Carlottas Geschichte, während eine dicke Frau gegenüber vor sich hin summt und mit den mit Ringen besäten schweren Fingern auf den Tisch trommelt und irgend jemand in der Nähe der Toiletten brüllt, Carlottas Geschichte, ein wenig durch Zufall, ein wenig durch Trunkenheit, nimmt den Rhythmus dieses Walzers an.

Als seine Tochter dreizehn Jahre alt war, und das Jahr war heiß und von Gewittern erfüllt, hatte Carlo Beneduce, der jetzt so oft betrunken war, eine Art Schüchternheit gegenüber seiner Tochter verspürt, die allzu früh reif geworden war; sie störte ihn in den Dörfern, wenn er den jungen Mädchen nachlief, die mit ihr noch beinahe hätten spielen können. Er hatte daran gedacht, sie zu seiner Schwester zu bringen, die mit einem Erdarbeiter in Südfrankreich verheiratet war. Er hatte geschrieben, und Zio Giuseppe hatte sich bereit erklärt, das Kind aufzunehmen.

Carlo hatte also seine Tochter nach Sérianne gebracht, wo sie mit den andern Kindern von Giuseppe Orsi erzogen worden war. Er, der Vater, hatte sich wieder den Landstraßen zugewandt, und im gleichen Sommer war er irgendwo in der Nähe von La Ciotat in einer Schlägerei getötet worden. Er liebte allzusehr die Frauen der andern, und er war zu schön, so etwas wird einem irgendwann mal heimgezahlt. »Hör, dieser Walzer ... Mein Vater, weißt du, tanzte Walzer wie ein Gott. Er war schön, mein Vater. Und er fand mich schön. Ich glaube, aus diesem Grund hat er mich bei seiner Schwester gelassen. Er hatte Angst vor sich selber und vor mir. Ich erinnere mich, wie er mir die Arme streichelte. Ach, dieser Walzer, mein Kleiner. Eine Nacht gab es ein Gewitter, und ich bin nicht gerade sehr furchtsam, aber damals schon ... weißt du, als Kind konnte ich die Blitze nicht vertragen ... Weißt du, diese großen Blitze, nachts, die man durchs feuchte Laub sieht ... Gib mir ein bißchen Champagner.«

Im ersten Stock schienen Leute zu sein, die diesen Walzer liebten, denn sie ließen ihn unaufhörlich wiederholen. »Tja, Sérianne, das war nicht gerade sehr romantisch. Tante Orsi ging als Reinemachefrau. Ich mußte waschen, wischen, den Kleinen die Nase putzen, die Wäsche, den Boden sauberhalten. Der Onkel verdingte sich während der Weinernte. Wir wohnten in der Nähe von Villeneuve, in diesen erbärmlichen Baracken, die immer von der Landstraße her den Staub abbekommen und deren in Fetzen gehüllte Kinder und deren Windeln und Fässer man von der Straßenbahn aus sieht, diese Fässer, in die man in der Hitze unter einem einfachen Deckel und einem großen Stein die Exkremente und häuslichen Abfälle birgt. Hör nur, dieser Walzer! Unsere Frauen, hast du unsere Frauen in eurem Viertel, in Sérianne tanzen sehen? Mit dem Tuch um die Schultern und die weiten Röcke, und ein großes Kreuz auf der Brust? Sie altern sehr schnell. Die Arbeit! Aber die Augen bleiben wie schwarzes Feuer. Und dann die jungen Mädchen ... Du hast vielleicht welche gehabt, kleiner Schuft? Daran hab ich gleich den ersten Tag in der ›Cascade‹ gedacht. Ich dachte mir ... Man hätte sich kennen können, wer weiß? Er hätte mich sitzengelassen; wie die andern ... Hättest du mich auch nur angesehen? Ach, dieser Walzer ... Übrigens, da gab es einen von Villeneuve, François hieß er, ein Herr von Soundso; ich erinnere mich, er hat eine von uns geliebt, eine meiner Freundinnen, Maria, Maria Pallatini, ein schöner Name, der so viel wert ist wie alle eure edlen Namen, und ein junges Mädchen ... ich werde dir nicht von ihren Brüsten erzählen, ich würde eifersüchtig ... und dann, lassen wir Maria ... Komisch, wie ich mich an jeden Stein, jeden dürren Baum erinnere, Sérianne ... Mein Sérianne, das mir gehört, ist nicht das deine ... Da oben, wo ihr wohntet, die Stadt, das Viertel deines Vaters ... Ja, ich kenne ihn, deinen Vater, ich kenne ihn, und besser als du ... Du weißt nicht, wie er in gewissen Augenblicken aussieht. Aber ich weiß es.«

So hatte mit fünfzehn Jahren Carlotta in den Weinbergen, auf der Landstraße, in den Maisfeldern mit den jungen Burschen ihres Viertels herumgetollt. Lieder, Schläge, Hausarbeit, die Kleinen hinter ihr wie ein Schwarm von Elend und Jugend. Träume und Ohrfeigen. Schließlich hatte Carlotta begriffen, daß sie schön war.

»Im Volk gibt es junge Burschen, die es bemerken, ohne daß man die Schliche nötig hat, die ihr braucht, ihr, die ihr nur unsere Aufmachung, Krem und Puder und Parfüm liebt. Ich liebe dich, verstehst du, aber ich werde dich niemals, niemals lieben, ich werde niemals mehr lieben, als ich sie lieben konnte, diese schwarzen Kerls mit ihren weißen Zähnen, sie, die ich eigentlich nicht liebte. Dieser Walzer wird nie aufhören. Und ihre starken Arme. Sie schlugen mich und zogen mich an den Haaren. Sie bissen mich in die Lippen. Ich ging von einem zum andern. Man war ja unter sich. Das hatte keine großen Folgen. Eines Tages ... Wir sind keine Gänschen wie eure Schwestern oder eure Cousinen: als ich fühlte, daß ich schwanger war, und da ich wußte, daß Zio Giuseppe nicht mal bis zwei zählen würde, um mich zu töten, weil er solche Ansichten von Ehre hatte und außerdem, wenn er betrunken war, gefährlich wurde, habe ich nicht lange geheult, sondern es gemacht wie Anita, wie Felicia, wie andere es vor mir gemacht hatten. Mit einer Hutnadel. Einer schönen, dikken, langen. Sie hatte einen Kopf aus Goldfiligran, wie die Ohrringe, die die italienischen Frauen tragen. Daran bin ich beinahe gestorben. Man hat mich ins Krankenhaus gebracht. Kennst du es, das Krankenhaus? Dein Vater hat mich dort behandelt.

Nun, als ich geheilt war ... Was glaubst denn du? Dein Vater ist ein Mann wie jeder andere. Anscheinend ekeln euch Männer solche Geschichten da noch lange nicht an. Ich hatte Angst vor ihm, verstehst du, dem Bürgermeister und Doktor. Also ... Was hast du? Bist du betrunken? Na klar, hat er mich gezwungen! Hätte ich etwa nein sagen sollen? Du weinst? Also, da kann man ja vor Lachen sterben! Ich habe mit, ich weiß nicht genau, ein paar hundert Kerls geschlafen, aber dein Papa, das macht dir was aus? Komm, hier trink noch was. Dummerchen. Baby. Ja, nachher ... aber gar nichts, ich versichere dir. Ich bin nach Marseille abgehauen. Der Strich, na klar ... Was macht das schon? Nein, ich nehme ihm nichts übel, deinem Vater ... Ich hatte vor Zio Giuseppe Angst, das ist alles ... Idiot. Mein Kleiner. Liebster. Mein Herzchen. Verstehst du, du begreifst gar nichts davon. Als ich dich gesehen habe, ach, dieser Walzer!, ach, dieser Walzer!, ich bin einfach nach Walzern verrückt. Als ich dich in der ›Cascade‹ gesehen habe ... Wie ich dir gefallen wollte! Niemals in meinem Leben habe ich so sehr einem Mann gefallen wollen. Und dabei, weißt du, gab es Abende, wo es einfach ums Essen ging. Ach, mein Kleiner, mein Walzer! Ich wollte dir deines Vaters wegen gefallen ... Zieh nicht so ein Gesicht, Dummkopf, es ist, weil ... Hör gut zu, hör nur: ganz wie ein Walzer. Ich wollte dir gefallen, deines Vaters wegen, weil dein Vater das ist, was für uns an den Straßenecken da ist ... für uns, wenn wir Hunger oder Furcht haben oder irgendwas ... Herren wie dein Vater, mit Geld, ein bißchen verschämt, eilig, mit ihren Bäuchen, ihrem Alter, ihrer Liebe, die wie ein sehr trauriges Andenken an das ist, was sie für Frauen gewesen sind, die nicht unseres Schlages waren ... Dein Vater, eure Väter ... Ich sage dir, es ist ein Walzer ... Ich bin nicht betrunken, du bist betrunken ... Also dann kamst du ... du, verstehst du, das war das Verbotene, die schönen jungen Leute aus der Stadt ... Die Revanche sozusagen, und du wußtest es nicht ... Du begegnetest mir ... in der ›Cascade‹ ... Ach, ich wollte dich gleich haben, als meinen Liebhaber, ich dachte ... Du ähnelst ihm nicht, weißt du, obwohl du sein Sohn bist ... und dann habe ich dich gehabt ... Und du ähnelst ihm noch weniger, wenn du einen liebst ... da, das kann ich dir sagen, er ist nicht schön, wenn er liebt, dein Vater! Ich versichere dir ... Und du, sag mir doch, daß wir noch lange zusammen Walzer tanzen werden, wir beide ... Du, deine Jugend, deine Kraft, deine Schönheit ... Weine nicht, das macht dich häßlich ... Du meine Trunkenheit, mein Kleiner, Piccolo mio ... Champagner, mehr Champagner, noch mehr Champagner, du mein Champagner, mein Liebster ...«

Der Walzer im ersten Stock war verstummt, und in der fahlen Straße fuhren schon die Milchwagen vorbei.

VI

Kein Sechser mehr. Edmond stand von neuem da, als habe man ihn in einem Wald ausgeplündert. Er wandte sich wieder an Herrn Alexandre. Dieser weigerte sich erst. Er hatte bereits gezahlt: die Sache war zwischen ihnen beiden geregelt. Edmond erwähnte nebenbei, daß sein Vater Herrn Hennion kannte. Ob er wohl log? Dieser kleine Erpresser konnte nicht besonders gefährlich sein; aber man kann ja nie wissen. Das beste ist, ihn loszuwerden. Alexandre hatte kein Geld. Er borgt sich welches beim Barmann. Edmond ging an den Spieltisch zurück.

Während der Barmann mit seinen Würfeln spielte, sah er Herrn Alexandre an: »Wenn ich Sie wäre, Herr Alexandre, wüßte ich schon, was ich täte.« Es war für ihn eine lange Rede, deren Bedrohlichkeit Schultern und Fresse unterstrichen. Alexandre seufzte. »Es wäre ärgerlich«, sagte er, »wegen Carlotta ... ich hab das Mädel gern, und so was könnte ihr weh tun.«

Pedro betrat die Bar, ganz und gar geschäftig. Er hatte sein ganzes Material liegenlassen, das »Sourire«, die Verzeichnisse, den Leimtopf, die Schere, so sehr hatte ihn die Wichtigkeit des Besuchers, den er hereinführte, aufgeschreckt. Wenn Pedro aufrecht stand, merkte man, daß er einen Klumpfuß hatte. Der Barmann warf einen Blick auf den Herrn, der ihm folgte. Er stieß zwischen den Zähnen hervor: »Der Chef!« Alexandre drehte sich um. Er hatte noch niemals den Mann gesehen, den man im Passage-Club den Chef nannte, denn der Baron de Céresolles war nur der Verwalter. Es war ein ziemlich eleganter Mann. Er hatte seinen leichten hellgrauen Mantel nicht abgenommen, aus dessen Kragen, trotz der abendlichen Wärme, ein weißseidener Schal hervorsah. Er war groß und hatte ein Gesicht, das jünger wirkte als das Haar. Er trug einen kurzgeschnittenen Schnurrbart. Die Wangen waren ziemlich gerötet. Eine Art Klubmensch mit der Ehrenlegion im Knopfloch. Er durchquerte die Bar, den ersten Saal und verschwand im Büro des Barons.

Alexandre überlegte. Er wandte sich dem Barmann zu und sagte: »Barmann!« Der andere sah ihn an und warf eine doppelte Sechs. Er zeigte ein lautloses Lachen, während er die gespaltene Lippe von dem weißen Gebiß zurückschob. »Barmann«, wiederholte Alexandre, »wen empfiehlst du mir?« Der Barmann schwieg und überlegte ernsthaft, dann erwiderte er: »Entweder Paulchen oder Maurice ...«

»Nein«, sagte Alexandre, »nicht diese Art von Arbeit.«

Pedro kam wieder durch den Saal zurück. Wieder auf seinem Posten, träumte er lange vor sich hin. Der Anblick des Chefs hatte ihn durcheinandergebracht. So etwas bedeutete im allgemeinen nichts Gutes. Das letzte Mal ... das war der Abend mit diesem Brasilianer gewesen, Pedro warf einen Blick auf seine Arbeit: er zog eine Grimasse – niemals könnte man jemanden glauben machen, daß so was die Schrift eines Abbés wäre, der eine hübsche Sünderin von fünfundvierzig sucht.

In dem kleinen Büro im Empirestil unterhält sich Herr de Cérésolles mit dem wirklichen Inhaber des Cercles, der durch Strohmänner oder auch persönlich Anteile an anderen Spielklubs, sowohl in Paris als auch in der Provinz, in Kurorten und Modebädern besitzt. Dieser Mann hat auch einen Rennstall und wichtige Anteile an verschiedenen großen Unternehmen. Er kam selten in den Passage-Club, der eins seiner kleinsten Objekte war. Aber die Mitteilung, die er erhalten hatte, machte diesen Besuch notwendig. Regierungsmaßnahmen sollten gegen die Spielklubs ergriffen werden. Seit der Zeit der Regierung Clemenceaus waren die Spielklubs in keinem ähnlichen Alarmzustand gewesen. Es war schwer zu durchschauen, worum es sich eigentlich handelte, worauf das Ganze hinausging. Denn daß es sich um die Rettung der Tugend handelte, das konnte man anderen erzählen! Es mußte einfach eine neue Phase in dem Kampf um die Hegemonie im Spielbetrieb sein, der zwischen gegnerischen Gruppen ausgefochten wurde, die ihre Vertreter in der Regierung, in der Polizei und in den politischen Parteien hatten. Diesmal war alles ganz dunkel, weil die Sache anscheinend mit dem Gewinn der parlamentarischen Mehrheit in der Frage des Gesetzes über die dreijährige Dienstpflicht verknüpft war. Es gab unter den Radikalen Zögerer, die man auf die eine oder andere Weise von ihrer Partei trennen wollte, indem man den Wünschen einiger ihrer Freunde nachkam. Das Spielgewerbe, das auf polizeilicher Duldung beruhte, war das beste Feld für einfach zu tätigende Kompensationen. Inzwischen durfte man der Polizei keinerlei Gelegenheit geben, zu intervenieren. Das Spieldezernat schmieren. Sich ruhig verhalten. Und außerdem: vielleicht konnte man über einige wichtige Persönlichkeiten wertvolle Informationen erhalten. Hatte zum Beispiel Herr de Cérésolles nicht einige Schuldscheine in Händen?

Herr de Cérésolles bedauerte. Ein so stilles Haus! Welche Komplikationen übrigens waren da schon zu befürchten? Herr de Cérésolles erwähnte nichts von den Eröffnungen, die ihm kürzlich eines der Mitglieder des Cercles gemacht hatte. Wenn die Polizei das Haus schließen würde, war er ziemlich sicher, es unter neuen Bedingungen schnell wieder eröffnen zu können. Aber das ging den Eigentümer nichts an, nicht wahr? Gewiß, es handelte sich sicherlich um einen Kampf, der um das Monopol im Spielbetrieb geführt wurde. Die geheimnisvollen Persönlichkeiten der gegnerischen Gruppe versuchten einige bereits zu mächtig gewordene Unternehmer auszuschalten. Hinter ihnen war eine höhere Macht bemerkbar. Es war gewiß, daß weder Herr de Cérésolles noch der Mann, dem er seinen Namen lieh, noch jener Dunkelhaarige, der Edmond eines Abends eifersüchtig gemacht hatte, noch selbst der Polizeipräfekt, der in dem Stück seine Rolle spielte, die wirklichen Hintermänner der Affäre waren. Gerade jetzt bildete sich ein Syndikat, und das Wort hatte im Munde dieses großen eleganten Mannes einen etwas snobistischen Klang, ein Syndikat, das bereits mehrere Persönlichkeiten vereinte, die dieser Art legaler Enteignung Widerstand leisten wollten, einer Enteignung, deren bevorstehende Anfänge man fürchtete und die das Ziel hatte, die Gesamtheit der Spielklubs, wie übrigens alle Spieleinrichtungen in Frankreich, vom Turf bis zu den einfachen Groschenapparaten in den Cafés, unter die Kontrolle eines Konsortiums zu bringen, das engstens mit Militärkreisen verbunden war. Mit Militärkreisen? Herr de Cérésolles wunderte sich. Las er denn keine Zeitung? Was, glaube er, bedeuteten dann zum Beispiel die Kampagnen eines Daudet in der »Action Française«?

Herr de Cérésolles war ein Mann der Königspartei, und er verteidigte Daudet. Sein Gegenüber zuckte die Achseln: »Nun, mein Lieber, was Sie nicht sehen, ist, daß Ihre Leute genau wie die anderen sind. Sie verteidigen Interessen, schön. Welche Interessen? Sie benutzen Informationen, die sie erhalten, und von wem, glauben Sie? Es ist wie im ›Figaro‹ ...«

Daraufhin begann er eine Geschichte zu erzählen, in der Herr de Cérésolles sich bald nicht mehr zurechtfand. Jedenfalls war es klar, daß man auf der Rechten nicht einer Meinung war über die Konzessionen, die man der Linken machen mußte, und daß besonders im Spielbetrieb die Interessen nicht gerade einfach gelagert waren. »Ich gehöre, werde ich Ihnen sagen, einem Konsortium ganz anderer Art an ... Und dort habe ich einen sehr bedeutenden Mann den Standpunkt vertreten hören, daß die Industrie, wenn sie weiterbestehen will, sich über die Gesetze stellen muß ... Nun, in dem gleichen Konsortium bin ich der Kollege von Wisner, der in der Angelegenheit der Spielklubs gegen uns ist ... und wenn es ein Gewerbe gibt, das über den Gesetzen steht, dann ist es ganz sicher das unsere ... Die Staatsnotwendigkeit hat in unseren Tagen verschiedene Masken aufgesetzt. Was sich vor unseren Augen abspielt, ist ein großes Schisma, das unserem Lande gar nicht bewußt ist. Es handelt sich darum, zu wissen, wie man regieren wird. Seit jeher hat es nur zwei Methoden gegeben: die Gewalt oder die List. Im Augenblick spielt sich der Kampf zwischen den Verkäufern der Gewalt und den Verkäufern der List ab ... Malvy oder Clemenceau. Um zu siegen, braucht man Geld. Und wo liegt das Geld? Hier, mein lieber Baron, hier in unseren Sälen!«

Der Mann hatte plötzlich seinen Mantel und sein weißes Halstuch abgenommen. Er setzte sich mit gespreizten Beinen in einen Sessel. »In gewissen Geldsystemen, bei den Rothäuten zum Beispiel«, sagte er, »steigt das Geld jedesmal im Wert, wenn man sich seiner bedient. Das heißt, daß ein Hundertsousstück es ermöglicht, wenn es vom Käufer zum Verkäufer gewandert ist, jedesmal Waren für zehn, für zwanzig, für hundert, für tausend Franken zu kaufen! Wir haben Mühe, uns das vorzustellen, und dennoch geschieht es vor unseren Augen. Das Geld verwandelt alles in Geld, was es berührt, die Hände, durch die es fließt ... Wir sind die glücklichen Kanalisierer dieses unaufhörlichen zauberhaften Stroms. Wir bereichern uns allein dadurch, daß das Geld von einer Tasche in die andere geht, ohne direkt daran beteiligt zu sein. Die Spielklubs sind die höchste Form eines Systems, das sie heuchlerisch verurteilt, das aber nur von der Börse lebt. Kann man nicht bei Ihnen etwas Whisky haben, mein lieber Baron? Ja? ... Danke vielmals.«

Herr de Cérésolles hob das Haustelefon ab und rief den Barmann. Der nahm die Bestellung entgegen, hängte den Hörer ein und begann den Whisky herzurichten. Irischen – für Herrn de Cérésolles gab es immer irischen. Ihm war eine Idee gekommen, und er wandte sich an Herrn Alexandre, während er Eis in einen Eimer warf. »Und wenn Sie«, sagte er, »Inspektor Colombin darum bitten würden?« – »Das«, sagte der andere, »ist eine Idee.«

VII

Von dem Besuch am Boulevard Bineau war Grésandage eine seltsame Sehnsucht geblieben. Er dachte die ganze Zeit über, und mußte sich selber darüber wundern, an Joseph Quesnel und Carlotta. Dieser Altersunterschied hatte im Grunde genommen etwas Unverschämtes. Dabei hatte er Quesnel sehr gern und hätte sich eigentlich freuen müsssen. Er redete sich sofort ein, daß ihm seine Freundschaft die Pflicht auferlegte, mit Carlotta zu sprechen: denn sicherlich würde die Geschichte eines Tages eine schlechte Wendung nehmen, und vielleicht sollte man der jungen Italienerin erklären, wer eigentlich ihr Schutzherr war und welche Rolle sie ihm gegenüber zu spielen hatte. Richard hatte innegehalten, die Hand am Telefon, als er Carlotta um eine Begegnung bitten wollte: dachte er nicht mit beunruhigender Häufigkeit an sie? War er sicher, daß ihn allein die Freundschaft zu Quesnel trieb? Er zuckte die Achseln und rief nicht an: wie leicht ihm das fiel! Er hatte sich damit die Unschuld seiner Überlegungen bewiesen.

Wie aus Absicht redete Elise immerzu vom Boulevard Bineau. Sie dachte mit einer Art Verlegenheit an das gemeinsame Essen zurück. Was sollte das eigentlich heißen? Die junge Frau war sehr nett gewesen, aber, aber … Komisch, daß wir im Grunde genommen, mehr als wir glauben, die Anschauungen unserer Eltern teilen. Instinktiv lieben wir das Anormale nicht. »Rico, was hältst du von dieser Carlotta? Sie ist hübsch, ja, hübsch ist sie.« Richard explodierte. »Kann man denn von gar nichts anderem mehr reden, und außerdem ist mir Wurst, ob dieses Mädel häßlich ist oder nicht.« Elise sah ihn ganz erstaunt an. »Sei nicht böse, Kohlenmann.«

Die Nervosität von Grésandage hatte ihre Gründe. Beunruhigende Ereignisse fachten den Brandherd auf dem Balkan von neuem an. Serben, Griechen und Bulgaren, die die Türken bei Adrianopel geschlagen hatten, warfen sich jetzt aufeinander. Die widerspruchsvollsten Nachrichten aus serbischen und bulgarischen Quellen gelangten nach Paris. Die Bulgaren sollten in der Nacht vom neunundzwanzigsten auf den dreißigsten Juni unversehens die Serben an der Zletovska angegriffen haben. Zumindest rechtfertigten die Serben damit die Offensive, die sie am dreißigsten gegen ihre Verbündeten begonnen hatten. Auf diese Nachricht hin hatten die Griechen die kleine bulgarische Abteilung, die in Saloniki lagerte, mit Kanonenschüssen verjagt. Die Rumänen demonstrierten in den Straßen ihrer Städte und bejubelten den Krieg.

»Ich versteh dich nicht, Rico, das ist doch so weit von hier, und außerdem wird man daraus nicht klug, und da unten gibt es immerzu Krieg … glaubst du, daß es etwas Schlimmes für uns bedeuten kann?«

Sicher war, daß Frankreich und Rußland Deutschland, dem Verbündeten der Bulgaren, den Weg nach dem Osten hatten verlegen wollen, weil Deutschland durch die Bulgaren versucht hatte, im Osten einen Durchbruch bis ans Meer zu erzielen. Auf jeden Fall war noch ein kleiner Krieg notwendig gewesen, um eine gleichmäßige Teilung zwischen den Siegern zu verhindern. Das merkwürdige dabei war, daß in Griechenland ein Hohenzoller regierte. Aber das war ein Schachzug Englands, das die Sache gedeichselt hatte. Die Zeitungen waren voll von den Massakern des dreißigsten Juni.

Es wäre dennoch gut gewesen, mit dieser Carlotta zu reden

... Wußte sie, wie sehr Joseph Quesnel sie liebte? Richard konnte darüber aus bester Kenntnis sprechen; er kannte ihn genau, der für ihn beinahe ein Vater gewesen war. Eine fixe Idee. Er entsann sich der Zähne der Italienerin, die regelmäßig und klein waren und einen ganz leicht gezackten Rand hatten. Mit welcher Deutlichkeit er diese Zähne vor sich sah, ihr Lächeln ... Er wollte sie anrufen, als das Telefon klingelte.

Es war Quesnels Kammerdiener. »Der gnädige Herr sind krank, er bittet Sie zu kommen.« – »Doch nichts Schlimmes?« Abgehängt. Mein Gott! Elise faltete die Hände. Richard hatte ein merkwürdiges Gefühl von Schuld. Dies drückte sich in der Tatsache aus, daß er ein Taxi nahm. Er fand Joseph Quesnel im Bett. Er wand sich vor Schmerzen. Ein Nierenanfall. Der Arzt sagte mit leiser Stimme, es seien die schlimmsten Schmerzen, die ein Mensch empfinden könne. Joseph schrie, stöhnte und rollte sich unter den Decken hin und her. Mit seinem ungekämmten Schnurrbart und dem verschwitzten Gesicht sah er so alt aus, daß Richard von neuem angstvoll an Carlotta dachte.

Auch er, der alte Mann, dachte an sie. Er hatte Richards Hand ergriffen. Er konnte kaum sprechen. Oh la la, oh la la. Es war Carlottas wegen, daß er Grésandage gerufen hatte. Sie wartete am Boulevard Bineau auf ihn. Er wollte sie nicht, oh la la, anrufen lassen, außerdem würde sie allein sein ... Richard hatte verstanden. Er wollte Elise anrufen. Und in Neuilly essen ... oder anderswo.

Auf diese Weise brachte ihn das Schicksal zu Carlotta zurück. Warum sollte er sich dagegen auflehnen? Das Diner war, wie es sein sollte. Zuerst ziemlich steif. Carlotta trug ein weißes, am Körper eng anliegendes Negligé, das unter der Brust eine Tunika bildete, und darüber schwarzen Schmuck. Der Schmuck stammte von Roussel. Wann hatte sie mehr Glanz besessen als in diesem Julilicht, das mit seinen Liebkosungen das Laub der Bäume durchbrach? Man speiste in der Laube an einem eisernen Tisch. Überall waren Rosen, und die Schritte der Dienerin knirschten auf dem Kies.

»Er leidet schrecklich ... Ich sah, wie er sich vor Schmerzen wand ... Er denkt nur an Sie ...« – »Nehmen Sie doch noch ein Kotelett, sie sind so klein.«

Sie hatte, was Quesnel betraf, ein außergewöhnliches Mitgefühl gezeigt. Ohne Affektiertheit. Erst hatte sie ein bißchen ihr Taschentuch zerrissen. Dann nahm sie sich zusammen. Neugierig beobachtete sie ihren Gast. Was für ein Mann war das eigentlich? Der schwere Rosenduft war für ihn kaum zu ertragen. Der Abend brach herein, und sie redeten von allen möglichen Dingen. Er von seiner Jugend. Ach, eine Jugend wie die von jedermann! Einmal hatte er zu lieben geglaubt ... »Merkwürdig, gerade dieser Tage habe ich sie wiedergetroffen. In einem Café am Telefon. Nein, sie hat mich nicht gesehen. Ich habe zuerst nur ihre Stimme gehört. Und dann, stellen Sie sich vor, sie ist eine Frau in meinem Alter, und ich hatte sie als Zwanzigjähriger verlassen.« Warum erzählte er ihr das? Wer weiß? Im Gras blinkte ein Glühwürmchen. Es war wie draußen auf dem Land.

Er redete schrecklich viel, und sie sah ihn heimlich dabei an. Offenbar gefiel sie ihm, diesem Mann, der Angst hatte, es sich einzugestehen. Bis wohin ging Grésandages Freundestreue? Sie wußte es selber nicht, daß sie es tat; aber sie hatte mit ihm zu kokettieren begonnen. Kann man denn anders, wenn man mit einem Mann allein ist und die Dunkelheit hereinbricht? Der kleine dunkle Mann, der sich seine Bürste strich, war ihr so gleichgültig wie ihr erstes Kleid; aber man muß sich ja die Zeit vertreiben. Außerdem ist es störend, wenn jemand einem Widerstand leistet. Übrigens leistete er keinen Widerstand. Er war bis über die Ohren verliebt und glaubte, man sähe es nicht. Carlotta dachte mit träumerischem Lächeln an Elise.

Sie gingen unter den Bäumen hin und her, und er ergriff ihre Hand, die sie ihm langsam entzog. Dann begann er wieder vom Krieg zu sprechen und von Wisner, der Geld in Serbien hatte, und von Joseph Quesnel, der mit in dieser ganzen Sache steckte, wahrscheinlich einer Petroleumgeschichte und seiner Taxis wegen. Er hätte es nicht tun sollen, er hätte es wahrhaftig nicht tun sollen. Am Vortag hatten die Sozialisten in der Kammer einen Antrag gegen die dreijährige Dienstpflicht eingebracht ... »Wollen Sie diese Rose haben?« Carlotta hatte sie, auf den Fußspitzen stehend, vom Rosenstrauch abgepflückt, der an einer Weide mit grüner eidechsenfarbener Rinde hinaufkletterte. Sie knickte mit dem Absatz um und wäre fast gefallen. Er hielt sie fest und spürte die Nähe ihrer Jugend, den Amber, nach dem sie duftete. Eine jener Pausen trat ein, in denen man irgendwo eine Uhr ticken hört. Es gab gar keine Uhr. Ein Garten. Aber er hörte das wahnsinnige Schlagen eines Herzens.

Sie gingen ins Haus zurück. Im kleinen Salon sagte sie: »Wir wollen das Licht nicht anmachen ...« Es blieb gerade genügend Helligkeit, um die Atmosphäre sehr gefährlich zu machen. Sie hatten sich auf den Diwan gesetzt. Sie dachte: Was wird er tun? Sie wollte sicher sein, ihn in ihrer Gewalt zu haben.

Welch merkwürdige Art, ihr den Hof zu machen! Mit keuchender, gejagter, von Pausen unterbrochener Stimme hatte er wieder begonnen, über den Krieg zu sprechen. Gott, was für eine Geschichte! Carlotta spürte dabei, daß die Worte wenig zu sagen hatten. Je weiter entlegen sie waren, desto mehr verrieten sie eine ganz naheliegende Befangenheit. Was sie auch ziemlich verworren spürte, war der Umstand, daß im Kopf dieses Verwaltungsbeamten eine dunkle Verbindung zwischen der Idee eines Krieges und Quesnel bestand, eine Verbindung, die eine Anklage gegen Quesnel darstellte und ihren Partner gegenüber Quesnel irgendwie entschuldigte für das, was er da tat. Etwas Lebendiges sprang plötzlich in der Finsternis zwischen sie beide auf den Diwan, die siamesische Katze, deren Augen leuchteten wie gerade eben das Glühwürmchen. Ihre Hände begegneten sich auf Joseph Quesnels Geschenk. Richards Hand zitterte. Sie fühlten gleichzeitig die Schläge des kleinen Raubtierherzens und das Schnurren, das die Stille ausfüllte. In diesem Augenblick trug das Gewicht des Schweigens den Sieg über die Vernunft davon, und ihre Lippen begegneten sich.

Seltsamer Kuß, lang wie die vergessenen Jahre ehelicher Treue. Der Mann hatte Schweiß auf dem Gesicht, und sein Schnurrbart stach. Seine Hände griffen unsicher, wie die eines Gymnasiasten, nach ihren Brüsten, und das brach den Zauber. Das Licht ging an. Carlotta hatte noch den Arm nach dem Schalter ausgestreckt. Grésandage zog sich verlegen zurück. Es war keineswegs die Unordnung, in der er sich befand, und der Gedanke daran, wie er aussehen könnte, nachdem er sich in der Dunkelheit nicht überwacht hatte, sondern einfach Scham. Scham vor der Überraschung, vor dem Sichgehenlassen. Scham vor der Weigerung auch, denn Carlotta war aufgestanden und hatte ihn mit einer für eine Frau seltenen Kraft beiseite geschoben. Jetzt ordnete sie, aufrecht stehend, mit großartiger Gleichgültigkeit, die langen, weißen, wunderbaren Arme erhoben, ihr Haar. Scham über verratene Freundschaft. Quesnel, der Mann, den er mehr achtete als irgendeinen anderen, Quesnel, dem er in seinen Reden sogar die Mitverantwortung für den drohenden Krieg zugeschoben hatte, und was wußte er denn eigentlich schon davon. Quesnel, der beinahe sein Vater war. Er, der großherzige Mentor seiner Jugend ... Plötzlich erinnerte er sich an Elise, und es schnitt ihm ins Herz. Elise. Hatte er sie vergessen? Elise, die ihm jetzt gleich, wenn er nach Hause zurückkommen würde, mit jener von Furcht und Vertrauen erfüllten Stimme, die ihm das Innerste umkehrte, sagen würde: »Rico?« Er war schon ein netter Bursche, der Kohlenmann ...

»Es ist nichts, mein Freund«, sagte Carlotta sehr ruhig, nachdem sie sich zu ihm gewandt hatte, »machen Sie kein so trauriges Gesicht: ist Ihnen so was nie zugestoßen?« – »Niemals«, flüsterte er.

Sie sah ihn interessiert an. Er sagte die Wahrheit. »Nun gut«, begann sie wieder, »das rührt mich; aber wissen Sie, wir werden dennoch nicht zusammen schlafen ...« – »Ich bitte Sie, zu vergessen ...« – »Nun, nun! Regen Sie sich nicht auf. Gewiß, es war nicht sehr schön, Josephs wegen ... auch Ihrer Frau wegen. Aber was wollen Sie? So sind die Männer. Wußten Sie das nicht? Ihr seid alle bereit, zu verraten. Immer. Die ersten Male, wenn man es bemerkt, schreit man, heult man. Und dann beruhigt man sich. Ich glaube an die Treue von Frauen. An die von Männern nicht eine Minute. Wahrscheinlich ist das nicht ihr Fehler. Ihre Konstitution. Sie sind dafür nicht sehr gut gemacht ... wie wir übrigens nicht für andere Dinge. Keine große Sache, so ein Mann.«

Die Katze hatte sich unter ein Tischchen geflüchtet. Durch das offene Fenster war eine dicke blaue Fliege hereingekommen, zusammen mit der Wärme des Abends, die drückender war als die des Tages, wegen der Dunkelheit. Carlotta hatte einen kleinen Sessel herangerückt und setzte sich vor Richard nieder. Sie nahm seine beiden Hände.

»Sie sagen mir, ich solle vergessen ... ich habe nichts zu vergessen, wissen Sie. Mit meinen Lippen bin ich nicht geizig. Das hat niemals viel für mich bedeutet; aber trotz allem, ich bin sehr allein im Leben. Ich brauche Menschen um mich, gute Ratschläge, Freundschaft ... Wollen Sie, daß wir Freunde sind, sagen Sie?«

Er fühlte sich überwältigt vor Dankbarkeit. Freunde. Ja, nichts als Freunde. Sie konnte auf ihn zählen. Was hätte er da nur beinahe getan? Sie liebte Quesnel ...

»Ja, ich liebe Joseph. Auf meine Art. Ich hänge sehr an ihm. Und nicht des Geldes wegen, mein Lieber. Hat er Ihnen erzählt, wie das Ganze begonnen hat? Nein? Ich werde es Ihnen eines Tages erzählen. Aber er läßt mich schrecklich allein. Ich brauche einen Mann, der für mich da ist. Wissen Sie, den Frauen gegenüber fühle ich mich immer als Verbündete, und Sie könnten niemals gegen die Ihre zum Beispiel auf mich zählen, obwohl ... Dennoch kann ich niemals eine Freundin haben. Begreifen Sie, die Frauen, wie soll ich es Ihnen erklären?, sind Opfer, nicht Gleichgestellte, kurz, alles das ... Ich komme auch schon durcheinander ...«

Er war außer sich, er wußte nicht, wie er sich aufrecht halten sollte. Wenn er an die Schweinerei dachte, die er beinahe begangen hätte – Elise, Elise! Welch überlegene Frau, diese Carlotta! Und dazu schön! Er schwor ihr unverbrüchliche Freundschaft. Er würde ihr stets zur Verfügung stehen; er würde sie wieder besuchen, wann sie nur wollte. Was könnte er ihr geben ... »Ein wenig Wärme«, sagte sie. Und fügte hinzu: »Woran es übrigens heute abend nicht fehlt.« Mit einem hellen Lachen: »Also wann? Morgen? Wir essen zusammen. Und jetzt gehen Sie.«

Sie begleitete ihn bis ans Tor an der Straße. Er ging, sie beugte sich zu ihm und drückte ihre Lippen auf die seinen. Sehr schnell, mit einer Art Leidenschaft. Er blieb völlig verwirrt stehen. Sie trieb ihn hinaus und sagte durch das Gitter: »Freunde, nichts als Freunde!«

Fern in den Avenuen des Parks ertönte Gesang.

VIII

In den folgenden Tagen kehrte Richard häufig zum Boulevard Bineau zurück. Er begleitete Carlotta in die Geschäfte und Schneiderläden. Sie frühstückten bei Prunier, in einem kleinen Restaurant in der Nähe vom Elysée, das Herr Caillaux Grésandage einmal empfohlen hatte. Über all dies berichtete er Joseph Quesnel, dem es, da die Koliken vorüber waren, besser ging, den aber noch einige Komplikationen ans Zimmer fesselten. Carlotta war übrigens in doppelter Hinsicht unbeschäftigt, da Edmond wenig Zeit übrig hatte wegen des Examens. Er büffelte schnell sein Programm durch und tauchte nur kurz ab und zu im Passage-Club auf, um Versäumtes nachzuholen. Sein Glück im Spiel war mittelmäßig.

An diesem Sonnabend hatte Edmond am Boulevard Saint-Michel der wöchentlichen Militärparade zugesehen. Man erzählte, auf dem rechten Ufer habe es wieder Zwischenfälle gegeben, und er hatte sich gerade hingesetzt, um in der »Source« ein Glas zu trinken, als sein Tischnachbar, ein Mann mit einer großen Nase unter dem Strohhut, ihn anrief: »Barbentane! Welche Überraschung! Wie geht es?« Es war ein Mitschüler von der Charité, der Interne Lavenaz. Man unterhielt sich über medizinische Dinge, dann sagte er: »Die arme Frau Beurdeley! Ist so etwas möglich!« Edmond wechselte das Thema. Die dreijährige Dienstpflicht, das war ein Thema, das ihm eine schwierige Unterhaltung ersparte. Die Debatte in der Kammer ging weiter. Am Vortag hatte Sixte-Quenin die Ehrenhaftigkeit des Kriegsministers in Zweifel gezogen wegen seiner Beteiligung an verschiedenen industriellen Vereinigungen, der Ouamé-Nana und den Tréfileries du Havre. Jaurès ... »Mein guter Barbentane, also dieser Jaurès! Er stellt sich offen auf die Seite von Gewerkschaftshetzern, die man wegen antimilitaristischer Propaganda in der Armee ins Gefängnis geworfen hat. Und er schreit herum, daß man ihn töten, ermorden will!« Man mußte irgend etwas sagen. »Ist ja blöd«, erwiderte Edmond, »übrigens hat ihm Barthou sehr gut entgegnet, haben Sie gesehen ... einem Mann wie Barthou kann man bestimmt nicht einreden, daß bei uns die Leute so einfach ermordet werden.« Als er diese Worte aussprach, erinnerte er sich an Frau Beurdeley, und er erschauerte unwillkürlich. Er erhob sich: »Ich muß meine Prüfung vorbereiten ...«

Joseph Quesnel war ernstlich krank; aber von Carlotta getrennt (denn er konnte sie nicht zu sich in den Park Monceau kommen lassen, weil seine Tochter, die ein paar Monate abwesend gewesen war, aus Amerika zurückgekommen war, wohin sie die Mordans eingeladen hatten), hatte Quesnel den Kopf voll von Befürchtungen und bösen Ahnungen. Was würde aus diesem Abenteuer, aus diesem schönen Märchen werden, wenn die Krankheit zwischen ihm und ihr Barrieren aufrichtete? Alles übrige, sein Reichtum, dieser Titanenkampf gegen rivalisierende Konzerne, die Politik, die Streiks, der Kampf um die Herrschaft auf den Märkten des Nahen Ostens – zählte das gegenüber dieser strahlenden Jugend, der wundervollen Gelassenheit Carlottas, wenn sie nackt durchs Zimmer ging, ohne sich um irgendwelche Blicke zu kümmern? Er dachte ernsthaft an Heirat. Er brauchte bloß mit Blanche zu sprechen, seiner Tochter, einem so fernen, fremden Wesen. Wisner war sehr nett gewesen; er hatte ihn ein paarmal besucht. Im Grunde genommen hatte er eine Schwäche für seinen alten Komplicen, wie er sagte. Man hätte niemals von Wisner geglaubt, daß er Gefühle haben könnte, und jetzt auf einmal. Quesnel machte sich Vorwürfe, weil er ihn in den vergangenen Monaten vernachlässigt hatte. Gegen Abend kam Grésandage.

Sie sprachen von den Ereignissen, dem neuen Balkankrieg, aber vor allem über die Sitzungen in der Kammer. Die zahlreichen Fälle von Verrat und antimilitaristischer Propaganda machten es nötig, daß man ein für allemal mit dem Militärgesetz durchkam. Für das Prinzip der dreijährigen Dienstpflicht waren am Montag nach einer zweistündigen Rede von Jaurès dreihundertneununddreißig gegen zweihundertdreiundzwanzig Stimmen abgegeben worden. Am Dienstag hatte der Oberkommandierende Joffre sehr gut gesprochen, und man hatte eine Reihe von Artikeln durchgebracht. Am Donnerstag hatte der unvermeidliche Jaurès über die Einberufung der Zwanzigjährigen wieder einmal in Demagogie gemacht. »Tja, der«, sagte Wisner, »für den habe ich eine Schwäche: ich liebe die Beredsamkeit. Aber wer wird ihn uns endlich vom Halse schaffen?« Am nächsten Tag war er in der Kammer gewesen, um ihren gemeinsamen Freund Millerand zu hören, und kam dann zu Quesnel, um ihm ganz frisch die Neuigkeiten von da zu bringen, was sie unter sich die Folies-Bourbon nannten.

Edmond kam am gleichen Tage gegen fünf Uhr ziemlich entmutigt nach Hause. Es war sehr schwül, und ein Gewitter hing in der Luft. Rumänien hatte Bulgarien den Krieg erklärt. In der Fakultät hatte der junge Mann nicht viel Glück gehabt. Der Examinator hatte ihm unglaubliche Fragen gestellt. Übrigens ein Miststück, und bekannt dafür. Das änderte aber nichts daran: Edmond war zurückgestellt worden. Kaum war er in seinem Zimmer, als man an die Tür klopfte, die sich öffnete, ehe er Zeit zur Antwort fand. Ein Mann in hellgrauem, ziemlich strandmäßigen Anzug und einem vorn heruntergeschlagenen Panama mit rot-grün-gestreiftem Band trat ein. Er war ein rothaariger Koloß von ungezwungenem Benehmen mit heftig geröteten Wangen, unordentlichem Schnurrbart und einem fast ununterbrochenen Augenzwinkern. »Guten Tag«, sagte er.

Edmond wollte unangenehm werden, aber der andere hatte sich ungebeten hingesetzt. »Polizeipräfektur«, erklärte er in sehr loyalem Ton, und mit einer Handbewegung bot er Edmond einen Stuhl an.

»Ich begreife Ihre Witze nicht ...« – »Ach, Herr Barbentane, ein Wort nur, ein einziges Wort wird Ihnen meine Gegenwart erklären.« Der Polizist beugte sich mit einer einfachen Bewegung des Oberkörpers zu Edmond hinüber, indem er den kurzen, breiten Zeigefinger erhoben hielt. Im offenstehenden Mund sah man das Aufblitzen von Goldstummeln: »Affäre Beurdeley!« Ein Schweigen trat ein, das Edmond unterbrach: »Ich verstehe Sie nicht ...« – »Sie werden mich gleich verstehen.«

Es schien ernst zu werden. Man mußte also reagieren: »Wo ist, werter Herr, der Beweis für Ihre Identität?« Der andere grinste: »Wollen wir uns einander vorstellen? Inspektor Colombin. Hier ist meine Karte.« Die Sache schien in Ordnung zu sein. »Also ich höre, Inspektor. Ich wäre Ihnen nur verbunden, wenn Sie mir sagen würden, was ich mit der Affäre zu tun habe, von der Sie sprechen ...« – »Na klar. Werde Sie schon nicht auf die Folter spannen. Ganz einfach. Wissen Sie, daß die Frau von Professor Beurdeley ermordet wurde? Ja?« – »Wie jedermann. Der Professor war mein Lehrer.« – »Schon notiert. Und die Dame Ihre Mätresse ...« – »Herr! Ich verbiete Ihnen ... Das ist eine Unwahrheit ...« – »Natürlich. Sparen Sie lieber Ihre Spucke, und sprechen wir von etwas anderem: Sie sind ein galanter Mann; aber die Dame hat ein Briefchen hinterlassen, das man gefunden hat ...« – »Hier liegt ein Irrtum vor ...« – »Schön, ich werde Sie nicht schikanieren. Jedenfalls leugnen Sie nicht, Frau Beurdeley gekannt zu haben? Nein? Sehen Sie, das ist vernünftig. Wir haben also das Briefchen, von dem ich sprach, in der Hand. Das erstens. Und zwotens zeigte ich dem Hausdiener unten ein kleines Foto – dieses hier –, und er erkannte die Person, die er mittels eines Fünffrankenstücks zu Ihnen hinaufgelassen hat, wieder. Und zwar war das am Sonntag abend, dem 26. Mai, er entsinnt sich, daß es der Tag der sozialistischen Kundgebung war. Nun, gerade an diesem Tag hat man die arme Frau, die ihren Mann und ihr Baby verlassen hatte, zum letztenmal gesehen ...« – »Ihr Baby?« Edmond lachte, um wieder Luft zu kriegen. Gottverdammt! Das sah böse aus. »Es ist nicht viel unter fünfzehn Jahre alt, das Baby, Inspektor. Ich habe den Eindruck, daß Sie nicht so sehr auf dem laufenden sind, wie Sie vorgeben.« – »Möglich, möglich, es gibt Babys aller möglichen Altersklassen, Sie zum Beispiel, Barbentane: Wenn Sie so wie gerade jetzt ausweichen ...«

Man mußte ein System erfinden. Leugnen. Man konnte sich nachher immer noch auf die Ehre der Toten berufen. So etwa würde es sich gut machen: »Der Hausdiener irrt sich oder er lügt ... Ich weiß nicht, wovon Sie reden: Frau Beurdeley war, glaube ich, eine durchaus ehrenhafte Frau, die ich kaum kannte ...« Colombin warf den Kopf zurück und lachte nicht schlecht: »Sie kannten sie kaum? Aber ihren Schmuck kennen Sie sehr gut.« – »Was wollen Sie damit sagen? Jetzt habe ich aber allmählich genug ...« – »Na, machen Sie nicht so große Augen, mein Kleinchen! Sie sind erledigt. Frau Beurdeley ist von zu Hause mit einem Köfferchen weggegangen, in dem ihr Schmuck war. Der Hausdiener bestätigt, daß sie ihn bei sich hatte, als sie hierherkam. Man hat weder Koffer noch Schmuck wiedergesehen. Der Hausdiener hat die Dame nicht mehr herunterkommen sehen, weder mit Ihnen noch ohne Sie. Er glaubt, sie habe die Nacht hier verbracht und sei am nächsten Morgen ungesehen weggegangen. Man hat die Dame, in kleine Stücke zerlegt, aufgefunden. Das wissen Sie wenigstens. Und Sie wissen auch, daß der Schmuck im Passage-Club verkauft wurde, in dem Sie Stammgast sind, und zwar an einen Hehler, der Ihnen mehrmals vor Zeugen Geld gegeben hat ... Der Mann an der Bar hat es gesehen. Muß ich Ihnen noch mehr sagen?«

Nun. Das ging nicht gut. Aber ganz und gar nicht gut. In welches Wespennest war Edmond da nur geraten? Er mußte es mit Würde tragen: »Warum verhaften Sie mich nicht einfach, wenn es sich so verhält? Haben Sie einen Haftbefehl?« Der andere setzte eine gutmütige Miene auf. Nun, die Sache stand ja vielleicht gar nicht so schlecht: alles vielleicht nur Annahmen.

»Mein lieber Herr Barbentane, ich will nicht den Tod des Sünders. Der Augenschein ist allerdings ärgerlich, sehr ärgerlich. Aber Sie sind aus guter Familie. Ich liebe Skandalgeschichten nicht. Es finden sich immer Journalisten, die auf solche Geschichten fliegen. Und ich liebe die Journalisten nicht. Ehrenwort! Man kann sich verständigen ...« – »Erpressung!« – »Pah! Welch häßliches Wort! Wenn Sie mich beleidigen, junger Mann, tue ich blind meine Pflicht ... meine ganze Pflicht ...« – »Ich werde Ihr merkwürdiges Verhalten an anderer Stelle mitteilen ...« – »Na und, wer wird Ihnen schon glauben? Sie haben doch keinen Diensteid geleistet ...« – »Schuft!« – »Du, Liebling, halt's Maul, oder ich lasse meine Leute heraufkommen!«

Er hatte also seine Leute unten, dieser Bulle? Klug sein mußte man. Edmond setzte sich und sagte: »Also dann schnell. Worauf wollen Sie hinaus?« Der andere schlug sich auf die Schenkel: »Sehen Sie, das ist vernünftig! Ich kann es nicht leiden, wenn man sich in einer Unterhaltung Grobheiten sagt. Ich bin nämlich im Kloster erzogen worden, junger Freund. Werden Sie um Gottes willen nur nicht ungeduldig!

Nur eins von beiden ist möglich: Entweder stammen die Diamanten, die der gute Alexandre gegenwärtig in Händen hat, aus dem Besitz des Opfers, und dann sind Sie der Mörder, weil Alexandre aussagen wird, daß Sie sie ihm verkauft haben; außerdem spielen Sie im großen Stil, gewisse moralische Indizien fehlen auch nicht ... oder aber – aber halten Sie sich doch ruhig! – oder aber Sie kennen Alexandres Schmuck nicht, der von irgendwoher kommt, und sind völlig unschuldig ... In diesem Falle aber tun Sie mir den Gefallen und lassen Sie meinen Freund Alexandre in Ruhe, und geben Sie ihm das Geld zurück, das er Ihnen aus reiner Freundlichkeit gepumpt hat ...«

Edmond atmete auf. Aha, so war das also. Die Polizei bei uns ist gar nicht übel, man kann mit ihr auskommen. Er sah Inspektor Colombin jetzt in einem ganz anderen Licht. »Nun, reden wir drüber ...«, sagte er.

IX

Was hatte Herr Charles bloß heute abend? Lenoir, der im Passage-Club die Bank hielt, sah den Croupier vorwurfsvoll an. Zweimal hatte dieser vergessen, die Karten einzusammeln, und man hatte ihm ein Zeichen geben müssen.

Charles Leroy wurde auf seinem hohen Stuhl immer finsterer. Seit dem Beginn des Abends hatte er nicht ein einziges Mal daran gedacht, seinen Scheitel in seinem Taschenspiegel zu überprüfen. Eine Sache ging ihm nicht aus dem Kopf: die enge Bekanntschaft von Jeanne mit dem Inspektor Colombin. Um Gottes willen, es war doch nicht möglich! Daß sie sich hatte hinreißen lassen, ihm von dem Kleinen zu erzählen, konnte noch angehen. Aber von da bis ... »Les jeux sont faits ... rien ne va plus ...«

Rien ne va plus – dieser Ausdruck erschien ihm heute von unheimlicher Vorbedeutung. Wie soll man dazu noch auf eine Frau aufpassen, wenn man einen solchen Beruf hat? Und doch war Jeanne so nett zu ihm. Vielleicht ein bißchen nervös. Weiß man denn jemals? Es war schrecklich heiß in diesem Zwischenstock trotz der offenen Fenster, durch die der

Lärm des Boulevards hereindrang. Lenoir war aufgestanden, nachdem er schwer verloren hatte. Frau Beneduce übernahm die Bank. Um den Tisch begannen sich die Männer zu drängen. Und auch die alten Spielerinnen, die Gewohnheitsspielerinnen, deren Kleider ungewöhnlicher denn je waren in diesem Hochsommer – kühne Dekolletés mit schwarzen Spitzen über der faltigen Haut, Federn im Haar, Fächerspiel, kleine Täschchen in beringten Händen.

Herr Charles wünschte, sie würde gewinnen, diese Frau. Vor allem, weil sie sehr hübsch war und weil sie ihm immer zulächelte und auch, weil sie eines Abends so nett zu Jeanne gewesen war. Die trug das Medaillon mit dem heiligen Christophorus, Carlottas Geschenk, und wartete darauf, nach den Charentes zu reisen. Colombins Bild warf seinen bösen Schatten auf die Gedanken des Croupiers. Der Abend schleppte sich hin. Ein paar Spieler tranken geeisten Whisky. Pedro malte mit großer Sorgfalt seine Buchstaben in Kursivschrift. Das Übliche. Herr de Cérésolles saß mit irgend jemand in seinem Büro.

Wo ist nur Madame Carlottas Gigolo? dachte Herr Charles. Seit Tagen sah man ihn fast nicht mehr. Vielleicht stand es zwischen den beiden nicht mehr allzu gut. Aber nein. Dafür war sie viel zu ruhig. Sie gewann. Plötzlich erschien Jeanne an der Tür. Leroy runzelte die Stirn. Er liebte das nicht. Er hatte es ihr auch gesagt. Sie störte ihn schon wieder bei der Arbeit. Das Gute an der Sache war aber schließlich, daß sie für den Augenblick wenigstens nicht mit dem Inspektor zusammen war.

Jeanne ging auf den Tisch zu. Sie hatte ihr schwarzes Kleid an. Aber es war nicht der Croupier, zu dem sie wollte. Sie näherte sich mit ziemlicher Aufregung Frau Beneduce und sagte ihr ein paar Worte. Carlotta hob mit fragender Miene den Kopf. Sie hatte gerade eine Partie beginnen wollen. Die beiden Frauen wechselten noch einige Worte, und Carlotta stand auf und warf die Karten hin: »Die Bank geht weiter!« Was sollte das heißen? Es war unmöglich, Jeanne zu fragen. Sie ging mit Frau Beneduce. Charles Leroy verlor sich in Vermutungen. Hinter seinen Überlegungen stand eine unklare Eifersucht. Ein junger Inder mit sanftem aschfarbenem Gesicht hatte die Bank übernommen.

An diesem Abend hatte Carlotta ihren Wagen bei sich. Sie

stieg mit Jeanne Cartuywels ein. »Zu Langer!« sagte sie zum Schofför. Carlotta hatte ein helles Kleid an mit einer Feuillemorte-Tunika und um den Hals eine ganz phantastische Boa von Hahnenfedern. Sie sah unruhig aus. Jeanne, auf dem Höhepunkt der Nervosität, erklärte: »Ich werde Ihnen sagen ... Er drängte derart ... Ich weiß nicht, worum es sich handelt ... Er sagte, Ihr junger Mann wäre in Gefahr ... Gewiß, ich habe kein großes Zutrauen zu ihm. Er macht mir angst ... Ich möchte Sie nicht in eine schmutzige Geschichte hineinziehen. Was will er nur? Und Sie waren so gut, so nett zu mir. Wissen Sie, Ihr Medaillon ...«

Carlotta war unruhig. Was sollte das heißen? Eine Gefahr für Edmond? Von wem kam dieser Wink? Von einem Kerl von der Polizei. Komisch. Sie war Jeanne Cartuywels instinktiv voller Vertrauen gefolgt. Ach, und dann, was soll schon sein, wenn er zu Langer kommt? An den Champs-Elysées! Aber Jeannes Verstörtheit machte sie unruhig. Sie hatte unter anderem gesagt: »Ich mußte Sie unbedingt mitbringen ... ich kann ihm nichts verweigern.«

Bei Langer waren ziemlich viel Leute, und man spielte einen Tango. Der Inspektor Colombin im Abendanzug und einer Hemdbrust, die über den rotblonden Haaren nicht schloß, hatte sein Souper fast beendet und goß sich Champagner ein. Er erhob sich sehr galant und ließ die Damen Platz nehmen. Carlotta sah ihm voll ins Gesicht. Hübsches Weib, dachte er, und der Gedanke ließ ihn lächeln. Sie kannte diesen Typ von Männern. Auf jeden Fall sollte er ganz schnell sagen, was er eigentlich wollte. Sie nahm das Glas, das er ihr reichte, und sagte: »Wollen Sie mir bitte sagen, worum es sich handelt?«

Colombin hatte keine Eile, es handle sich um etwas Delikates. Er wisse nicht, ob er vor Frau Cartuywels sprechen könne ... Doch, doch. Aber ... Carlotta bestand darauf. Nun? War er ein bißchen betrunken? Möglich. Seine Augen glänzten. Plötzlich wandte er sich an Jeanne: »Laß uns allein, du ...« Sie war sehr bleich aufgestanden. Wozu die ganze Inszenierung?

Jeanne Cartuywels verlangte ihre Garderobe. Sie gehorchte diesem Mann in der geringsten Kleinigkeit. Sie ließ ihn mit Frau Beneduce allein, und ihr Herz zog sich zusammen, aber was sollte sie machen? Was konnte er nur von ihr wollen? Er vertraute ihr seine Geheimnisse nicht an. Nur wenn ihm der Kopf nach gewissen Dingen stand, aus Gewohnheit, gab er ihr einen Wink, und sie gingen ins Hotel. Sie mußte all seinen Phantasien nachkommen, und er hatte wirklich eine Menge, der Inspektor Colombin. Noch nie hatte ein Mann sie zu so schändlichen Dingen gezwungen. Wenn Jeanne manchmal daran dachte, spürte sie eine schauderhafte Übelkeit. Und dann drohte er ihr, alles Charles zu erzählen. Sie lebte in einer Art von innerer Zerrissenheit, von Schrekken und Ekel vor sich selbst. Alles das wegen dieser alten vergessenen Geschichte. Vielleicht hätte Charles ihr verziehen, wenn sie ihm alles sofort erzählt hätte. Aber sie hatte solche Angst gehabt und sich dem Inspektor hingegeben, um nicht gestehen zu müssen. Welche Dummheit. Jetzt steckte sie in diesem Räderwerk von Lügen und Gemeinheiten. Sie ging unter den Kastanien der Champs-Elysées entlang. Die Bäume, deren schwere rote Blüten in der Julihitze schon zerfielen, schienen über Jeanne zu bluten. In den Alleen, in der Nähe der kleinen Kioske, unterhielten sich Leute leise miteinander. Man sah grellbemalte Huren. Ein ziemlich armseliger alter Mann folgte Jeanne. Sie entkam ihm, als sie es bemerkte, mit einer plötzlichen Wendung und trat in das helle Licht der Bogenlampen. Paris war schön, wollüstig und müde, und das lange Lichterband von den Pferden von Marly bis zum Etoile war wie ein beredtes Gleichnis der Sinnenlust. Trotz der drückenden Sommerschwüle erschauerte Jeanne ... An der Place de la Concorde zögerte sie. Dann ging sie langsam zu den Boulevards hinüber. Der Passage-Club zog sie an. Was wurde aus Carlotta und dem Inspektor? Sie hatte Angst vor dieser Frage. Sie fühlte sich schuldig, weil sie sich in diese Geschichte hineingemischt hatte. Er war bösartig, Colombin, wenn er getrunken hatte.

Und das nur, weil sie im letzten Winter, als sie schwanger gewesen war, in den Galeries Lafayette einen Diebstahl begangen hatte. Eine alberne Geschichte. Sie hatte kein Geld mehr und eine schreckliche Lust nach einer Handtasche. Dazu der Gedanke, daß sie dem Kind, das sie trug, schaden könne, wenn sie diese Lust nicht befriedigte. Sie war damals allein, verlassen. Man hatte sie aufs Revier der Rue de la Chaussée-d'Antin gebracht: eine alltägliche Geschichte, denn wie vielen Ladendiebinnen konnte man auf dem Revier der Rue de la Chaussée-d'Antin begegnen! Eine Spezialität. Die Beamtin hatte sie durchsucht. Nichts, außer der Handtasche. Aber bei der Vernehmung war der Kerl dabei, der sie mitgenommen hatte, Colombin. Er hatte noch nie mit einer schwangeren Frau geschlafen. Das interessierte ihn. Ein lebender Auswurf, dieser Bursche! Er ließ sie auf freien Fuß setzen, nachdem sie ein Schriftstück unterzeichnet hatte. So machte man das gewöhnlich. Man bringt nur die Wiederholungsfälle vor Gericht, weil die Gerichte sonst zuviel zu tun hätten. Als sie ihn eines Abends im Restaurant mit Charles wiedererkannt hatte, wußte sie, daß alles wieder von neuem beginnen würde. Und wie viele Frauen gab es, die er auf diese Weise erpreßte? Er rühmte sich, zehn zu haben. Er liebte es auch, zu prügeln. Das war noch nicht das Schlimmste. Mein Gott, warum hatte sie sich nur bereit erklärt, die Frau zu Langer zu bringen?

Jeanne hatte sich bei Pousset hingesetzt, um Charles zu erwarten. In der Öffnung des Kleides spürte sie am Ende der dünnen Goldkette das kleine Medaillon mit dem heiligen Christophorus wie einen vergeblichen Vorwurf.

X

Der Juli hatte den Glanz eines liebeshungrigen Tieres, und die vom lärmenden Hin und Her des Tages noch schmerzende Stadt schien unter der mächtigen Bürde des Laubes einzunikken. Lichter fleckten wie aus Versehen das Wasser. Die Luft war schwül. Eine kauernde Bettlerin, die Haut grau wie Staub, in einer Sackleinewand, an der Strohstückchen hingen, streckte ihre scheußliche skelettartige Hand aus. Von Zeit zu Zeit suchte ein Passant ungeduldig nach einem Geldstück, und eine Art bittender Sprechgesang stieg aus dem gegen die Brüstung geschleuderten menschlichen Bündel empor.

Natürlich wie das Palais du Louvre und würdevoller als

eine Bedürfnisanstalt lag sie da. Auf wieviel konnte sie am Tag wohl kommen mit dieser merkwürdigen, abscheulichen Arbeit? Das Wort Arbeit kreiste im Kopf des Mannes mit der fliegenhaften Leichtigkeit, die Gedanken von Hungernden an sich haben. Man glaubt, es sei leicht, zu betteln, und dann merkt man, daß es nicht in einem Tag zu lernen ist. Die Abgebrühtheit kommt erst allmählich durch Wiederholung, genau wie die Geschicklichkeit des Friseurs, der seine Lockenschere kreisen läßt; wie nach langen Tonleiterübungen der gesponnene Ton beim Tenor ... Die Nacht wölbte sich wie eine Schulter. Eine absurde Wollust schwebte in der Atmosphäre, und die Brücke erzitterte unter dem lichterbesäten Gewicht der Autobusse. Die Bettlerin mußte blind sein. Sie hatte das Aussehen einer ständig Erstaunten. Das Geldstück, das ihr ein eiliger, magerer, junger Mann zugeworfen hatte, blieb in der ausgestreckten Hand liegen, die lange die Münze befühlte, denn es war ein Fünfzig-Centimes-Stück. Der Beobachter hatte sieben Sous bei sich, nicht einen mehr. Die winzige Sonne auf der zitternden Handfläche ließ ihn den Kopf wenden, und der Gedanke an Mord tauchte in ihm auf mit seinem ganzen Gefolge gewichtiger Gründe.

Es war merkwürdig und zugleich ganz einfach. Man denkt nicht daran, einen reichen Mann zu ermorden. Aber eine Arme, die so leicht zu ihrem Geld kommt, bringt einen in Versuchung.

Über die Seine kam ein Hall von Stimmen. Leute, wieder Leute und dann ein langes Schweigen. Dort unten im Schatten der Gewässer trieben Papierfetzen und die Menge der Ertrunkenen.

Ein paar geschwätzige Hausfrauen kamen vorbei, deren »Ja, meine Liebe!« in der Stille des Abends hin- und herwisperte. Im Dunkel hatten ihre Kleider etwas Mittelalterliches. Gab es im Mittelalter auch Hunde und an den Mauern das Verbot, die Hinterpfote zu heben, und hatten sie sich schon damals nicht darum gekümmert?

Armand hatte einfach keine Lust mehr weiterzuleben. Als ob im Schwinden des Tages sein Eifer beim Ausführen der notwendigen Bewegungen, des mechanischen Hokuspokus der Existenz allmählich versiegen würde. Warum sollte er sich auch dagegen wehren? Niemand verlangte es von ihm. Das Geld wie ein lauerndes Ungeheuer ... das fing an wie ein lateinischer Vers. Immer hatte er gedacht, daß man einmal richtig Schluß machen sollte. Gleichzeitig war das keine völlige Wirklichkeit für ihn, eher eine Stimmung, eine Neigung. Das Geld wie ein Ungeheuer ... Betteln ist sehr schwer, aber nichts zu essen zu haben ist auch nicht angenehm. Heute abend mußte er wieder auf die Stunde der Öffnung der Markthallen warten, er mußte auf den Kohl, die Karotten, die Erdbeeren warten, die sich im Herzen von Paris unter den Händen solider, unerbittlicher Männer über das Pflaster ergießen, während schmutzige, gierige, armselige Menschen in langen Reihen darauf warteten. Er sah die Bettlerin an und entsann sich der Ecke neben den Schlächterläden, wo er morgens auf dem Trottoir erwacht war, während sich neben ihm ein Pole gelaust hatte, blaß wie die Morgendämmerung.

Im Winter Hunger zu haben, scheint noch, ich weiß nicht, irgendwie natürlich zu sein. Aber in dieser Jahreszeit, voll von Gewitter und Schweiß – das übersteigt das Begriffsvermögen des Magens. Armand ging nach dem linken Ufer hinüber, siebzehnjährig, verzweifelt, wütend, und dabei erfüllt vom Bewußtsein des Geschlechts. Eine Frau, die nach der Comédie-Française hinuntereilte, sah ihn an. Er erinnerte sich, daß er seit mehreren Tagen nicht rasiert war. Er hatte das Gefühl, daß ihm das Haar unordentlich über die Ohren herabhing. Er beschleunigte seine Schritte. Plötzlich hatte er Lust, die Ecole des Beaux-Arts anzusehen. Er erreichte sie wie jemand, der eine geschäftliche Verabredung nicht versäumen will. Nun, das Gebäude stand immer noch an seinem Platz. Sollte er weiter zur Gare d'Orsay hinunter oder den Fluß wieder hinaufgehen? In der Tasche fühlte er seinen Schatz von sieben Sous zwischen den Fingern. Er überlegte, wie er diesen Reichtum verwenden solle. Zehnmal hatte er einen Plan aufgestellt und wieder verworfen, wie eine Frau, die ihr Haar macht ... der Vergleich brachte ihn zum Grinsen, und erließ die Sous zwischen den Knöcheln springen. Traurig, wie sie durchlöchert sind, diese Sous.

Dieser Teil von Paris besitzt eine bizarre Größe, die etwas von einem Leichnam hat. Die menschlichen Wesen gehen dort herum wie Maden auf Beinen. Schnelle Wagen entführten Leute, deren Gesicht man nicht sieht, in seltsamen Stellungen. Verliebte manchmal, oder Militärs. Die Vielfältigkeit der Lebenden würde einen in Erstaunen setzen, wenn man Zeit hätte, darüber nachzudenken, wie übrigens auch ihre Gerüche oder die Plumpheit der Rücken, die vor einem auf dem Trottoir auftauchen.

Eine Unterhaltung im Dunkel: »Drei Jahre ... das ist, als ob ich dich für immer verlieren würde ...« – »Sei nicht toll, Liebling, wir kriegen ja Urlaub, und außerdem liegt Nancy nicht am Ende der Welt!« – »Ich sage dir, ich fühle, daß es zu Ende ist zwischen uns ...« – »Liebst du mich denn nicht mehr?« – »Ach, du, mein Liebster, mein Liebster!«

Auf einer Treppe, die zu den Kais hinunterging, wo in Fetzen gehüllte, barfüßige Menschen, in Zeitungen gewickelt, schlafen, stand das Paar wie ein ausgeworfener Anker im ungewissen Grund einer Bucht. Armand sah, daß sie alle nur wenig älter waren als er. Sie stammelte: »Drei Jahre ... Drei Jahre ...«

Für diese da war das Gesetz über die dreijährige Dienstpflicht nicht nur Politik. Er dachte plötzlich an die Kaserne; er dachte: Melde dich! Ihn hielt keine Frau zurück. Wozu sollte er sich schon wehren? Er schämte sich sofort und wischte den Schweiß von der Oberlippe, auf der ein Schnurrbart sproßte. Beim Vorbeigehen streifte er das Paar; sie drängten sich aneinander, und der Liebhaber sah den Herumstreicher mit hartem Blick an.

Er schleppte sich jetzt am Ufer entlang. Die Brücken von unten gesehen, ähneln Männern in Hemdsärmeln, die plötzlich ihr würdiges Aussehen verloren haben. Und unten herrscht ein verzweifeltes Treiben. Greise, Abfälle einer Welt, junge Menschen mit dem tragischen Aussehen, das die unbeschäftigte Kraft der Jugend hat, vieldeutige Schatten der untersten Prostitution, dann plötzlich eine kleine Alte, ordentlich wie die Provinz selbst, in schwarzem Hut und mit einem Klappstuhl ... jede dieser Figuren ist das Ende einer langen vulgären Geschichte, die den Akzent der Größe annimmt im Augenblick, da sie in ihr letztes Stadium eintritt. Wie eiserne Hände verflechten die Brückenbögen ihre finsteren Finger über dem für alle so verführerischen Gewässer. Armand wäre beinahe auf einen Mann getreten, der ein Erdarbeiter sein konnte, mit nackten muskulösen Armen, die aus einem gestreiften Leibchen hervorsahen. Er schnarchte und hatte den Schnurrbart ans Pflaster gedrückt; war er betrunken oder hatte ihn einfach die Müdigkeit überwältigt? Vor Armand legte die Seine ihre Brüste um die Cité, in der Nähe der Samaritaine puffte sehr laut ein Schlepper. Von neuem kam Armand der Gedanke an die Kaserne. War es nicht besser, dort Abtritte zu leeren, als sich vor den Hallen um Lauch und Kohlblätter zu schlagen? Eines Nachts war er im Bois de Boulogne beinahe von den Wächtern mitgenommen worden, und als er in der Nähe der Bastionen an der Grenze von Levallois in den Festungsgräben schlief, hatte ihn Lärm aufgeweckt, die Schreie einer Frau, und er war geflüchtet, ohne auch nur gewagt zu haben nachzusehen, was dort geschah, wen man ermordete. Damals schon hatte er seine Blicke auf diese militärische Zuflucht gerichtet, deren Bild sich dunkel über einer Schlägerei zwischen Zuhältern erhob.

Für sieben Sous kann man immerhin Brot und Kaffee bekommen. Und was dann? Armand drehte seine Sous wie ein Geizhals zwischen den Fingern. Sie nur zum Teil ausgeben wollte er nicht. Es würde ihm nicht viel nützen, wenn ihm zum Beispiel nur ein Sou bliebe. Er rechnete. Er hätte sich gern die Zähne geputzt oder irgendeinem Mädchen Blumen geschenkt, um sie lächeln zu sehen. Sein weicher Hut machte ihn auffällig: das war alles, was ihm von seiner Vergangenheit blieb. In der Nähe von Saint-Michel kam ihm eine große Frau mit frisiertem Haar in heller Bluse und mit einer kleinen Handtasche von einem Baum her entgegen, an den sie angelehnt gestanden hatte. Sie mußte über fünfzig sein, trug ein Samtband, das den faltigen Hals zusammenhielt, und einen geschlitzten Rock, der das dunkelbestrumpfte, vielleicht vielversprechende Bein sehen ließ. Er ließ sie auf sich zukommen. Sie hatte eine heisere tiefe Stimme, die versuchte, leise zu sein wie eine Tür, die man ohne Geräusch öffnen möchte. »Na, mein Hübscher, soll ich dich erleichtern?«

Er war in einem Zustand, in dem er wahrscheinlich sofort am Boden diese Kreatur umarmt hätte, die sich möglicherweise seit Fachoda nicht mehr abgeschminkt hatte. »Ich bin pleite«, gestand er.

Sie wich vor ihm zurück wie der Hunger vor dem Elend. »Scheiße«, flüsterte sie einfach und entfernte sich.

Er sah in diesem Moment, daß ihre Schneidezähne abgebrochen waren. Sie war widerwärtig und schrecklich anzusehen, die Augen ohne Wimpern, mit Kohle bemalt, und ihre dünnen Arme zitterten. Er spürte plötzlich einen verrückten herzzerreißenden Schmerz bei dem Gedanken, daß sie wegging, sie, das einzige Wesen, das zu ihm seit wer weiß wie langer Zeit gesprochen hatte, das einzige Wesen, das ihn noch als Mann betrachtete, und er machte eine Bewegung, um sie zurückzuhalten. Sie knurrte: »Nicht anrühren! Nichts für dich!« Und zog mit majestätisch wippenden Hüften davon.

Die Nacht breitete sich sternenlos hin. Es war schwül, als wolle gleich ein Gewitter ausbrechen. Ein Polizist kam mißtrauisch vorbei. Ein Hund hatte Angst vor Armand, als er sich niederbeugte, um ihn zu streicheln, und lief knurrend davon. Der junge Mann ging weiter, besessen von allen möglichen Vorstellungen. Brustwarzen wie überreife Erdbeeren. Die Weiße eines Leibes. Die Bewegung weiblicher Hingabe... Hätte er der alten Hure nicht doch nachlaufen sollen? Er hätte mit ihr sprechen, darauf bestehen können. Was hätte sie das schon gekostet! Sie konnte ruhig mal wohltätig sein. Und er war gar nicht so übel mit seinen siebzehn Jahren, trotz des Bartes ... Sie hätte wohl sonst auch nicht mehr als zehn Sous verlangen können.

Er ging mit vager Hoffnung auf dem gleichen Weg wieder zurück, während seine Blicke in die Finsternis spähten.

Er störte zwei Männer, die sich über alles mögliche unterhielten. Im Schatten glimmte eine Zigarette auf. Etwas weiter entfernt glaubte er die Frau zu erkennen, die mit ihm gesprochen hatte. Sie redete mit einem dicken Mann mit abfallenden Schultern, der nach Kriminalbeamter aussah. Irgendwo ging er wieder auf den Kai zurück, in der Nähe der Rue Saint-Jacques.

XI

Das Vieh drehte sich unter den schweren Decken um, während Carlotta aus dem Bett sprang. Es war das klassische Hotelzimmer. Der Inspektor Colombin war nicht schön anzusehen in der Intimität. Auf seinen nackten Schultern wucherte ein Raubtiervlies, das bis unter die Schulterblätter ging. Sein fahles, schlaffes, müdes Fleisch lag welk auf dem weißen Bezug trotz der Muskeln, die sich unter ihm bewegten. Die Nase des Mannes lag zerquetscht auf dem Kopfkissen. Sein Gesicht hatte den besonderen Ausdruck, den Tiere nach der Liebe zeigen.

Carlotta, im Hemd, mit nackten Brüsten, suchte ihre verstreuten Sachen zusammen und schauderte vor den Hosen zurück, die über einem Stuhl hingen und noch die Form der Schenkel des Polizisten bewahrten. Man hörte sein Schnarchen, und im Zimmer herrschte ein tierischer Geruch, obwohl das Fenster offenstand, in ungenügendem Maße allerdings, da die Vorhänge zugezogen waren.

Carlotta hatte ein fürchterliches Gefühl von Beschmutztsein, das sie nicht verließ. Zu blöd! Es kam ihr wirklich nicht auf einen Mann mehr oder weniger an. Aber der da mit seinen Forderungen! Sie spülte sich den Mund, mit einem merkwürdigen Gefühl für das frische Wasser. Aus den Kissen kam eine Stimme: »Du haust ab, meine Kleine?« Sie antwortete nicht. Sie hatte bezahlt, nicht wahr? Das genügte.

Als sie an der offenen Tür stand, rief ihr Colombin vom Bett aus etwas nach. Es war eine grauenhafte Schweinerei, die sich auf das eben Geschehene bezog. Carlotta drehte sich haßvoll um: »Ach, Schluß jetzt!« – »Was denn, was denn«, sagte er, und aufgerichtet, mit seinem dicken Leib eines alternden Stiers, wandte er der Frau seine grinsende Fresse zu.

»Bis zum nächsten Mal, mein Schatz! Und denk dran, wenn du dich zierst, schick ich deinen Kerl dem Scharfrichter!«

Was? Dieses Mistvieh wollte die Erpressung fortsetzen? Eine Nacht genügte ihm nicht? Sie fühlte sich einer Ohnmacht nahe. Sie hatte die Tür zugeworfen, sie fand wieder in die Nacht zurück, zu Paris und ihren Gedanken. Sie ging lange vor sich hin, ehe sie einen Entschluß faßte. Bei Langer hatte sie ihren Wagen nach Hause geschickt. Sie entsann sich einer kleinen Bar, nicht weit von hier, in Richtung Pigalle, wo sie seinerzeit verkehrt hatte, als sie auf den Strich gegangen war. Sie hatte Lust auf einen guten Likör. Also kehrte sie in die alte Zufluchtstätte schlimmer Zeiten ein. Unbekannte Leute saßen herum, aber die Kassiererin rief: »Sieh an, Charlotte!« Und sie setzte sich mit den Männern früherer Kameradinnen an einen Tisch. Trinken! Das Leitungswasser hatte den Schakalsgeschmack nicht weggebracht. Wo mochte sich Edmond zu dieser Zeit befinden?

Edmond war, nachdem Carlotta weggegangen war, in den Cercle gekommen. Pedro hatte ihm gesagt, sie sei mit der Frau des Croupiers weggegangen. Herr Charles wußte nichts, weil Jeanne ihm nichts gesagt hatte. Sie würde sicher gleich unten bei Pousset sitzen. Edmond spielte und verlor. Er war gekommen, um von Carlotta Geld zu verlangen: wie konnte er ohne sie Colombin und Alexandre loswerden? Der mit seiner häßlichen Nase, die ihm gerade unter den Augenbrauen hervortrat, sah ihm mit ironischer Miene beim Spiel zu. Nervös tat der Spieler, als bemerke er nichts. Als Edmond vom Tisch aufstand, stieß er mit dem Hehler zusammen, der ihm mit der leutseligsten Miene der Welt die Hand drückte: »Morgen zweitausend Franken, Doktor, oder ich quatsche!« Seine linke Hand machte die Bewegung des Hackbeils. Die Erpressung hatte sich gegen Edmond selber gewandt, das war alles.

Carlotta kam nicht zurück. Er war in Schweiß gebadet. Er hielt es nicht mehr länger aus und ging zu Pousset hinunter. Frau Cartuywels saß unten und wartete. Als sie Edmond eintreten sah, seufzte sie unbehaglich auf. Was sollte sie ihm sagen? Schrecklich, diese ganze Geschichte! Sie war sentimental: sie sah in Edmond und Carlotta das ideale, das glückliche Liebespaar. Was hatte sie da nur diesem schönen Jungen angetan, als sie seine Geliebte diesem Ungeheuer zuführte? Sie dachte, vielleicht sei gar nichts Schlimmes aus der ganzen Sache geworden ... Aber lügen ... »Nein«, sagte sie, »ich weiß nicht. Sie muß nach Hause gegangen sein. Ich habe sie mitgenommen, um jemanden zu haben, mit dem ich über meinen

Kleinen sprechen konnte ...« Kaum hatte sie das gesagt, als sie sich ganz unglücklich fühlte. Was hatte sie getan? Mußte sie den Kleinen auch noch in diese ganze Schweinerei hereinbringen? Hoffentlich brachte ihm das nur kein Unglück!

Am nächsten Morgen stürzte Edmond zum Boulevard Bineau. Ohne Rücksicht auf das Schickliche ließ ihn Carlotta ins Zimmer kommen. Es war elf Uhr, und Babette, die Maniküre, war da. Sie wurde nach unten geschickt. Carlotta hatte einen rosa Kimono über ihr langes Nachtgewand geworfen; mit wirrem Haar und müden Augen war sie schöner denn je. Aber es ging jetzt um etwas anderes. Er wollte reden; aber sie schnitt ihm das Wort ab.

»Sag nichts, ich weiß schon ... was wirst du tun? Du mußt weg. In Belgien ... ich habe mit Inspektor Colombin gesprochen.« – »Ah, so? Du auch? Na und?« – »Zuerst mußt du deine Haut in Sicherheit bringen, mein Kleiner, vom anderen sprechen wir später ...« – »Kommt ja gar nicht in Frage! Mit zweitausend Franken ...«

Einen Augenblick lang spielten sie Versteck miteinander. Schließlich begriff er: Colombin hatte sie davon überzeugt, daß er, Edmond, wirklich die alte Beurdeley ermordet hätte, um seine Spielschulden zu zahlen. Er erklärte ihr die ganze Erpressungsgeschichte, Alexandre und alles folgende. Ach so! Plötzlich knirschte Carlotta vor Wut mit den Zähnen: sie dachte an die vergangene Nacht. Der Mistkerl hatte sie betrogen. Sie erzählte Edmond ganz schnell die Geschichte in so nackten Worten, daß sie sogar ihn, den Zyniker, trafen! Carlotta! Mit diesem Bullen! Das war noch schlimmer als mit seinem Vater! Er stöhnte auf. Er war in seiner Manneswürde getroffen. Er sagte es. Sie lachte ihm hell ins Gesicht. »Was denkst du, wie egal mir deine Würde ist ... aber er stank nach Azetylen, verstehst du? Ich hätte ihn am liebsten umgebracht ...«

Inzwischen hätte Edmond, Tränen in den Augen, beinahe das Wesentliche vergessen: Alexandres zweitausend Franken. Was tun? Carlotta hatte sie nicht. Wirklich? Weißt du, was das für mich bedeutet? Ob ich das weiß? Für wen habe ich mich denn in der Jauche gewälzt? Der Herr möchte wohl, daß ich bei Joseph Quesnel um zwei Tausender bitte? Und warum nicht? Weil er krank ist, weil ich ihn nicht im Park Monceau besuchen kann, weil ich ihm erklären müßte ... Und weil ich ihm einfach keinen Schmerz bereiten will, kapiert? Edmond knurrte: Was macht er mit seinen ganzen Moneten, der alte Geizkragen? Ich verbiete dir, so zu sprechen. Und wenn man mich verhaftet? Er weinte.

Ein richtiger Fetzen, wie alle anderen. Mit den Männern ist es nicht weit her. Dieser da hatte immer noch was für sich. Im Bett. Immerhin etwas.

XII

Als Edmond weggegangen war (er hatte die Idee gehabt, Jacques Schoelzer unter irgendeinem Vorwand anzupumpen), packte Carlotta plötzlich die Angst. Sie schickte Babette nach Hause, um besser nachdenken zu können. Ihre Hände konnte sie an einem anderen Tag in Ordnung bringen. Sie hatte vergessen, daß Colombins Drohungen auch sie betrafen: er hatte davon geredet, Quesnel zu informieren. Wie sollte sie da herauskommen? Sollte sie nachgeben, diesen Bullen dulden, um die Katastrophe zu vermeiden? Sie dachte an Mord. Plötzlich fiel ihr Grésandage ein: auf Edmond konnte sie nicht rechnen, also ... Elise kam ans Telefon. Nein, Richard ist nicht zu Hause. Wie geht es Ihnen, meine Liebe? Ach, entschuldigen Sie. Ich glaube, er kommt gerade. Warten Sie, ich rufe ihn an den Apparat. Hallo! Ja, ich bin es! Sofort? Es ist nicht sehr einfach. Elise war zum erstenmal im Leben eifersüchtig. Ja, wenn es so ist, dann ist es allerdings etwas anderes. Hör mal, Rico, das Frühstück steht für dich bereit. Laß, es geht um Joseph Quesnel. Wie bitte? Ich glaube dir nicht. Was sagten Sie, meine Liebe? Nein, nein ich versichere Ihnen, meine Frau sagt mir, ich soll sofort gehen ... Rico, ich flehe dich an. Also was, willst du eine Szene machen? Meine Werteste, ich komme. Zwischen dem Einhängen des Telefons und dem Zuwerfen der Tür wurden keine drei Worte gesprochen. Aber die langen Jahre der Ehe zerrissen wie ein Schleier, und Elise begriff, daß sie etwas verloren hatte, das kostbarer war als das Leben. Der Kohlenmann! Sie versuchte, sich an

Gebete zu erinnern, und entsann sich nur dummer vertrauter Worte. Sie lehnte ihre schwere Stirn nachdenklich ans Fenster. Unten auf der Straße sah sie Richard stehen, wie er vor den heranrollenden Wagen zögerte. Er wird noch überfahren werden! dachte sie. Er ließ ein Taxi halten.

Als Grésandage an der Gitterpforte läutete, machte ihm Carlotta auf, die schneller gewesen war als das Mädchen. Sie zog ihn in den Garten. Sie war groß hergerichtet: ein Kleid mit zwei Volants, grün mit weißen Tupfen, fußfrei, Kothurne, halblange Ärmel aus weißem Musselin, ein grünes Band im flüchtig zusammengerafften Haar. Ihre Augen waren umrändert, und ihre Lippen zitterten. Sie nahm Richards Hand und preßte sie an die atmende Brust. Alles drehte sich um ihn. Was hatte sie bloß? Er fühlte, wie ihr Herz raste ... In der Laube sagte sie ihm alles in einem Zug. Ihm war, als schwanke der Boden unter ihm. Eigentlich wußte er gar nichts von ihr. Er hatte sie in seinen Gedanken so hoch gestellt. Sie hatte einen Liebhaber! Nicht Quesnel. Einen Liebhaber! Diese Erkenntnis überwog alles andere. Sie hatte ihn nicht direkt belogen, sondern die Wahrheit verschwiegen. Und sie liebte ihn? Aber es ging eigentlich nicht darum. Carlotta, Sie erzählen mir doch keinen Unsinn? Die ganze Intrige war zu kompliziert, als daß Richard sich sofort darin zurechtgefunden hätte. Edmond, Colombin, Frau Beurdeley ...Und was kann ich da schon tun?

»Sie müssen mich retten«, sagte sie, und sie schlang ihre weißen Arme um Richards Hals und sah ihn mit ihren verrücktesten Blicken an, mit Augen, die gleich brechen wollten. Er fühlte sich so niedergedrückt von diesem ganzen Schmutz und von der tollen Eifersucht, die ihn quälte, in der Edmond und die Jugend, Quesnel und das Geld und der Inspektor Colombin und alle möglichen Schuftereien durcheinandergingen, er war so völlig verwirrt, daß er diese Frau, die ihn betrunken machte, an sich preßte, und seine Finger irrten in ihrem Haar, und er begriff, daß er sie in die Lippen gebissen hatte, als sie leise aufschrie: »Richard, was machen Sie?« Sie saßen in der Laube.

»Nur die Polizeipräfektur«, sagte er, »kann Sie da herausbringen. Dann muß man aber Quesnel benachrichtigen, denn wer würde Sie sonst vor Angeberei schützen? Was diesen jungen Mann betrifft ...« Mit bitterem Ausdruck schloß er die Augen. »Ich frage mich, ob so etwas im Augenblick Quesnel nicht töten würde ... Carlotta, wie wird er die Sache aufnehmen?« Sie wußte es nicht, sie schüttelte den Kopf, sie war der ganzen Sache müde. Wenn auch Richard sie nicht verteidigen konnte ... In diesem Moment erschien das Mädchen im Garten ... Man verlangte die gnädige Frau am Telefon. Sie lief den Weg hinunter. Grésandage blieb allein zurück mit all seiner Verwirrung und dem Gedanken an die verlassene Elise, und plötzlich begriff er mit einem Schlag die Liebe, die er einer anderen entgegenbrachte. Schrecklich! Alles ging für alle in Stücke ...

Der Anruf kam von Colombin. Er stürzte sich schon wieder auf sie. Er war gerade aufgewacht und ließ ihr keine Zeit, zu sich zu kommen. In ihm war offensichtlich die Idee entstanden, der Zuhälter dieser Frau zu werden, die von einem der reichsten Männer Frankreichs ausgehalten wurde. Man mußte sich ihrer schnell bemächtigen. Er wollte kommen. Sie sei gerade im Weggehen? Nun, wenn sie nicht wollte, würde ihrem Kleinen etwas zustoßen ... Sie hatte die Kraft, den Hörer einzuhängen. Gegen drei Uhr nachmittags kam Inspektor Colombin wie alle Tage an der Windschutz-Bar, Rue Fontaine, vorbei, wo Jeanne Cartuywels auf ihn wartete. Jeanne war wie wahnsinnig. Es sah wieder nach Gewitter aus. Außerdem hatte sich Frau Cartuywels vorgeworfen, ein Verbrechen gegen die Liebe begangen zu haben. Sie hatte Angst davor, zu erfahren, was Colombin mit Carlotta gemacht hatte. In einem merkwürdigen Gemisch von Gefühlen empfand sie auch etwas wie Eifersucht, sie, die den Inspektor haßte und die jedesmal, wenn sie von ihm wegging, weinte, weil sie an Charles dachte, den armen Charles, der nichts ahnte. Sie fühlte sich gedemütigt, alternd, mißhandelt und schuldig. Sie hatte einen Stout bestellt, der schwarz wie Kaffee vor ihr stand.

Als der Inspektor eintrat, ganz Eroberer, den Panama in den Nacken zurückgeschoben, die fetten frechen Schenkel in der bis zum Platzen gefüllten gestreiften Hose zur Schau stellend, eine Goldkette von der Rocktasche zum Knopfloch des

Revers, sah sie sofort, daß ihr nichts erspart blieb. Er setzte sich neben sie auf die gepolsterte Bank und kniff sie heftig in die Brust. Sie schrie nicht auf, sondern wandte ihm nur ihren großen seltsamen Blick zu. »Nun«, frage sie, »wie steht es mit dieser Carlotta?« Er lachte, schnalzte mit der Zunge, beugte sich über den Tisch und fragte: »Was trinkst du? Stout? Das macht Durst.« Und schlürfte die Hälfte des Glases hinunter. »Ein Absinth!« rief er dem Kellner zu. Die Stille verschmolz mit der Hitze.

»Tja«, begann er nach einiger Zeit, »die Sache war nicht übel. Sie hat Erfahrung. Und einen Hintern, wie man sich ihn nur vorstellen kann. Nicht so faltig wie bei dir.«

Er übertraf sich selbst, während er erzählte, mit einer Art von Genialität für Prahlerei und Schmutz. Er liebte es, sich Frauen gegenüber großzutun. Seine Erzählung riß ihn hin. Er trank einen zweiten Absinth. Er begann über seine Pläne zu sprechen. Was er aus Carlotta machen, wie er ihre Furcht vor Quesnel ausnützen würde und so weiter. Jeanne fragte: »Und der junge Mann?« Er ließ ein fettes Lachen hören. »Der junge Mann! Ab heute abend überlasse ich ihn Alexandres Bande. Ich sage ihnen, er wollte nicht, und sie legen ihn um. Bei denen geht das schnell. Du weißt ja noch – die Schüsse in der Opernpassage, am Hinterausgang des Klubs. Das war ein Brasilianer, der Alexandre mit Juwelen beschummelt hatte ... Man braucht uns gar keine Vorwürfe zu machen! Wenn er sich anständig benommen hätte, würde man ihn nicht kaltmachen. Er wird mich nicht mehr lange stören, dieser Vogel.«

Mein Gott! Jeanne war entsetzt. Und sie war es, die durch ihre Feigheit alles ins Rollen gebracht hatte. Sie fand Edmond so schön. Wenn ihr Kleiner später so werden könnte! Er war wie der Ritter aus alten Sagen, der Liebesheld, der Märchenprinz. Man würde ihn vielleicht noch heute abend umbringen, einfach so, am Klubausgang. Er durfte auf keinen Fall kommen. Wie konnte man ihn nur benachrichtigen?

»Du wirst zugeben, Jeanneton, daß ich eine glückliche Hand habe. Ich hatte es schon seit langem auf diese Carlotta abgesehen. Ach, einfach eine kleine Beobachtung, um die man mich ersuchte. Ein alter Kunde, mit dem ich vor ein paar Jahren in einer Rauschgiftsache zu tun hatte. Ein Börsenmensch. Er macht Geschäfte mit dem Alten von der Kleinen, und ihre Beziehungen haben sich etwas abgekühlt. Ich glaube, er rechnet damit, daß gewisse Enthüllungen auf den alten reichen Kerl eine gewisse Wirkung haben werden. Ich habe ihm Informationen über den Jungen da geschickt. Wenn ich ihn nicht mit dem einen kriege, erwische ich ihn mit dem anderen ...«

Jeanne Cartuywels fühlte sich nicht wohl, aber auch gar nicht wohl. Es war zum Ersticken heiß. Sie wollte nach Hause gehen, sie bekam vielleicht ihre Periode ... Das brachte ihr noch einen gesalzenen Witz ein. Als sie aufstand, schlug er ihr auf den Hintern. Aus reiner Freundschaft. Mit der Herzlichkeit des Triumphs.

XIII

Der Abend brach schon herein. Grésandage hatte das Haus am Boulevard Bineau noch nicht verlassen. Seit Stunden spielte er die Rolle des vertrauten Freundes. Dazwischen lagen Küsse, flüchtig wie Gewissensbisse. Die Rosen entblättern sich. Das Stadtviertel lag in unglaublicher Ruhe. Als er Jeannes Stimme vernahm, glaubte Richard zu träumen. Sie sprach aufgeregt mit dem Mädchen, und sie sahen sie durch die Gittertür eintreten in ihrem grauen Kleid, mit eiligen Schritten, unter der Kappe aus Velours und Stroh nach der letzten Mode.

Sie erkannte Grésandage nicht. Sie begriff sofort, daß man vor ihm reden konnte. Sie hatte die Adressen im Cercle von Pedro bekommen. Herr Barbentane war nicht in seinem Hotel, darum war sie gekommen ... Man mußte ihn um jeden Preis davon abhalten, in den Spielklub zu gehen; man würde ihn umbringen. Wie? Carlotta ergriff sie am Arm und schüttelte sie. Die Rolle, die Jeanne am Vorabend gespielt hatte, stimmte sie dieser von Hysterie geschüttelten Frau gegenüber nicht gerade günstig. Dennoch erschütterte sie der Ausdruck der Verwirrung bei Jeanne, und sie ließ sie sich niedersetzen. Frau Cartuywels brach in Schluchzen aus.

Sie hatte das Gesicht in den Händen verborgen, und ihr

Hut saß schief. Man konnte nichts mehr aus ihr herausbringen. Nur das Wort »Der Kleine« drang zwischen den Fingern hervor. »Ich verstehe überhaupt nichts«, sagte Carlotta. – »Lassen Sie mich nur machen«, flüsterte Richard, »ich werde mit ihr sprechen.«

Mit einer Sanftheit, die man bei ihm nicht erwartet hätte, zog der Herr Direktor der Staatskredite die Hände von Jeannes tränenverwüstetem Gesicht. »Jeanne«, sagte er, »erkennen Sie mich nicht? Ich bin es, Richard, erinnern Sie sich, Richard, Richard ...«

Jeanne saß starr: ihr war, als vernehme sie eine Stimme aus unendlicher Ferne. Richard? Sie sah erst Carlotta an, dann den Unbekannten. Es war wie ein Papierknäuel, den man auseinanderfaltet. Unter den Zügen des Vierzigers erkannte sie mit Mühe den Jungen von zwanzig wieder. »Ah«, sagte sie, »Richard!« Und einen Augenblick lang war mitten im Drama der Gegenwart das Vergangene stärker als die Zeit. »Richard«, sagte sie, »wie verrückt sind wir doch gewesen!« Dann entsann sie sich der Welt und des Lebens und dieser furchtbaren Sache, die sie im Herzen trug, und sie begann, die Ellbogen an den Leib gepreßt, wieder zu schluchzen, während die zitternden Hände auf und nieder gingen und im Takt die Knie schlugen, wie es ganz alte Frauen bei der Totenklage tun.

»Ach«, stöhnte sie, »ich bin es, ich habe ihn getötet! Ich hätte ihm das Medaillon hinbringen sollen, und ich trug es hier an der Brust. Das Medaillon hätte ihn geschützt. Gestern abend habe ich ihm nachgegeben; ich habe Sie verraten, Madame, ich habe Sie verraten! Und da hat der heilige Christophorus das Kind im Stich gelassen!«

War sie verrückt geworden? Carlotta und Richard sahen sich an. Er flüsterte: »Jeanne, Jeanette, erinnere dich doch ... Was ist geschehen? Wir sind doch Freunde!« Sie hatte offenbar keinen Blick mehr für sie beide. Der Hut mit seinen großen Flügeln schwankte burlesk auf ihrem Kopf. »Der heilige Christophorus hat das Kind aus dem Fenster in den Fluß geworfen! Ich habe mein Kind umgebracht! Kleiner, du mein Kleiner!« Carlotta hatte sich unruhig neben sie gesetzt: »Aber Ihr Kind ist doch gesund, Madame, was gibt es denn?« Jeanne suchte in ihrer Tasche und brachte mit dem feuchten Taschentuch zugleich ein Telegramm zum Vorschein, das, von Tränen aufgeweicht, fast unleserlich war. Grésandage entzifferte mit Mühe: »Der Kleine heute nacht gestorben – wann soll Beerdigung sein? Dufour.«

»Der heilige Christophorus«, weinte die Mutter, »der heilige Christophorus hat uns verlassen, durch meine Schuld, durch meine große Schuld. Ich bin es, die den Kleinen heute nacht umgebracht hat, wie sie jetzt Ihren jungen Mann umbringen werden. Richard! Was tun Sie hier, Richard? Der Kleine ist tot. Mein Kleiner!«

Sie sprach immer wieder von diesen drei Dingen, die sie durcheinanderbrachte, von dem Kind, das durch ihre Schuld da unten in den Charentes gestorben war, und von ihrer Liebe vor zwanzig Jahren, von Richrad, den sie wiedergefunden hatte, und dem Betrüger von der Operngasse, dem Brasilianer, von Colombin, Edmond, Alexandre. Es war schrecklich, und man fand sich nicht mehr zurecht darin. Richard und Carlotta berieten miteinander. Man mußte sie unbedingt zum Sprechen bringen, um Klarheit in dieser dunklen Drohung zu gewinnen. Sie nahmen sie in die Mitte und versuchten sie zu beruhigen; aber kaum hatten sie aus ihr ein Stück der Geschichte herausgebracht, dachte sie schon wieder an das Kind: Mein Kleiner, mein Kleiner! Und sie wand sich zwischen ihnen, als ob sie beide sie verhindern wollten, sich ins Wasser zu werfen ... Allmählich trat dennoch die Wahrheit zutage. Colombins Drohungen wurden klar. Man mußte schnell handeln. Carlotta sagte zu Richard: »Gehen Sie, tun Sie irgend etwas, nur leben soll er! Gehen Sie zur Polizei, ich weiß auch nicht ...« – »Und Quesnel?« fragte Richard. Sie senkte den Kopf. »Meinetwegen«, flüsterte sie. Grésandage legte das auf seine Art aus. »Gut«, sagte er, »ich gehe zum Park Monceau ...«

Ehe er ging, warf er einen Blick auf die Verrückte, die sich auf einem Rohrstuhl hin- und herwiegte, auf die unglückliche Jeanne, die er wiedergefunden und verloren hatte. Dies hier war seine ganze Jugend. Die ganze Zärtlichkeit seiner Jugend. Und dazu hatte er ihr gegenübergestanden in einem solchen Augenblick, wo es ihm nicht einmal gegeben war, unter der

Erinnerung an diese Zeit zu leiden und sich nach ihr zurückzusehnen. Ein schöner Wirrwarr ist das Leben. Er ließ die beiden Frauen allein, um einem jungen, unbekannten Mann, seinem Rivalen, zu Hilfe zu kommen. Er dachte nicht einmal mehr an Elise. An Elise, die ihn in der Rue de Passy mit dem Tod im Herzen erwartete.

XIV

»Das macht Spaß, Sie wieder auf den Beinen zu sehen, lieber Freund.« – »Morgen gehe ich aus, und heute bin ich ein bißchen im Park herumspaziert. Und wenn alles gut geht, werde ich übermorgen zur Parade nach Longchamp fahren ...« Quesnel empfing Wisner auf der Veranda über dem Garten, der sich in den Park Monceau hinein zu verlieren schien. Er sah nicht schlecht aus: wenn er auch etwas abgemagert war und man seinem Gesicht ansehen konnte, daß er Schmerzen ausgestanden hatte. Wisner war eigentlich enttäuscht: er hatte an eine längere Krankheit geglaubt und hatte sich selbst eine gewisse Freude damit bereiten wollen, sich durch wiederholte Besuche seinem alten Freund gegenüber gut aufzuführen. Eigentlich hatte er sich für nichts und wieder nichts aufgeregt.

Die Ruhe des Sommerabends umgab sie. Sie tranken geeistes Zitronenwasser. Welchen Charme hatte doch dieser öffentliche Park, in dem anständige Leute in bester Haltung umherfuhren! Hier schien der Reichtum beinahe allen zu gehören, genau wie die Sonne. Französische Ausgeglichenheit, tiefster Friede ... Man vergaß die ständigen Alarmrufe der Presse und des Parlaments. »Ich segne den Himmel«, sagte Joseph Quesnel mit halbgeschlossenen Augen, »daß ich in unserer Zeit leben darf. Alles ist vielleicht noch nicht ganz so eingerichtet, wie es sein sollte, wie aber dennoch menschliche Weisheit die Natur und die Wildheit der großen Masse beherrscht! Wenn ich daran denke, daß wir hätten in anderen Zeiten geboren werden können, sagen wir, in dieser italienischen Renaissance, so wie sie Stendhal gesehen hat! Diese Zeit der Dolche, des Giftes und einer Polizeiregierung ... Wie seltsam muß das damals gewesen sein!«

Wisner hörte kaum zu. Er war mit seinen Gedanken an der Börse; außerdem hatte er wieder schlechte Nachrichten von einem seiner Betriebe bekommen. Quesnel fuhr fort: »Oft habe ich an die Menschen früherer Zeit gedacht, denen, alles in allem, die gleiche Mission zugefallen war, die auch die unsere ist, Wisner, auch die unsere ... Und ich sagte mir mit einigermaßen gerechtfertigtem Stolz, wenn ich an den Mißbrauch dachte, den sie mit Macht und Reichtum trieben, daß wir von einem Vergleich vor dem richtenden Gott nichts zu befürchten hätten: wir werfen unsere Sklaven nicht den Muränen vor, wir legen niemanden in Ketten, wir rauben niemandem die Früchte seiner Arbeit. Das Leben ist doch recht sanft geworden. Es macht Freude zu leben.«

Er schwieg und dachte nach, und so kam es, daß Wisner Gelegenheit hatte, über den Balkan zu sprechen: »Die letzten Nachrichten sind ausgezeichnet. Wissen Sie, die Bulgaren sind auf der ganzen Linie geschlagen. Die Rumänen gehen vor; man darf sogar die Dinge nicht zu weit gehen lassen, damit es in Sofia keine Revolution gibt. Ferdinand muß unbedingt oben bleiben. Das eröffnet für unsere Unternehmungen hübsche Perspektiven. Unsere Gruben sind bereit, die Arbeit aufzunehmen ...«

Quesnel folgte seinen Gedanken nicht. Er träumte. Er unterbrach ihn: »Entschuldigen Sie, Wisner ... Ich dachte, daß in den großen Epochen – und wer könnte leugnen, daß die unsere eine solche ist? – die Herren der Industrie immer auch die Schutzherren der Künste waren. Die Medicis ... Sehen Sie, ich bin gerade krank gewesen und bin tief zu den Ursprüngen meines Lebens vorgestoßen. Viele Dinge verblassen im Schmerz, so wie die Farbe an den Wänden eines Zimmers verblaßt. Mein ganzes Leben hindurch habe ich Malerei und Gedichte geliebt, und vielleicht werde ich Ihnen ein bißchen lächerlich vorkommen ... doch, doch! Aber im Grunde genommen, in jenen Augenblicken, wo ich so lebhaft das Verletzliche der Existenz empfand, wußte ich, daß ich mehr an den Dingen der Kunst hing als am Reichtum, als an der Begeisterung für meine Unternehmungen ... Ich muß Ihnen unbedingt das Bild zeigen, das ich gekauft habe ...« – »Ein Bild? Sie sind ein erstaunlicher Mensch; man glaubt Sie schon im

Grabe, aber Sie kaufen Bilder!« – »Ach, wissen Sie, ich bin zwar weder ein Camondo noch ein Cognacq oder ein Roussel, aber ich habe doch meine kleine Sammlung ... Diesmal habe ich nicht einen meiner üblichen Käufe gemacht. Weil ich nämlich über verschiedene Dinge nachgedacht habe; es gab Maler, von denen ich nichts hören wollte. Ihre Experimente, ihre Kühnheiten störten mich, was weiß ich? Und dann, mit der Zeit gewöhnt man sich daran, man entdeckt Schönheiten, wo man vorher keine gesehen hat ... Sie werden sehen ...« – »Und von wem ist dieses Bild?« – »Sie werden lachen: aber wissen Sie, man darf ihn nicht nach seinen Übertreibungen beurteilen, er ist ein hervorragender Zeichner ... Picasso ...« – »Was, der Kubist? Na also, so was! Aber Sie haben ja den Kopf verloren!« – »Sie werden sehen, Sie werden sehen! Ein Bild, das er vor acht Jahren gemalt hat, ganz in Blau, Akrobaten ...«

Ein Diener meldete Herrn Grésandage. Wisner sah plötzlich ein Leuchten auf dem Gesicht des Genesenden. Richards Name bedeutete eine Botschaft Carlottas. Quesnel empfing den Ankömmling mit Zärtlichkeit. Er schien von einer solchen Güte, dieser große alternde Mann mit seinen noch jungen Augen, daß Wisner heimlich ein bißchen fluchte: es störte ihn und rührte ihn zugleich. Er hörte aus einiger Entfernung zu, wie Richard atemlos die besten Nachrichten vom Boulevard Bineau überbrachte. Richard sprach in Andeutungen, aber zugleich in der Furcht, auf den eigentlichen Zweck seines Besuches kommen zu müssen. Wer konnte wissen, welche Wirkung die Sache auf Quesnel haben würde? Und wie sollte man im Beisein Wisners reden? Er log und ging um den heißen Brei herum. Er sagte: »Carlotta? Sie war frisch wie eine Rose ...« Und diese Banalität hatte in seinem Herzen einen solchen Schwung erhalten, daß Joseph Quesnel darüber lächelte und lange die Augen niederschlug, um die Italienerin besser vor sich sehen zu können.

Er begann von der Liebe zu reden. Es klang deplaciert, daß dieser alte Protestant vor jüngeren Männern über ein solches Thema sprach. Der Ernst und die Würde seiner Sätze hielten die beiden in Respekt. Sie hörten ihm verschieden zu: Grésandage mit Herzklopfen, Wisner voller Verwunderung. Der

Autofabrikant neigte leicht zur Ironie, denn er wußte allzu genau, wer diese Carlotta war. Aber es ging für ihn nicht um sie, sondern um Quesnel, einen Mann, der seine Probe im Leben bestanden hatte, einen bedeutenden Mann. In seinen Gefühlen gab es jedenfalls eine große Frische, die einen nicht gleichgültig lassen konnte. Der Lebemann Wisner verspürte einen eigenartigen Reiz.

Richard hatte so viel zu sagen, daß es ihm fast die Lippen sprengte. Jede Minute konnte den Tod eines Menschen bedeuten. Er wagte nicht zu reden. Die Gelassenheit Quesnels erschreckte ihn. Sie war wie ein heller, durchsichtiger See, über dem schwarze Vögel schweben. Sollte er in diese Gewässer einen Stein werfen? »Gehen wir ins Haus«, sagte Quesnel, »ich fühle mich doch ein bißchen müde.«

Nein, es war unmöglich, mit diesem Kranken, diesem Ahnungslosen zu sprechen; aber mußte man denn nicht sofort handeln? Wer, wenn nicht Quesnel, hatte die Macht, ohne langes Fragen, ohne Geschichten die Polizei in Bewegung zu bringen und alles, was daraus folgte? Wisner! Vorzügliche Idee. Als Wisner ging, sagte Richard: »Ich begleite Sie ...«

»Was? Aber das ist ja ein Kriminalroman!«

Wisner steuerte selbst seinen Mercedes. Er hatte am Rand des Trottoirs in der Avenue de Friedland angehalten, als Grésandage mit seinem Bericht über die Ereignisse des Tages begonnen hatte. Er unterbrach mit »Donnerwetter« und »das ist die Höhe« diese Geschichte, in der er sich nicht mehr zurechtfand. »Hören Sie, was hat denn da eigentlich diese ... also Ihre erste Liebe zu suchen? Und das tote Kind und die Diamanten? Ja, Sie haben recht gehabt, mit mir darüber zu reden und nicht mit Quesnel. Man kann nicht wissen, wie er die Sache aufgenommen hätte ... Also, was muß man tun? Mir ist es ja eigentlich vollkommen Wurst, ob man diesem Fräulein ihren Louis beschädigt oder nicht ... das ist vielleicht eine Nutte! Was? Na, na, Sie werden mir doch nicht weismachen wollen ... Ich habe mit ihr vor Quesnel geschlafen, und Sie können mir ruhig glauben, sie ist wirklich nicht übel ...«

Richard war, als hätte ihn ein Schlag in den Leib getroffen. Er war so weiß geworden, wie nur noch Flieder zu sein vermag. Carlotta! Am liebsten hätte er diesen Wisner, diesen widerwärtigen Zerstörer von Idolen, umgebracht. Aber jetzt war keine Zeit dazu. Richard biß sich die Lippen bis aufs Blut. Wisner war jetzt von Nutzen. Er allein konnte schnell genug intervenieren ... Grésandage erklärte: Der Brasilianer, die Passage an der Oper ...

Wisner hörte zu. Plötzlich kam es über ihn wie eine Art Erleuchtung: Die Passage an der Oper, warten Sie mal, wie nennen Sie diesen Cercle? Passage-Club, ja? Ach, das ist was anderes. Sehr schlechter Ruf, eine Spelunke. Man müßte diese Dinger da schließen. Ich sagte es noch gestern zum Minister ... Nester für Ausländer, Spione ... Sie sehen ja: Hehler, Mörder ... Ich werde den Präfekten anrufen ... Sofort. Ich mache nur einen Sprung ins Café hinüber. Warten Sie auf mich? Kein Grund, diesen Jungen töten zu lassen, selbst, wenn er nichts Besonderes darstellt.

Himmelherrgott! dachte Wisner und drehte die Kurbel des Telefons. Das ist ja gut! Wenn man die Sache nach Maß gemacht hätte, hätte sie nicht besser ausfallen können! Der Präfekt war nicht da. Wisner ist am Apparat. Sofort. Mein lieber Präfekt, man sagte mir gerade ... Nicht für Sie, lieber Freund, nicht für Sie. Hennions Stimme dröhnte im Apparat. Ja, sehen Sie, jetzt haben Sie Gelegenheit, einen von diesen Spielklubs zu säubern, eine ganz sichere Sache ... Welchen? Den Passage-Club. Jaja. Wie? Aber ganz dringend, heute abend noch, ein Mord ist geplant! Das kann ich jetzt hier nicht erklären ... Ich habe die ganze Geschichte von einem Herrn Barbentane, den man in eine dreckige Affäre verwikkeln möchte, eine Erpressungsgeschichte ... jaja ... Er ist es, den man schützen muß ... Barbentane ... Wessen Sohn? Ich weiß nicht. Wenn Sie seinen Vater kennen, um so besser. Sehen Sie. Bar-ben-ta-ne ... Es kann ja nicht so viel Barbentane geben ... Ein Freund Clemenceaus, davon wußte ich nichts, aber das ist ein Grund mehr. Abgemacht ... abgemacht. Also abgemacht, mein lieber Präfekt. Und, hören Sie, es gibt da einen unter Ihren Inspektoren, der Fehler macht und auf verbotenem Gelände spazierengeht. Ein gewisser Colombin. Man müßte ihm zu verstehen geben ... Wir sprechen uns noch deswegen. Meine Empfehlung an Frau Hennion.

»Der Hieb ist pariert«, sagte Wisner zu Richard und fuhr

nach Passy hinunter. »Ich begleite Sie, lassen Sie doch.« Grésandage atmete tief. Eine Polizeiaktion heute abend. Und morgen würde die ganze Sache in Ordnung gebracht sein. Man würde den Erpressern einen Schreck einjagen; denn es war selten, daß sie nicht irgendeine kleine Strafe oder ein kleines Aufenthaltsverbot abzubüßen hatten ... Es war sehr klug gewesen, Quesnel nichts zu sagen. Er konnte seinen Traum weiterträumen. Diese Frau war das Licht seines Alters. Die beiden Männer sahen sich mit glänzenden Blicken an. Sie hatten eine gute Tat vollbracht. »Der Hieb ist pariert«, wiederholte Richard. Und nach einiger Überlegung: »Sie haben einem Menschen das Leben gerettet.« Aber in der gleichen Minute erklärte Joris van Houten, der Joseph Quesnel in einem Sessel gegenübersaß, diesem im einzelnen, was er von Carlotta und Edmond Barbentane wußte und was ihm einer seiner Nachrichtenleute, der Inspektor Colombin vom Spielklubdezernat, mitgeteilt hatte.

XV

Die Eifersucht bemächtigt sich zur gleichen Stunde mehrerer der menschlichen Herzen, die diese Geschichte durchqueren: Während Elise Grésandage sich quält und alles, was ihre Welt ausmacht, zwischen den Vorhängen der Rue de Passy zerfällt, an die sie sich in ihrer Verzweiflung klammert, beginnt sie, weil sie an Richard zweifeln muß, an Gott selber zu zweifeln, und Richard, der zu ihr nach Hause zurückkehrt, spürt im Aufblitzen neuer Gefühle, wie unnütz, verloren, verdorben sein Leben gewesen ist. Wozu war es gut, daß er, der untadelige Beamte, sich jahrelang betrogen hat, wenn er jetzt wie ein Kind einer Frau wegen leidet, die er schrecklich findet und zugleich liebt? Quesnel, dieser junge unbekannte Mann namens Barbentane und jetzt Wisner. Das schlimmste ist die Ungeniertheit Wisners.

Und der elegante Joris von Houten macht Quesnel Enthüllungen, die diesem größere Schmerzen verursachen als die Nierenkoliken, weil man hier nicht schreien darf, sondern sich aufrecht halten und zuhören muß ... Wenn man sich vorstellt, daß die ganze Menschheit seit Jahrhunderten über den betrogenen Mann, den Hahnrei, lacht. Man weiß nicht, was ein Mann denkt oder fühlt, der sich zum Beispiel unter die Untergrundbahn geworfen hat, dem die Brust eingedrückt wird und dem das Herz noch unter den splitternden Rippen schlägt, und dann ergreift das Rad den Kopf, geht quer übers Gesicht, und es macht krack, da, wo eben noch ein Lächeln war, aus dem Schädel spritzt das Blut, und das Hirn fließt ... Würde dich das nicht zum Lachen bringen, Molière? Und doch. »Sagen Sie«, stieß Quesnel, Taximagnat, Lieferant der serbischen und rumänischen Armeen, hervor, »sind Sie dessen ganz sicher, was Sie da sagen?« So zögert der Schmerz wie ein dunkler Schmetterling, ehe er sich auf einem niederläßt.

Charles Leroy hatte einen ermüdenden Tag im Zwischenstock des Passage-Clubs verbracht. Ein einfacher Mensch, der sich ein friedliches Alter wünschte, hatte in einer Welt, in der es keine glückliche Jugend gab, in Jeanne Cartuywels' Zärtlichkeit eine Hoffnung gefunden, die er für die Illusion seines reifen Alters zu halten begann. Es hatte mit der Verzeihung eines Fehlers begonnen, mit der großzügigen Geste des Croupiers, der einen kleinen Betrug übersehen wollte. Sie war ihm ganz einfach um den Hals gefallen. Zum erstenmal war er für eine Frau das großherzige starke Geschöpf, der Beschützer, der Erhalter ihrer Moral gewesen. Er hatte sich größer gefühlt, er hatte plötzlich zu sich selbst und zur Zukunft Vertrauen gehabt, und es war alles so, wie es sein sollte: der ängstliche, unruhige Charakter Jeannes, ihr Drang in eine verschlossene Welt, die er ihr durch die Heirat eröffnen wollte, das fremde Kind, das er bemitleidete und das bald, wenn man es von der Amme wegholte, als sein eigener Sohn gelten würde, den er jetzt schon liebte ...

Es gab eine Sache, die der Croupier sich niemals vorgestellt hatte, er, der sein Leben lang entweder im Bordell oder mit Frauen zusammengewesen war, die auch nicht mehr wert waren – das war, daß Jeanne ihn betrügen könnte. Der Gedanke hatte ihn nicht einmal gestreift.

Seit zwei Tagen bedrängte ihn dieser neue Einfall. Er wuchs in der Hitze und Aufregung. Er begann zu begreifen, daß er Jeanne liebte. Er wußte, daß sie sehr an ihm hing, und glaubte, viel Mitleid mit ihr zu haben. Und jetzt lernte er vor allem einmal, Mitleid mit sich selbst zu haben. Das ist es, was die Männer, die unglücklich in der Liebe sind, lieben nennen. Wo war sie? Was machte sie? Und der andere ... War es denn bei Gott möglich? Dieser scheußliche Rotkopf.

Um den Croupier Geld, verstaubte Wesen, zweideutige Männer, heruntergekommene Frauen, Karten ... Alles drehte sich weiter mit der unerbittlichen Zeit. Beim Mittagessen in dem kleinen Restaurant in der Rue Favart war Herr Charles beinahe gar nicht erstaunt, Jeanne nicht anzutreffen. Dennoch erwartete er sie. Sie kam nicht. Er aß nichts. Die Bedienerinnen sagten ihm: »Nun, und das Fräulein?« oder auch: »Es wäre besser, Sie würden schon anfangen ...« Als es Zeit war, in den Klub zurückzugehen, bestellte er einen Likör, um sein langes Warten zu rechtfertigen. Dann einen zweiten Likör, weil sein Herz so heftig schlug. »Wenn die Dame kommt, sagen Sie ihr bitte ...« Draußen begann man das Fest in den Straßen vorzubereiten. Überall wehten Fahnen.

Und die Arbeit begann von neuem. Das, was seine Arbeit war. Diese Sache, über die er noch nie ein Urteil gefällt hatte und die er plötzlich mit ganz anderen Augen betrachtete. Die Spielmarken, das Geld, die Schreibtafel ... Gab es eigentlich Leute, die nicht spielten? Leute, die nicht diese angstzerfressenen Gesichter zeigten, diese nervösen Ticks, dieses Fieber? Er schloß die Augen. Er wollte an die Landschaft denken, in der er seine Jugend verbracht hatte, und er sah Jeanne vor sich, Jeanne mit Colombin. Er öffnete wieder schnell die Augen ... »Les jeux sont faits ...« Grüne Lichtflecken glitten über die Spieler hin wie Symbole des Aussatzes.

Plötzlich, ohne daß etwas passiert war, beruhigte er sich. Alles mußte sich aufklären, nichts Ernstes war geschehen. Warum sollte er sich Gedanken machen? Am Nachbartisch war ein Streit entstanden. Charles wandte leicht den Kopf hinüber. Sein Kollege blinzelte ihm zu. Eine alte bemalte Hexe schimpfte mit einer Art einäugigem Heinrich IV. Dann wurde alles wieder ruhig. »Les jeux sont faits ...«

Die Eifersucht hatte ein schleichendes, heimtückisches Wesen angenommen. Wie der Hunger. Sie war da und nicht da. Sie tat nicht sehr weh. Sie zerstörte. In der Rue de Passy verging wortlos ein gemeinsamer Abend. Frau Grésandage war, als lausche sie ihrem eigenen Unglück, wenn im Hin und Her der hausfraulichen Geschäfte eine Vase klirrte. Die Blumen verwelkten bei so einem Wetter. Man muß das Wasser wechseln. Richard las ein Buch von Paul Bourget, einem Autor, den er nicht sehr gern hatte. Man kündigte seinen neuen Roman an, »Das Mittagsgespenst«. Ein Titel, der viel Aufsehen erregte. (Richard war eher ein Leser Claudels; er war auf die »Nouvelle Revue Française« abonniert.) Quesnel hatte sich nach dem Essen zurückgezogen und seine Tochter allein gelassen. Endlich hatte er die Möglichkeit, sein ganzes Unglück auszumessen. Er sah auf seine greisen Hände nieder.

In den Straßen von Paris, wo an diesem Sonnabend abend, am Vorabend des 14. Juli, schon die Bälle begannen, ging Jeanne Cartuywels mit ihrem grotesken, schiefsitzenden Hut mit den beiden ironisch hängenden Flügeln nach Hause wie ein Sinnbild der Verwüstung. Kinder lachten sie aus. Sie sah sie an, ohne zu begreifen. Dann stieß sie einen Schrei aus. Kinder! Die Kinder wichen erschrocken zurück. Sie konnte keine Kinder mehr sehen. Sie wurde von einem rot-gelb-grünen Plakat verfolgt, das an jeder Wand hing. Es war eine Reklame für einen Fortsetzungsroman. Ein Sträfling mit nacktem Oberkörper und dem Ausdruck furchtbaren Schreckens auf dem Gesicht. Und darunter ein Zitat aus »Chéri-Bibi«: »Nein, nicht mit den Händen! Nicht mit den Händen!« Dieser Satz schien irgendwie mit ihrer eigenen Geschichte zusammenzuhängen.

Charles Leroy hatte lange den Traum von einem Häuschen an der Côte d'Azur gehegt, von dem er und Jeanne vor dem Einschlafen immer sprachen. Man würde vielleicht Hortensien pflanzen. An diesem Abend welkten diese Hortensien in seinem Herzen. Es würde kein Haus, keine Zukunft ohne Jeanne geben, wozu auch? Wozu auch von nun an? Er hatte sie nicht hereinkommen sehen. Plötzlich stand sie neben ihm. Sie legte ihm die Hand auf die Schulter. Sie hatte ihre Selbstbeherrschung fast wiedergewonnen. Sie flüsterte: »Mach mir keine Vorwürfe, ich muß mit dir sprechen ...« Diesmal sagte er nicht, daß sie ihn störe. Er suchte mit den Blicken nach jemandem, der ihn ersetzen könne. Er sagte ganz leise: »Ich komme zu dir in den Rundsaal.« Es verging eine kleine Weile, ehe ein Kollege, der frei war, seinen Platz einnehmen konnte.

Während Jeanne und Charles im Rundsaal miteinander sprachen, schrieb Pedro neben der Tür an eine junge romantische Lehrerin als ägyptischer Prinz. Seltsame Traumkomplikationen, wenn Sie den Zauber unserer Palmenhaine kennen würden und die Süße der Küsse am Fuß der Memnonsäule, die die Sonne singen läßt, sofern man sich an die rosafarbenen Seiten des »Kleinen Illustrierten Larousse« hält.

Jeanne hatte geweint. Man sah, daß Jeanne geweint hatte. Das konnte nur Colombin sein ... Dieses Vieh! Er hatte ihr vielleicht weh getan. Charles fragte mit ganz leichter Unruhe: »Mein Kleinchen, hat man dir etwas getan?« Diese Güte war zu viel für ihre Schwäche: Jeanne brach in Schluchzen aus. Ihr Freund zog mit Mühe die verkrampften Hände, deren lange Nägel sich ins Fleisch krallten, von ihrem Gesicht. »Nun, nun ...« Was sollte dieser verzweifelte Ausbruch bedeuten? Liebte sie ihn denn so sehr, diesen schrecklichen Mann? Da entfuhr ihr das furchtbare Wort: »Der Kleine ist tot!« Die Eifersucht schämte sich plötzlich ihrer selbst. Charles wollte es trotz allem nicht glauben und fragte: »Das ist doch nicht möglich?« Es war ja sein eigener Sohn, den man ihm entriß, und zugleich schämte er sich eines beruhigenden Gedankens: Vielleicht war es wirklich nichts anderes ... Arme Jeanne! Das Leben geht weiter. Wer weiß? Vor allem durfte man nach nichts fragen, man durfte nicht wissen wollen, mußte sich sogar, wenn nötig, belügen lassen ...

Jeanne war nicht schön in ihrem Schmerz, ausgenommen ihre Augen, diese tollen, tränenerfüllten Augen. Tränenrinnen durchquerten den Puder auf ihren Wangen, ihre Lippen zitterten, und sie schluchzte hysterisch. Sie sah aus, als sei sie hundert Jahre alt. Aber er liebte sie mit mehr als gewöhnlicher Liebe. Er sagte: »Ich liebe dich ...« Diese Worte verursachten das ganze Unglück. Sie stieß ihn entsetzt zurück. Eine Weile blieben sie voneinander getrennt. Er sah sie an, sie und ihre wahnsinnigen Augen. Er fragte sie nur mit den Blicken. Sie machte Ja mit dem Kopf. Ja, wirklich? Immer noch Ja. Es war wie ein Messerstich. Er flüsterte: »Colombin?« Schweigen trat ein, in dem er einmal mehr jene Geste machte, die Jeanne immer so ärgerte: er holte seinen Taschenspiegel hervor und glättete mit einer jammervollen Bewegung seinen Scheitel.

Und nun, wie ein Krug, der überläuft, mit einer Hast, die ihre kleinen Zähne aufeinanderschlagen ließ, brachte sie alles heraus, alles durcheinander: wie sie zuerst schwanger gewesen sei und der heilige Christophorus und die Galeries Lafayette, die Sklaverei, diese furchtbaren Monate und Carlotta, der Kleine, der schöne Edmond, der Brasilianer. »Nein, nicht mit den Händen, nicht mit den Händen!« Er band sie auf dem Bett fest, er, Colombin, und peitschte sie mit nassen Tüchern. Sie mußte ihn ... »Schweig!« schrie Charles. Er wollte nicht wissen. Er wollte nicht wissen. An der Tür gewahrte er das hagere, interessierte Gesicht Pedros, von seinen Pyramiden erwacht und nun von einem wirklichen Drama fasziniert, Pedro, der mit schiefgezogenem Mund angestrengt zuhörte. Jeanne weinte mit kleinen Schluchzern, indem sie unverständliches Zeug vor sich hin stammelte von Blut, verdrehten Handgelenken und dem heiligen Christophorus, diesem heiligen Christophorus, der gar nicht verwundert war, mit Chéri-Bibi zusammenzutreffen.

In diesem Augenblick war es, daß die Polizei, mit einem Kommissar an der Spitze, in den Passage-Club eindrang.

XVI

Als sie nach dem Weggang Jeannes in ihrem Haus am Boulevard Bineau allein geblieben war, empfand Carlotta eine unerträgliche Unruhe. Der Grund zu dieser Unruhe waren ihre beiden Männer, es war Edmond, aber es war vor allem Quesnel. Sie hätte Grésandage keine freie Hand geben sollen. Quesnel war noch krank. Und wenn er sie nun einfach hinauswarf. Mit Edmond am Halse. Sie dachte wieder an Colombin, und ihr wurde übel.

Als Grésandage von zu Hause anrief, alles sei in Ordnung und sie möge sich keine Sorgen machen, begann sie Fragen zu stellen. Aber er wollte Elises wegen nicht antworten. Er hatte angefangen, vor Elise Geheimnisse zu haben. Sie zweifelte nicht, daß er Joseph Quesnel informiert hatte. Sie fragte, wie es ihrem Beschützer ginge. »Großartig, großartig!« erwiderte Richard.

Er wollte nur das eine hören: Kommen Sie; aber Carlotta hatte genug von seiner Gesellschaft und dachte, daß man ihn mit seiner Frau allein lassen müsse. Einzelheiten ließen sie gleichgültig. Nur zwei Dinge zählten: man würde Edmond nicht töten, und auf der anderen Seite wußte Quesnel jetzt Bescheid. Sie dachte wirklich nur an Quesnel. Inmitten all der Vorwürfe, die sie sich seinetwegen machte, wäre Richard ein Sakrileg gewesen. In Carlottas Unruhe mengten sich natürlich praktische Erwägungen ihrer Situation; aber sie hatte eben gerade diese Situation aufs Spiel gesetzt, um Edmond am Leben zu erhalten. Das übrige würde sich zwischen Joseph und ihr abspielen. Sie hatte darum eingehängt, und der Abend der Grésandage ging weiter, sterbenslangweilig und bedeutungslos, auf die legendäre Art glücklicher Leute. Inzwischen ging Quesnel in seinem stillen Haus im Park Monceau, eine Beute einander widersprechender Gedanken, auf und nieder. Ohne Aufhören, wie hypnotisiert, ging er bis zum Telefon. Er berührte den Apparat und hielt inne. Er überlegte. Er konnte sich nicht dazu entschließen. Er hatte Angst. Plötzlich drehte er sich um und nahm seinen Spaziergang wieder auf. Und der Schmerz begann von neuem.

Man hatte die Leute, die man im Passage-Club verhaftet hatte, wegen der Nachprüfung der Personalien, so, wie es sich gerade ergab, in die Arrestzelle des Reviers geworfen, das sich im Keller der Oper befindet. Und während in diesem niedrigen, weiten Gewölbe die diensthabenden Beamten gähnten, schwatzten und die Neuigkeiten des Abends kommentierten, standen und saßen ganz im Hintergrund, hinter einem Gitter, das auf einen stinkenden Gang hinausging, in dem fensterlosen Raum, die einen aufrecht, die anderen auf Bänken zusammengedrängt und auf das sich jede Minute wiederholende Geräusch der Wasserspülung im Klosettt lauschend, Pedro, der seine Schmachtlocke glättete, der Baron, Herr Charles und drei seiner Kollegen, der Barmann, Alexandre, ein halbes Dutzend Spieler in zerdrückten Smokings, übernächtig, ohne Krawatte, zusammen mit Betrunkenen, die man im gleichen Viertel festgenommen hatte, kleinen Taschendieben, mit allen möglichen Zuhältern, die auf den Boulevards erwischt worden waren, und Antimilitaristen, die Fahnen von den Autobussen heruntergeholt hatten. Zuerst gab es einen teuflischen Lärm, laute Unterhaltungen und Proteste. Die Polizisten kamen ein paarmal, um ihre Pensionäre anzubrüllen. Von Zeit zu Zeit pißte jemand in die gelbliche stinkende Röhre, und die Wasserspülung riß die Gedanken der Vorsichhindämmernden mitten durch. Man sah durch das Gitter, wie schreiende oder schon aus Gewohnheit stille Mädchen hereingebracht wurden, die man dort unten nach links in einen anderen Raum der gleichen Art warf, aus dem die schrillen Stimmen der Frauen, obszöne Ausrufe und Lieder drangen. Die Wasserspülung zerriß einem in ihrer besessenen Regelmäßigkeit Gehör, Kopf und Herz.

Charles Leroy hörte auf nichts. Er wartete. Unter den Geräuschen, die von den Frauen herüberdrangen, hatte er einoder zweimal Schluchzen gehört. Jeanne saß da unten mit Prostituierten und Spielerinnen. Jeanne und das Abbild des toten Kindes. Wie furchtbar und lächerlich war das alles. Die Wasserspülung. In jedem Beamten, der vorbeiging, glaubte Charles Colombin zu sehen. Ach, wenn er den dagehabt hätte – nun, was hätte schon Charles mit ihm tun können? Ekelhafte Machtlosigkeit. Die Vorstellungen jagten sich in seinem Kopf, der sowenig an die Fieberhaftigkeit der Phantasie gewöhnt war. Jeanne war schon früher mal an so einem Platz gewesen ... Die Wasserspülung. Und von hier aus hatte alles angefangen, die ganze entsetzliche Geschichte. Er stellte sich vor, wie Colombin Jeanne gequält hatte, zusammen mit seinen Kollegen, ihr eingeheizt hatte, bis er von ihr das kleine Stück Papier bekam, das ihn später fürs ganze Leben zum Henker der Unglücklichen machte ... Die Eifersucht hatte Charles wieder gepackt, eine Eifersucht ohne Grenzen, die ihn fast zum Schreien brachte, die ihm das Blut in den Leib, in die Kehle und Schläfen jagte. Eine Eifersucht wie ein Aufstoßen. Das Aufstoßen der Wasserspülung. Ach, dieser unerbittliche Zeitmesser! Die größten Angeber begannen die Nerven zu verlieren. Charles prüfte seinen Scheitel in dem Taschenspiegel. Er setzte seinen Klemmer fester. Wie grau doch eigentlich sein Haar war! Es war stiller geworden, und man hörte einen Betrunkenen schnarchen, der auf den Boden gerollt war.

In der Frauenabteilung wurde laut geschwatzt, und Jeanne Cartuywels saß inmitten der bald beruhigten Neugier der gewohnten Besucherinnen zusammen mit den alten Närrinnen aus dem Spielklub, die sich fürchteten und schluchzten. Eine dicke, geschminkte Blasse, die sich die Schenkel kratzte, hatte freundlich eine Unterhaltung mit ihr beginnen wollen, und Jeanne war aufgesprungen und hatte wie Chéri-Bibi geschrien: »Nein, nicht mit den Händen, nicht mit den Händen!« Alles hatte laut gelacht.

Joseph Quesnel faßte einen Entschluß.

In der Stille seines Arbeitszimmers, wo er allein in seiner Hausjoppe saß, neben dem auf den Park geöffneten Fenster, bei ausgeschaltetem Licht, nahm er den Hörer ab und verlangte Neuilly.

Die Wasserspülung.

Alle Unruhe der Verbindung brach plötzlich in den Drähten los. Man vernimmt Geräusche, oder ein Einhängen wird falsch ausgeführt, eine Stimme aus der Zentrale, ist man falsch verbunden? – plötzlich das Rufzeichen. Es tönt. Man läßt Zeit, damit der Teilnehmer an den Apparat kommen kann. Das Zeichen ertönt. Ich lasse noch dreimal läuten ... viermal ... fünfmal ... Kann sie ausgegangen sein? Oder sie schläft so gut. Das Rufzeichen tönt.

Die Wasserspülung.

Die Hausangestellten waren im Kino. Der Apparat klingelte allein im leeren Haus. Handschuhe, ein Hut, ein Schleier über dem Stuhl. Alles sprach von Carlottas plötzlichem Aufbruch.

Am Ende des Drahtes zögerte der alte Mann lange, ehe er einhängt. Er braucht diese singende helle Stimme, er muß in seiner unerträglichen Einsamkeit dieses untreue Herz schlagen hören, den lebendigen Zeugen seines Unglücks. Es wurde ihm verweigert. Selbst das. Von den Bäumen her kam durchs Fenster etwas wie ein falscher Luftzug, wie Frische.

In dem fensterlosen Kellerraum der Oper nimmt inmitten des Gestanks und des pointierenden Geräuschs der Wasserspülung die Eifersucht einen anderen gewalttätigen Ausdruck hinter der eigensinnigen Stirn des Croupiers, unter dem harten und tief in die Stirn wachsenden Haar an, das von einem kleinen, schuppigen Scheitel mit Mühe geteilt wird. Und Carlotta irrt durch die Stadt. Sie wagt nicht ins Hotel Royer-Collard zu gehen. Wenn sie dort ihren Liebhaber verwundet oder tot fände? Joseph Quesnel lauscht auf sein Herz. Die Wasserspülung. Aber Edmond Barbentane, der nur am Boulevard des Italiens angekommen ist, um zuzusehen, wie man die im Klub verhafteten Leute wegbringt, ist nach einem Moment des Erstaunes einfach ein bißchen spazierengegangen und dann artig zehn Uhr fünfunddreißig nach Hause zurückgekommen, um sich in die Falle zu legen. In der Tasche hat er Geld, das ihm Jacques Schoelzer geborgt hat. Er würde nicht mit einem König tauschen.

Als man an der Gartenpforte läutete, wunderte sich das Personal, und Fräulein Quesnel richtete sich in ihrem Bett auf. Sie sah durch das Fenster, daß bei ihrem Vater immer noch Licht brannte; er war wirklich nicht vernünftig ... Unten verhandelte der Hauswart. Eine Dame, eine junge Dame ... Quesnel erschien in der Halle. Carlottas Stimme, die ihn durch das Telefon nicht hatte erreichen können, war durch das Treppenhaus zu ihm gedrungen, in ihn hinein, wie ein Messer.

»Lassen Sie die Dame heraufkommen«, sagte er.

Das Licht am Eingang ging an. Quesnel fuhr sich mit der Hand über die Wange. Er war schlecht rasiert.

XVII

Es war gegen Mitternacht, als Charles Leroy wieder auf der Straße stand. Er hatte beim Verlassen des Reviers nach Jeanne gefragt. Da sie nicht verheiratet waren, hatte man sich geweigert, ihm Nachricht zu geben. Nein, sie war nicht entlassen worden. Zumindest von hier nicht. Aber ich sage Ihnen, sie ist da, ich habe sie weinen hören. Ihr Kind ist letzte Nacht gestorben. Wissen wir nicht. Können Ihnen nichts sagen. Sind nicht verantwortlich dafür. Aber das ist doch unmenschlich, ungeheuerlich. Vorschriften. Privatgeschichten. Sind Sie ihr Freund? Na, und wennschon. Aber verstehen Sie denn nicht, der Kleine ist gestorben ... neunzehn Monate alt. Sehr traurig. Was kann ich tun? Aber sehen Sie mal ... Na, jetzt hören Sie aber auf, mich zu stören, Sie, und wenn Sie so weitermachen, sperren wir Sie wieder ein. Draußen fuhren fahnengeschmückte Autobusse vorbei.

Sie war bestimmt da. Er hätte es gesehen, wenn sie herausgekommen wäre. Er blieb hinter der Oper auf dem gegenüberliegenden Trottoir stehen und wartete. Man würde sie freilassen, und er wollte auf sie warten. In der Ferne hörte man die Kapelle eines Volksballs spielen, dessen Lichtreflexe an den Mauern tanzten. Jeanne. Jeanne. Alles ist vergeben. Es gibt nichts zu verzeihen, du lieber Gott. Wenn sie nur da wäre. Es schlug Mitternacht.

Eine Grüne Minna hielt vor der Tür. Charles hielt angestrengt Ausschau. Er sah, wie man einige von seinen Gefährten hineinlud, den Barmann und Herrn Alexandre, einige Huren, die Kastanienhändler-Schmachtlocke Pedros. Dann fuhr der Wagen an. Er wartete. Es war halb eins. Er wartete. Er wartete. Den Kopf voller Gedanken und dazu Hunger im Magen: er hatte abends nichts gegessen. Die Nacht, aus der eine Polka kam, war ruhig und schön und sehr warm. Um ein Uhr morgens kam noch eine Grüne Minna. Die letzte, sagte ein Polizist auf seine Frage. Sie fuhr mit Unbekannten weg. Nein, man hatte niemanden im Revier zurückbehalten. Charles sah so verstört aus, daß ein Polizist Mitleid mit ihm bekam: Die Cartuywels, ja, er wußte Bescheid, man hatte sie direkt in die Spezialabteilung geschickt wegen schweren Deliriums.

Der Croupier läuft in der Dunkelheit gerade vor sich hin, wie ein Faustschlag, der ins Leere geht. Er rennt beinahe. Wohin? Irgendwohin. Er versucht, in der feiernden Stadt den Tanzvergnügen aus dem Weg zu gehen, die in ihm Übelkeit erregen. Trinken. Er geht an einem Café vorbei, obwohl er die Absicht hatte, sich dort hinzusetzen: hier wird getanzt. Er geht weiter. Hier wird getanzt. Er geht nach der Seine hinunter. Er könnte sich hineinwerfen. Er denkt einen Moment daran. Phantastische Lichter erheben sich über dem Pont-

Neuf. Er läßt die Seine hinter sich. Er will zum Justizpalast gehen, wo sie ist, irgendwo auf dem rechten Ufer; inzwischen geht er um alle möglichen Ecken und gerät beinahe ins Quartier Latin. Da durchfährt ihn plötzlich ein Gedanke, wie ein Seiltänzer, der sich herumwirft. Jetzt ist er an den Hallen. Er hat Hunger. Irgendwo auf der Straße ißt er, neben einem Fleck, an dem man sich sorglos dreht, Fettbrot und Würstchen. Rotwein. Idiotisch verloren steht er in einer armseligen und von Schweiß und Arbeit zugerichteten Menge mit ihrem Nationalfest und ihren Fähnchen. Irgend etwas jagt ihn hinunter nach den Boulevards, vor die geschlossene Passage. Er erhebt den Blick: dort oben war es, im Zwischenstock, Mädchen streifen ihn. Er haut ab. Nach Montmartre zu. Quer durch die Tanzvergnügen hin. Seit einigen Stunden nimmt ein Gedanke in ihm Gestalt an. Eine Adresse. In der Nähe der Place Clichy. Ein Haus. Er betrachtet es durch seinen Kneifer. Ein Haus wie alle anderen, in einer ruhigen Straße. Er reißt sich los. Er kommt zurück. Er sieht nach den Fenstern des dritten Stockwerks. Er verschwindet, rennend wie ein Verrückter. Überall wird getanzt. Als sei er an einem Gummiseil festgemacht, muß er auf seinen Beobachtungsposten zurück. Dort ist es, wo er am Morgen noch steht, während die letzten Paare sich voneinander lösen und die letzten Musikanten nach Hause gehen. Ein reiner, leichter Sommermorgen. Ein schwerer, zerquälter Mann. Vor dem Haus, das gar nichts Bemerkenswertes hat. Man beginnt die Müllkästen zu leeren. Die Hauswarte treten vor die Türen und klopfen die Fußmatten aus. Die Sonne geht auf, erscheint über den grauen Schieferdächern zwischen dem Wald der Schornsteine, wird wärmer. Kinder laufen umher, Glocken läuten.

Es war acht Uhr.

Da trat Herr Charles, der an Pünktlichkeit gewöhnte Croupier, der Mann, der im schnellen Geldwechseln geübt war, in das Haus ein und fragte den Sohn der Portiersfrau, einen Urlauber in Hemdsärmeln mit einer Jägerhose und einem großen blauen Gürtel: »Der Inspektor Colombin wohnt doch im dritten Stock?« – »Nein«, sagte der andere und schüttete einen großen Eimer Wasser über die Fliesen des Hauseingangs, »im vierten. Eins über dem dritten. Im Gang die dritte Tür rechts.«

Eins über dem dritten klingelte Herr Charles. Niemand antwortete. Er mußte mehrmals läuten. Schließlich hörte man jemanden ärgerlich vor sich hin brummeln. Hinter der Tür vernahm man das Geräusch von nackten Sohlen. Und durch die Tür kam Colombins Stimme: »Wer ist da?«

Leroy zögerte und sagte dann mit ganz natürlicher Stimme: »Ihr Freund Leroy.« Eine Kette klirrte, die Tür öffnete sich. »Leroy? Was führt Sie zu mir? Warten Sie, ich leg mich wieder hin. Treten Sie ein.«

Charles konnte gerade noch die behaarten Schenkel des Inspektors sehen, der schleunigst durch den kleinen Vorraum wieder ins Zimmer zurückschlüpfte. Im Zimmer nahm er sorgfältig Hut und Kneifer ab. Der andere hatte sich wieder hingelegt und gähnte, als wollte er sich die Kiefer ausrenken: »Sie haben mich aufgeweckt, mein Lieber, ich schlief noch ... wie spät ist es?« Er reckte sich. Die Vorhänge waren schlecht geschlossen über dem offenen Fenster mit den halbzugezogenen Läden. Das gewöhnliche, mit einer dicken rot-grünen Strohmatte und Möbeln aus heller Eiche ausgestattete Zimmer war in schöner Unordnung, ein Schuh lag hier, der andere dort, Wäsche über einem Stuhl, die Hosen samt Hosenträger am Boden, und ein Nachttopf war unter dem Bett sichtbar.

»Was führt Sie her?« wiederholte der Inspektor, indem er seine Tolle zurückstrich. Charles Leroy kam, ohne etwas zu sagen, dicht an das Bett heran, dessen Kopfende sich an der Wand dicht neben dem Eingang befand.

Plötzlich spürte der Inspektor Colombin, wie eine schwere Masse über ihn fiel und Hände ihn von hinten her am Halse packten. »Himmelherrgott! Leroy!« brüllte er. Er war sehr stark, befand sich aber im Bett im Nachteil. Der Leib des Angreifers, dessen wütenden Griff er zu lösen versuchte, lag schwer auf ihm. Er erstickte. Mit einer jähen Bewegung warf er sich hoch und rollte mit dem Angreifer zusammen auf den Boden.

Haben Sie schon mal einen Mann getötet? Das ist viel komplizierter, als man glaubt. Zunächst einmal wehrt er sich. Und dann rede ich nicht von Revolvern zum Beispiel. Das zählt nicht. Das ist Schwindel. Aber mit den Händen, den Armen, dem ganzen Körper. Was mehr als einen gerettet hat, ist der Umstand, daß der Wille zu töten oft mitten in der Arbeit nachläßt. Der Wille zu töten, das ist es, darauf kommt es an. Es gibt zwei schwierige Momente: anzufangen und dann Schluß zu machen.

Was einem natürlich hilft, ist die Wut: gerade weil der Kerl sich wehrt. Gewalt gegen Gewalt. Jeder bietet hier seine ganze Kraft auf, ohne jede Hemmung. Die Gegenstände ringsum, an die man sich klammert, die umfallen, zerbrechen, diese Gegenstände, deren Wert in ihrer Fähigkeit mitzutöten besteht ... Aber vor allem ...

Sehen Sie, Sie haben sich manchmal mit anderen Männern geschlagen. Gut. Vergessen Sie diese Erfahrungen. Da gibt es Listen, Tricks, Pausen, in denen man sich gegenseitig belauert. Denken Sie eher an Ihre Kindheit zurück, an die Schule oder an die Straße. Sich prügelnde Kinder stehen Mördern näher als Erwachsene.

Der Wille zu töten.

Gewiß war Colombin stärker als sein Gegner; aber Charles hatte die Stärke seines Willens. Wie zwei wütende Tiere wälzten sie sich mit phantastischen Bewegungen, die ihnen nicht zum Bewußtsein kamen, am Boden. Der Coupier suchte mit den Beinen die rotbehaarten Fesseln des Inspektors einzuklemmen. Er fühlte nicht die Schläge, die auf seinen Kopf niederprasselten, und ließ den Hals, den er umklammerte, nicht los. Die Hände des Polizisten versuchten vergeblich, seine eisernen Handgelenke wegzustoßen. Leroy würgte ihn wie toll. Man kann sich nicht vorstellen, was ein Mensch für Fratzen schneidet, wenn er einen anderen töten will.

Das ungeheuerliche Menschenbündel, dieser schreckliche Knäuel von Nacktheit und Kleidern zuckte plötzlich auf und lag dann wieder flach auf dem Boden. Der Wille zu töten. Nicht ein Wort. Kurze Atemstöße. Einen Augenblick lang wurde der Angreifer müde und gab nach. Das untenliegende Tier spürte es und erzitterte wie im Vorgefühl des Sieges. Seine Arme umschlangen die dicke Taille des Croupiers, doch der sah im schwarzen Bodenlosen seiner Wut das unklare Bildnis Jeannes vor sich, Jeanne mit diesem entblößten Leib verbunden, den er widerwärtig und machtvoll unter sich, gegen sich spürte. Der Wille zu töten war stärker. Er tötete.

In seinen Händen schwoll die Kehle mit ihren unter den beiden Daumen auseinandergedrückten Muskeln samt ihrem Widerstand an Knorpeln, gleitenden Ringen, dieser ganzen komplizierten Maschinerie zum Atmen und Brüllen, in der sich von ganz unten aufsteigende Geräusche verloren. Die gegeneinandergepreßten Gesichter verzerrten sich, als erstickten beide Männer zur gleichen Zeit. Leroy sah, riesenhaft vergrößert durch die Nähe, die Warze, die der Inspektor an der linken Braue hatte, was seinen Haß noch steigerte, er wußte nicht warum. Colombin versuchte Leroy zu beißen. Seine Zähne packten die Unterlippe des Würgers, und das Letzte, was er genau spürte, war dieser gräßliche tödliche Kuß und der Geschmack des Blutes des Mörders, das ihm in den Mund lief. Er wurde blau, violett, rot, alles auf einmal. Leroy drückte ihm den Hals zu wie ein Verrückter.

Die Leiber sanken zusammen, und eine lange Stille trat ein.

Leroy würgte den anderen noch immer. Er hatte gefühlt, wie seine Muskeln nachgaben. In der Fleischmasse hatte es geknackt. Der Polizist rührte sich nicht mehr. Leroy glaubte nicht an seinen Sieg. Er würgte ihn immer noch. Er tötete immer noch. Der Wille zu töten beherrschte ihn noch über die vollbrachte Tat hinaus. Vielleicht hätte er überhaupt nicht mehr losgelassen, wenn er nicht plötzlich im Innern wieder die Stimme Jeannes vernommen hätte, wie sie im Rundsaal des Spielklubs aufschrie: Nein, nicht mit den Händen! Nicht mit den Händen!

Leroy ließ den Kopf seines Feindes, der laut auf den Boden polterte, fahren und sah auf seine Hände, die getötet hatten. Er kam wieder zum Bewußtsein. Er schüttelte sein Opfer. Ein Leichnam. Alle möglichen Worte, die man in den Zeitungen las, nahmen Gestalt an. Leise legte er die offene Hand auf das Herz, das aufgehört hatte zu schlagen. Seine Wut verging.

Der Tote wurde plötzlich etwas Furchteinflößendes, Achtunggebietendes. Er rückte von ihm ab.

Dann aber erkannte er in diesem zusammengefallenen, fast nackten Menschen den ekelhaften Colombin, den Henker, Jeannes Liebhaber. Seine ganze Wut erwachte von neuem. Er warf sich über den Leichnam.

Der Sohn der Concierge sah nicht, wie die Gardinen im vierten Stock beiseite geschoben wurden. Aber er hatte gerade noch Zeit, einen Sprung zu machen, um sich vor der Masse in Sicherheit zu bringen, die, sich um sich selber drehend, neben ihm in den Hof stürzte. Charles Leroy, Croupier im Passage-Club, war sofort tot. Und nicht schön anzusehen. Man hörte Schreie. Das Geräusch von laufenden Füßen. Leute sammelten sich an. Kinder mit weit aufgerissenen Augen. Frauen. Der Urlauber konnte sich von dem Schreck gar nicht erholen. Der Sonntag fing schön an. Man mußte einen Polizisten holen, die Spuren beseitigen, weil man so etwas nicht aller Welt zeigen kann. Die Frau des Obsthändlers ist doch schwanger ... Und wenn es vielleicht ein schlechtes Vorzeichen wäre? Und ich wollte heute nachmittag nach dem Pré-Saint-Gervais zur Kundgebung der CGT gehen! Auf jeden Fall ziehe ich Zivilkleider an.

XIX

Joseph Quesnel bot Edmond einen kleinen Sessel an, den er selbst entworfen hatte. Ein bequemes Stück. Edmond setzte sich voller Unruhe.

Das Arbeitszimmer Joseph Quesnels ging auf den Park Monceau hinaus. Durch die großen Tüllgardinen der Fenster fiel die Sonne quer durch die jungen zarten Triebe und das lindenfarbene, gefleckte Laub, und aus dem Park drang Kinderlachen und das Knirschen des Kieses. Da unten spielte das Wasser um falsche römische Ruinen wie in einer äußersten Anstrengung impressionistischer Landschaft mitten in Paris, um Claude Gelée, den man le Lorrain nannte, mit Sisley zu vermählen. Man vergaß so die gleich danebenliegende Vergangenheit der infamen Monceauhöhe, diesen Lumpensammlerberg, den man aus den Exkrementen von Paris gebaut hatte, was aber die Grazie dieser Landschaft vergessen machte, die die aristokratischen Promenaden Londons imitiert und großmütig von den Wohnsitzen der großen Bankiers des Zweiten Kaiserreichs umgeben wird. Der Raum war in Braun und Amarant gehalten. Die Beleuchtungskörper von Lalique aus mattem Kristall zeigten in den Ecken Landschaften mit Athleten und Tauben, die in vollem Tageslicht unerkennbar blieben. Auf den festgenagelten Teppichen und vor den Tischen und Sesseln im Mainestil lagen dicke Felle, die unter den Schritten der Besucher nachgaben, und Edmond Barbentane kam schmerzhaft zum Bewußtsein, daß jeder Gegenstand auf den niedrigen Tischen selten und kostbar war. Diese Gartenszene an der Wand mußte ein Bonnard sein. Wie am Boulevard Bineau. Er hatte das Gefühl, daß es hier um sein Leben ging.

Joseph Quesnel, hinter seinem breiten Schreibtisch aus Ebenholz, auf dem Papiere ein Elfenbeintablett bedeckten, fuhr ganz langsam mit der linken Hand über seine kahle Stirn. Dann schloß er die Augen. Etwas in ihm schien erloschen, plötzlich gealtert zu sein. Zweifellos litt er, und die rosa Farbe, die er im Gesicht hatte und die ihm fälschlich ein gutes Aussehen verlieh, erschien in diesem Augenblick als das, was sie wirklich war, als Widerschein irgendeiner im Organismus verborgenen Krankheit und Ankündigung der Auflösung. Dieser Mensch begann bereits, wenn er die Lider senkte, seinem eigenen Leichnam zu ähneln: die Säcke unter den Augen hingen herab, tausend kleine Fältchen, die man vorher nicht bemerkt hatte, zeichneten sich in das Gesicht ein, und die Traurigkeit des Mundes, die ein noch blonder Schnurrbart, der einst schön gewesen sein mochte, schlecht verbarg, drückte unter der dick gewordenen Nase auf das wohlrasierte Kinn. Die Brauen des alternden Mannes wurden buschig. Edmond dachte: Wieviel Tränen haben am Ende eines Lebens doch das Antlitz eines Menschen ziseliert. Aber das dauerte nur einen Moment. Die Augen seines Gegenübers öffneten sich wieder, das Leben kehrte mit einem Lächeln zurück, und Herr Joseph Quesnel betrachtete den ängstlichen jungen Mann, der ihm gegenübersaß, mit anhaltender Neugierde.

»Ich habe Sie kommen lassen ...«, sagte er, und seine lange, schmale Hand spielte mit einem Brieföffner aus Karneol. Er zog seinen Satz hin, als sei nicht der andere der Verlegene. Edmond versuchte auf seinem Gesicht einen Ausdruck höflichen Fragens beizubehalten. Quesnel dachte: Was tue ich? Was weiß ich von diesem Jungen? Kann er mich verstehen? Edmond interessierte sich krankhaft für die Kleidung seines Gastgebers. Niemals zuvor hatte er in diesem Maße begriffen, was Gepflegtheit aus einem Mann machen kann. Joseph Quesnel war keineswegs das, was man einen Elegant nennt, aber die Schönheit des Stoffs und vor allem die außerordentliche Sauberkeit der Wäsche, die Qualität der Krawatte, alles an ihm überwältigte den Besucher. Er mußte einen hervorragenden Kammerdiener haben.

»Ich habe Sie kommen lassen«, wiederholte Quesnel mit schleppender Stimme. Plötzlich faßte er einen Entschluß. In seinen Augen blitzte etwas auf, und er war gleichsam ein anderer. Das Blut stieg ihm in die Wangen. Seine Stimme wurde ernster, und er verzichtete auf vorbereitete Sätze, auf das, was zu sagen er sich vorgenommen hatte. Er hörte auf, der große Unternehmer zu sein, der einen jungen Mann empfängt, sondern er wollte offen sprechen.

»Ich habe die letzte Nacht nicht geschlafen. Dazu bin ich in der letzten Zeit nicht gut auf dem Posten gewesen. Sie leiden sicher nicht an Schlaflosigkeit? Ein Mensch, der gut schläft, weiß nicht, was das Leben ist. Ich denke oft an die Menschen, die Jahre in den eisernen Käfigen der Gefängnisse verbrachten, im Mittelalter, und ich habe einen kleinen Begriff davon, was sie gelitten haben, weil ich weiß, was Schlaflosigkeit bedeutet ... Ja, das Gefängnis, das muß so etwas sein: Schlaflosigkeit, die dauert ...« Er zuckte die Achseln: »Schrecklich!«

Edmond fühlte nach dieser indirekten Vorede, wie seine Besorgnis wuchs. Als er in seinem Hotel die telefonische Aufforderung Joseph Quesnels empfangen hatte, versuchte er sich einzureden, daß die plötzliche Einladung auf die natürlichste Weise zustande gekommen sei. Carlotta hatte ihm mehrere Male gesagt, sie wünsche sehr, er möge ihren Beschützer kennenlernen. Er hatte nicht an irgend etwas im Zusammenhang mit dem Passage-Club glauben wollen. Trotzdem spürte Edmond jetzt, daß dieser Gedanke, der sich auf dem Weg gegen seinen Willen in ihm gebildet hatte, von dem er wußte, daß er seit der ersten Minute in ihm gewesen war, und der ihn an der Schwelle des Taximagnaten hatte zögern lassen, ihn von neuem mit aller Gewalt ergriff. Es war doch nicht möglich. Er fühlte die ganze Verkehrtheit seiner Lage. Warum war er nur gekommen? Woher kam diese sinnlose Anziehungskraft des Fliegenfängers auf die Fliege? Er gestand sich ein, daß er den Reichtum einmal aus der Nähe hatte sehen wollen.

Die Stimme fuhr fort: »Ich habe Sie nicht kommen lassen, Herr Barbentane, um Ihnen von meinen schlaflosen Nächten zu erzählen. Aber immerhin, wenn Sie jemals vor Tagesanbruch etwas gespürt haben wie ein Ersticken, das Sie aufweckt, wenn Sie dann im Dunkeln dem Schlagen Ihres Herzens gelauscht und sich vor einem Gedanken gefürchtet haben, der damit zusammenhing, den Sie aber durch den Schlaf hatten auslöschen wollen ... vielleicht gibt es dann zwischen uns, trotz des Altersunterschiedes, eine Art gemeinsamer Sprache ... denn Sie wissen noch nicht, was altern heißt, obwohl man sehr jung damit anfängt. Ich jedenfalls habe mit fünfunddreißig, sechsunddreißig Jahren gefühlt, daß ich altere ...«

Noch niemals hatte sich Edmond in einer solchen Situation befunden. Er folgte den Bewegungen des Brieföffners. Es war drückend wie vor einem Sommergewitter.

»Das Furchtbarste beim Altern ist nicht das Ergebnis; es sind die Etappen. Eines Tages bemerkt man, daß irgend etwas, woran man gewöhnt war, das man zu tun vermochte ... und dann ist das Alter vor allem so etwas Verdächtiges, Unsauberes. Die Haut wird schlecht, man ist nicht mehr sicher, wie man eigentlich aussieht, wenn man schläft. Alles, was bis dahin natürlich war, wird jetzt Gegenstand einer Bemühung, einer Anstrengung ... Wenn man daran zurückdenkt, war es ja so kurz, das Leben. Gegen achtzehnhundertneunzig ... Ach was, ich bin verrückt. Ich muß mit Ihnen sprechen und darf nicht träumen. Also, die Sache ist die ...«

Er war aufgestanden und ging durchs Zimmer auf und ab. Er war groß und ziemlich schlank. Die Jagd war sein Sport gewesen. Etwas in ihm machte das fühlbar, stimmte aber eigentlich nicht mit seiner Verlegenheit überein, die ihn hinderte, auf den eigentlichen Gegenstand der Unterhaltung zu kommen. Je länger diese Verlegenheit dauerte, desto klarer wurde der Gedanke, den Edmond in sich trug: Er weiß. Nun, und? Sollte er aufstehen und davonlaufen? Ein bitterer Zug entstand um den Mund des jungen Mannes: Sollte er es nur ruhig wissen! Herrgott, ich bin es, den sie liebt, und nicht dieser Alte.

»Ja«, begann Joseph Quesnel, »Fräulein Beneduce hat mit mir gesprochen ...«

Edmond zwinkerte mit den Augen. Ein Schweigen entstand, in dem die Geräusche, die von draußen kamen, übertrieben laut wirkten. Vorsicht! Dieser Satz war nicht klar genug, um ...

»Sie hat mir gesagt, was Sie für sie sind. Wir haben lange miteinander gesprochen. Ja. Ach, wissen Sie, ich habe nie geglaubt, Carlotta für mich allein behalten zu können! Und obwohl ich ihr in anderen Fällen die gleiche Offenheit gewünscht hätte ... Aber das würde uns zu weit führen. Ich will nur sagen, daß die Sache weder unvorhergesehen kam noch daß es sich um das erste Mal handelt. Ich war nicht so lächerlich, zu glauben, daß sie in mich verliebt sei, wissen Sie. Schrecklich ist dabei nur, daß ich sie liebe ...«

Er hatte nicht umhin gekonnt, das zu sagen. Sein ganzes Leben lang hatte er sich Vorwürfe gemacht, seine innersten Gedanken preiszugeben. Das hatte ihm manche Geschäfte ruiniert, aber wenn es um Geschäfte ging, na schön. Dagegen mit diesem jungen Mann ... wozu mußte er ihm auch noch Waffen gegen ihn selber liefern? Edmond fing an zu sprechen. Was sagte er? Ach was, es kam ja gar nicht darauf an. Sie sind alle gleich, diese jungen Leute, was für einen Haufen von Gemeinplätzen und Nichtigkeiten sie doch im Kopf haben! Ich möchte bloß wissen, was er da erklären will? Niemand bestritt ihm sein Recht. Behandelte Joseph Quesnel ihn denn wie einen Räuber, weil er mit einer Frau geschlafen hatte, deren Kleider und Wohnung ein anderer bezahlte? Nein. Also? Selbstverständlich, selbstverständlich.

»Sehen Sie, Herr Barbentane, Sie verschwenden Ihre Zeit. Damit ich es Ihnen gleich sage ... es wird keine Szene geben. Ich werde von Ihnen nicht verlangen, Carlotta nicht mehr wiederzusehen. Was Sie angeht ... kurz, alles bleibt, wie es war.«

Edmond bekam wieder Luft. Er hatte vor allem den Bruch gefürchtet, der Carlotta ihren Luxus entziehen würde. Donnerwetter, war ihm heiß geworden.

»Ich möchte einfach, daß es zwischen uns kein Mißverständnis gibt. Wenn ich Carlotta liebe, möchte ich, daß sie glücklich ist. Und es scheint, zumindest im Augenblick, daß sie ohne Sie nicht glücklich sein kann. Ach, machen Sie nicht so ein Gesicht!«

Was habe ich denn für ein Gesicht gemacht? dachte Edmond. Er schüttelte den Kopf, als wolle er die Miene, die er gerade machte, von seinem Gesicht abschütteln.

»Ich will Ihnen einfach sagen, daß Sie, da Sie für ihr Glück unumgänglich sind, für mich ein Element meines Lebens werden, und das ist es, was mich zwingt, Sie kennenzulernen und mit Ihnen zu sprechen. Sehen Sie, früher hat sich Carlotta in ihren Gefühlen und in manchen Leuten getäuscht. Sie ist vor einer gewissen Schwärmerei nicht sicher, die ihr Leben leicht in Verwirrung bringt. Vielleicht wissen Sie, wo ich sie herausgeholt habe?«

Edmonds Schweigen unterbrach ein heiseres ängstliches Nein.

Der andere hatte seinen Spaziergang im Zimmer wieder aufgenommen. Ist dieser hübsche Kerl ein Idiot? Scheint so. Welches Recht habe ich eigentlich, ihm von Carlotta zu erzählen? Es wäre übrigens einfacher, ihn sich zum Freund zu machen. Die Frauen haben doch einen vulgären Geschmack. Er ist genauso wie alle Gigolos. Man könnte ihn auf der Straße von anderen überhaupt nicht unterscheiden.

»Wenn man nicht schläft, denkt man nach. Ich erinnerte mich sehr schlecht an Sie, als wir uns damals mit meinem Neffen Roger getroffen hatten ... Ich sagte mir: Ebensogut der wie ein anderer. Gegenwärtig frage ich mich ...« Er hielt inne. »Lieben Sie sie wirklich?«

Er setzte sich in einen Sessel zu Edmonds Rechten und

beugte sich nach vorn, die Arme zwischen den gespreizten Beinen hängend.

»Ich bin auch jung gewesen. Ich habe mein Leben mit einer großen Liebe begonnen. Ich war ein kleiner Kommis und verliebte mich in ein adliges Mädchen. Ich heiratete sie, und ihretwegen hörte ich auf, ein Mensch zu sein, und wurde ausschließlich zum Unternehmer. Wir lebten fünfundzwanzig Jahre zusammen, und sie starb vor zwei Jahren. Wir hatten eine große Tochter ... Ich gehöre der reformierten Kirche an. Unsere Kreise nehmen irreguläre Bindungen sehr ungünstig auf, und ich habe mein ganzes Leben hindurch diese strengen Anschauungen geteilt ... Ob ich an Gott glaube, das frage ich mich offen gestanden selber. Aber ich habe fünfundzwanzig Jahre hindurch an eine Liebe geglaubt, die nicht existierte ...«

Er hatte seinen Blick zu Edmond erhoben.

»Man sagt, daß die Liebe verräterisch ist und daß sie immer nur die einzige sein will. Vielleicht spüre ich aus diesem Grunde jetzt, wenn ich die vergangenen Jahre betrachte, dieses seltsame Gefühl des Betrogenseins. Es bedurfte Carlottas, damit ich begriff, daß das, was ich für meine Frau verspürte, keine Liebe war, keine Liebe sein konnte!«

Er schüttelte heftig den Kopf und sprach lauter.

»Nein, ich habe meine Frau nicht geliebt! Ich habe sie nicht geliebt!«

Edmond schätzte im Geiste die Einrichtung des Zimmers ab. Es mußte ein hübsches Sümmchen darin stecken, wenn man nur die Möbel in Betracht zog, ohne von den Bildern zu reden. Er hatte in einer Ecke etwas bemerkt, ein Stilleben, das sehr wohl ein Chardin sein konnte. Von den ersten Augenblicken mit Carlotta an hatte er unklar den Wunsch verspürt, hierherzukommen, den Ursprung selbst alles dessen zu entdecken, was ihn an ihr bezauberte und was nicht sie selbst war und was sich nicht mit dem Reichtum der Beurdeleys vergleichen ließ, etwas Unerschöpfliches und Berauschendes. Einige Sätze hatte er nicht gehört, er schrak zusammen, als er vernahm, wie Joseph Quesnel sagte: »Und für wen war es schließlich eine größere Schande, im Bordell zu sein, für sie oder für mich?«

»Es kam alles«, sagte Joseph Quesnel, »durch den Taxistreik vor mehr als achtzehn Monaten … Wir hatten eine Sitzung des Konsortiums gehabt. Ich hatte mich in der Diskussion ziemlich aufgeregt und wollte ein bißchen Luft schnappen. Sède de Liéoux hatte seinen Wagen nicht, ich borgte ihm meinen und ging zu Fuß. Ich war es nicht mehr gewohnt.

Das Wetter war erstaunlich für einen Winterabend. Von den Ternes aus hatte ich es nicht weit bis zu mir; aber ich bemerkte den Park, eine Art Bedauern erfaßte mich, und ich verfolgte meinen Weg nach Rome, Clichy zu weiter. Kurz vor Clichy begann der Jahrmarkt mit seinen Azetylenlichtern. Ich wanderte dort über eine Stunde umher, über mich selbst verwundert und auch über diese merkwürdige Freude an meiner Freiheit … Ich werde Ihnen das nicht alles im einzelnen erzählen. Aber schließlich unterhielt ich mich einige Zeit später mit Wisner, und dieser, ein Angeber, hatte mir von gewissen Häusern am Montmartre gesprochen, und der Name der Rue-La-Ferrière war mir im Gedächtnis geblieben wegen der Form dieser Straße, der einzigen, soviel ich weiß, die einen Halbkreis beschreibt. Ich war dort, ehe es mir zum Bewußtsein kam, daß ich hingegangen war, und plötzlich sagte ich mir, daß ich damit niemanden weh täte, daß ich schließlich frei wäre und so weiter. Kurz, ich trat in dieses Haus ein, das Wisner mir empfohlen hatte.«

Er schwieg und seufzte.

Die Hitze war erstickend. Edmond dachte ironisch, das alles seien ein bißchen viel Skrupel für einen Seitensprung. Aber zugleich war ihm die Röte in die Wangen gestiegen, und sein Herz schlug. Carlotta … Durch dieses Haus also war sie gegangen. Er wußte plötzlich, daß er sie wirklich liebte.

Joseph Quesnel fuhr fort: »Sie können nicht verstehen, was ich damals verspürt habe. Ich war nicht mehr derselbe Mensch: Hinter mir dehnten sich leere, fruchtlose Jahre. Ich kam am nächsten Tage wieder, weil ich nicht ertragen konnte, daß diese zauberhafte Frau noch länger dort bleiben und allen Begehrlichkeiten zufälliger Besucher ausgesetzt sein sollte. Ich zahlte die Summe, die zu zahlen war. Sie verließ das Haus.

Sie ist in wahrhaftigerem Sinne meine Frau geworden als die Mutter meines Kindes. Obwohl die Welt, deren Gefangener ich bin, mir nicht gestattet, sie vor ihr zu meiner Frau zu machen. Ich hatte völlig den Sinn für das Vergangene, dieses profane Leben verloren und wurde zum Gegenstand des Skandals für jene, die mich vorher geachtet hatten. Gleichzeitig fühlte ich mich verjüngt und spürte auch mit Schrecken die grausame Unwiderruflichkeit des Alters. Ich begriff alles, was mich zu einem Automaten gemacht hatte. So begann dieses schmerzliche, furchtbare verspätete Liebesglück, als ich nicht mehr liebenswert war, und doch weiß ich, daß es keine andere Möglichkeit gibt, die verrückte Strenge eines konventionellen Lebens wiedergutzumachen. Als ich zum erstenmal erfuhr, daß sie mich betrog, waren wir zwei Monate zusammen ... Der Zufall ließ mich einen Brief finden. Was soll ich Ihnen sagen? Ich redete mir ganz leise selber zu: Es wird schon vergehen, es wird schon vergehen ...und dann ist es gar nicht vergangen.«

Edmond verspürte Rührung. Es war blöd; aber ihm war, als sei er selber und nicht Joseph Quesnel ... Der andere sah ihn einen Augenblick lang an: »Ich sehe jetzt, daß Sie sie lieben. Sie ist schrecklich für uns, für uns Männer, wissen Sie. Ach, sagen Sie nicht nein, weil sie jetzt gerade Sie liebt. Das kann sich so leicht ändern. Ein einfaches Umschlagen des Windes. Doch, doch. Und ich sage Ihnen das, weil ich nicht mehr will, daß es sich ändert. Diese Leichtfertigkeit, verstehen Sie wohl: sie ist ein tolles und schwaches Mädchen, und dazu sehr hart und herrschsüchtig. Ich habe manchmal Angst um sie und um mich. Ich sage mir dann, daß ich es nicht mehr dulden werde, daß es Männer gibt, die zu niedrig stehen, als daß man ihre widerwärtige Konkurrenz ertragen könnte. Und wenn das Unglück wollte, daß ich – nun, in einer immerhin möglichen Aufregung, es gibt ja schreckliche Tage – daß ich sie ... verlasse ...«

Das letzte Wort fiel wie ein Tropfen Blei in die Stille. Die Stimme hob wieder an, schneller diesmal: »Wenn ich sie eines Tages verlassen würde, Herr Barbentane, wohin würde sie fallen? Wem würde sie in die Hände geraten? In ihrem Leben gab es einen Zuhälter, von dem sie mir erzählt hat; ich denke manchmal daran. Dieser elende Kerl war es, der sie dahin gebracht hat, wo ich sie später fand. Ich will nicht, daß das von neuem beginnt; ich will es nicht. Carlotta!« Edmond erschauerte: er dachte an Colombin.

Joseph Quesnel schien auf dem Höhepunkt der Qual zu sein. Seine Lippen waren so schmal und blaß, daß man hätte glauben können, er würde gleich in Ohnmacht fallen. Edmond verlor seine eben wiedergewonnene Sicherheit. Warum erzählte er ihm das alles?

»Nein, ich will nicht, daß Carlotta wieder dorthin zurückfällt, wo ich sie hergeholt habe. Und darum muß das, was ich nicht tun kann, ein anderer tun. Ein junger Mann muß ihre Liebe gewinnen, und Sie können dieser Mensch sein, und aus diesem Grunde habe ich Sie kommen lassen ... Unterbrechen Sie mich nicht. Sie müssen in dem alten Mann, der mit Ihnen spricht und dem Sie weh tun, nicht einen Feind, sondern einen Verbündeten sehen. Sie müssen diesen alten Mann nicht mit Verachtung, sondern mit Freundschaft betrachten. Sie müssen in ihm jenen Halt finden, ohne den Sie sie verlieren, seien Sie davon überzeugt ... Ich weiß, ich weiß, welch niedrige Gedanken diese Gefälligkeit meinerseits in Ihnen wachrufen könnte. Geben Sie sich darin nicht nach, junger Mann ...«

Er drückte auf einen Knopf auf dem Schreibtisch. Ein livrierter Diener trat ein. »Portwein«, sagte Quesnel, und dann trat ein langes Schweigen ein, bis der Diener mit seinen weißbehandschuhten Händen Edmond den dunklen Wein eingeschenkt hatte. Als sie wieder allein waren, seufzte Joseph Quesnel noch einmal.

»Also, die Dinge liegen so, Herr Barbentane. Sie haben kein Geld. Ihr Vater ist nicht sehr großzügig. Sie studieren Medizin. Ihre Jugend geht vorbei. Genauso wie die meine vorbeigegangen ist. Sie können Carlotta nicht den Luxus geben, den sie braucht. Im Gegenteil. Sie können nicht an ihrem Luxus teilnehmen, ohne sich zu degradieren. Darin liegt ein tödliches Prinzip. Die Liebe, in der das Geld eine Rolle spielt, ist vergiftet. Sie wissen nicht, wie sehr ich das Geld hasse. Es ist etwas Scheußliches und Schreckliches. Sie müssen wählen: entweder Carlotta oder das Leben, das Sie sich gerade zimmern. Arzt in der Kreisstadt Sérianne-le-Vieux ... Wie können Sie zögern?« – »Ich verstehe Sie nicht.« – »Ich sage, daß Sie wählen müssen. Entweder müssen Sie die Nachfolge Ihres Vaters antreten oder eine lange und schwierige Laufbahn aufgeben, um Carlottas Liebhaber zu bleiben. Der Liebhaber dieses anspruchsvollen und tyrannischen Mädchens ... Und es zu bleiben, da ich Ihnen dazu die Mittel geben kann.« – »Ich verstehe Sie nicht.«

Joseph Quesnel ging durchs Zimmer auf und ab. Dann setzte er sich vor Edmond hin und schlug einen väterlichen Ton an.

»Lassen Sie«, sagte er, »das Medizinstudium sein. Ich werde für Sie in meinen Unternehmungen einen Platz finden, der Sie zum Gleichgestellten dieser reichen, verwöhnten, grillenhaften Carlotta machen wird, neben der ich die Rolle des betrogenen Alten spielen werde. Wir werden jeder unsere bestimmten Tage und Stunden haben. Die Welt wird davon nichts wissen; denn sie würde auf uns beide, auf Sie und mich, wegen einer solchen Abmachung mit Fingern weisen. Die Welt wird davon nichts wissen, weil sie nie etwas von dem weiß, was Sache der Verzweiflung, der Liebe und der Schwäche ist. Sie würde nicht verstehen, daß Sie ohne mich Carlotta nicht behalten könnten und ich sie ohne Sie unweigerlich verlieren würde.«

Er sprach noch lange weiter. Die Müdigkeit der fünften Stunde drang durch das Fenster herein. Edmond, vom Portwein betäubt, hörte nicht mehr zu. Er träumte vor sich hin. Welch seltsames Abenteuer! Sicher war dies das Glück, das ihm so nahe war ... Sollte er es durch alberne Skrupel entweichen lassen? Carlotta erwartete ihn am Boulevard Bineau. Sie würden auf dem Lande, am Ufer der Seine speisen. Carlotta. Ihr wundervolles Bild beherrschte Edmonds Gedanken. Er hörte ihr Lachen wie ein Klirren von Glas in dem verlassenen Haus, wo sie ihn am Tage zuvor aufgeweckt hatte, als er nach der Liebe eingeschlafen war. Carlotta, Kraft und Reichtum, ihre Schultern. Diese Bewegung des Nackens, die die Männer abweist, die Schmeichelei, die Entzückung. Die kleinen Hände, die immer bereit waren, Ohrfeigen auszuteilen. Ihr Haar, schwer wie ein Sonnenuntergang. Zugleich erfaßte ihn etwas wie Stolz: was, das da vor ihm war also der berühmte Joseph Quesnel, der Taximagnat, der berühmte Bankier? Er erniedrigte sich vor ihm, er flehte ihn an. Er wäre ihm gern mit Herablassung begegnet, aber er vermochte es nicht. Er fühlte eine heimliche Sympathie für diesen Mann, der um einer Frau, um Carlottas willen die Selbstachtung mit Füßen trat. Ein reicher Mann! Der Bonnard leuchtete im Halbdunkel. Ein großer Maler! Edmond erhob sich.

»Wenn Sie gestatten«, sagte er, »werde ich darüber nachdenken.«

XXI

Montag, der 14. Juli 1913, wurde mit allgemeiner Neugier erwartet. Die Revue von Longchamp versprach glanzvoll zu werden. Man hatte Kolonialtruppen in Paris konzentriert. Seit mehreren Tagen beobachteten die Kinder auf dem Boulevard Port-Royal die Neger durch die Tore der Kaserne. Die Presse hatte die öffentliche Meinung erhitzt. Die Regierung wollte durch eine klare politische Demonstration die Kammer veranlassen, endlich für das Militärgesetz zu stimmen.

Vor Morgengrauen hatte die Menge sich in westlicher Richtung in Bewegung gesetzt. Sie begegnete Leuten, die nach einer am Montmartre verbrachten Nacht nach Hause gingen. Die Regimenter durchquerten mit ihren Kapellen an der Spitze die Stadt und weckten die Bewohner. Vorhänge wurden zurückgezogen. Mädchen im Hemd beugten sich aus den Fenstern. Von der Straße her warfen ihnen die Soldaten erobernde Blicke zu. Berittene Offiziere ließen ihre Pferde sich aufbäumen. Die Bevölkerung sammelte sich an, wenn sie vorbeizogen. Beifall klang auf. Man weiß, daß die Franzosen ihre Armee lieben. Es ist weniger bekannt, wie sehr sie sie lieben. Der größte Teil der Pariser, Frühaufsteher, blickte sorgenvoll zu einem wolkenlosen Himmel empor: in Longchamp mußte die Hitze bleiern werden.

Elise Grésandage hatte nachts kein Auge zugetan. Als die Clairons unter ihren Fenstern ertönten, stand sie auf, warf sich ein Tuch um die Schultern und stellte sich ans Fenster.

Richard drehte sich im Bett schwerfällig um, ohne aufzuwachen. Es waren Annamiten. Elise dachte daran, wie in der Zeit des Mandschurischen Krieges die Zeitungen voll gewesen waren von Artikeln über die gelbe Gefahr. Die kleinen Männer, ganz wie Bleisoldaten auf dem Pflaster von Paris, verursachten ihr ein merkwürdiges Gefühl. Was machten die armen Kerls hier? Dann kam die Artillerie, deren Geschütze beim Vorbeifahren das Haus erzittern ließen. Elise wandte sich nach dem schlafenden Richard um. Sie entsann sich dessen, was er über den Krieg gesagt hatte. Wenn Rico nun recht hatte? Rico, böser, untreuer Rico. Ich will nicht, daß man ihn mir tötet. Ach, eher soll er dieser Frau gehören, allmächtiger Herrgott, möge sie ihn meinetwegen glücklich machen!

Obwohl es verrückt war, hatte sich Joseph Quesnel entschlossen, gemeinsam mit Carlotta der Parade beizuwohnen. Verrückt von allen Gesichtspunkten aus: Gesundheit, Skandal. Dennoch hielt er darauf, und Carlotta hatte einen neuen Hut. Er holte sie also mit dem Wagen gegen Viertel nach sechs am Boulevard Bineau ab. Carlotta, von den Aufregungen der vergangenen Tage ermüdet, hatte wunderbar ruhig geschlafen. Und ausgeruht und frisch wie sie war, zeigte sie an diesem Tag eine morgenfrische Schönheit und Jugend, die Quesnel an ihr nicht kannte. Sie ließ ihn warten. Sie konnte sich nicht entschließen, welches Kleid sie wählen sollte. Sie kam in Unterkleidung zu ihm, damit er es aussuchen solle. Das beigefarbene, das rosa, das grüne? Beeil dich, heute ist niemand sicher, Plätze zu bekommen. Die Karten sind ohne Garantie. Heute ist ein demokratisches Fest.

Sobald man in den Bois de Boulogne kam, wälzte sich eine riesige Menge von Leuten aller Art dahin, in der die Sonntagskleider mit Strohhüten und großen Federhüten dominierten. Die Frauen im Jabot über den hellen Kleidern, die noch schläfrigen Kinder, die man in Gruppen mitschleppte, kriegerische Erregung, was es in Paris an kleinen Ladenbesitzern gab, auf dem Rasen und zwischen den Drahtzäunen umherliegend, wo kreischende Kinder spielten, jenseits der Befestigungen und durch die Avenuen, die die beiden Seen umgeben, zog alles nach Longchamp hinaus, von wo bereits gegen sieben Uhr enttäuschte Massen zurückströmten, die keinen

Eintritt mehr gefunden hatten. Musikkapellen gellten, man hörte Marschschritt, neue Regimenter zogen vorbei. Man drängte sich mit Schreien und Hurrarufen um die Fahnen. Der Clou der Sache waren die senegalesischen Schützen mit ihren weißen Gamaschen, ihrem roten Fes und dem ganzen Lederzeug. Ihre schwarzen begeisterten Gesichter, bereits in Schweiß gebadet, ließen dieses ganze einfältige, patriotische Paris unter den Bäumen, die von der Nacht noch frisch waren, zusammenlaufen. Kürassiere zogen, von Beifall umbraust, zwischen den Akazien dahin.

In Longchamp, das zum Brechen voll war, entstand eine Art Meuterei am Eingang der Tribüne A, die die Tribüne des Senats und der Kammer war und für die Quesnel Karten hatte. Man ließ die Leute nicht herein. Es war Viertel vor sieben. So eine Idiotie! Die Menge protestierte. Unter dem Druck der Nachdrängenden stürzten Frauen und Kinder hin. Schreie ertönten. Zum Ersticken eingezwängt zwischen den eleganten Gästen des Parlaments, fluchten Joseph und Carlotta ihrerseits. Carlottas Hut war eine Sensation: eine kleine Toque, die schief saß, mit einer doppelten Krone aus zwanzig schwarzen und weißen Piquets de crosse. Mit diesen Federn verhält es sich genau wie mit den Orchideen: alle Welt weiß, wie teuer sie sind. Hundert Franken das Stück. Der Hut war, schlecht gerechnet, viertausend Franken wert. Das Gedränge wurde immer schlimmer: Polizisten hoben die Arme gen Himmel. Es war nicht ihr Ressort. Man sah dreifarbig umgürtete Abgeordnete, die ihre Spitzbärte unerschütterlichen Aufsehern empört entgegenreckten. Als es sieben schlug, wurden die Sperren aufgemacht. Ein ungeheurer Ansturm fegte Carlotta, die ihren Hut hielt, und Joseph, der bleich war und Schmerzen im Leib verspürte, mit sich fort. Schreckensrufe ertönten: »Vorsicht ... brutale Kerls! Drängen Sie doch nicht! Eine Frau ist ohnmächtig geworden!« Der menschliche Strom stürmte, sich selbst zerreißend, die Tribüne A, und diese Leute von Welt schlugen sich untereinander und quetschten sich in den Treppengängen. Hinter ihnen auf dem Sand der Allee blieben zertretene Hüte und zerbrochene Sonnenschirme liegen. Die Bänke füllten sich.

Um acht Uhr sind Spahis, sudanesische Reiter, senegalesische, algerische, annamitische Schützen mit ihren schwarzen Foulards, Infanteristen und Artilleristen des Mutterlandes und dann wieder Madagassen, Tonkinesen, Marokkaner, Gabonesen und das Eingeborenenregiment vom Tschad vor den Tribünen angetreten: zuerst die Kolonialtruppen, dann die Infanterie, dann die Artillerie und hinter ihr die Kavallerie, schließlich im Hintergrund die Fliegerei und ihre Autos. Geschütze donnern, und auf der Straße von der »Cascade« her erscheint der Präsident mit seinem Gefolge unter dem Stampfen von weißgefleckten Pferden mit umwickelten Beinen. Poincaré, neben dem Etienne sitzt, grüßt. Dies ist das symbolische Gefährt des Gesetzes über die dreijährige Dienstpflicht: Das Tor öffnet sich, und die Equipage gelangt zu den Tribünen, zu jenem Pavillon, wo vor gar nicht langer Zeit an einem ähnlichen Tage ein Präsident der Republik Ohrfeigen erhalten hatte. »Hoch Poincaré! Hoch Poincaré!« Der Präsident lauscht auf die Rufe mit der tiefen Befriedigung eines Mannes, der sich sonst unverstanden fühlt.

Inmitten der offiziellen Persönlichkeiten (Haben Sie diese Person neben Quesnel gesehen? Ihren Hut?) sieht Carlotta unter der drückenden Sonne an der Seite Quesnels zu, wie sich diese hellen und dunklen Linien entwickeln, die aus Tausenden von Männern bestehen, welche der General Michel, der Militärgouverneur von Paris, befehligt. Gezogene Degen blitzen vor der Wache von vierzig reichgestickten Fahnen, in der ersten Reihe der Truppen, wo man gerade noch die Offiziere mit himmelblauen Dolmans oder marinefarbenen Rökken unterscheiden kann. Überall Federbüsche. Gelbe, blaue und schwarze Streifen fassen die roten Hosen ein. Es gibt gerade so viel Schatten, wie ein Mann im Gras zu seinen eigenen Füßen sieht, während in der Ferne im Dunst der Hitze die unregelmäßig gezackte Linie der Bäume des Bois sich abhebt mit Pappeln wie Wachposten, der Mühle und dem Schloß von Longchamp, der Rennbahn und weitentfernten Schuppen. Das Sidi Brahim rast mit dem Wirbel einer Fantasia vorbei. In einigem Abstand, zusammengedrängt, warten andere Truppen, bis sie drankommen. Reiter neben ihren Tieren, Infanteristen, die Libellen nachjagen, neben Gewehrpyramiden.

Die schwarze, auf dem Rasen zusammengedrängte, ineinandergeschobene, schwitzende, verwunderte und hin und her schwankende Masse brüllt und bewegt sich durcheinander. In ihrem kollektiven Blick spiegelt sich eine Welt jenseits der Meere. Sie betrachtet schwarze und gelbe Menschen. Frauen schwenken Taschentücher. Die Kadetten von Saint-Cyr! Die Kadetten von Saint-Cyr!

Mit einer großen Armbewegung deutet Quesnel von der Tribüne her auf das Bild und flüstert Carlotta ins Ohr: »Die Seele der Nation!«

Inzwischen ist Edmond, der gerade aufgewacht ist, kaum gewaschen, hinuntergegangen, um einen Kaffee zu trinken. Der Tag ist noch voll von den Überresten der vergangenen Nacht. Musikestraden, zerknittertes Papier, und neben dem Springbrunnen an der Ecke steht jetzt das große, weißgoldene Karussell mit Pferden und Wagen und seinen Spiegeln und Kupferbeschlägen ganz still, als denke es an das Fest zurück. In den Morgenzeitungen wird Edmond auf eine kurze Nachricht aufmerksam. Es geht um die Ermordung des Inspektors Colombin durch einen Croupier namens Leroy, der anschließend Selbstmord begangen hat. Der Beweggrund des Verbrechens ist selbstverständlich darin zu suchen, daß Leroy Colombin vorwarf, den Spielklub, in dem er noch am Vorabend gearbeitet hatte, geschlossen und ihn damit seines Broterwerbs beraubt zu haben.

Edmond seufzt und lächelt. Colombin ist tot ... Er wird also Joseph Quesnels Vorschlag annehmen.

Carlotta, von dem Schauspiel begeistert, applaudiert den Senegalesen aus Leibeskräften. Welch stolze Haltung. Die zivilisatorische Sendung Frankreichs wird für jedermann fühlbar. »Hoch Poincaré!« Wenn die Kammer auch jetzt noch ihre Pflicht nicht begreift ... Alle Köpfe heben sich nach oben und wenden sich gemeinsam dem großen Käfer zu, der dort kreist. Ein Luftschiff überquert das himmlische Manöverfeld. Ein gelbes, dickes, keuchendes Luftschiff, voller Geheimnis für diese Männer, die von jenseits der Ozeane gekommen sind. Der Traum der Luftschiffahrt hebt für einen Augenblick die irdische Disziplin auf. Die Zeit verrinnt in der Hitze. Alle diese eleganten Leute harren tapfer aus und geben den Soldaten damit ein Beispiel. Wie viele Damen von Welt, Schauspielerinnen, Juwelen und Sonnenschirme! Die Großbanken und der Großhandel, die Industrie in Rock und Zylinder, die Grundrenten und die Aktien der Eisenbahnen, der Elektrizität, der Textilunternehmen und so weiter legen hier ein Zeugnis ihres Patriotismus und ihrer Energie ab. Alle sind sie ganz früh aufgestanden, diese Leute, voller Schwung und mit einem Lied auf den Lippen. »Hoch Poincaré!« Das heißt »Hoch Frankreich!« Denn man macht keinen Unterschied; wozu soll man da auch einen Unterschied machen? Unsere lieben Soldaten sind bewunderungswürdig und bereit, sich umbringen zu lassen. Und diese tapferen Afrikaner, die die französische Grazie bezwungen hat! Man erzählt, daß die Midinetten ganz verrückt nach ihnen sind ... Wirklich? Aber das wird doch nichts Schönes geben! Woher denn! Ein bißchen Milchschokolade! Mein lieber Herr Abgeordneter, dieser Witz ist Ihrer nicht würdig ... Sie haben darüber gelacht, Madame, und ich habe keinen anderen Ehrgeiz ... Die Hunde! Sehen Sie mal die Hunde! Was ist denn das für eine Attraktion? Das sind die Sanitätshunde. Tja, der nächste Krieg wird uns noch Überraschungen bringen! Hunde, die Menschen pflegen ... Wirklich ein schöner Gedanke, den man erwägen sollte ...

Als die Truppen durch Paris zurückmarschierten, zogen die Artilleristen mit ihren Geschützen vor dem Invalidenbahnhof mit Gesang auf jenem Kai entlang, den die Goldfiguren der Alexanderbrücke überragen. Man ließ an der Esplanade halten. Der Unteroffizier Adrien Arnaud stieg für einen Augenblick von der Lafette, auf der er gesessen hatte, um sich die Beine zu vertreten. Er war müde, aber begeistert. Er glaubte, daß die Zukunft Frankreichs in der Armee liege und die Armee Schluß machen würde mit der Unordnung und der Wühlarbeit der Hetzer, die unser Eigentum, die persönliche Begabung und den Geist des Vaterlandes bedrohen. Paris hatte mit dieser großartigen Parade die Erinnerung an den Vortag ausgelöscht, an diesen Ansturm von Leuten ohne Überzeugung auf den Pré-Saint-Gervais, zum vierten Male in diesem Jahr! Was haben diese Leute eigentlich, sich ständig auf den Schuttabladeplätzen an den Befestigungen einzufinden? Was steckt dahinter? Adrien wollte jetzt vor allem einmal pissen. Plötzlich hörte er, daß ihn jemand bei seinem Vornamen rief: »Adrien!« Er wandte sich um.

XXII

Vor ihm stand ein junger dunkelhaariger Mann mit zerknittertem Anzug, schmutzigem Hemd und einem mindestens zehn Tage alten Bart. Er sah erschöpft aus. Adrien brauchte einen Augenblick, um ihn wiederzuerkennen, so sehr schien der armselige Mensch die Hand ihm nur zum Zweck des Bettelns entgegenzustrecken: Herrgott noch mal, das war ja Armand Barbentane! »Was ist geschehen? Was machst du hier?« Armand erklärte ganz rasch: die Familie verlassen, mit Edmond verkracht, keine Arbeit, kein Zimmer, nichts gegessen seit ... eine Handbewegung beendete den Satz. Adrien kam aus dem Staunen nicht heraus. Armand in diesem Zustand! Es gab ihm einen Stoß, denn schließlich war man ja aus derselben Stadt. Und dazu einer aus der »Pro Patria«! Wie ist das bloß alles gekommen? Donnerwetter, er wird ohnmächtig ... Kameraden reichten ihm die Schnapsflasche. Adrien suchte in seinen Taschen. Zehn Franken sind immerhin zehn Franken. Ach was, nur nicht so zimperlich! Er riskierte ja nichts. Armand nahm das kleine Goldstück und preßte es an sich. »Aber du wirst jetzt nach Sérianne zurückgehen ... oder was sonst? Wo wirst du schlafen? Man muß schließlich jeden Tag essen!« Armand lächelte. Er wollte nicht nach Sérianne zurückgehen. Es gab zwei Möglichkeiten: entweder Arbeit oder sonst ... oder sonst was? Oder die Seine. Rede keine Dummheiten. Ich rede keine Dummheiten, ich habe Hunger. Himmeldonnerwetter noch mal, Armand, kannst du denn keine Arbeit finden? »Es ist jetzt eineinhalb Monate, daß ich welche suche, daß ich darum kämpfe. Keine Papiere, begreifst du? Und jetzt kein Wohnsitz. Und ich kann doch keinen Beruf. Das Latein, das sie mir beigebracht haben ...« Adrien nickte. Er konnte Armand eine Empfehlung geben. Ja, das ließ sich machen. Sie würden ihm Arbeit geben. Eine Arbeitsvermittlung. Fabrikarbeit. Kurz, irgendwelche einfachen Arbeiten. Wirst du hingehen? Na, und ob!

Adrien holte aus seinem Waffenrock eine Füllfeder und ein Blatt Papier hervor, das angehen konnte. Er stützte sich auf die Lafette, kritzelte seinen Brief, faltete ihn und schrieb die Adresse auf die Rückseite. Es war irgendwo in der Nähe der Place Pereire. Er erklärte ihm, wie er hingehen sollte. Ein Pfiff. Die Artillerie fuhr wieder an. Der Unteroffizier schüttelte Armand hastig die Hand.

Armand blickte sich um. Keine Bäckerei in dieser Gegend, nach links in Richtung Kammer oder Place de la Concorde, nach rechts in Richtung des Pont de l'Alma und hinten die Champs-Elysées und vorn die Esplanade. Vielleicht war es noch von dieser Seite her am nächsten, vielleicht in der Rue Saint-Dominique ... Der Hunger verlieh ihm die Kraft zu rennen.

Er konnte sich bei der erhaltenen Adresse erst am nächsten Tag vorstellen. Am Nationalfeiertag war alles geschlossen. Es war eine kleine Straße, die auf der einen Seite zur Ringbahn und auf der anderen Seite nach den Befestigungen hinausging, zwischen der Avenue des Ternes und der Avenue de Villiers. Ein dunkelgrüner Laden mit Vorhängen an den Fenstern. Innen alles lackiert. Man hatte sicher kürzlich erst den Raum einer anderen Bestimmung zugeführt, hastig Schalter eingerichtet und Wandschirme und Tische hingestellt. Herren, die wie Provinznotare aussahen, und große Kerle mit dem Hut auf dem Ohr unterhielten sich und schrieben Namen, Zahlen und Adressen in Register und kleine Notizblöcke. »Herr Deboucourt?« Das war ein Tapir mit malvenfarbener Nase, einem schwarzseidenen Mützchen auf dem Kopf, einem pokkennarbigen Gesicht und einer Schulter, die höher stand als die andere. Er war genau ein Meter einundsiebzig groß.

Er nahm den zusammengefalteten Brief, holte einen Kneifer aus seinem Etui hervor, setzte ihn auf, näherte sich der Tür, um zu lesen, räusperte sich, als wolle er sich damit den Blick klarmachen, und murmelte etwas vor sich hin. Er drehte sich zu Armand um und sah ihn von oben bis unten an. »Kommen Sie näher«, sagte er. Dann rümpfte er die Nase mit einem Ausdruck tiefen Ekels, streckte die Hand aus und betastete den Arm des jungen Mannes. »Schlecht«, sagte er, »schlecht. Keine Muskeln. Ein Intellekuteller! Sie haben noch niemals im Betrieb gearbeitet?«

Armands Mitteilungen verdüsterten seine Miene. »Na schön«, seufzte er, »Sie werden mir hier durch einen jungen Mann empfohlen, den wir schätzen ... der für uns gearbeitet hat. Man kann es ja mal versuchen ...«

Er nahm einen Bogen mit dem Briefkopf »Gegenseitige Hilfe«. Dann hob er die Feder und suchte nach einem Einfall. Sein Blick kletterte an der Wand hoch wie eine Fliege. Er schien an einer Mutter Gottes aus Gips hängenzubleiben. Dann kehrte er zu Armand zurück. »Herr Percepied!« rief Herr Debucourt.

Herr Percepied tauchte hinter einem Wandschirm hervor. Er war mit einer ärmlich gekleideten Frau beschäftigt, die ein Kind auf dem Arm hatte. Herr Percepied sah genau aus wie ein schlecht zusammengeklappter Zweimeterzollstock und hatte Affenarme und ein Papageiengesicht. »Herr Debucourt?« – »Herr Percepied, kann man diesen Mann nach den Wisner-Betrieben schicken?« Der Zollstock drehte sich um, und der Papageienblick heftete sich auf Armand. »Püh«, sagte er.

Herr Debucourt wurde apfelgrün. »Machen Sie sich nicht über mich lustig«, kreischte er. Herr Percepied machte eine sehr vage Bewegung und äußerte noch: »Bah!« Der andere, der diese Südseesprache zu verstehen schien, sagte sofort: »Also, da es möglich ist, trage ich ihn ein ...« Percepied hörte bereits nicht mehr zu, er hatte eine riesige Bulldogge mit knallroten Backen am Arm ergriffen, die brüllte: »Na, Percepied, essen wir heute abend zusammen?«

So war also Armand eingestellt. »Unser Freund teilt mir mit«, sagte Debucourt, indem er den Brief zitierte, »daß Sie eine christliche Erziehung erhalten haben und lange Zeit in einem Werkverein in Sérianne gewesen sind ... Vergessen Sie nicht die Grundsätze, die man Ihnen dort beigebracht hat ... Vorsicht vor den Hetzern! Vergessen Sie nicht, daß es eine besondere Freundlichkeit von uns ist, Ihnen Arbeit verschafft zu haben ... Und wenn wir blind den Vorschriften der Gewerkschaft folgen würden ...«

Armand erhielt zu seiner großen Verwunderung sofort eine Anzahlung von zehn Franken. Er sollte acht Franken pro Tag verdienen ... Er steckte das Geld ein. Gewiß, er würde am nächsten Tag um sieben Uhr bei der Arbeit sein! In Levallois. Draußen überwältigte ihn das schöne Wetter. Er schlenderte an den Tennisplätzen entlang über den Bahndamm durch dieses ruhige Viertel. Er hatte Arbeit, er konnte es einfach nicht glauben. Das Leben fing an.

Wer hätte je gedacht, daß er in einem solchen Moment diese freudige Leichtigkeit empfinden würde? Nichts auf der Welt hätte ihn glücklicher machen können. Er hatte unter einem Dach geschlafen und gegessen. Am nächsten Tag würde er arbeiten. Er war stolz. Endlich ein Mann. Er musterte die Frauen, erinnerte sich an seinen Bart und trat in der Avenue des Ternes bei einem Friseur ein. Der Gehilfe sah ihn mit komischem Blick an. Er wies sein Geld vor und nahm in einem Sessel Platz.

Das eiserne Tor der Wisner-Werke in Levallois ging auf eine fensterlose Straße hinaus, die, von langen Mauern gesäumt, ein bißchen jenseits der Place Collange lag. Die Straße war belebt. Man sah Gruppen von Arbeitern zusammenstehen und Polizei. Es war etwa Viertel vor sieben, und Armand ging im frühen Morgen dahin. Er pfiff lustig, stolz auf den Schein in seiner Tasche, stolz, daß er arbeiten konnte. Ja, er hatte einen langen Weg zurückgelegt seit den Tagen der Marguerite de Provence und seitdem er an den Schürzenbändern seiner Mutter gehangen hatte. Er hatte mit der Welt der Seinen gebrochen, mit dieser Welt, in der die Arbeit eine Unehre ist, zumindest die wahre Arbeit, die Arbeit mit Händen und Armen. Und während er an den Gruppen vorbeiging, sah Armand die Arbeiter und Arbeiterinnen mit neuen Augen. Die da würden seine Gefährten, seine Freunde sein. Weil er vor Hunger fast krepiert war, fühlte er sich als ihr Bruder. Er kam an das Tor heran.

Plötzlich rempelte ihn jemand an. Ein großer schwarzer Kerl mit kleinen Augen und einem schiefen Schnurrbart, in Schirmmütze und blauer Leinenhose. Armand entschuldigte sich. Dabei war er es gar nicht gewesen ... Es kam ihm sogar so vor, als habe der andere es extra gemacht. Der hatte den jungen Mann am Arm ergriffen: »Wohin gehst du, Freundchen?« In der gutmütigen Stimme lag eine gewisse Drohung, und der Griff der Hand war fest. »Arbeiten«, sagte Armand mit leuchtendem Blick und dem ganzen Stolz, der in diesem Wort lag. Sofort entstand eine Ansammlung um ihn: »Ein Gelber! Ein Gelber!« Das waren keine Gesichter von Freunden, sondern die Fressen von Feinden. Zehn entschlossene Kerls umgaben ihn. Armand wollte sich losmachen und erklären: »Man hat mich in den Wisner-Werken eingestellt ...« Die Umstehenden grinsten. Eingestellt? Nein, aber so was.

»So, du willst also einfach arbeiten?« fing der große Kerl wieder an. »Du fragst deine Kollegen nicht mal nach ihrer Meinung. Du gehst arbeiten. Und der Streik?« Armand war verwundert. »Der Streik? Aber ich wußte ja gar nicht ...« Man lachte und schimpfte von allen Seiten. Der Kreis wurde enger. Zugleich entstand eine neue Bewegung. Ein Polizist schob die Arbeiter auseinander und erklärte mit lauter Stimme: »Laßt ihn in Ruhe, den Jungen, laßt ihn durchgehen!«

Armand befand sich zwischen dem großen Kerl und dem Polizisten. Der Arbeiter drehte sich um und begann zu brüllen: »Genossen ... könnt ihr zulassen, daß uns die Gelben unser Brot wegfressen? Genossen ...« Der Polizist unterbrach ihn brutal: »Laß ihn in Ruhe, oder ich nehm dich hopp!« Andere Polizisten kamen heran. Die Arbeiter wichen zurück. »Los! Ab!« sagte der Hüter der öffentlichen Ordnung. »An die Arbeit, fauler Kopp! Hast du deinen Schein?« Armand zeigte sein Anstellungsschreiben. Die Polizisten begleiteten ihn bis zum Tor. Jemand warf Steine hinter ihnen her, die danebengingen und an der Mauer weiße Spuren hinterließen.

Um sieben Uhr zehn ging Armand an der Kontrolluhr vorbei. Am gleichen Tage stimmte die Kammer mit 376 gegen 199 Stimmen für die Einberufung der Zwanzigjährigen.

XXIII

Was dieses elende Hotelzimmer in Levallois in der Rue Gide samt den bescheidenen Toilettenartikeln, die er gekauft hatte, für Armand an Komfort und Ruhe darstellte, ist ziemlich schwer zu beschreiben. Wenn auch das eiserne Bett hart war und die Tapete schmutzig und zerfetzt – es war ein Palast für ihn, in dem die Traummaschine, seine ganze Vorstellungskraft, die die Oberstadt von Sérianne mit Rittern und Prinzessinnen, mit Hofdamen und Stallknechten bevölkert hatte, wieder zu arbeiten begann. Die Blumen auf der Tapete stellten kleine Rosensträuße mit zartgrünem Blätterwerk auf von oben nach unten laufenden Streifen dar, die von einem braun-und-dunkelgrünen Gewebe gebildet wurden. Die Tapeten waren cremefarben gewesen, ehe tausend Unbilden, Schmutz und die Phantasie der Zimmerbewohner sie mit einem Wust von Flecken bedeckt hatten. Tinte, Wein und Staub brachten Figuren hervor, mit denen Armands Phantasie ihr Spiel trieb. Der kleine Kerl da auf der Wolke wird gleich mit einer Art Hammel zusammentreffen … Da war die Krone Karls des Großen, und eine Cancantänzerin … An manchen Stellen war die Tapete heruntergerissen, und man sah den weißen Gips, und in eine Ecke hatte irgendein flüchtiger Bewohner mit Bleistift ein pfeildurchbohrtes Herz gemalt, einen Namen darunter: Fanny … Und was bedeutete das für Armand? Er kannte keine Frau, die so hieß; aber er dachte sich eine aus. Eine große, dunkle Engländerin zu Walter Scotts Zeiten, die Kirschen an den Ohren trug … Sie kam auf Armand zu und sagte: »Der Lord, mein Vater, will nichts davon wissen. Er ist gegen unsere Heirat, Darling, aber wenn auch, ich komme doch zu dir … Ich werde dein Arbeiterleben in Levallois in den Wisner-Werken teilen …« Hier mußte Armand lachen. Er erinnerte sich, womit für ihn der Name Fanny zusammenhing: So hatte die Karussellkuh geheißen, auf der François de Loménie vor beinahe einem Jahr Therese Respellière gekitzelt hatte.

Nach Träumen und Erinnerungen kommt die Müdigkeit und inmitten der Müdigkeit eine große Entdeckung: die Arbeit, die Fabrik. Er hat zum erstenmal Schwielen an den Händen, er spürt Schmerzen in den Armen, eine Vergewaltigung alles dessen, was Armand bisher als seine Freiheit, seine Würde empfunden hat. Er fühlt das seltsame Seite-an-Seite von Menschen, für die das ein Naturgesetz ist, und Armand empfindet mit neuem männlichem Stolz, daß er diesem Gesetz anderer, neuer Menschen unterworfen ist.

Warum mußte auf den Stolz, endlich der Herr seines Lebens zu sein, ein Schatten fallen, den er von sich wegschob, der aber hartnäckig immer wiederkehrte? Am Mittwoch war er zum erstenmal in der Fabrik gewesen. In der Frühstückspause durfte er wegen der Streikenden nicht hinaus. Die Männer, die arbeiteten, schienen sehr wenig Lust zu haben, mit ihm zu reden. Am nächsten Tag, dem 17., hatten sie nur mit Hilfe der Polizei wieder in die Fabrik gelangen können. Auf der Straße hatte es einige Zusammenstöße gegeben, doch hatten zahlreiche Leute die Arbeit wiederaufgenommen. Die Vorarbeiter lachten. Offenbar ging der Streik zu Ende. Er war zusammengebrochen.

Als er das spürte, fühlte Armand einen jähen Zorn in sich erwachen. Was tat er denn da eigentlich? Was für eine Rolle spielte er? Ging es also genauso weiter wie in Sérianne? Wieder war er auf der Seite der Herren, er arbeitete für sie, gegen die Arbeiter. Gegen den Straßenbahnarbeiter von Villeneuve, gegen den von der »Pro Patria« getöteten Erdarbeiter, gegen Yvonne, gegen Angelika, gegen jene Namenlosen mit verzerrten Gesichtern, die ihn anriefen oder ihm vor der Fabrik Schimpfworte in die Ohren schrien ... Und einmal mehr waren sie geschlagen worden, von seinem Vater, von Barrel, von Wisner, und verraten, verraten von ihren Brüdern, die sich schämten, wieder an den Maschinen zu stehen, verraten von ihm, Armand, dem Sohn der Rinaldi, die die Gefährten Napoleons gewesen waren, die Beherrscher der Kramläden von Mexiko, die Verbündeten des Henkers Clemenceau.

Als er an diesem Abend von der Arbeit kam, lungerte er vor dem Gewerkschaftshaus herum, wo das Streikkomitee seinen Sitz hatte. Er wagte nicht hineinzugehen, sondern schlich sich durch die Rue Cabé davon.

Was konnte er denn auch machen? Sollte er auf die Straße

zurück und betteln, weil er kein Streikbrecher bleiben wollte? Niemals hätte er Arbeit bekommen, wenn nicht durch die Empfehlung von Adrien Arnaud und die »Gegenseitige Hilfe«. Sollt er das Leben vom vorigen Monat wiederaufnehmen, kein Zimmer mehr haben, unter den Brücken schlafen und von Polizisten weggejagt werden? Er war an diesem Abend schrecklich müde. Er schlief schlecht in dieser Nacht und sah im Traum den Mann wieder, den die Polizei an den Hallen geschlagen hatte, an dem Abend, an dem er nach Paris gekommen war, und dann erblickte er Gesichter aus seiner Kindheit, seine Mutter während eines hysterischen Anfalls ...

Aus der Morgenzeitung erfuhr er, daß Herr Drioux, Untersuchungsrichter, die alte Tesson, Sekretärin der Metallarbeitergewerkschaft von Valenciennes, vernommen hatte, die angeklagt war, antimilitaristische Agitation zu betreiben. An diesem Tage, einem Freitag, sollte die Debatte über das Militärgesetz zum Abschluß gebracht werden ... Das Schicksal der Rekruten von Sérianne, deren naive Gesichter, deren Fröhlichkeit und Auflehnung er im Geiste wieder vor sich sah, wurde da unten entschieden, ohne daß sie ein Wort dazu sagen konnten, in diesem säulengeschmückten Palast, vor dem er mit leerem Magen umhergeirrt war. Und er, während dieser Zeit ... Es war klar, daß der Streik zu Ende ging: wieder hatte eine ganze Menge Arbeiter die Arbeit aufgenommen.

Um sechs Uhr stürzte sich Armand auf die Abendzeitung. Das Gesetz über die dreijährige Dienstpflicht war mit 358 gegen 204 Stimmen angenommen worden trotz eines Protestes der Sozialistischen Partei, den la Porte verlesen hatte, und einer mutigen Rede von Caillaux, die die Auffassung der Radikalen zum Ausdruck brachte, die machtlose Meinung der Radikalen gegenüber der Koalition, die Frankreich regierte. Als man Barthou von links her die Mehrheit vorwarf, die ihn unterstützte und mit der er gerade das Land einen entscheidenden Schritt näher zum Krieg hingeführt hatte, verteidigte er sich mit den Worten, daß es ihn wenig kümmere, ob die, welche für das Gesetz gestimmt hatten, Reaktionäre seien. Mit einer großen rednerischen Geste hatte er unter dem Beifall der Rechten erklärt: »Ich kenne nur Franzosen!«

Da hatte sich auf den Bänken der Sozialisten noch einmal empört Jaurès erhoben. Und indem er mit einer großen Geste die Grenze zwischen den 204 und den 358 bezeichnete, rief der Tribun unter den Schmährufen seiner Gegner: »Dann endet also Frankreich hier!«

Es gibt Worte, die so bitter sind wie Getreidekörner. Dieses Wort hier kostete Armand lange an diesem drückenden Juliabend, in dessen Himmel schon das drohende Aufblitzen des kommenden Juli war, des nächsten Juli, ruhelos wie ein Grenzposten. *Dann endet also Frankreich hier* ... Wo war es, dieses Frankreich, auf welcher Seite der flammenden Geste, die die Reihen der Kammer teilt? Auf der Seite der Schneider, der Quesnel, der Schoelzer-Bachmann, der Finaly, der Wendel, die auf allen Feldern Europas verdienen, wo getötet wird, von den blutigen Goldgruben der Lena bis zu den Dardanellen, vom brennenden Mazedonien bis nach Pennaroya, die mit deutschem Blut verdienen und mit französischem Blut, mit Marokko und Tripolis? Ist es auf der Seite von Poincaré, der im Namen der Industriellen der Maas spricht, von Millerand, dem Mädchen für alles des Comité des Forges, von Tardieu, dessen Haifischrachen über Afrika und Kleinasien auftaucht? *Dann endet also Frankreich hier* ... Dieses Wort, das Armand in seinem verwirrten Herzen mit sich herumträgt, stellt ihn von neuem vor die ganze Frage, und dabei darf man nicht vergessen, daß er sich in den Dingen des Lebens nicht auskennt, daß er noch nicht weiß, was dieses Leben ihm wie überhaupt seinesgleichen sagen will, ihnen, die inmitten dieser ungeheuren Schufterei noch keine andere Verantwortlichkeit haben, als auf der Seite dieser und nicht jener geboren worden zu sein, und die immer noch, gegen ihre Väter, auf die Seite jener Menschen treten können ... Er ist unwissend. Für ihn ist Frankreich immer das Monopol jener gewesen, die seinen Namen englisch auf die Rückseite ihrer Waren setzen: »Made in France«, das Monopol jener, die die Franzosen ausbeuten und arbeiten lassen; er hat nie daran gedacht, ihnen das Recht streitig zu machen, sich auf Frankreich zu berufen, ihnen, die seit zwei Jahren an jedem Sonnabend Militärparaden veranstalten, um den Franzosen, die bedeckt bleiben, die Mützen herunterreißen zu können; die aus den Arbeitsbörsen französischer Bürger das Symbol des Antipatriotismus machen, während der Patriotismus seinerseits an der Börse selbst beheimatet ist, mit den Houten, den Lenoir, den Wisner, jenem internationalen Abschaum, der im »Haußmann« oder im »Passage-Club« spielt, den man im Elysée oder an der Place Beauvau empfängt, während in Sérianne die Italiener wie Vieh den Interessen des guten Franzosen Barrel, des Schöpfers der »Pro Patria«, dienen müssen. *Dann endet also Frankreich hier* ... Und wenn Jaurès mit dieser flammenden Geste gezeigt hat, was links von jener Grenze der Schande liegt, wenn Jaurès dies eine also hat Frankreich nennen wollen und nicht jenes andere, dann erhellt sich plötzlich alles für Armand, und auch er könnte sagen, während er die Schwelle des Gewerkschaftshauses, vor dem die Polizisten der Unternehmer stehen, überschreitet: *Dann endet also Frankreich hier* ... Und er wird endlich *er* sein in Frankreich, in diesem riesenhaften, gequälten und wie ein Herz schlagenden Land, und er erwirbt wieder das Recht, es bei seinem wirklichen Namen zu nennen, Frankreich, zu oft verwechselt mit dieser wahrhaft fremdländischen Festung, die es beherrscht, der Festung der Viertel der Reichen, in der Armand als Hungerleider umherirrte, wo Usurpatoren regieren und die Lüge Herr ist und sich mit den Farben der früheren Hungerleider, der Eroberer der Bastille schmückt, um die Manöver der internationalen Banken und der neu im Hause Frankreichs installierten Mörder von gestern zu verschleiern. Der Leute von Koblenz und der Leute von Versailles, am Vorabend von Charleroi wie am Vorabend von Sedan. *Dann endet also Frankreich hier* ... Und Armand wiederholt Jaurès' Geste, während die Sonne untergeht, irgendwo in der Nähe der Porte Champerret, und diese Geste trennt die Viertel der Reichen, sauber, gepflegt, voll von wunderbaren Denkmälern und großen Träumen – und die qualmenden Höllen der Fabrikschornsteine, die die Krone von Paris bilden und sich in den dunklen Flecken der Mietskasernen und Armenviertel fortsetzen. Und in dieser Abenddämmerung steht nun Armand, an diesem Tage, an dem Frankreich einmal mehr den

Spekulanten des Todes ausgeliefert und in Levallois ein kleiner Teilstreik niedergezwungen wurde. Armand begreift endlich, was das ist, Frankreich. Und was Jaurès hat sagen wollen, und was der Kampf der Zukunft für ein starkes, freies, glückliches Frankreich sein wird. Er begreift es unklar, so wie er auch weiß, daß er jetzt ein Mann und der Vormundschaft der Finsternis entronnen ist. Eine Begeisterung, die nichts weiter ist als die entfaltete, seit seiner Kindheit in ihm unaufhörlich gewachsene Kraft jener Phantasie, die ihn mit dem Volk der Provence vereint und ihn tiefer gezeichnet hat als Geburt und Erziehung, eine menschliche Begeisterung läßt ihn endlich über sich hinaus wachsen und alles mißachten, was er verlieren wird, auch den schrecklichen nächsten Tag, Arbeitslosigkeit und Hunger.

An diesem Abend begeht er eine wahrhaft *patriotische* Tat. Er wiederholt mit bitterem Stolz bei sich dieses Wort, das für ihn einen neuen Sinn bekommen hat: er geht ins Gewerkschaftshaus und fragt nach dem Streikkomitee. Man zeigt ihm die Glastür im Hintergrund, hinter der der Versammlungssaal liegt. Dort sitzen etwa fünfzehn Arbeiter auf den Bänken, ziemlich niedergeschlagen, am Abend einer Niederlage. Armand geht auf sie zu und sagt: »Hier bin ich, Genossen, ich will kein Gelber mehr sein, ich komme zu euch ...«

Sie heben die Köpfe. Was ist denn das für einer? Ein Gelber? Was? Er redet. Er erzählt. Er erklärt ganz rasch, wer er ist. Daß er Hunger hatte. Kein Bett seit einem Monat. Die Begegnung vor den Invaliden, die »Gegenseitige Hilfe«, die Einstellung, die Fabrik, er wußte nicht, daß gestreikt wurde, aber drei Tage lang war er schwach, und jetzt kann er einfach nicht mehr, und so bin ich also hier.

Alle sehen sich an. Er wiederholt: »Hier bin ich also.« Eine lange Pause tritt ein. Sie waren niedergeschlagen, weil der Streik gescheitert war. Und jetzt plötzlich dieser Kerl ... Sie sehen sich an und nicken. Ein kleiner, gerieben aussehender Mann hat zu lächeln begonnen. Ein anderer ist aufgestanden. Einer von der Gewerkschaft. Ein magerer, breitschultriger Mann, der einem mit Leder bezogenen Gestell ähnelt, mit Narben im Gesicht, und an der rechten Hand fehlt ihm ein Finger. Er schmeißt seine Mütze auf den Tisch, und seine Augen glänzen, und seine Stimme knarrt wie eine alte, verrostete Tür. »Genossen«, sagt er, »Genossen ... Ihr seht also, man darf niemals verzweifeln!«

Beendet am 10. Juni 1936
an Bord der »Felix Dsershinski«

NACHWORT

Dieses Buch, das auf die »Glocken von Basel« folgt, ist das zweite einer langen Zeugenschaft, die ich über die Ursprünge meines Lebens in dieser Stunde des Kampfes ablege, in der ich mich nicht mehr verschieden fühle von Millionen Franzosen, die *Brot, Frieden, Freiheit* fordern. Es geht anderen Büchern voraus, die in Frage gestellt sind durch das dumpfe Knacken im alten Gemäuer und vom Geräusch der Pistolen, die in den Taschen der Verschwörer entsichert werden, und dem sich nähernden Lärm des ausländischen Krieges. Dennoch muß ich hier an die Zukunft denken, wo Bücher für friedliche Menschen entstehen werden, die Herren ihres Schicksals sind. Ich mußte diesen Büchern einen allgemeinen Titel geben, und zum Gedächtnis an die langen inneren Kämpfe, durch die ich gegangen bin, und an alles Nebelhafte, was ich hinter mir lasse, wird dieser Titel lauten »Die wirkliche Welt«. »Die Viertel der Reichen« bilden also den zweiten Band der »Wirklichen Welt«.

Wie bei den »Glocken von Basel« widme ich das, was ich hier schrieb, und alles, was ich schreiben werde – ich widme die »Wirkliche Welt« Elsa Triolet, der ich zu sein verdanke, was ich bin, der ich verdanke, aus meinem Nebel heraus den Eingang zur wirklichen Welt gefunden zu haben, für die es sich zu leben und zu sterben lohnt.

A.

Bitte umblättern:

fi 188/5c

fi 188/1d

Louis Guilloux

Louis Guilloux wurde 1899 als Sohn eines Schuhmachers in der Bretagne geboren und starb 1980 in seinem Geburtsort Saint-Brieuc bei Finistère, wo er meist auch gelebt hat. Für sein umfangreiches Gesamtwerk, dessen erstrangige Bedeutung in der französischen Literatur des 20. Jahrhunderts immer stärker hervortritt, erhielt Guilloux 1964 den französischen Nationalpreis der Literatur und 1978 den Großen Literaturpreis von Nizza.

Coco Perdu
oder Der unerwartete Abschied
Erzählung. Band 5245

Guilloux erzählt von einem einfachen Rentner, der den Lebensabend mit seiner offenbar viel jüngeren Frau in einer kleinen Stadt verbringt. Eines Tages will seine Frau für unbestimmte Zeit nach Paris, und Coco bleibt allein zurück, etwas hilflos, um die Sicherheit seiner Alltagsgewohnheiten gebracht. Er wartet auf einen Anruf oder auf eine briefliche Nachricht, doch der Brief kommt nicht. Coco stellt fest, daß seine Frau ihr ganzes Erspartes mitgenommen hat und ihn folglich wohl für immer verlassen hat...

Die Tragik, auf die diese Erzählung hinausläuft... Guilloux dämpft sie auf das Maß des einfachen Helden zurück, der weder zerreißende Verzweiflung noch heroischen Kampf kennt... unsentimental, ohne Pathos und mit den einfachsten Mitteln.«

Frankfurter Allgemeine Zeitung

Das Volkshaus
Roman. Band 5326

Ein »zärtlicher Realist« ist Louis Guilloux in der Frankfurter Allgemeinen Zeitung genannt worden; seine »tiefe humane Anteilnahme« zeigt sich auch in diesem Roman, der zu den bedeutendsten Werken der Weltliteratur über das Leben der arbeitenden Bevölkerung gehört.

Fischer Taschenbuch Verlag

fi 160/1

Raymond Queneau

Raymond Queneau, geboren 1909 in Le Havre, gestorben 1976 in Paris, war Romancier, Poet, Cineast und Kritiker und gehört zu den bedeutendsten französischen Autoren dieses Jahrhunderts. Er studierte Philosophie, arbeitete als Bankbeamter und Handelsvertreter, ab 1938 als Lektor im Verlag Gallimard, wo er seit 1945 die ›Encyclopédie de la Pléiade‹ leitete.

Das intime Tagebuch der Sally Mara
Roman. Band 5832
»... Die irische Göre Sally Mara – eine ältere Schwester der Zazie – kennt weder Furcht noch Respekt. Sie untersucht Männer und Liebe so sachlich wie der Monteur ein noch unbekanntes Getriebe.«
Der Spiegel

Man ist immer zu gut zu den Frauen
Roman. Band 5833
In dieser Geschichte vom Dubliner Osteraufstand von 1916 entlarvt Raymond Queneau in Dialogen von verblüffender Komik die falschen Parolen von Helden- und Mannestum.

Odile
Roman. Band 5878
»Surrealismus, Mathematik und Liebe verbinden sich in diesem Buch zu einer der schlichtesten Apotheosen des Lebens, die man sich denken kann: Kritik am Irrationalen, Zweifel am Rationalismus, Bekenntnis zum Herzen.«
Mannheimer Morgen

Fischer Taschenbuch Verlag

fi 426/1

Cesare Pavese

»Als Mensch ist er an seiner Einsamkeit und Schwermut zerbrochen: aber seine unerfüllte Sehnsucht nach dem einfachen Glücklichsein hat tiefe Spuren in all seinen Werken hinterlassen. Man konstatiert das mit der immer gleichen Ergriffenheit.«
(Salzburger Nachrichten)

Am Strand
Roman. Band 5303

Der Genosse
Roman. Band 5302

Der schöne Sommer
Roman. Band 5899

Der Teufel auf den Hügeln
Roman. Band 5965

Unter Bauern
Roman. Band 5304

Fischer Taschenbuch Verlag

fi 136/4

Aldous Huxley
Schöne neue Welt

Ein Roman der Zukunft
Fischer Taschenbuch Band 26

Die »schöne neue Welt«, die Huxley in diesem Roman beschreibt, ist die Welt einer konsequent verwirklichten Wohlstandsgesellschaft »im Jahre 632 nach Ford«, einer Wohlstandsgesellschaft, in der alle Menschen am Luxus teilhaben, in der Unruhe, Elend und Krankheit überwunden, in der aber auch Freiheit, Religion, Kunst und Humanität auf der Strecke geblieben sind. Eine totale Herrschaft garantiert ein genormtes Glück. In dieser vollkommen »formierten« Gesellschaft erscheint jede Art von Individualismus als »asozial«, wird als »Wilder« betrachtet, wer – wie einer der rebellischen Außenseiter dieses Romans – für sich fordert: »Ich brauche keine Bequemlichkeit. Ich will Gott, ich will Poesie, ich will wirkliche Gefahren und Freiheit und Tugend! Ich will Sünde!«

Huxley schrieb dieses Buch Anfang der dreißiger Jahre. In seinem Essayband »Dreißig Jahre danach« (»Brave New World Revisited«) konnte er seine Anti-Utopien an der inzwischen veränderten Welt messen. Er kommt darin zu dem Schluß: sozialer und technischer Fortschritt und verfeinerte Methoden der psychologischen Manipulation lassen erwarten, daß diese grausige Voraussage sich in einem Bruchteil der veranschlagten Zeitspanne verwirklichen werde.

Fischer Taschenbuch Verlag

fi 155/2

Lion Feuchtwanger